《本事诗》与本事诗学研究

龚方琴 著

上海古籍出版社

国家社科基金青年项目 "《本事诗》与本事诗学研究"

（15CZW020）结项成果

序

    千百年来，中国古代的文人雅士创作了无数优秀的文学作品，也积累了丰富的创作经验，并从中总结、抽象出很多文学批评的理论和方法。历来对这些理论和方法的研究亦多。像同门友张伯伟教授所撰《中国古代文学批评方法研究》，就重点对中国文学批评史上的以意逆志、推源溯流和意象批评等方法，作了深入的研究，创获颇多。然而，中国古代文学批评的理论和方法既多，值得开拓的方面也就多。本事批评方法即其一也。方琴博士自读硕士学位时即选择前人关注较少的孟启《本事诗》进行探讨，提前攻读博士，博士论文的选题更扩大到本事批评方法的研究。毕业后，在承担繁忙的教学工作的同时，她对博士论文中所涉的一些问题，仍持续不断地思考和探寻，研究不断深化和细化，现在，终于完成了这部颇具分量的学术专著，真是令人为她高兴！

    本事就是本来或原初的事实或史实。孟子因为主张"尚友"古人，提出"颂其诗，读其书"应"知人论世"的看法。《毛诗小序》中以美刺说诗，往往指出诗人作诗的动机、目的和背景。这都启发了后人对触发诗歌创作或著述背后的事实的重视。班固在《汉书·艺文志·六艺略》"春秋类"小序中，谓左丘明忧心孔子之后其弟子对《春秋》的解读，"各安其意，以失其真。故论本事而作传，明夫子不以空言说经也"，因成《春秋左氏传》一书。最早明确提出了"本事"的概念。唐吴兢以"良史"之材撰《乐府古题要解》，多引传记等材料以指出乐府古题的来源，其解诗的方法，即受《左传》影响。至晚唐孟启，将触发诗歌创作的事件和相关背景材料，分类编集，撰为《本事诗》，以解读和阐释诗意，遂逐渐成为中国古代的一种重要的诗学批评方法，并广泛运用到后之词、曲的本事批评中，其影响可谓十分深远。

　　方琴博士的研究是从对孟启《本事诗》的考察开始的。

　　孟启《本事诗》为人所知，其中一个很重要的原因，是他书中对杜甫诗歌的评价。他说："杜逢禄山之乱，流离陇蜀，毕陈于诗。推见至隐，殆无遗事。故当时号为'诗史'。"这是杜诗"诗史"说的源头，吸引了众多杜诗和诗歌理论研究者的目光。然而对《本事诗》一书本身，或以其为笔记小说，或以之为诗话的滥觞，长期以来，多从中取用其材料，对它的性质和价值却认识不足，甚至孟启之名由于乾符二年《萧威墓志》孟启署名等文献的记载和发现，本可成为定谳的问题，仍旧难以完全将"孟棨"的"棨"字改作"启"，更不用说把它作为一种文学批评方法来进行系统的研究了。

　　方琴博士从最基本的文献入手，考证孟启的姓名、生卒、家世、登进士第的时间，指出孟启的生年应在公元818—822年，也就是元和后期或长庆年间，卒年则在景福年间（892—893年），登第的时间应为乾符二年（875年）；辨析《本事诗》的成书年代、文本面貌、版本异同，认为今本《本事诗》并未曾散佚；论定其书的文学批评方法性质，分析孟氏由事而情而诗的批评进路等，多能补充、修正前人之说，为学术界提供了许多新的研究结论。

　　由此出发，她进一步追溯本事批评方法产生的渊源和背景，论述其理论内涵，梳理其发展演变的历程，揭示其学术价值和意义，对本事批评方法作了全面深入的研究。认为本事批评"就是通过介绍诗歌本事来阐明作者本意或作品本义的一种批评方法"。其产生的思想渊源，"是以先秦时期即已出现的各种诗学理论为根基的，在理论上有其存在的合理性"；其产生的背景，"是针对中国古代文学特殊的表达方式——婉曲隐晦和特殊的阅读目的——知人论世而提出的，有其存在的现实必要性"；其实际运用，"不仅历史悠久，早在孟子说《诗》中就有使用，直到今天仍有强大的生命力，而且使用范围广泛，不论诗、词还是小说，都离不开此一批评方法；它形式多样，不论是诗题、诗序、诗注还是'本事诗'、诗话和'诗纪事'，其中都有它的身影；它作用强大，不论是对诗义的阐释还是诗艺评价，都有着不可忽视的价值。另外，作为本事批评的重要工具，'本事'自身也有其价值所在。一方面，它包含有丰富的诗学观念，反映了不同时期的文学风尚；另一方面，其自身的故事性和诗性色彩也增加了其吸引力，因此成为后代创作中常用的典故和素材"。故有着重要的文学批评方法价值和意义。这些结论，就都是经过反复思考、仔细论证的，因而多信实可据，弥补和丰富了中国古代文学理论与批评的研究。

与许多女性学者一样，方琴博士的思考和研究，无论文献考辨还是理论分析，都十分细密。比如她分析孟启《本事诗序》中的"触事兴咏，尤所钟情，不有发挥，孰明厥义"中"发挥"之义，先分别引述刘勰"众美辐辏，表里发挥"、白居易"仲尼之意，左氏从而明之，无善恶，无小大，莫不微婉而发挥"的话，以作比较，再指出孟启所谓"发挥"本事，"就是要还原诗歌创作的原本情况，回到它创作当时的情境中去。这样一来，不需要任何文字的解释，读者自然可以身临其境、感同身受，明白诗人的意旨和诗歌本义了"，同时，从作者的角度讲，本事"又不是纯粹客观的事实，而是被叙述的历史事实，其中包含有合理的主观成分"。因此"发挥"本事也就是"客观事实和主观理解的结合，是在事实和文本的双重制约下发挥主观能动性，从而实现合理想象的结果"。这种细致的剖析，可谓体会入微、细密之极。

在学术研究上，女性学者要取得成绩，有所建树，往往比男性要付出更大的努力，更多的汗水，因为她们在家庭生活中承担着更多的职责。方琴作为家中的长女，似乎比其他人操劳更多。然而她仍能克服困难，坚持不懈，做出成绩，可谓难能可贵！

相信她今后会更进一步扩大视野，多方拓展，不断提高，在工作和生活的道路上，走得越来越好！

巩本栋
壬寅仲秋于江城

目　次

附　录

绪　论

　　提到《本事诗》，人们首先想到的可能是一个熟悉的名字：孟
棨。尽管出土的墓志早已证明这个名字的正确写法应为"孟启"，
但还是有很多学者"只为读者习惯，暂用旧名"①。例如董乃斌先生
在 2019 年第 1 期的《文艺理论研究》上发表论文《从诗史名实说到
叙事传统》，陈文新教授在 2019 年第 3 期的《武汉大学学报》(哲学
社会科学版)上发表论文《"诗史"与"诗乐"：宋明诗学的理论转向
与清代诗学的进路》，其中提到《本事诗》的作者姓名时都用的"棨"
字。其他论著中的情况也大多如此，具体例证不胜枚举。或许，正
如陈尚君先生所言，"孟棨"的影响实在太大，而编辑的负责和读者
的斥责更是让人感觉"改一个字好难"②。但事实就是事实，求真务
实是研究者的首要任务。因此，在本书中，笔者将再次证明并始终
坚持《本事诗》的作者就是"孟启"，同时对"孟棨"说的致误缘由进
行分析，以强化正确认识，改变读者的误解和成见。在本书下文
中，引用前人研究及其他材料而提到孟启(孟棨)时，也统一写作
"孟启"，以正视听。

　　其实，对于《本事诗》这样一部广为人知的作品，大家的误解和
成见还远不止作者姓名这一点。其他如对于《本事诗》的文本面貌
和文体性质等，也都充斥着各种成见。一方面，由于篇幅短小、内
容单薄，《本事诗》的今本面貌一直备受质疑，所谓"并非完本"的看
法几乎已成定论。另一方面，从北宋最大的目录——《崇文总目》开
始，一直到清代的《四库全书总目》，《本事诗》都被置于集部总集类或

---

① 董乃斌，《从诗史名实说到叙事传统》，《文艺理论研究》，2019 年第 1 期，第 94 页。

② 陈尚君，《改一个字好难》，《文汇读书周报》，2016 年 8 月 29 日，DS4 版。

诗文评类,而不是子部小说类。然而自明代胡应麟提出"孟启《本事诗》,小说家流也"①、"他如孟启《本事》、卢环《抒情》,例以诗话、文评,附见集类,究其体制,实小说者流"②之后,近代研究者多赞同此说,并从小说的角度研究《本事诗》。

其中,影响最大的是我国台湾学者王梦鸥,他的《唐人小说研究》(台湾艺文印书馆,1978年版)第三集为《本事诗校补考释》。在这部书中,他谈到对《本事诗》的认识,说:"今读其《本事诗》之行文,皆甚平淡,且时有疵文累句,近于小说家言。自昔著录者皆以之列于文史类;后代又以之列于诗文评类,因其可当'诗话'之祖乎? 然而唐人好为诗,其诗不足以自立者,往往杂以轶闻琐事,如刘肃之《大唐新语》,范摅之《云溪友议》,又可谓为《本事诗》体例之所从出者。但因《本事诗》自序,欲以其'七题'相当于'四始',则似专为论诗而发。其实,七题既较《大唐新语》之门类为少,而又与四始之立义相去远甚,谓之诗文评,殊谓允当。抑且所取录诸诗,既非佳构;甚至于断章取义,有类于其时之人'摘句',使原诗首尾不全,亦非所以保存佳叶之道。今从其全部资料观之,如四库提要所谓'唐代诗人轶事,颇赖以存,亦谈艺者所不废'云云,按其价值,亦并不如是。何者? 盖《本事诗》所存唐代诗人轶事,其三分之二强,详见于他书;据其所传者犹不及三分之一,设或但以此为言,则其所以不废者亦云仅矣。"③

在此之后,台湾地区研究《本事诗》者不少,也都侧重于其小说性质。例如廖栋梁在《试论孟启〈本事诗〉》(台北:《中外文学》,1994年第4期)一文中强调:"自宋以来,也有人认为《本事诗》是小说家言……为什么会被看作小说呢? 详究原因,首先,《本事诗》部分纪事源出于稗说。《本事诗》的纪事大抵本于唐人之记述,并非孟启首创,其中部分纪事源出于稗说的文字,如李亢《独异记》、范摅《云溪友

---

① (明)胡应麟撰《诗薮》,上海古籍出版社,1958年,第273页。

② 《诗薮》,第374页。

③ (唐)孟启著,王梦鸥校补考释《本事诗校补考释》,《唐人小说研究》本,台湾艺文印书馆,1978年,第23页。

议》、郑处诲《明皇杂录》等。这些书籍或虚设其事,或缘事夸饰,不能轻信,因此这些记载也仅能看作文坛趣闻,作为后代文人写作诗文时的典故,不能视为真实的记载,当成文学史的原始材料。"①1999年,台湾文化大学中文所的李昭鸿以《孟启〈本事诗〉研究》为题撰写了一篇硕士论文。这篇论文共五章。第一章论述孟启的生平事迹、文学观以及写作《本事诗》的时代背景;第二章探讨《本事诗》的版本、故事来源,并对故事类型进行概括和分类;第三章按七门分类对各类下的故事进行分类,其中"情感"门专为一节,其他各门两两合并,强调其主题思想,说明"情"为贯穿之主轴;第四章探讨《本事诗》的艺术特色,包括其情节架构、人物塑造以及语言表达等方面的特色;第五章探讨《本事诗》对后世的影响,包括其对后世诗话的贡献、对史料考证的影响、对后世戏剧小说的影响以及对后来续作的影响等。可以说,这篇论文讨论的问题很多,但都不够深入。总的说来,作者和王梦鸥一样,还是视《本事诗》为小说。其他如高祯临《孟启〈本事诗〉题材在后世戏曲之运用》(《兴大人文学报》第36期,2006年)、梁静惠《孟启〈本事诗〉与唐传奇关系探讨》(《醒吾学报》第39期,2008年)、康韵梅《唐代载录诗事小说的叙事探究——以〈本事诗〉〈云溪友议〉为考察中心》(《汉学研究》,2008年第4期)等,都是从小说角度研究《本事诗》。2018年,刘宁发表了一篇文章,名为《"诗话"与"本事"——再谈〈六一诗话〉与晚唐五代诗歌本事著作的关系》(台湾:《"清华学报"》,2018年第2期)。在这篇文章里,刘宁将《本事诗》和《云溪友议》等称作诗歌本事著作,将《大唐新语》和《国史补》等称为杂史类笔记,认为"《六一诗话》在汇录诗事的自觉意识上,继承了本事著作,但在内容上则完全回避了本事著作的传奇色彩,继承唐代杂史类笔记记录诗坛轶事、评论诗艺的传统,由此开创了'诗话'这一独特形态"②。显然,这还是强调《本事诗》的小说属性。

---

① 廖栋梁,《试论孟启〈本事诗〉》,《中外文学》,1994年第4期,第173页。

② 刘宁,《"诗话"与"本事"——再谈〈六一诗话〉与晚唐五代诗歌本事著作的关系》,台湾:《"清华学报"》,2018年第2期,第327页。

与此相对应,域外的汉学研究者也往往从小说叙事的角度研究《本事诗》。如日本的内山知也在 1977 年校勘《本事诗》时强调其小说属性,认为:"唐代小说往往含有诗歌。故事里包含的这些诗,有的表现主人公的感慨,有些是赠答诗,由于正文里不能尽情表达的情绪和感动,诗被定位为故事的重要部分。这些诗具有增强补充故事抒情性的性质。更有甚者,有的诗本身就是故事中心,正文转化为担负解释诗歌之角色的小说。《本事诗》就是编集这类小说的集子。"①2004 年,浅见洋二撰《诗与"本事"、"本意"以及"诗谶"——论中国古代文学作品接受过程中的文本与语境的关系》,从语境的角度探讨《本事诗》的文本内容,尽管涉及诗学阐释的问题,但总体而言还是将《本事诗》视为小说。在美国,汉学家宇文所安指导的博士孙广仁也以《本事诗》为研究对象完成其学位论文 *Poetry in Narrative: Meng Ch'i (fl. 841—886) and True Stories of Poems (Pen-shih shih* 本事诗)(中文译名《诗外的故事:孟启及其〈本事诗〉研究》)。在这篇论文里,他既用排除法确定了《本事诗》的诗评性质,说明其所记录的故事只是诗歌的辅助;又通过文本细读分析《本事诗》中的故事在创作主体、接受客体以及地域上的共性,从权力话语的角度阐释它们与孟启的政治阶层之间的关系。从根本上说,也是偏于叙事层面的分析。2011 年,美国卡拉马祖学院的洪越在《文艺研究》上发表了一篇名为《结构分析:解读唐诗本事故事的一种方法》的文章,借助结构分析的理论分析《本事诗》中的"三角情"故事,研究故事的不同版本及其共性和差异,说明它们如何在口头传播中发生变化并阐明变化中反映出来的社会文化和价值观念的变迁。显然,这还是属于叙事层面的研究。

相比较而言,在我国大陆地区,关于《本事诗》的研究则呈现出一种截然不同的面貌。早在二十世纪三十年代,学界已经有了一些对《本事诗》的基本判断。例如方孝岳认为《本事诗》的批评方法取法于《毛诗·诗序》并由《左传》开其端,同时解释这一传统的由来说"本

---

① (日)内山知也著,查屏球编,益西拉姆等译《隋唐小说研究》,复旦大学出版社,2010 年,第 424—425 页。

来，诗与史的关系很密切。读诗而不读史，对于事实的环境，不能深知，就不能深得诗旨。但史是直叙事实；诗是因事实环境深有感触而发表情感，使人读着如身历其境。所以读史又兼读诗，就更可以对于当时的事实，有深刻的印象。这种诗史相通之义，无论读后来何代的诗，都应当知道"①，又强调"诗本事的好处，是要发明作诗者发生情感的事由。这种事由，是诗本文之内所没有讲的，必待于说明。如果诗中已讲出来，就不用本事了"②。罗根泽则认为《本事诗》是诗话的前身，其来源与笔记小说有关，即："自宋人以后的'诗话'，每偏于诗人及诗本事的探讨，无疑的是受了《本事诗》的影响。'诗话'既蔚为大观，则数典及祖，本事诗的价值，也可以想见了。"③郭绍虞在《宋诗话辑佚序》中也强调说："唐人说诗之著多诗格与诗法，或则摘句为图，这些都与宋人诗话不同，只有孟启《本事诗》、范摅的《云溪友议》之属，用说部的笔调，述作者的本事，差与宋人诗话为近。"④这些都是从诗文评的角度确定《本事诗》的性质，可惜没有展开。二十世纪八十年代之后，又有少量论文谈到《本事诗》及其批评性质，如1989年张皓发表于《武汉教育学院学报（哲学社会科学版）》第4期的《评传、年谱、本事的文学理论价值——中国古代文论之社会历史批评试探》。在这篇论文中，尽管谈到了"本事"的定义、理论价值和发展脉络，但都是点到即止。1994年，王运熙、杨明所著《隋唐五代文学批评史》则对《本事诗》进行了多方面的论述，不仅总结《本事诗》的内容为"诵诗而顾及本事，由本事以推知诗意"⑤，而且追溯其源头至《孟子》《左传》和《诗序》。一方面，他强调《本事诗》是诗与小说的结合，其中故事颇有与史实抵牾之处，"若据以考证诗人行事和诗歌原意，是必须取慎重态度的"⑥，另一方面他又肯定《本事诗》中的某些材料与文学批评较有关系，认为《本事

---

① 方孝岳著《中国文学批评》，北京：生活·读书·新知三联书店，1986年，第17页。
② 《中国文学批评》，第19页。
③ 罗根泽著《中国文学批评史》，上海书店出版社，1962年，第243页。
④ 郭绍虞辑《宋诗话辑佚》，中华书局，1980年，第2页。
⑤ 王运熙、杨明著《隋唐五代文学批评史》，上海古籍出版社，1994年，第735页。
⑥ 《隋唐五代文学批评史》，第735页。

诗》对其续作及《云溪友议》等同类作品都有影响。这些观点很有价值，直到今天仍被学界认同。

显然，从二十世纪三十年代到九十年代，大陆学界对于《本事诗》的研究大多出现在批评史著作中，他们对《本事诗》的介绍虽然简略，但大都肯定其批评性质，强调其在批评史上的源流，尤其是对诗话的影响。与域外汉学及中国台湾地区的研究情况相比，大陆的研究呈现出鲜明的特点。第一，严格按照传统目录分类的情况强调《本事诗》的诗文评性质；第二，把《本事诗》放在诗文评的传统体系中考察其价值；第三，能在历史文化的大背景下考察《本事诗》并判断其源流。但是，最大的问题在于：缺乏对《本事诗》文本的详细考察，因此只有初步的论断，没有具体的论证。换言之，大陆学界对《本事诗》的研究在很长一段时间内都没有真正地走进文本。

从二十世纪末开始，大陆对《本事诗》的研究开始出现了一些新的变化。首先在 1995 年，发表了一篇名为《〈本事诗〉考论》的文章，其作者为孙永如。这是中国大陆第一篇直接对《本事诗》文本进行研究的文章。在这篇文章里，孙永如简单概括了《本事诗》的性质和价值，认为它是我国诗歌纪事一类的文学体裁的滥觞，体制上以诗系事，以事明诗，因此影响深远，不仅所言诸事流传千古，而且治文史者多取其言证诗人之行事，或明诗歌创作之缘起。"然而，《本事诗》资料到底源出何处？其所言真实性及价值到底如何？积年以来，未曾有人予以详究"①，因此在这篇文章里，孙永如具体考察了《本事诗》中所录材料的来源，并结合相关史实，对材料的真实性进行考证。这是从文献的角度对《本事诗》文本进行考察。1997 年，曹旭发表了一篇题为《摘句批评、本事批评、形象批评及其他——〈诗品〉批评方法论之二》的论文，第一次将《本事诗》和"本事批评"联系在一起。他说："'本事批评'作为一种批评方法的意义在于：它沟通了美的创造和美的接受，作为理解作品的前提和中介，批评家把握住它，就把握

① 孙永如，《〈本事诗〉考论》，载陕西师范大学古籍整理研究所编《古代文献研究集林》第 3 集，陕西师范大学出版社，1995 年，第 132 页。

了批评鉴赏的真谛。这种以'本事'进行评论鉴赏的方法,至唐人孟启写作《本事诗》,分情感、事感、高逸、怨愤、征异、征咎、嘲戏七大类。自序谓:不明诗之本事,就不解诗之本义。宋人诗话,即由此生发。欧阳修《六一诗话》所奠定的'资闲谈'的笔记式诗话批评,在很大程度上是以作家作品的'本事'为基础的。"①2003年,周裕锴作《中国古代阐释学研究》,则从《〈本事诗〉序》入手总结《本事诗》的阐释思路,即:由采集触动情感的"本事"而知道诗人的"本意",由知道诗人的"本意"而领悟作品中的"本义"。周裕锴认为这就是"本事批评",它与"诗史"观念和美国学者赫施的历史性概念十分相近。以此为基础,张金梅又进一步将本事批评与赫施意图主义批评进行比较研究,认为:"赫施的意图主义批评明确提出'保卫作者'的口号,认为文学阐释的任务不是去研究作品,而是研究作者,尤其是研究作者的意向和企图;中国古代的本事批评以'本事'→'本意'→'本义'为阐释思路,认为作品的本义由本事决定,相信作者本意与作品本义的同一性幻觉,因此两者都认为作者的意图决定作品的本义。但是对于如何得知作者的本意,两者却表现出明显的差异:中国古代的本事批评从本事入手对作者的本意进行客观探求;而赫施的意图主义批评则对作者的意向或意图进行理论探讨。至于作者的本意在多大程度上决定作品的本义,两者都未深究,又表现出了一些共同的缺陷。"②其他如殷学明的《本事批评:中国古文论历史哲学批评范式探究》(《中南大学学报》社会科学版,2008年第6期)等也对《本事诗》代表的"本事批评"进行了讨论。这又在《本事诗》的诗学研究上迈出了重要一步。

　　另外,关于《本事诗》的文献研究也在本世纪初出现了一些新的进展。2006年,随着孟启家族的几方墓志出现,胡可先和陈尚君先后撰文,对《本事诗》的作者情况进行了考证。一方面,他们肯定《本

---

　　① 曹旭,《摘句批评·本事批评·形象批评及其他——〈诗品〉批评方法论之二》,《上海师范大学学报》,1997年第2期,第96页。

　　② 张金梅,《本事批评:赫施意图主义批评的一个范本》,《宁夏大学学报》(人文社会科学版),2006年第6期,第61页。

事诗》的作者应该名"启"而不是"棨"。另一方面,胡可先通过假设进行推测,认为孟启生于元和末(暂定时间为元和十五年),乾符二年进士及第;陈尚君先生则认为孟启应生于元和前期,乾符元年进士及第。除此之外,陈尚君先生还对孟启家族的世系进行了整理,对孟启的父亲孟琯的生平著作进行了考察和辑略,同时也对孟启的生平经历进行了大致的推测。应该说,陈尚君的研究为我们"知人论世"、研究《本事诗》提供了很好的基础,不过有些具体的判断还有待商榷。

总之,进入新世纪以后,关于《本事诗》的研究出现了一些新的突破。孟氏家族墓志的出土为我们进一步了解孟启的生平提供了依据,而"本事批评"概念的出现又为我们进一步研究《本事诗》的诗学性质奠定了基础。再加上全球化的视野和网络资源的开放,世界各地的研究相互碰撞,在这种情况下,关于《本事诗》的专门研究开始出现。2008 年,笔者以《〈本事诗〉研究》为题撰写并完成硕士论文。在论文中,一方面仔细考察《本事诗》及其作者的相关信息,对王梦鸥、内山知也和陈尚君等人的研究结果进行分析,提出若干不同意见;另一方面则从"本事"概念出发,结合《〈本事诗〉序》与《本事诗》中的具体材料,对《本事诗》的编撰宗旨、编著方法、编写体例、取材原则、写作特色等进行探讨,确立《本事诗》的批评性质,归纳"本事批评"的理论内涵,探讨《本事诗》与"诗史"、"诗序"的关系。可以说,作为一篇硕士论文,研究的手法虽然稚嫩,但还是做了很多有益的尝试,尽量从不同角度探讨《本事诗》。2011 年,我又在此基础上进一步完成了博士论文——《本事批评方法研究》,以《本事诗》为基础,追溯本事批评的源头,梳理本事批评的支脉,剖析本事批评的内涵,总结本事批评的价值和意义,确立其在批评史上的特殊地位。应该说,这篇论文对于"本事批评"这样一种既古老又新鲜、既熟悉又陌生的批评方法进行了较为全面的研究,使我们看到了本事批评背后所反映的我们这个民族特有的文化心理和思维方式,因此对中国文学和文化的发展历史有更多反思。从这个角度来说,这篇论文是值得肯定的。不过实事求是地说,由于学力所限,论文中还有很多问题没有研究清楚,例如《〈本事诗〉序》中的"四始"和"本事"究竟是什么关系?《〈本事诗〉序》中的理论与《本事诗》文本的实际情况是否完全一致？如何看待那些带有传奇色彩的诗歌本事？如何理解本事的真实性？本事批评是怎么从诗歌领域进入词曲再影响到小说戏曲的？它们的具体做法和实际效果有何不同？《本事诗》和"诗话"、"诗纪事"之间究竟是什么关系？这些问题在之前的研究中并没有完全阐释清楚，有待进一步研究。正因为如此，笔者在毕业后并没有急于发表自己的研究成果，而是继续沉潜研究，希望有更大突破。

在这个过程中，学界也涌现出了很多新的研究成果，如余才林的《唐诗本事研究》（上海古籍出版社，2010年）。这本书研究的对象是"诗本事"而不是《本事诗》，虽然也牵涉到《本事诗》中的一些材料，但并未从整体上探究《本事诗》的诗学价值。又如黄旭建的《孟启〈本事诗〉的诗歌本事批评探究》（《传奇·传记·文学选刊》，2010年第1期）和刘思齐的《〈本事诗〉本事观念与本事批评》（《中国学研究》（第十五辑），2012年），从根本上说还是受余才林的影响，偏重于对《本事诗》中的本事材料进行分析，总结其诗学观念。但是对于《本事诗》的整体面貌则缺乏观照，未能全面考察孟启的批评理念和实践，发现它们之间的内在统一。不过有意思的是，在接下来的两三年间，关于孟启和《本事诗》的研究突然变得热闹起来，一时间竟出现多篇以《本事诗》为题的硕士论文，如2014年浙江师范大学赵盼盼的《孟启〈本事诗〉研究》、2015年云南师范大学朱磊的《〈本事诗〉校注》、吉林大学苏沛沛的《〈大和物语〉和〈本事诗〉的比较研究：以男女关系为中心》，还有西南大学舒坦的《基于中外范式差异视野下的〈本事诗〉研究新探》等。这些论文尝试从不同角度探究《本事诗》，但并没有取得实质性突破。而一些单篇论文的出现倒是给我们提供了一些新的思路。例如邹福清的《论唐五代诗本事的言说方式》（《湖北大学学报》哲学社会科学版，2013年第5期）、殷学明的《中国缘事诗评考辨》（《文艺评论》，2015年第4期）和《〈本事诗〉文体考论》（《中国韵文学刊》，2016年第1期）、吴怀东的《〈本事诗〉"诗史"说与中晚唐学术脉动》（《文史哲》，2018年第4期）等，他们对"诗本事"的言说，对《本事诗》文体性质的考辨，对"本事"和"诗史"、"缘事"等诗学概念的讨论，都为我们进一步研究本事诗学打开了视野。

应该说,经过近一个世纪的努力,学界对《本事诗》及其代表的本事诗学的研究取得了一定的成绩。随着出土文献的出现,人们对《本事诗》的作者信息有了更多的了解。内山知也的《本事诗校勘记》和王梦鸥的《本事诗校补考释》又为我们进一步研究《本事诗》的版本面貌打下了良好基础。方孝岳等前辈学者的思考给我们指引了方向,让我们从中国传统文化和文学的大背景下对《本事诗》的诗评性质和诗学意义进行考察。域外汉学的研究又让我们认识到文本分析的重要性,提醒我们从不同角度研究《本事诗》,看到它的复杂性,挖掘它丰富的诗学内涵和文学色彩。余才林等学者的研究让我们关注每一则具体的诗歌本事,研究它们各自的诗学价值;周裕锴等学者的研究又提示我们从整体的角度探讨《本事诗》的批评思路,总结本事批评的内涵,然后在中西理论的对比中探讨本事批评的民族特色,确定本事批评的适用范围,找到它在文学批评史上的位置。除此之外,关注本事诗学与其他诗学命题之间的关系,用动态的眼光看待本事诗学的形成过程及其在不同时期的具体表现,这也是已有研究给我们带来的启示。

总的说来,在过去的研究中,学者们已经从不同角度对《本事诗》及其代表的本事诗学进行了研究,可惜它们各守一隅,要么重文献而轻理论,要么重宏观而轻文本,缺乏更加广阔的视角和融通的眼光,因此常常顾此而失彼,甚至彼此针锋相对,观点相互抵牾,其间充斥着大量的偏见。在这种情况下,全面考察前人的研究成果,批判继承其中的合理成分,以更加融通的眼光打通文献研究、文本研究和理论研究之间的界限,全面考察《本事诗》和本事诗学,梳理本事批评的发展脉络,探讨其诗学原理,总结其诗学价值、史学价值、文学价值、阐释价值和传播价值,了解其使用范围和局限性,探讨它在中国文学发展史上的影响。这样一来,不仅可以更加全面认识《本事诗》,而且可以在此基础上建构本事批评的诗学体系,使两方面的研究融为一体。这实在是一件颇有意义的事,也是一个非常庞大的工程。

本书的研究即致力于完成这样一项工程,困难虽然在所难免,但毕竟有前人的积累，又有撰写硕、博论文的经验，具备了研究的条件。以此为基础，我将从三个方面展开研究：

第一部分是对《本事诗》的全面研究。在这里，我们首先"知人论世——走近孟启"，对孟启的姓名、登第时间和生卒年等问题进行考证，同时通过细读《李珫墓志》等出土文献，进一步了解孟启的家族和婚姻、才华和命运，探讨《本事诗》的编撰目的和时代背景。其次，我们将"去伪存真——还原《本事诗》"，通过对《本事诗》的成书时间、版本流传等情况进行考察，推翻前人所谓《本事诗》文本多有散佚的结论，辨析《本事诗》的文体之争，确定《本事诗》的诗学本质。最后，我们将"鞭辟入里——分析《本事诗》的诗学内涵"。通过解读《〈本事诗〉序》与《本事诗》材料，抓住本事诗、诗本事和本事解诗等诗学命题，总结《本事诗》的内容、结构和阐释思路，探讨"采诗及事"的编撰方法和"七题犹四始"的编撰体例，明确《本事诗》的采编原则，然后以此为基础，揭开其中的诗学秘密，例如《本事诗》的编撰与《诗经》的渊源、与采诗传统的关系等。总之，在这部分研究中，我们将融文献考察、文本分析和理论探究为一体，通过全面深入的具体分析，探讨《本事诗》的诗评性质和诗学意义。

第二部分是本事批评研究。这部分的研究也分为三章。第一章是按照时间顺序梳理本事批评的发展历程。从《左传》解《春秋》到孟子说《诗》，再到《诗序》解诗和《楚辞》的本事诗序，本事批评从经学转入文学领域，这是本事批评在先秦两汉的情况。到了魏晋南北朝时期，随着文学创作的自觉，诗人在创作时往往自序本事或本事命题，表现出本事批评的自觉意识。与此相对应，唐代出现了本事注诗、自注本事和本事解题的情况。孟启《本事诗》的出现，则标志着本事批评有了独特的文体形式。到了宋代，本事批评一方面在诗集注中延续，一方面以《本事诗》续作的形式展开，同时又出现了"论诗及事"和"以诗系事"的变体形式。到了明清，人们对本事诗学进行反思，发现宋人过于重"事"而忽略"情"，于是重新强调"情"的价值，使文学创作出现"重情"倾向，甚至带来抒情文体和叙事文体的进一步融合。在这种情况下，本事批评又进入小说戏曲领域，走向了本事考索。总之,在历史的发展过程中,本事批评经历了各种变化,呈现出各种不同的状态。以此为基础进行总结,我们可以概括"本事批评"的基本内涵、理论基础和表现形式,并结合相关的历史背景探讨本事批评的价值和局限性。最后一章,我们将对清代徐釚的《续本事诗》进行研究,希望通过这部集成之作,展现本事批评的形式和效果。总之,在这部分研究中,我们将融合宏观的历史叙述和微观的文本研究,用具体的材料分析和抽象的理论概括相印证,全面展现本事批评的历史面貌和理论体系。

第三部分是个案研究,希望通过一则具体的诗歌本事,展示本事的诗学价值。在这里,笔者选择的是李群玉神遇湘妃并约为云雨游的诗歌本事。这则本事出自《云溪友议》,看起来荒诞不经,其实却反映了李群玉诗歌创作的特点,即:善于二美合一,融合湘妃和巫山神女意象,以表达自己的独特情感。根据这则本事,我们可以揭开李群玉神遇湘妃的诗学秘密,读懂李群玉的神女诗,体会其用事的巧妙。

总之,在本课题的研究中,笔者将首先采用文献学与文艺学相结合的方法,对《本事诗》的作者、版本等情况进行考证,知人论世,探讨《本事诗》的编撰目的和编撰体例,确定《本事诗》的诗学性质。其次,采用理论和实践相结合的方法,全面考察孟启的批评理念,并与其批评实践相验证。然后,将微观的文本解读和宏观的理论叙述结合起来,通过细致的文本解读提炼《本事诗》的诗学观点,通过具体的文本分析总结本事批评的理论内涵。除此之外笔者还会采用文史结合的方法,追溯本事批评的发展历程,介绍其在不同时期的代表作品,揭示作品产生的背景,分析其历史价值。最后,采用整体研究与个案研究相结合的方法,在全面建构本事诗学的理论体系的同时选择某则本事材料进行具体分析,挖掘其诗学秘密,展示其诗学价值。

上　编

第一章 知人论世——走近孟启

在中国文学史上,有一本神奇的小书——《本事诗》。它篇幅短小,内容复杂,但却一再被提起,仿佛自带魔力。我们不断地靠近它,讨论它,却发现越来越多的问题,等待被揭秘……

《本事诗》是一部小书,它的作者孟启也名不见经传。在文学史上,他最早以"孟棨"之名出现在《唐摭言》中,即:"孟棨年长于小魏公。放榜日,棨出行曲谢。沆泣曰:'先辈,吾师也。'沆泣,棨亦泣。棨出入场籍三十余年。"[①]而后,他又与《本事诗》一起出现在公私目录中,只是名字有了"启"和"棨"的区别。《新唐书·艺文志》曰:"孟启《本事诗》一卷。"[②]《郡斋读书志》则记为"《本事诗》一卷。右唐孟棨撰历代词人缘情感事之诗,凡七类"[③]。《直斋书录解题》又记曰:"《本事诗》一卷,唐司勋郎中孟启集。"[④]那么,作为《本事诗》的作者,孟启究竟名"启"还是"棨"? 他出生于何时何地? 又有着怎样的人生经历? 在本章中,我们将围绕这些问题展开讨论。

第一节 孟启姓名与登第时间考

《本事诗》的作者姓孟,字初中。此为定论。至于其名,则一直以来众说纷纭,莫衷一是。排比下来,则有"棨""棨""启"等不同写法。其中,"棨"字说"仅见于文渊阁本《四库全书》本《本事诗提要》,然浙

---

① (五代)王定保撰《唐摭言》,上海古籍出版社,1978年,第47页。
② (宋)欧阳修、宋祁撰《新唐书》,中华书局,1975年,第1624页。
③ (宋)晁公武撰,孙猛校证《郡斋读书志校证》,上海古籍出版社,1990年,第1061页。
④ (宋)陈振孙撰《直斋书录解题》,中华书局,1985年,第425页。

本《四库全书总目》卷一百九十五已改作'启',作'棨'殆属误录,可不计"①。"棨"字说影响最大。其最早见于五代《唐摭言》,而后《太平广记》、《梦溪笔谈》、《西溪丛语》、《苕溪渔隐丛话》、《郡斋读书志》、《通雅》、《少室山房笔丛》等诸家称引并作"棨"字,故文渊阁《四库全书总目》曰:"《新唐书·艺文志》载此书,题曰'孟启',毛晋《津逮秘书》因之,然诸家称引并作'棨'字,疑《唐志》误也。"②近代以来,不少学者对此提出疑议。如余嘉锡《四库提要辨证》卷二四曰:"案考各家刻本,皆作'孟启',不独毛氏以为然。《宋史·艺文志》、《书录解题》亦皆作'启',独《通志·艺文略》及《郡斋读书志》作'棨'耳。二字形声相近,未详孰是。"③台湾学者王梦鸥也认为:"《新唐书·艺文志》、《宋史·艺文志》、《直斋书录解题》、《全唐文》及顾氏、毛氏刊本《本事诗》,皆书为'孟启',倘以罗隐《续本事诗》序之语,称孟启为'孟初中',衡以名字相副之例,则作'启'者似是也。"④周勋初先生则进一步确定,认为"《本事诗》作者字初中,则其名当以'启'字为是"⑤。本世纪初,陈尚君以新出土的几方墓志为依据,进一步证成"启"字说,并强调两条理由:"一是日本内山知也先生作《本事诗校勘记》(收入《隋唐小说研究》,木耳社1978年版),遍校《本事诗》的十四种传本,确定仅有三种版本存在自序,而署名没有异文,均作'启'。二是咸通十二年《李琡墓志》称'举进士,久不得第',而乾符二年《萧威墓志》署'前乡贡进士孟启',与《登科记考》卷二三依据《唐摭言》考证其在乾符元年登第的记载若合符契。"⑥因此,陈尚君得出结论,认为"《本事诗》作者为孟启,可以定谳"⑦。

①　陈尚君著《唐诗求是》,上海古籍出版社,2018年,第745页。
②　(清)纪昀等撰《四库全书总目》(整理本),中华书局,1997年,第2739页。
③　余嘉锡著《四库提要辨证》,中华书局,1980年,第1585页。
④　《本事诗校补考释》,第22页。
⑤　周勋初著《唐代笔记小说叙录》,见《周勋初文集》,江苏古籍出版社,2000年,第448页。
⑥⑦　《唐诗求是》,第746页。

　　然而奇怪的是,此后出版的大多数论著在提及《本事诗》时仍将其作者写作"孟棨",就连此前被陈尚君作为论据而提到的内山知也的《隋唐小说研究》,2010 年出版的中文编译本中也将《本事诗》作者写作"孟棨"。面对这一特殊现象,陈尚君亦很无奈,甚至有"改一个字好难"的感慨。他说:"(2016 年)5 月初,博雅讲坛约我为新著《贞石诠唐》作讲座并签售。贴出海报,说到对《本事诗》作者孟启家世的研究,微信中立即读到斥谬的回应:'居然将《本事诗》作者孟棨说成孟启',满脸之不屑。这让我想到许多年前,《辞海》2009 年版刚出的时候,咬文嚼字成名的金文明先生说到校对的疏失,也曾以这个字为例。我马上声明,这是应我要求隆重改过来的。但我最近几年所写文章,又有多次编辑很负责任地替我改为孟棨,真让我不知如何解释……来自石刻与存世文献的众多证据,可以确信孟启正确,孟棨为传误,似乎已经完全没有再讨论的余地。至于如何让所有读者都接受这一结论,我觉得真的没有太多办法。"①

　　那么,为什么"孟棨"说如此深入人心? 对于"孟启"是否真的再无讨论的余地? 让"孟启"取代"孟棨"而为大家普遍接受究竟还有没有办法? 面对这些问题,我们只有回到论争的起点,深入辨析不同观点的形成过程及其内在逻辑,才能抽丝剥茧,把看似复杂的问题梳理清楚。

　　首先,回顾"棨""启"二说的形成过程,我们发现证成"启"字说的最早材料为《唐孟氏家妇陇西李夫人墓志铭并叙》(简称《李琡墓志》)和《唐故朝请大夫京兆少尹上柱国孟夫君夫人兰陵郡君萧氏墓志铭》(简称《萧威墓志》),其撰写时间为唐代;而证成"棨"字说的最早材料为五代王定保的《唐摭言》,较前者晚出。就材料可信度而言,前者为墓志,其真实性也远胜于后者的小说家言。当然从逻辑上讲,这里还有另一种可能,即二者所言并非一人。然而比较这两则材料则不难发现:《李琡墓志》中的"孟启"和《唐摭言》中的"孟棨"不仅生活年代

_____

　　① 陈尚君,《改一个字好难》,《文汇读书周报》,2016 年 8 月 29 日,DS4 版。

一致,而且前者"举进士,久不得第"①、后者"出入场籍三十余年"②;
前者咸通十二年未达而乾符二年署名"前乡贡进士"③,与后者在崔
沆榜下登第的时间也完全一致。由此判断,则《李琡墓志》中的"孟
启"和《唐摭言》中的"孟棨"实为一人。又就《本事诗》的作者而言,最
早提到其名为孟启的是《新唐书·艺文志》,而将《本事诗》作者写作
"孟棨"的最早典籍是《郡斋读书志》。从性质上看,前者是史志目录
而后者是私家目录;从时间上看,前者早于后者,因此也更为可信。
总之,通过以上分析,可知《本事诗》的作者应为"孟启"。所谓"孟
棨",其实是《唐摭言》与《郡斋读书志》的误记。

　　其次,重新审视"棨"字说的形成过程,我们发现最早的文献依据
是五代《唐摭言》,然后是宋代的《通志》、《郡斋读书志》和引用《唐摭
言》的《太平广记》、沈括《梦溪笔谈》和引用《梦溪笔谈》的《苕溪渔隐
丛话》、以及姚宽《西溪丛语》等笔记、小说,再到明代的《通雅》与《少
室山房笔丛》,最后则是清代《四库全书总目》(简称《四库总目》)的权
威论定,即"《新唐书·艺文志》载此书,题曰'孟启',毛晋《津逮秘书》
因之,然诸家称引并作'棨'字,疑《唐志》误也"④。在此之后,学界普
遍接受"孟棨"为《本事诗》作者,直到余嘉锡在《四库提要辨证》中提
出异议,即"案考各家刻本,皆作'孟启',不独毛氏以为然。《宋史·
艺文志》、《书录解题》亦皆作'启',独《通志·艺文略》及《郡斋读书
志》作'棨'耳。二字形声相近,未详孰是"⑤。应该说,余嘉锡先生通
过相关材料的考察和补充质疑了《四库总目》的结论,同时为"启"字
说提供了有力证据。顺着他的思路,重新审视《四库总目》的结论,我
们还可以提出另一番辩驳,那就是:看似数量庞大且并作"棨"字的
"诸家称引",其实是同一材料在类书和笔记间的辗转相因,因此在证
成"棨"字说时论据并没有数量和质量上的优势。

---

①　乔栋等编《洛阳新获墓志续编》,科学出版社,2008 年,第 266 页。
②　《唐摭言》,第 47 页。
③　《洛阳新获墓志续编》,第 270 页。
④　《四库全书总目》(整理本),第 2739 页。
⑤　《四库提要辨证》,第 1585 页。

再看论证思路。《四库总目》论证的逻辑起点是以五代《唐摭言》为支持"棨"字说的最早材料,相较于当时所能见到的支撑"启"字说的"最早材料"——《新唐书·艺文志》来说具有时间上的优势。又宋代出现了支持"棨"字说的诸家称引,包括大众熟知的《太平广记》,其在影响力度上也超过了支持"启"字说的各家文献。因此从逻辑上讲,以"棨"为是的结论很有说服力。然而问题在于,《四库总目》的论证建立在不充分的材料基础上,因此,再严密的逻辑也无法推导出正确结论。这一点,余嘉锡和王梦鸥等先生深有体会。因此,在质疑《四库总目》的观点而提出"启"字说时,他们都致力于补充材料,而不做具体论证。或许在他们看来,结论已经一目了然。然而对于那些不熟悉材料而服膺于《四库总目》的读者来说,仅凭只言片语就推翻《四库总目》的"权威"结论,实在令人难以信服。这就造成了陈尚君所说的"改一个字好难"的尴尬局面。在这种情况下,全面考查"棨"字说和"启"字说的形成过程,辨析不同结论的支撑材料,理清逻辑思路,将两种观点的论证过程和存在的问题清晰地呈现出来,则自然可以破除"棨"字说的迷信,接受以"启"为是的正确结论。从这个角度来说,我们对"棨"字说和"启"字说进行辨析,绝非多余之举。

总之,通过上述讨论,我们可以确定《本事诗》的作者为孟启。所谓"孟棨",其实是在《唐摭言》的错误引导下,将其作为最早出现且最为可靠的材料予以引用,同时受笔记小说辗转相因而造成的数量优势所迷惑,因《太平广记》和《四库总目》的广泛影响而为大家普遍接受的一种错误结论。作为研究者,我们必须认识错误、纠正错误,不断强调正确观点,相信总有一天可以拨乱反正。

需要注意的是,"启"字对应的繁体有两种常见写法:"启"或"啟"。在中国大陆出版的古籍或繁体论著中,几乎都写作"启",对应简体字"启"。但在台湾地区发表的论文和著作中则往往写作"啟",因为台湾的常用字体是繁体,其与"启"对应的繁体被确定为"啟"而不是"启"。由此可见,所谓"启""啟""启"的不同写法,是现代汉字标准化所带来的复杂现象,从根本上说并无差异,也没有对错之分。在本书中,我们一律采用简体汉字,因此《本事诗》的作者姓名也统一写作"孟启"。

　　关于孟启的登第时间,学术界也存在一些争议,概括起来有乾符元年、乾符二年和咸通十二年以前等三种不同观点①。比较这些观点,结合相关材料进行分析,则不难发现:孟启登第的时间应为乾符二年(875年)。

　　首先,据《李琠墓志》可知,孟启在咸通十二年还自称"进士"。"进士"一词在唐代和明清所指不同。明清时期,举人中第始称"进士",而唐代的"进士"是指被州府荐举应进士科而尚未及第者。这一点,胡震亨在《唐音癸签》中说得很清楚,即:"放榜后称新及第进士,关试后称前进士。唐进士,今乡贡之称。前进士,乃今进士称也。"②显然,自称"进士"的孟启在咸通十二年仍未及第,这和《李琠墓志》中所言"举进士,久不得第"、"惜乎,余老而未达,俾夫人之仁,不涵濡于九族;夫人之德,不布显于天下"③的感慨亦相一致。

　　其次,在乾符二年十月刊刻的《萧威墓志》中,孟启结衔为"凤翔府节度使推官,前乡贡进士"④。所谓"前乡贡进士"其实与"前进士"一样,都是进士及第后的称呼,只是特指由乡贡而登进士者。宋代洪迈《容斋续笔》卷一三《贻子录》条引咸通中卢子期著《初举子》一书曰:"及吏部给春关牒,便称前乡贡进士。"⑤胡仔《苕溪渔隐丛话后集》引《蔡宽夫诗话》则曰:"关试后始称前进士。"⑥由此可见,"前乡贡进士"就是"前进士"的一种,他们都通过关试、拿到了春关牒。何谓"关试"和"春关(牒)"?《太平广记》卷一七八《贡举一·关试》曰:"吏部员外于南省试判两节,试后授春关,谓之关试。诸生谢恩,其日

---

　　①　陈尚君《〈本事诗〉作者孟启家世生平考》认为"孟启于乾符元年(874)登进士第"。胡可先、童晓刚《〈本事诗〉新考》认为"孟启乾符二年(875)进士及第"。芦笛《唐〈本事诗〉考补四则》认为"孟启进士及第之年在咸通十二年(871)年以前"。

　　②　胡震亨《唐音癸签》,上海古籍出版社,1981年,第198页。

　　③　《洛阳新获墓志续编》,第266页。

　　④　《洛阳新获墓志续编》,第270页。

　　⑤　(宋)洪迈撰,穆公校点《容斋随笔》,上海古籍出版社,2015年,第249页。

　　⑥　(宋)胡仔纂集,廖德明校点《苕溪渔隐丛话后集》,人民文学出版社,1962年,第151页。

称门生,谓之'一日门生',自此方属吏部矣。"①也就是说,"春关(牒)"是吏部"关试"后授予及第进士的文书,表明接纳其为吏部选人,可以参加吏部组织的冬集铨选。反之,没有通过"关试"的进士及第者只能称作"新及第进士"。《唐摭言》卷一《述进士下篇》云:"近年及第,未过关试,皆称新及第进士。"②因此,孟启在《萧威墓志铭》中自称"前乡贡进士",说明此时的他不仅进士及第,而且已经通过关试,拿到仕进资格了。由此可以确定:孟启进士及第的时间应在咸通十三年至乾符二年之间。

据《唐摭言》所载,孟启及第时崔沆知贡举。按《旧唐书·僖宗本纪》,崔沆咸通十三年被贬循州(惠州),两年后始被召还。咸通十五年九月,"循州司户崔沆复为中书舍人"③。乾符元年十月,"以中书舍人崔沆为中书侍郎"④。乾符二年五月,"中书舍人崔沆为礼部侍郎"⑤。徐松《登科记考》卷二三云:"盖沆于放榜后正拜侍郎,元年之中书侍郎,系权知贡举之误也。"⑥按唐制,知贡举者一般在前一年秋冬任命,第二年知举。因此,崔沆在乾符元年十月以中书侍郎接受任命,权知次年贡举。乾符二年,崔沆知举、放榜,然后正拜礼部侍郎。这是合乎情理的。《唐语林》卷四"企羡门"曰"乾符二年乙未崔沆侍郎知举"⑦,宋代赵与时《退宾录》曰"唐僖宗乾符二年,礼部侍郎崔沆下进士三十二人,郑合敬第一"⑧,钱易《南部新书》曰"乾符二年,崔沆放崔瀣榜,谈者称'座主门生,沆瀣一气'"⑨,这些都说明崔沆知贡举的时间是乾符二年。准确地说,从咸通十三年到乾符二年,崔沆知贡举的时间只有乾符二年。至于乾符元年(即咸通十五年),则知贡

① (宋)李昉等编《太平广记》,中华书局,1961年,第1328页。
② 《唐摭言》,第3页。
③ (后晋)刘昫等撰《旧唐书》,中华书局,1975年,第690页。
④ 《旧唐书》,第692页。
⑤ 《旧唐书》,第694页。
⑥ (清)徐松撰《登科记考》,中华书局,1984年,第871页。
⑦ (宋)王谠撰,周勋初校证《唐语林》,中华书局,1987年,第382—383页。
⑧ (宋)赵与时著《退宾录》,中华书局,1985年,第23页。
⑨ (宋)钱易撰,黄寿成点校《南部新书》,中华书局,2002年,第71页。

举者为礼部侍郎裴瓒,这在《登科记考》卷二三中已有考证,即:"咸通十五年(按这一年十一月庚寅,改元为乾符)知贡举,礼部侍郎裴瓒。"①由此可见,孟启进士及第的时间只能是乾符二年。

乾符二年春,孟启在崔沆门下进士及第并通过关试、取得春关,因此在十月刊刻的《萧威墓志》中自称"前乡贡进士",这是合乎事实的。然而,同样在《萧威墓志》中,孟启又结衔"凤翔府节度使推官",这又该如何解释?众所周知,"唐代举子进士及第后,只是获取了入仕前的一种身份。若要得到官资,必须先通过关试,再由吏部铨选、制举、吏部科目选以及使府辟署等途径入仕"②。"按唐制,关试后新及第举子参加当年春天的铨选而授官是不可能的,因为唐代对新及第举子还有选格的限制,得守选数年后才准冬集参选。但在守选期间却允许他们可以参加制举或吏部科目选试,一经登科,就可立即授官。制举并不是每年都有,而科目选却年年都设。"③就孟启的情况看,他在乾符二年春登第并拿到春关,十月就结衔"凤翔府节度推官",可见他并未通过铨选、制举和吏部科目选,而是选择了另一条入仕途径——接受幕府辟署,成为节度、观察等使府的僚佐。这是一条无需等待的仕进之路。在唐代,尤其是"唐后期,政局动荡,选人日多,官位有限,进士及第者需要一再应铨选,才能获官入仕,缓慢升迁"④。在这种情况下,很多人都选择"中举后接受地方藩镇幕府的辟用,再转任中央官职或地方官,这样几经迁转之后,便可出任一州刺史"⑤。孟启的父辈们就是如此。孟启选择的也是这样一条快速升迁的通道,因此登第后不久就接受凤翔府的辟用,成为凤翔府节度使推官。此时,凤翔府节度使为令狐绹。令狐绹为什么招徕孟启入

---

① 《登科记考》,第 868 页。
② 俞钢,《唐代进士入仕的主要途径及特点》,《上海师范大学学报》(哲学社会科学版),2003 年第 6 期,第 94 页。
③ 王勋成著《唐代铨选与文学》,中华书局,2001 年,第 35 页。
④ 《唐代进士入仕的主要途径及特点》,第 101 页。
⑤ 王怡然,《孟珏墓志考释》,《山东师范大学学报》(人文社会科学版),2015 年第 3 期,第 128 页。

幕？他们之间有什么渊源？这在后面章节中会再谈到。

第二节　孟启生卒年考

　　作为《本事诗》的作者，孟启的基本信息可以根据孟氏家族出土的几方墓志得以确定，即：孟启，字初中，平昌安丘人。"其先鲁桓公三子仲孙为孟氏，其后至轲，为世贤达，历汉魏晋，簪组不绝。"①十一代祖昶，宋左仆射临汝公。高祖景仁，"仪凤中进士高第，历官衢州龙丘县令，赠殿中丞"②。曾祖洋，"明经，由相国第五公琦府辟，累迁西台监察、殿中御史，虔吉二州刺史，赠光禄卿"③。祖存，历官至"资、蜀二州刺史、抚王傅，赠户部尚书"④。父瑄，元和五年进士及第，历官侍御史、度支、职方二员外，朗随二州刺史。孟启是孟瑄的长子，他究竟生于何时？卒于何世？这个问题还需要进一步考辨。

　　从目前的情况看，学界对孟启的生年问题讨论很多，其中主要观点有两种。一种认为孟启生于元和十五年（820 年），即胡可先所言："《本事诗》自序称'开成中，余罢梧州'，即以其罢梧州在二十岁左右，开成共五年，其生年当在元和末。又孟启所撰其妻李氏墓志铭称：'惜乎！余老而未达。'志撰于咸通十二年（871 年），上溯至元和十五年（820 年），推知孟启为五十二岁，与自称'老而未达'不悖。至乾符二年及第时，已是五十六岁了。以其二十余岁应举，至此时亦已三十余年，与《唐摭言》所言'出入场籍三十余年'亦相吻合。故暂定孟启生年为元和十五年（820 年）。"⑤这种看法以"二十岁在梧州"的假设为前提，并通过相关文献的验证论证了假设的合理性，虽言之成理，却终嫌证据不足。此后，陈尚君又提出另一种看法，即："孟启在《本事诗》中有'开成中余罢梧州'的叙述，且其咸通十二年（871 年）在李

---

①　齐运通编纂《洛阳新获七朝墓志》，中华书局，2012 年，第 368 页。

②③　《洛阳新获七朝墓志》，第 368 页。

④　《洛阳新获七朝墓志》，第 368 页。按《孟瑒墓志》，则曰"累赠礼部尚书"，未知孰是。

⑤　胡可先、童小刚，《本事诗新考》，《中国典籍与文化》，2004 年第 1 期，第 79 页。

琐墓志中已有'余老而未达'之叹,其生年应在元和前期,即开成中弱冠,咸通十二年约六十岁,为大致契合"①、"孟琯于元和五年(810年)登进士第……估计孟启大约即生于此年前后"②、"前节推测当生于元和前期,大约不会相去太远"③。然而仔细分析这三条论述,则发现其中多有舛误,试辨析如下:

首先,根据《唐会要》记载:"武德六年三月令,以始生为黄,四岁为小,十六为中,二十一为丁,六十为老……至广德元年七月十一赦文,天下男子,宜二十五岁成丁,五十五入老。"④可见"老"字作为制度上的规定,在孟启生活的年代是指"五十五"之后,而非"六十"。又作为一种身世评价,"老"字所指的年龄往往更小。如《唐国史补》有这样一条记载:"唐衢周郑客也,有文学,老而无成。唯善哭,每一发生,音调哀切,闻者泣下。常游太原遇享军,酒酣乃哭。满坐不乐,主人为之罢宴。"⑤与此相对应,白居易曾写过一首《寄唐生》赠与唐衢,曰:"贾谊哭时事,阮籍哭路歧。唐生今亦哭,异代同其悲。唐生者何人?五十寒且饥。不悲口无食,不悲身无衣。所悲忠与义,悲甚则哭之……"⑥又《伤唐衢二首》其一曰:"忽闻唐衢死,不觉动颜色……怜君儒家子,不得诗书力。五十着青衫,试官无禄食。遗文仅千首,六义无差忒。散在京索间,何人为收得。"⑦显然,与唐衢"老而无成"对应的状态是"五十寒且饥"、"五十着青衫"。也就是说,对于失意文人而言,五十岁无成便可称"老而无成"了。由此可见,孟启在咸通十二年所撰的《李琐墓志》中自称"老而未达",并不能证明孟启此时已年届六十,相反很可能未到五十五,甚至刚满五十。以此逆推,则孟启的生年应在公元817—822年之间,而不是元和前期。

---

① 《唐诗求是》,第748页。
② 《唐诗求是》,第749页。
③ 《唐诗求是》,第750页。
④ (宋)王溥撰《唐会要》,中华书局,1955年,第1555—1556页。
⑤ (唐)李肇著《唐国史补》,上海古籍出版社,1979年,第38页。
⑥ (唐)白居易著,顾学颉校点《白居易集》,中华书局,1979年,第15页。
⑦ 《白居易集》,第16页。

其次,分析陈尚君的论述,我们发现其所说的"生年应在元和前期,即开成中弱冠"一句本身即有矛盾。正如我们所知,若孟启生于元和前期,即元和七年(812 年)之前,那么到开成初年(836 年)孟启已过二十五岁,显然不可能是"开成中弱冠"。反过来,若"开成中弱冠"的说法是正确的,那么孟启的生年就应该是元和十二年(817 年)左右,也属于元和后期。

再次,根据孟启是孟琯的长子而推测其生年在孟琯登进士第之前后,这也不太合理。因为韩愈《送孟秀才序》曰:"今年秋,见孟氏子琯于郴,年甚少,礼甚度……"①此文作于永贞元年(805 年)十月,从韩愈称其"年甚少"来看,孟琯此时最多十五六岁。又据此文注曰"元和五年,刑部侍郎崔枢知举,试《洪钟待撞赋》,孟琯中第"②可知,孟琯于元和五年(810 年)登进士第,此时年龄顶多二十出头。因此按年龄推断,孟琯于近期内结婚生子的可能性也不大。退一万步讲,即使孟琯登第后很快议婚,但从议婚到结婚再到生子,至少也需要两年时间。这样一来,孟启的出生也不太可能在孟琯登第前后。

又从孟启"出入场籍三十余年"而乾符二年(875 年)登第可知,孟启初入场籍的时间应在公元 836—844 年。进一步逆推,则其出生也不能早于元和八年(813 年),否则其初入场籍既已二十四岁以上,不符合唐代科举的一般惯例。的确,按现有记载看,唐代士子初入场籍的年龄一般为二十岁左右,即弱冠之年。在《旧唐书》的记载中,"弱冠举进士"者多矣。仅以卷八八为例,即有承庆字延休。少恭谨,事继母以孝闻。弱冠举进士"③、"环,弱冠本州举进士"④、"环子斑,少有俊才,一览千言。弱冠举进士"⑤等记载。又郑谷《云台编自序》曰"及冠,则编轴盈笥,求试于春闱"⑥、李翱撰《唐故福建等州都

---

①　(唐)韩愈著,屈守元、常思春主编《韩愈全集校注》,四川大学出版社,1996 年,第 1666 页。

②　《韩愈全集校注》,第 1666 页。

③　《旧唐书》,第 2862 页。

④　《旧唐书》,第 2878 页。

⑤　《旧唐书》,第 2880 页。

⑥　(唐)郑谷著、严寿澂等笺注《郑谷诗集笺注》,上海古籍出版社,1991 年,第 462 页。

团练观察处置等使兼御史中丞赠右散骑常侍独孤公墓志铭》曰"公讳朗,字用晦……公生数岁而宪公殁,与弟郁皆伯父母所养。稍长,好读书,不烦于师。年二十一,与弟郁同来举进士"①、孙樵撰《唐故仓部郎中康公墓志铭并序》曰"公幼嗜书,及冠,能属辞,尤攻四六文章,援毫立成,清媚新峭,学者无能如。自宣城来长安,三举进士登上第"②等,都说明士子初入场籍的年龄为弱冠之年。又白居易《与元九书》曰"十五六始知有进士,苦节读书……家贫多故,二十七,方从乡试"③,说明二十七岁初入场籍实为特例。对比之下,孟启的父亲孟琯元和五年进士擢第,叔父孟璲、孟珏、孟球、孟瑊也在大和、开成和会昌间先后登进士第,可见其家庭稳定、经济充裕且注重科举。在这种情况下,孟启初入场籍的时间不可能偏晚,而应该在二十岁左右,甚至二十岁之前。以此逆推,则孟启的生年也应在公元 817 年到公元 825 年之间。

　　另外,《本事诗》中还有"开成中余罢梧州"一句。这句话从表面上看,似乎孟启在开成中曾遭到贬谪而居梧州。但实际上,孟启到乾符二年(875 年)才登进士第,因此不可能有开成间被贬梧州的经历。相反,据史书记载,他的父亲孟琯在大和九年(835 年)被贬为梧州司户参军。因此,此处所言"开成中余罢梧州"很可能是"开成中余父罢梧州"之误。又或者,所谓"罢梧州"就是指"停歇于梧州"的意思,指开成间孟启随父侍行于梧州。以此为基础,我们也可以对孟启的生年进行判断。据《新唐书》记载,(太宗贞观元年)"十一月己未,许子弟年十九以下随父兄之官所"④。也就是说,孟启在开成年间的年龄按理不超过十九岁,否则不可能随父侍行。这样一来,从开成间(836—840 年)前推,孟启的生年也不可能早于 818 年(即元和十三年),因此不可能为元和前期。

---

①　(清)董诰等编《全唐文》,中华书局,1983 年,第 6449 页。

②　《全唐文》,第 8339 页。

③　《白居易集》,第 962 页。

④　《新唐书》,第 28 页。

最后,按《李琭墓志》所言,咸通十二年(871年)李琭去世,年仅三十五岁。又李琭与孟启结婚时年方二十五,因此孟启跟李琭的成婚时间是咸通二年(861年)。此时,孟启的年龄大概多少呢?我们不得而知。但据推断,很可能是四十岁左右。白居易《赠友五首》曰:"三十男有室,二十女有归。近代多离乱,婚姻多过期。婚嫁既不早,生育常苦迟。儿女未成人,父母已衰羸。"①也就是说,按礼制规定,男子三十、女子二十即成家。但唐代中期以来,由于社会动乱,人们的婚姻嫁娶和生育时间大多推迟。例如白居易就是三十七岁才结婚的。"在唐代,士大夫娶妻大多追求高门大户家的女儿,高门嫁女也选择有仕途前景的男性。因此,为了获得与高门女子结婚的资本,奔竞仕途的青年男子往往要到30—40岁才完成婚姻。这也是唐代男性晚婚的重要原因之一。"②至于孟启,其情况则可能与下面故事中的王诸类似:

> 大历中,邛州刺史崔励亲外甥王诸家寄绵州,往来秦蜀,颇谙京中事。因至京,与仓部令史赵盈相得。每赏左绵等事,盈并为主之。诸欲还,盈固留之。中夜,盈谓诸曰:"某长姊适陈氏,唯有一笄女。前年,长姊丧逝,外甥女子,某留抚养。所惜聪慧,不欲托他人。知君子秉心,可保岁寒。非求于伉俪,所贵得侍巾栉。如君他日礼娶,此子但安存,不失所,即某之望也。成此亲者,结他年之好耳。"诸对曰:"感君厚意,敢不从命?固当期于偕老耳!"诸遂备缓币迎之。后二年,遂挈陈氏归于左绵。是时,励方典邛商,诸往觐焉。励遂责诸浪迹,又恐年长不婚。诸具以情白舅。励曰:"吾小女宽柔,欲与汝重亲,必容汝纳旧者。"陈氏亦曰:"岂敢他心哉,但得衣食粗充,夫人不至怪怒,是某本意。"诸遂就表妹之亲。③

---

　①　《白居易集》,第36页。
　②　张国刚《"立家之道,闺室为重"——论唐代家庭生活中的夫妻关系》,《清华大学学报》(哲学社会科学版),2008年第1期,第54页。
　③　《太平广记》,第2231—2232页。

与王诸一样,孟启也是在久不中第、年长不婚的情况下娶表妹李琡为妻的,因此很可能是其舅父李从义不忍心见其不婚而将女儿许配给他。在这种情况下,孟启和表妹的年龄差距应该不会太大。换言之,以李从义的家境,既不可能坐视外甥过于晚婚,也不可能把自己的女儿嫁给年近五十而仍未中第的孟启。由此推断,孟启在咸通二年时大约四十岁左右。以此前推,则其生年也应在公元 822 年前后。

综上所述,孟启的生年应在元和十三年(818 年)之后,此乃上限。然而其下限又在哪一年呢?是否如胡可先所言,一定为元和末期?答案也是否定的。首先,孟启到乾符二年(875 年)登进士第时已出入场籍三十余年,因此其初入场籍的时间最晚不迟于公元 845年,否则其盘旋考场的时间就不足三十年。又按一般惯例,唐人初入场籍的时间应在弱冠之年,由此反推,则孟启生年不应晚于公元 825年;其次,孟启在咸通十二年(871 年)时称"老而未达",此时其年龄应不小于五十岁,因此其生年不晚于公元 822 年。

最后再来检验一下:若孟启生于公元 818—822 年,则其开成年间(836—840 年)未满十九岁,可以随父侍行。咸通二年与李琡结婚时约 40—44 岁,符合唐代晚婚的大致年龄。到咸通十二年(871 年)时,孟启约 50—54 岁,与"老而未达"之说亦相吻合。按常理,孟启以弱冠之年初入场籍,则乾符二年(875 年)已出入场籍 34—38 年,与三十余年之说也相符合。

由此可见,孟启的生年应在公元 818—822 年,也就是元和后期或长庆年间。又据《本事诗》中所谓"今谏议大夫司空图为注之"一句可知,司空图任谏议大夫时孟启仍在世,而司空图"龙纪初,复拜旧官,以疾解。景福中,拜谏议大夫,不赴"[1],因此,称司空图为谏议大夫的孟启一直活到了景福中(892—893 年),此时已年逾古稀。至于孟启究竟卒于何年?则不得而知。按年龄推测,应不晚于唐亡之年(907 年)。

---

① 《新唐书》,第 5573 页。

第三节　孟启的家世与婚姻

在几千年的中国文化中，个人的存在从来不是孤立的，而是与整个家族的命运休戚与共。换句话说，每个人的背后都站着一个家族，凝聚着几代人的努力和汗水。

对于孟启来说，所谓"其先鲁桓公三子仲孙为孟氏，其后至轲，为世贤达，历汉魏晋，簪组不绝"①的姓氏溯源，大概不过是一种自我安慰。至于远祖为宋左仆射临汝公孟昶的说法，也不排除其中有伪托的可能。因此，实事求是地说，在唐代之前，孟启家族的情况并不明晰。进入唐代之后，随着科举制度的兴起，孟启家族在"文学清德俭素"②的家风影响下致力于科考，并因多人登第而带来家族地位的不断上升。高祖孟景仁，"仪凤中进士高第，历官衢州龙丘县令，赠殿中丞"③。曾祖孟洋，"明经制举，由相国第五公琦府辟，累迁西台监察、殿中御史，虔吉二州刺史，赠光禄卿"④。祖父存，"历官至资、蜀二州刺史、抚王傅，累赠礼部尚书"⑤。至于其父辈，则九人中有五人登进士科，并"由台阁清选，皆再领郡符"⑥。其中，孟琯元和五年进士及第，历官"度支、职方二员外，朗随二州刺史"⑦。孟璲"大和初进士擢第，累辟藩府，掌奏记……陟为尚书职方郎中，迁京兆少尹"⑧。孟珏开成中登进士第，随即入归融幕府，又"孙公范镇青州时辟为节度副使，赐绯鱼袋……裴公休为盐铁使时署推官，迁膳部员外郎……俄迁陇州防御使兼御史中丞、赐紫金鱼袋……相公令狐公绹知其能，遥授摄节度副使"⑨。孟球会昌三年进士及第，与孟珏"至大中末皆银艾，同为尚书郎、列郡刺史，时人荣之"⑩。总之，经过几代人的努力，孟启家族的地位不断上升。

应该说，作为唐代典型的科举家族，孟启家族上升的主要渠道是科举中第以及由此带来的仕宦经历。除此之外，在科举和仕宦生涯

---

①②③④⑥⑦⑨　《洛阳新获七朝墓志》，第368页。
⑤⑧⑩　《洛阳新获墓志续编》，第253页。

中建立起来的人际关系也是孟启家族得以崛起的重要助力,例如孟洋与第五琦、颜真卿的关系。孟洋明经制举后由相国第五琦府辟而走上仕途,又"与颜鲁公善,葬常州武进原,真卿为之碑"①。第五琦(712—782 年)和颜真卿(709—784 年)都是中唐著名的政治家。开元十四年(726 年),第五琦由明经科入仕。安史之乱中,他建策起江淮财赋,创榷盐法,为军队提供粮饷供给。后又改革货币制度,为安史之乱后的经济发展做出了贡献。开元二十二年(734 年),颜真卿登进士第。安史之乱中,他率义军对抗叛军,并首用盐法改革保证了用度,为第五琦的改革提供了思路。德宗兴元元年,淮西节度使李希烈叛乱,颜真卿代表朝廷前往劝谕,被李希烈缢死……可以说,在中唐政坛上,第五琦和颜真卿都是叱咤风云的人物,孟洋与他们之间的交往,表明其家族已摆脱普通士人的阶层,进入了上流社会。

到了孟存,则直接进入皇家贵族的交际圈,即"辟司徒王公锷府,授监察、殿中御史,任醴泉县令,资蜀二州刺史、抚王傅"②。抚王是唐德宗的孙子、顺宗的十七子李绹,《旧唐书》卷一五〇《德宗顺宗诸子传》称其"贞元二十一年封"③。对于孟存来说,成为抚王傅并不是一件偶然的事。正如《孟珏墓志》所记,孟存的夫人是彭城刘氏,是监察御史刘传经的女儿、相国刘晏的侄孙。刘晏是唐玄宗时期有名的神童,七岁就被授予翰林院正字的官职。又身历玄宗、肃宗、代宗、德宗四朝,两登相位,为国理财二十余年,为唐代皇权的稳定做出了巨大贡献。刘晏为人勤政廉明,"理家以俭约称,而重交敦旧……善训诸子,咸有学艺"④。因此,作为刘晏的侄孙女婿,孟存显然进入了一个更高的人际交往圈,与皇家后裔往来也是常事。

总之,孟存与刘晏家族的联姻进一步提升了孟氏门第,因此,到他的儿子孟琯、孟璲时,联姻对象多为名门。孟琯的夫人是太祖景皇

---

① 《洛阳新获墓志续编》,第 253 页。
② 《洛阳新获七朝墓志》,第 368 页。
③ 《旧唐书》,第 4049 页。
④ 《旧唐书》,第 3515 页。

帝的十代孙,明州刺史、赠礼部尚书李谐的女儿,宗正卿李从义的姐姐。孟珏的夫人是驾部员外郎陈夷实的女儿、丞相陈夷行的侄女。孟璲的夫人是刑部尚书萧俛的玄孙,临汝尉萧虔古的女儿。至于孟启这一辈,则孟启娶了舅舅李从义的女儿。他的堂妹(即孟珏的女儿)又嫁给了彭城刘轩,也就是刘晏的曾孙。这是亲上加亲,两代联姻。

　　在唐代,婚姻是门第建设的核心。因此,婚姻活动不仅是男女当事人的情感选择,更是家庭利益的联合。从孟存开始,孟氏家族一再与名门联姻,这不仅提升了他们的家族声望,而且建构了一幅巨大的、牢固的社会政治网络,为个人及其子弟的成长提供了良好基础,而子弟的成功反过来又促进了家族实力的增长,形成一种良性循环。孟琯的情况就是这样。作为孟存的长子、监察御史刘传经的外孙,他很早就致力于科举,并得到韩愈的奖掖。韩愈《送孟秀才序》曰:

　　　　今年秋,见孟氏子琯于郴,年甚少,礼甚度,手其文一编甚巨。退披其编以读之,尽其书,无有不能。吾固心存而目识之矣。其十月,吾道于衡、潭以之荆,累累见孟氏子焉。其所与偕,尽善人长者,余益以奇之。今将去是而随举于京师,虽不有请,犹将强而授之,以就其志,况其请之烦邪?京师之进士以千数,其人靡所不有,吾常折肱焉。其要在详择而固交之,善虽不吾与,吾将强而附,不善虽不吾恶,吾将强而拒。苟如是,其于高爵,犹阶而升堂,又况其细者邪?[1]

　　在序中,韩愈介绍了其与孟琯的相识过程并给予高度评价,说孟琯年纪轻轻就很有礼度,好学而又有文才,所交游者多善人长者,因此令人称奇。又说自己给孟琯写序,不仅是因为孟琯的请求,更是出于对孟琯的赏识。

　　显然,韩愈在这里既高度评价了孟琯,又强调其评价的客观公正,同时也表达了对孟琯的美好祝福。结果正如其所预言,孟琯入京

---

　　[1]　《韩愈全集校注》,第1666页。

不久即得中高第。元和五年（810 年），刑部侍郎崔枢知举，试《洪钟待撞赋》，孟琯中第，同时登第者还有陈彦博、王璠、杨虞卿等。及第后的孟琯先后任殿中侍御史、监察御史等职，与李翱、杨巨源、姚合等多有交游（李翱《何首乌录》、姚合《答孟侍御早朝见寄》、杨巨源《方城驿逢孟侍御》等文中所谓"孟侍御"均指孟琯）。应该说，孟琯能够如此顺利地通过科考走上仕途，离不开韩愈的奖掖，而韩愈的奖掖不仅是因为孟琯的才华，还与他的家世有一定关联。毕竟，孟琯的外祖是刘晏一族，他的父亲孟存也官至刺史，为抚王傅。由此可见，孟存与刘氏的联姻为孟琯的成长打下了良好的基础，他得到了韩愈的奖掖，通过了进士科考试，走上仕途。而后，他又与太祖景皇帝的十代孙、明州刺史赠礼部尚书李谞的女儿、宗正卿李从义的姐姐联姻，进一步壮大了自己的家族力量。

总之，在孟存及其儿子们的婚姻中，我们可以看到这样一个事实，那就是：与名门贵族的联姻带来了家族门第的提升和人际网络的建立，而家族门第的提升和人际网络的建立又为子弟们的成长和发展提供了助力。这种良性循环在孟珏那里也有所体现。孟珏登第后即受归融征辟，归融和陈夷行都是元和七年的进士，孟珏娶了陈夷行的侄女为妻，可见在这里，姻亲关系、同年关系和僚属关系相互交织，耐人寻味。

当然，孟琯也好，孟珏也罢，他们的成功都不仅仅依靠家世和联姻，还有自身的才华和机遇，尤其是科考的胜利和为官理政的能力。除此之外，大的生存环境，尤其是所处时代的变化和政治事件的爆发，则是一种不可抗的力量，左右着个人和家族的命运。

对孟琯来说，甘露之变就是这样一场不期而遇的政治事件，给他带来了人生的巨变。《册府元龟》卷七〇七对此事有详细叙述：

> 姚中立为万年县令、孟琯为长安县令。文宗大和九年十一月，两县捕贼官领其徒，受罗立言指使，内万年县捕贼官郑洪惧而诈死，令其家人丧服而哭。中立阴识之，虑其诈闻，不能免所累，以其状告之。洪藏入左神策军。洪衔中立之告，返言追集所由，皆县令指挥，故贬中立为朗州长史，琯为硖州长史；寻再贬中

立为韶州司户参军，琯为梧州司户参军。①

简单地说，大和九年，时任长安县令的孟琯无故被牵连而卷入甘露之变，因此被贬为硖州长史，再贬为梧州司户参军。对孟琯来说，这无疑是一场飞来横祸。然而相较于其他朝官而言，孟琯其实已经幸运很多。

回到这场发生于唐文宗大和九年的宫廷事变，我们发现事情的残酷远远超出了人们的想象。正如我们所知，甘露事变的起因是唐文宗不满于宦官专权，于是企图借助李训、郑注等人的力量诛灭宦官。然而可惜的是，事变最终因参与其事者的谋划泄露而以失败告终，并遭到宦官的疯狂反扑。一方面，宦官首领仇士良等劫持了唐文宗并矫诏捕杀李训，将王璠、罗立言等参与其事者腰斩处死。另一方面，宦官们又借机大肆诛戮朝臣，宰相王涯、贾𬭤等被无辜族灭，其他受牵连而丧命的朝官上千人，整个朝廷几乎为之一空。至于百姓，陷于混乱而死于无辜者更是不可胜计。这场灾难，最后以宦官的胜利结束。从此以后，皇帝受制于家奴，大臣们也心灰意冷，不仅丧失了与宦官抗争的勇气，而且经世报国的信念也被全身远祸的心态所代替，唐代社会走向晚期。"在不利政治形势的笼罩下，晚唐士人们畏惧于宦官的势力，像元和时期那样的参政热情几乎化为乌有，他们或纵情酒色，或迷恋道佛，借以逃避现实，忠君报国、渴望中兴的信念，被全身远祸、独善其身的主流心态所代替，当然也不乏有少数人持愤慨抨击的态度。这一恶劣的政局变化所导致的士人心态的变化，对当时文人的创作、晚唐时期文学思想的发展无疑都产生了极大的影响。文人作品中的政治性消退，个性化功能增强，言志少而缘情多。"②甘露之变后，孟琯被贬谪到梧州任司户参军。这时的他或许有无辜遭贬的愤懑，也有劫后余生的侥幸，但可以确定的是，他的政治热情受到了猛烈打击。于是在梧州，孟琯转入了另一种生活状态。

①　（宋）王钦若等编纂《册府元龟》，中华书局，1960 年，第 8415 页。
②　孙铭蔚，《论"甘露之变"对晚唐士人心态的影响》，《青年文学家》，2011 年第 2 期，第 174 页。

他编撰《岭南异物志》一卷和《南海记事》五卷,记录岭南一带的风土人情。值得注意的是,在《岭南异物志》中,孟琯偶尔也记载人事,如《太平广记》卷四九七辑录《岭南异物志》中的一则材料,曰:"元和初,韦执谊贬崖州司户参军。刺史李甲怜其羁旅,乃举牒云:'前件官久在相庭,颇谙公事,幸期佐理,勿惮縻贤。事须请摄军事衙推。'"①这则材料与《岭南异物志》中的其他材料不同,其中或有寄托。正如我们所知,孟琯此时由长安县令贬为梧州司户参军,情况与韦执谊相近。因此,他记录此事的目的或许正是暗示自己贬居梧州时的真实境遇,即:地位一落千丈,不仅大材小用,而且不受重视。这样一来,尽管他在《岭南异物志》中搜奇记异,看似充满情趣,其实处境并不很好,甚至内心深藏着哀怨与忧伤。这些情况,自然也对孟启产生了不小的影响。

作为孟琯的长子,孟启此时还不到十九岁,因此随父侍行,到了梧州。《本事诗》云"开成中,余罢梧州",说的就是这段经历,只是文字或有错讹,令人误解。在梧州,孟启陪伴着父亲,看着他在搜奇记异中排遣内心的哀伤,应该也获得了不少启发,这也为他后来编撰《本事诗》埋下了伏笔。

当然,按常理推测,孟启在梧州的时间应该不长,因为在他们那样的科举家族,二十岁左右就应该踏上赴京科考的道路了。和父辈们相比,孟启的科举之路坎坷得多。正如《唐摭言》所言:"孟启年长于小魏公。放榜日,启出行曲谢。沆泣曰:'先辈,吾师也。'沆泣,启亦泣。启出入场籍三十余年。"②三十多年的考场挫折,给孟启带来的痛苦可想而知。他的婚姻也因此被耽搁,直到四十多岁才娶表妹李琡为妻。李琡是孟启季舅之女,二十五岁归于孟氏,在唐代也算晚婚。唐代晚婚的女子不多,但这并不意味着她不优秀。两个晚婚的男女走在一起,也不代表他们的婚姻就是一种将就。相反,从孟启的描述看,李琡的才情远胜于孟启,他们的感情也远远超过了一般夫妇。

① 《太平广记》,第 4078 页。
② 《唐摭言》,第 47 页。

在《李琡墓志》中，我们可以看到孟启眼中的李琡以及他们一起走过的十年婚姻。对孟启来说，这是他人生中最刻骨铭心的记忆：

> 咸通十二年辛卯五月戊申，进士孟启之妻陇西李氏讳琡，字德昭，以疾没于长安通化里之私第，享年三十有五。七月壬申，葬于河南洛阳县平阴乡，祔于先舅姑之兆次，而启为之志云：夫人皇族，太祖景皇帝之十一代孙，明州刺史、赠礼部尚书讳谞之孙，今宗正卿名从乂之女。宗正，余之季舅，娶兰陵萧氏，生二男三女，夫人其中女也。自免怀之岁，则歧歧然。保母不勤，训导不加，渐渍诗礼，率由典法。年二十五，归于孟氏。启读书为文，举进士，久不得第，故于道艺以不试自工，常以理乱兴亡为己任，而于夫人惭材；屈指计天下事，默知心得，前睹成败，而于夫人惭明；顺考古道，乐天知命，不以贫贱丧志，而于夫人惭贤；不受非财，不交非类，善恶是非，外顺若一，而于夫人惭德；博爱周愍，不翦生类，而于夫人惭仁；迁善远过，亲贤容众，悔悋不作，丑声不加，而于夫人惭智；辨贤否，明是非，被亲疏，审去就，而于夫人惭识；通塞之运付之天，死生之期委诸命，而于夫人惭达。八者，余外从事于亲戚友朋，常所励勉，时遇推引，或尝自多，入对夫人，歉然如失。呜呼！学不总九流百氏之奥，德不经师友切磨之勤，而天姿卓然，踔越异等，此始可以言人矣。三十二，丁内艰。既免丧，数月得疾，日以沉顿。凡医伎异术，祷祝禳祓，无不为者，确然内痼，流遁膏肓，精爽丰肤，暗然如铄。众药咸试，亟犹旬时，寒温和烈，投之若一，类以卵叩石，以莛撞钟。至于劫厉舞巫，焚符媚龟，固尽为捕影矣。呜呼！天与之贤，不与其寿，庄生变化之说，释氏轮回之谈，倘或有焉，则余知其脱屣柔随，挺为贤杰者矣。惜乎！余老而未达，俾夫人之仁，不涵濡于九族；夫人之德，不布显于天下。牛钟鲋井，踠迹而终，彤笔绝芳，青简亡纪。呜呼，其命也夫！〔疾〕将亟之前五旬有五日，舐笔和墨，以余为避。凡衾襚之具，涂刍之列，靡不毕留其制度。俭约下逼，谦毂难遵，而眷余之情，诚决于后，辞约意恳，所不忍视。及此之时，厌生衔恨，恨不遂从之于幽漠也。夫人唯一女，既周岁逾五

月,名李七。无男。呜呼! 此其尤所痛悼者也。铭曰:何为而
来? 以德以材,而卷诸怀。何为而去? 不迟不伫,如斯其遽。满
谪偿期,宁兹淹度。弃厌擢迁,逝肯留顾。君没世绝,罪祸余附。
兹焉其觖,长号永慕。呜呼哀哉!①

这篇墓志是孟启亲自为夫人李琠撰写的,写得情深意重,令人
感动!

首先在墓志的开头,孟启依照惯例,以第三者的全知视角简要概括
了墓主的姓名、身份、离世时间和安葬地点。然后很快,他转换视角,以
死者丈夫的身份出场,直接以第一人称展开对夫人的深情追忆。

追忆从李琠的出生开始,从"夫人皇族"到"归于孟氏",孟启介绍
了夫人高贵的血统和显赫的家世,以及他们之间亲上加亲的情感联
系。除此之外,孟启还格外强调了她自然天成的诗礼之材,即"自免
怀之岁,则歧歧然。保母不勤,训导不加,渐渍诗礼,率由典法"②。
这和唐代女性墓志中的常见描述迥然不同。在唐代女性墓志中,通
常被着力强调的是女子的妇德,诸如善于理家、甘于贫困、孝顺舅姑、
赡养子女尽心尽力等,这也是女子教育的核心内容。至于孟启,则从
一开始就强调夫人的才性,而且是伴随着高贵出身而来的天赋之材、
诗礼之材,给人以屈原"帝高阳之苗裔兮,朕皇考曰伯庸"、"纷吾既有
此内美兮,又重之以修能"③的联想,令人惊奇! 更奇的是,这种"材"
在李琠婚后也得到了一如既往地保持。

在墓志中,孟启用"年二十五,归于孟氏"一句简单过渡,把时间
带到了李琠婚后。婚后的李琠又将如何? 是否和普通妇人一样,在
奉养公婆和操持家务中展现出应有的才干和贤淑? 带着这样的预期
往下看,我们又一次被惊讶到! 孟启并没有直接描述李琠在婚后的
具体表现,而是从自己写起,交代了他"读书为文,举进士,久不得
第"④的现实处境,并说自己"于道艺以不试自工,常以理乱兴亡为己

---

①② 《洛阳新获墓志续编》,第 266 页。

③ (宋)洪兴祖撰,白化文等点校《楚辞补注》,中华书局,1983 年,第 3—4 页。

④ 《洛阳新获墓志续编》,第 266 页。

任,而于夫人惭材;屈指计天下事,默知心得,前睹成败,而于夫人惭明;顺考古道,乐天知命,不以贫贱丧志,而于夫人惭贤;不受非财,不交非类,善恶是非,外顺若一,而于夫人惭德;博爱周愍,不勠生类,而于夫人惭仁;迁善远过,亲贤容众,悔恡不作,丑声不加,而于夫人惭智;辨贤否,明是非,被亲疏,审去就,而于夫人惭识;通塞之运付之天,死生之期委诸命,而于夫人惭达"①,用一系列气势强大的排比评价了他们夫妇的材、明、贤、德、仁、智、识、达。在这里,孟启的表达十分巧妙。首先,他写夫人之前先写自己。这个思路很正常,因为作为一家之主,他的处境直接决定了家庭的境遇。就孟启而言,"举进士,久不中第"的现实处境,决定了他们的生活不可能大富大贵。在这种情况下,多次落第的打击很容易让人对自己的理想和才华产生怀疑,就像孟启同时代的诗人许棠在诗歌中所表达的那样,"一第久乖期,深心已自疑"②、"连春不得意,所业已疑非"③。然而孟启的表现却出人意料之外。他仍然坚信自己的才华,坚持读书人以理乱兴亡为己任的理想,认为目前的处境只是怀才不遇。因此,他能明智地看待历史和现实,能坚守自己的志向,能以道义的准则为人处事,能仁民爱物、严于律己宽以待人,能明辨是非、审时度势,能豁达面对人生的顺逆得失。总之,屡次落第的打击并没有使孟启一蹶不振,他仍然"明、贤、德、仁、智、识、达"八者兼备,这实在是难能可贵。然而更可贵的是,他的夫人李璬也是一个"明、贤、德、仁、智、识、达"八者兼备的人,甚至与孟启相比有过之而无不及。在这里,孟启连用了八个"于夫人惭"的句式,将对夫人的赏识表达得淋漓尽致,同时也将一个才识兼备、温暖豁达的女子形象呈现在我们面前。她天性美好,"学不总九流百氏之奥,德不经师友切磨之勤,而天姿卓然,踔越异等"④;她有理想有见识,有宽广的胸怀和乐观的心态,因此面对丈夫的"久不得

---

①④ 《洛阳新获墓志续编》,第266页。
② 陈贻焮主编、羊春秋册主编,《增订注释全唐诗》第4册,文化艺术出版社,2001年,第382页。
③ 《增订注释全唐诗》第4册,第380页。

第"，她没有像其他妇人那样失望抱怨，更不会冷嘲热讽地说什么"良人的的有奇才，何事年年被放回？如今妾面羞君面，君若来时近夜来"①。相反，她像火把一样温暖着他，为他照亮前行的道路。在孟启看来，夫人李琡不仅是他的亲人、爱人，更是他的知己、朋友。于是，经历再多的挫折和打击，他们依然美好如初……显然，在这段文字中，孟启描述了他和夫人才识相当、志意相近的婚姻关系，回忆了他们虽不美满但却美好的婚姻生活，同时也让我们看到了两个水乳交融、彼此交叠的生命形象——李琡和孟启。他们都天资卓越，但却怀才不遇，从这个角度来说，孟启这段温馨回忆背后其实已暗藏着一股悲凉之气。

这股悲凉之气伴随着李琡的早逝而愈演愈烈。在墓志中，孟启残忍地把自己从美好回忆中唤醒，不得不面对妻子得疾离世的悲惨现实，即："三十二，丁内艰。既免丧，数月得疾，日以沉顿。凡医伎异术、祷祝禳祓，无不为者，确然内痼，流遍膏肓，精爽丰肤，暗然如铄。众药咸试，疢犹旬时，寒温和烈，投之若一，类以卵叩石，以莛撞钟。至于劫厉舞巫，焚符媚龟，固尽为捕影矣。"②这也是一段颇有深意的描述。首先，李琡得的什么病？她的病和丁内艰、服丧之间又有着怎样的联系？孟启没有明言。但字里行间所透露出来的信息就是：李琡的病很可能是居丧期间伤心过度、积劳成疾所致，因此可见李琡的孝顺和贤淑。于是，李琡病倒了，病得很突然，让人措手不及。在这种情况下，孟启做了些什么？他的心情怎样？显然，孟启在这里并未直言自己的伤心和难过，但是却通过感慨医药方术的无能为力暗示了自己病急乱投医的种种努力，表达出对夫人的怜惜。这时候，孟启的情绪还是控制的。但到最后，面对李琡的离世，他实在忍不住了，于是长歌恸哭！

孟启的恸哭从"呜呼！天与之贤，不与其寿"开始，一直到"呜呼！此其尤所痛悼者也"结束，再三致意，表达自己丧妻后的复杂心情。首先，他以"呜呼！天与之贤，不与其寿"开头，痛哭李琡的怀才不遇

① （宋）钱易撰，黄寿成点校《南部新书》，中华书局，2002年，第53页。
② 《洛阳新获墓志续编》，第266页。

和英年早逝。然后,他又用庄子的变化之说来安慰自己,希望李琎的来生会更好。接着,他又以"惜乎!余老而未达,俾夫人之仁,不涵濡于九族;夫人之德,不布显于天下"的感叹,表达自己不能在妻子生前和死后为其带来荣耀的愧疚。在唐代,夫妻齐体,妻子的荣耀取决于丈夫的功名,即"依《礼》,凡夫人从其夫之爵位"①。丈夫升官,妻子例得封号,因此"士大夫大都以封妻荫子、光宗耀祖为荣"②。对于孟启来说,未能在李琎生前进士及第,更没有为她赢得封号,这可能是他最大的遗憾!不过回想起来,李琎却从未对此有过一丝抱怨。直到生命的最后时段,她仍然牵挂着孟启的生活,拖着病体、瞒着他,为他写下家庭事务的各项定例,周密安排,细细交代,其情其景,令人感动。于是,在李琎死后,孟启看到她留下的笔墨,回想起她为他所做的一切,痛不欲生,甚至产生追随而去的念头。只是转念一想,夫人已经离世,只留下一个一岁多的女婴嗷嗷待哺。对于夫人来说,身后无子已是遗憾;这唯一的女儿,实在不得不好好保全。想到这里,孟启打消了求死的念头,决定好好养育孩子,以回报夫人一生的眷念……总之,在这段话中,孟启用了三个"呜呼"和一个"惜乎",表达了斯人已逝的痛苦,同时也对李琎的一生作出高度评价。从孟启的描述看,李琎的一生是美好的,但又是不幸的。她出身高贵,才识卓越。可惜的是,她的人生至少遭遇了三个方面的不幸:一是红颜薄命,英年早逝;二是夫婿未达,不得封诰;三是唯有一女,身后凄凉。事实上,这不仅是李琎的不幸,也是孟启的不幸。这样双重的不幸叠加在一起,更让人产生一种生命不可承受之痛!

写到这里,《李琎墓志》的志文部分就完成了。在志文中,孟启采用骈散结合的文章形式,追述了夫人短短三十五年的人生,表达了自己的爱、敬、依恋和不舍,还有未能给其带来富贵与荣耀的愧疚和悔恨。与此相交织的是孟启怀才不遇、屡试不第的不幸遭际,还有妻死

---

① 刘俊文校点《唐律疏议》,中华书局,1983年,第38页。
② 张国刚,《"立家之道,闺室为重"——论唐代家庭生活中的夫妻关系》,《清华大学学报》(哲学社会科学版),2008年第1期,第47页。

女幼的现实命运。可以说,整个墓志写得凄婉动人,就像一部传奇,读后令人唏嘘不已。

最后,孟启又亲自为夫人撰写了一篇铭文,即:"铭曰:何为而来?以德以材,而卷诸怀。何为而去?不迟不伫,如斯其遽。满谪偿期,宁兹淹度。弃厌擢迁,逝肯留顾。君没世绝,罪祸余附。兹焉其觖,长号永慕。呜呼哀哉!"①从内容上看,这里主要表达了两层含义:第一,夫人有天赋之材,但怀抱未开即被召还,就像被贬谪到人间的仙人,贬谪期满就飞升上天,如此迅速而决绝。第二,夫人离开人间,既无青史留名,又无子孙绵延,这样的结局是被孟启连累的。孟启对此无可奈何,只能带着伤心和遗憾仰天长叹,呜呼哀哉!显然,孟启在此处使用了"谪仙"的典故,再一次强调夫人的"怀才不遇",并将其与孟启的"怀才不遇"交织在一起,形成双重的悲剧!于是,伤心,难过,遗憾,种种复杂的情绪交织在一起,汇成了孟启的长歌。这长歌不仅为李琭,也为孟启自己,因此有更加深沉的感染力!

总之,在《李琭墓志》中,我们不仅看到了李琭的一生,也看到了与之休戚与共的孟启的人生:他的天生才性——"明、贤、德、仁、智、识、达",八者兼备;他的怀才不遇——"读书为文,久不中第";他的幸福快乐——美好的婚姻关系让他坚信自己的才华,坚持"以理乱兴亡为己任"的理想和抱负;他的丧妻之痛——夫人遽然离世,只留下嗷嗷待哺的女儿,还有无法弥补的愧疚和悔恨。这些内容一起凝聚在《李琭墓志》中,使我们对孟启的前半生有了更多的认识。另外在这篇墓志铭中,我们还可以看到孟启的文采,看到他"重情"、"尚奇"的创作风格和他的诗才与史笔,这与他在《本事诗》中所表现出来的文学观念也有内在联系。

第四节　孟启的才华和命运

如上所述,《李琭墓志》既是孟启为夫人所写的一方墓志,又是他

---

① 《洛阳新获墓志续编》,第 266 页。

为自己所作的一曲长歌。在墓志中,孟启借着对夫人的追思和怀想,为自己画了一幅自画像。这幅自画像的核心就是一个词:"怀才不遇"。那么事实上,孟启究竟是不是"怀才不遇"呢? 他的才华如何见得? 他的不遇又能否在后半生得到扭转? 带着这个问题,我们来谈谈孟启的才华和命运。

对于唐代读书人来说,所谓"才华"至少应该包含两方面的内容,一是文史之才,二是治世之才。对于孟启来说,他的文史之才主要表现在《本事诗》的编撰上,这一点后面会再讨论。除此之外,《李琬墓志》也是我们了解孟启文史之才的重要依据。正如我们所知,《李琬墓志》是目前可见的除《本事诗》之外的唯一属于孟启的创作,因此在某种程度上,它代表着孟启的文学修养和史学才能。

正如我们所知,墓志铭是一种特殊文体,是古代墓碑文的一种。它以记述死者生平、赞颂死者功德为主,一般前有志文记事,后有铭文颂赞。《文心雕龙·诔碑》曰:"夫属碑之体,资乎史才。其序则传,其文则铭。标序盛德,必见清风之华;昭纪鸿懿,必见峻伟之烈;此碑之制也。"[1]曾巩则曰:"夫铭志之著于世,义近于史,而亦有与史异者……铭者,盖古之人有功德材行志义之美者,惧后世之不知,则必铭而见之。"[2]这都说明墓志铭是一种近于史而资乎史才的文体。又从文体辨析来看,墓志铭的志文和铭文又各有不同。前者记事,多用散体,更具有"序""传"的功能;后者颂赞,多用韵语,尤其是四言体,更具有"诗"的属性。因此,一篇好的墓志铭,往往需要史才和诗笔的完美结合,非一般人所能做到。在唐代,由于史学和诗学的高度发展,尤其是古文运动和传奇创作的经验累积,出现了一批优秀墓志创作者,其中影响最大的自然是韩愈。韩愈的墓志以其大胆而多变的特点让当时文坛为之侧目,同时也在文体创造上,为后世尤其是中晚唐的墓志创作提供了范式。在他的影响下,也有一些优秀的墓志出现,例如孟启的《李琬墓志》。

① (南朝梁)刘勰著,范文澜注《文心雕龙注》,人民文学出版社,1962年,第214页。
② (宋)曾巩撰,陈杏珍、晁继周点校《曾巩集》,中华书局,1984年,第253页。

　　孟启是孟琯的儿子,虽然未必见过韩愈,但在心理上应该会因为父亲的缘故而对韩愈多一份亲近。另外,他本身也是一个在文体创新上有所追求的人,对"触事兴咏、尤所钟情"的本事诗和具有传奇性质的诗本事都很感兴趣,具有较为深厚的文史修养。因此,他的《李琎墓志》写得凄婉动人。不论是结构的安排还是形象的刻画,叙事的婉转还是情感的凄恻,《李琎墓志》都让人耳目一新。甚至可以说,孟启的《李琎墓志》是晚唐墓志中的佼佼者,与韩愈的大部分墓志相比也毫不逊色。

　　具体来说,《李琎墓志》的艺术成就至少表现在以下六个方面:

　　(一)文体创新。传统墓志铭一般包括志文和铭文两部分。志文记事,介绍墓主的基本信息,包括姓名、世系、成长经历、去世情形、寿年、卒葬地、子嗣情况等;铭文颂德,用凝练的语言概括墓主的世系和嘉言懿行。二者完美配合,又相对独立。在《李琎墓志》中,情况则不太一样。它首先以时间开头,用第三人称的全知视角叙述墓主的离世,介绍墓主的身份、姓名、去世情形、卒葬地等基本情况。然后作者(故事的叙述者,也是故事的主角之一)出场,直接用第一人称追叙墓主的一生,包括她的高贵出身、天赋之才、十年婚姻、突然生病与遽然离世等。最后再回到现实,叙述墓主离世后作者的痛惜和感伤。这种感伤诉诸于文字,形成所谓的铭文。由此可见,在《李琎墓志》中,孟启通过引入叙事者和转换叙事角度等方法对墓志的传统内容进行了调整,使整篇墓志变成了一个时空交错、叙事完整的动人故事,而铭文的创作则是这个故事中十分重要的一个环节,是故事主人翁表达情感的一种方式。换言之,铭文成为志文所叙故事的一部分,共同构成了一篇有诗的故事。

　　(二)情感浓郁。《李琎墓志》是孟启为他的夫人李琎而作的,至亲撰文,字里行间自然灌注着浓郁的情感,丧失亲人的悲痛更是流露于笔端。更何况夫妇本为一体,因此在墓志中,孟启不仅在为夫人发声,也在为自己鸣不平。这样双重的诉求叠加在一起,使文章的情感色彩更加浓郁。除此之外,墓志采用第一人称叙述,本身就带有强烈的主观色彩。再加上墓志中还有大量的议论和抒情,甚至超过了叙事的比重,这样一来,就使《李琬墓志》的情感内涵更加浓郁。

　　(三)别具一格的人物形象。在唐代墓志中,女性传主的身份虽然各异,具体面貌也有差别,但大多以儒家思想对女性的要求为标准进行描述,具有一定的趋同性,即:大多四德(妇德、妇言、妇容、妇功)兼备,性格温顺而坚韧,独立又勤劳,兼具恭谨孝顺等品质。然而在《李琬墓志》中,孟启对李琬的描述却同时使用了两条标准:一条是传统儒家的女性标准,以此描述李琬的勤劳和贤孝。这是一条隐性标准,作者虽未明言,但于字里行间细加品味则不难发现。另一条是显性标准,是孟启在墓志中一再使用并强调的。即:打破男女性别的界限,强调李琬远胜于男子的才华和"恨不能为男儿身"的现实命运,并与孟启形成对比。这样一来,就使女性墓主李琬的形象和男性作者孟启的形象叠加在一起,共同构成了"怀才不遇"的主题,从而呈现出别具一格的人物形象。

　　(四)虚实相生的写作手法。在《李琬墓志》中,既有写实的内容,例如墓志开头所言"咸通十二年辛卯五月戊申,进士孟启之妻陇西李氏讳琬,字德昭,以疾没于长安通化里之私第,享年三十有五。七月壬申,葬于河南洛阳县平阴乡,祔于先舅姑之兆次"①,以及"年二十五,归于孟氏"②、"三十二,丁内艰。既免丧,数月得疾,日以沉顿"③等,都是实写李琬在人生不同阶段的经历,符合史传的实录精神。但是另一方面,《李琬墓志》中几乎没有直接描写李琬言行举止的文字,所有的描写都在对比、烘托或想象、议论中呈现出来。例如她的才华,就是孟启在与自己作比较中强调出来的;她在病中偷偷提笔为孟启细作安排的举动,是孟启在她去世后睹物思人、看到她留下的笔墨而合理想象出来的;她英年早逝、身后无子的悲剧命运,也是孟启在议论中表达出来的。可以说,在《李琬墓志》中,通过孟启的烘托、议论和想象建构起来的李琬形象是超越历史真实性而存在的文学形象,她被虚化了。相反,本该虚化的作者孟启的形象却在抒情、议论、对比和想象中被强化,甚至成为墓志的实际主角。这样虚实相

①②③　《洛阳新获墓志续编》,第266页。

生的写作手法,在墓志创作中也很独特。

（五）语言生动简洁,句式骈散相间,既大量使用整齐句式,又在整齐中带有变化,参差错落,自然为文。这一点在《李琡墓志》中尤为突出。例如他连用八个"而于夫人惭……"的整齐句式来强调李琡的才华,具有强大的气势和感染力。但与此同时,八个句型相近的句子中既有四言句式,也有三言、七言句式,整饬中又富有变化,给人以灵动之感。同样的情况还表现在志文的最后部分,孟启连用四个"呜呼"和一个"惜乎",抒发了对李琡才华与命运的感叹。然而,这四个"呜呼"中既夹杂着一个"惜乎",又在内容和句式的使用上多有不同,使整饬的气势和灵动的气韵结合起来,呈现出奇崛的文风。

（六）铭文采用传统的四言形式,但又陈言务去,自然生新,既没有袭用固定模板,也没有化用经典诗句或抄撮志文成句,更没有采用传统僵化的典故去装饰空洞无物的文辞。相反,孟启使用了盛唐诗人李白"谪仙人"的典故来描述李琡这样一位平凡女子,看似风马牛不相及,实际却异常贴合,同时也给铭文带来了无限诗意。在四言诗的创作形式上,孟启也自出机杼,以文为诗,在传统四言诗的整饬句式上稍加变化,使之与情感的表达完美配合。由此,我们也可以看出孟启的诗才。

综上所述,《李琡墓志》是一篇叙事婉转、情感充沛、立意新奇的传奇墓志。在墓志中,孟启的诗才、史笔和议论都得到了体现。至于治乱之才,则按孟启自己所言应是不差的,因此"常以理乱兴亡为己任"①。然而可惜的是,孟启读书为文,久不中第。到了咸通十二年夫人李琡去世时,他仍蹭蹬考场。直到乾符二年,他才苦尽甘来,登上进士高第。

对于孟启的登第情况,《唐摭言》有一段经典描述,即:"孟启年长于小魏公。放榜日,启出行曲谢。沆泣曰:'先辈,吾师也。'沆泣,启亦泣。启出入场籍三十余年。"②从这则材料中,我们不难看出孟启在科考之路上所经历的坎坷和心酸。对于他来说,出入场籍三十余

---

① 《洛阳新获墓志续编》,第 266 页。
② 《唐摭言》,第 47 页。

年或许并不是最痛苦的事,最痛苦的是他眼睁睁地看着一个个比他后进考场的才俊们都登上高第,甚至转换角色,以知贡举的身份重回考场,而他却还是那个在考场里蹉跎岁月的老人。终于有一天,他得中高第,不得不面对恩主本为后学的窘境。于是,四目相望,无言以对,惟有对泣。

不过,孟启终于还是考中进士了,而且登第后不久,他就应凤翔府节度使的邀请,就任节度使推官一职。此时的凤翔节度使是谁呢?令狐绹。令狐绹与孟氏家族的渊源不浅。一方面,正如我们所知,令狐绹从大中四年(850年)起就任宰相,一直到大中十三年。而孟启的父辈孟珏、孟球等在政坛崛起的时间也正是大中年间,"至大中末皆银艾,同为尚书郎、列郡刺史,时人荣之"[1],可见两者之间可能会有一定的交集。另一方面,正如《孟珏墓志》所言,孟启的叔叔孟珏曾经得到过令狐绹的赏识,"相公令狐公绹知其能,遥授摄节度副使"[2],这个时间大概是咸通三年至七年间。孟珏"勤劬外侵,寒暑内侵"[3],最后在咸通七年死于郡邸。因此,孟启进士及第后得到令狐绹的征辟而成为凤翔府节度使推官,固然不是因为孟珏的直接推荐,但大概也得益于孟珏与令狐绹的交情。总之,乾符二年,进士及第不久的孟启接到令狐绹的邀请,到凤翔府上任节度使推官。

乾符二年之后,孟启的仕履不详。唯一可以确定的是,在光启二年十一月之前,他已官至尚书司勋郎中、赐紫金鱼袋。尚书司勋郎中是从五品上,按唐代章服制度,五品以上穿绯衣者用银鱼袋,三品以上穿紫衣者才用金饰鱼袋。孟启进士登第后不到十年即已官至五品,并格外恩赏佩紫金鱼袋,可见颇受恩遇。那么,为什么孟启能受到恩遇,并且升迁速度如此之快呢?回顾乾符二年之后的历史,或许可以得到一些线索。

乾符二年(875年),孟启进士及第,而屡次落第的士子黄巢却响应王仙芝,掀起了一场声势浩荡的农民起义。乾符三年(876年)八

---

[1]　《洛阳新获墓志续编》,第253页。
[2][3]　《洛阳新获七朝墓志》,第368页。

月,"(王)仙芝进逼汝州,诏邠宁节度使李侃、凤翔节度使令狐绹选步兵一千、骑兵五百守陕州、潼关"①。作为凤翔府节度使推官,孟启"幸逢其事"。又乾符四年(877 年)春正月,朝廷"以吏部尚书郑从谠、吏部侍郎孔晦、吏部侍郎崔荛考宏词选人"②。乾符五年(878 年)三月,"以吏部尚书郑从谠、吏部侍郎崔沆考宏词选人"③。乾符六年(879 年)三月,"以吏部侍郎崔沆、崔澹试宏词选人"④。连续几年的吏部科目选对孟启来说无疑是入仕的大好机会,按常理推断,他应该参加了这几次考试。至于结果如何,则不得而知。一方面,这三次制举中有两次都由孟启的知交崔沆主持,孟启通过考试的可能性很大。但另一方面,唐代吏部科目选是吏部铨选的重要补充形式,它可以不按选格年限而破格选拔,登科即能获得令人羡慕的清要官,因此参与考试者多,竞争压力大。另外,博学宏词科主要试诗、赋、论三篇,总体要求比进士科更高。在程序上,宏词等科目选试都"由吏部尚书、侍郎主之,另设考试官两员,尚书、侍郎负责出题,考试官负责批阅试卷、评定等第。吏部录取后,通常还要上报中书省覆审,中书省有权驳下"⑤,可谓十分严格。更何况博学宏词科取人又极少,在这种情况下,孟启能否考上倒是两说。不过,孟启在凤翔府应该也得到了很好的历练。到了广明元年(880 年)十二月,黄巢起义军攻入长安,田令孜率神策军五百人拥僖宗逃离长安,长安大乱。不久,黄巢即皇帝位,尽杀李唐宗室,藏匿于张直方处的崔沆也被杀害,新任不久的凤翔节度使郑畋则由长安逃归凤翔,召领将士对抗黄巢。这时,孟启很可能仍在凤翔府内,并参与了郑畋的军事活动。郑畋出生于公元825年,与孟启年纪相近。他的父亲郑亚在会昌六年(846 年)出为桂州刺史、御史中丞、桂管防御观察使等职,郑畋随行。此时,孟启的父亲

<hr/>

① (宋)司马光编著《资治通鉴》,中华书局,2011 年,第 8306 页。
② 《旧唐书》,第 698 页。
③ 《旧唐书》,第 702 页。
④ 《旧唐书》,第 703 页。
⑤ 俞钢,《唐代进士入仕的主要途径及特点》,《上海师范大学学报》(哲学社会科学版),2003 年第 6 期,第 99 页。

孟琯可能仍在梧州，即郑亚的管辖范围内。孟琯是李翱的好友，而李翱是郑亚的岳父。从这个角度来说，孟、郑两家可能也有一定的交情。因此，当郑畋接替令狐绹成为凤翔节度使并指挥对抗黄巢的战争时，孟启可能仍在凤翔府，与郑畋并肩作战。中和元年（881年）正月二十八日，唐僖宗一行逃至成都。三月十三日，僖宗以郑畋为京城西面都统。十六日，郑畋发布讨黄巢檄文，随后败农民军于龙尾陂（今陕西岐山东），与京西北诸镇约盟，传檄天下，号召四方藩镇合兵围长安。同年十月，由于凤翔军将李昌言发动兵变，郑畋被罢为太子少傅，分司东都洛阳。中和二年（882年），僖宗召郑畋至成都行在所，复相位，主持军务。中和三年（883年），僖宗将还京，宦官田令孜联合李昌言等合力排郑畋去位。不久，郑畋卒于彭州（今四川彭县）……从以上情况看，孟启的仕途很可能跟郑畋息息相关。当郑畋任凤翔节度使时，孟启任其幕僚，或因参与抗击黄巢有功而被授官。李昌言发动兵变逼走郑畋之后，孟启应该也跟着离开了凤翔，到东都洛阳和成都行在为官，而后官职一路上升，直至尚书司勋郎中，并赐紫金鱼袋。这种可能性很大，与孟启的升迁速度也相吻合。

　　光启元年（885年）正月，唐僖宗启程还京。二月改元，以中和五年为光启元年。不久，宦官田令孜与河中节度使王重荣不和，王重荣求救于李克用，田令孜拉拢朱玫、李昌符。十二月，两军交战，朱玫、李昌符大败，各退还本镇。李克用、王重荣率兵追击，进逼京师。二十五日夜，田令孜奉僖宗逃出长安，赴凤翔依李昌符。光启二年（886年）正月，田令孜请僖宗由凤翔奔兴元（今陕西汉中），僖宗不从。八日夜，田令孜引兵入皇宫，劫僖宗幸宝鸡。邠宁、凤翔军追乘舆，田令孜又挟僖宗入散关赴兴元，命神策军拒藩镇追兵。车驾才入散关，朱玫已围宝鸡。于是朱玫长驱攻散关，不克，获襄王煴，俱还凤翔。李昌符、朱玫焚阁道，烧邮驿，僖宗车驾由崎岖山路逃奔，三月十七日到达兴元。四月三日，朱玫逼凤翔百官奉襄王煴权监军国事，承制封拜指挥，而仍遣大臣入蜀迎驾僖宗。六日，煴受册，朱玫自兼左、右神策十军使，率百官奉李煴还长安。五月，朱玫自加侍中任宰相，并大行封拜以拉拢诸藩镇。十月，李煴即皇帝位，改元建贞，遥尊僖宗为太

上元皇圣帝。十二月十日,原朱玫手下将领王行瑜引兵归长安,于朝
堂擒朱玫并其党数百人斩之。裴澈、郑昌图率百官二百余人奉襄王
煴奔河中(今山西永济),王重荣诈为迎奉,执煴杀之,并函其首送兴
元(今陕西汉中)行在,百官皆贺……在这期间,孟启的行踪大致如
何?从《〈本事诗〉序》所言"时光启二年十一月,大驾在襄中,前尚书
司勋郎中、赐紫金鱼袋孟启序"①来看,孟启并未随驾襄中,也没有在
伪朝廷任职,因此很可能跟前中书舍人司空图一样,从驾不及而归于
乡里,于是编撰《本事诗》来寄寓自己的家国情怀和身世之感。这一
猜测也有其合理性。

正如我们所知,孟启和司空图(837—908年)生活年代相近,且
有姻亲关系。司空图的母亲是刘晏的曾孙女,而孟启的祖母是刘晏
的侄孙,妹夫是刘晏的曾孙。从这个情况看,孟启很可能在编撰《本
事诗》时与司空图有所往来,而这也正是《本事诗》中所谓"今谏议大
夫司空图为注之"②一句出现的原因。司空图出生于开成二年(837
年),咸通十年(869年)于王凝门下进士及第,乾符六年(879年)在卢
携的推荐下召为礼部员外郎,赐绯鱼袋。广明元年(880年),黄巢大
军入主长安,僖宗出逃,司空图"从之不及,乃退还河中"③。广明二
年(881年),"徽受诏镇潞,乃表图为副使,徽不赴镇而止"④。光启元
年(885年),"僖宗自蜀还,次凤翔,诏图知制诰,寻正拜中书舍人"⑤。
十二月,田令孜劫僖宗逃至凤翔,司空图"复从之不及,退还河中"⑥。
光启三年(887年),司空图撰《山居记》,编《一鸣集》,并在《中条王官
谷序》中表明心迹,曰:"知非子雅嗜奇,以为文墨之伎,不足曝其名
也。盖欲揣机穷变,角功利于古豪。及遭乱窜伏,又顾无有忧天下访
于我者,曷以自见平生之志哉!因捃拾诗笔,残缺无几,乃以中条别
业'一鸣'以目其前集,庶警子孙耳。"⑦孟启在光启二年十一月编撰

---

① 《本事诗校补考释》,第29页。
② 《本事诗校补考释》,第90页。
③④⑤⑥ 《旧唐书》,第3213页。
⑦ (唐)司空图著,祖保泉、陶礼天笺校《司空表圣诗文集笺校》,安徽大学出版社,
2002年,第173页。

《本事诗》，与司空图编撰《一鸣集》的时间相近。又结合序文与相关史实可知，"光启二年十一月"是一个特殊的时间。此时，孟启已无官职，但却在《〈本事诗〉序》中刻意强调其"前司勋郎中"的身份，强调"时大驾在褒中"①，以表明对僖宗朝廷的忠诚以及不与伪朝廷合作的态度。这一点也与司空图相近。司空图《绝麟集述》曰"驾在石门年秋八月，愚自关畿窜浙上"②，就是用君主的行踪来指代时间，表达对君主的忠诚。另外，司空图将其文集命为"绝麟"，也有学孔子作《春秋》而止笔于获麟之意，是借编撰文集来表达生不逢时、壮志难酬的悲歌。这和《本事诗》的情况也非常相近。在《〈本事诗〉序》中，孟启刻意交代光启二年十一月这个特殊时间，又强调"大驾在褒中"，可见其对现实的关怀；又命其书为"本事诗"，也有以事明诗、以诗纪事乃至存史的用意。

　　总之，从以上分析可知，孟启乾符二年进士及第后不久即入凤翔节度府任节度使推官，又先后得到令狐绹和郑畋的重用，并可能因抗击黄巢而得到褒奖，一路升迁至尚书司勋郎中，赐紫金鱼袋。光启二年间，僖宗出逃而李煴伪朝廷建立，孟启来不及追随僖宗，又不与伪朝廷合作，于是隐居乡间编撰《本事诗》。这应该是孟启生平的大致情况。概括地说，孟启的一生几经挫折。少年时因甘露之变而跟着父亲贬谪到梧州，看着父亲在搜奇记异中寄托哀愁；弱冠起即奔赴考场，却一再遭受落第的打击，出入场籍三十余年；人到中年才娶妻生子，可惜幸福的时间不到十年，就遭受丧妻的痛苦；终于，进入老年的他苦尽甘来，考中进士，官至尚书司勋郎中。然而此时的大唐却已是千疮百孔，行将崩溃的政权让所有的一切都变成了过眼云烟。于是，孟启只能在日薄西山的悲怆中书写回忆，留下一部耐人寻味的小书——《本事诗》。

① 《本事诗校补考释》，第29页。
② 《司空表圣诗文集笺校》，第224页。

第二章　去伪存真——还原《本事诗》

　　《本事诗》是晚唐孟启的代表著作,虽然篇幅不长,但在文学史上颇有影响。一方面,它广泛传播,引起系列续作,如五代处常子《续本事诗》、宋代聂奉先《续广本事诗》、杨绘《时贤本事曲子词》,还有清代叶芗申《本事词》、徐釚《续本事诗》等。另一方面,它又被大量引录于小说、类书中,并作为典故和素材进一步影响后世的诗歌、小说和戏曲创作。其所载录的诗歌本事为历代谈艺者所乐道,而其"触事兴咏"的诗学理论和"本事解诗"的批评方法又引起现代学者的广泛关注。然而可惜,到目前为止,关于孟启《本事诗》的研究还有很多不足。首先,《本事诗》的成书时间还不清楚。自序所言"光启二年"和材料中的"景福中"存在冲突,因此真相如何,尚需考证。其次,《本事诗》在成书后广为流传,虽然版本众多,但现存最早版本为明代《顾氏文房小说》本,又有《古今逸史》本、《津逮秘书》本、《唐宋丛书》本、《说郛》续编本、《天都阁藏书》本、《五朝小说》本、《龙威秘书》本、《唐百家小说》摘本、《王香园近世丛书》本、《五朝小说大观》本、《历代诗话续编》本等,各本面貌不一,未知孰是。近代以来,不少学者致力于恢复《本事诗》的原本面貌,如内山知也遍校《本事诗》的十多个版本,以《顾氏文房小说》本为底本,作《本事诗校勘记》;王梦鸥以《顾氏文房小说》本合并《津逮秘书》本为底本,参校《太平广记》、《古今诗话》、《类说》等宋代典籍,作《本事诗校补考释》,为《本事诗》的版本研究打下了良好基础。然而明本《本事诗》究竟是否就是《本事诗》的原本面貌? 其间有没有文字的脱落、删略或合并? 这些问题至今仍无定论。另外,在宋代及其之后出现的各类典籍中,还可以发现不少所谓出自《本事诗》的材料,这些材料究竟是否为孟启《本事诗》佚文? 这也需要进一步考证。总之,从目前的情况看,学界对《本事诗》的文献研究还远远不够。在这种情况下,我们必须充分吸收前人的研究成果,批判继承,去伪存真,才能最大程度地还原《本事诗》的真实面貌。

第一节 《本事诗》的成书时间

关于《本事诗》的成书时间,目前主要有两种说法。一种以《〈本事诗〉序》为据,认为写序时间即为成书时间,即光启二年(886年)十一月。例如《四库全书总目》卷一九五曰:"是书前有光启二年自序,云'大驾在襄中',盖作于僖宗幸兴元时。"①另一种以王梦鸥为代表,认为光启二年并非《本事诗》的成书年代。其依据在于《本事诗》中有这样一句话:"今谏议大夫司空图为注之。"②一个"今"字,说明当时司空图正为谏议大夫;而据《旧唐书·司空图传》记载:"景福中又以谏议大夫征,时朝廷微弱,纪纲大坏。图自深惟出不如处,移疾不起。乾宁中,又以户部侍郎征。一至阙廷致谢,数日乞还山,许之。"③可见司空图作为"谏议大夫"的时间只能是景福元年(892年)至二年间。因此据"今谏议大夫司空图为注之"一句判断,《本事诗》的成书时间应在《〈本事诗〉序》成文之后。

这是关于《本事诗》成书年代的两种基本看法。围绕这些看法,学者们各有不同见解。首先,针对后一种观点,内山知也提出质疑。他认为"今谏议大夫司空图为注之"一句在整段材料中给人以游离之感,因此是否为原文令人质疑,即"'今谏议大夫司空图为注之'十一字,或为后人窜入乎"④。然而遗憾的是,他并没有在文献上作进一步考证,而是以两个似是而非的理由结束:司空图没有担任谏议大夫,而司空图《注〈愍征赋〉述》中提到卢献卿为会昌中进士也与《本事诗》的大中中进士不符,可见这句话并不可靠,不可能为同一时代的

---

① 《四库全书总目》第2739页。
② 《本事诗校补考释》,第91页。
③ 《旧唐书》,第5083页。
④ 《隋唐小说研究》,第624页。

孟启所作。对此,王梦鸥很快提出了辩驳。他认为司空图曾被拜谏议大夫而不就,因此在当时称谏议大夫并没有什么问题。而《注〈愍征赋〉后述》中交代卢献卿的活动年代为"武宣之间",这也与"大中中"吻合。因此,这句话的表述是可以成立的,不能轻易排除于《本事诗》的原文之外。再者,王梦鸥还对所谓"后人窜入"说进行了批驳。他说:"司空图之《愍征赋》注,既不传于后;可见其赋与注,并非重要典籍,后人何贵而独窜入此语? 再则司空图之官资尚有重要于谏议大夫者(如户部、兵部侍郎)、后人不以是追题,而独称其未尝接受之'谏议大夫',亦殊无理由。其尤可说者则在其称'今谏议大夫'之'今'字,若使出自后人,彼不称'今',而此称'今'?"①然后,他又提出自己的结论,并补充了三条理由:"固可信《本事诗》征咎门之卢献卿一则,必系于唐昭宗景福年间所续补者,故其文,列在此门最后。抑且孟启自序,言其编撰体例,末云:'闻见非博,事多缺漏,访于通识,期复续之。'是则于其制序之时,即已有续补其书之意。因疑此事,正以景福中,孟启尝访司空图于王官谷,得闻卢献卿预见其墓穴所在之诗谶,遂笔之以补其书。《新唐书》称司空图见时局大乱,不愿复出,隐居中条山王官谷,经营生圹,'时引访客坐圹中,赋诗酌酒'云云。而卢献卿事,正与此相连类,亦足证此传闻或出于其时,故称司空图为'今'谏议大夫也。"②

以三条理由反驳内山的"后人窜入"说,又加三条理由证明孟启续补说,从而最终得出《本事诗》在光启二年成书、景福年间有续补的结论。王梦鸥的论述似乎已给问题画上了一个完美句号,后来的讨论者如胡可先等亦多承此说。然而仔细分析,我们却发现问题并没有就此结束。一方面,王梦鸥的反驳固然是针锋相对地将内山知也的假设推翻了,但对于其质疑的出发点——"今谏议大夫司空图为注之"一句所造成的文气不贯问题则仍未给出合理解释。另一方面,其自身的立论也未必成立。首先,以《〈本事诗〉序》中"闻见非博,事多缺漏,访于通识,期复续之"③为据说明孟启已明确表明续书之意,这

---

① ② 《本事诗校补考释》,第 21 页。
③ 《本事诗校补考释》,第 29 页。

是王梦鸥的立论之本。表面看似乎并无问题,仔细想想却有望文生义之嫌。因为这句话可能只是序言中的一句套语,是作者自序时的自谦之词,而不是对自己将要进行的后续工作的一种预告。在古代典籍中,类似的表达还有很多。如在《张司业诗集序》中,张洎总结自己的编撰活动,曰:"公之遗集十不存一,予自丙午岁迨至乙丑岁相次辑缀,仅得四百余篇,藏诸箧笥。余则更俟博访以广其遗缺云尔。"①宋代蔡正孙在其《诗林广记序》中也说:"尚恨山深林密,既无藏书之素,又无借书之便,所见不广,所闻不多耳。增益其所未能,不无望于四方同志云。"②可见,以此类自谦之语作为孟启续补《本事诗》之力证是不严谨的。而这样一来,所谓"故其文列在此门最后"③的理由也就无所依附了。至于最后一条理由,从司空图的经历出发推断孟启曾亲访司空图并得闻卢献卿事,本身就是一种猜测,因此也很难成为有力证据。由此可见,王梦鸥证成"续补"说的理由并不充分。非但如此,其结论本身还必须面对一个十分尴尬的质疑,那就是:如果孟启真的在成书后对《本事诗》进行了续补,为什么只补了这样一条资料? 显然,这在情理上是很难说通的。

由此可见,《本事诗》的成书年代问题并未最终解决,因此我们有必要作进一步研究,而进一步研究的关键则在弄清两个问题:第一,"今谏议大夫司空图为注之"一句究竟是何人所作? 第二,《〈本事诗〉序》所交待的时间是否为成书时间? 在下文中,我们将对此进行深入探讨。

首先还是要回到"今谏议大夫司空图为注之"一句中来:

范阳卢献卿,大中中举进士,词藻为同流所推。作《愍征赋》数千言,时人以为庾子山《哀江南》之亚。今谏议大夫司空图为注之。连不中第,薄游衡湘,至郴而病,梦人赠诗曰:"卜筑郊原古,青山唯四邻。扶疏绕台榭,寂寞独归人。"后旬日而殁。郴守为葬之近郊,果以夏交初,皆符所命。④

① (清)董诰等编《全唐文》,中华书局,1983年,第3页。
② (宋)蔡正孙撰《诗林广记》,中华书局,1982年,第3页。
③ 《本事诗校补考释》,第21页。
④ 《本事诗校补考释》,第91页。

　　这段话初读起来即有一种文气不通之感,仔细分析才发现"今谏议大夫司空图为注之"一句为问题的关键所在。一方面,它游离于整段文字的主题之外,使内容出现枝蔓;另一方面,它将这段话的主语从卢献卿转向了司空图,而紧接其后的"连不中第"一句省略主语,从语法上说属从上省,因此其主语也变成了司空图。显然,这与文字本身想要表达的意思不相吻合。由此可见,"今谏议大夫司空图为注之"一句作为正文语义难通;而一旦抽离,则不仅文气通畅,而且主体内容亦无减损(这句话从内容上说只是对《愍征赋》的补充说明,其存在与否并不影响卢献卿故事本身)。何故?杨树达先生的话也许可给我们一些启示,他说:"古人行文,中有自注,不善读书者,疑其文气不贯,而实非也。"①的确,如果"今谏议大夫司空图为注之"一句为自注,则一切矛盾都将迎刃而解。然而这句话究竟是不是自注?仔细分析和比较《本事诗》的各个版本,我们发现答案是肯定的。因为在《本事诗》的正文间,的确夹杂着不少小字注释,其性质即为作者自注。

　　《本事诗》的正文间夹杂着不少小字注释,这是《本事诗》的一个重要现象,然而长久以来被人忽视。内山知也作《本事诗校勘记》,虽对某些小字在不同版本中的情况进行了简单说明,但有缺漏,同时也未对其性质作出判断;王梦鸥则不仅对其性质不予探讨,而且在校补时还表现出极大的随意性,大量的小字在其《本事诗校补考释》中直接变为大字而不予解释。这样一来,不仅《本事诗》的原本面貌变得模糊,同时也影响了我们对自注问题的探讨。因此在这种情况下,恢复《本事诗》的注释原貌并对其属性、归属等问题进行探讨也就成为重中之重。在此之前,则必须先对《本事诗》的版本情况进行梳理。

　　考察《本事诗》,我们发现其版本均为明清刻本,其中仅《顾氏文房小说》本、《津逮秘书》本、《古今逸史》本、《唐宋丛书》本等出自宋元以来传本;又《顾》本年代最早,《津》本刊刻最精,因此最能反映原本面貌。另外,宋人的类书及著述如《太平广记》、《诗话总龟》等,最接

---

① 杨树达著《古书疑义举例续补》,上海古籍出版社,2007年,第237页。

近此书的早期面貌,故应作为校勘的重要版本。以这些版本为依据,我们发现以小字形式出现的文字有以下几处:

1.“情感”第七条:韩晋公⋯⋯戎昱为部内刺史。失州名⋯⋯

按:“失州名”三字在《津》本、《顾》本中均为小字。《广记》本、《总龟》本缺。早于此书的《云溪友议》亦载此事,无此三字,且本身亦未介绍州名。

2.“情感”第八条:韩翃⋯⋯邻有李将,失名⋯⋯

按:“失名”二字在《津》本、《顾》本中均为小字,《广记》引《柳氏传》中无此二字。原故事中李将亦无名。

3.“情感”第十条:刘尚书禹锡⋯⋯鬌髻字,亦作低堕,并上声。《古今注》言堕马之遗传也。

按:“鬌髻字”及其后部分在《津》本中为小字,在《顾》本中为大字。《广记》本为小字。原材料所在之《云溪友议》本无此文字。

4.“情感”第十一条:太和初有御史⋯⋯诗曰⋯⋯欠一首。

按:“欠一首”三字在《津》本、《顾》本中为小字。《诗总》注作“一首已失”。《类说》本缺。《广记》本异文颇多,共录四首诗,无此三字。

5.“事感”第三条:元相公稹⋯⋯兼共摘(一作剔)船行⋯⋯

按:“一作剔”三字在《津》本中无,《顾》本为小字,《广记》本缺。原材料所在之《元氏长庆集》中无此三字,但有“音别”二字,“别”字可能为“剔”字之误。

6.“征异”第二条:宋考工以事累贬黜⋯⋯故敬业得为衡山僧,年九十余乃卒。出赵鲁《游南岳记》⋯⋯

按:“出赵鲁《游南岳记》”七字在《津》本、《顾》本中为小字。《广记》本缺。

7.“嘲戏”第三条:则天朝⋯⋯侵伤。

按:“侵伤”二字在《津》本为小字,在《顾》本为大字。

8.“嘲戏”第五条:诗人张祜⋯⋯竟日。

按:“竟日”二字在《津》本为小字,在《顾》本为大字。

以上几条文字在不同版本中都曾以小字形式出现过,因此有本

为注释的可能。但具体情况如何,则需一一考定:

首先看7、8两条。这两条小字"注释"都仅出现于《津》本中,何故?仔细考察后发现,此处并非注释,而是《津》本编排所致。由于该则材料最后二字占该行最后两格,如果按大字写,则刚好一行写满,与下一条材料连接,这样一来两则材料就混成了一条。为了避免这种情况出现,毛晋将两个大字变成小字写于一格之中,这样才将两条材料由一空格分界开来①。很明显,这两条小字应为正文,而并非注释。

然后看第1、2、4、5、6条。这五条在《本事诗》的两个主要版本——《津》本、《顾》本中都以小字出现而且非版本编排所致,因此可确定为纯粹的注释;在主要辑本《广记》、《诗总》中又大都缺失(惟第四条注释在《诗总》中保留),可见其因为不是正文而常常被引用者省略。不过,究竟是《本事诗》原无注释而《广记》保存了原貌?还是原本《本事诗》就有注释而《广记》不予收录?这两种情况都有可能,因此需要作进一步探究。而在探究之前,首先需要对这些注释的性质进行说明。

以上五条注释按性质来说可分为两种:

第一种是第6条,它的性质比较特殊,是对材料来源的注释,即认为此条关于徐敬业的故事记载来源于赵鲁的《游南岳记》。那么,这条注释是孟启所为还是后人添入?我们认为答案应为前者。原因有三:第一,查阅典籍可知,赵鲁《游南岳记》早已不存;除《本事诗》外,亦未见任何有关其人其文的介绍。可见孟启之后很少有人见过此文,更不用说用此文作注。第二,在现今可见的典籍中,对赵鲁《游南岳记》的提及仅见一处,那就是明人徐应秋之《玉芝堂谈荟》所说:"……徐敬业扬州作乱……《树萱录》及赵鲁《游南岳记》并载此事。"②不过在这

---

① 这一点,内山知也在对第7条的校勘中已有说明,即"侵伤,津本横记"。然对第8条却未加解释,不知何故。

② (明)徐应秋辑《玉芝堂谈荟》,《笔记小说大观》第11册,江苏广陵古籍刻印社,1984年,第135页。

里,徐应秋虽然承认赵鲁《游南岳记》为《本事诗》中此则故事之来源,但很明显,他更相信自己所能目见的材料——《树萱录》,因此他把此书置于《游南岳记》之前,作为记载徐敬业故事的最早来源;而所谓《游南岳记》并有记载的说法,只不过是照录孟启之说,并非其个人目见。第三,通过孟启的作注动机,我们也可找到孟启此处注释的合理性。因为按《本事诗》的写作惯例,孟启一般不会对材料来源进行介绍。但对于某些耳闻目见的材料,则常点明其来源以自重其说。例如在《情感》第八条中,孟启记载完"韩翃除驾部郎中知制诰"事之后,又加上"自韩复为汴职以下,开成中,余罢梧州,有大梁凤将赵唯,为岭外刺史;年将九十矣,耳目不衰,过梧州,言大梁往事,述之可听,云此皆目击之故,因录于此也"①一段进行补充,以强调材料的真实性。同样的道理,《游南岳记》作为游记乃时人之所见。孟启在这里强调也是为了表明故事的真实可信,这与上则材料的情况是一样的。唯一不同的是,由于该段材料处于整段"本事"的中间,若以正文出现则将导致叙述话题的中断,影响后面故事的叙述,因此孟启只好避开正文,以注释的方式予以介绍。这或许就是注释"出赵鲁《游南岳记》"出现的客观原因。因此可见,此条注释应为孟启对材料进行补充说明的结果。

　　与此不同,其他四条注释则并非对材料来源的介绍,而是对文本中某些内容的说明。因此从表面上看,它们既可看作孟启在采录故事时对其不详内容的补充,也可视为后人对《本事诗》文本的校勘,两说皆通。不过仔细分析,则发现前说更为合理。何以见得? 以第 2 条为例,该条注释中的内容为"失名",也就是说不知道故事中的李将名字。那么,究竟是《本事诗》原本有名而传抄脱落以致"失名",还是孟启在编撰《本事诗》时就未知其名? 考察该故事的材料来源《柳氏传》,我们发现:在《柳氏传》中,李生始终是个无名氏,从来就没有关于其名的介绍。由此可知,孟启在编撰《本事诗》时也不知李生的名字。当然,为了故事的真实可信,孟启可能试图探寻李生之名;但材

① 《本事诗校补考释》,第 40—41 页。

料所限,最终只能以"失名"二字作交代。这是此条故事中"失名"二字的由来。以此类推,第 1 条材料中的"失州名"三字也是孟启对原材料中戎昱所处地点不明的补充说明。作为材料来源的《云溪友议》并未交待戎昱此时所处之地,亦可为证;同样,第 4 条的"欠一首"、第 5 条的"一作剔"等,也都是孟启在编撰《本事诗》时对原材料中不明情况的补充说明。

由此可见,在原本《本事诗》中存在着小字注释,这些注释与正文写作同时,是孟启对故事中一些重要问题的补充说明,从性质上说也属于正文的一部分。只是由于与故事本身关系不大、与前后语句也不衔接,作为正文出现会割裂故事的完整性,因此才以自注的方式出现在《本事诗》中。

然而,《本事诗》中的自注并非在所有版本中都得到了保存,有时它们会被省略,有时甚至窜入正文,如上面所列的第 3 条就是这样。这条材料中有一段文字在《津》本中为小字,在《顾》本中为大字。但综合考虑,则原本面貌应如《津》本所录,为小字注释。理由如下:第一,在现存的《本事诗》诸版本中,"论时代,则《顾》本居前;论精核,则《毛》本为上"①(《毛》本即《津》本),因此《津》本的记载应更接近原貌;第二,在更接近宋本原貌的《广记》本中,该段文字也为小字注释;第三,从内容上看,此段文字是对故事中某一词之音义所作的阐释,与故事本身并无多大联系,因此作为正文的可能性不大,只能是注释。不过是谁人所作?从前面第二类注释的分析可知,《本事诗》的注释为孟启自注,此条应无例外。尽管王梦鸥质疑说"堕马髻,见于《后汉书·梁冀传》,而《古今注》为晋人崔豹所编,二者皆唐人所习知,然则此附注语,果亦孟启所书者乎"②,但这并不能推翻孟启作注的可能性。因为毕竟"鬐髻"二字在唐代并非常用词,且从晋到晚唐也有几百年的时间,孟启对此进行解释,亦无不可。再则,相距《本事诗》不足百年的《广记》中既有此注,则此注在《本事诗》出现又有何

① 《本事诗校补考释》,第 11 页。
② 《本事诗校补考释》,第 46 页。

怪？因此可见,此条注释应非后人所作,而为孟启自注。《本事诗》的原本面貌即为小字,《顾》本将其大字采录,乃注释窜入正文所致。

总之,《本事诗》中存在作者自注,而自注又常在版本流传中窜入正文。这是我们对《本事诗》的注释情况所作的结论,在《本事诗》的版本分析中已得到验证。另外,从《本事诗》"重事实"的编撰原则看,也可以证成此说。《〈本事诗〉序》曰:"其间触事兴咏,尤所钟情,不有发挥,孰明厥义,因采为本事诗……其有出诸异传怪录,疑非事实者,则略之……闻见非博,事多缺漏,访于通识,期复续之。"①也就是说,《本事诗》是孟启对触发诗歌创作的真实事件的采集,"重事实"是其根本原则,因此非事实者不录,闻见不全而缺漏者亦不妄增。这就是孟启在《〈本事诗〉序》中所强调的编撰原则,并贯穿于编撰实际中。与此相对应,孟启在采录"本事"时,以自注的形式对"失名"、"失州名"等事实进行补充说明,对"欠一首"、"一作赐"等诗歌情况作补充介绍,并对"本事"来源一再强调,也恰恰是"重事实"的实际体现。因此,从《本事诗》的编撰原则看,也可以证成自注之说。再则,从自注这一形式本身来说,其在唐前早有先例,如《文选》卷二六《入华子岗是麻源第三谷》之"铜陵映碧润,石磴泻红泉"下有李善注曰:"灵运《山居赋》曰'讯丹沙于红泉',灵运自注云'即近山所处'。"②到了唐代,自注更为多见,如杜甫《闻官军收河南河北》之"便下襄阳向洛阳"句下有自注"余田园在东京"③;元稹《白氏长庆集序》中亦有自注"具乐天与予书"④。这些都为《本事诗》的自注提供了佐证。

如上文所述,《本事诗》中存在作者自注,而自注又常在版本流传中窜入正文,这一点已基本可以确立。由此类推,我们认为"今谏议大夫司空图为注之"也应该为窜入正文的自注。一方面,它在整则材料中所造成的文气不通已使"自注说"成为最好的解释;另一方面,其

---

① 《本事诗校补考释》,第 29 页。
② (梁)萧统编、(唐)李善注《文选》,上海古籍出版社,1986 年,第 1250 页。
③ (唐)杜甫著、(清)仇兆鳌注《杜诗详注》卷一一,中华书局,1979 年,第 968 页。
④ (唐)元稹撰、冀勤点校《元稹集》卷五一,中华书局,1982 年,第 554 页。

在《津》本、《顾》本中虽都以大字出现,但在主要辑本——《广记》和《诗总》中则都被省略掉,由此也增添了其为自注的可能性。最后也是最重要的一点,《本事诗》存在自注的事实为此注的确立提供了保证。由此可见,"今谏议大夫司空图为注之"应为孟启编撰《本事诗》时所作注释,其写作时间就是《本事诗》的编撰时间。换句话说,《本事诗》的成书应该在此材料所暗示的时间——景福元年之后。

不过问题在于,孟启在《〈本事诗〉序》后所标的时间为"光启二年十一月",按一般惯例,序言写作于成书之后,因此《本事诗》的成书时间又应为"光启二年十一月"之前。显然,这与上一材料的时间是相矛盾的。针对这一问题,学界又出现了"续补"说,即认为作序时间就是成书时间,上则材料乃成书后所补。不过这一说法并不具有说服力。正如前人所质疑的,《本事诗》成书后若有续补,为何所补仅此一条?且自身篇幅仍如此单薄?可见其于情理不通。这样一来,唯一的解释就只能是《本事诗》之成书时间不等于作序时间了。这一点从《〈本事诗〉序》的分析中也可进一步论证。

《〈本事诗〉序》:

> 诗者,情动于中而形于言。故怨思悲愁,常多感慨。抒怀佳作,讽刺雅言,著于群书,虽盈厨溢阁:其间触事兴咏,尤所钟情;不有发挥,孰明厥义?因采为《本事诗》,凡七题,犹四始也。情感、事感、高逸、怨愤、征异、征咎、嘲戏,各以其类聚之。亦有独掇其要,不全篇者,咸为小序以引之,贻诸好事。其有出诸异传怪录,疑非事实者,则略之。拙俗鄙俚,亦所不取。闻见非博,事多缺漏,访于通识,期复续之。时光启二年十一月,大驾在襄中,前尚书司勋郎中赐紫金鱼带孟启序。①

这段文字从内容上说可以分为四个层次:首先是从开头到"因采为《本事诗》",介绍自己的编撰目的;其次从"凡七题"到"亦所不取",介绍编撰方法和标准;再次"闻见非博"到"期复续之"是对编撰可能存在的不足进行说明;最后说明作序的时间、地点及作序者身份。乍

---

① 《本事诗校补考释》,第29页。

一看,这篇序言并没有什么独特之处,但仔细思考却发现其与一般的序言很不相同。

首先,从性质上说,我们常见的序言基本可以分为两种。一种以议论为主,来表达某种观点,如《毛诗大序》、《诗品序》,唐代陈子昂的《与东方左史虬修竹篇序》、白居易的《新乐府序》等。这种序言偏重观点的抒发,于书籍的编撰过程、成书情况等较少提及,大多不记录写作时间。另一种则以叙述说明为主,多在说明写作缘由、著作的内容、体例以及目录提要和作者的生平事迹等。这种序言往往写于书籍编成之后,是对书籍编撰情况的介绍,因此文末往往会写上时间,而这时间又多与成书时间一致。《〈本事诗〉序》属于哪种?从前面四个层次的划分来看,其内容似乎都围绕书籍的编撰而来;但实际上,从"诗者,情动于中而形于言"一直到"拙俗鄙俚,亦所不取"都属于作者对其编撰宗旨和诗学理念的阐发;至于该书何时开编、何时结束、成书后的具体篇目、数量等均无说明。因此从根本上说,这篇序文应该属于我们常见的第一种序言,其写作时间不一定是成书时间。

其次,就所标注的时间本身来看,这篇序言也十分独特。因为按照常例,此处有一句"时光启二年十一月"就可以了,而这里却进一步加上了"大驾在褒中",一方面表明自己对君主行踪的关注,另一方面也强调了此一时间的独特性。的确,考察史籍可知,这是一个十分特殊的时间。据《旧唐书》记载:"光启二年春车驾在宝鸡,西军逼请幸岐陇。帝以数十骑自大散关幸兴元。时熅有疾不能从,因为朱玫所挟至凤翔,有台省官从行未及者仅百人。四月玫乃与宰相萧遘、裴澈率群僚册熅为监国……纳伪命者甚众。十月朱玫率萧遘等册熅为帝,改元曰永贞,遥尊僖宗卫太上元皇圣帝……熅四月监国至十二月死,凡在伪位九月矣。"①也就是说,因为光启二年十月改元,十二月伪政权消失,所以十一月比较特殊。这个月,如果按伪政权来算,应为"永贞元年";而孟启在此特意标明"光启二年十一月",乃有意表明

① 《旧唐书》,第4547—4548页。

对僖宗的忠诚和不纳伪命的政治立场。由此可知,这个时间的记录有其独特的政治意义。这一点在其他文字中也有暗示,如自署旧衔"前尚书司勋郎中赐紫金鱼袋",就是一个强调怀恋旧主之情的独特行为;而强调"怨思哀愁"、"讽刺雅言"的理论主张,也包含着政治情感的宣泄,这从书中多记豪强夺爱之事上也可得到印证。由此可见,孟启的《〈本事诗〉序》与其说是一篇成书总结,不如说是由特殊事件所引起的政治感言。其写作的触发不是书籍的完成,而是"光启二年十一月,大驾在褒中"的特殊事件。也许,此时《本事诗》的编撰还未完成,甚至并未开始;但作者的编撰宗旨已经确立。这种编撰宗旨与光启二年十一月的特殊事件所引发的强烈情感十分契合,因此孟启难以克制自己的激动,在这个特殊时间,借助《〈本事诗〉序》的特殊形式,把自己强烈的政治情感宣泄出来。这样一来,既表达了自己的政治倾向,又避免了现实危险,一举两得。当然,这只是我们的猜测,但这种猜测恰好可以消除其所标时间与上举材料之间存在的时间冲突,因此更具有合理性。

　　根据以上分析可知,《〈本事诗〉序》的写作时间与成书时间不一致,这不仅存在可能,而且有其内在必然性。以此为基础,判断《本事诗》的成书时间就可以毫无疑问地以其晚出材料——"今谏议大夫司空图为注之"一句为依据而确定为景福元年之后。

第二节　《本事诗》的版本流传

　　《本事诗》的编撰从光启二年十一月开始,大约在景福年间完成,然后便流传开去,引起了一系列反应。首先是续作的产生,从五代处常子的《续本事诗》到宋代聂奉先的《续广本事诗》再到杨绘的《本事曲》,一系列性质相近的本事著作出现。其次是各种小说、类书对《本事诗》的辑录,如《太平广记》、《诗话总龟》、《类说》、《绀珠集》和《古今合璧事类备要》等,其所引录的文本又多有不同。在这种情况下,很难弄清《本事诗》的原本面貌。明代之后,《本事诗》版本众多,但各本面貌也不相同。究竟它们是否属于"原本"、"完本"? 其内容有没有经过增删、合并? 这些问题也都存在争议。日本学者内山知也曾经提出："如《新唐书·艺文志》记载，《本事诗》原本是只有一卷的小集子，现存通行本包括四十一篇小品。这是否是其原来的面貌，后世到底增删了多少，无法弄清楚。"①但从内山知也的校勘情况看，《本事诗》各版本之间存在大量异文，这一点毋庸置疑。另外，王梦鸥也在《本事诗校补考释》中将今本《本事诗》②与《诗话总龟》、《太平广记》、《类说》等宋代辑本进行比较，结果"发现今本之多脱文误字，抑且可从而推证今本未必即是北宋时流传之完书，是则《类说》所录，溢出今本之篇章，未始不可视为今本之佚篇也"③，"今本《本事诗》虽仅列四十一则，而第八、第九、第四十，皆由两则连缀为一；而第十九则，甚或可分为三则；倘若据此分别观之，则今本《本事诗》七门，实共列有四十六则。倘更据《太平广记》与《类说》所有而今本《本事诗》所无者互增补之，则其故事项目全数，可达至五十三首"④。又通过考证去掉"马自然诗"条材料，最后王梦鸥得出结论，认为"孟启《本事诗》之最终定本，或仅有五十二则，较之今本，似佚其六首"⑤。董希平评注《本事诗》，则再一次强调今本《本事诗》并非完本，又从宋代典籍中辑补《本事诗》佚文十条，认为明清典籍中尚有若干条佚文有待辑佚。那么事实上，今本《本事诗》到底是不是孟启《本事诗》的原本面貌？其中有没有文字的脱落和材料的增删、合并呢？在本节中，我们将围绕这些问题展开讨论。

（一）

首先，考察今本《本事诗》，我们发现其中确实存在文字脱落的情况。例如《本事诗》"怨愤"门下所录"贾岛"条材料：

① 《隋唐小说研究》，第431页。
② 王梦鸥先生所谓"今本《本事诗》"与内山知也所谓"现存通行本"，均指现存最早且一直通行的明刻本《本事诗》，主要包括《顾氏文房小说》本、《津逮秘书》本和《古今逸史》本。这三个版本的《本事诗》面貌大致相同，都只有四十一篇。后来刊刻《本事诗》者，一般以此三本为据而略有改动。因此，本书所言"今本《本事诗》"就是指传世的明本《本事诗》。
③ 《本事诗校补考释》，第10页。
④ 《本事诗校补考释》，第16页。
⑤ 《本事诗校补考释》，第17页。

化里凿池种竹,起台榭。方下第,或谓执政恶之,故不在选,
怨愤尤极。遂于庭内题诗曰:"破却千家作一池,不栽桃李种蔷
薇。蔷薇花落秋风后,荆棘满庭君始知。"由是人皆恶其侮慢不
逊,故卒不得第,憾而终。①

此材料在明代诸版本中的内容大致相同,均以"化里凿池种竹,
起台榭"开头,其中文字应有脱误,缺乏主语。因此,清代丁福保在
《历代诗话续编》本《本事诗》中为其补缀"贾岛于兴"四字,使材料恢
复完整。但是仔细分析,则发现补充之后的文本仍然存在问题。它
把贾岛作为"凿池种竹、起台榭"的主语,既不符合落第士子贾岛的苦
寒处境,也与后诗中"破却千家作一池"的批判态度不相吻合。那么,
贾岛这首诗究竟是写给谁的? 台榭的主人是谁? 我们在材料中可以
找到线索,那就是"执政者",让贾岛落第的执政者。这个执政者是
谁? 宋代葛立方在《韵语阳秋》卷一八中提到"《本事诗》载,裴晋公于
兴化里凿池起台榭……"②,指明起台榭者为裴晋公。《诗话总龟》前
集卷三九引《古今诗话》亦载此条,曰"贾岛狂狷行薄,执政恶之,故不
与选。裴晋公于兴化里作池亭"③,也以裴晋公为兴化里作池亭者。
由此可见,明本《本事诗》前至少脱落了"裴晋公于兴"五字。但补上
这五个字,这则材料读起来仍然扞格不通,因为裴晋公是"化里凿池
种竹起台榭"者,不是"方下第"的主角。因此,此处至少还脱落了"贾
岛"二字。以此为基础,再看《类说》所引《本事诗》此条,则刚好可以
补足明本《本事诗》的文字缺失:

贾岛初有诗名,狂狷薄行,久不中第。裴晋公于④兴化里凿
池,起台榭。岛方下第,怨愤题诗亭内,曰:"破却千家作一池,不
栽桃李种蔷薇。蔷薇花落秋风后,荆棘满庭君始知。"人皆恶其
不逊,卒不第而终。⑤

---

① 《本事诗校补考释》,第 77 页。
② (宋)葛立方撰《韵语阳秋》,《历代诗话》本,中华书局,1981 年,第 633 页。
③ (宋)阮阅编,周本淳点校《诗话总龟前集》,人民文学出版社,1987 年,第 375 页。
④ "于"字在明刊本《类说》中无,此据钞宋本《类说》补。
⑤ (宋)曾慥编纂,王汝涛校注《类说校注》,福建人民出版社,1996 年,第 1495 页。

　　此材料以"贾岛初有诗名,狂狷薄行,久不中第。裴晋公于兴化里凿池"①开头,语意既足,又刚好比今本《本事诗》多十九或十八个字(钞宋本《类说》有"于"字,因此为十九字;明刊本《类说》无"于"字,因此为十八字),恰好与《津逮秘书》本的一行十九字和《顾氏文房小说》本的一行十八字相吻合。"因此可以相信,这应当是《本事诗》的传本在传刻中脱去一行,赖《类说》所引得以保存。"②从这个角度来说,今本《本事诗》存在少量文本脱落,这是不争的事实。

　　然而《类说》所录是否就是宋本《本事诗》原貌?或者说,它是否就比今本《本事诗》更符合《本事诗》原本面貌?仔细分析,我们发现答案是否定的。因为比较这两段文字,我们发现它们还有一处明显的差异,那就是:今本《本事诗》中的"岛方下第,或谓执政恶之,故不在选。怨愤尤极,遂于庭内题诗曰"③在《类说》中被浓缩为"岛方下第,怨愤题诗亭内曰"④,看似更加简洁明了,其实淡化了裴度凿池与贾岛下第、怨愤作诗之间的因果联系,未能充分体现其以事解诗的特性。相反,在今本《本事诗》中,我们可以更加清楚地看到贾岛此诗的创作本事,那就是:因为狂狷薄行,贾岛遭到执政者(很可能就是裴晋公)的厌恶,因此进士下第、未入选籍。这种不公平的遭遇让他充满怨愤,怨恨执政者不重视人才,导致自己的才华得不到应有的评价。这时,他看到裴晋公(当时朝廷上的执政者)大兴土木、凿池建阁,内心更是怨愤不平。因为在他看来,这些当权者本应心系朝廷,为朝廷广罗人才,为国家添砖加瓦。然而事实上,他们却一心追求个人的权力和富贵,既浪费人才,又罔顾百姓利益,实在令人愤怒。对于性格狂狷的贾岛来说,这种怨愤让他难以忍受,于是发而为诗,即"破却千家作一池,不栽桃李种蔷薇。蔷薇花落秋风后,荆棘满庭君始知"⑤。在这里,所谓"不栽桃李种蔷薇",就是用"桃李"比喻像贾岛这样的有真才实学的人,以"蔷薇"指代那些善于攀援的人,说明执政者不重视真正的人才,而去提拔那些善于攀援者。这种做法不仅对国家不利,而且也会给执政者自己带来祸患。显然,在这首诗中,除了第一句是针对"裴晋公于兴化里凿池"一事而批评执政者罔顾百姓利益、一味追求豪奢的腐败行为,其他三句都是贾岛因其"时方下第,或谓执政恶之,故不在选"的自身遭遇而表达的"怀才不遇"的怨愤,指责执政者在选人用人上所犯的过错,强调这种错误可能导致的恶果。这是贾岛此诗的本义。由此看来,则贾岛此诗的创作与"时方下第,或谓执政恶之,故不在选"的事实有着莫大的联系,而《类说》所引此条却并未提及,可见其在辑录《本事诗》时有所删略,并非照录原文。反之,今本《本事诗》虽然脱落了一行文字,但却全面介绍了贾岛此诗的创作本事,有助于以事解诗,更符合孟启《本事诗》的原本面貌。

其次,从唐到宋再到明,《本事诗》文本辗转相因,其中难免出现一些文字错讹。以《本事诗》中"崔护题城南诗"条为例,我们可以看到其中变化的轨迹。

北宋沈括在《梦溪笔谈》中提到:

> 诗人以诗主人物,故虽小诗,莫不埏蹂极工而后已,所谓旬锻月炼者,信非虚言。小说,崔护《题城南诗》,其始曰:"去年今日此门中,人面桃花相映红。人面不知何处去,桃花依旧笑春风。"后以其意未全,语未工,改第三句曰:"人面只今何处在。"至今所传此两本,唯《本事诗》作"只今何处在"。唐人工诗大率多如此,虽有两"今"字不恤也,取语意为主耳。后人以其有两今字,只多行前篇。①

在这段话中,沈括谈到唐人作诗的一大特点,即"诗主人物"、"旬锻月炼"、"埏蹂极工"、"取语意为主"。也就是说,诗歌创作要以准确表达人物的思想情感为主,遣词用字力求工准,因此要反复锤炼、不断修改,以求"意全语工"。按沈括所说,这种情况在唐代诗歌创作中十分常见。以崔护《题城南诗》为例,其第三句本为"人面不知何处

---

① (宋)沈括撰,胡道静校注《新校正梦溪笔谈》,中华书局,1957年,第151页。

去",但是作者反复琢磨,认为它"意未全,语未工",因此改为"人面只今何处在"。这是定本。在唐人看来,定本中的"今"字虽与第一句"去年今日此门中"的"今"字重复,但却能前后呼应,更加准确地表达了人物情感的变化,并通过鲜明对比凸显人物的情感落差,因此比初写本更好。至于用字重复,则对"诗主人物"而"以意为主"的唐人来说根本就不是问题。但是,后人(唐代之后的人,主要指北宋时人)的看法却不太一样,他们认为两个"今"字重复不好,因此在载录时往往选用初写本,这样一来,就使"人面不知何处去"的版本在宋代广泛流行,而定本"人面只今何处在"则仅见于《本事诗》中。换句话说,崔护《题城南诗》在唐代就有两个版本,一直流传到宋代。其中,"人面只今何处在"在唐代是定本,但在宋代只见于《本事诗》中。为什么会这样?因为宋人的诗学观念不同,他们认为"人面只今何处在"的表达犯了重复用字的禁忌,因此更倾向于用"人面不知何处去"。从这个角度来说,则沈括所见《本事诗》的版本就是"人面只今何处在",这也应该是《本事诗》的原本面貌。

然而奇怪的是,所谓"至今所传此两本,唯《本事诗》作'只今何处在'"一句虽见于明本《梦溪笔谈》,但在时代更早的元刊本中却并无此句。在元刊本《梦溪笔谈》中,此条文字为:

> 诗人以诗主人物,故虽小诗,莫不挺踔极工而后已,所谓旬锻月炼者,信非虚言。小说崔护《题城南诗》,其始曰:"去年今日此门中,人面桃花相映红。人面不知何处去,桃花依旧笑春风。"后以其意未全,语未工,改第三句曰:"人面只今何处在。"唐人工诗,大率多如此,虽有两今字不恤也,取语意为主耳。后人以其有两今字,只多行前篇。[①]

显然,这段文字与明本《梦溪笔谈》所录几乎完全相同,只是少了"至今所传此两本,唯《本事诗》作'只今何处在'"一句。因此,它的含义与明本《梦溪笔谈》也大致相同,都认为崔护《题城南诗》在唐代初

---

① 参见北京图书馆所藏元大德九年陈仁子东山书院刻本《梦溪笔谈》卷一四,第316—317页。

写为"人面不知何处去",又改为"人面只今何处在"。这两个版本一直传到宋代,其中广泛流传的版本是"人面不知何处去"。至于《本事诗》的版本是什么,则不得而知。

又在元代之前,南宋计有功所撰《唐诗纪事》中也引有此条,曰:

> 沈存中云:"唐人以诗主人物,故虽小诗,莫不捱蹂极工而后已,所谓句锻月炼者,信非虚言。小说护《题城南诗》,其始曰:'去年今日此门中,人面桃花相映红。人面不知何处去,桃花依旧笑春风。'后以其意未全,语未工,改第三句曰:'人面只今何处去。'至今所传有此两本,惟《本事诗》作'只今何处在'。唐人作诗大率如此,虽有两今字不恤也,取语意为主耳。后人以其有两今字,故多行前篇。"《梦溪笔谈》。①

仔细分析这段材料,我们发现它与元本、明本《梦溪笔谈》的内容基本相近,但又有一些细微差别。与元刊本《梦溪笔谈》相比,此材料多出"至今所传有此两本,惟《本事诗》作'只今何处在'"一句。与明本《梦溪笔谈》相比,此材料将"诗人"变成了"唐人",将"改第三句曰:'人面只今何处在'"的"在"字变成了"去"字。这样一来,材料的含义就发生了巨大变化。首先,按《唐诗纪事》所引,崔护此诗在唐代还是有两大版本,其初写本仍为"人面不知何处去",但定本却是"人面只今何处去"。其次,崔护此诗传到宋代,仍然有两大版本,即初写本"人面不知何处去"和定本"人面只今何处去"。但《本事诗》作"人面只今何处在",则与唐本面貌不同。这样一来,要想恢复《本事诗》的唐本面貌,必须将宋本《本事诗》的"人面只今何处在"改成"人面只今何处去"了。换句话说,《唐诗纪事》所引《笔谈》和明本《笔谈》一样,都认为崔护此诗在宋本《本事诗》中作"人面只今何处在",但它的结论却与明本《笔谈》截然相反,认为宋本《本事诗》与唐本面貌不符!因此,要想恢复《本事诗》的唐本面貌,必须改成"人面只今何处去"!更有意思的是,在明本《本事诗》中,崔护此诗竟然还就是"人面只今何处去"!这究竟是怎么回事?崔护此诗在唐代的定本究竟是"人面

① (宋)计有功撰《唐诗纪事》,上海古籍出版社,1987年,第619—620页。

只今何处在"还是"人面只今何处去"？ 宋本《本事诗》中的"人面只今何处在"为什么会变成明本中的"人面只今何处去"？ 要回答这个问题，还是要从《唐诗纪事》入手。

首先，按《唐诗纪事》所言，崔护此诗在唐代的定本为"人面不知何处去"，并一直流传到宋代。然而检核宋代典籍可知，在《唐诗纪事》之前，没有任何一本存世典籍中有"人面只今何处去"的说法，只有"人面不知何处去"和"人面只今何处在"。因此，所谓"人面只今何处去"很可能就是"人面只今何处在"的讹误。"去"字与"在"字形近，"人面只今何处去"又和"人面不知何处去"相近，因此《唐诗纪事》在传抄《梦溪笔谈》时将"改第三句曰：'人面只今何处在'"的"在"字错写成"去"字，这是很有可能的。王仲镛先生在《唐诗纪事校笺》中即据《梦溪笔谈》而将此处的"去"字径改为"在"字，可见在他看来，所谓"人面不知何处去"就是《唐诗纪事》引用《梦溪笔谈》时出现的讹误。

其次，在《唐诗纪事》之前，还有其他典籍也引录过《笔谈》（即《梦溪笔谈》），如《诗人玉屑》卷八：

> 唐人虽小诗，必极工而后已。所谓旬锻月炼，信非虚言。小说崔护题城南诗，其始曰："去年今日此门中，人面桃花相映红。人面不知何处去，桃花依旧笑春风。"后以其意未完，语未工，改第三句云："人面只今何处在？"盖唐人工诗，大率如此。虽有两今字，不恤也。取语意为主耳。《笔谈》①。

在《诗人玉屑》所引《梦溪笔谈》中，也是"改第三句云：'人面只今何处在'"，与元刊本《梦溪笔谈》和明本《梦溪笔谈》都相同。这也可以证实，崔护此诗在唐代的定本就是"人面只今何处在"。

另外，检核《唐诗纪事》之前的存世典籍，我们发现崔护此诗的版本只有两个，一个是"人面不知何处去"，以《太平广记》为代表；一个是"人面只今何处在"，以《后山诗注》为代表。前者作为小说总集，其所引录的《本事诗》情节详尽，但并非完全照录其内容，而是将"人面只今何处在"改成了"人面不知何处去"；后者作为宋诗宋注，其在引

---

① （宋）魏庆之编《诗人玉屑》，上海古籍出版社，1978年，第173页。

用《本事诗》时虽有删削,但关键的诗歌文本却并未改动,仍作"人面只今何处在"。从这个角度来说,明本《笔谈》所言"至今所传有此两本,惟《本事诗》作'只今何处在'"①是符合实际情况的,可在存世典籍中得到验证。

总之,通过文献考察和文本分析,我们发现宋本《本事诗》对崔护《题城南诗》的辑录是符合其原本面貌的,但《太平广记》在选录《本事诗》时却改成了"人面不知何处去",虽然仍为崔护此诗的唐本面貌,但却与宋本《本事诗》不符。换句话说,以《太平广记》为代表的宋代典籍所辑录的《本事诗》文本与宋本《本事诗》的原貌并不相同,因此在运用这些典籍考校《本事诗》原本面貌时须特别谨慎。

(二)

接下来,我们看"人面只今何处去"的版本是如何产生、流传并被明本《本事诗》所普遍接受的。如前所述,"人面只今何处去"的版本最早见于《唐诗纪事》。《唐诗纪事》在引用《笔谈》时因一字之误,导致异文"人面只今何处去"的产生。在此之后,《类说》引用《本事诗》此条,也作"人面只今何处去"。其曰:

> 博陵崔护,清明日游都城南,得居人庄,扣门久之,有女子问:"谁耶?"以姓字对。曰:"寻春独行,酒渴求饮。"女以杯水至,独倚小桃,意属殊厚。崔辞去。来岁清明,忽思之,径往,题诗扉曰:"去年今日此门中,人面桃花相映红。人面只今何处去,桃花依旧笑春风。"后数日复往,闻其中哭声,问之,有老父曰:"君非崔护耶? 吾女自去年恍惚若有所失,及见左扉有字,遂病而死。"崔请入哭之。尚俨然在床,崔举其首,枕其股,曰:"某在斯,某在斯。"须臾开目,半日复活。老父大喜,以女归。②

到了元刊本《梦溪笔谈》,则"至今所传有此两本,惟《本事诗》作'只今何处在'"一句竟神奇地消失了。究其原因,很可能就是因为此时的

---

① (宋)沈括著《梦溪笔谈》卷一四,《四部丛刊》续编景明本,第2页。
② 《类说校注》,第1520—1521页。

《本事诗》版本已不是"人面只今何处在",而是"人面只今何处去"了。

又金人王若虚撰《滹南遗老集》,其中也提到崔护此诗,曰:

> 崔护诗云"去年今日此门中",又云"人面只今何处去"。沈存中曰:"唐人工诗大率如此,虽两今字不恤也。"①

明代蒋一葵撰《尧山堂外纪》,亦曰:

> 崔护初举进士不第,清明独游都城南……因题诗于其左扉云:"去年今日此门中,人面桃花相映红。人面不知何处去,桃花依旧笑春风。"后以其意未全,语未工,改第三句"人面只今何处去"云。②

由此看来,因为《唐诗纪事》的影响,在南宋之后或金元时期就已经将《本事诗》原本中的"人面只今何处在"改成"人面只今何处去"了,因此在明代《本事诗》众版本中,此诗无一例外地全作"人面只今何处去"。这样一来,要想恢复《本事诗》的原本面貌,就必须将此句再改回来,变成"人面只今何处在"。

总之,从《本事诗》所录崔护诗的文本变化入手,我们发现唐代《本事诗》的编撰是比较严谨的,保持了所采诗歌的原貌。但是在宋代流传过程中,《本事诗》被各类典籍辗转引录,并且多加改动,这就造成了《本事诗》辑本的混乱。至于单行本《本事诗》,则除了少数文字的脱落或改动外,基本保持了《本事诗》的原本面貌。

事实上,《太平广记》也好,《类说》也罢,宋代典籍在引录《本事诗》时常常会根据各自的需要对文本进行删略、合并甚至改造,因此呈现出与明本《本事诗》不一样的面貌。在这种情况下,不能武断地以时间为据,认为宋籍所录就更符合《本事诗》的原本面貌。以《类说》为例,其所录"贾岛诗"条材料可以补足明本《本事诗》所脱落的文字,这是可以确定的。但是另一方面,它在辑录《本事诗》材料时多有删改,这也是不争的事实。

---

① (金)王若虚著,胡传志、李定乾校注《滹南遗老集校注》,辽海出版社,2005年,第446页。

② (明)蒋一葵撰《尧山堂外纪》,中华书局,2019年,第475—476页。

《太平广记》也是一样，尽管其所辑录的《本事诗》文本与明本《本事诗》的面貌最为接近，但不同之处也有很多。仔细分析这些不同，我们发现它们大多缘于《太平广记》对材料的有意改动。例如上面所提到的"崔护诗"条材料。同样的情况还有"顾况题叶诗"条。其曰：

> 唐顾况在洛，乘间与一二诗友游于苑中，流水上得大梧叶，上题诗曰："一入深宫里，年年不见春。聊题一片叶，寄与有情人。"况明日于上游，亦题叶上，泛于波中，诗曰："愁见莺啼柳絮飞，上阳宫女断肠时。君恩不禁东流水，叶上题诗寄与谁。"后十日余，有客来苑中寻春，又于叶上得一诗，故以示况。诗曰："一叶题诗出禁城，谁人愁和独含情。自嗟不及波中叶，荡漾乘风取次行。"出《本事诗》。①

《诗话总龟》也辑录了这条材料，但文本略有不同。

> 顾况在洛，乘间游苑中，水上得大桐叶，有诗曰："一入深宫里，年年不见春。聊题一片叶，寄与有情人。"明日，于上游亦题于叶，泛之波中，曰："花落深宫莺亦悲，上阳宫女断肠时。帝城不禁东流水，叶上题诗寄与谁。"十日余，有客寻春苑中，又于叶上得诗，以示况，云："一叶题诗出禁城，谁人酬和独含情。自嗟不及波中叶，荡漾来春取次行。"②

仔细比较，我们发现《太平广记》和《诗话总龟》所录《本事诗》的内容大致相同，惟顾况所题之诗略有差异。《诗话总龟》的诗文与今本《本事诗》相同，而《太平广记》则可能参考了《云溪友议》而对《本事诗》文本进行了修改。《云溪友议》卷下"题红怨"所言顾况诗事曰：

> 明皇代，以杨妃、虢国宠盛，宫娥皆颇衰悴，不备掖庭。常书落叶，随御水而流云："旧宠悲秋扇，新恩寄早春。聊题一片叶，将寄接流人。"顾况著作，闻而和之。既达宸聪，遣出禁内者不少。或有五使之号焉。和曰："愁见莺啼柳絮飞，上阳宫女断肠时。君恩不禁东流水，叶上题诗寄与谁。"③

---

① 《太平广记》，第 1486 页。
② （宋）阮阅编，周本淳校点《诗话总龟前集》，人民文学出版社，1987 年，第 249 页。
③ （唐）范摅著《云溪友议》，古典文学出版社，1958 年，第 69 页。

显然，《太平广记》在采录《本事诗》此条时，依据《云溪友议》而对《本事诗》中的诗句进行了修改，而明本《本事诗》则保持了《本事诗》的原本原貌，因此与《太平广记》的引文略有差异。在这种情况下，如果以《太平广记》为是而得出明本《本事诗》并非原貌的结论，显然是不对的。

在《太平广记》中，基本保持《本事诗》原貌而略有改动的篇目还有很多，如"骆宾王"条（即宋考功灵隐寺诗事）、"马植"条、"崔曙"条、"卢献卿"条、"杨素"条（即乐昌分镜诗事）、"李绅"条（即刘禹锡司空见惯诗事）、"裴谈"条、"苏味道"条、"武延嗣"条（即乔知之窈娘诗事）、"开元制衣女"条、"戎昱"条、"元稹"条（即元稹梦游诗事）、"幽州衙将"条、"宋之问"条、"李章武"条、"元稹"条（即元稹黄明府诗事）、"刘禹锡"条（即刘禹锡玄都观诗事）等。这些材料对《本事诗》的改动很小，与明本《本事诗》的面貌基本吻合。其不同者，大致有三点：第一，《太平广记》往往在人物名字前加上年代和官职，如"唐考功员外郎"、"唐丞相"、"唐中宗朝御史大夫"等。这是《太平广记》的编撰体例，在引用他书时也大多如此；第二，《本事诗》中未确定的人物姓名，《太平广记》则予以指实。如刘禹锡司空见惯条的"李司空"被确定为李绅，戎昱条的韩晋公被确定为韩滉等；第三，诗歌文本略有不同，如上面所提到的崔护诗、顾况叶上所题诗等。总之，《太平广记》所辑录的《本事诗》文本在一定程度上保持了原本面貌，因此有较高的校勘价值。

但是有的时候，《太平广记》也会根据自己的编撰体例而对《本事诗》材料作较大幅度的改动。例如《太平广记》卷二七三"李逢吉"条：

> 李丞相逢吉性强愎而沉猜多忌，好危人，略无怍色。既为居守，刘禹锡有妓甚丽，为众所知。李特风望，恣行威福。分务朝官，取容不暇。一旦阴以计夺之。约曰："某日皇城中堂前致宴，应朝贤宠嬖，并请早赴境会。"稍可观瞩者，如期云集。敕阍吏，先放刘家妓从门入。倾都惊异，无敢言者。刘计无所出，惶惑吞声。又翌日，与相善数人谒之，但相见如常，从容久之，并不言境会之所以然者。座中默然，相目而已。既罢，一揖而退。刘叹咤

而归,无可奈何,遂愤懑而作四章,以拟四愁云尔。"玉钗重合两无缘,鱼在深潭鹤在天……三山不见海沉沉,岂有仙踪更可寻。青鸟去时云路断,姮娥归处月宫深。纱窗遥想春相忆,书幌谁怜夜独吟?料得夜来天上镜,只因偏照两人心。"见《本事诗》。①

此材料在《太平广记》中注明出处为"《本事诗》",但与今本《本事诗》多有不同。第一,此处录诗四首,今本《本事诗》则仅录最后一首。第二,《太平广记》以李逢吉为主角,详细描述事情的具体过程;而今本《本事诗》则以大和初为御史分务洛京者为主角进行描述,至于此人是否为刘禹锡,则不得而知。第三,在今本《本事诗》中,整件事情的叙述比较概括,不像《太平广记》这么具体细致,情节婉转。总之,《太平广记》的辑录不同于今本《本事诗》。究竟谁更接近《本事诗》原貌?我们认为答案应该是后者。因为作为小说总集,《太平广记》在采集和编辑材料时增加内容,突出故事的情节起伏和细节描写,这符合其文本属性和编撰目的。反之,《本事诗》的编撰目的是以事解诗,更注重故事的真实性而非文学性,且主张"疑非事实者则略者",编撰态度比较审慎。因此相较之下,今本《本事诗》此条显然更符合材料的原本面貌。至于《太平广记》,则对引文进行了大幅度的修改。

还有时,《太平广记》会根据自己的编撰体例而对所引《本事诗》中的完整材料进行拆分。例如《本事诗》中有这样一则材料:

沈佺期曾以罪谪,遇恩官还秩,朱绂未复。尝内宴,群臣皆歌《回波乐》,撰词起舞,因是多求迁擢。佺期词曰:"回波尔时佺期,流向岭外生归。身名已蒙齿录,袍笏未复牙绯。"中宗即以绯鱼赐之。崔日用为御史中丞,赐紫。是时,佩鱼须有特恩。内宴,中宗命群臣撰词,曰:"台中鼠子直须谙,信足跳梁上壁龛。倚翻灯暗污张五,还来啮带报韩三。莫浪语,直王相,大家必若赐金龟,卖却猫儿相报上。"中宗亦以金鱼赐之。②

在这则材料中,虽然提到了沈佺期和崔日用两个文人、两首词和

---

① 《太平广记》,第2153—2154页。
② 《本事诗校补考释》,第95—96页。

两件事,但它们之间是有内在关联的。一方面,这两个人的两首词都创作于中宗与群臣的内宴之上,反映了当时的君臣关系和朝廷风气。另一方面,这两件事先后发生,前一事为后一事提供了成功经验,后一事却不是前一事的重新上演,而是有过之而无不及。与此相对应,两首词的创作趣味也由雅趋俗,反映了唐代诗人逐渐沦为词臣的现实。从文字表达上看,此材料最后以"中宗亦以金鱼赐之"结束,这个"亦"字也说明两个故事是合在一起的一则材料。然而在《太平广记》中,此材料却被分为两篇,一篇名"沈佺期",一篇名"崔日用":

沈佺期

　　唐沈佺期以罪谪,遇恩复官秩,而未还朱衣。因内宴,群臣皆歌回波乐词起舞,由是多求迁擢。佺期词曰:"回波尔时佺期,流向岭外生归。身名已蒙齿录,袍笏未复牙绯。"中宗即以绯鱼袋赐之。出《本事诗》。

崔日用

　　崔日用为御史中丞,赐紫。是时佩鱼须有特恩,亦因宴会,命群臣撰词。日用曰:"台中鼠子直须谇,信足跳梁上壁龛。倚翻灯脂污张五,还来啮带报韩三。莫浪语,直王相,大家必若赐金龟,卖却猫儿相赏。"中宗亦以金鱼赐之。出《本事诗》。[①]

有意思的是,《太平广记》中的这两条材料几乎与明本《本事诗》中的文字完全相同,甚至连"中宗亦以金鱼赐之"的"亦"字都未及去掉,可见明本《本事诗》源自宋本,而宋本《本事诗》此条却在《太平广记》中被割裂为两条。按《太平广记》的编撰体例,所有材料按题材分类,每一类下又以人物为题,因此,《本事诗》此条在《太平广记》中被编入"诙谐"门下,又以人物为题而分为"沈佺期"和"崔日用"两部分,这是基于《太平广记》的编撰体例而做出的改动。

类似的情况还有《本事诗》"情感门"第九条:

　　李相绅,镇淮南。张郎中又新,罢江南郡。素与李构隙,事在别录。时于荆溪遇风,漂没二子,悲戚之中,复惧李之仇己,投

---

① 　《太平广记》,第1930—1931页。

长笺自首谢。李深悯之，复书曰："端溪不让之词，愚闬怀怨，荆浦沉沦之祸，鄙实愍然。"既厚遇之，殊不屑意。张感铭致谢，释然如旧交。与张宴饮，必极欢醉。张尝为广陵从事，有酒妓尝好致情，而终不果纳。至是二十年，犹在席，目张悒然，如将涕下。李起更衣，张以指染酒，题词盘上，妓深晓之。李既至，张持杯不乐，李觉之，即命妓歌以送酒，遂唱是词。曰："云雨分飞二十年，当时求梦不曾眠。今来头白重相见，还上襄王玳瑁筵。"张醉归，李令妓夕就张郎中。张与杨虔州齐名，友善。杨妻李氏，即郎相之女，有德无容，杨未尝意，敬待特甚。张尝语杨曰："我少年成美名，不忧仕矣，唯得美室，平生之望斯足。"杨曰："必求是，但与我同好，必谐君心。"张深信之。既婚，殊不惬心。杨以笏触之曰："君何太痴！"言之数四。张不胜其忿，回应之曰："与君无间，以情告君，君误我如是，何谓痴？"杨历数求名从宦之由曰："岂不与君皆同邪？"曰："然，然则我得丑妇，君讵不闻我邪？"张色解，问君室何如我？曰："特甚。"张大笑，遂如初。张既成家，乃诗曰："牡丹一朵直千金，将谓从来色最深。今日满栏开似雪，一生辜负看花心。"①

在王梦鸥看来，这段材料所讲述的故事虽然都与张又新有关，但"前后实分两节，前节以李绅为主，后节以杨虞卿为主，而题旨亦不相同。故前一节，《广记》辑入'器量类'，后一节则辑于'诙谐类'。《类说》亦从而别出两题，前者题为'染指题诗'，后者题为'张杨丑妇'；而《诗总》前集录其前者于卷二三，后者则置于卷四二；而《诗纪》卷四十虽两事并载，但亦分段书之。疑原文取材于两种笔记，本亦分段，顾氏刊本乃连缀为一"②。也就是说，王梦鸥认为此材料在宋本《本事诗》中是一分为二的，其理由主要有两点：第一，材料本身可分为两部分，这两部分之间既没有明显的衔接过渡以证明其关联，从内容上看也似乎题旨不同，没有不可分割的内在联系；第二，在《广记》、《类

---

① 《本事诗校补考释》，第44—45页。

② 《本事诗校补考释》，第45—46页。

说》、《诗总》、《诗纪》等宋代典籍所辑录的《本事诗》中,此材料都分为两条,并处于不同位置。这种情况与今本《本事诗》不同,但在时间上却早于今本,因此更符合宋本原貌。然而,仔细分析这两条理由,则发现它们较难成立。其中,后一条理由所存在的问题显而易见,那就是:作为类书,本身就是通过选择和裁剪材料、以分门别类的方式编撰而成的,不同的分类标准决定了其对材料的处理不同,因此我们不能以类书的割裂情况来否定原材料的完整面貌。另一方面,《本事诗》的编撰意图与《广记》、《类说》等不同,前者是为阐释诗歌服务的,后者则以抄录小说故事为目的。因此,后者往往以一则故事为一条材料,而前者则可能因为阐释诗歌的需要而将若干则故事合为一条材料。《本事诗》所录"张又新"条材料就是这样。

回到这则材料,我们发现其从表面上看确实包含有两部分内容。前部分从开头到"李令妓夕就张郎中",介绍"云雨分飞二十年"一诗之本事;后部分从"张与虔州齐名"到最后,介绍"牡丹一朵直千金"的诗歌本事。具体来说,前部分先介绍了诗歌创作的触发事件,然后以"张以指染酒,题词盘上"为标志,说明事件引发了诗歌创作。不过诗歌作品却没有就此引出,而是继续讲述故事,在"遂唱是词"后引录诗歌原文,最后以"李令妓夕就张郎中"一句概述故事的结果。后部分的结构也是这样。从"张与杨虔州齐名"到"张既成家"之前是介绍触发事件,而"张既成家,乃诗曰"则作为过渡引出诗歌创作,说明事件对于诗歌创作的决定作用。表面上看,这则材料是将两条独立的诗歌本事合在了一起,其原因亦看似简单,即都与张又新有关。然而事实上,这两则材料之间还有更深一层的联系。

首先,前部分故事讲述的是张又新二十年前致情歌妓而终不果纳,二十年后再次相遇而为之动情的故事。这个故事给我们留下了很多疑问。为什么二十年前张又新致情歌妓而终不果纳,甚至二十年间都不再联系?单独看这个故事,我们百思不得其解。联系后面的故事,我们才恍然大悟。原来张又新当年是听了杨虞卿的建议而娶了某位当权者之女(其父为谁不得而知,但按文义推测,应为李逢吉党人)。尽管此女长得很丑、令张又新很失望;但经杨虞卿点拨,张又新认识到此段婚姻与仕途之间的密切联系,因此最终选择了"千金牡丹",放弃了满园春色,包括曾致情的酒妓。换句话说,因为一场政治婚姻,张又新放弃了心爱的酒妓,二十年间不再联系。二十年后,当年用婚姻攀附的党派已经失势,张又新也罢官江南郡,甚至与当年的政敌成为了朋友。就在这时,他又遇见了曾经被迫放弃的酒妓,于是二十年的悲欢离合一时涌上心头,曾经因"牡丹一朵直千金"而"一生辜负"的看花心又苏醒过来,进而产生"当时求梦不曾眠"的遗憾、"今来头白重相见"的辛酸和"还上襄王玳瑁筵"的渴望。这就是"云雨纷飞二十年"一诗的创作本事。显然,只有当我们了解了张又新二十年前致情酒妓而终不果纳的原因,才能更加深刻地体会到这首诗所包含的深刻含义,即:这首诗中既有悔恨又有渴望。所谓悔恨,表面上看是对酒妓而言,是悔恨自己当年因攀附贵妻而伤害了酒妓;实际上是对李绅而言,悔恨自己当年因攀附李逢吉党而伤害了李绅。同样的,其所表达的渴望从表面上看也是对酒妓而言,希望与之再续前缘;实际上是对李绅说的,是借此表达自己与之重归于好的愿望。显然,从这点来看,此则材料的前半部分和后半部分是一个不可分割的整体。后半部分的追忆是为了说明当年放弃酒妓的背景和原因,从根本上说仍是为阐释张又新盘上所题之诗服务的。

其次,前部分的故事对于后部分所提到的诗歌阐释也有重要意义。正如我们所知,前部分材料介绍的是张又新与酒妓之间的情感故事,由此可见两者之间的深情厚谊;而后部分材料则介绍了张又新娶妻之事,并引出"牡丹一朵直千金"的诗歌创作。那么,张又新在此诗中所要表达的又是怎样一种感情呢?根据我们对后部分材料的解读来看,应该是表达自己重视与贵妻的联姻,决定为一枝红牡丹而放弃满园白牡丹的决心。然而这种决心究竟是发自内心还是缘于强迫?是感性的抒情还是理性的告诫?如果仅仅依据后部分材料,我们很难找到答案。但是,联系前部分所讲述的其与酒妓的故事,则不难发现这里表达的其实是一种无奈而伤感的心情,是用理性强迫自己放弃与酒妓的那段感情,选择自己不爱却不得不尊重的妻子。也就是说,张又新在这首诗中用牡丹来比喻女子,说明红牡丹身份高贵,价值千金,就像他的妻子。而白牡丹虽然很美,但地位不高,就像他喜欢的酒妓。因此,在现实的权衡下,他只能选择红牡丹,放弃白牡丹。由此可见,在这则材料中,后半部分的"牡丹"诗的阐释也离不开前半部分的酒妓故事。

总之,如明本《本事诗》所录,"张又新"条材料原本就是一体,其前后两部分不可分割。这样一来,王梦鸥所谓"疑原文取材于两种笔记,本亦分段,顾氏刊本乃连缀为一"①的判断就不攻自破了。其实,《本事诗》中不仅存在一则材料对应一则故事的情况,很多时候还会将出处不同、内容不同的材料组合在一块,构成一则完整本事,以帮助诗歌阐释。这是《本事诗》的编撰体例之一,也是宋本《本事诗》的原本面貌。

又《本事诗》"情感门"下第八条材料也是这样。在今本《本事诗》中,此材料首尾呼应,是为一体。即:

> 韩翃少负才名。天宝末,举进士。孤贞静默,所与游,皆当时名士。然而荜门圭窦,室唯四壁。邻有李将,失名,妓柳氏。李每至,必邀韩同饮。韩以李豁落大丈夫,故常不逆。既久愈狎……后数年,淄青节度侯希逸奏为从事,以世方扰,不敢以柳自随,置之都下,期至而迓之。连三岁不果迓,因以良金买练囊中寄之,题诗曰……座未罢,即以柳氏授韩曰:"幸不辱命。"一座惊叹,时沙咤利初立功,代宗方优借。大惧祸作。阖座同见希逸,白其故。希逸扼腕奋髯曰:"此我往日所为也,而俊复能之。"立修表上闻,深罪沙咤利。代宗称叹良久,御批曰:"沙咤利宜赐绢二千匹,柳氏却归韩翃。"后事罢,闲居将十年。李相勉镇夷门,又署为幕吏……质明,而李与僚属皆至,时建中初也。自韩复为汴职以下,开成中,余罢梧州,有大梁夙将赵唯,为岭外刺史;年将九十矣,耳目不衰,过梧州,言大梁往事,述之可听。云此皆目击之故,因录于此也。②

在《太平广记》中,此材料被分为两篇,其中前一篇在"杂传记"

①　《本事诗校补考释》,第45—46页。
②　《本事诗校补考释》,第40—42页。

下,篇名《柳氏传》。其文全引许尧佐所作传奇,叙述婉转委曲,描写细腻多样。全文篇幅很长,仅节录首尾如下:

> 天宝中,昌黎韩翃有诗名,性颇落托,羁滞贫甚。有李生者,与翃友善,家累千金,负气爱才。其幸姬曰柳氏,艳绝一时,喜谈谑,善讴咏。李生居之别第,与翃为宴歌之地,而馆翃于其侧。翃素知名,其所候问,皆当时之彦。柳氏自门窥之,谓其侍者曰:"韩夫子岂长贫贱者乎?"遂属意焉……是时侯希逸自平卢节度淄青,素藉翃名,请为书记……是时沙咤利恩宠殊等,翃、俊惧祸,乃诣希逸。希逸大惊曰:"吾平生所为事,俊乃能尔乎。"遂献状曰:……寻有诏:"柳氏宜还韩翃,沙咤利赐钱二百万。"柳氏归翃,翃后累迁至中书舍人。然即柳氏志防闲而不克者,许俊慕感激而不达者也。向使柳氏以色选,则当熊辞辇之诚可继。许俊以才举,则曹柯渑池之功可建。夫事由迹彰,功待事立,惜郁埋不偶,义勇徒激,皆不入于正。斯岂变之正乎? 盖所遇然也。①

另一篇则在"文章"门下,篇名《韩翃》。其内容对应《本事诗》的后半部分,讲述韩翃因《寒食诗》而御批点官的故事,即:

> 唐韩翃少负才名。侯希逸镇青淄,翃为从事。后罢府,闲居十年。李勉镇夷门,又署为幕吏。时韩已迟暮,同职皆新进后生,不能知韩,共目为恶诗韩翃。翃殊不得意,多辞疾在家。唯末职韦巡官者,亦知名士,与韩独善。一日夜将半,韦扣门急。韩出见之。贺曰:"员外除驾部郎中、知制诰。"韩大愕然曰:"必无此事,定误矣。"韦就座曰:"留底状报,制诰阙人。中书两进名,御笔不点出。又请之,德宗批曰:'与韩翃。'时有与翃同姓名者,为江淮刺史。又具二人同进。御笔复批曰:'春城无处不飞花,寒食东风御柳斜。日暮汉宫传蜡烛,青烟散入五侯家。'又批云:'与此韩翃。'"韦又贺曰:"此非员外诗也?"韩曰:"是也。"是知不误矣。质明而李与僚属皆至。时建中初也。出《本事诗》。②

---

① 《太平广记》,第 3995—3997 页。
② 《太平广记》,第 1488 页。

　　仔细分析这两段材料,我们发现《太平广记》的割裂痕迹十分明显。一方面,它将《本事诗》中所录此条的前半段文字换成叙述更为详尽的《柳氏传》;另一方面,它为保证后半段故事的完整性而把《本事诗》此条前半段中的"韩翃少负才名……后数年,淄青节度侯希逸奏为从事"①改写为"唐韩翊少负才名。侯希逸镇青淄,翊为从事"②,并以之开头,与《本事诗》的后半段内容衔接起来。同时,它又删掉了《本事诗》材料的最后一段话,即"自韩复为汴职以下,开成中余罢梧州,有大梁凤将赵唯为岭外刺史,年将九十矣,耳目不衰。过梧州,言大梁往事,述之可听云。此皆目击之故,因录于此也"③,以维护故事的独立性。正如我们所知,《本事诗》的这段话既明言韩翃复为汴职之后的故事出自孟启亲闻,又说明在"韩复为汴职"之前还有一段故事。这两段故事是放在一起讲述的,这在《本事诗》中交代得十分清楚。反之,《太平广记》根据自己的编撰体例而割裂此段文字,并进行适当的增删,显然已非宋本《本事诗》原貌。

　　值得注意的是,在《太平广记》中,前半段故事的主角是韩翃,后半段的主角是"韩翊",并非同一人。《顾氏文房小说》本《本事诗》则将整则故事的主角统一为"韩翊",《津逮秘书》本《本事诗》又统一为"韩翃"。究竟哪个版本更符合宋本《本事诗》的原貌? 答案很明显,应该是《津逮秘书》本《本事诗》中的"韩翃"。原因有三点:第一,考诸史实,写《寒食诗》者即为韩翃,而韩翊其人不见于史籍;第二,《柳氏传》为传奇,作为小说家言,其人物姓名很可能出自伪托,或者有意使用障眼法,掩盖人物的真实身份;第三,两则材料都提到侯希逸节度淄青时辟为书记,可见所言实为一人。按史实推断,此人只能是韩翃而非韩翊。

　　总之,通过文本分析,我们确定孟启在编撰《本事诗》此条时有意将传奇小说和自己的见闻结合起来,编撰了一则完整故事,并确定人

① 《本事诗校补考释》,第 40 页。
② 《太平广记》,第 1488 页。
③ 《本事诗校补考释》,第 42 页。

物姓名为韩翃。这是《本事诗》的原本面貌。

回到《太平广记》,我们发现它对《本事诗》的引用有时不够严谨,甚至将原本不属于《本事诗》的文本也掺杂到《本事诗》中去。例如《太平广记》卷四九七有"吴武陵"条,其曰"出《本事诗》",但与今本《本事诗》多有不同:

> 长庆中,李渤除桂管观察使,表名儒吴武陵为副使。故事,副车上任,具橐鞬通谢。又数日,于球场致宴,酒酣,吴乃闻妇女于看棚聚观,意甚耻之。吴既负气,欲复其辱,乃上台盘坐,褰衣裸露以溺。渤既被酒,见之大怒,命卫士送衙司枭首。时有衙校水兰,知其不可,遂以礼而救止,多遣人卫之。渤醉极,扶归寝。至夜艾而觉,闻家人聚哭甚悲,惊而问焉。乃曰:"昨闻设亭喧噪,又闻命衙司斩副使,不知其事,忧及于祸,是以悲耳。"渤大惊,亟命递使问之,水兰具启:"昨虽奉严旨,未敢承命,今副使犹寝在衙院,无苦。"渤迟明,早至衙院,卑词引过。宾主上下,俱自克责,益相敬。时未有监军,于是乃奏水兰牧于宜州以酬之。武陵虽有文华,而强悍激讦,为人所畏。又尝为容州部内刺史,赃罪狼藉,敕史令广州幕吏鞠之。吏少年,亦自负科第,殊不假贷,持之甚急。武陵不胜其愤,因题诗路左佛堂曰:"雀儿来逐飓风高,下视鹰鹯意气豪。自谓能生千里翼,黄昏依旧入蓬蒿。"出《本事诗》。①

显然,这则材料中的后半段内容与今本《本事诗》完全相同,而前半段则不见于今本《本事诗》。从内容上说,前半段故事虽与吴武陵相关,但事中无诗,与后事中所载诗歌并无关系,因此不符合孟启采集诗歌本事的标准,不可能为孟启《本事诗》原文。《太平广记》所言"出《本事诗》",显然并不准确,其中掺杂有其他典籍中的材料。因此,若以《太平广记》中此条为据而质疑今本《本事诗》文本有脱落,显然也不准确。

在《太平广记》中还有一则值得注意的材料,那就是"杜牧"条。

---

① 《太平广记》,第4079—4080页。

此材料在《太平广记》中注其出处为"《唐阙史》",文本如下:

　　唐中书舍人杜牧少有逸才,下笔成咏。弱冠擢进士第,复捷制科。牧少隽,性疏野放荡,虽为检制,而不能自禁。会丞相牛僧孺出镇扬州……牧对之大惭,因泣拜致谢,而终身感焉。故僧孺之薨,牧为之志,而极言其美,报所知也。牧既为御史,久之分务洛阳。时李司徒愿罢镇闲居,声伎豪华,为当时第一。洛中名士,咸谒见之。李乃打开宴席。当时朝客高流,无不臻赴。以牧持宪,不敢邀至。牧遣座客达意,愿预斯会。李不得已驰书。方对酒独斟,亦已酣畅。闻命遽来。时会中已饮酒。女妓百余人,皆绝艺殊色。牧独坐南行,瞪目注视,饮满三卮,问李云:"闻有紫云者孰是?"李指示之。牧复凝睇良久曰:"名不虚得,宜以见惠。"李俯而笑,诸妓皆亦回首破颜。牧又自饮三爵,朗吟而起曰:"华堂今日绮筵开,谁唤分司御史来。忽发狂言惊满座,两行红粉一时回。"意气闲逸,旁若无人。牧又自以年渐迟暮,常追赋感旧诗曰:"落魄江湖载酒行,楚腰纤细掌中情。三年一觉扬州梦,赢得青楼薄幸名。"又曰:"觥船一棹百分空,十岁青春不负公。今日鬓丝禅榻畔,茶烟轻飏落花风。"太和末,牧复自侍御史出佐沈传师江西宣州幕……因赋诗以自伤曰:"自是寻春去校迟,不须惆怅怨芳事。狂风落尽深红色,绿叶成阴子满枝。"出《唐阙史》。①

　　这则材料收录在《太平广记·妇人四》,讲述了杜牧与妇人交往的三件韵事。其内容可分为三部分。从开头到"报所知也",讲的是杜牧镇扬州时以宴游为事而得到牛僧孺保护的故事;中间一段,从"牧既为御史"到"茶烟轻飏落花风",讲的是杜牧分务东都时作《紫云》诗和《遣怀》诗事,内容与今本《本事诗》相同;最后一段,从"太和末"到最后,讲述的是杜牧任湖州刺史时赋诗自伤的故事。也就是说,这段材料包含了杜牧与妇人之间的三则故事,《太平广记》将它们合在一起,置于"妇人"门"杜牧"题下,并注出处为"《唐阙史》"。然而今本《唐阙史》所载仅湖州事,也就是《太平广记》材料的最后一段,即

_____

① 《太平广记》,第2151—2152页。

《叹花》诗事。中间部分的《紫云诗》和《遣怀》诗事与孟启《本事诗》所载相同。至于开头所记扬州牛僧孺幕下狎妓之事,则与丁用晦的《芝田录》所载相同。《苕溪渔隐丛话》后集卷一五曰:"苕溪渔隐曰:'遣怀诗:"落魄江湖载酒行,楚腰肠断掌中轻。十年一觉扬州梦。赢得青楼薄幸名。"余尝疑此诗必有谓焉。因阅《芝田录》云:"牛奇章帅维扬,牧之在幕中,多微服逸游。公闻之,以街子数辈潜随牧之,以防不虞。后牧之以拾遗召,临别,公以纵逸为戒。牧之始犹讳之,公命取一箧,皆是街子辈报帖,云杜书记平善。乃大感服。"方知牧之此诗言当日逸游之事耳。'"①可见在《苕溪渔隐丛话》之前,"牛僧孺扬州"事并未与杜牧《遣怀诗》发生关联,因此不可能出现在孟启《本事诗》中。这样一来,《太平广记》此条的材料来源就应该有三处:《芝田录》《本事诗》和《唐阙史》。《太平广记》注其出处为"《唐阙史》",显然不符合实际情况。

在《太平广记》中,关于文本出处的标注有时并不准确,这在"李锜婢"条材料中也可以得到体现。"李锜婢"条材料篇幅很长,故略引如下:

> 李锜之擒也,侍婢一人随之。锜夜自裂衣襟,书己冤,笔摧之功,言为张子良所卖。教侍婢曰:"结之于带。吾若从容赐对,当为宰相杨益节度使。若不从容,受极刑矣。我死,汝必入内,上必问汝。汝当以是进。"及锜伏法,京城大雾,三日不解,或闻鬼哭。宪宗又于侍婢得帛书,颇疑其冤。内出黄衣数袭,赐锜及子弟,敕京兆府收葬之。李铦,锜之从父弟也,为宋州刺史。闻锜反状,恸哭,驱妻子奴婢,无老幼,量颈为枷,自拘于观察使。朝廷悯之,因为薄贬。按李锜宗属,丞居重位,颇以尊豪自奉。声色之选,冠绝于时。及浙西之败,配掖庭者,曰郑曰杜。郑得幸于宪宗,是生宣宗皇帝,实为孝明皇太后。次即杜。杜名秋,亦建康人也,有宠于穆宗。穆宗即位,以为皇子漳王傅姆。太和

---

① (宋)胡仔纂集,廖德明校点《苕溪渔隐丛话后集》,人民文学出版社,1962年,第109页。

中,漳王得罪国除,诏赐秋归老故乡。或曰"系帛书者,即杜秋也",而宫闱事秘,世莫得知。夫秋,女婢也,而能以义申锜之冤。且逮事累朝,用物弹极。及其被弃于家也,朝饥不给,故名士闻而伤之。中书舍人杜牧为诗以谏之曰:"荆江水清滑……聊可以自赌。"出《国史补》并《本事诗》。①

在明代《津逮秘书》本《唐国史补》中有此文前半段,即从开头到"朝廷悯之,因为薄贬",而从"按李锜宗属"开始的后半段文字则不见于《唐国史补》,也不见于今本《本事诗》。按《太平广记》所言,似为孟启《本事诗》佚文。然而按《本事诗》的编撰体例,孟启若果录此篇,应该会直接抄录杜牧《杜秋娘诗并序》,就像其抄撮刘禹锡《赠看花诸君子》诗序和元稹《黄明府诗》序一样。杜牧《杜秋娘诗并序》曰:

> 杜秋,金陵女也。年十五,为李锜妾,后锜叛灭,籍之入宫,有宠于景陵。穆宗即位,命秋为皇子傅姆,皇子壮,封漳王。郑注用事,诬丞相欲去异己者,指王为根,王被罪废削,秋因赐归故乡。予过金陵,感其穷且老,为之赋诗。"京江水清华……聊可以自赌。"②

然而,《太平广记》所录材料后半段显然与《杜秋娘诗序》不同。仔细分析这段文字,我们发现其中有些特别值得注意的用词,即"按"、"或"、"或曰"等。从这些词的使用看,这段话更像是对《国史补》中所讲述的李锜故事的考证,即:先推断"李锜婢"的真实身份,认为她应该是杜秋;然后总结杜秋对李锜的义,认为杜秋一生跌宕起伏,到晚年被弃于家,朝饥不给,故名士闻而伤之。也就是说,此段材料的后半部分与前引《国史补》的内容联系特别紧密,是对前段故事中的人物身份及其人生经历的推断和考察。因此,不论从内容还是形式上看,它都不像孟启《本事诗》佚文。《太平广记》注此条出处为"《唐国史补》并《本事诗》",很可能是标注错误。换句话说,在原本《本事诗》中,根本就没有"李锜婢"条文字。

---

① 《太平广记》,第 2169—2171 页。

② （唐）杜牧著《樊川文集》,上海古籍出版社,1978 年,第 5 页。

　　总之,在《太平广记》等宋代典籍中,其所引录的《本事诗》材料往往并非孟启《本事诗》原貌,而是根据自己的编撰体例做了适当的修改和增删。甚至有时,它还会将原本不属于《本事诗》的文本也归入《本事诗》中。这样一来,在利用它们考辑《本事诗》版本面貌时就必须特别谨慎,不能随意将其所辑录的文本视为《本事诗》原本,甚至得出明本《本事诗》并非原本面貌的结论。事实上,明本《本事诗》基本保持了《本事诗》的原貌。在研究《本事诗》时,必须以明本为据。

(三)

　　在宋代典籍中,人们辑录的《本事诗》文本常常与《续本事诗》《本事集》等续补之作纠缠不清,这也给恢复《本事诗》原貌带来了困难。

　　正如我们所知,《本事诗》成书之后很快就传播开去,出现了一系列续作。晁公武《郡斋读书志》卷二〇著录《续本事诗》二卷,曰:"右伪吴处常子撰,未详其人。自有序云:'比览孟初中《本事诗》,辄搜箧中所有,依前题七章,类而编之。'然皆唐人诗也。"①说明《本事诗》在五代时已出现续作。不过,此续作在《宋史·艺文志》之后即不见著录,估计在宋元之际就已亡佚。后世所谓五代处常子《续本事诗》者,多从宋元类书中辑佚,如罗宁《处常子〈续本事诗〉辑考》。又有学者认为罗隐亦有《续本事诗》,其依据为《诗话总龟》前集所录"白傅柳诗"条:

　　　　白傅《柳诗》二首云:"青青一树伤心色,会入几人离恨中。为道都门多送别,长条折尽减春风。"又:"一树春风万万枝,嫩于金色软于丝。永丰西角荒烟里,尽日无人属阿谁?"又顾云诗云:"灞岸晴来送别频,相偎相倚不胜春。自家飞絮犹无定,争把长条绊得人!"《唐宋诗》云罗隐作《续本事诗》。②

　　此条文末有小字注,曰:"《唐宋诗》云罗隐作《续本事诗》。"近代不少学者以此为据,认为在处常子《续本事诗》之外还有罗隐《续本事

---

　　①　《郡斋读书志校证》,第 1061 页。
　　②　《诗话总龟前集》,第 230 页。

诗》，如罗根泽《中国文学批评史》就持此论。王梦鸥先生则提出："处常子，其人莫详，唯《诗话总龟》卷二十一于'白傅柳诗'下有小注云：'《唐宋诗》云：罗隐作《续本事诗》'；而罗隐之《续本事诗》，实亦引见于同书卷六所载之罗邺牡丹诗。以此知罗隐实曾继孟启之后，撰有《续本事诗》一书……晚唐五代人撰述杂说，好以'子'自号，自皮日休之鹿门子，司空图之知非子，孙光宪之葆光子，刘崇远之金华子以外，他如齐邱子，无能子，天隐子，参寥子等等，既以'子'自名，兼以名书；一时风俗如此，罗隐殆亦未能免俗。《十国春秋》谓罗隐初寓池州梅根浦，因自号'江东生'；《新登县志》文物门，又言其著作'两同书'，取名'灵壁子'；然则，因其'隐'而号'处常子'，名义亦相殊副矣。特因旧史失载此一名号；而《续本事诗》一书又复失传，遂使人疑五代之际，竟有两种'续本事诗'矣。今以晁公武所引处常子《续本事诗》自序有'比览孟初中本事诗'之语而详味之，非孟启同时代之人，当不复知孟启字'初中'。盖依汪德振之考订，罗隐生于唐太和七年（八三三），其年辈仅次于孟启。但因其晚岁供事于吴王钱镠，宋人遂称之为'伪吴'也。"[①]即认为罗隐就是处常子，五代时作《续本事诗》。不过这种说法也有问题。一来，从《诗话总龟》卷二十一之"白傅柳诗"条下小注看，所谓"《唐宋诗》云：罗隐作《续本事诗》"，其正确句读应为"《唐宋诗》云罗隐作。《续本事诗》"。也就是说，这里的"罗隐作"并不是限定《本事诗》的，而是指材料中所引顾云诗应为罗隐作。《续本事诗》记为顾云作，恐有误，因此在注中引《唐宋诗》以纠正。事实上，《才调集》卷八录此诗，作者正为罗隐。罗隐《甲乙集》卷三亦有此诗，可见《续本事诗》将此诗作者写作顾云，的确有误，应在注文中予以纠正。由此看来，则《诗话总龟》中的此段材料并不能说明罗隐有《续本事诗》，更不能证明处常子就是罗隐。二来，在《诗话总龟》中，"白傅柳诗"条后紧跟着"阴铿《石》诗"条材料，其出处注曰"并同前"，也就是和"白傅柳诗"条一样出自《续本事诗》。然据晁公武《郡斋读书志》所言，处常子《续本事诗》"皆唐人诗也"，阴铿为梁陈间诗人，显

---

① 《本事诗校补考释》，第 16—17 页。

然不可能为处常子此书所收录。因此,若晁公武所记无误,则《诗话总龟》中所引《续本事诗》并非五代处常子所作,而是另有所本。换句话说,在宋代,所谓《续本事诗》也许并非只有一种。

又据陈振孙《直斋书录解题》记载,宋代还有"《续广本事诗》五卷,聂奉先撰。虽曰广孟启之旧,其实集诗话耳"①。这也是《本事诗》之后所出现的续作,不过早已亡佚。重编《说郛》本所收题名聂奉先的《续本事诗》是明人伪造的一部伪书,这一点余才林已有论述②,兹不赘。

另外在《琅嬛记》中,我们还可以看到所谓虚楼《续本事诗》,即:

> 虞伯施少受学于顾野王。野王当夏日闻蝉声,使咏之。伯施操笔便成诗曰:"垂绥饮清露,流响出疏桐。居高声自远,非是藉秋风。"野王喜曰:"此子沉静寡欲,要当享大名于天下。"虚楼《续本事诗》。③

> 张泌江南人,字子澄,仕南唐为内史。舍人初与邻女浣衣相善经年,不复睹,精神凝一,夜必梦之。尝有诗云:"别梦依依到谢家,小廊回合曲阑斜。多情只有春庭月,犹为情人照落花。"浣衣计无所出,流泪而已。虚楼《续本事诗》。④

> 郭暧宴客,有婢镜儿善弹筝,姿色绝代。李端在坐时,窃寓目,属意甚深。暧觉之,曰:"李生能以弹筝为题赋诗娱客,吾当不惜此女。"李即席口号曰:"鸣筝金粟柱,素手玉房前。欲得周郎顾,时时误拂弦。"暧大称善,以镜儿赠李。虚楼《续本事诗》。⑤

从内容上看,这三则材料都属于唐五代的诗歌本事,与孟启《本事诗》的性质非常相近,可能为《续本事诗》中的文字。然而"虚楼"是何人?则不得而知。在前代典籍中,我们无法找到"虚楼"的任何蛛

---

①　《直斋书录解题》,第 616 页。
②　参见余才林《重编〈说郛〉本〈续本事诗〉辨伪》,《中国典籍与文化》,2006 年第 1 期,第 63—66 页。
③　(元)尹世珍辑《琅嬛记》,津逮秘书本,第 64—65 页。
④　《琅嬛记》,第 138 页。
⑤　《琅嬛记》,第 121 页。

丝马迹,而虚楼《续本事诗》也未见于《琅嬛记》之前的任何典籍。至于《琅嬛记》,则旧题元伊世珍撰,从明代开始不断有人质疑其真伪。清代《四库全书总目》曰:"旧本题元伊世珍撰。语皆荒诞猥琐。书首载张华为建安从事,遇仙人引至石室,多奇书,问其地,曰琅嬛福地也。注出《玄观手钞》,其命名之义当盖取此。然《玄观手钞》竟亦不知为何书?其余所引书名,大抵真伪相杂,盖亦《云仙散录》之类。钱希言《戏瑕》以为明桑怿所伪托,其必有所据矣。"①到了现代,学者罗宁则认为此书实为晚明出现的伪典小说,通过编造各种典故、代名,用作解诗和写诗,因此材料多属杜撰。虽然"各条均注明出处,但所称各书尽属伪托"②。由此看来,则虚楼《续本事诗》很有可能是一部杜撰出来的书,其实并不存在。然而,其所杜撰的材料却与孟启《本事诗》十分类似,掺入其中,可以以假乱真。因此,人们很容易将其误认为《本事诗》或《续本事诗》佚文。

　　总之,在孟启《本事诗》之后,出现了不少所谓续《本事诗》之作,这些著作大多亡佚,其真实面貌不得而知。除此之外,还有一些杜撰出来的所谓《续本事诗》材料,其内容与孟启《本事诗》十分类似,因此也很容易被误认为孟启《本事诗》佚文。更有甚者,如前面所引"白傅柳诗"条材料,更是直接在孟启《本事诗》原有文字(白居易《杨柳词》"一树春风万万枝")的基础上续补罗隐《柳》诗,使之成为一条新的材料,收入《续本事诗》中。这就意味着《续本事诗》很可能是直接在《本事诗》已有材料的基础上添加新材料而成,例如在张又新牡丹诗后可以续补罗邺牡丹诗(《诗话总龟》所引《续本事诗》中有此诗),这样一来,续作与原作融为一体,就更加难以区分了。

　　事实上,在宋代典籍中,将续作中的材料与孟启《本事诗》混为一谈的情况并不少见。如《诗话总龟》中明确提到"马自然诗"条材料出自《续本事集》,即:

　　　　道士马自然有异术,饮酒至一石不醉。人有疾,以杂草木揉

①　《四库全书总目》,第1732页。
②　罗宁,《明代伪典小说五种初探》,《明清小说研究》,2009年第1期,第34页。

碎呵与人食,无不瘥。每自吟曰:"昔日曾随魏伯阳,经时醉卧紫金床。东君过我多慵懒,罚向人间作酒狂。"广明中梓州上升。《续本事集》更有二首诗,其一曰:"省悟前非一息间,更抛人世弃尘寰。徒夸美酒如琼液,休恋娇娥似玉颜。含笑谩教心思苦,别离还使鬓毛斑。云中幸有堪归路,无限青山是我山。"其二曰:"何用烧丹学驻颜,闹非城市静非山。时人若觅长生药,对景无心是大还。"《诗史》。①

但在《类说》所录《本事诗》中,仍有"马自然诗"条材料。同样地,宋刊本《类说》所录《本事诗》中还有"兴善寺火"条材料,此材料在宋人陈应行所编的《吟窗杂录》中则明确标其出处为《续本事》,即:

> 《续本事》曰:京城僧道常争三教优劣。兴善寺火灾,尊仪荡尽,道士字崇嘲之曰:"道善何曾善,言兴又不兴。如来烧已尽,唯有一群僧。"②

可见在宋本《类说》所录《本事诗》中,已经掺入了《续本事》、《续本事集》的材料。这些材料不见于今本《本事诗》,但却因《类说》的辑录而被误认为孟启《本事诗》佚文。同样的情况还有《类说》中的"咏乌"条、"上元载诗"条、"土山头条"(即"郎中员外"条)、"生吞活剥"条、"陶隐居"条、"白二十韦十九"条和"登崖州城诗"条,这些材料和"马自然诗"条、"兴善寺火"条一样不见于今本《本事诗》,可能为《续本事》《续本事集》等所有。又在《绀珠集》中,也收录有孟启《本事诗》(明天启刊本曰"本事记",《四库》本改为"本事诗"),其中"红叶诗"条、"金锁诗"条、"张好好诗"条、"剪水作花"条、"米家荣"条、"石头城"条(即"白二十韦十九"条)不见于今本《本事诗》,可能为《续本事诗》等所有。正如我们所知,《绀珠集》与《类说》性质相近,体例相仿。它们"在选录各种小说杂书时,有时会把性质相同的续补之作合并。如《类说》卷二十一录《大中遗事》,注'柳玭续事附',《绀珠集》卷十录《大中遗事》,题下注云:'令狐澄。《新罗国记》附,柳玭续十四事附。'

---

① 《诗话总龟前集》,第441—442页。

② (宋)陈应行编《吟窗杂录》,中华书局,1997年,第1269—1270页。

也就是把令狐澄《大中遗事》与柳玭《续大中遗事》合并在一起选录。《绀珠集》卷十一收录《翰林志》也是如此,题下注:'杨巨《旧规》、张著《盛事》、苏易简《续志》附。'所以,《类说》与《绀珠集》在收录《本事诗》时,也将《续本事诗》的内容附入了,只是没有加以说明。那些不见于今本《本事诗》的条文,当即《续本事诗》的内容。"①另外,不论是处常子《续本事诗》还是聂奉先《续广本事诗》,它们在孟启《本事诗》之后或续或补,而书名却可能都叫《本事诗》,就像清代徐釚《续本事诗》又名《本事诗》一样。相同的书名,也使续作的材料更容易与原作发生混淆。例如在《类说》所录《本事诗》中有"白二十韦十九"条材料,这条材料亦见于《绀珠集》所录《本事诗》中,但却不见于今本《本事诗》,很可能为《续本事诗》佚文。然而在《竹庄诗话》中,这则材料的出处也被注为《本事诗》。可见所谓《本事诗》并不一定专指孟启所作,还可能指后人续补之书。

这样一来,宋代典籍中的"续本事诗"和"本事诗"、"续本事"、"续本事集"等纠缠不清。至于"本事诗"的名称,则又与"本事记"、"本事传"、"本事集"等混而用之。例如:

中宗朝裴谈崇奉释氏,妻悍妒,谈畏之,尝云:"妻有可畏者三。少之时,视之如生菩萨,安有人不畏生菩萨?及男女满前,视之如九子魔母,安有人不畏九子魔母?至五六十,薄施妆粉,或青或黑,视之如鸠盘荼,安有人不畏鸠盘荼?"《本事记》。②

杜牧既为御史,久之分务洛阳。时李初罢镇闲居,声伎豪华,为当时第一。尝宴客,女伎百余人,皆殊色。牧瞪目注视,问李:"闻有紫云者,孰是?宜以见惠。"李俯而笑,诸妓亦皆回首破颜。牧自饮三爵,朗吟而起曰:"华堂今日绮筵开,谁唤分司御史来。忽发狂言惊座主,两行红粉一时回。"意气闲逸,旁若无人。后三年狎游,诗曰:"落拓江湖载酒行,楚腰纤细掌中情。三年一

① 罗宁,《处常子〈续本事诗〉辑考》,《西南交通大学学报》(社会科学版),2007年第5期,第55页。

② (宋)谢维新编《古今合璧事类备要》后集卷二八,《四库全书》本,第10页。

觉扬州梦,赢得青楼薄幸名。觥船一棹百分空,十载青春不负公。今日鬓丝禅榻畔,茶烟细飐落花风。"《本事传》。①

《本事集》云白尚书姬人樊素善歌小蛮善舞,尝为诗云:"樱桃樊素口,杨柳小蛮腰。"白公年迈而小蛮方丰艳,因为杨柳枝以寄意曰:"一树春风万万枝,嫩于金色软于丝。永丰坊里东南角,尽日无言属阿谁。"如《本事集》之说,则樊素小蛮为二人。②

以上材料均见于孟启《本事诗》,但在《古今合璧事类备要》等宋代典籍中却注其出处为"本事记""本事传"和"本事集"等,不知是《本事诗》一书而多名,还是《本事诗》外另有其书。又《锦绣万花谷·前集》卷二引陆畅《雪》诗"仙人宁底巧,剪水作花飞",亦注出处为"本事集",而日本翻刻宋绍兴本《山谷内集诗注》卷六引陆畅《雪诗》,则曰:"《本事诗》陆畅雪诗曰:'仙人宁底巧,剪水作飞花。'"③这样看来,则《本事集》很可能与《本事诗》同书而异名。然而奇怪的是,在今本《本事诗》中,并没有此条文字。究竟这条材料是否为孟启《本事诗》佚文?这也是一个难以判断的问题。

另外在宋代,"本事集"有时称作"孟启《本事集》",如蔡梦弼《杜工部草堂诗笺》卷十九《寄李十二白二十韵》"号尔谪仙人"下注曰:

> 孟启《本事集》曰:"李白自蜀至京师,贺知章闻其名,首诣之,请所为文。白出《蜀道难》示之,读未竟,称叹极口,号为谪仙人。又曰:公非人间人,岂非太白星精耶?于是解金貂换酒。"④

有时则称作"杨元素《本事集》",如龚明之《中吴纪闻》卷一"红梅阁"条记吴感《折红梅词》,注曰:

> 杨元素《本事集》误以为蒋堂侍郎有小鬟号红梅,吴殿丞作此词赠之。⑤

这样一来,又使孟启《本事诗》与杨元素《时贤本事曲子集》纠缠

---

① 《古今合璧事类备要》前集卷五三,第 3 页。
② (宋)陈振孙编《白氏文公年谱》,明钞本,第 54—55 页。
③ (宋)任渊注《山谷内集诗注》卷六,日本翻刻宋绍兴本。
④ (宋)蔡梦弼《杜工部草堂诗笺》卷一九,古逸丛书覆宋麻沙本。
⑤ (宋)龚明之撰,孙菊园校点《中吴纪闻》,上海古籍出版社,1986 年,第 14 页。

在一起。杨元素《时贤本事曲子集》是宋代出现的一部本事之作,性质与孟启《本事诗》相近。其书既名《本事集》,又名《杨元素本事曲》,省称《本事词》、《本事曲》或《本事曲子》,大约作于元丰初年。元丰三年,高承《事物纪原》引此书,曰"杨绘《本事曲子》云:'近世谓小词起于温飞卿,然王建、白居易前于飞卿久矣。王建有《宫中三台》《宫中调笑》,乐天有《谢秋娘》,咸在小集,与今小词同。《花间集序》则云起自李太白《谢秋娘》,一云《望江南》。又曰近传一阕云李白制,即今《菩萨蛮》,其词非白不能及,此信其自白始也。刘斧《青琐集·隋海记》中有《望江南》调,即炀帝世已有其事也。'"①可见此书讨论的对象是曲子词。在杨绘看来,曲子词并不是到了宋代才有的,而是早在唐代甚至隋炀帝的时候就已经产生了,例如李白、白居易的一些乐府诗创作其实就是曲子词。回过头来检核孟启《本事诗》,我们发现李白的《宫中行乐》是配合声伎而作的,白居易的《杨柳词》则因国乐所唱而为宣宗所知,至于戎昱赠妓而让其在席上所唱之词、张又新题盘上而让妓歌以送酒之词,其实都是曲子词,而沈佺期和崔日用的《回波词》更是直接以"词"命名。从这个角度来说,杨元素的《本事曲》很可能也收录了隋唐时期的曲词本事,甚至孟启《本事诗》中的材料。不过可惜,此书早已亡佚,具体情况不得而知。从目前辑佚的情况看,此书的确含有宋代之前的材料,如《诗话总龟》曰:"又《本事曲》云:南唐李国主尝责其臣曰:'吹皱一池春水,干卿何事!'盖赵公谒金门辞有此一句,最为警策。其臣即对曰:'未如陛下小楼吹彻玉笙寒。'""若《本事曲》所记,但云赵公,无其名,所传必误"②,记载的就是五代曲事。当然,杨绘《本事曲》的绝大多数材料还是来自宋代。苏轼《与杨元素十七首》其七曰:"近一相识,录得公明所编《本事曲子》,足广奇闻,以为闲居之鼓吹也。然窃谓宜更广之,但嘱知识间令各记所闻,即所载日益广矣。辄献三事,更乞拣择。传到百四十许曲,不知传得足否?"③其八曰:"近于城中葺一荒园,手种菜果以自

---

①　(宋)高承撰《事物纪原集类》卷二,《四库全书》本,第38—39页。

②　《诗话总龟前集》,第204页。

③　(宋)苏轼撰,(明)茅维编,孔繁礼点校《苏轼文集》,中华书局,1986年,第1652页。

娱。陈季常者,近在州界百四十里住,时复来往。伯诚亲弟,近问之,云不曾参拜。其人甚奇伟,得其一词,以助《本事》。"①可见苏轼参与了杨元素《本事曲》的材料收集工作,并且所收多为当时人的词曲本事。另外,《古今合璧事类备要》后集卷七八引《本事曲》,曰:

> 东坡守钱塘,毛滂泽民为法曹。公以众人遇之,秩满辞去。是夕宴客,有妓歌别词云:"今夜乱山深处,梦魂分付潮回去。"公问曰:"此何人所作?"答云:"毛法曹制。"公语坐客曰:"郡僚有词人而不及知,轼之罪也。"翌日折简追还,留连弥月。毛泽民因此得名。②

东坡守钱塘为元祐五年事,此时杨绘(1027—1088)已殁,不可能手录此材料。因此,《本事曲》在杨绘之后应有他人续补,即《本事曲》后集。梁启超《记时贤本事曲子集》曰:"读《欧阳文忠公集》卷一百三十二《近体乐府》二第二十四页《渔家傲》调下小注引有京本《时贤本事曲子后集》一则,初不知何时何人所著,继读吴文恪《唐宋名贤百家词》之《东坡词》,其调名下小注引杨元素《本事曲集》者两条(《满庭芳·三十三年漂流江海》篇,《满江红·忧喜相寻风雨过》篇),引《本事集》者两条(《虞美人·买田阳羡》篇,《减字木兰花·双龙对起》篇),凡遗文五条,体裁相同,皆纪北宋中叶词林掌故。又读绍兴间辑本《南唐二主词》《蝶恋花》调下注云:'《本事曲》以为山东李冠作。'李冠亦北宋中叶之'时贤'也,因此可推定以上所引同一书,其全名为《时贤本事曲子集》,且有前后集,省名则称《本事曲集》,再省则称《本事集》或《本事曲》,著者则杨元素也。"③显然,从以上分析看,《时贤本事曲子集》也是一部情况非常复杂的著作。它和孟启《本事诗》一样都可称作"本事集",因此,当"本事集"前面没有修饰语限定时,我们很难断定其所指代的是孟启《本事诗》还是杨绘《本事曲》。例如下面这两则材料:

---

① 《苏轼文集》,第 1653 页。
② 《古今合璧事类备要》,第 11 页。
③ (清)梁启超著《梁启超全集》,北京出版社,1999 年,第 5279 页。

钱塘西湖有诗僧清顺居其上，自名藏春坞。门前有二古松，各有凌霄花络其上，顺常卧其下。子瞻为郡，一日，屏骑从过之，顺指落花觅句。子瞻为作《木兰花》。《本事集》。①

韩魏公皇祐初镇扬州，《本事集》载公亲撰《维扬好》辞四章，所谓"二十四桥千步柳，春风十里上珠帘"者是也。其后熙宁初，公罢相，出镇安阳。公复作《安阳好》辞十章。其一云……其二云……余八章不记。②

在这里，所谓《本事集》既可以指孟启《本事诗》续作，也可以指杨绘《本事曲》之前后集。不过现代研究者大多视其为《本事曲》佚文，因为其所涉及的人物为宋人，关涉的作品为曲子词。然而孟启虽为唐人，但《本事诗》在宋代也有续作，续作又常常省略"续"字，因此从这个角度来说，这些材料也可能为《续本事诗》佚文。

总之，从前代典籍的称引情况看，《本事集》这个名字既可以指孟启《本事诗》及其续作，又可以指杨绘《本事曲》及其后集，因此情况十分复杂，这也给还原《本事诗》带来了困难。

事实上，在宋代典籍中，本事诗词材料的引用情况十分混乱。以宋维新所编《古今合璧事类备要》为例，其所收本事材料很多，但所注出处各不相同。例如：

中宗朝裴谈崇奉释氏，妻悍妒……安有人不畏鸠盘荼？《本事记》。③

杜牧既为御史，久之分务洛阳……茶烟细飏落花风。《本事传》。④

宁王宅畔有卖饼者妻，甚美，王厚遗其夫而取之。经岁，问曰："颇忆饼师否？"召见之，泪下如雨。《本事集》。⑤

---

① （宋）陈景沂编，祝穆订正《全芳备祖》前集卷一四，明代毛氏汲古阁钞本。
② （宋）吴曾撰《能改斋漫录》，《全宋笔记》第五编第四册，大象出版社，2012年，第213页。
③ 《古今合璧事类备要》，第10页。
④ 《古今合璧事类备要》前集卷五三，第3页。
⑤ 《古今合璧事类备要》外集卷四六，第2页。

钱塘西湖诗僧清顺居其下,自名藏吾坞。门前有二古松,各有凌霄花络其上。顺常昼卧。子瞻为郡。一日屏骑从过之,松风搔然,顺指落花觅句。子瞻为作《木兰花》。《本事集》。①

沈佺期以罪谪,遇恩复官,而未还朱衣。因内宴群臣,皆歌《回波词》。佺期曰:"身名已蒙齿绿,袍笏未赐牙绯。"中宗即赐之。《本事诗》。②

崔日用为中丞,赐紫。是时佩鱼须有特恩。日用因内宴撰《回波词》,中宗以金鱼赐之。《本事诗》。③

禹锡有妾甚丽,李逢吉强取之。禹锡为妾作拟四愁诗……只应偏照两人心。出《本事诗》。④

开元中赐边衣,制自宫中,有军校袍中得一诗云:"留意多添线,含情更着绵。今生已过了,重结后身缘。"持诗白帅,帅以闻。明皇问之,有一宫人自言万死,即以嫁得诗者,与汝结今生缘。《本事诗》。⑤

蜀侯继图倚大慈寺楼,飘大桐叶,上有诗曰:"拭翠敛娥眉,为郁心中事。掷管下庭除,书作相思字。此字不书名,此字不书纸。书向秋叶上,愿逐秋风起。天下有心人,尽解相思死。天下负心人,不识相思意。有心与负心,不知落何地。"后数年,继图卜任氏为婚焉。《本事诗》。⑥

杨收王铎皆逢同年也。收作相,逢作诗曰:"须知金印朝天客,同是沙堤避路人。威凤偶时皆瑞圣,应龙无水谩通神。"收大衔之。王拜相,又作诗曰:"昨日鸿毛百钧重,今朝山岳一毫轻。"铎又怒之。唐《本事诗》。⑦

薛存诚《再除给事中作》:"再入青琐闼,忝官诚自非。拂尘

---

① 《古今合璧事类备要》别集卷三六,第8页。
②③ 《古今合璧事类备要》前集卷四一,第5页。
④ 《古今合璧事类备要》前集卷五四,第7页。
⑤ 《古今合璧事类备要》,第5页。
⑥ 《古今合璧事类备要》别集卷五三,第2页。
⑦ 《古今合璧事类备要》后集卷一三,第16页。

惊物有,开户似僧归。积草渐无径,残花犹洒衣。禁闱偏近日,行坐是恩晖。"唐《本事诗》。①

如上所列,《古今合璧事类备要》中有不少材料见于孟启《本事诗》,但却注其出处为"本事记"、"本事传"、"本事集"等。反之,有些材料虽不见于孟启《本事诗》,但却注明出处为"本事诗"、"本事集"、"唐本事诗"等。这种混乱的情况在《古今合璧事类备要》中并非特例。作为类书,《古今合璧事类备要》有一定的文献价值,但也有明显的不足之处。"其摘引典籍没有统一的体例。如宋代实录,有的标明具体出处,如《太宗实录》,但也有很多仅标注'实录'字样,后世读者不容易辨明引文出自何种实录。另外,是书所征引之国史也是如此,有的仅标'国史',有的却标明《四朝国史》、《仁宗正史》;有的标注出于本传、志,有的则不标。更有部分条目无出处,非常混乱,给读者使用带来不便。"②因此,在利用此类典籍考辑《本事诗》版本面貌时,一定要谨慎判断、具体分析。

总之,在宋代典籍中,《本事诗》文本被大量引用,但引用的情况十分混乱,出处的标注也较为随意。在这种情况下,我们不能武断地把宋代典籍中出现的"本事诗"材料都视为孟启《本事诗》佚文。相反,宋本《本事诗》虽然不存,但明代《本事诗》各版本俱在。比较这些版本,我们发现它们尽管存在一些异文,但七题分类的结构和每题下所收条目的内容、数量和篇目顺序都是一样的,可见它们应该基本保持了孟启《本事诗》原貌。在这种情况下,若受后代典籍中那些出处混乱的材料影响而做出今本《本事诗》并非完本的判断,显然过于武断。

第三节　《本事诗》佚文考辨

到目前为止,关于《本事诗》的版本研究不多,其中影响最大的主

---

① 《古今合璧事类备要》后集卷二〇,第7页。
② 朱晓蕾,《〈古今合璧事类备要〉初探》,上海师范大学硕士论文,2009年,第13页。

要有三家,即内山知也《本事诗校勘记》、王梦鸥《本事诗校补考释》和
董希平《宋本〈本事诗〉辑考》。内山知也校勘《本事诗》众版本,发现
《太平广记》中的"李锜婢"条和《类说》中的"郎中员外"、"活剥生吞"、
"陶隐居"、"马自然诗"、"白二十韦十九"、"登崖州城诗"等七条材料
不见于今本《本事诗》,因此附录于今本《本事诗》四十一条之后。王
梦鸥也注意到这七条材料,于是进行分析,发现"马自然"条材料可能
为《续本事诗》佚文。不过最后,他还是将此条材料和其他六条一起
以补遗的方式录入《本事诗》各题之下。具体来说,"李锜婢"条被附
于"事感"门、"陶隐居"和"白二十韦十九"条被附于"高逸"门、"登崖
州城诗"条被附于"怨愤"门、"马自然诗"被附于"征异"门,而"郎中员
外"和"活剥生吞"两条则被附于"嘲戏"门。至于董希平,则进一步考
辑宋代典籍,从《绀珠集》中辑佚六条材料(其中一条已见于内山与
王氏所辑),又从《古今合璧事类备要》中辑佚三条,从任渊《后山诗
注》和王十朋《东坡诗集注》中各辑佚一条。在他看来,这十条材料
都属于孟启《本事诗》佚文,应按七题之意分别归入各题之下。然
而,今本《本事诗》究竟是不是完本? 这些所谓佚文到底是否为孟
启《本事诗》所有? 在上一节中,我们已全面考察《本事诗》的版本
流传情况,并且得出结论,认为今本《本事诗》基本保持了宋本原
貌,而宋籍中所录《本事诗》文本则十分混乱,常常掺入同类续作中
的材料。在本节中,我们将通过具体分析,进一步讨论这些所谓佚文
的实际情况。

1. 马自然诗云:"何用烧丹学驻颜,闹非城市静非山。时人
若觅长生药,对境无心是大还。"①

此条出自《类说》卷五十一节录《本事诗》,然今本《本事诗》不存。
又《诗话总龟》引此条,曰:"道士马自然有异术,饮酒至一石不醉……
《续本事集》更有二首诗,其一曰:'省悟前非一息间,更抛人世弃尘
寰。徒夸美酒如琼液,休恋娇娥似玉颜。含笑谩教心思苦,别离还使
鬓毛斑。云中幸有堪归路,无限青山是我山。'其二曰:'何用烧丹学

---

① 《类说校注》,第 1527 页。

驻颜,闹非城市静非山。时人若觅长生药,对景无心是大还。'"①显然,马自然此诗原出自《续本事集》,而非孟启《本事诗》。《类说》之有此条,大概是将《续本事集》与孟启《本事诗》混淆。因为在宋代,"本事诗"亦可称作"本事集",如宋代董逌《广川画跋》曰"《本事集》称师行夺之,素知国主妹,受以为妾"②,即将孟启《本事诗》称作"本事集"。而孟启《本事诗》之后,又有五代处常子《续本事诗》、宋代聂奉先《续广本事诗》和清代徐釚《续本事诗》等作品出现,它们在当时亦可称作《本事诗》。如徐釚自序曰:"其事有足征述者,萃为一篇,名之曰《本事诗》。"③即直称其续作为《本事诗》。这种情况,与司空图《诗品》(续钟嵘《诗品》)、何自然《笑林》(续邯郸淳《笑林》)一样,实为惯例。以此类推,则五代处常子和宋代聂奉先等续作在当时亦可称作《本事诗》或《本事集》。这样一来,《类说》等宋代典籍在采录孟启《本事诗》时混入这些同名续作中的材料,就不足为奇了。与此类似,其他不见于今本孟启《本事诗》而被《类说》等宋代典籍收入孟启《本事诗》的材料,也都可能属于这种情况。

2. 杜牧《赠张好好》诗序云:"牧侍沈公传师幕在江西,时好好年十三,以善歌入籍。后一年公镇宣城,复置好好宣籍中。又二岁为沈著作述师以双环纳之。又二岁,于洛阳东城复见好好,感旧作诗三十韵以赠之。"④

此条不见于《太平广记》和今本《本事诗》,唯《绀珠集》所录《本事诗》中有此条。又《类说》和《绿窗新话》中亦有此条,但注出处为《丽情集》。《丽情集》为北宋张君房所编,可能采录《本事诗》材料。但值得注意的是,《绿窗新话》所录材料一般会注明原始出处,如"崔护觅水寻女子"条即注"出《本事诗》"⑤,而此条材料却注出处为《丽情

---

① 《诗话总龟前集》,第441—442页。
② (宋)董逌《广川画跋》,《影印文渊阁四库全书》本,台湾商务印书馆,1986年,第447—448页。
③ (清)徐釚撰,李学颖校点《续本事诗》,上海古籍出版社,1991年,第43页。
④ (宋)朱胜非撰《绀珠集》,《影印文渊阁四库全书》第872册,台湾商务印书馆,1986年,第455页。
⑤ (宋)皇都风月主人撰,周夷校补《绿窗新话》,古典文学出版社,1991年,第45页。

集》，可见原本《本事诗》中应无此条。又查杜牧《樊川文集》所收《张好好诗并序》，其文字为：

> 牧大和三年，佐故吏部沈公江西幕，好好年十三，始以善歌来乐籍中。后一岁，公镇宣城，复置好好于宣城籍中。后二岁，沈著作述师以双鬟纳之。后二岁，余于洛阳东城重睹好好，感旧伤怀，故题诗赠之。①

比较发现，此序与《绀珠集》所录《本事诗》条文字出入很大，不仅去掉"大和三年佐故吏部"等文字，而且去掉"余"字，将第一人称直述改为第三人称转述，这与孟启《本事诗》的体例亦不相合。在明本《本事诗》中，孟启有时也会引用诗序材料，如"元稹赠黄明府诗序"和"韩愈轩辕弥明传"条，但都是直引诗序而不随意增删文字和改变叙述角度。从这点看，《绀珠集》所录"张好好"条应该也非孟启《本事诗》佚文。

3. 卢渥于御沟得红叶，有诗云："流水行太急，深宫尽日闲。殷勤谢红叶，好去到人间。"卢藏之。后宣宗即位，放宫女。卢得一人，见红叶曰："当日偶题，不忆君得之也。"②

此条出自《绀珠集》所录《本事诗》而今本《本事诗》不存，《太平广记》和《类说》亦有采录，出处均为《云溪友议》。《云溪友议》为晚唐范摅所作，一般认为所记绝无乾符后事，故可推断成书于广明之前（880年正月至881年七月）③，早于孟启《本事诗》。然事实可能并非如此。第一，《云溪友议》所记事件的时间不代表其成书时间。正如我们所知，作为诗文评的《诗品》有"不录存者"之例，而影响最大的轶事小说——《世说新语》，也有"不录时事"的特点。"从《语林》、《郭子》到《世说》、《俗说》、《小说》，轶事小说在编纂下限上有一个明显变化，那就是除《语林》偏重时事外，后者对时事皆采取规避态度。"④依此类

① （唐）杜牧著，吴在庆校注《杜牧集系年校注》，中华书局，2008年，第72页。
② 《绀珠集》，第455页。
③ 汤华泉《范摅二考》，《文献》，1996年第2期，第248页。
④ 李建华《〈世说新语〉记事下限及其不录时事原因探析》，《广西民族师范学院学报》，2010年第2期，第29页。

推,《云溪友议》的成书时间也可能比所记事件的时间晚十几年甚至几十年,出现于孟启《本事诗》之后。第二,从前人的论述看,《云溪友议》的编撰也可能晚于孟启《本事诗》。如《云溪友议》中虽也有顾况题诗的记载,但《广记》仍注出处为《本事诗》;明代顾起元论"红叶题诗"故事曰:"唐小说记红叶事凡四,其一《本事诗》……其二《云溪友议》……"①;《四库全书总目》说《云溪友议》的材料"大抵为孟启《本事诗》所未载"②,都似暗示《云溪友议》的成书在孟启《本事诗》之后。当然,我们并没有足够证据证成此说。但可以肯定的是,《云溪友议》的编撰时间与《本事诗》十分接近,两者各自独立编撰,不存在转录引用关系(两者对同一事件的不同讲述在《广记》中往往分别引录,也证明它们之间没有直接的引用关系)。此条材料几乎完全删略《云溪友议》而来,可见非孟启《本事诗》佚文。

与此类似的还有"剪水作花"、"石头城"和"登崖州城诗"等条。它们在《绀珠集》中均录于《本事诗》下,而在《广记》和《类说》中则注出处为《云溪友议》。从文字上看,它们几乎完全删削《云溪友议》所载而成,按理不可能被孟启采用,因此应该非孟启《本事诗》佚文。

在《绀珠集》所录《本事诗》中,还有下面一则材料:

> 4. 刘禹锡《赠歌者》诗云:"唱得阳关意外情,旧人唯有米嘉荣。近来年少轻前辈,好染髭须事后生。"③

此条文字又见于《刘宾客文集》《刘宾客嘉话录》和《云溪友议》,文字基本相同,但"阳关"二字却作"梁州"或"凉州"。"阳关"异文究竟因何产生?清代查慎行在补注苏轼《书林次仲所得李伯时〈归去来〉、〈阳关〉二图后》(即"不见何戡唱渭城,旧人空数米嘉荣。龙眠独识殷勤处,画出阳关意外声")时提出一种看法,即"慎按:刘禹锡《赠米嘉荣》诗'唱得凉州意外声',本是'凉州',非'阳关'也。东坡借用

---

① (明)顾起元《说略》,《影印文渊阁四库全书》第964册,台湾商务印书馆,1986年,第607页。

② 《钦定四库全书总目》(整理本),第1841页。

③ 《绀珠集》,第457页。

其语,自作'阳关'。彼此原不相妨,施氏、王氏注因先生云云,遂改'凉州'为'阳关'以迁就本文,特为摘出驳正"①。冯应榴补充曰:"王本注并未改'阳关',查氏并驳误也。"②的确,"阳关"异文之所以产生,其始作俑者是施注苏诗。苏轼作诗,喜借用刘禹锡《赠米嘉荣》诗"唱得凉州意外声"而自作"阳关",除此诗外,《次韵钱穆父》中亦有"染须那复唱阳关"③。而其弟苏辙在《李公麟阳关图》中曰"百年摩诘阳关语,三叠嘉荣意外声"④,亦将米嘉荣与阳关曲并提,可见深受其影响。或许正因为此,施氏在引刘禹锡此诗为苏诗作注时,往往改"凉州"为"阳关",以迁就本文。如注《阳关词》三首之《赠张继愿》时,施注引刘禹锡此诗为"唱得阳关意外声"⑤。在《书林次仲所得李伯时〈归去来〉、〈阳关〉二图后》,施注曰"刘禹锡《赠米嘉荣诗》:'唱得阳关意外声,旧人唯有米嘉荣。'又《归京闻何戡歌》诗云云。嘉荣、戡,元和乐人也。《本事诗》与《卢氏杂说》小异"⑥,不仅将刘禹锡此诗改为"唱得阳关意外声",而且将其与《本事诗》联系起来,似乎《本事诗》中已有刘禹锡此诗。然而正如我们所知,今本孟启《本事诗》中并无此诗,即使有,也不会有宋代才出现的"阳关"异文。因此,《绀珠集》所录此材料不可能出自孟启《本事诗》。

同样与宋诗宋注相关的,还有下面这则材料:

5.《本事诗》:"韦庄云:'谁知闲卧意,非病亦非眠。'"⑦

此条出自《后山诗注》。但据夏承焘先生考证,韦庄此诗作于前蜀武成三年(910年)⑧,此时孟启年事已高,所编《本事诗》亦已成书,

---

① (宋)苏轼著,(清)冯应榴辑注,黄任轲、朱怀春校点《苏轼诗集合注》,上海古籍出版社,2001年,第1512页。

② 《苏轼诗集合注》,第1512页。

③ 《苏轼诗集合注》,第1337页。

④ (宋)苏辙著,曾枣庄、马德富校点《栾城集》,上海古籍出版社,1987年,第401页。

⑤ (宋)苏轼著,施元之、顾禧注《施顾注东坡先生诗》,《中华再造善本》影印宋嘉泰淮东仓司刻本,北京图书馆出版社,2004年,第34页。

⑥ 《施顾注东坡先生诗》,第19页。

⑦ (宋)陈师道著,(宋)任渊注,昌广生补笺,冒怀辛整理《后山诗注补笺》,中华书局,1995年,第336页。

⑧ 夏承焘著《唐宋词人年谱》,上海古籍出版社,1979年,第29页。

不可能收录此条。又检核典籍可知,此条材料仅见于《唐诗纪事》,唯文字更为详尽。《唐诗纪事》与《本事诗》性质相近,其中亦多录诗歌本事。任渊此处之"本事诗",是否即指广义上的诗歌本事,而非孟启《本事诗》? 我们无法证明这种可能性,但也无法排除。而不论如何,仅从时间上看,此则材料已可确定非孟启《本事诗》佚文。

与此类似的情况还有下面一条:

6. 蜀侯继图倚大慈寺,楼飘大桐叶。上有诗曰:"拭翠敛娥眉,为郁心中事。掇管下庭除,书作相思字。此字不书名,此字不书纸。书向秋叶上,愿逐秋风起。天下有心人,尽解相思死。天下负心人,不识相思意。有心与负心,不知落何地。"后数年,继图卜任氏为婚焉。《本事诗》。①

此条见于宋代谢维新所撰《古今合璧事类备要》(其书成于宝祐丁巳,即 1257 年),并注出处为"本事诗"。然而值得注意的是,其中所涉人物侯继图生活于五代后蜀,因此成书于晚唐的孟启《本事诗》不可能采入此条。又《太平广记》亦收录此条,言出《玉溪编事》;《诗话总龟》收录此条,言出《玉溪论事》;《类说》收录此篇,言出《缙绅脞说》。《玉溪编事》《玉溪论事》和《缙绅脞说》均为宋代典籍,《太平广记》等视其为材料最早来源,可见此条非孟启《本事诗》佚文。

又在《古今合璧事类备要》中,还有两条材料值得注意:

7. 杨收、王铎皆逢同年也。收作相,逢作诗曰:"须知金印朝天客,同是沙堤避路人。威凤偶时皆瑞圣,应龙无水谩通神。"收大衔之。王拜相,又作诗曰:"昨日鸿毛百钧重,今朝山岳一毫轻。"铎又怒之。唐《本事诗》。②

8. 薛存诚再除给事中作:"再入青琐闱,忝官诚自非。拂尘惊物有,开户似僧归。积草渐无径,残花犹洒衣。禁闱偏近日,行坐是恩晖。"唐《本事诗》。③

① 《古今合璧事类备要》(别集),第 251—252 页。
② 《古今合璧事类备要》(别集),第 700 页。
③ 《古今合璧事类备要》(别集),第 666 页。

在同一本书中,前一条材料注出处为"本事诗",而此二条材料则注出处为"唐本事诗",何故?若"唐本事诗"所指为孟启《本事诗》,则"本事诗"何指?若均指孟启《本事诗》,又为何如此区分?显然,"唐"字在这里所限定的可能并非《本事诗》这本书,而是"本事诗"类作品。发生于唐代的"本事诗"叫"唐本事诗",而明确说明发生于五代后蜀的诗歌本事则不再加时代限定。同样的情况还有胡应麟《少室山房集》,其诗歌《沈香亭》题下注曰"见唐人本事诗及纪事等书"①。显然,这里的"唐人本事诗"也不等于孟启《本事诗》。总之,在孟启《本事诗》之后,所谓"本事诗"不仅可以指系列续作,如五代处常子《续本事诗》和宋代杨绘《时贤本事曲子集》等,还可以更加宽泛地指"诗歌本事"这类特殊作品。因此,对于那些未注明作者为孟启的所谓"本事诗"材料,我们应该详加考察,不能简单视为孟启《本事诗》佚文。

又检核典籍,可知"金印客"条最早见于《旧唐书》,而《旧唐书》中"一毫轻"作"一尘轻"②。"一尘轻"可能更符合薛逢诗原貌。一来,"昨日鸿毛百钧重,今朝山岳一毫轻"的"毫"与"毛"意义相近,有用语重复之嫌。二来,与薛逢同时的聂夷中有"片玉一尘轻,粒粟山丘重"③之句,"山丘重"对"一尘轻"。因此,从彼此影响的角度看,薛逢此诗的原本面貌也很可能就是"一尘轻"。孟启作为薛逢同时代人,不可能不知薛逢此诗原文,因此与原文有出入的此条材料很可能非孟启《本事诗》佚文。又从材料来源上看,"金印客"条前此仅见于《类说》,但收入《续世说》。《续世说》为宋代孔仲平所作,晚于孟启《本事诗》,不可能被孟启采用。而《类说》所录《本事诗》中又无此文。因此,此条应该非孟启《本事诗》佚文。又"禁闱"条在《古今合璧事类备要》之前唯《唐诗纪事》收录,然未注出处。此后《文苑英华》、《锦绣万花谷》、《古今事文类聚》、《翰苑新书》等亦有收录,均未言出处。因

---

① (明)胡应麟著《少室山房集》,《四库明人文集丛刊》本,上海古籍出版社,1993年,第580页。

② 《旧唐书》,第5080页。

③ (唐)聂夷中著《聂夷中诗》,中华书局,1959年,第7页。

此,这则材料很可能为《唐诗纪事》收录的"本事诗"材料,而非孟启《本事诗》佚文。

在宋代王十朋的《集注分类东坡先生诗》中,有一则材料明确提到"孟启《本事诗》",即:

9. 任曰小说载诗云"吹火红唇动,揎薪玉腕斜。遥观烟里面,却似雾中花",事见孟启《本事诗》。①

此注苏轼《送鲁元翰少卿知卫州》之"每愧烟火里,玉腕亲炮制"一句。清代冯应榴案曰:"今本无此条。惟《渑水燕谈》载赵元老诵《太平广记》云:有睹邻夫见妇吹火,赠诗云云。又《采兰杂志》作宋诗。'红唇动'作'莺唇敛','揎薪'作'投柴','玉腕'作'玉臂','遥观'作'回首',又《琅嬛记》亦引此。"②的确,此材料不仅不见于今本《本事诗》,而且很可能与孟启《本事诗》无关。因为王十朋在苏轼《谢郡人田贺二生献花诗》中亦录有一注,即"子仁曰:小说载诗云'吹火红唇动,揎薪玉腕斜'"③,无"事见孟启《本事诗》"等文字。而在施、顾《注东坡先生诗》之《送鲁元翰少卿知卫州》一诗中,则有注曰"《笑林》有观妇人吹火诗'吹火朱唇动,添薪玉腕斜。遥看烟里面,大似雾中花'"④,亦无"事见孟启《本事诗》"之说。可见所谓"事见孟启《本事诗》"的说法,仅一见于《集注分类东坡先生诗》,孤证难立。又回到这则材料,我们发现其在《广记》中记载得十分详细:

有睹邻人夫妇相谐和者,夫自外归,见妇吹火,乃赠诗曰:"吹火朱唇动,添薪玉腕斜。遥看烟里面,大似雾中花。"其妻亦候夫归,告之曰:"每见邻人夫妇极甚多情,适来夫见妇吹火,作诗咏之。君岂不能学也?"夫曰:"彼诗道何语?"乃诵之。夫曰:"君当吹火,为别制之。"妻亦效吹,乃为诗曰:"吹火青唇动,添薪墨腕斜。遥看烟里面,恰似鸠盘茶。"

① 《集注分类东坡先生诗》,第386页。
② 《苏轼诗集合注》,第696页。
③ 《集注分类东坡先生诗》,第263页。
④ 《施顾注东坡先生诗》,第10页。

　　此材料在明代谈恺刻本《广记》中注出《笑言》,而明代沈与文野竹斋钞本《广记》则注出《笑林》,与施、顾《注东坡先生诗》吻合。所谓《笑林》,宋代为止已出现了四种同名文本:三国邯郸淳本、西晋陆云本、唐代何自然本、五代杨名高本。此处《笑林》所指何本? 从材料分析看,应该是指晚唐何自然或五代杨名高的《笑林》。一来"西晋前期(这时)虽有五言古诗行世,但五言绝句这一诗歌形式较少见,直到南北朝齐梁年间始流行"①;二来从历史上看,普通人在日常生活中的诗歌赠答也直到唐代才普遍出现。最后也是最重要的,以"鸠盘荼"代指悍妇的用法直到唐代才出现。更准确地说,《本事诗》所记"裴谈妒妇"条应为最早用例,即"中宗朝,御史大夫裴谈,崇奉释氏,妻悍妒,谈畏如严君。尝谓之妻有可畏者三:……及五十六十,薄施妆粉,或黑,视之如鸠盘荼。安有人不畏鸠盘荼……"②。如此一来,则此处之《笑林》应编撰于孟启《本事诗》之后,不可能反被孟启《本事诗》采用。另外,这则材料中的"事见孟启《本事诗》"和"小说载诗"的说法本身已有抵牾。既然已知吹火诗故事出自小说《笑林》,那与孟启《本事诗》又有什么关系呢? 其实,如前所说,此材料与孟启《本事诗》的唯一联系在"鸠盘荼",那么会不会是注释者在引用小说材料后进一步解释"鸠盘荼"事,认为"事见孟启《本事诗》",而集注者删削原注,以致成为现在这样文气不通的表达呢? 笔者认为有这种可能。总之,从以上分析看,此条应非孟启《本事诗》佚文。

　　另外,在今人辑补的材料中,还有几条很难证明是否为孟启《本事诗》佚文。如从《类说》中辑补的"陶弘景"、"郎中员外"和"生吞活剥"条,从《绀珠集》中辑补的"金锁诗"条。不过从体例上说,"《类说》和《绀珠集》在选录各种小说杂书时,有时会把性质相同的续补之作合并"③,因此在收录《本事诗》时,它们可能将《续本事诗》内容也附

　　① 赵维国,《〈太平广记〉传入韩国时间考》,《中国典籍与文化》,2002 年第 2 期,第 36 页。

　　② 《本事诗校补考释》,第 97 页。

　　③ 罗宁,《处常子〈续本事诗〉辑考》,《西南交通大学学报》(社会科学版),2007 年第 5 期,第 55 页。

入其中。上述四条材料很有可能就是《续本事诗》佚文，在没有更多文献支持的情况下，我们暂且只能阙疑。

其实，怀疑明本《本事诗》并非完本的说法本身尚需商榷。正如我们所知，怀疑其非完本者的理由主要有两点：第一，传世本《本事诗》所收七类41则本事的分配不合比例，如第一类"情感"收本事12则，占全书四分之一强，而第三类"高逸"、第六类"征咎"则各收3则，分别占不到全书的十分之一；第二，宋本《本事诗》已佚，其他宋元典籍中有所谓《本事诗》佚文。但值得注意的是，现存《本事诗》版本中最好的《顾氏文房小说》本和《津逮秘书》本面貌基本一致，皆收录本事41则，篇目及顺序相同。又在分类编排的典籍中，所谓比例协调本来就不是必须的要求。如《诗经》305篇中，不仅风雅颂的比例不均衡（风160，雅105，颂40），而且十五国风的比例、大小雅的比例、周鲁商颂的比例亦非绝对均衡。因此，一本书中所收各类目材料的比例是否协调，不能作为此书是否为足本的依据。至于宋元典籍中存在的所谓《本事诗》佚文，它们既不能确定为孟启《本事诗》所有，当然更不能反过来证明孟启《本事诗》非完本了。再则，今人辑补的《本事诗》佚文大多来自类书，而"古代类书常辗转抄袭，书名时有讹错，文字任意删削或改写，造成很多混乱，因此前人屡屡告诫我们：对类书不可过于相信。有些典籍流传完好，佚文较少，对这些书的佚文更要小心辨析，去伪存真"①。从这个角度讲，我们对待宋代典籍中的那些所谓孟启《本事诗》材料更应十分谨慎，不能轻易归为孟启《本事诗》佚文。

第四节　《本事诗》性质考辨

关于《本事诗》的文本性质，一直以来有各种判断。具体来说，主要有三种不同意见：

第一种观点认为《本事诗》"类同诗选"。最早在宋代，王尧臣《崇文

---

① 武秀成，《〈大唐新语〉佚文考》，《古籍整理研究学刊》，1995年第5期，第39页。

总目》就将《本事诗》与《王右军兰亭诗集》等选集并置,而《新唐书·艺文志》、《郡斋读书志》、《通志·艺文略》、《直斋书录解题》和《宋书·艺文志》等也都将《本事诗》列入总集类,与《文选》《玉台新咏》等放在一起。可见在他们看来,《本事诗》就是一部汇集不同作者诗歌的总集。

　　第二种观点认为《本事诗》乃"小说家流"。这种说法的最早提出者为明代学者胡应麟,其在《诗薮》中说"孟启《本事诗》,小说家流也"①,又在《少室山房笔丛》中进一步强调:"他如孟启《本事》、卢环《抒情》,例以诗话、文评,附见集类,究其体制,实小说者流。"②在现代研究中,持此观点者颇多,如廖栋梁曰:"首先,《本事诗》部分纪事原出于稗说。《本事诗》的纪事大抵本于唐人之记述,并非孟启原创,其中部分纪事源出于稗说的文字,如李冗《独异记》、范摅《云溪友议》、郑处海《明皇杂录》等,这些书籍或虚设其事,或缘事夸饰,不能轻信……其次,最重要的理由是《本事诗》以诗系事的撰写形式,具有较明显的故事性,也就与小说难以犁别。按所谓《本事诗》的'本事'本来就是指故事原委,所以,其体制自然类于小说了。"③其他如王梦鸥将《本事诗校补考释》收入《唐人小说研究三集》,内山知也将《本事诗校勘记》收入《隋唐小说研究》等,明显以《本事诗》为小说。近年来,还有研究者提出《本事诗》的性质应为"志人类笔记小说"(即志人或轶事小说),认为其在创作上有较强的叙事性、趣味性以及虚构性,"其更深远的价值也并非是对诗歌理论的影响,而是对后世小说乃至戏曲等所产生的影响"④,这种观点也有待进一步商榷。

　　第三种观点认为《本事诗》属于"诗评"。最早在明代,胡震亨的《唐音癸签》就将《本事诗》归于"唐人诗话"类,而清代纪昀则在《四库全书总目》中将《本事诗》收入"集部诗文评"类,认为它具有"旁采故实"的特性,因此和"体兼说部"的《中山诗话》《六一诗话》、"备陈法

---

①　《诗薮》,第 273 页。

②　(明)胡应麟《少室山房笔丛》,中华书局,1958 年,第 374 页。

③　廖栋梁《试论孟启〈本事诗〉》,《中外文学》,1994 年第 9 期,第 176 页。

④　崔晶《孟启〈本事诗〉文体辨析》,《汉江师范学院学报》,2017 年第 2 期,第 48 页。

律"的《诗式》、"究文体之源流而评其工拙"的《文心雕龙》、"第作者之甲乙而溯厥师承"的《诗品》等一起列为传统诗文评的五大类型。近代以来，有不少学者强调《本事诗》与诗话的关系，如章学诚说"唐人诗话，初本论诗，自孟启《本事诗》出，亦本《诗小序》。乃使人知国史叙诗之意；而好事者踵而广之，则诗话而通于史部之传记矣……而大略不出论辞论事"①，强调《本事诗》是"论诗及事"的"唐人诗话"。罗根泽在《中国文学批评史》中也强调《本事诗》是"诗话的前身"②。郭绍虞《宋诗话辑佚序》则说"只有孟启的《本事诗》，范摅的《云溪友议》之属，用说部的笔调，述作诗之本事，差与宋人诗话为近"③。胡可先则指出《本事诗》是记述诗人作诗的事实原委的书，保存了唐代诗人许多轶事和民间故事，开创了记事诗话这一新的文学体裁"④，这些观点都强调《本事诗》的诗评属性，认为它与诗话相近，是"诗话"的前身，在内容上偏重于"论诗及事"，因此又称为"记事诗话"。近年来，也有学者进一步探讨，认为《本事诗》本质上是一种"历史诗学"的批评、内容上是一种"述而不作"的批评、形式上是一种"体兼说部和选集"的批评、方法上是"以事系诗"的批评⑤，这就跳出了前人"诗话"说的局限，从不同角度对《本事诗》的批评性质进行了探讨。

客观地说，所谓"小说"、"诗集"和"诗文评"的说法，其实从不同角度揭示了《本事诗》的文本特征，但又有一定的局限性。

（一）

首先回顾历史，我们发现赞成《本事诗》为"诗选"者不多，更缺乏强有力的论证。一般情况下，人们仅以片言只语表明自己的看法，如

① （清）章学诚著、叶瑛校注《文史通义校注》，中华书局，1985年，第559页。
② 《中国文学批评史》，第641页。
③ 《宋诗话辑佚》，第2页。
④ 胡可先、童晓刚，《〈本事诗〉新考》，《中国典籍与文化》，2004年第1期，第78页。
⑤ 参见殷学明，《〈本事诗〉文体考论》，《中国韵文学刊》，2016年第1期，第6—10页。

明代刘城作《〈本事诗〉序》曰"本事诗非有深致,吾独取其知有事而因有诗"①;清代黎元宽也说"唐人选诗,尝有以本事署集者,盖未敢轻许人。本事也必如天来,斯可谓之有本事已乎"②;还有的人则并未肯定《本事诗》的"诗选"性质,仅认为"本事诗"是一种特殊诗歌,如程晋芳有《仿唐人本事诗》三首③、毕沅有《和唐人本事诗》三首,并有诗曰"拟凭山谷余成传,重续虹亭本事诗。人生有情类如此,夜夜招魂劳剪纸"④等。近代以来,又有研究者根据《本事诗》在书目中的著录,认为"《新唐书·艺文志》、《郡斋读书志》、《通志·艺文略》、《直斋书录解题》和《宋书·艺文志》均列入总集类,以《本事诗》为诗选"⑤。然而这种理解是否正确?笔者的看法是这样的:一方面,书目著作具有"辨章学术、考镜源流"⑥之功能,可以根据目录分类考察作品性质;但另一方面,目录学的发展本身也是一个不断完善的过程。以"诗文评"类为例,其在吴兢《西斋书目》之前并未与一般的诗歌总集区分开来,而是全部置于总集类。此后随着历史的发展,人们才逐渐认识到诗文评的特殊性质,在总集中划分出"文史"类,又进一步分为"诗评"类,最后才有"诗文评"类的确定。显然从这个角度看,《新唐书·艺文志》等将《本事诗》放在"总集"类并不代表《本事诗》的性质就一定是"诗选",而只能说明在分类标准还未明确的情况下,《本事诗》的"诗文评"性质没有得到充分认识;相反在"诗文评"类的划分越来越明确之后,《四库全书总目》将《本事诗》列入"诗文评"类,并归入五大批评体例之一,恰恰证明《本事诗》的性质就是诗文评。

　　当然"诗选"之说也并非毫无道理。从题目上看,"本事诗"一词

　　①　(明)刘城著《峄桐文集》卷二《〈本事诗〉序》,《四库禁毁书丛刊》集部第121册,第394页。

　　②　(清)黎元宽著《进贤堂稿》卷二《章天来诗序》,《四库禁毁书丛刊》集部第145册,第571页。

　　③　(清)程晋芳撰《勉行堂诗集》卷四,《续修四库全书》第1433册,第127页。

　　④　(清)毕沅著《灵岩山人诗集》卷十、卷十七,《续修四库全书》1450册,第96页、第167页。

　　⑤　余才林著《唐诗本事研究》,上海古籍出版社,2010年,第208页。

　　⑥　章学诚著、王重民通解《校雠通义通解》,上海古籍出版社,2009年,第1页。

既可以理解为偏正结构,即"本事之诗",也可以理解为并列结构,即"(诗)本事与(本事)诗"。按前一种理解,"本事"是对诗的限制,"诗"才是该书的主要内容;而按后一种理解,(诗)本事和(本事)诗都是该书的组成部分,不可偏废。更何况如孟启所言,"其间触事兴咏,不有发挥,孰明厥义",事的采录是为诗的阐释服务的,可见诗是材料的核心所在。又孟启说"故采为《本事诗》,凡其题,犹四始也","四始"一词出自《诗经》这部中国最早的诗歌总集,以此类推,则《本事诗》的性质似乎也应为诗集。另外,孟启在说明其编撰原则时提到这样一句话,即"亦有独掇其要,不全其篇者,咸为小序以引之"。此话何意?罗根泽解释说"他(指孟启)说各类'咸为小序以引之',今已亡佚,殊为遗憾"①,即所谓"小序"是指孟启在七题分类的每一类别下所作序言,以说明分类缘由。显然,这种说法没有文献依据,纯属凭空猜测;而杨明则认为此句意谓"不论录全诗抑或只是节录数句,均加以叙述说明"②。这种说法也不能成立。因为从此句出现的前后语境看,孟启谈论的都是所采"本事"的情况,最后一句"闻见非博,事多缺漏"则更直接表明前面讨论的对象均为"本事",因此"亦有独掇其要,不全其篇者,咸为小序以引之"一句也应针对"本事"而言,指当采集到的"本事"不够详细全面时,可将其视为诗歌小序予以采录。显然在孟启看来,"本事"和"小序"的性质基本相同,只是前者更为详细,后者较为简略而已。如此一来,则"旁采本事"的《本事诗》就相当于一部带有小序的诗歌选集。

不过,这些只是我们通过对《本事诗》题名和自序的浅层理解而作出的推测;从孟启编撰的内容看,这种说法不能成立。换句话说,《本事诗》不是一部道地的诗选之作。因为在《本事诗》中,"(诗)本事"才是全书编撰的重点所在。不论是前面提到的七题分类和"亦有独掇其要,不全其篇者,咸为小序以引之",还是"其有出诸异传怪录,

① 《中国文学批评史》,第540页。
② 王运熙、顾易生著《中国文学批评通史》(隋唐五代卷),上海古籍出版社,1996年,第736页。

疑非事实者,则略之。拙俗鄙俚,亦所不取",都表明该书编撰的重点在于录事,选择标准亦就事而言。至于诗歌,则如王梦鸥所说,"抑且所录诸诗,既非佳构;甚至于断章取义,有类于其时之人'摘句',使原诗首尾不全,亦非所以保存佳叶之道"①。更何况《本事诗》中的诗常常连题目都没有,又为事所包裹,形式上也与诗集不同。因此从这个角度看,《本事诗》的文体属性也不是诗集。

(二)

再看《本事诗》为"小说"的说法。这种说法的支持者最多,其理由总结起来大概有六条:第一,《本事诗》的材料多采自笔记小说;第二,《本事诗》有记录逸闻轶事的意识;第三,《本事诗》的"本事"是指故事原委,"诗本事"就是与诗歌相关的故事,其体制类于小说;第四,《本事诗》中很多材料并不可信,甚至有虚设其事、缘事夸饰的特性;第五,《本事诗》常常被收入小说总集中,可见其小说性质得到了大家的认可;第六,《本事诗》的价值主要在其所讲述的故事,这些故事成为后世诗词创作的典故和戏曲小说的题材。然而这些理由究竟能否成立?《本事诗》的性质到底是不是小说? 笔者的看法是这样的:

首先,《本事诗》中确有不少材料源自"稗说",如"乐昌分镜"条取自《独异记》、"韩翊柳氏"条出自《柳氏传》;但绝大多数材料还是出自史料笔记,如《朝野佥载》、《隋唐嘉话》等;还有一些则出自诗人自序或自注,如"刘禹锡两游玄都观作观花诗"事就是从刘禹锡《元和十年自郎州承召至京戏赠看花诸君子》和《再游玄都观绝句》二诗及序文而来、"元稹赠黄明府诗"事则取自《元氏长庆集》中《题黄明府》诗及序、"白居易咏柳诗"事乃改造《白氏长庆集》中卢贞和诗序而成、贺知章号李白"谪仙人"诗事则又改自李白《对酒忆贺监》诗序、元稹梦白居易诗事出自元稹《梁州梦》自注、许浑诗事出自许浑《记梦》诗序、轩辕弥明事也由韩愈《石鼎诗联句并序》改写而来。另外,在《本事诗》中,还有些材料是从故事的见证者那里听到并记录下来的,如"韩翊

---

① 《本事诗校补考释》,第23页。

寒食诗"事。因此，实事求是地说，《本事诗》中不乏道听途说之事，如"韩翃寒食诗"事；也有虚设其事的传奇文字，如《柳氏传》；但大多数材料还是来自诗人自序、自注或史料笔记，因此是真实可信的。

其次，在《〈本事诗〉序》中，孟启提到"闻见非博，事多阙漏。访于通识，期复续之"，说明其在编撰《本事诗》时有记录遗闻轶事的目的。又书名"本事诗"，也说明作为原本史实的"本事"是此书的重要内容。然而需要注意的是，《本事诗》中所辑录的"事"都与诗歌相关，是触发诗歌创作的具体事件，记录着诗歌创作的原本事实。因此，不是所有的故事都可以进入《本事诗》。这是《本事诗》与一般小说笔记的不同。

再次，在《本事诗》中，虽然有不少诗歌本事的真实性备受质疑，例如《四库总目》提到"李白'饭颗山头'一诗，论者颇以为失实"①，詹锳则进一步提出唐玄宗召李白写《宫中行乐词》事有四大疑点，"所记尚未可尽信也"②；岑仲勉认为刘禹锡"司空见惯"一诗，"总当存疑而已"③，卞孝萱亦赞成此说④；傅璇琮认为韩翃"与柳氏的离合悲欢的情节，因为出于后人所作的传奇或得之于传闻，是否确有其事，还未能考定"⑤；吴企明则详细论证，认为"骆宾王灵隐寺续诗"事为"误解宋之问原诗诗意，与骆宾王、宋之问两人行实均相悖谬，纯属附会"⑥等，但这些并不能说明《本事诗》是"仅备茶余酒后的消遣，其态度却又是游戏"⑦的小说家言。理由有几点：第一，这些材料的真实性虽然受到质疑，但这种质疑是建立在现有资料基础上的阶段性结论。到目前为止，还有不少商榷意见，并未形成定论，不能据此判定这些材料为不实之辞；第二，即使这些记载与史实不符，但不符之处均为

① 《钦定四库全书总目》（整理本），第 2739 页。
② 詹锳著《李白诗文系年》，人民文学出版社，1984 年，第 41 页。
③ 岑仲勉著《唐史余沈》，上海古籍出版社，1960 年，第 174 页。
④ 卞孝萱著《刘禹锡年谱》，中华书局，1963 年，第 165 页。
⑤ 傅璇琮著《唐代诗人丛考》，中华书局，1980 年，第 459 页。
⑥ 吴企明著《唐音质疑录》，上海古籍出版社，1985 年，第 194 页。
⑦ 《宋诗话辑佚》，第 3 页。

细节,不能因此否定整段材料的真实性。更何况客观历史的记载在传播过程中也难免会出现细节上的舛误;第三,退一步说,即使以上提到的材料都是虚构之辞、纯属附会,也不能判定整本《本事诗》都是小说家言。因为在《本事诗》中,绝大多数材料是与历史相符的,甚至有不少出自作者的自序自注,其真实性应无可疑;第四,"本事"的真实性原本就是相对的,"在作家视野中的'本事'已经主观化了,选择化了,已经不是真实生活中的'本事'","对事实的认识本身确定会导致事实的主观化倾向,但是只要这种认识本身能在其所处的语境下获得共识,那么,这一认识就可以认定为是符合客观的"[1]。回到《本事诗》,那些在今天看来与史实不符的材料在孟启及同时代人眼中却可能是完全真实的,因为"其有出诸异传怪录,疑非事实者,则略之"[2],不真实的材料根本不会被采入《本事诗》;第五,《本事诗》的编撰不是为了介绍历史事实,而是介绍诗歌创作的事实,因此其真实性与否应该从诗歌创作的角度来判断。就诗歌创作而言,作者头脑中想象出来的事实也可作为诗歌创作的触发事件,即"本事",因此那些看似虚构、荒诞的故事也可以是触发诗歌创作的原本事件。如"幽州衙将妻死而作诗"事看似荒诞,实则反映了诗歌创作者根据五子受虐的遭遇展开想象,设定情境代笔作诗的创作事实。又上文提到的"骆宾王灵隐寺续诗"事也是这样,表面看与历史不符,实际上却反映了宋之问的创作心理,说明其创作此诗时想到了骆宾王,受到了骆宾王的启发。这和谢灵运"尝于永嘉西堂思诗,竟日不就,忽梦见惠连,即得'池塘生春草',大以为工。常云'此语有神功,非吾语也'"[3]的情况也几乎完全一样。由此可见,《本事诗》的材料总体而言是真实可信的,其性质并非小说。

最后,《本事诗》在宋代被作为小说收入《太平广记》、《类说》和

---

① 戴明朝,《本事、故事和叙事——对中国叙事学基本概念的一种探讨》,江西师范大学 2002 年硕士论文,第 12—13 页。

② 《本事诗校补考释》,第 29 页。

③ (唐)李延寿撰《南史》,中华书局,1975 年,第 537 页。

《绀珠集》等小说总集中。明清时期,《本事诗》中的不少条目,如"徐德言与乐昌公主诗事"、"兵士袍中诗事"、"顾况叶上题诗事"、"韩翃章台柳诗事"、"刘禹锡司空见惯诗事"、"崔护题城南庄诗事"、"李白醉中题诗事"、"杜牧赠禅诗事"、"杜牧紫云诗事"等又在小说、戏曲中被反复演绎,从而使《本事诗》的故事性得到广泛关注。到了近代,《中国文言小说总目提要》和《唐五代笔记小说大观》等也都将《本事诗》收录其中,进一步肯定其小说性质。这些都是事实。但是,它们都属于《本事诗》在后世的理解和接受情况,不是孟启编撰《本事诗》的本意。因此,要了解《本事诗》的文体性质,还是要回到《本事诗》,倾听作者自己的声音。

(三)

从《本事诗》的实际情况看,不论书名中的"本事"还是《〈本事诗〉序》中的"触事兴咏,尤所钟情"、"闻见非博,事有阙漏"[1],都说明《本事诗》与"事"有着密不可分的联系,而"因采为本事诗"一句则明确说明《本事诗》的编撰方法是"旁采故实",也就是采集诗歌本事。然而方法并不是目的。《本事诗》的编撰目的不是为了记录史实,也不是为了讲述故事,而是建立事与诗之间的联系,主张以事解诗,发挥"本事"的阐释作用。用孟启的话说就是"诗者,情动于中而形于言……其间触事兴咏,不有发挥,孰明厥义,因采为《本事诗》"[2]。正因为如此,孟启在采集材料时有所选择,只旁采与诗歌创作相关的事实。在处理材料时,也着重强调事件与诗歌创作之间的关系,而非故事本身的生动有趣。具体来说,对于那些取自诗序的材料,《本事诗》基本不加润色,最多只加上几个连接词以强化其间的逻辑关系,如"元稹题黄明府诗"条等。对于那些取自野史笔记的材料,《本事诗》则常有修改,但修改方式主要有三种,一是省略杂妄之处;二是"钞略其事"、"约取其文";三是改变叙述语序,这样一来反而淡化了原材料的故事性。如"张九龄《燕》诗"条就属于此类情况的第一种,原材料见于《明

---

①② 《本事诗校补考释》,第29页。

皇杂录》：

> 张九龄在相位，有謇谔匡躬之诚。玄宗既在位年深，稍怠庶政，每见帝，无不极言得失。李林甫时方同列，闻帝意，阴欲中之。时欲加朔方节度使牛仙客实封，九龄因称其不可，甚不叶帝旨。他日林甫请见，屡陈九龄颇怀诽谤。于时方秋，帝命高力士持白羽扇以赐，将寄意焉。九龄惶恐，因作赋以献，又为《归燕》诗以贻林甫。其诗曰："海燕何微眇……鹰隼莫相猜。"林甫览之，知其必退，恚怒稍解。①

《本事诗》则曰：

> 张曲江与李林甫同列，玄宗以文学精识，深器之。林甫嫉之若仇。曲江度其巧谲，虑终不免，为海燕诗以致意。曰："海燕何微眇……鹰隼莫相猜。"亦被退斥。②

比较这两段材料，我们发现前者着重强调了玄宗对张九龄的不满，认为李林甫之所以排挤张九龄，是为了迎合玄宗之意；而后者认为张九龄之所以受李林甫排挤，是因为受到玄宗赏识而引发了李林甫的猜忌，为了消除这种猜忌，张九龄作《海燕》诗以致意。显然，这两种说法有很大不同，由《海燕诗》的情感逆推，则后一种说法更加合理，更符合《海燕》诗的创作背景。由此可见，尽管孟启从《明皇杂录》中采集材料，但并非照录材料，而是根据事件和诗歌的关系对材料进行修改，纠正其中虚妄之处。这种有意征实的态度，就是对小说虚构性的有意规避。在《本事诗》所处理的材料中，诸如此类的做法还有很多。如"乔知之"条材料出自《朝野佥载》，婢女名为"碧玉"，而《本事诗》则改为"窈娘"，与事实更相吻合；"刘禹锡司空见惯"一事出自《云溪友议》，言赠刘以妓者乃杜鸿渐。但这种记载明显有误，故孟启改为"李司空"。显然，这种修改也体现了孟启有意征实的编撰态度。

"钞略其事"和"约取其文"是《本事诗》处理材料的第二种方式，在"刘希夷"条和"张元一嘲武懿宗"条中均有体现。前者出自《大唐

---

① （唐）郑处诲撰，田廷柱点校《明皇杂录》，中华书局，1994年，第25页。
② 《本事诗校补考释》，第77页。

新语》：

> 刘希夷一名挺之，汝州人。少有文华，好为宫体，词旨悲苦，不为时所重。善抟琵琶，尝为《白头翁咏》曰："今年花落颜色改，明年花开复谁在？"既而自悔曰："我此诗似谶，与石崇'白首同所归'何异也？"乃更作一句云："年年岁岁花相似，岁岁年年人不同。"既而叹曰："此句复似向谶矣。然死生有命，岂复由此？"乃两存之。诗成未周，为奸所杀。或云宋之问害之。后孙翌撰《正声集》，以希夷为集中之最。由是稍为时人所称。①

而《本事诗》则"钞略其事"，曰：

> 诗人刘希夷，尝为诗曰："今年花落颜色改，明年花开复谁在？"忽然悟曰："其不祥欤！"复构思逾时，又曰："年年岁岁花相似，岁岁年年人不同。"又恶之。或解之曰："何必其然！"遂两留之。果以来春之初下世。②

显然，《本事诗》的记载既省略了刘希夷的生平介绍，又将其原本生动的心理描述变成了概述，这样一来就比原材料简略也平淡得多，淡化了原材料的小说性质。同样的情况还有"张元一嘲武懿宗"条，此条原见于《朝野佥载》：

> ……契丹贼孙万荣之寇幽，河内王武懿宗为元帅，引兵至赵州，闻敌骆务整从北数千骑来，王乃弃兵甲，南走邢州，军资器械遗于道路。闻敌已退，方更向前。军回至都，置酒高会，元一于御前嘲懿宗曰："长弓短度箭……骑猪向南窜。"上曰："懿宗有马，何因骑猪？"对曰："骑猪，夹豕走也。"上大笑。懿宗曰："元一宿构，不是卒辞。"上曰："尔叶韵与之。"懿宗曰："请以蒌韵。"元一应声曰："里头极草草……先作杏子眼孔。"则天大悦，王极有惭色……③

这则材料介绍了张元一善嘲戏的多件逸事，而孟启仅选择其"嘲

①　（唐）刘肃撰，许德楠、李鼎霞点校《大唐新语》，中华书局，1984年，第128页。

②　《本事诗校补考释》，第88页。

③　（唐）张鷟撰，赵守俨点校《朝野佥载》，中华书局，1979年，第87页。

武懿宗"事,在内容上已有删削;又专就"嘲武懿宗"事而言,孟启的介绍也与原材料不同,其以"时西戎犯边,则天欲诸武立功,因行封爵,命武懿宗统兵御之。寇未入塞,懿宗始逾邻郊,畏懦而遁"一句概述整个事件的发展经过,显然比原材料的生动叙述平实很多。

《本事诗》处理材料的第三种方式是改变叙述语序,以"许浑"条材料为代表。这条材料源自《逸史》,但其书已佚,现今可见的最早记载来自《太平广记》:

> 唐开成初进士许瀍①,游河中。忽得大病,不知人事。亲友数人,环坐守之。至三日,蹶然而起,取笔大书于壁曰:"晓入瑶台露气清,坐中唯有许飞琼。尘心未尽俗缘在,十里下山空月明。"书毕复寐。及明日,又惊起,取笔改其第二句曰:"天风飞下步虚声。"书讫,兀然如醉,不复寐矣。良久渐言曰:"昨梦到瑶台,有仙女三百余人,皆处大屋。内一人云是许飞琼,遣赋诗。及成,又令改曰:'不欲世间人知有我也。'既毕,甚被赏叹。令诸仙皆和。曰:'君终至此,且归。'"若有人导引者,遂得回耳。出《逸史》。②

该则材料首先介绍诗歌的产生与修改,然后再倒叙创作的触发事件,使整个叙述生动曲折,更能激起读者探秘的欲望。然而孟启却有意改变了这种叙述,其曰:

> 诗人许浑,尝梦登山,有宫室凌云。人云:"此昆仑也。"既入,见数人方饮酒,招之,至暮而罢。赋诗云:"晓入瑶台露气清,坐中唯有许飞琼。尘心未断俗缘在,十里下山空月明。"他日,复梦至其处,飞琼曰:"子何故显余姓名于人间?"座上即改为"天风吹下步虚声",曰:"善。"③

比较前一则材料,我们发现除人名差异外,这段材料的内容几乎与之完全相同,只是叙述手法有很大差异。概括地说,前者是顺叙中

---

① 据许浑《丁卯诗集》补遗之《记梦并序》可知,此处"许瀍"应为"许浑"。
② 《太平广记》,第433页。
③ 《本事诗校补考释》,第59页。

杂有倒叙，情节曲折。后者则是平铺直叙，说明事情的来龙去脉；前者对细节的描写十分生动，而后者却只有简单概括。这样一来，前者的叙述就显得气韵生动，并带有神秘色彩，令人遐想连翩；后者则十分平实，仅说明诗歌创作乃因梦境触发。由此可见，孟启的改造破坏了原材料的小说笔法而改为据实记录，其编撰《本事诗》的目的并不是采集小说。

除此之外，从《本事诗》的编撰中还可以看出两大特点，证明其性质并非"小说"。第一，《本事诗》在介绍材料时往往有一个固定结构，即先列出事件，再以"因为诗"、"因题诗"、"且为诗"、"遂于内题诗"等字眼过渡，最后引出诗歌。这样一来就强调了事件与诗歌创作之间的因果关系，凸显出事件对诗歌创作的触发作用。以上引"许浑"条材料为例，其在原材料中的叙述是先介绍诗歌创作，再倒叙诗歌创作的触发事件，两者之间的逻辑关系并不明显；而《本事诗》则加以改造，先介绍触发事件，再以"赋诗云"引出诗歌创作，说明事件对于诗歌创作的决定作用。由此可见，《本事诗》采集"故实"的目的并非讲述故事，而是强调事件对于诗歌创作的触发作用。第二，《本事诗》在材料编排上采取了"七题"分类的做法，表面上看与《世说新语》所开创的"三十六门"分类十分相似，实则分类标准全然不同。正因为此，"七题"类目在《本事诗》之前的小说集中很少出现，即使出现也所指不同。如《酉阳杂俎》中的"事感"类下均为"客观之物感应人情"的奇异故事，与《本事诗》"事感"类所录故事的性质完全不同。又同一材料在《本事诗》及其前后的小说集中所处类目也不相同。如"李适之罢相"条在《大唐新语》"识量"类，在《本事诗》中却变成了"怨愤"类；"刘希夷作诗成谶"条在《大唐新语》中属"文章"类，在《本事诗》中则归于"征咎"类；又在《本事诗》中属于"情感"类的"乐昌公主分镜事"在《太平广记》"情感"类中不见，而被归入"气义"类；在《本事诗》中分属"情感"类和"高逸"类的"戎昱"条和"杜牧饮酒"条却被《太平广记》一起归入了"童仆"类，可见《本事诗》的分类标准与一般小说集不同。进一步分析，则小说集的分类是以故事情节和内容为标准，而《本事诗》的分类则从事件与诗歌创作的关系入手。这一点从孟启所说的

"凡七题、犹四始也"中也可看出。

　　综上所述,《本事诗》的性质不是小说,而是诗文评。因为它的编撰意图既不在讲述故事,也不以编选诗歌为目的,而是强调诗歌创作的触发事件(即"本事")对诗歌创作和阐释的双重作用,这在孟启自序中有明确说明。又在材料的选择和编撰上,孟启也颇费心思,常在"本事"和诗歌之间用"仍题诗曰"、"因为诗"、"因题诗"、"因为杨柳之词以托意"、"遂题诗"等予以连接,强调前者对后者的决定作用,从而告诉我们要从"本事"出发,解读作品本意。由此可见,《本事诗》中不仅有本事解诗的理论意识,还有本事解诗的具体实践,其性质应为诗文评。当然,《本事诗》又不是传统意义上的诗文评著作。其以笔记小说的形式、通过诗与事的印证来实现对诗歌含义的阐释,可以说既是文学作品,也是关于文学作品的理论。从这个角度来看,《本事诗》不论在批评形式还是批评方法上都有独特之处,在中国文学批评史上具有原创性意义。

第三章　鞭辟入里
——分析《本事诗》的诗学内涵

　　作为一种独特的诗歌批评文体,《本事诗》的批评理论与实践方式究竟是怎样的? 对这一问题的最早讨论由清代《四库全书总目》的编撰者提起,其曰:

　　　　文章莫盛于两汉,浑浑灏灏,文成法立,无格律之可拘。建安、黄初,体裁渐备,故论文之说出焉,《典论》其首也。其勒为一书传于今者,则断自刘勰、钟嵘。勰究文体之源流,而评其工拙;嵘第作者之甲乙,而溯厥师承:为例各殊。至皎然《诗式》,备陈法律;孟启《本事诗》,旁采故实;刘攽《中山诗话》、欧阳修《六一诗话》,又体兼说部。后所论著,不出此五例中矣。①

　　这里提到"旁采故实"的《本事诗》,并将其与"究文体之源流而评其工拙"的《文心雕龙》、"第作者之甲乙而溯厥师承"的《诗品》、"备陈法律"的《诗式》和"体兼说部"的《中山诗话》《六一诗话》并论,不仅肯定了《本事诗》的批评性质,还认为它代表了一种独特的批评体例,即"旁采故实"。然而何谓"旁采故实"? 怎样的故实才可采入? 后人提出了各种不同看法。有人认为所谓"故实"是指作者的生平逸事,如杭世骏曰"诗话之作,其肇于大小序乎? 作诗之旨,非序不彰;说诗之道,废序则凿。后世衍其流者有二。清能灵解,标举隽异,《主客图》是也,是谓传其诗;欢场醉地,感均顽艳,《本事诗》是也,是谓传其人"②;有人认为"本事"是与作品相关的故事,如青木正儿总结《本事

---

①　《四库全书总目》(整理本),第 2736 页。
②　(清)杭世骏著《道古堂文集》卷七《莲坡诗话序》,《续修四库全书》第 1426 册,第 267 页。

诗》所代表的批评体例为"记载关于作品之故实者"①；而更常见的观点则是综合以上两种，认为"本事"是指"作品背后的事件和关于作者的故事"②，如浅见洋二。那么事实上，"本事"的含义究竟是什么？所谓"旁采故实"能否概括《本事诗》的诗学特点？《本事诗》的批评方法和诗学理念究竟是怎样的？这些都是本章所要讨论的问题。

第一节　（诗）本事＋（本事）诗＝本事（解）诗

　　书如其名。在《本事诗》的命名里，其实已蕴藏着丰富的诗学内涵。一般认为，"本事诗"是个偏正结构的短语，"诗"是中心，"本事"是修饰语。从这个角度来说，《本事诗》应该是一部诗集，专门选录本事之诗。然而正如我们所知，《本事诗》在形式上与诗集不符。从内容上看，其所录诗歌不仅数量少，而且多非全篇，又没有诗题。再则，《本事诗》中不仅有诗，而且有事，"事"的比重远甚于诗。因此从这个角度来说，"本事诗"并不等于本事之诗。那么，究竟什么是"本事诗"呢？从《本事诗》所录材料的实际情况看，所谓"本事诗"应该是一个并列结构的短语，其内容包括两部分：（诗）本事＋（本事）诗。也就是说，每一则材料都由对应的"诗本事"和"本事诗"构成，它的作用在于"本事"解"诗"。这样一来，《本事诗》至少包含三个方面的内容，即"（诗）本事"、"（本事）诗"和"本事（解）诗"。用一个简单的公式表示，就是：（诗）本事＋（本事）诗＝本事（解）诗。

一、何谓"（诗）本事"？

　　所谓"（诗）本事"，其含义一目了然，就是指"诗的本事"。

　　（一）什么是"诗"？孟启在《〈本事诗〉序》中开宗明义地进行了解释，即"诗者，情动于中而形于言，故怨思悲愁，常多感慨。抒怀佳

---

　　①　（日）青木正儿著，隋树森译《中国文学概说》，重庆出版社，1982年，第161页。
　　②　（日）浅见洋二著，金程宇、（日）冈田千惠译，《距离与想象：中国诗学的唐宋转型》，上海古籍出版社，2005年，第362页。

作,讽刺雅言,著于群书"①。其实,"诗者,情动于中而形于言"的说法并不是孟启的发明,而是出自《〈诗〉大序》。其曰:"诗者,志之所之也,在心为志,发言为诗。情动于中而形于言,言之不足,故嗟叹之,嗟叹之不足,故咏歌之,咏歌之不足,不知手之舞之,足之蹈之也。"②又在《〈诗〉大序》之前,关于"诗"的定义最早出自《尚书·舜典》,即"诗言志,歌永言"③。显然,从《尚书·舜典》到《〈诗〉大序》再到《〈本事诗〉序》,"诗"的概念发生了一些变化。在《尚书·舜典》中,"诗"与"歌"并立,"诗"言志,"歌"抒情。在《〈诗〉大序》中,"诗"与"歌"的界限被打破,所谓"诗"就是诗歌,兼具记事、言志和抒情功能。到了《〈本事诗〉序》,则强调"诗"就是人的内在情感诉诸语言文字的结果。"情"是"诗"的本质,"言"是"诗"的载体。"诚于中,形于外"④,因此,内在的真实情感自然表现为外在的语言文字,于是就成为"诗"。在这里,"诗"显然也包括了"歌",而"情"则包含了"志"。所谓"怨思悲愁,常多感慨。抒怀佳作,讽刺雅言",就是指"情"的具体内容。其中,"怨思悲愁"强调的是个人化的情感,有所谓"哀怨起骚人"⑤之意,指向的是屈原骚体诗的创作传统,而"抒怀佳作、讽刺雅言"则强调的是《诗经》的"风雅"传统。《毛诗序》曰:"是以一国之事,系一人之本,谓之风;言天下之事,形四方之风,谓之雅。"⑥孔颖达正义曰:"一人者,作诗之人。其作诗者,道己一人之心耳。要所言一人之心,乃是一国之心。诗人览一国之意,以为己心,故一国之事系此一人,使言之也。但所言者,直是诸侯之政,行风化于一国,故谓之风。"⑦可见在"抒怀佳作,讽刺雅言"中,既包含了"诗人之志",也隐含着"天下之事"。总之,由上述分析

---

①　《本事诗校补考释》,第 29 页。

②　(汉)毛亨传,(汉)郑玄笺,(唐)孔颖达疏《毛诗正义》,《十三经注疏》整理本,北京大学出版社,1999 年,第 7 页。

③　(汉)孔安国传,(唐)孔颖达疏,廖名春、陈明整理《尚书正义》,《十三经注疏》整理本,北京大学出版社,1999 年,第 95 页。

④　(汉)郑玄笺,(唐)孔颖达疏《礼记正义》,《十三经注疏》整理本,北京大学出版社,2001 年,第 1860 页。

⑤　(唐)李白注,瞿蜕园、朱金城校注《李白全集》,上海古籍出版社,1980 年,第 91 页。

⑥⑦　《毛诗正义》,第 19 页。

可知,孟启对"诗"的认识既建立在前代诗学的基础上,又能够兼收并蓄、圆融调和,将诗歌的记事、言志和抒情融为一体,使个人的哀怨及其对天下、国家的讽谏融为一体。这样一来,所谓"诗"就是指外在事件触发所引起的人的内在情感的自然表达,是人的思想和情感外化为语言文字的一种艺术形式。

（二）什么是"本"？"本"是指示字,其本义是指"树木的根"。"根"是树木生长的基础,是其生命的源头,是一切变化的开始,是树木结构中最重要的部分,因此"本"又可以引申为名词,指"本原"、"源头";或形容词,指"原本的"、"主要的"、"根本的"。《论语》曰"君子务本,本立而道生。孝悌也者,其为仁之本与"①,就是强调孝悌是做人的根本,是实现仁道、践行仁德的基础和起点,是"仁"的最重要的组成部分。要认识仁、实现仁,必须从孝悌这个"本"入手。可见在中国文化中,重"本"的思想由来已久。"本"是一切变化的时间起点和逻辑基础,世间万物皆有其本,"本"立而道生。反过来,要认清任何一种事物,都必须"返本归初"。《大学》曰"物有本末,事有终始,知所先后,则近道矣"②,刘向《说苑》云"夫本不正者末必陷,始不盛者终必衰……是故君子贵建本而重立始"③,这些都强调"本"、"始"在事物发展变化中的重要地位。

（三）什么是"事"？"事"是会意字,甲骨文的这个字是一只手持物状。至于所持之物,则有的说是捕猎的器具,有的说是旗帜的省略符号,也有的说是记事用的笔。各种说法不一,但"事"的本义是一种行为动作或状态,这一点应无疑议。另外,在甲骨文中,"事"与"史"、"吏"的字形相同。《说文解字》解释"事"字,曰:"职也。从史,之省声。古文事。"④因此,"事"又可以指官职,指从事文字书写和记录工作的人,相当于"史"。"史"从事着文字书写和记录的工作,其所记

① 程树德撰,程俊英、蒋见元点校《论语集释》,中华书局,1990年,第13页。
② 《礼记正义》,第1859页。
③ （汉）刘向撰,向宗鲁校证《说苑校证》,1987年,第56页。
④ （汉）许慎著《说文解字》,九州出版社,2001年,第169页。

者既有天地万物的变化，又有人事的变迁。《易·系辞上》曰"极数知来之谓占，通变之谓事"①，可见"史"的记录既要客观公正，又要在变化中看到不变的规律。总之，事者，史也，二者都与事物的存在及其变动的状态有关。

（四）什么是"本事"？"本"和"事"结合，可以有多种不同的理解。第一种，"本"为形容词，"事"为名词，二者组成偏正结构。这时，"本事"既可以指原本事实，也可以指最重要的事。班固《汉书·艺文志》曰："周室既微，载籍残缺，仲尼思存前圣之业，丘明恐弟子各安其意，以失其真，故论本事而作传，明夫子不以空言说经也。"②桓谭《新论》曰："有齐人公羊高，缘经文作传，弥离其本事矣。"③《论衡》卷八《儒增篇》："传言灭周，周之九鼎入于秦。案本事，周郝王之时，秦昭王……"④这些"本事"都是指原本事实。《荀子·王制》曰："务本事，积财物，而勿忘栖迟薜越也"⑤、《管子·权修》"上不好本事，则末产不禁"⑥等，则以"本事"指代古代社会发展中最重要的工作——农业。第二种，"本"为动词，指根据、依据，"事"为名词，指历史事实，二者构成动宾关系，转换为形容词，就是"依据事实的"；或者变成名词，指"所依据的事实"。《论衡》卷三《奇怪篇》曰："仓颉作书，与事相连，姜原履大人迹。迹者基也。姓当为其下土。乃为女旁巨，非基迹之字，不合本事，疑非实也。"⑦吴兢《乐府古题要解·乌生八九子》曰："若梁刘孝威'城上乌，一年生九雏'，但咏乌而言，不言本事。"⑧这里的"本事"都是指文本所依据的历史事实。另外，"本事"作为名词，前面还可以带上各种限定语，例如人名。《论衡》卷二十六《实知篇》：

---

① 兰甲云译注《周易通释》，岳麓书社，2016年，第258页。
② （东汉）班固著，（唐）颜师古注《汉书》，中华书局，1962年，第1715页。
③ （东汉）桓谭《新论》，上海人民出版社，1977年，第36页。
④ （东汉）王充著，刘盼遂集解《论衡集解》，中华书局，1957年，第172页。
⑤ （战国）荀子著，安小兰译注《荀子》，中华书局，第102页。
⑥ （清）戴望撰《管子校正》，《诸子集成》本，中华书局，1954年，第8页。
⑦ 《论衡集解》卷三，第76页。
⑧ （唐）吴兢撰《乐府古题要解》，丁福保辑《历代诗话续编》本，中华书局，1983年，第26页。

"案始皇本事,始皇不至鲁,安得上孔子之堂,踞孔子之床,颠倒孔子之衣裳乎。"①所谓"始皇本事",就是指始皇的原本事迹,包括其一生所经历的各种变化。最后,人名加本事再加书名号,还可以指人物别传一类的著作,记载某人的生平事迹,如《隋书·经籍志二》著录有:"《吕布本事》一卷,毛范撰。"②这样看来,"本事"就和"世语""拾遗"等一样,都属于"杂史"的范畴。

弄清了"诗"、"本"、"事"和"本事"这几个词的含义,再来看"诗本事",其含义就比较好理解了。总的说来,所谓"诗本事"有两种理解。一种是广义的"诗本事",指诗歌的本来情况,包括它的创作、传播和接受等各方面的状况;一种是狭义的"诗本事",指诗歌创作所依据的历史事实,也就是触发诗歌创作的具体事件。在《本事诗》中,绝大多数材料都属于狭义的"诗本事",也有些材料只涉及诗歌的传播和接受情况,如"谢庄颜延之诗事"、"李峤诗事"等,与狭义的"诗本事"概念不符,但仍属于广义"诗本事"的范畴。当然,不论是广义的"诗本事"还是狭义的"诗本事",从根本上说都是与诗歌创作相关的历史事实,不是随意虚构的诗歌故事。因此,真实性是"诗本事"的基本属性。

值得注意的是,一首诗的"本事"是指这首诗的原本事实,包括它的创作、传播和接受情况等。更宽泛一点,当"诗"作为一种文体与"本事"组合在一起,则所谓"诗本事"就是指诗体的产生、发展和变化情况,其含义相当于"诗史"。

在《本事诗》中,每一条材料都是一则诗歌本事,介绍一首或几首诗歌的创作情况。例如"情感"门第一条介绍了徐德言和乐昌公主所作的两首诗的本事;第二条介绍了乔知之寄窈娘诗本事;第三条是王维《息妫怨》诗本事;第四条是宫女袍中诗本事;第五条是士子寄内诗和代妻作答诗本事;第六条是宫女题叶诗和顾况赠答诗本事;第七条是戎昱赠妓诗本事;第八条是《章台柳》《杨柳枝》和《寒食诗》等诗歌

① 《论衡集解》卷二十六,第 520 页。
② (唐)魏征、令狐德棻撰《隋书》,中华书局,1973 年,第 960 页。

本事;第九条是张又新"云雨"诗和"牡丹"诗本事;第十条是刘禹锡席上所赋诗本事;第十一条是投献李逢吉诗本事;第十二条是崔护题城南诗本事。通过这些"诗本事",我们可以看清诗歌创作的原本情况,弄清诗歌本义,并发现诗歌创作的某些特点和规律。

首先,"诗本事"的阐释价值在《本事诗》中表现得尤为明显,例如在"张又新"条材料中包含有两首诗的本事,一首诗是"云雨纷飞二十年,当时求梦不曾眠。今来头白重相见,还上襄王玳瑁筵"①,另一首是"牡丹一朵直千金,将谓从来色最深。今日满栏深似雪,一生辜负看花心"②。离开本事,我们仅从文字入手解读这两首诗,只能看到前一首诗描写了襄王神女的故事,后一首诗描写了牡丹,至于其中有怎样的寄托,则不得而知。反过来,结合诗本事来看这两首诗,才发现它们并非纯粹的咏史和咏物之作,而是作者在具体事件触发下所抒发的真情实感,其中本有寄托。在前一首诗中,张又新借襄王神女的故事写自己二十年前与酒妓的有缘无分,二十年后再度重逢,内心充满了再续前缘的期待和对当年之事的悔恨。后一首诗则借对红白牡丹的不同态度来比喻自己不得不在出身高贵的妻子和惹人喜爱的酒妓之间做出权衡,最后因为贵妻而放弃酒妓的无奈心情。从《本事诗》所载诗本事的具体情况看,这两首诗的创作还与张又新的政治遭遇有关。张又新少年得志,初应"宏辞"第一,又为京兆解头,元和九年(814年)状元及第,时号"张三头"。然而,春风得意的他初入官场就丧失了独立性,依附李逢吉等,陷入到党争中去。一时间,他风头无两,成为李逢吉的爪牙,大肆打压"李党"人物,例如李绅。可是后来,李逢吉倒台,牛党失势,张又新也遭到贬谪,并遭遇丧子之痛。这时,他又偏偏处于当年的宿敌——李绅的管辖之下。他害怕遭到李绅的报复,于是写下这两首诗,表达对当年所作选择的悔恨,以及希望与李绅尽弃前嫌、重归于好的愿望。这是张又新创作此二诗的本意,也是这两首诗的本义。显然,从《本事诗》的这则记载中,我们可

① 《本事诗校补考释》,第 44 页。
② 《本事诗校补考释》,第 45 页。

以体会到诗本事的阐释价值。同样的例子还有《本事诗》"贾岛"条材料,这条材料也提到了一首诗,即:"破却千家作一池,不栽桃李种蔷薇。蔷薇花落秋风后,荆棘满庭君始知。"①表面上看,这首诗是写凿池、种蔷薇之事;但是联系本事,才发现凿池固然是事实,但桃李、蔷薇却另有所指。换句话说,贾岛在这首诗中借助凿池之事婉转地表达了对执政者的不满,认为他们本应广植桃李、为国家培养和选拔人才,而不是为了个人利益汲引那些善于攀援的人。在这里,"桃李"也好,"蔷薇"也罢,其实都非实指,而是分别喻指真才实学者和善于攀援者。至于"荆棘满庭",也并非对眼前之景的实写,而是作者的预测和想象。总之,贾岛在这里是借用执政者凿池建台之事,抒发了自己不幸落第的怨愤,批判了执政者的选人不公。如果没有诗本事的介绍,我们很难读懂贾岛此诗的深层意蕴。同样的道理,如果没有《本事诗》,我们很容易将韩翃的《章台柳》和张九龄的《海燕》理解为咏物诗,将乔知之的《绿珠篇》和王维的《息妫怨》理解为咏史诗。反过来,有了《本事诗》所提供的这些诗歌本事,我们才能弄清诗人创作的原本意图,读懂诗歌文本的真实含义。

其次,在《本事诗》所载"诗本事"中,我们还可以看到诗歌创作的某些规律性经验。例如《本事诗》中的诗歌大多是"即事兴咏",也就是所谓的即兴之作,是在特定情境下的自然感发,而非苦心经营的匠心之作,因此在创作手法上,它们大多比较简单,要么直言眼前之事,要么借古讽今,抑或托物言志。例如徐德言题镜诗的创作就是从眼前的半面镜子入手,直言"镜归人不归"的哀伤;王维则借息夫人的故事,巧妙地言明卖饼者妻的处境;而张又新则在牡丹诗中以花喻人,表达自己在贵妻和酒妓之间所做的艰难抉择。总之,在《本事诗》中,诗歌创作大多是即事言情、托物言志的,若不知本事,则很难知其本意。评价这类诗歌创作的艺术成就,关键也要从诗歌与"本事"的关系入手。凡是准确、生动地表达出诗人因事而发的情感波动的就可以称之为好的创作,至于声律、文辞等外在形式则在其次。

---

① 《本事诗校补考释》,第 77 页。

另外,"诗本事"作为诗歌创作的原本史实,既反映了诗歌创作的基本情况,也反映了与之相关的社会现实,因此具有史料价值。在《本事诗》中,我们既可以看到陈隋易代所带来的兵荒马乱与妻离子散,也可以看到唐初君臣的和乐融融(太宗面前,大臣长孙无忌和欧阳询相互嘲戏);既可以看到武后的严厉(宋之问因口疾不被重用),也可以看到她对武姓权贵的纵容(武延嗣侵害乔知之、武懿宗临阵逃遁);既可以看到中宗的易受摆布(沈佺期崔日用唱《回波词》而获赐),也可以看到韦后的悍妒(优人唱《回波词》而受赏);至于玄宗早期的亲民(成就宫女和士兵的姻缘)、中期的享乐(诏李白入宫作词以夸耀于后)和被奸相蒙蔽(李林甫陷害张九龄、李适之等),以及晚期遭遇安史之乱的悲凉(听李峤词而落泪),也都在《本事诗》中得到了揭示。安史之乱后,皇权日渐衰微,而藩镇、宦官和权臣的力量却日趋强劲。于是在《本事诗》中,虽有代宗优待沙吒利(夺妓不追究,失妓作补偿)、德宗重用韩翃和宣宗好风雅的记载,但更多的还是朱滔括兵、韩晋公还妓、李逢吉夺妓等故事,显示了藩镇的强势和权臣的狠戾。除此之外,从刘禹锡两度桃花观诗事中可以看到永贞革新的失败,从张又新与李绅的纠葛中可以看到党争给人们带来的伤害,从刘禹锡、元稹、白居易、杜牧等人的闲来无事、沉沦诗酒中可以看出甘露之变后文人的处境和心态。在《本事诗》中,时间最晚的一条材料是卢献卿诗事,其中既提到卢献卿的《愍征赋》与庾子山《哀江南赋》的关系,又提到司空图为《愍征赋》作注,可见在这则材料中,不仅有个人命运的感叹,还有国之将亡的伤感。由此看来,则《本事诗》中的"诗本事"不仅具有解诗、论诗的功能,还能反映唐代历史上的一些重要事件,因此具有存史的功能。

最后,通过《本事诗》中的诗歌本事,我们还可以看到唐代文人的现实处境。正所谓"宁为百夫长,胜作一书生"①。在唐代,文人改变命运的主要途径是科举考试。然而在他们中间,有很多人终其一生

---

① (唐)卢照邻、杨炯著,徐明霞点校《卢照邻集杨炯集》,中华书局,1980年,第21—22页。

都未能中举,例如贾岛和卢献卿。贾岛"因执政者恶之,故不在选",于是怨愤尤极,"卒不得第,憾而终"。卢献卿"辞藻为同流所推",但却"连不中第、薄游衡湘,至郴而病","后旬日而没"。其他好不容易考上进士的,像崔曙,却因长期伤感而在及第的第二年不幸亡故;还有刘希夷,也因与时不合而在失望中离世。其他如宋之问,一心求仕,却因口疾而遭拒;沈佺期和崔日用等虽有才华,却沦为词臣。就连李白、杜甫这样的大诗人,也都得不到重用。至于像张又新这样连中三元、仕途得意的读书人,最终也不过成为党争的棋子;而杜牧这样满腹经纶,也只能"司空见惯浑闲事"。面对武延嗣的强夺,乔知之不但保不住宠婢,连自己的性命都无法保全;面对卖饼者妻的遭遇,王维等文士无不凄异,但谁也不敢直言其事;遭遇李逢吉夺妓,文人只能以诗投献,结果得不到任何回应;至于李适之、张九龄等,虽然身居高位,却始终是文人习气,面对奸相的侵害也无还击之力。值得注意的是,唐代文人的可悲境遇在韩翃身上体现得淋漓尽致。未及第前,他家徒四壁,从柳氏之资取济;及第后,他被辟为淄青节度从事,却连一个柳氏都不能保全;在得知柳氏被沙吒利强夺后,他怅然不乐,却不敢有任何举动,幸亏有义士许俊的成全。再后来,他罢府闲居十年,好不容易被李勉辟为幕吏,却殊不得意。这时,他也只能辞疾在家,被动等待,最后还是靠命运的垂怜和德宗的偶然想起,才被任命为驾部郎中知制诰。由此可见,唐代的文人除了读书、考进士,很难有其他出人头地的途径。而一旦登第,也并不意味着他们就有了治国、平天下的机会。相反,在皇帝、宦官、藩镇、党争等多种权力的撕扯和挤压之下,文人的理想和抱负很难实现,甚至连独立人格都无法保全。对于这一点,孟启深有体会,因此在《本事诗》中予以体现。由此可见,在《本事诗》所录"诗本事"中,还寄托着孟启的身世之感以及对文人命运的关怀。

总之,所谓"诗本事"是指诗歌创作的本来情况。在《本事诗》中,孟启通过采集和编撰诗本事,记录了某些诗歌创作的具体情况,反映了诗歌创作的某些规律,发挥了诗本事的阐释功能,同时又反映了唐代文人的命运和唐代社会的现实,因此具有诗学和史学的双重价值。

二、何谓"本事诗"?

所谓"本事诗",其实就是本于事实而作的诗,也就是基于现实事件而产生的诗歌创作。它是有感而发、建立在现实体验基础上的真诚之作,不是无病呻吟、全无根底的辞藻堆砌,也不是言之无物的空洞文辞,更不是为文造情的写作训练。用孟启的话来说,所谓"本事诗"就是"情动于中而形于言"、"触事兴咏,尤所钟情"①的诗歌创作。在诗歌史上,这样的创作有很多,如"唐歌虞咏,商颂、周雅,叙事缘情,纷纶相袭"②,如《诗经》"男女有所怨恨,相从而歌,饥者歌其食,劳者歌其事"③,汉乐府"感于哀乐,缘事而发"④等。当然,诗歌史上也有不少缺乏真情实感、纯粹为文造情的作品。这些作品与现实的距离很远,甚至全无兴发感动,一味追求形式华美,使用各种技巧排比声律、遣词用事,因此看起来精美,却始终是没有根基的假花,缺乏活泼泼的生命力。从西晋开始,这样的作品越来越多,例如某些因循古意的"拟乐府诗"、某些堆砌辞藻而内容空洞的应制诗、某些全无寄托的咏物诗以及忽视女性生命状态而一味描摹其仪容身姿的宫体诗等。这些作品充斥于六朝、隋乃至于唐代初期,成为当时文学创作的主流。进入唐代之后,经过陈子昂、李白、杜甫、白居易等人的努力,诗歌创作才回归风雅比兴,回到即事抒情的传统中去。因此,孟启在《本事诗》中所采录的诗歌以唐代为主,且大多本事而作,是在现实事件触发下而引起的兴发感动。在《本事诗》中,还有一则材料提到了诗歌史上的这一变动,那就是:

> 白才逸气高,与陈拾遗齐名,先后合德。其论诗云:"梁陈以来,艳薄斯极,沈休文又尚以声律。将复古道,非我而谁与!"故陈李二集,律诗殊少。尝言:"兴寄深微,五言不如四言,七言又

---

① 《本事诗校补考释》,第 29 页。
② 《隋书》,第 1090 页。
③ (汉)公羊寿传,(汉)何休解诂,(唐)徐彦疏《春秋公羊传注疏》卷一六,《十三经注疏》整理本,北京大学出版社,1999 年,第 418 页。
④ 《汉书》,第 1756 页。

其靡也,况使束于声调俳优哉?"故戏杜曰:"饭颗山前逢杜甫,头戴笠子日卓午。借问何来太瘦生,总为从前作诗苦。"盖讥其拘束也……杜所赠二十韵,备叙其事,读其文尽得其故迹。杜逢禄山之难,流离陇蜀,毕陈于诗。推见至隐,殆无遗事,故当时号为诗史。①

在《本事诗》中,绝大多数材料都属于"旁采故实",以事解诗,唯此段材料中有一大段论诗的文字,并不见于前人记录。因此,其所代表的或许不仅是李白等人的诗学观念,也反映了孟启对唐代诗学的认识。分析这段话,我们发现其内容至少包含有三点:第一,孟启认为李白继承和发扬了陈子昂的诗学主张,强调复归风雅,也就是《诗经》"风雅比兴"的传统,反对梁陈以来的"艳薄"诗风,反对在文辞声律上多费功夫。换句话说,从陈子昂到李白,都主张恢复古诗的传统,追求风雅比兴和寄托。第二,孟启认为陈子昂和李白的诗集中都少有律诗,这是他们主动选择的结果。在他们看来,律诗受声律格式的拘束,因此在形式上多所用心,但在内容上却很难做到古诗那样"兴寄深微"。更有甚者,一味追求声律,则会使律诗沦为声调俳优,甚至丧失诗歌"美刺讽喻"的品格。当然,这并不意味着李白就不会做律诗。相反,从《宫中行乐》的创作情况看,李白的律诗亦十分精绝。第三,李白才气高逸,因此诗歌创作以古诗为主,自然天成,诗风潇洒飘逸;杜甫则在律诗创作上颇有成就,在遵守声律的基础上追求思想内容,甚至"语不惊人死不休"。换句话说,李白的诗歌创作自然天成,依赖的是诗人的天才;杜甫的诗歌创作用心良苦,反映的是作者的努力。不过,杜甫的诗歌创作在讲究声律的同时又注重本事,往往在详述本事中寄托自己的微言大义,呈现出与李白不同的风格。然而归根结底,李白和杜甫的诗歌都是即事兴咏、缘情而发,这是他们共同的特色。在这段话中,孟启借李白之口,表达了自己的诗学主张,强调自然为文,反对矫揉造作;提倡风雅比兴,反对全无寄托。而这,与其"本事诗"的概念也相吻合。总之,所谓"本事诗"其实就是本

---

① 《本事诗校补考释》,第64—65页。

事而作、有所寄托的诗歌创作,是因具体事件触发而引起的诗人真实情感的自然表达,因此它以意为主,挥洒自如,多所讽兴。如崔护的桃花诗就是"以意为主",因此一诗而有两"今"字也不以为意。至于贾岛的蔷薇诗、张又新的牡丹诗等,也都是即事兴咏,托物寓意,多所讽兴,属于典型的"本事诗"。

　　值得注意的是,在《本事诗》中,还有几首诗歌出自六朝。如"嘲戏"门的第一则材料:

　　　　宋武帝尝吟谢庄《月赋》,称叹良久,谓颜延之曰:"希逸此作,可谓前不见古人,后不见来者,昔陈王何足尚邪?"延之对曰:"诚如圣旨。然其曰'美人迈兮音信阔,隔千里兮共明月',知之不亦晚乎?"帝深以为然。及见希逸。希逸对曰:"延之诗云:'生为长相思,殁为长不归。'岂不更加于臣邪?"帝拊掌竟日。①

　　这则材料采自《南史·谢庄传》,其文曰:"庄有口辩,孝武尝问颜延之曰:'谢希逸《月赋》何如?'答曰:'美则美矣;但庄始知"隔千里兮共明月"。'帝召庄以延之答语语之,庄应声曰:'延之作《秋胡诗》。始知"生为久离别,殁为长不归"。'帝抚掌竟日。"②显然,孟启"旁采故实"而成此篇,文字虽略有改动,但内容大抵相同。其所论及的主要是两联诗,一是谢庄的"美人迈兮音信阔,隔千里兮共明月",二是颜延之的"生为长相思,殁为长不归"。这两联诗有一个共同的特点,就是用最自然的语言表达最平常的道理,虽然朴实无华,却能够引起广泛共鸣。不过,这样的诗歌创作在谢庄和颜延之那里并不常见,在整个六朝诗歌创作中也并非主流。事实上,谢庄和颜延之是刘宋前期宫廷文学的代表,其作品多应诏之作,歌功颂德,用典繁多。因此,《诗品序》中有一段有名的论述,曰:"观古今胜语,多非补假,皆由直寻。颜延、谢庄,尤为繁密。于时化之。故大明、泰始中,文章殆同书抄。近任昉、王元长等,辞不贵奇,竞须新事。尔来作者,寖以成俗。"③在这段话

---

　① 《本事诗校补考释》,第 91 页。
　② 《南史》,第 554 页。
　③ (梁)钟嵘著,周振甫译注《诗品译注》,中华书局,1998 年,第 24 页。

中,钟嵘将谢庄与颜延之并举,认为两人的诗文创作用事过多,在当时诗坛形成了"文章殆同书钞"的不良风气。由此可见,像"美人迈兮音信阔,隔千里兮共明月"和"生为长相思,殁为长不归"这样的自然成文之作,在六朝诗歌中实属难得。孟启将之采入《本事诗》中,显然别有用心,那就是:强调触事兴咏、尤所钟情的本事之作,主张真实自然的情感表达,反对为文造情的矫揉造作以及力求新异的过度雕琢。

在《本事诗》中,唐代之前的材料还有一条,那就是"乐昌分镜诗"事,其中涉及两首诗,一首是"照与人俱去,照归人不归。无复嫦娥影,空留明月辉"①,一首是"今日何迁次,新官对旧官。笑啼俱不敢,方验作人难"②。这两首诗都没有华丽的辞藻,也没有高妙的表达技巧,只是据实写出人物在特定情境下的情感波动,文字朴实无华,情感真切动人。由此可见,只有"真情实感"(即实实在在的事所触发引起的真情表达)的诗歌创作,才可以称之为"本事诗"。在六朝时期,这样的诗歌不多,因此也更为难得。

总之,从《本事诗》的书名及其材料的实际情况看,"本事诗"作为"本事而作"、具有真情实感的诗歌创作,在《本事诗》中得到了强调。在孟启看来,汉代及其之前的诗歌创作大多是本事之作,真情实感,自然表达。西晋之后,诗歌多模拟之作,甚至为文造情,一味追求辞藻和声律,缺乏真情实感,因此本事诗很少。到了唐代,经过陈子昂、李白等人的不断努力,风雅比兴的诗歌传统得以恢复,本事而作的诗歌作品也越来越多。即使是律诗的创作,也能在形式的拘束下本事而作,表达由现实事件所引发的真实感受。在孟启看来,这才是真切动人的诗歌创作。由此可见,孟启的《本事诗》绝不是毫无目的地采集诗歌及其本事,而是通过选择性地辑录一批具有代表性的本事诗歌,揭示本事诗的特点及其发展历程,从而建构起自己的本事诗学。

值得注意的是,在《本事诗》中,所选诗歌大多未带题目,这也是一个有趣的现象。顾炎武曰:"古人之诗,有诗而后有题;今人之诗,

---

①② 《本事诗校补考释》,第 31 页。

有题而后有诗。有诗而后有题,其诗本乎情;有题而后有诗者,其诗徇于物。"①乔亿曰:"论诗当论题。魏晋以前,先有诗,后有题,为情造文也;宋齐之后,先有题,后有诗,为文造情也。诗之真伪,并见于此。"②《本事诗》所录诗歌均本事而作,为情造文,因此创作当时并无题目。这也进一步说明"本事诗"是即事兴咏的真情之作,它们未经宿构,也没有反复修改和琢磨,因此真实自然,有如天成。

最后,从"本事诗"的角度来看孟启所选诗歌及其本事材料,我们才恍然大悟,明白《本事诗》中为什么会有两条六朝的材料。这两条材料出现在《本事诗》中,绝对不是无心,而是有意为之。因为在孟启看来,"触事兴咏,尤所钟情"的诗歌创作由来已久,但在六朝并非主流。虽然不是主流,但它并没有彻底消失,而是一直延续,到唐代才得以复兴。因此,作为本事诗发展史上的重要一环,六朝本事诗的创作也十分重要。以此为基础,才能更加清楚地看到本事传统从唐歌虞咏到《诗经》、《楚辞》、汉乐府再到唐代歌诗的一脉相承。

三、何谓"本事批评"?

《本事诗》既不是单纯地采录(诗)本事,也不是纯粹地采集(本事)诗,而是将相应的(诗)本事和(本事)诗组合成一条材料,以达到以事解诗的目的,即:(诗)本事+(本事)诗=本事解诗。从这个角度来说,《本事诗》既不是诗集,也不是故事集,而是本事解诗的批评著作,其批评方法可命名为"本事批评"。《〈本事诗〉序》曰"其间触事兴咏,尤所钟情,不有发挥,孰明厥义"③,就是强调诗与事的关系,主张本事解诗,阐明诗歌本义。事实上,"诗本事+本事诗"的组合,不仅可以帮助读者更好地了解诗歌本义,而且可以通过情境再现的方式,

---

① (清)顾炎武著,黄汝成集释,秦克诚点校《日知录集释》,岳麓书社,1994年,第729—730页。
② (清)乔亿著《剑溪说诗》,《清诗话续编》本,上海古籍出版社,1983年,第1103页。
③ 《本事诗校补考释》,第29页。

帮助读者获得更加直观的情感体验,展现诗歌创作的艺术效果。以"情感"门的第三则材料为例。其曰:

> 宁王曼贵盛,宠妓数十人,皆绝艺上色。宅左有卖饼者妻,纤白明媚,王一见注目,厚遗其夫,取之。宠惜逾等。环岁,因问之:"汝复忆饼师否?"默然不对。王召饼师,使见之。其妻注视,双泪垂颊,若不胜情。时王座客十余人,皆当时文士,无不凄异。王命赋诗,王右丞维,诗先成:"莫以今时宠,宁忘昔日恩。看花满眼泪,不共楚王言。"①

在这里,孟启提到了王维的一首诗。这首诗算不上王维的代表作,而孟启将其采入《本事诗》中,显然是因为其"触事兴咏,尤所钟情"的创作特色。按孟启记载,王维此诗创作于宁王府上。宁王是唐玄宗的长兄,死后追赠"让皇帝"。他"宠妓数十人,皆绝艺上色",但却看上了卖饼者妻,于是"厚遗其夫取之,宠惜逾等"。他自以为这种做法公平合理,以为卖饼者妻会感于恩宠而心悦于己。可没想到的是,一年之后,当他在满堂宾客面前询问卖饼者妻是否想念故夫时,卖饼者妻却"默然不对"。于是,他又把卖饼者也叫到府上,希望卖饼者妻能当面作答。这时,卖饼者妻的心情可想而知。她一句话也说不出来,只能默默流泪,而堂下的看客们却无人敢为之发声。直到任性的宁王发出指令,让文士们就此赋诗,王维才敢即事抒怀,以"莫以今时宠,宁忘昔日恩"概括卖饼者妻的两难处境,同时也以一种肯定的态度说明不忘旧恩是人之常情,应该得到理解。然后,他又引用春秋时楚王和息夫人的典故,用"看花满眼泪,不共楚王言"来对应卖饼者妻"双泪垂颊""默然不对"的场面,委婉含蓄地暗示了宁王强夺卖饼者妻的客观事实,批评他强迫他人的错误做法。王维在这首诗中既准确生动地描述了他所看到的事实,又巧妙地表达出对宁王的批评和讽谏,抒发了自己的真实感受。虽然是借古喻今,但却十分妥帖,如状目前。

根据孟启所采录的这则材料,我们可以清楚地看到王维此诗的

---

① 《本事诗校补考释》,第34页。

创作本事,了解诗人的创作本意,体会诗歌的艺术效果。反之,若不知本事,孤立地解读王维此诗,我们很容易根据诗题《息妫怨》而将其视为一篇单纯的咏史之作,看不到其情感的波动和现实寄托。这样一来,自然也无法解读王维此诗的本义,体会其现实价值和艺术魅力了。

由此可见,孟启编撰《本事诗》,采录诗歌及其本事,其目的就是以事解诗。这种以事解诗的批评方法,就是我们所说的"本事批评"。就其原理而言,"本事批评"是一种"实事求是"的批评,它通过采集诗歌本事以了解诗歌创作的本来情况,探求诗歌本义,因此是一种相对客观的批评方法。

在《〈本事诗〉序》中,孟启对本事批评的诗学原理和具体方法进行了非常详尽的描述。他说:

> 诗者,情动于中而形于言。故怨思悲愁,常多感慨。抒怀佳作,讽刺雅言,虽著于群书,盈厨溢阁;其间触事兴咏,尤所钟情;不有发挥,孰明厥义?因采为《本事诗》……①

在这段材料中,孟启首先提出"诗"的命题。在他看来,"诗"是人的内在情感外化为语言文字的结果,因此从古至今,出现了大量诗歌,"著于群书,盈厨溢阁"。在这些诗歌中,既有记事、言志,也有抒情。既有骚人传统的怨思悲愁,也有《诗经》传统的风雅比兴。其中,有很多诗属于"触事兴咏,尤所钟情",也就是说,它们是在具体事件的触发下产生的,不是隔靴搔痒的泛泛而论,而是触动心灵的深切感受,是具体生动的情感体悟。在这种情况下,"不有发挥,孰明厥义"?也就是说,只有"发挥"本事,才能明白诗歌的本义。

然而何谓"发挥"?刘勰《文心雕龙·事类》曰:"是以综学在博,取事贵约;校练务精,捃理须核;众美辐辏,表里发挥。"②所谓"表里发挥",就是要把诗歌表面所指和内在深意都发掘出来。又白居易

---

① 《本事诗校补考释》,第 29 页。

② (南朝梁)刘勰著,(清)黄叔琳注,(清)纪昀评,李详补注,刘咸炘阐说,戚良德辑校《文心雕龙》,上海古籍出版社,2015 年,第 222 页。

曰:"左氏修鲁史,受经于仲尼。盖仲尼之意,左氏从而明之:无善恶,无小大,莫不微婉而发挥焉。"①显然,此处的"发挥"是指要把微言中隐含的大义和婉言中包含的褒贬都发散、彰显出来。以此类推,则所谓"发挥本事以明其义"就是把隐藏于诗文背后的事实及其深层意蕴发掘出来,使之更加清楚明白地呈现在大家面前,这样一来,诗人的本意和诗歌的本义就都豁然开朗了。

不过,怎样"发挥"本事才能阐明诗歌本义? 在《〈本事诗〉序》中,孟启并未明言。但是结合《左传》的"论本事而作传"以及《本事诗》中所录材料的具体情况看,所谓"发挥"本事就是要还原诗歌创作的原本情况,回到它创作当时的情境中去。这样一来,读者自然可以身临其境、感同身受,明白诗人的意旨和诗歌本义了。由此看来,对"本事"的"发挥"绝不是一件随心所欲的事,它旨在阐明与还原,因此要保持客观和真实。同时,"发挥"又需要在事实的基础上进行合理想象,因为它要把干瘪的事实还原成鲜活的背景和环境,要站在作者的立场为理解作品所表现的情感和意志进行确定语境的尝试。从这个角度来说,"本事"又不是纯粹客观的事实,而是被叙述的历史事实,其中包含有合理的主观成分。当然另一方面,"本事"的"发挥"还需要建立在诗歌文本的基础上,文本意义的不确定性和模糊性给了阐释者还原和阐释的空间,而文本本意的单一指向性又制约阐释者,使其在发挥时必须排除读者之意。只有这样,才能真正地还原诗歌本事、阐明诗歌本义。总之,所谓"发挥"是指在获悉诗歌创作的客观事实的基础上、结合诗歌文本,通过合理想象还原诗歌创作原始情境的一种诗歌阐释方法,它是客观事实和主观理解的结合,是在事实和文本的双重制约下发挥主观能动性,从而实现合理想象的结果。这一点,我们必须认识清楚。

综上所述,孟启认为(本事)诗是"触事兴咏,尤所钟情"的,因此只有"发挥(诗)本事",才能阐明(本事)诗的本义。然而,"发挥"不是

---

① (唐)白居易著,丁如明、聂世美校点《白居易全集》,上海古籍出版社,1999 年,第660 页。

纯粹主观的想当然耳,而是要以客观事实为依据。因此,发挥本义要以"旁采本事"为前提。所谓"因采为《本事诗》",就是说明《本事诗》的编撰方式:"采"。所谓"采",一方面是指采(诗)本事,另一方面则是采(本事)诗。采事和采诗是一体的,它们共同构成了《本事诗》的丰富内容。

首先看"采诗"。"采诗"传统由来已久。《汉书·艺文志》曰:"古有采诗之官,王者所以观风俗,知得失,自考正也。"①这是"古之采诗"说,认为在上古时期就有了采诗官的设置,王者通过采诗官所采的诗歌观风俗、知得失,进而制定和调整政治措施,实现"自考正"的目的。又《汉书·食货志》云"男女有不得其所者,乃相与歌咏,各言其伤……孟春之月,群居者将散。行人振木铎徇于路以采诗,献之太师,比其音律,以闻于天子。故曰王者不窥牖户而知天下"②,这又对周代采诗之事进行了描述,认为"行人采诗",而后太师配乐,使所采之诗以乐歌的形式达于上听,实现"听诗"观政的目的。"'采诗''听诗'的意义,自王者而言可观风察俗、裨补王政,就百姓而言可各言其伤、疏通情志,由此形成上下通畅的良好政治生态。"③总之,在《汉书》中,班固提到"古之采诗"和"行人采诗",强调"采诗观风"的政治目的,是对先秦文献中有关"采诗"传统的总结。在这里,所谓"男女有不得其所者,乃相与歌咏,各言其伤"的表达,其实就是"触事兴咏,尤所钟情"的意思,"男女有不得其所者"即为"事","伤"即为"情"。由此看来,则孟启《本事诗》的采诗行为是对先秦时期"采诗"传统的继承,其中亦有"观风察俗、裨补王政"的意味。

除此之外,《本事诗》的采诗行为又与汉代乐府的"采诗"说形成鲜明对比。《汉书·礼乐志》曰:"至武帝定郊祀之礼,……乃立乐府,采诗夜诵,有赵、代、秦、楚之讴。以李延年为协律都尉,多举司马相

---

① 《汉书》,第 1708 页。

② 《汉书》,第 1121—1123 页。

③ 王志清,《〈汉书〉"采诗"叙述的生成与双重语境下的意义暗示》,《西南大学学报》(社会科学版),2017 年第 1 期,第 152 页。

如等数十人造为诗赋,略论律吕,以合八音之调,作十九章之歌。以正月上辛用事甘泉圜丘,使童男女七十人俱歌,昏祠至明。"①《汉书·艺文志》曰:"自孝武立乐府而采歌谣,于是有代赵之讴,秦楚之风,皆感于哀乐,缘事而发,亦可以观风俗,知薄厚云。"②在这里,班固提到汉代乐府"采诗",认为其目的是补充"太乐"在祭祀方面的空缺,同时满足皇室贵族的娱乐需求。因此,汉代乐府"采诗"和先秦时期的"采诗"不同,其主要目的不在"观政"。但是另一方面,"观风俗,知薄厚"也是汉代乐府"采诗"的目的之一。因为汉代乐府所采之诗皆"感于哀乐,缘事而发"。所谓"哀乐",就是诗歌所反映的情感,这些情感不是无病呻吟,而是基于现实境遇,即所谓"事"的触发。因此,通过采诗观诗,统治者可以了解百姓的情感状态,了解社会风气和民生疾苦,也就是所谓的"观风俗,知薄厚"。

显然,从班固对汉代乐府"采诗"情况的论述中,我们可以看到汉代乐府"采诗"与先秦"采诗"的异同,同时也对被采之"诗"有了更加清楚的认识,即只有"感于哀乐,缘事而发"的诗才能成为被采的对象,才能上通下达,反映社会风气,使统治者知得失而自考正。在《〈本事诗〉序》中,孟启所谓"触事兴咏,尤所钟情",其实就是"感于哀乐,缘事而发"的另一种表达。由此可见,《〈本事诗〉序》中所说的"因采为本事诗",首先采的是"诗",这些"诗"是在特定事件触发下而产生的情感表达,其生成过程可以概括为:事→情→诗。换句话说,从"古之采诗"到"汉乐府采诗",诗歌的外在形态和内在精神都发生了一些变化,对于诗歌创作机制的表达也各有不同,但从本质上说,它们的创作都属于"事→情→诗"的表达,这与孟启《本事诗》的诗学观念是相一致的。

当然客观地说,汉代乐府"采诗"已经不是传统意义的"采诗"了。汉代"朝廷立乐府,除了祭祀、典礼这两个比较冠冕堂皇的理由之外,

---

① 《汉书》,第 1045 页。
② 《汉书》,第 1756 页。

主要的目的是为了欣赏娱乐。即便是祭祀、典礼中的乐舞,也是带有明显的娱乐性质"①。因此,与先秦时期所采诗歌相比,汉代乐府所采诗歌的讽谏意味越来越淡薄。正如《宋书·乐志》所言:"古者天子听政,使公卿大夫献诗,耆艾修之,而后王斟酌焉。秦、汉阙采诗之官,哥咏多因前代,与时事既不相应,且无以垂示后昆。汉武帝虽颇造新哥,然不以光扬祖考、崇述正德为先,但多咏祭祀见事及其祥瑞而已。商周《雅》《颂》之体阙焉。"②到了魏晋南北朝,则文人拟乐府诗的创作十分兴盛,这些创作大多是为了"被之管弦"或奏于清商,有些甚至纯属文人练笔的游戏,其中并无"讽政"之意。这种情况直到唐代才开始发生改变,如李白、杜甫的创作就常常能即事兴咏,表达对现实政治的关怀。到了中唐,元、白等人则重提"采诗"传统,强调诗歌创作"感于哀乐,缘事而发"和"下流上通,美刺讽谏"的特点。一方面,他们回顾历史,指出"采诗"传统的兴废及其带来的影响。如元稹《和李校书新题乐府十二首·骠国乐》曰:"古时陶尧作天子,逊遁亲听康衢歌。又遣遒人持木铎,遍采讴谣天下过。万人有意皆洞达,四岳不敢施烦苛。尽令区中击壤块,燕及海外覃恩波。秦霸周衰古官废,下埋上塞王道颇。"③白居易《新乐府·采诗官》则云:"采诗官,采诗听歌导人言。言者无罪闻者诫,下流上通上下泰。周灭秦兴至隋氏,十代采诗官不置。郊庙登歌赞君美,乐府艳词悦君意。若求兴谕规刺言,万句千章无一字。"④总之,在元白看来,秦代之前有采诗官和采诗制度,因此百姓的情志可以自由地表达,并传到王者耳中,由此观风察俗、裨补王政,可以形成上下通畅的社会环境。但是,从秦朝一直到隋朝,采诗官不置,宫廷中弥漫的是赞美之声和娱乐之乐,以至于君主看不到民间疾苦,听不到百姓哀怨,如此一来,则上下沟通的渠道被堵塞了,统治者也无法通过诗歌的讽喻认识到自己的

---

① 钱志熙著《汉魏乐府的音乐与诗》,大象出版社,2000 年,第 28 页。
② (梁)沈约撰《宋书》,中华书局,1974 年,第 550 页。
③ 谢永芳编著《元稹诗全集》,崇文书局,2016 年,第 517 页。
④ 《白居易集》,第 90 页。

得失并加以改正了。面对这种情况,读书人有必要向统治者进言,提出恢复采诗制度的建议,如白居易在《采诗官》结尾所言:"君兮君兮愿听此:欲开壅蔽达人情,先向歌诗求讽刺。"①这是白居易为恢复采诗传统所做的另一番努力。事实上,白居易不止一次地通过官方渠道表达自己关于恢复"采诗"的建议,如其《进士策问五道》(第三道)曰:"问:……今有司欲请于上,遣观风之使,复采诗之官,俾无远迩,无美刺,日采于下,岁闻于上;以副我一人忧万人之旨。"②又在《策林》之"采诗,以补察时政"条中,白居易也提出"选观风之使,建采诗之官"③的建议,认为只有这样,才能"王政之得失,由斯而闻也;人情之哀乐,由斯而知也。然后君臣亲览而斟酌焉,政之废者修之,阙者补之,人之忧者乐之,劳者逸之"④。总之,白居易主张恢复"采诗"传统,是希望以诗歌为桥梁沟通上下,既替下层民众发声、泄导人情,又为统治者进谏、补察时政,这样就能形成良好的社会环境。对于深受儒家思想影响的读书人来说,这是实现其忠君爱民理想的一条重要途径。

当然,采诗传统的恢复还需要另一个前提,那就是有诗可采。因此,白居易又积极创作诗歌,以备采诗之用。如白居易《大和戊申岁、大有年,诏赐百寮出城观稼,谨书盛事,以俟采诗》云:"清晨承诏命,丰岁阅田间。膏雨抽苗足,凉风吐穗初。早禾黄错落,晚稻绿扶疏。好入诗家咏,宜令史馆书。散为万姓食,堆作九年储。莫道如云稼,今秋云不如!"⑤在诗题中,白居易明确表明自己的创作是"谨书盛事,以俟采诗"。在诗文中,白居易也明言"好入诗家咏,宜入史馆书",说明以诗记事乃至存史的创作意图。又孟启《本事诗》"事感"门下有这样一条记载:"白尚书姬人樊素善歌,妓人小蛮善舞。尝为诗曰:'樱桃樊素口,杨柳小蛮腰。'年既高迈,而小蛮方丰艳,因为杨柳

① 《白居易集》,第90页。
② 《白居易集》,第1001页。
③④ 《白居易集》,第1370页。
⑤ 《白居易集》,第580页。

之词以托意，曰：'一树春风万万枝，嫩于金色软于丝。永丰坊里东南角，尽日无人属阿谁。'及宣宗朝，国乐唱是词。上问谁词？永丰在何处？左右具以对之。遂因东使，命取永丰柳两枝，植于禁中。白感上知其名，且好尚风雅，又为诗一章，其末句云：'定知此后天文里，柳宿光中添两枝。'"①可见在唐代，白居易的诗也有被采入宫廷、由教坊配乐演唱的机会。不过这种情况并不多见，与传统的"采诗观风"也不相同，其价值主要在音乐层面，与政教得失并没有直接联系。于是另一方面，白居易又大力创作新乐府诗歌，希望能代民众发声，将民众缘事而发的哀乐之感抒发出来。这样一来，诗歌若能得到民众的认可而在下层传播，然后被采入朝廷、传到上层统治者耳中，也可以起到沟通上下、补察时政的效果。这是白居易的诗歌理想。正如其在《寄唐生》一诗中所说："惟歌生民病，愿得天子知。"②为了实现这一理想，白居易还对诗歌创作提出了一些具体要求，如《新乐府序》所云："其辞旨而径，欲见之者易谕也；其言直而切，欲闻之者深戒也；其事核而实，使采之者传信也；其体顺而肆，可以播于乐章歌曲也。总而言之，为君、为臣、为民、为物、为事而作，不为文而作也。"③也就是说，为了使新乐府诗能够在民间广泛流传而引起统治者的关注，然后上达天听、补察时政，白居易首先要求诗歌应有为而作。所谓"为君、为臣、为民"而作，是指诗歌创作要为民众发声而表现百姓哀乐，要为诗人自己发声，表达为人臣者对天下国家的关怀与热忱，还要为君王服务，通过美刺讽谏帮助君王察风俗、正得失。所谓"为物、为事"而作，则强调创作要缘于现实、立足现实，要触事兴咏、言之有物。总之，诗歌创作要本于现实、反映现实，要有真情实感，不能为文造情，更不能使诗歌创作沦为空虚的文字游戏。其次，白居易要求诗歌创作要以意为主，言辞径直，这样才能直指其事、通俗易解。再次，白居易还强调诗歌要本事而发，事实而情真，才能令人信服。最后，白居

---

① 《本事诗校补考释》，第 57 页。
② 《白居易集》，第 15 页。
③ 《白居易集》，第 52 页。

易还提出诗歌创作在声律格式上要以顺畅为主,不拘形式,以方便入乐。简言之,诗歌创作要本事而发、自然为文,情真意切,内有讽谏,再加上声律顺畅,这样才能成为采诗官所采的对象。又白居易在《与元九书》中强调:"感人心者,莫先乎情,莫始乎言,莫切乎声,莫深乎义。诗者,根情,苗言,华声,实义。上至贤圣,下至愚呆,微及豚鱼,幽及鬼神,群分而气同,形异而情一,未有声入而不应,情交而不感者。圣人知其然,因其言,经之以六义;缘其声,纬之以五音。音有韵,义有类。韵协则言顺,言顺则声易入。类举则情见,情见则感易交。于是乎孕大含深,贯微洞密,上下通而一气泰,忧乐合而百志熙。五帝三皇所以直道而行,垂拱而理者,揭此以为大柄,决此以为大窦也。故闻元首明、股肱良之歌,则知虞道昌矣;闻五子洛汭之歌,则知夏政荒矣。言者无罪,闻者足戒。言者闻者,莫不两尽其心焉。"①也就是说,"情"是诗歌的根本,只有以情感人,通过情交、情见,情感,才能使言者无罪、闻者足戒。又云"始知文章合为时而著,歌诗合为事而作。……仆当此日,擢在翰林,身是谏官,月请谏纸。启奏之外,有可以救济人病,裨补时阙,而难于指言者,辄歌之,欲稍稍递进闻于上。上以广宸聪,副忧勤;次以酬恩奖,塞言责;下以复吾平生之志"②,强调诗歌要为事而作,这样才能救济人病、裨补时阙,以委婉曲折的方式实现讽谏的目的。总之,白居易强调诗歌以情为根、为事而作的创作特点,与汉乐府的"感于哀乐,缘事而发"一脉相承。在白居易的诗歌创作中,此类诗歌并不专指新乐府诗,还有讽喻诗和感伤诗。正如白居易所言:"自拾遗来,凡所适、所感,关于美刺兴比者;又自武德讫元和,因事立题,题为新乐府者,共一百五十首,谓之'讽谕诗'。又或退公独处,或移病闲居,知足保和,吟玩性情者一百首,谓之'闲适诗'。又有事物牵于外,情理动于内,随感遇而形于叹咏者一百首,谓之'感伤诗'。又有五言、七言、长句、绝

---

① 《白居易集》,第 647 页。
② 《白居易全集》,第 649 页。

句,自一百韵至两韵者四百余首,谓之'杂律诗'。凡为十五卷,约八百首。异时相见,当尽致于执事。"①在这里,所谓"讽谕诗"和"感伤诗"的描述中都提到"遇"、"感"二字,说明诗歌创作是因所遇之事而引发的情感表达。尤其是"感伤诗",其所谓"事物牵于外,情理动于内,随感遇而形于叹咏者"②的表述,完全可以概括为"事——情——诗"的诗歌创作。

由此可见,从"男女有不得其所者,乃相与歌咏,各言其伤"的《诗》,到"感于哀乐,缘事而发"的汉乐府再到白居易所谓"事物牵于外,情理动于内,随感遇而形于叹咏"的诗歌创作,它们的形式特点和语言风格虽不相同,但创作方式却基本一致,都是"触事兴咏,尤所钟情"、"情动于中而形于言",用公式表示就是:"事——情——诗"。因此可以说,《本事诗》的编撰是在"采诗"传统的影响下产生的。其中,白居易的"采诗"理想及其相应的诗歌创作理念可能直接影响到《本事诗》的编撰。

另一方面,正如我们所知,元白恢复采诗制度的建议并没有被统治者采纳,与此相应的诗歌创作也没有得到下层民众和统治阶层的普遍关注。正因为如此,白居易无奈悲叹,曰:"呜呼!岂六义四始之风,天将破坏,不可支持耶?抑又不知天之意,不欲使下人病苦闻于上耶?不然,何有志于诗者,不利若此之甚也!"③在《与元九书》中,白居易也兴发感叹,曰"志未就而悔已生,言未闻而谤已成"④,可知他的诗歌理想并没有得以实现。元稹《白氏长庆集序》亦曰:"乐天《秦中吟》、《贺雨》讽谕等篇,时人罕能知者。"⑤总之,白居易立志于恢复采诗传统而做的一系列努力并没有得到理想的回应,但是使"触事兴咏、尤所钟情"的一类诗歌创作凸显出来,引起人们对于此类诗歌创作理论的思考,同时也引起了诗人对于采诗的向往。孟郊《读张

①② 《白居易全集》,第650页。
③④ 《白居易全集》,第649页。
⑤ 《元稹集》,第555页。

碧集》曰："先生今复生,斯文信难缺。下笔证兴亡,陈词备风骨。高秋数奏琴,澄潭一轮月。谁作采诗官,忍之不挥发。"①皮日休《奉和鲁望樵人十咏·樵歌》曰："此曲太古音,由来无管奏。多云采樵乐,或说林泉候。一唱凝闲云,再谣悲顾兽。若遇采诗人,无辞收鄙陋。"②陆龟蒙《南泾渔父》曰："吾嘉渔父旨,雅叶贤哲操。倘遇采诗官,斯文诚敢告。"③由此可见,在白居易之后,不少诗人都渴望采诗者的出现,希望他们能采集风雅之作、发挥诗歌背后的"事"与"情"。在这种情况下,孟启《本事诗》应运而生。他采集(本事)诗而发挥(诗)本事,具有以诗存事、以事解诗的双重性质。因此在《〈本事诗〉序》中,所谓"因采为《本事诗》"的"采"字揭示了《本事诗》的编撰方法,即"采诗及事","诗"和"事"都是采集的对象,但采集的标准还是诗。只有"触事兴咏,尤所钟情"的诗歌创作才可以采入《本事诗》中,然后再去旁采本事,说明这些诗歌创作的原始过程和触发事件,形成诗本事材料。换句话说,《本事诗》中虽然有事,并且事中含诗,事的比重远甚于诗,但是其材料采编的标准却并不是事。因此,不是所有的诗事都可以进入《本事诗》,只有本事之诗的诗本事才可以被采入《本事诗》中。

由此可见,《本事诗》从根本上说是一部采诗及事的诗学著作,它反映了孟启独特的诗学观念,即:注重采诗传统,强调"触事兴咏,尤所钟情"的诗歌创作,认为这样的诗歌出自真情实感,以意为主,为情造文,因此言辞或许平淡,但却真切动人,值得重视。但是另一方面,这类诗歌的创作既然是"触事兴咏",自然就与事实有着密不可分的联系。因此,要想了解诗歌创作的情感内涵,必须实事求是,也就是弄清诗歌本事;反过来,通过这些诗本事不仅可以读懂诗歌本义,还能了解诗歌所反映的时代、社会以及诗人的境遇,也就是"知人论

---

① (唐)孟郊著,郝世峰笺注《孟郊诗集笺注》,河北教育出版社,2002年,第437页。

② (唐)陆龟蒙,皮日休,聂夷中,杜荀鹤著《陆龟蒙·皮日休诗全集》,海南出版社,1992年,第224页。

③ 《陆龟蒙·皮日休诗全集》,第104页。

世",其至"观风俗"、"知厚薄"而"正得失"了。总之,从"采"字出发,可知《本事诗》的编撰以采诗为核心,采诗而及于事。换言之,《本事诗》中的诗也好、事也罢,都是孟启采集而来的,从这个角度来说,《本事诗》是一部述而不作的著作。不论诗还是事,都是原本存在并见载于其他典籍的,并非孟启所创造。当然,孟启采入诗本事后会有所发挥,甚至适当删改,这些发挥和删改中也包含着孟启的创造和努力。另外,在对所采材料进行分类和编排中,也反映了孟启独特的诗学观念。这一点,笔者后面会再讨论。

第二节 《本事诗》的批评思路及其文本表现

《本事诗》作为诗文评著作,不仅有明确的批评理念,而且将这种理念贯彻到材料的采集和编撰中去,实现了理论与实践的统一。这一点,我们从《〈本事诗〉序》和《本事诗》的材料分析中可以看得十分清楚。

一、批评思路:事(本事)——情(本意)——诗(本义)

《本事诗》的批评思路主要体现在作者自序中,即:

> 诗者,情动于中而形于言。故怨思悲愁,常多感慨。抒怀佳作,讽刺雅言,言著于群书,虽盈厨溢阁:其间触事兴咏,尤所钟情;不有发挥,孰明厥义? 因采为《本事诗》。[1]

在这段话中,孟启首先提出了对诗歌创作的基本认识,即"诗者,情动于中而形于言"。也就是说,孟启认为诗歌是一种抒情性文体,情感是诗歌创作的根本动力(即诗歌创作是"情"→"诗"的表达过程),又是诗歌文本的本质内涵(即"诗本义"等于"诗人本意"),因此,要读懂诗歌文本,关键在于了解诗人创作时所欲表达的情感。

然而众所周知,人类的情感无外乎"喜、怒、哀、惧、爱、恶、欲"[2],

---

① 《本事诗校补考释》,第 29 页。
② 《礼记正义》,第 802 页。

而引发创作的情感更是集中于"怨思悲愁"和"讽刺雅言",表面上看十分单调,实际上却引发了"盈厨溢阁"的诗歌创作,衍生出丰富多彩的情感内涵。为什么会这样?答案十分简单,就是"其间触事兴咏,尤所钟情"。情感的表达往往与特定事件相联系,这是诗歌创作丰富多彩与诗歌内涵复杂难探的原因所在。触发事件既是情感产生的来源,又决定情感的具体内涵,因此解读诗歌情感的关键在于找到触发情感的现实事件,否则"不有发挥,孰明厥义"? 显然,这里的"义"既是指诗歌文本的含义,也是指诗歌创作的情感动机,即"本意"。"本义"等于"本意","本事"的发挥是挖掘本意、阐明本义的根本途径,这是孟启本事批评理论的基本内容。

由此可见,孟启认为诗歌创作"触事兴咏,尤所钟情"、"情动于中而形于言",其思路可概括为"事"→"情"→"诗"的完整过程;要想读懂诗歌文本就必须了解作者的创作本意,而了解创作本意的关键则在于找到触发情感的具体事件,即本事。这种思路概括起来就是"诗"(本义)→"情"(本意)→"事"(本事)。孟启之所以编撰《本事诗》,就是因为认识到诗歌创作中本事决定本意、本意决定本义的客观事实,发现本事在诗歌阐释中具有重要作用,因此采集和编撰诗歌本事,希望通过具体的阐释活动证明这一阐释思路的合理性,从而建立起一种全新的批评方式。

这是孟启编撰《本事诗》的理论基础和批评思路。在《本事诗》中,几乎每则材料都实践着这一思路,并体现于文本结构中。

二、文本结构:事+情+衔接语+诗(+结果)

与"事(本事)→情(本意)→诗(本义)"的批评思路相对应,孟启在每则材料中都首先列出触发事件,然后指出其所引发的创作情感,最后用"因为诗"、"因题诗"、"作某诗以见其意"、"遂题诗"等衔接词引出诗歌文本,强调触发事件与诗歌创作的因果关系。这种结构简而言之,就是"事+情+衔接词+诗"。这一点,我们在《本事诗》材料中可以得到进一步验证。

　　《本事诗》共录材料 41 则,包含诗歌 67 首①。其中一则材料包含一首诗歌的情况占绝大多数,有 24 则。其内容往往是先叙述事件,再说明事件引发了某种情感,然后以"因题诗曰"等作为衔接引出诗歌作品,说明事件的触发导致了诗歌的产生。如下面两条材料:

　　　　杜舍人牧,弱冠成名。当年制策登科,名振京邑。尝与一二同年,城南游览,至文八寺。有禅僧拥褐独坐,与之语,其玄言妙旨,咸出意表。问杜姓字,具以对之。又云:"修何业?"傍人以累捷夸之。顾而笑曰:"皆不知也。"杜叹讶,因题诗曰:"家在城南杜曲傍,两枝仙桂一时芳。禅师都未知名姓,始觉空门意味长。"②

　　　　吴武陵有文笔才,而强悍激讦,为人所畏。尝为部内刺史,赃罪狼籍。敕令广州幕吏鞫之,吏少年科第,殊不假贷,持之甚急。武陵不胜其愤,题诗路左佛堂,曰:"雀儿来逐飓风高,下视鹰鹯意气豪。自谓能生千里翼,黄昏依旧入蓬蒿。"③

　　前一则材料从开头到"皆不知也"是介绍诗歌创作的触发事件,从"家在城南杜曲傍"到最后则引述诗歌原文,中间以"杜叹讶,因题诗曰"衔接,说明前面的事件引发了作者的情感波动(即"叹讶"),因而创作了后面这首诗歌;后一则材料则从开头到"持之甚急"是介绍诗歌创作的触发事件,"武陵不胜其愤"是事件引发的情感,然后"题诗路左佛堂曰"则作为衔接词引出诗歌文本,说明情感的激荡引发了诗歌创作。显然,这两则材料的结构都十分清晰,即"事+情+衔接语+诗"。类似的条目还有"卖饼者妻"条和"元稹黄明府诗"条,因篇幅所限,不予详述。

　　这是本事材料的一般结构,以时间顺序介绍诗歌创作由产生到结束的完整过程,说明触发事件对诗歌创作的决定作用。不过对于

---

　　① 　凡材料提及的诗歌都计算在内,不论是否引出原文。如"李白"条中就有《蜀道难》、《乌栖曲》、《乌夜啼》、《戏杜诗》、《宫中行乐诗》首篇、《寄李十二白二十韵》等六篇。

　　② 　《本事诗校补考释》,第 67 页。

　　③ 　《本事诗校补考释》,第 74—75 页。

诗歌创作来说,触发事件是创作的起因,诗歌创作是事件的结局;但对触发事件而言,诗歌创作只是事情发展的一个关键阶段,而并非结果。因此,有时为了保证整个事件的完整性,材料还会对诗歌创作后的情况进行补充说明,形成"事＋情＋衔接语＋诗＋结果"的结构形式,如"李适之"条:

> 开元末,宰相李适之,疏直坦夷,时誉甚美。李林甫恶之,排诬罢免。朝客来,虽知无罪,谒问甚稀。适之意愤,日饮醇酎,且为诗曰:"避嫌初罢相,乐圣且衔杯。为问门前客,今朝几个来。"李林甫愈怒,终遂不免。①

从开头到"谒问甚稀"是触发诗歌创作的现实事件;"适之意愤"是事件引发的创作情感;"且为诗曰"作为衔接语引出诗歌文本,说明事对诗的决定作用;最后则进一步说明事情的结果,即"李林甫愈怒,终遂不免"。显然在这里,触发事件对诗歌创作的决定作用是核心内容,而创作后的情况则属于触发事件的后续发展,与诗歌阐释本身并无关系。类似的条目还有"崔护题诗"条,其在引述诗歌文本后又有一大段文字介绍女子死而复生的故事。这一故事在一定程度上渲染了诗歌文本的情感力量,但对诗歌阐释并无意义,非本事材料的必要成分。

不过在有些材料中,触发事件的后续发展作为诗歌创作的结果,反映了诗人创作意图的实现情况,因此往往取代触发事件中关于情感动机的直接说明,成为本事材料中不可或缺的一部分。例如:

> 宋考功天后朝求为北门学士,不许。作《明河篇》以见其意。末云:"明河可望不可亲,愿得乘槎一问津。更将织女支机石,还访成都卖卜人。"则天见其诗,谓崔融曰:"吾非不知之问有才调,但以其有口过。"盖以之问患齿疾,口常臭故也。之问终身惭愤。②

> 张曲江与李林甫同列,玄宗以文学精识,深器之。林甫嫉之

---

① 　《本事诗校补考释》,第 76 页。
② 　《本事诗校补考释》,第 74 页。

若仇。曲江度其巧谲,虑终不免,为《海燕诗》以致意。曰:"海燕
何微眇,乘春亦暂来。岂知泥滓溅,只见玉堂开。绣户时双入,
华轩日几回。无心与物竞,鹰隼莫相猜。"亦被退斥。①

　　这两段材料有一个共同点,就是在介绍完诗歌创作的触发事件
后都没有明确交代其所引发的情感动机,而是以"作某诗以致意"和
"以见其意"作为衔接引出诗歌文本,最后再补充说明诗歌创作的结
果,以创作意图的实现情况反映诗人的创作动机,即"意"。例如在前
一则材料中,《明河篇》的创作结果是宋之问不为武则天所用,那么由
此反推,则不难理解宋之问的创作本意是乞求重用;后一则材料说
《海燕诗》的创作结果是张曲江亦被斥退,那么由此反推,则张曲江所
致之意即示弱示好,以保官位。显然,这两段材料以诗歌创作结果取
代了对创作情感的介绍,其文本结构为:事＋衔接词＋诗＋结果。

　　在《本事诗》中,此类材料还有很多,如"刘禹锡司空见惯"条从开
头到"命妙妓歌以送之"是介绍触发事件,而"刘于席上赋诗曰"则作
为衔接引出诗歌原文,最后用"李因以妓赠之"一句概述创作结果,说
明诗歌创作的本意在于表达对妙妓的欣赏与喜爱。"李章武"条也是
这样。先叙触发事件,再以"章武赠诗曰"为衔接引出诗歌原文,最后
概括故事结局为"主者免之而去",说明李章武的创作意图得到了实
现,即劝说主事者取消僧人试经的命令。其他如"贾岛"条、"孔氏五
子"条、"优人回波词"条等也都如此,通过介绍说明诗歌创作的结果
来暗示诗人的创作意图。

　　除此之外,有些材料关于触发事件的介绍十分简略,甚至只提供
了时间、地点等表面信息,但根据创作结果却可逆推出诗歌创作的实
际情况。换句话说,诗歌创作结果不仅暗示了诗人的创作本意,还揭
示了触发创作的真实事件:

崔曙进士,作《明堂火珠诗》试帖曰:"夜来双月满,曙后一星
孤。"当时以为警句。及来年,曙卒,唯一女名星星。人始悟其自
谶也。②

① 《本事诗校补考释》,第77页。
② 《本事诗校补考释》,第89页。

　　这则材料首先交代了诗歌创作的触发事件,即崔曙参加进士考试而作试帖诗。然后再引述诗歌文本。最后交代事情的结果,即崔曙第二年去世,唯留一女名星星。显然,这一结果的出现使人们"始悟其自谶也",也就是发现作者创作此诗的另一层背景,即:表面上是完成命题作文,实际上是抒发对自身命运的不祥预测。与此类似的材料还有以下两则:

> 　　马相植罢安南都护,与时宰不通。又除黔南,殊不得意。维舟峡中古寺,寺前长堤,堤畔林木,夜月甚明。见人白衣缓步堤上,吟曰:"截竹为筒作笛吹,凤凰池上凤凰飞。劳君更向黔南去,即是陶钧万类时。"历历可听,吟者数四。遣人邀问,即已失之。后自黔南入为大理卿,迁刑部侍郎,判盐铁,遂作相。①

> 　　范阳卢献卿,大中中,举进士,词藻为同流所推。作《愍征赋》数千言,时人以为庾子山《哀江南》之亚。今谏议大夫司空图为注之。连不中第,薄游衡湘,至郴而病。梦人赠诗曰:"卜筑郊原古,青山唯四邻。扶疏绕台榭,寂寞独归人。"后旬日而殁。郴守为葬之近郊,果以夏空初,皆符所命。②

　　前则材料见人吟诗,后则材料梦人赠诗,表面上看都是以一种寓言化的手法交代诗歌出现的背景,而没有说明诗歌究竟因何事而发。然而实际上,材料却通过诗歌创作的结果揭示出触发创作的真实事件。具体来说,前一首诗是马相植因贬谪黔南而自我安慰、展望前景之作;后一首诗是卢献卿面对"连不中第,薄游衡湘中,至郴而病"的遭遇而产生的将埋身此地的不祥预感(梦人赠诗,其实和梦中作诗一样,作诗者即为做梦者本人;神遇仙鬼作诗,往往也是诗人潜意识中的幻想,其作者并非仙鬼,而是诗人自己)。在这两则材料中,关于创作结果的介绍也在一定程度上反映了诗歌创作的本来情况、揭示了表面叙述中所隐藏的真相,对诗歌本义的阐释有重要作用。

　　或许正因如此,还有些材料则完全不提诗歌创作的触发事件,而

---

① 《本事诗校补考释》,第86页。
② 《本事诗校补考释》,第89—90页。

在材料的一开始即引出诗歌创作,然后再在创作结果中暗示诗歌创作的原本情况。如"刘希夷"条。这条材料一开头就用"诗人刘希夷,尝为诗曰"引出诗歌作品,然后一方面介绍作者创作时的心态变化,即从"忽然悟曰"到"复构思逾时",再到"又恶之"、"或解之";另一方面又对诗人创作的结果进行说明,即"果以来春之初下世"。由此两相结合,则不难发现该诗的创作背景,即刘希夷在目睹花开花落的自然现象时引发生命易逝之感,甚至由物及人而产生一种不祥预感,故作此诗。显然,这则材料表面上看是在介绍诗歌创作的结果,实际上却反映了诗歌创作意图的实现情况,揭示了触发创作的真实事件,从根本上说仍属于以本事阐释本义的情况。

值得注意的是,这种以诗歌创作结果暗示诗歌创作本事的特殊情况,在宋代又得到进一步重视,甚至形成了一种阐释诗歌文本的特殊方式——"诗谶"。关于"诗谶",前人论之已详,本文不拟详述。但需要说明的是,"本事"和"诗谶"的阐释思路是完全不同的。前者是根据诗歌创作的触发事件来追溯诗歌创作的本义,后者则是从诗语谶验的意义上对诗歌进行解释,"以谶验为媒介、将诗歌作品与诗人命运相结合,以达到互相印证之目的"①;前者以介绍诗歌创作的触发事件为核心,偶尔会将触发事件的某些细节、隐情暗示在事件的后续发展中,而后者则完全以诗歌创作的影响事件为根据,挖掘诗歌文字与后续事件的对应关系,并将这种对应关系视为诗歌创作时既已注定的、是由于诗歌创作而导致的。也就是说,这种阐释是解读者将诗歌文本置于新的语境下解读、而不是回归到诗歌创作的原本语境中去的结果。这是两者的根本区别。另外,以诗歌创作的结果反映诗歌创作情况、然后根据创作情况阐释诗歌本义的本事批评,在非"诗谶"类作品中也同样存在,由此也可见出其与诗谶绝不是同一回事。例如:

　　　　开元中,颁赐边军纩衣,制于宫中。有兵士于短袍中得诗

---

① 　邹志勇,《诗谶与宋代诗歌阐释、创作心态的关系》,《江西师范大学学报》(哲学社会科学版),2007 年第 1 期,第 15 页。

曰:"沙场征戍客,寒苦若为眠。战袍经手作,知落阿谁边。蓄意多添线,重结后身缘。"兵士以诗白于帅,帅进之,玄宗命以诗遍示六宫曰:"有作者勿隐,吾不罪汝。"有一宫人,自言万死。玄宗深悯之,遂以嫁得诗人,仍谓之曰"我与汝结今身缘",边人皆感泣。①

这则材料从一开始即介绍诗歌创作后的情况,即兵士袍中得诗,然后引出诗歌创作,最后再交代事件的后续发展,在玄宗的追查结果中揭示创作的由来,即某宫女在为边军制衣时引发惺惺相惜之感,甚至产生一种与之结缘的深切渴望,因此作诗一首,缝于衣中。这是袍中诗创作的触发事件。显然在这则材料中,关于触发事件的交代被放在了诗歌创作之后,隐藏于诗歌创作的结果之中。因此从表面上看这是一则关于诗歌传播的故事,实际上却交代了诗歌创作的触发事件,揭示了诗歌创作本意,属于本事的变形形式。这种形式从本质上说,仍然可以归纳为"事+情+衔接词+诗+结果"的结构,尽管"事"和"情"从表面上看都不存在,而是隐含于"结果"之中。

除此之外,还有些本事材料会对"事+情+衔接词+诗+结果"的顺序略作调整,将诗歌文本的引述置于诗歌创作的结果之后。例如:

唐武后载初中,左司郎中乔知之,有婢名窈娘,艺色为当时第一。知之宠待,为之不婚。武延嗣闻之,求一见,势不可抑。既见,即留无复还理。知之痛愤成疾,因为诗,写以缣素,厚赂阍守以达窈娘得诗悲惋,结于裙带,赴井而死,延嗣见诗,遣酷吏诬陷知之,破其家。诗曰:"石家金谷重新声,明珠十斛买娉婷。昔日可怜君自许,此时歌舞得人情。君家闺阁不曾难,好将歌舞借人看。富贵雄豪非分理,骄奢势力横相干。别君去君终不忍,徒劳掩袂伤红粉。百年离别在高楼,一旦红颜为君尽。"时载初元年三月也。四月下狱,八月死。②

---

① 《本事诗校补考释》,第35页。
② 《本事诗校补考释》,第32—33页。

在这则材料中,从开头到"无复还理"是介绍诗歌创作的触发事件,而"知之痛愤成疾,因为诗"则作为衔接,说明事件引发了诗歌的创作。然而诗歌原文却没有就此给出,而是继续交代诗歌创作后的发展情况,即"窈娘得诗悲惋,结于裙带,赴井而死。延嗣见诗,遣酷吏诬陷知之,破其家",然后再以"诗曰"二字引出诗歌原文,最后再概括事件结局,即"时载初元年三月也。四月下狱,八月死"。显然,这段材料在叙述顺序上与前所提及的材料略有不同,但结构、内容均未改变,仍是以介绍诗歌创作的触发事件、强调其对诗歌创作的决定作用为核心内容,以"事＋情＋衔接词＋诗＋结果"为基本结构。与此类似的材料还有"戎昱"条和"李逢吉夺妓"条,因篇幅所限,不一一论述。

最后,本事材料中还有一种特殊情况,就是不仅介绍诗歌创作的触发事件,还对诗中某一句的由来作特别说明,如"骆宾王续诗"条。这条材料从开头到"且为诗曰"是介绍宋之问《灵隐寺》之本事,而随后则介绍了第二联的由来,说明其受骆宾王启发而作;又"轩辕弥明"条也是这样。从开头到"因联句吟炉中石鼎,将已困之"是介绍诗歌创作的触发事件,而此后则特别强调了轩辕弥明所作诗句的情况。显然,这些诗句既是诗歌整体的一部分,其触发事件也属诗歌本事的一部分,因此从根本上说,材料所强调的仍是触发事件对于诗歌创作的决定作用,符合"事＋衔接语＋诗"的典型结构。

以上是一则材料包含一首诗歌的情况。总的来说,此类情况下的材料都以介绍诗歌创作的触发事件为核心内容,强调事件与诗歌创作间的因果关系。不过也有例外,那就是"李峤"条。对于这条材料,笔者在后文中将详细论述,而在此之前,则需要对一则材料多首诗歌的情况进行考察。

在《本事诗》中,包含多首诗歌的材料共有 17 则。分析这 17 则材料①,我们发现一般情况下整则材料都是一条诗歌本事,而这条本

---

①　其中"李逢吉夺妓"条虽然有两首诗歌,但这两首诗歌是在同一事件的触发下同时创作出来的,整则材料的结构与一则材料一首诗歌的情况完全一样,即"事＋情＋衔接词＋诗＋结果",可不论。

事中又牵涉其他诗歌的创作情况,包含有其他诗歌的本事。如:

> 朱滔括兵,不择士族,悉令赴军,自阅于球场。有士子,容止可观,进趋淹雅,滔召问之:"所业何为?"曰:"学为诗。"问:"有妻否?"曰:"有。"即令作寄内诗。援笔立成,词曰:"握笔题诗易,荷戈征戍难。惯从鸳被暖,回日画眉看。"又令代妻作诗答,曰:"蓬鬓荆钗世所稀,布裙犹是嫁时衣。胡麻好种无人种,合是归时底不归?"滔遗以束帛,放归。①

此材料包含有两首诗歌,但后一首诗歌的创作是在前一首诗的触发下产生的,因此整则材料从根本上说都属于后一首诗的创作本事。即从开头到"回日画眉看"是介绍"蓬鬓荆钗世所稀"一诗的触发事件,而"又令代妻作诗答,曰"则作为衔接引出诗歌创作,最后"滔遗以束帛,放归"一句概述故事结局。显然,这种文本结构与前面讨论的一事一诗的情况几乎完全相同,都是"事+情+衔接词+诗+结果"。而不同之处在于,这首诗歌的触发事件中包含有另一首诗歌及其本事。具体来说,从开头到"即令作寄内诗"之前是介绍《寄内诗》创作的触发事件,而"即令作寄内诗,援笔立成,词曰"则作为衔接引出诗歌文本,说明事件对于诗歌创作的决定作用。由此可见,这也是一则完整的本事材料,其文本结构为"事+情+衔接词+诗"。如此一来,则整条材料就可以概括为"事(事+情+衔接词+诗)+情+衔接词+诗+结果"的套式结构。在《本事诗》中,这种结构的材料还有很多,如"乐昌公主"条、"刘禹锡桃花诗"条、"白居易杨柳枝"条、"杜牧狎游"条、"元稹白居易"条、"长孙与欧阳询互嘲"条、"张元一嘲武懿宗"条和"沈佺期崔日用"条等。

以此为基础,套式结构的形式有时也会略有不同,例如在整个材料所代表的诗歌本事中包含的诗歌作品可能并非一首,而是多首;与诗歌相关的故事也不是创作故事,而是诗歌接受故事。如"李白"条材料:

> 李太白初自蜀至京师,舍于逆旅。贺监知章闻其名,首访

---

① 《本事诗校补考释》,第36页。

之。既奇其姿，复请所为文。出《蜀道难》以示之。读未竟，称叹者数四，号为"谪仙"，解金龟换酒，与倾尽醉。期不间日，由是称誉光赫。贺又见其《乌栖曲》，叹赏苦吟，曰："姑苏台上乌栖时……东方渐高奈乐何。"或言是《乌夜啼》二篇，未知是。故两录之。《乌夜啼》曰："黄云城边乌欲栖……欲说辽西泪如雨。"白才逸气高，与陈拾遗齐名，先后合德……故戏杜曰："饭颗山头逢杜甫……总为从前作诗苦。"盖讥其拘束也。玄宗闻之，召入翰林……命为宫中行乐五言律诗十首……白取笔抒思，略不停缀，十篇立就，更无加点。笔迹遒利，凤跱龙拏。律度对属，无不精绝。其首篇曰："柳色黄金嫩……飞燕在昭阳。"文不尽录。常出入宫中，恩礼殊厚，竟以疏从乞归。上亦以非廊庙器，优诏罢遣之。后以不羁流落江外，又以永王招礼，累谪于夜郎。及放还，卒于宣城。杜所赠二十韵，备叙其事。读其文，尽得其故迹。杜逢禄山之难，流离陇蜀，毕陈于诗，推见至隐，殆无遗事，故当时号为"诗史"。[1]

这则材料从开头到"卒于宣城"都属于李白人生故事的介绍，同时也是杜甫《寄李十二白二十韵》一诗之本事。所谓"杜所赠二十韵，备叙其事。读其文，尽得其故迹"，就是作为"事"到"诗"的过渡，强调了事件对于诗歌创作的决定作用。显然从结构上看，这则材料也属于一则典型的本事材料，只是由于篇幅所限和内容重复而没有引录诗歌原文，又在最后从诗歌与本事的关系出发提出"诗史"之说，与一般的本事材料略有不同。除此之外，此材料所介绍的触发事件中还包含有其他几首诗歌作品，即《蜀道难》、《乌栖曲》、《戏杜诗》和《宫中行乐诗》等。这些作品的故事一起构成了《寄李十二白二十韵》的本事，但它们自己却不一定都与诗歌创作有关，如《蜀道难》和《乌栖曲》就属于诗歌接受故事。显然，这样的本事材料其实也属于套式结构的一种，只是触发事件中所包含的诗歌故事不一定是本事。这样一来，整个本事材料的结构就可以概括为：事（A 诗歌创作故事＋B 诗

---

[1]　《本事诗校补考释》，第 64—65 页。

歌创作故事＋C诗歌接受故事＋D诗歌接受故事）＋情＋衔接词＋
诗＋结果。

同样的情况还有"顾况题诗"条：

> 顾况在洛乘门，与三诗友游于苑中，坐流水上，得大梧叶。
> 题诗上曰："一入深宫里……寄与有情人。"况明日于上游亦题叶
> 上，放于波中。诗曰："花落深宫莺亦悲……叶上题诗欲寄谁？"
> 后十余日，有客来苑中寻春，又于叶上得诗以示况。诗曰："一叶
> 题诗出禁城……荡漾乘春取次行。"①

这条材料包含有三首诗歌，其中第一首诗的创作由来不得而知，
而第二首的触发事件却十分明显，就是顾况泛游拾诗，故题叶作答。
第三首的触发事件也很明显，即顾况题诗而被他人拾得、再作答诗。
可见在这则材料中，尽管未对第一首诗的创作情况进行介绍，但却对
后两首诗的创作缘起进行了说明。又前两首诗的创作从根本上说又
是第三首诗的创作背景，可以一起视为第三首诗歌的本事，因此这样
一来，整则材料就都属于第三首诗的创作本事，只是在本事中又涉及
其他诗歌故事。

除此之外还有一种情况，就是整则材料属于一首诗歌的创作本
事，其结构为"事＋情＋衔接词＋诗＋结果"，然而在结果的介绍中又
牵涉另一首诗歌故事。如前文所提及的"韩翃柳氏"条材料就是这
样。这条材料从开头到"纵使君来岂堪折"是介绍韩柳赠答诗的创作
本事，其后则有一大段文字介绍韩柳故事的后续发展，即柳氏被他人
抢夺后又被韩翃夺回的故事。这一故事虽与韩柳诗的创作无直接联
系，但却以现实结果证明了韩柳诗中所表达的对离别的恐惧和对重
逢的渴望，对于体会诗歌所表达的情感有一定的辅助作用。然而令
人不解的是，材料并没有到此为止，而是继续下去，介绍了韩翃因诗
得官的故事。为什么要介绍这一故事呢？显然不是为了阐释材料中
所提到的几首诗歌，而是呼应故事开头所提到的柳氏对韩翃的评价
和预言，即"韩秀才穷甚矣，然所与游必闻名人，是必不久贫贱"。也

---

① 　《本事诗校补考释》，第37页。

就是说,所谓韩翃因诗得官的故事既不是《寒食》诗的本事,也与韩柳赠答诗的阐释并无关系,而是纯粹为照应韩柳赠诗之本事、保证整个故事的完整性而作的。因此总的说来,这则材料的结构可以概括为"事＋情＋衔接词＋诗＋结局(另一诗歌故事)"。

另一类情况则更为复杂。表面上看,它是在一则材料中并列包有含几件诗歌本事,这些本事因为同属一人之前后经历而被组合在一起。但实际上,前一则本事中包含有后一首诗歌创作的本事信息,后一则本事中又包含有前一首诗歌创作的本事信息,因此整则材料其实是一个难以分割的整体,共同构成了两首诗歌的创作本事。这种情况我们在前面已有论及,其代表材料为"张又新"条。因篇幅所限,此处不再详述,仅简单概括如下:

首先,从表面上看,这则材料分为前后两部分,且每部分都可以概括为"事(＋情)＋衔接词＋诗(＋结果)"的典型结构。具体来说,前部分首先介绍了诗歌创作的触发事件。然后以"张以指染酒,题词盘上"为标志,说明事件引发了诗歌创作。随后继续讲述故事,在"遂唱是词"后引录诗歌原文。最后以"李令妓夕就张郎中"概述故事结果;后部分的结构也是这样。从"张与杨虔州齐名"到"张既成家"之前是介绍触发事件,而"张既成家,乃诗曰"则作为过渡引出诗歌创作,说明事件对于诗歌创作的决定作用。因此从表面上看,这是两条相互独立的诗歌本事。

其次,从内容上看,这两部分之间又有着十分紧密的联系。对于前部分来说,后部分的内容是在追溯本事,说明导致张又新与酒妓"云雨纷飞二十年,当时求梦不成眠"的根本原因是其联姻权贵而放弃了酒妓。而二十年后,当张又新落魄江南而与酒妓重聚时,其所表达的就不仅仅是离别的痛苦,还有对当年依附权贵、辜负酒妓的行为的悔恨;对于后部分来说,前部分的内容又交代了张又新成家后所作诗歌的另一层背景,即其与酒妓的恋情不得不因妻子的特殊身份而宣布终止。这种终止表面上是主动的、自愿的,是出于对妻子的忠实与尊重;实际上却是被动的、无奈的,因此充满了对酒妓的不舍与愧疚。显然,对于后一首诗歌的阐释来说,前部分所介绍的酒妓故事又是不可不知的本事。总之,这则材料的内在逻辑其实应分为三个部分,首先是张又新与酒妓相恋的故事,然后是张又新联姻权贵、放弃酒妓的故事,最后再到二十年后,介绍张又新业败家亡而与酒妓重逢的故事。在这三则故事中,前两则故事一起构成了后一则故事中"云雨"一诗的创作本事,因此整则材料从根本上说是一则本事。而在此之中,前二条材料又是一则完整本事,介绍了"牡丹"诗创作的现实情况。由此可见,从内在逻辑上说,这则材料的结构也十分清晰,属于一则本事中包含另一则本事的套式结构。

这是一则材料多首诗歌的情况。简言之,这些材料往往就整体而言属于一则诗歌本事,但本事中往往又包含有其他一些诗歌作品。对于这些作品而言,有时材料会介绍其本事,因为其本事属于整个诗歌本事的一部分;有时则不说明其本事,因为其与整则材料的相关之处并不是其创作故事,而是与其相关的其他故事,如接受故事等。但无论如何,材料整体仍然属于一则诗歌本事,与只包含有一首诗歌的材料内容一样,都是先介绍触发事件,再用"因为诗"等衔接语引出诗歌作品,说明前者对后者的决定作用,最后再介绍诗歌创作的结果与事件的后续发展。由此可见,在《本事诗》中,几乎每一材料都是以介绍诗歌创作本事,强调外在事件对于诗歌创作的触发作用为内容。当然也有例外,如前面提到的"玄宗李峤"条。此外还有"谢庄颜延之"条、"苏味道"条和"张祜白居易"条。为便于说明,全文引录如下:

> 天宝末,玄宗尝乘月登勤政楼,命梨园弟子歌数阕。有唱李峤诗者云:"富贵荣华能几时,山川满目泪沾衣。不见只今汾水上,惟有年年秋雁飞。"时上春秋已高,问是谁诗? 或对曰:"李峤。"因凄然泣下,不终曲而起,曰:"李峤真才子也。"又明年,幸蜀,登白卫岭,览眺久之,又歌是词,复言李峤真才子,不胜感叹,时高力士在侧,亦挥涕久之。①

> 宋武帝尝吟谢庄《月赋》,称叹良久。谓颜延之曰:"希逸此作,可谓前不见古人,后不见来者。昔陈王何足尚邪?"延之对

---

① 《本事诗校补考释》,第52页。

曰:"诚如圣旨,然其曰'美人迈兮音信阔,隔千里兮共明月';知之不亦晚乎?"帝深以为然。及见希逸。希逸对曰:"延之诗云'生为长相思,殁为长不归';岂不更加于臣邪?"帝拊掌竟日。①

开元中,宰相苏味道与张昌龄俱有名。暇日相遇,互相夸诮。昌龄曰:"某诗所以不及相公者,为无银花合故也。"苏有《观灯》诗曰:"火树银花合,星桥铁锁开。暗尘随马去,明月逐人来。"味道云:"子诗虽无银花合,还有金铜钉。"昌龄《赠张昌宗》诗曰:"昔日浮丘伯,今同丁令威。"遂相与拊掌大笑。②

诗人张祜,未尝识白公。白公刺苏州,祜始来谒。才见白,白曰:"久钦籍,尝记得君款头诗。"祜愕然曰:"舍人何所谓?"白曰:"鸳鸯钿带抛何处,孔雀罗衫付阿谁,非款头何邪?"张顿首微笑,仰而答曰:"祜亦尝记得舍人目连变。"白曰:"何也?"祜曰:"上穷碧落下黄泉,两处茫茫皆不见。非目连变何邪?"遂与欢晏竟日。③

此四条与前面分析的三十七条材料相比,显然有很大不同。简言之,这四则材料都与诗歌本身的创作情况关系不大,而是属于诗歌创作后的解诗、用诗故事。然而它们为什么会出现在《本事诗》中?其存在是否影响《本事诗》的整体性质? 答案是否定的,原因有两点:

第一,《本事诗》中共有材料四十一条,而与诗歌创作情况无关的材料仅此四条。从数量上看,并不影响整本书的材料性质。另外考察这四条材料的情况,我们发现除第三条材料明确见载于今本《本事诗》及《太平广记》、《类说》等北宋选本外,其他材料则最早见于明本《本事诗》,在《太平广记》和《类说》中都未收录。如"李峤真才子"条材料不见于《太平广记》,《类说》则将其采入《明皇杂录》和《明皇十七事》中。尽管此二书都出现于孟启《本事诗》之前,但宋本《本事诗》也可能并未采录。"目连变"条则在《广记》、《绀珠集》和《诗话总龟》中

---

① 《本事诗校补考释》,第 91 页。
② 《本事诗校补考释》,第 94 页。
③ 《本事诗校补考释》,第 94—95 页。

都注出处为《唐摭言》,《类说》中未载。《唐摭言》之成书"当在后梁贞明二、三年(916、917 年)之间"①,晚于孟启《本事诗》,因此不排除此材料为续作窜入明本《本事诗》的可能。又"谢庄月赋"条则在《太平广记》与《类说》中均未采录。《诗话总龟》则录此条,注出处为《古今诗话》。因此,若以《太平广记》和《类说》的著录情况看,此三条材料是否为孟启《本事诗》所有,还尚有疑问。这样一来,明确被《本事诗》采入而与诗歌创作无关的材料就只有一条了,其存在更不可能影响整本《本事诗》的性质。

第二,即使这四则材料都是孟启明确采入《本事诗》的诗歌解读或用诗故事,它们的存在也不影响《本事诗》的性质。因为,孟启编撰《本事诗》的目的是介绍诗歌创作本事,说明触发事件对于诗歌本义的决定作用,强调以本事阐释本义的批评方法。而以上四则材料则属于具体的诗歌解读故事,且其解读方法并非孟启所提倡的本事阐释,不是根据本事追溯作者的创作本意,而是从解读者个人的处境、目的出发,做出符合自己需要的解读。这时,如果解读者的处境、目的与创作者一致,那么对诗歌的解读就可能与作者本意相一致,如"李峤"条材料;如果相反,解读者的处境与作者完全不同,甚至有意反作者之意而对诗歌进行误读,如"谢庄颜延之"条、"苏味道"条和"张祜白居易"条,那么其所理解的诗歌含义就不是诗歌创作本义。因此可以说,这些具体的解读故事其实正是本事批评的对立面,从反面证明了本事对于诗歌阐释的重要意义,因此不能将它们视为《本事诗》中与本事批评无关的材料,更不能因它们的存在质疑《本事诗》所强调的阐释理论。

由此可见,《本事诗》中有三十七则材料以介绍诗歌创作本事为目的,强调触发事件对于诗歌创作的决定作用,而其余四条虽非以介绍诗歌创作的触发事件为内容,但作为反例证明了本事阐释方法的有效性,因此就整体而言,《本事诗》还是一部以本事采集为手段,强调本事对诗歌阐释的作用的诗文评著作。这是《本事诗》的根本性质。

---

① 《唐代笔记小说叙录》,第 464 页。

第三节 《本事诗》的编撰体例及其诗学意义

在《〈本事诗〉序》中，孟启交代自己的编撰体例，曰"凡七题，犹四始也"①。也就是说，《本事诗》的编撰体例和《诗经》类似，都是按一定标准将材料分门别类。不过，"七题"并非"四始"，其具体内容并不相同。在《本事诗》中，七题分别为"情感""事感""怨愤""高逸""征异""征咎"和"嘲戏"。至于"四始"，则一直以来有各种理解，其中影响最大的还是《毛诗序》，其曰："是以一国之事，系一人之本，谓之风。言天下之事，形四方之风，谓之雅。雅者，正也，言王政之所由废兴也。政有大小，故有小雅焉，有大雅焉。颂者，美盛德之形容，以其成功，告于神明者也。是谓四始，《诗》之至也。"②唐代孔颖达作《正义》曰："'四始'者，郑答张逸云：'风也，小雅也，大雅也，颂也。人君行之则为兴，废之则为衰。'又笺云：'始者，王道兴衰之所由。'然则此四者是人君兴废之始，故谓之四始也。"③又曰："诗人览一国之意，以为己心，故一国之事系此一人，使言之也。但所言者，直是诸侯之政，行风化于一国，故谓之风，以其狭故也……诗人总天下之心，四方风俗，以为己意，而咏歌王政，故作诗道说天下之事，发见四方之风。所言者，乃是天子之政，施齐正于天下，故谓之雅，以其广故也……诗之所陈，皆是正天下大法，文、武用诗之道则兴，幽、厉不用诗道则废。此雅诗者，言说王政所用废兴，以其废兴，故有美刺也……王者政教有小大，诗人述之亦有小大，故有小雅焉，有大雅焉。小雅所陈，有饮食宾客，赏劳群臣，燕赐以怀诸侯，征伐以强中国，乐得贤者，养育人材，于天子之政，皆小事也。大雅所陈，受命作周，代殷继伐，荷先王之福禄，尊祖考以配天，醉酒饱德，能官用士，泽被昆虫，仁及草木，于天子之政，皆大事也。诗人歌其大事，制为大体；述其小事，制为小体。体有

---

① 《本事诗校补考释》，第29页。
② 《毛诗正义》，第19—22页。
③ 《毛诗正义》，第22页。

大小,故分为二焉……作颂者美盛德之形容,则天子政教有形容也。可美之形容,正谓道教周备也。"①由此可见,唐代对"四始"的理解主要以《毛诗正义》为基础,认为《诗经》可分为风、大雅、小雅和颂四类,这四类诗都有美刺讽喻之意,是王道兴衰之所由,这是它们的共同特点。所不同者在于本事,也就是触发创作的具体事件不同。风者本于一国之事,观一国之风,正诸侯之政;雅者本于天下之事,观天下之风,正天子之政。其中均有美刺。颂者"美盛德之形容,以其成功,告于神明者也",也就是在成就功业的情况下所作的诗歌,是通过对功德的歌颂和描述来告慰先祖。总之,风、雅、颂都是本事之作,只是触发创作的具体事件不同,因此在《诗经》中分为四类。又从语意上分析,"始"者,本也。所谓"物有本末,事有终始","本事"即事之始也。因此,"四始"是指四种不同类型的诗歌创作"本事",这从语义分析上也可以得到证实。

和"四始"一样,《本事诗》的分类编排也是依据触发诗歌创作的具体情况的不同。具体来说分为七类,即"情感、事感、高逸、怨愤、征异、征咎、嘲戏"。联系七题的名称与各题下所录材料的不同特点,我们发现孟启所录诗歌及其本事有以下七类:一种是因男女之情的触发而产生的诗歌创作,即所谓"情感"类本事;一种是在爱情之外的其他具体事件的触发下而产生的诗歌创作,即所谓"事感"类本事;一种诗歌创作是诗人个性的强烈抒发,影响诗歌创作的主要因素是诗人的个性,以"高逸"为代表;一种诗歌创作是诗人在某种特定情绪的驱使下发生的,诗歌的内容主要在表达情绪,以"怨愤"为代表;一种是受到某种奇特的艺术想象的启发而展开的诗歌创作,以"征异"为代表;一种则是在某种潜意识的影响下所产生的诗歌创作,这种潜意识常常表现为一种不祥的预感,在创作之初并不明确,直到应验之时才得以显现,因此孟启将其命名为"征咎";最后,还有一种诗歌创作是特定语境的产物,解读诗意的关键在于语境,在唐代,这种典型的语境是"嘲戏",因此孟启所举之例亦为"嘲戏"。这是孟启对诗歌本事

---

① 《毛诗正义》,第19—21页。

材料所作的分类。

仔细分析,我们发现所谓的七题又可以合成四类。具体来说,一二门合为一类,强调诗歌创作中的客体因素;三四门合为一类,强调创作主体对诗歌创作的影响;五六门合为一类,是对创作思维的反映;第七门单独为一类,反映诗歌创作的语境影响。的确,根据"本事"的定义可知,所谓"本事"就是诗歌创作的本来情况。从诗歌创作理论来看,任何一首诗歌创作都是诗人在某种情境下由于外在事物的触发而引起的思维活动的表达,因此,任何一次创作的发生都有其主客体缘由动机,具体说来包括客体对象、主体经历、创作思维和创作情境等四个方面的因素。作为反映诗歌创作情况的"本事",其内容不外乎这四个方面的因素,只是内容各有偏重。按照偏重内容的不同,我们可以把"七题"分成四类。

首先,所谓"情感",是指本于男女之间的情事感动而作的诗,这些诗歌本事要么是徐德言夫妇的乱世离合,要么是卖饼者夫妻的盛世悲歌;要么是乔知之和窈娘的横遭拆散,要么是戎昱和酒妓的幸得成全;要么是兵士与袍中寄诗的宫女今生结缘,要么是诗人与梧叶题诗的宫女遥相呼应;要么是韩翃与柳氏的得而复失,要么是张又新与酒妓的失而复得。其他如诗人的得妓与失妓,书生的寄内和代答,还有崔护桃花树下的凄美艳遇,都是男女间最动人的情感故事。这些故事触发着当事人或旁观者的感情,导致了某些真挚动人的诗歌创作。根据本事的情况,这类诗歌及其本事被归入"情感"门。

和"情感"不同,"事感"门下所录诗歌及其本事的情况则十分复杂,既有梨园子弟为玄宗唱李峤诗事,也有白居易杨柳词在宫中传唱之事;有刘禹锡再遭贬谪和两咏玄都观桃花诗事,也有元稹在襄城遇旧而作《赠黄明府诗》事;有李章武赠山僧诗事,也有许浑梦入昆仑仙山饮酒作诗事。这些事涉及社会生活的方方面面,包括政治、思想、宗教、文化等。相对于"情感"而言,"事感"类本事的内容更加广泛。不过,"情感"也好,"事感"也罢,其实强调的都是诗歌创作的客体因素,即触发创作的外在事件。

与此不同,"高逸"和"怨愤"门本事则强调诗歌创作中的主体因素,即诗人的个性气质对诗歌创作的影响。

　　所谓"高逸",是指"才高气逸",这是对诗人才气的描述。在《本事诗》中,"高逸"门材料有三条,涉及的诗人只有两位:李白和杜牧。李白才高气逸,被贺知章号为"谪仙"。其诗纵横恣肆,毫无拘束。即使在宁王面前,即使是作最不擅长的律诗,他也能"取笔抒思,略不停缀,十篇立就,更无加点"①,而所作诗又"律度对属,无不精绝"②。其才高,其气逸,但是行为疏放,虽得优宠却不得重用。在这种情况下,他不愿以诗娱人,因此离开朝廷,流落江外。李白的诗歌带有强烈的个性色彩,其才高气逸的个性决定了他的命运,也成为影响他诗歌创作的主要因素。杜牧和李白很像,其才华高妙,因此弱冠成名,少年登第。按照常理,他应该从此大展宏图,前程似锦。然而事实上,他却长期狎游饮酒、意气闲逸。他没有建功立业、青史留名,相反落拓江湖、赢得青楼薄幸名。因此,李白也好,杜牧也罢,他们看似行为高蹈而不问世事,其实内心充满苦闷。与此相对应,他们的创作看似轻松飘逸,其实隐藏着沉重的哀怨和讽喻。李白的《乌栖曲》和《乌夜啼》,还有《宫中行乐》十首,其中都有讽喻之意,杜牧的"司空见惯浑闲事"和"落拓江湖载酒行",也都在洒脱的外表下掩藏着一颗哀怨的心。总之,"高逸"门下的诗歌及其本事,更强调诗歌创作中的主体因素(即诗人的个性和才情),同时也反映了当时的政治生态。

　　"怨愤"门本事也是如此。它强调诗歌创作中的主体因素,即诗人的情感和态度,其核心内容是"怨愤"二字。宋之问的惭愤,是因为报国无门,也因为统治者随意放弃人才,缺乏对文人的尊重。吴武陵的不胜其愤,是因为贵为刺史的他在罪名还未确定的情况下就被少年科第持之甚急,完全没有文人之间的怜惜,更不论对前辈长者的尊重。李适之的意愤,是因为疏直坦夷的他被奸相李林甫排挤和诬陷,更因为朝中同僚明哲保身,明知道他无罪获咎,却不敢为他说话,甚至害怕受到牵累而谒问甚稀。同样地,张九龄因玄宗赏识而遭李林甫嫉恨,他担心自己被排斥陷害,于是作诗以致意,表明自己置身官

　　①② 《本事诗校补考释》,第65页。

场而与事无争、不愿陷入泥淖和纷争的态度,可惜最后仍被退斥,因此内心充满愤懑。至于贾岛之怨愤尤极,则不仅因为其有诗名而未能中第,也因为执政者不能为国培养和选拔人才,一味汲引那些善于攀援的骑墙派。总之,从"怨愤"门的实际情况看,其所采录的诗歌及其本事都离不开"怨愤"二字。诗人因怨愤之事而怨愤作诗,触事兴咏。客观地说,这些诗人的怨愤缘由虽不相同,但都指向一个共同的点,那就是:文人在政坛上的无奈和心酸。有才华者,如宋之问也好,贾岛也罢,因为得不到执政者的汲引和统治者的青睐,所以入仕无门,怀才不遇。好不容易考中进士、进入官场,甚至得到统治者的青睐,如吴武陵、李适之和张九龄等,也无法施展自己的才能,甚至不能保持自己的独立人格。很多时候,他们会受到权臣的倾轧或陷害,甚至成为党争的牺牲品。总之,在唐代的现实政治中,满腹才华的诗人理想幻灭,经世报国的情怀也被现实压得粉碎。在这种情况下,有的诗人以高逸掩饰怨愤,有的诗人则直接在诗歌中抒发怨愤。因此,"怨"是诗人创作的主要情感和动机。"高逸"也好,"怨愤"也罢,其实都是强调诗歌创作本事中的主体因素,即诗人的个性和情绪对诗歌创作的决定作用。

至于"征异"和"征咎"门材料,则强调诗歌创作的心理机制,描述诗歌创作中某些有心弄巧或无意偶合的情况。

首先看"征异"门。"征异"门的第一条材料讲述的是幽州衙将妻孔氏出冢作诗的故事。这个故事应该采自民间,其作诗者自然不是孔氏,而是某位多管闲事的诗人。诗人目睹孔氏死后五子受虐的悲剧,实在于心不忍,于是假托孔氏的口吻写了一首诗,交给五子,并编造了孔氏出冢作诗的故事,以增强诗歌的情感力量。换句话说,所谓鬼神作诗的事情本来就不可能发生,孟启明知如此,却把孔氏出冢作诗的故事当作本事收入《本事诗》中,因为他相信诗人在创作时可以有这样的艺术想象。换句话说,诗人创作时化身孔氏,代孔氏作诗,这是符合诗歌创作的实际情况的。所谓孔氏出冢作诗的故事,只是诗人对其创作本事的一种巧妙表达,其实是装神弄鬼,而不是真有鬼神。

　　同样的情况还有《石鼎联句诗》及其本事。按孟启所言,此材料采自韩愈《轩辕弥明传》。但在存世文献中,只有韩愈《石鼎联句诗序》和杜光庭《轩辕弥明传》。所谓韩愈《轩辕弥明传》,可能是《石鼎联句诗序》的异名。不过,从孟启采录的情况看,其内容与《石鼎联句诗序》有明显不同。第一,《石鼎联句诗序》记述详尽,不仅明确交代联句的时间为元和七年十二月四日,而且交代联句的地点为京城刘师服居处,参与联诗的有三人,分别为道士轩辕弥明、校书郎侯喜和进士刘师服。而孟启引韩愈《轩辕弥明传》,则没有具体的时间和地点,人物也只提到老道士弥明,其他则以"文友数人"、"众"、"座客"、"座人"等概括。第二,在《石鼎联句诗序》中,韩愈并没有参与联句,甚至根本就不在现场。整个故事是韩愈听来的,虽然时间、地点、人物俱实,但韩愈在结尾却说:"余不能识其何道士也。尝闻有隐君子弥明,岂其人耶?"①又对人物的身份产生了质疑,这就使前面那些言之凿凿的叙述都变得不可信起来。至于孟启引韩愈《轩辕弥明传》,则极富传奇色彩,全篇突出"奇"、"异"二字。道士"形貌瑰异"、"言论甚奇"、座客"无不叹异"、"异且畏之"。道士来无影、去无踪,诗才"令人惊伏",这都给人一种不真实的感觉。又按材料所述,韩愈"尝与文人数人会宿,有老道士,形貌瑰异,自通姓名求宿,言论甚奇"②。也就是说,韩愈亲见其事,并身处其中。然而以韩愈的诗才和性格,怎么可能看着众文友被一老道碾压而不吭声呢? 正如我们所知,韩愈作诗以不蹈袭前人诗意为高,常常依仗自己的才华构思新奇的意象,出之以新奇之语,开创出崭新的境界。又作为联句诗的高手,韩愈和孟郊一起对联体诗的创作进行了很多有益的探索,取得了他人难以超越的成就。在这种情况下,他怎能轻易为轩辕弥明所折服? 显然,按孟启的描述,整个故事也是不合常理的。唯一合理的解释是,所谓轩辕弥明其实是韩愈拟托的人物,其联句出自韩愈。或者可以说,整个故事都是韩愈的艺术想象,轩辕弥明、侯喜和刘师服的联句就像司

　　①　(唐)韩愈著,钱仲联、马茂元校点《韩愈全集》,上海古籍出版社,1997 年,第 72 页。
　　②　《韩愈全集》,第 72 页。

马相如赋中的"子虚""乌有"和"亡是公"的对话一样,都是虚设其辞。宋代吴安中云:"《石鼎联句》皆退之作。如《毛颖传》,以为滑稽耳。所谓弥明,即愈也。侯喜、刘师服,皆其弟子。"①不过,也有人认为轩辕弥明实有其人,如《两山墨谈》就以某处有轩辕弥明庙为疑。明代胡应麟则反驳说:"世间丛祠井社,如石郎、木居士之类,前代毫无出处,尚遍天下,况弥明。韩公有诗,后人因立为庙,复何所疑。都缘不解韩公诗体,被其簸弄,若真知诗人,一见便当了然。余因此知许由、善卷诸墓,一切不足凭信。每笑昌黎用尔许心力作此诗,千年后不遇识者,几被轩辕氏夺去也。"②的确,从诗歌的角度来分析,这首诗也应该为韩愈所作。首先,韩愈诗风历来以险怪著称,又喜欢以文字为诗,以游戏为诗,在联句诗和咏物诗的创作上都颇有成就。比较《石鼎联句》与韩愈的同类型诗歌,可以看出其风格如出一辙。其次,与其他联句诗相比,《石鼎联句》的主题分明,结构紧凑,绝不像出于三人或多人之手。因为正常情况下,两个势均力敌、颇有默契的人想要完成一首意义完整、思想统一的联句诗歌,也要经过大量的磨合。更何况三个水平参差、彼此又不熟悉的诗人,他们第一次合作联句就创作出一篇风格统一、结构紧密的诗歌,这种情况可以说少有可能。正如明代李东阳所说:"联句诗,昔人谓才力相当者乃能作。韩、孟不可尚已。予少日联句颇多,当对垒时,各出己意,不相管摄,宁得一一当意。惟二三名笔,间为商确一二字,辄相照应。"③因此,"这首所谓的《石鼎联句诗》并非真正的联句诗,而是韩愈一首咏石鼎的诗。借联句之名,一来为了掩饰其中的讽刺意味,二来用这种韩愈所擅长的体式,而不用拘于一般诗歌起承转合的诸多限制,又能发挥自己搜奇语、押险韵的长处,这就是韩愈如此处理的原因"④。总之,孟启在《本事诗》中采录韩愈《轩辕弥明传》中的这则材料并将之归入"征异"

---

①　(宋)张误著《云谷杂记》,中华书局,1958年,第27页。
②　《少室山房笔丛》,第370页。
③　(明)李东阳撰,周寅宾、钱振民校点《李东阳集》,岳麓书社,2008年,第1523页。
④　周文慧,《韩愈联句诗研究》,中国社会科学院硕士论文,2011年,第22页。

门下，是因为韩愈创作这首诗时有意弄巧，通过联句故事的艺术想象，把这首诗的怪奇风格和它造语的新奇、状物的贴切、讽喻的辛辣等各种特点呈现在大家面前，从而使大家以更加直观的方式体会到这首诗的高妙，了解诗人在咏物背后所潜藏的深层意蕴。

又在"征异"门下，还有宋之问《灵隐寺》诗事。按材料所言，宋之问"以事累贬黜，后放还，至江南"①，于是夜游灵隐寺而作诗。没想到的是，第二联诗搜奇冥思，终不如意。这时，有位老僧为他续了一联。这一联让他豁然开朗，完成全篇，实在是神来之笔。第二天，宋之问未见老僧，一打听，才知道骆宾王晚年落发为僧，并在灵隐寺离世。因此，宋之问夜间所见的老僧，应该就是骆宾王。按材料所述，此骆宾王是他的鬼魂。鬼魂作诗，可能是诗人对创作事实的一种故弄玄虚的表述。从文学史的发展情况看，骆宾王是初唐四杰之一。作为前辈，他的诗歌创作可能影响到宋之问。至于私人交情，则学界对此有各种不同看法。有的说宋之问和骆宾王早年相识，多有交往。骆宾王集中有《在兖州饯宋五之问》、《送宋五之问》、《在江南赠宋五之问》三诗，都是写给宋之问的。②也有人认为此宋之问非彼宋之问也，因为其排行、籍贯和游历都与我们熟悉的宋之问不同。③不过无论如何，宋之问和骆宾王的生活年代有所交集，这一点毋庸置疑。作为晚辈，宋之问也应该熟悉骆宾王的诗歌和事迹。因此，宋之问在灵隐寺创作诗歌时想到骆宾王、受到他的启发，这也是合乎情理的。于是，宋之问写下了《灵隐寺》这首诗，即："鹫岭郁岧峣，龙宫锁寂寥。楼观沧海日，门对浙江潮。桂子月中落，天香云外飘。扪萝登塔远，刳木取泉遥。霜薄花更发，冰轻叶未凋。夙龄尚遐异，搜对涤烦嚣。"④龚延明先生说这首诗"把唐初灵隐寺极清幽的山中胜境，江海

---

① 《本事诗校补考释》，第 82 页。

② 参见王津达《宋之问与〈灵隐寺〉诗》，《河北师范大学学报》，1981 年第 4 期，第 14 页。

③ 参见刘怀荣《骆宾王生平事迹新考》，《山西师大学报》（社会科学版），1989 年第 3 期，第 59 页。

④ 陈伯海主编《唐诗汇评》增订本，上海古籍出版社，2015 年，第 132 页。

逼近峰峦的形胜,以及作者曾经宦海风波、归趋寂寞的心情,一气融进诗中去了"①。总之,联系诗本事来看这首诗,我们发现它不仅形象生动地写出了灵隐寺的胜境,而且感同身受地描述出宋之问在灵隐寺的所见所感、所思所想。在宋之问集中,我们还可以看到很多与"楼观沧海日,门对浙江潮"类似的句式,如"人隔壶中地,龙游洞里天"②(《送田道士使蜀投龙》)、"乡连江北树,云断日南天"③(《渡吴江别王长史》)、"魂随南翥鸟,泪尽北枝花"④(《度大庾岭》)。由此可见,《灵隐寺》为宋之问所作,这是毋庸置疑的,而"楼观沧海日,门对浙江潮"一句也应出自宋之问之手,而非骆宾王的鬼魂所作。孟启之所以把这件事采入《本事诗》中,是因为在神秘叙述的背后包含着诗歌创作的原本事实,那就是:这首诗是宋之问在灵隐寺时,想象着骆宾王在灵隐寺的生活而作的一首诗。在这首诗里,既抒发了宋之问的人生感悟,也表达了他对骆宾王的理解和同情。

类似的情况还有马植条材料。马植"罢安南都护,与时宰不通,又除黔南,殊不得意。维舟峡中古寺,寺前长堤,堤畔林木,夜月甚明"⑤。在月色中,他看到一位白衣人堤上吟诗,但遣人邀问,即已失之。显然,这个神龙见首不见尾的白衣人和"既明,失之,莫之所在"⑥的老道士、"驰明更访之,则不复见矣"⑦的老僧一样,并非真有其人,而是马植自己想象或构拟出来的。至于白衣人所赠之诗,也是马植自己创作的,"形象地反映出马植被免去安南都护职位和赴新职任前复杂矛盾的心境,一方面是对逝去安南都护职务、尚未履新前的

---

① 龚延明,《初唐一首灵隐寺诗作者的再探索——兼考骆宾王、宋之问生年》,《杭州大学学报》,1980 年第 1 期,第 133 页。

② (唐)沈佺期、(唐)宋之问撰,陶敏、易琡琼校注《沈佺期宋之问集校注》,中华书局,2001 年,第 605 页。

③ 《沈佺期宋之问集校注》,第 539 页。

④ 《沈佺期宋之问集校注》,第 428 页。

⑤ 《本事诗校补考释》,第 86 页。

⑥ 《本事诗校补考释》,第 84 页。

⑦ 《本事诗校补考释》,第 82 页。

失落感,一方面是对未来发展、仕途腾达的期望与自信"①。这种复杂的心境,不是外人所能道出的。对于当时的马植来说,所谓"劳君更向黔南去,即是陶钧万类时"②,或许只是一种自我安慰。他不知道自己此去将会面临怎样的挑战,但他相信苦尽必会甘来。"陶钧"是制作陶器用的转轮,比喻对事物的运转控制;"万类"指万类事物。所谓"陶钧万类",就是指影响和控制世间万物的发展运化,相当于"平治天下"的意思。对于传统文人来说,"平治天下"是他们一生努力的目标。他用美好的未来勉励自己,希望以积极的心态面对仕途上的挫败。或许正因为如此,他在黔南任后被召回朝。宣宗朝时,白敏中当国,马植时来运转,被加授金紫光禄大夫,又任刑部侍郎、诸道盐铁转运使、户部侍郎、中书侍郎等要职,同中书门下平章事。这时,回过头来再看当年的那首诗,仿佛一切都是命中注定。或许就是为了表达这种命定的感慨,马植将诗歌的创作本事神异化,于是才有了"白衣人"的出现,同时也使这首诗变成了一则被证实的预言。总之,从《本事诗》的这则材料中,我们可以透过这种有意弄巧的叙述看到诗歌创作的本来情况,尤其是诗人的心理活动。

其实,文学创作本来就是人的精神活动,其中包含有诗人的主观情感和想象。于是,当诗人牵挂一个人的时候,常常会推测和想象此人的处境,表现在诗中、梦里。如《本事诗》"征异"门所记载的白居易和元稹诗事。白居易和元稹是唐代的两位大诗人,也是一对情深意厚的好朋友。"他们相交三十年,大部生活同情趣,早年仕途同进止,主要创作同格调,由此形成一种休戚与共、不离不弃的深厚情谊,成为生死至交。"③白居易"每到驿亭先下马,循墙绕柱觅君诗"④,元稹"忆君无计写君诗,写尽千行说向谁"⑤。他们通过写诗向对方报平

① 于向东,《唐诗〈赠马植〉、〈题旅榇〉与安南士人关系略说》,《东南亚纵横》,2010年第5期,第79页。
② 《本事诗校补考释》,第86页。
③ 尚永亮,《"元白"并称与多面元白》,《文学遗产》,2016年第2期,第89—90页。
④ 《白居易全集》,第211页。
⑤ 谢永芳编著《元稹诗全集汇校汇注汇评》,崇文书局,2016年,第406页。

安,寄相思,有时其至魂梦相牵,就像《本事诗》所记载的那样。《本事诗》曰:"元相公稹为御史,鞫狱梓潼。时白尚书在京,与名辈游慈恩,小酌花下,为诗寄元曰:'花时同醉破春愁,醉折花枝当酒筹。忽忆故人天际去,计程今日到梁州。'时元果及褒城,亦寄梦游诗曰:'梦君兄弟曲江头,也向慈恩院里游。驿吏唤人排马去,忽惊身在古梁州。'千里神交,合若符契,友朋之道,不其至欤!"①显然,这件事看起来很巧合。两个相隔千里的人,不仅在同一时间给对方写诗,而且在诗中言中了对方的生活状态,就像有千里眼一样。正如我们所知,元稹和白居易非常熟悉,又彼此牵挂,于是常常以诗为信,向对方汇报自己的行程和状态。因此,他们在同一天寄诗给对方、并在诗中言中对方的状态,也就不足为怪了。这样看来,《本事诗》中的这则材料貌似"神异",其实合情合理。更何况,它还有诗人的自注为依据。在元稹集中,我们可以看到这首梦游诗,题目为《梁州梦》。《梁州梦》题下有自注曰:"是夜宿汉川驿,梦与杓直、乐天同游曲江,兼入慈恩寺诸院。倏然而寤,则递乘及阶,邮使已传呼报晓矣。"②其实,《梁州梦》是元稹《使东川》组诗中的一首。在组诗序中,元稹也交代了组诗的创作背景,即:"元和四年三月七日,予以监察御史使东川,往来鞍马间,赋诗凡三十二章,秘书省校书郎白行简为予手写为东川卷。今所录者,但七言绝句长句耳。起《骆口驿》,尽《望驿台》二十二首云。"③在这二十二首诗中有不少自注,说明元稹在创作时想到与白居易同游的往事。如《清明日》题注曰:"行至汉上,忆与乐天、知退、杓直、拒非、顺之辈同游。"④《江楼月》题注曰:"嘉川驿望月,忆杓直、乐天、知退、拒非、顺之数贤,居近曲江,闲夜多同步月。"⑤由此看来,元稹在汉川驿梦见与白居易同游,自然也是一件顺理成章的事。至于白居易在同一天也念及元稹的记录,则有白行简《三梦记》为据。其曰:"元和

---

① 《本事诗校补考释》,第 85 页。
② 《元稹诗全集汇校汇注汇评》,第 339 页。
③ 《元稹诗全集汇校汇注汇评》,第 336 页。
④ 《元稹诗全集汇校汇注汇评》,第 338 页。
⑤ 《元稹诗全集汇校汇注汇评》,第 341 页。

四年,河南元微之为监察御史,奉使剑外。去逾旬,予与仲兄乐天,陇西李杓直同游曲江。诣慈恩佛舍,遍历僧院,淹留移时。日已晚,同诣杓直修行里第,命酒对酬,甚欢畅。兄停杯久之,曰:'微之当达梁矣。'命题一篇于屋壁。其词曰:'春来无计破春愁,醉折花枝作酒筹。忽忆故人天际去,计程今日到梁州。'实二十一日也。十许日,会梁州使适至,获微之书一函,后记《纪梦》诗一篇,其词曰:'梦君兄弟曲江头,也入慈恩院里游。属吏唤人排马去,觉来身在古梁州。'日月与游寺题诗日月率同,盖所谓此有所为而彼梦之者矣。"①在这里,所谓"纪梦"诗就是指《梁州梦》。又《唐诗纪事》卷三七曰:"稹元和四年为御史,鞫狱梓潼,乐天昆仲送至城西而别。后旬日,昆仲与李侍郎建闲游曲江及慈恩寺,饮酬作诗曰:'花时同醉破春愁,醉折花枝作酒筹。忽忆故人天际去,计程今日至梁州。'后旬日,得元书,果以是日至褒,仍寄诗曰:'梦见兄弟曲江头,也到慈恩院院游。驿吏唤人排马去,忽惊身在古梁州。'千里魂交,合若符契,自有感梦记备叙其事。"②这两则材料的细节略有差异,但内容大体相同。由此可见,《本事诗》的这段记载看似神异,其实就是元、白二人作此二诗的本事。事实上,在元、白诗集中,还有很多类似的创作。如白居易《初与元九别,后忽梦见之,及寤,而书适至,兼寄桐花诗。怅然感怀,因以此寄》曰:"……悠悠蓝田路,自去无消息。计君食宿程,已过商山北。昨夜云四散,千里同月色。晓来梦见君,应是君相忆。梦中握君手,问君意何如。君言苦相忆,无人可寄书。觉来未及说,叩门声冬冬。言是商州使,送君书一封。枕上忽惊起,颠倒着衣裳。开缄见手札,一纸十三行。"③这也是白居易挂念元稹而推测其行程,然后思念化为梦境,梦境成为现实的一段叙述,与《本事诗》所记十分类似。又白居易《梦苏州水阁寄冯侍御》曰"扬州驿里梦苏州,梦到花桥水阁头。觉后不知冯侍御,此中昨夜共谁游"④,也是通过梦来表达对朋友的

---

① 鲁迅校录《唐宋传奇集》,文学古籍刊行社,1956 年,第 109 页。
② 《唐诗纪事》,第 563 页。
③ 《白居易全集》,上海古籍出版社,1999 年,第 114 页。
④ 《白居易全集》,第 374—375 页。

思念和对过往生活的留恋。由此可见,《本事诗》的这则材料,其实也反映了元、白诗创作的某些特点。

以上是"征异"门本事的情况。总的说来,这些本事看起来神异,实际上只是自神其说,是对诗人创作活动中某些不自觉的精神状态的描述。与此类似的是"征咎"门本事。《魏书·天象志一》曰:"日月五星,象之著者。变常舛度,征咎随焉。"① 由此可知,所谓"征咎"就是"灾祸的征兆"。("咎征"和"征咎"同义。如"崔曙"篇在《本事诗》中为"征咎"门,而在《太平广记》中则为"咎征"门,可见两词同义。)根据这一含义,我们可以确定该门类的划分依据仍为触发诗歌创作的独特事件,具体来说就是作者所感受的灾祸征兆。

征咎类"本事"在形式上有两大特点。第一,由于对征兆的认识常常只是一种感觉,作者的情绪不会表现得特别明显。因此此类"本事"对诗人创作心态的介绍都很简单;第二,所谓灾祸的征兆只有经过现实验证才能成立,因此在此类故事的叙述中,必然会以大量笔墨描述征兆的验证。这样一来,就使得故事的表面重心发生偏离,从而也使读者发生误解,认为此故事并非诗歌创作的触发事件,而是诗歌创作的影响故事,从而形成所谓"诗谶"的概念。在解读此类"本事"时,我们必须透过"征咎"的验证事件来体会诗人的创作心态,也就是触发诗歌创作的真正因素。

"灾祸的征兆"一般并非具体事件,而是作者建立在现实基础上的预感。例如卢献卿条:

> 范阳卢献卿,大中中,举进士,词藻为同流所推。作《愍征赋》数千言,时人以为庾子山《哀江南》之亚。今谏议大夫司空图为注之。连不中第,薄游衡湘,至郴而病。梦人赠诗曰:"卜筑郊原古,青山唯四邻。扶疏绕台木,寂寞独归人。"后旬日而殁。郴守为葬之近郊,果以夏空初,皆符所命。②

这是一则关于梦中得诗,而诗又在现实中得到印证的故事,表面

---

① (北齐)魏收撰《魏书》,中华书局,1974年,第2333页。
② 《本事诗校补考释》,第89—90页。

上看充满神奇色彩,而实际上仍然属于对诗歌创作情况的介绍。因为根据心理学的常识可知,梦是人的潜意识,所以这里所谓的"梦人赠诗",可能是卢献卿在潜意识中自己作诗。

那么,卢献卿的这首诗是因何而作,反映的又是怎样一种现实呢?这首诗是卢献卿在面对"连不中第,薄游衡湘,至郴而病"的现实处境时有感于自己的悲惨命运而作的,是他悲凉心境的一种反映。也就是说,在当时的情况下,他已经知道自己的病难有起色,结果可能是客死异乡,留下一座孤单的坟墓在青山之中。这种预感一直盘旋在他的心头。在梦中,在他内心的最深处,这种念头以梦人赠诗的方式表现出来。从这则材料中,我们不仅可以了解诗歌创作的触发事件,还能看出作者当时的创作心态。

不过,这则材料并没有停留在此,而是继续下去,对诗人之后的命运进行了介绍,也就是"后旬日而殁,郴守为葬之近郊,果以夏窆初,皆符所命"。这种交待对于我们理解这首诗又有什么意义呢?概括地说,它的意义主要有两点。第一,它从另一个角度对诗歌内容进行了解说,告诉我们这首诗是诗人对自我命运的一种预感。第二,它还对诗歌的艺术效果进行了验证。在前面的材料中,各则诗歌的艺术效果都是通过他人的反应体现出来的。如"窈娘得诗悲惋,结于裙带,赴井而死"①;崔护留诗,使女子"读之,入门而病、遂绝食、数日而死"②等,都是通过对他人的影响反映出诗歌的情感力量。而在这里却比较特别,它是通过对诗歌作者的影响,即作者"旬日而殁"而体现出诗歌的现实感染力。也就是说,正是诗歌中所包含的悲哀和绝望加重了诗人的病情,加速了他的死亡。由此可见,这首诗的情感力量是很强烈的。

不过,在有的"诗谶"材料中,对诗歌创作的触发事件的介绍十分隐讳;有时甚至是缺失的,而只剩下对诗歌创作心态和现实影响的介绍。例如刘希夷条:

---

① 《本事诗校补考释》,第32页。
② 《本事诗校补考释》,第50页。

　　诗人刘希夷尝为诗曰:"今年花落颜色改,明年花开复谁在。"忽然悟曰:"其不祥欤!"复构思逾时,又曰:"年年岁岁花相似,岁岁年年人不同。"又恶之。或解之曰:"何必其然。"遂两留之,果以来春之初下世。①

　　在这则材料中,诗歌创作的触发事件虽然并不清楚,但从"悟"、"恶"、"解"等字句中,我们还是可以明显感觉到作者的创作心态。也就是说,刘希夷的创作,最初可能只是面对花开花落的一种反应。但是,在诗句作出之后,他马上意识到自己在不自觉中,把内心的烦恼、对人生命运的思考,以及对生死的茫然,都在创作中流露出来。这时候,他突然感觉很害怕。他想避开这种害怕,然而却摆脱不了这种心境。于是尽管他换了一种表达,但诗中的恐惧和困扰却依然存在。最终,他放弃挣扎,选择接受这种生命短暂的现实,留下了这两句诗。不过,诗歌的发泄并没有让他的内心变得通达起来,相反,他还是停留在这种对生命的感伤和困扰之中难以自拔。所以最后,他的生命在来年的花开之前终结了。表面上看,这似乎是一种冥冥中的注定;但实际上,却是其郁结心境的必然结果。

　　从以上这则材料中,我们虽然无法看到诗歌创作的具体触发事件,但却可以看出作者内心的情感诱因。这种情感诱因才是触发诗歌创作的核心因素,只有了解它,我们才能更准确地了解这首诗中所表达的情感,阐释其中的深意。

　　在《本事诗》中,同样因"不祥预感"而作诗的还有"崔曙"条。这条材料在关于诗谶的研究论文中出现的频率很高。不过仔细分析之后,笔者对其中所体现的阐释方法则有一些不同的看法。

　　崔曙进士,作明堂火珠诗试帖曰:"夜来双月满,曙后一星孤。"当时以为警句。及来年,曙卒,唯一女名星星。人始悟其自谶也。②

　　在这则材料中,"进士""试帖"二词,交待了诗歌创作的公开背

───────────

① 《本事诗校补考释》,第88页。

② 《本事诗校补考释》,第89页。

景。那就是:此诗属于应制之作,是崔曙在进士考试中,依《明堂火珠》之题而作的。因此按一般情况说,其诗中可能不包含作者的情感,而仅仅是紧扣诗题,对火珠在白天和晚上的不同景象作出描述。然而,事情真的就如此简单吗? 为什么同样的题目,崔曙却能写出如此不同的诗句? 其中真正的触发到底是什么? 结合崔曙的身世及材料中的"自谶"说,我们可以找到答案。那就是:崔曙一生命运坎坷。因为家境贫寒,他长期飘泊在外,为求仕进而努力;终于有一天,他历尽艰辛,走进了考场,见到了主宰其命运的诗题——《奉试明堂火珠》。这时,他的身心已经在失望与伤感中饱经磨难;他的生命也在磨难中消磨殆尽。因此,面对诗题,想到自己牵挂的女儿及其命运,他百感交集,诗思如河流般一泻千里。于是自然而然的,就有了这句"夜来双月满,曙后一星孤"。这才是作者创作诗歌的真正背景。从"及来年,曙卒,唯一女名星星。人始悟其自谶也"中,我们不难体会。

从崔曙所作的其他诗歌作品中,也可以找到此条"本事"成立的佐证。检阅崔曙的全部诗歌,可以发现它们有一个共同特点,那就是:由于作者的善感多愁,其作品中常常充溢着种种情感,从而使得作品感人至深,催人泪下。这一点在其送别诗中体现得尤为明显。例如《对雨送郑陵》一诗,就用"别愁复经雨,别泪还如霰。寄心海上云,千里常相见"[①]等四句简单的话,将离别的伤感表现得淋漓尽致。对此,殷璠在《河岳英灵集》中也进行过评价,他说:"曙诗多叹词要妙,情意悲凉,送别登楼,俱堪泪下。"[②]的确,殷璠的评论准确反映了崔曙送别诗的特点。不过除此之外,在崔曙的诗歌里还有一个特点值得注意,那就是:几乎每首诗中都包含着强烈的身世之感,因此根本不存在纯粹的写景或咏物之作。例如《古意》中"夜夜苦更长,愁来不如死"[③]、《山下晚晴》中"云尽山色暝,萧条西北风。故林归宿处,

---

① (清)彭定求等编《全唐诗》,中华书局,1960 年,第 1601 页。
② (唐)殷璠编,王克让注释《河岳英灵集》,巴蜀社,2006 年,第 337 页。
③ 《全唐诗》,第 1599 页。

一叶下梧桐"①、《途中小发》中"旅望因高尽,乡心遇物悲。故林遥不见,况在落花时"②等等,都是在写景中抒发自己的人生感受。由此看来,崔曙在应制的《奉试明堂火珠》一诗中同样也寄予了自己的身世之感,表达了自己长期累积的愁闷和担忧,而这种担忧又在其后来的命运中得到了验证。因此,在该则材料中,真正的诗歌本事应该是崔曙创作时对自身命运的担忧和预感,即所谓"自谶"。然而遗憾的是,这种"自谶"是其创作时的内心活动。它无法外化,因此对于读者来说只能是永远的秘密。不过,联系诗人的人生经历,秘密就可以得到破解。这一点,正是《本事诗》中收录此类材料,并强调其与作者命运联系的原因所在。

总之,通过以上分析可知,在《本事诗》中有一类特殊的"本事"材料,就是所谓的"诗谶"。"诗谶"材料与其他材料不同,其诗歌的产生往往并非出于具体事件的触发,而是作者长期累积的情感与心态在无意之中的一种流露。因此,它是作者内心的一种心理状态,很难为外人得知。然而,作为一种心理状态,它在诗歌中流露之后,又进一步在诗人的心中郁结,并最终导致某一事件的发生。也就是说,最终会以事件的形式得到揭示;而这种事件,反过来又反映了诗人在创作时的内心状态。在形式上,此类材料又有自己的独特之处。比如说,它所记录的事件并非发生于诗歌创作之初,而是之后。但同时,又正是通过后者的记录对前者进行验证。因此归根结底,形式上的诗歌影响故事,在本质上又属于诗歌创作的触发事件。另外,从阐释效果上说,这种以诗歌影响故事出现的"本事"不仅具有一般"本事"的阐释效果,帮助我们了解诗歌的内容及其所蕴含的情感;同时又通过诗歌对诗人的影响,反映出诗歌的情感力量及其感染力。

事实上,文学创作本身就是一种精神活动,当诗人的艺术想象或者某种不易察觉的想法主导着诗歌创作的时候,本事的叙述就显得特别神秘,这是"征异"和"征咎"门本事的情况。

---

① 《全唐诗》,第 1599 页。
② 《全唐诗》,第 1600 页。

其实,在《本事诗》的七题分类中,最令人难解的是"嘲戏"类本事。首先从性质上说,该题下虽录有七条材料,但真正属于诗歌创作故事的只有四条,其他三条都为诗歌运用故事,因此严格地说不属于"本事"。孟启将其采录于此,似有体例不纯之嫌疑。其次从阐释意义上看,"本事"的存在是为了阐释诗意,帮助理解诗歌中所表达的情感内蕴。然而,"嘲戏"一词本身就表明了诗歌创作的情感色彩,"嘲戏"门所录诗歌在字面表达上也很直白,因此就阐释作用来说似无采录之必要。那么,孟启为何要收录这些材料,并将其独立一门呢? 三则非"本事"的收录是误收还是有意为之? 笔者的看法是这样的:

第一,三则非"本事"材料的收录不影响《本事诗》的理论性质,更不能因此而怀疑孟启"本事"定义的明确性。因为尽管从表面上看,此三则材料的性质不符合"本事"定义,但毕竟这种非"本事"材料在《本事诗》中只有此三条,在整书中所占比例不到十分之一,不影响整本书的理论性质。

第二,这三则材料在《本事诗》中的出现是孟启有意为之而非误收。因为首先,这三则材料出现于"嘲戏"门中,并且几乎前后相接、集中出现。若说误收,则不免太过巧合。其次,从性质上看,这些材料都属于嘲戏故事,准确地说是从嘲戏的目的出发,在新的语境下对已有诗句的新用。对于诗歌阐释来说,则属忽略"本事"、牵强附会之反例。因此从这些故事中,我们可以看出"本事"中的语境因素对于诗歌阐释的重要性,认识脱离"本事"的阐释误区。再次,在"嘲戏"门中,孟启采录了七则"本事",其中有四则属于诗歌创作故事,介绍了诗歌创作的客体对象和触发情境,因此可以帮助我们了解诗义。另一方面,这些"本事"又详细介绍了诗歌的创作语境,反映出诗歌与现实情境的切合性,可以帮助我们体会诗歌的使用价值和现实效果,具有批评功能;最后,该门中四则"本事"材料和三则非"本事"材料都与嘲戏的语境密切相关,但前者是创作语境,可以对诗歌本意做出正确阐释;后者是使用语境,对诗义的阐释是一种歪曲。将这样两种材料合为一门进行对比,可以更加鲜明地表现出"语境"对于正确阐释诗义的重要性。下面,让我们通过材料具体说明。

在《本事诗》中，符合"本事"定义的材料有四则。这四则材料和其他各门的"本事"材料一样，对诗歌创作时的各种因素进行了强调。如嘲戏门第六条：

> 国初，长孙太尉见欧阳率更，姿形么陋。嘲之曰："耸膊成山字，埋肩畏出头。谁言麟阁上，画此一猕猴。"询亦酬之曰："索头连背暖，漫裆畏肚寒。只缘心混混，所以面团团。"太宗闻之而笑曰："询此嘲，曾不畏皇后闻邪？"①

这则材料又见于《隋唐嘉话》卷十三"谐谑"条。其内容为："太宗宴近臣，戏以嘲谑。赵公无忌嘲欧阳率更曰……询应声云……帝改容曰……"②比较两则记载可知，《本事诗》的记载强调了诗歌所针对的客体对象，即欧阳率更之姿形么陋。据此，我们可以理解"耸膊成山字"一诗的正确含义。又将"询应声云"改为"询亦酬之"，表明"索头连背暖"乃欧阳询对长孙太尉之相貌的嘲讽。这样也可以帮助我们了解该诗的含义。可见像其他各门的"本事"材料一样，嘲戏门"本事"也强调了其对诗义的阐释作用。但另一方面，此门之"本事"又有其特殊性，那就是更加重视对诗歌创作语境的介绍。如在该段材料中，孟启就以"嘲"、"酬之"、"闻之而笑"等三组简单字句而对"戏以嘲谑"的语境进行了生动解说。这样就为诗句赋予了特殊的语境色彩，从而使我们明白：材料中的两首诗是为迎合太宗的调笑趣味、适应内宴的环境而作的，因此有特殊的创作语境。正是这种创作语境，使诗人有意以浅俗的文字表达嘲戏的意味，以与当时的氛围相吻合。又从"太宗闻之而笑"的结果来看，这首诗歌与现实语境相适应，成功实现了其嘲戏目的，达到了很好的调笑效果。

又嘲戏第三条也是这样：

> 则天朝，左司郎中张元一，滑稽善谑。时西戎犯边，则天欲诸武立功因行封爵，命武懿宗统兵以御之。寇未入塞，懿宗始逾邠郊，畏懦而遁。懿宗短陋，元一嘲之曰："长弓短度箭，蜀马临

---

① 《本事诗校补考释》，第91—92页。
② 《隋唐嘉话》，第23页。

高骗。去贼七百里,隈墙独自战。忽然逢着贼,骑猪向南窜。"则天闻之,初未悟曰:"懿宗无马邪?何故骑猪?"元一解之曰:"骑猪者,是夹豕走也。"则天乃大笑。懿宗怒曰:"元一凤构,贵欲辱臣。"则天命赋诗与之,懿宗请赋蓁字。元一立嘲曰:"裹头极草草,掠鬓不蓁蓁。未见桃花面皮,先作杏子眼孔。"则天大欢,故懿宗不能侵伤。①

该条又见于《朝野佥载》:

周则天朝蕃人上封事,多加官赏,有为右台御史者。因则天尝问郎中张元一曰:"在外有何可笑事?"……契丹贼孙万荣之寇幽,河内王武懿宗为元帅,引兵至赵州,闻贼骆务整从北数千骑来,王乃弃兵甲,南走邢州,军资器械遗于道路。闻贼已退,方更向前。军回至都,置酒高会,元一于御前嘲懿宗曰……上曰:"懿宗有马,何因骑猪?"对曰:"骑猪,夹豕走也。"上大笑。懿宗曰:"元一宿构,不是卒辞。"上曰:"尔叶韵与之。"懿宗曰:"请以'蓁'韵。"元一应声曰……则天大悦,王极有惭色。懿宗形貌短丑,故曰"长弓短度箭"……②

比较两则材料可知,孟启所记与《朝野佥载》不同之处主要有以下几方面:第一,将武懿宗"畏懦而遁"的那段描写变成概括叙述。这样一方面简洁明了地介绍了诗歌创作的触发事件,同时又把"本事"的重心移到诗歌创作的情境描述中去,从而更有效地实现"本事"的阐释效果。第二,强调重点诗句所针对的现实对象,强化"本事"的阐释意图。如将"懿宗形貌短丑"的介绍放到诗歌创作之前,说明诗歌中有针对其形貌特点而发之句。又用"初未悟曰"、"解之曰",强调了"本事"的阐释作用。至于"元一立嘲曰",又明确告诉我们"里头极草草"一诗亦为嘲讽,也为这首诗提供了具体的创作情境,可以帮助我们正确地理解诗意。

在嘲戏门中,还有两条"本事"材料。一则是沈佺期、崔日用撰

---

① 《本事诗校补考释》,第92—93页。

② 《朝野佥载》,第87—88页。

《回波词》娱乐皇上而获赏赐的故事；另一则是优人唱《回波词》使韦后意色自得、以束帛赐之故事。从诗歌创作的触发因素来说，前者是作者对自我遭遇的自嘲，后者是对裴谈妒妇、中宗畏后事的戏谑。这两则故事的记载都对诗歌创作的语境进行了具体描述，说明诗歌是在内宴时的调笑语境中进行的。正是这种语境决定了诗歌的情感基调，同时也决定了诗歌的特点。为了迎合皇帝趣味、达到调笑效果，这些诗歌往往选择最常见的对象、最通俗的语言，通过语言技巧，达到嘲戏的目的。内宴的环境和嘲戏的语境是此类诗歌创作的触发因素，也是决定诗歌创作方式的核心内容。从诗歌的理解来说，其关键也在于语境。如上面所举两条，若脱离语境，则可能被误解为讽刺或怨愤之作，这样一来，诗歌的真实含义也就得不到解读。

　　从嘲戏的语境出发，人们在诗歌创作时往往玩弄语言技巧，使诗歌含义流于表面。同样，为了适应嘲戏语境、实现嘲戏效果，人们在解读诗歌时也常常纠结于字面含义，甚至牵强附会，使诗歌解读沦为文字游戏。从这种解读中，我们可以发现语境对于诗义阐释的重要性。以嘲戏门第一则为例：

　　　　宋武帝尝吟谢庄《月赋》，称叹良久，谓颜延之曰："希逸此作，可谓前不见古人，后不见来者，昔陈王何足尚邪？"延之对曰："诚如圣旨，然其曰'美人迈兮音信阔，隔千里兮共明月'；知之不亦晚乎？"帝深以为然。及见希逸。希逸对曰："延之诗云，'生为长相思，殁为长不归'。岂不更加于臣邪？"帝抚掌竟日。①

　　不论是谢庄的"美人迈兮音信阔，隔千里兮共明月"，还是颜延之的"生为长相思，殁为长不归"，从其创作本意来看，都是抒发一种生命感受。这一点作为诗人的谢庄和颜延之不可能不知。只是在这里，两人有意歪曲诗义，对这两句诗作纯字面的理解，从而显示自己的机智、以博龙颜一笑而已。因此，这种阐释诗义的方法并不是"本事阐释"。可是，换一个角度来讲，这里的阐释除了证明谢庄和颜延之的言语机智外，也对语境的阐释意义进行了强调。它从反面告诉

---

　　①　《本事诗校补考释》，第94页。

我们：诗歌具有多义性。如果仅从字面上把握诗义，则往往容易走向偏差。如何才能正确把握诗义？归根结底，还是要回到孟启所强调的"本事"上来。这一点，虽然材料中并未明说，但联系整本《本事诗》，则不难体会。

又嘲戏第五条：

> 诗人张祜，未尝识白公。白公刺苏州，祜始来谒。才见白，白曰："久钦籍甚，尝记得君款头诗。"祜愕然曰："舍人何所谓？"白曰："'鸳鸯钿带抛何处，孔雀罗衫付阿谁？'非款头何邪？"张俯首微笑，仰而答曰："祜亦尝记得舍人目连变。"白曰："何也？"祜曰："'上穷碧落下黄泉，两处茫茫皆不见。'非目连变何邪？"遂与欢宴竟日。①

在该则故事中，白居易为了调笑张祜而对其诗句作出曲解，说"鸳鸯钿带抛何处，孔雀罗衫付阿谁"为款头诗；而张祜也不甘示弱，将众所周知的"上穷碧落下黄泉，两处茫茫皆不见"从《长恨歌》中脱离出来，并解其为"目连变"。显然，这是为了适应嘲戏语境而对诗歌所作的一种歪曲阐释，与诗歌本意毫无关系。不过从新的语境来看，这种阐释既与诗的表面意义相吻合，同时又达到了嘲戏的效果，因此也不失为诗歌意义的一种理解。可见，在不同语境中，同一首诗歌可以有不同阐释；而只有在诗歌创作语境下进行阐释，诗人的本意才得以体现。

总之，以上几则故事都是利用诗的多义性而对诗歌进行多样阐释，由此我们可以看出：了解诗歌创作的"本事"，特别是诗歌创作的原始语境，对于我们正确阐释诗义具有十分重要的作用。而相反，如果诗歌创作"本事"不知，则诗义可以根据不同语境得到不同阐释，甚至读者可以根据自己的主观目的而对诗义进行选择性阐释。

的确，在诗歌阐释时，毫不顾及"本事"而只根据主观目的对诗义进行阐释的情况很多，如上面所举之白居易、张祜，但是他们的阐释至少还能与诗歌的字面意思相一致，有一定的文字依据。另有一些

---

① 《本事诗校补考释》，第 94—95 页。

割裂字句、利用谐音等各种手段改造诗义、牵强附会的阐释,如嘲戏门第四条:

> 开元中,宰相苏味道与张昌龄俱有名。暇日相遇,互相夸诮。昌龄曰:"某诗所以不及相公者,为无'银花合'故也。"苏有《观灯》诗曰:"火树银花合,星桥铁锁开。暗尘随马去,明月逐人来。"味道云:"子诗虽无'银花合',还有'金铜钉'。"昌龄赠张昌宗诗曰:"昔日浮丘伯,今同丁令威。"遂相与拊掌大笑。[1]

在这则材料中,诗人为了实现嘲戏目的,千方百计地对诗歌进行曲解,甚至不惜改造诗歌的逻辑结构。这种行为,显然已不是阐释,而是一种有意的歪曲。张昌龄为了迎合自己的表达而将诗歌结构进行人为割裂。也就是说,"火树银花合"原本为"二二一"结构,而他却将它理解为"二三"结构,使"银花"与"合"合成一词。显然,这背离了作者的本义,也与文字自身的逻辑不合;不过与此相比,苏味道的阐释则更为过火。因为首先,他将"今同丁令威"的"一一三"结构人为割裂成"三二"结构。然后又利用谐音原理,将"今同丁"变成"金铜钉"。结果虽然能勉强自圆其说,但归根结底,离诗歌本义越来越远。

总之,根据以上三条材料不难看出,在诗歌阐释中如果不紧扣诗歌创作"本事",特别是"本事"中的语境因素,而是从主观愿望出发去理解诗歌的字面意义,那么很容易走向歪曲。

由此看来,在《本事诗》嘲戏门中,所录材料可分为两种,一种是介绍诗歌创作语境的"本事"材料,另一种则是介绍诗歌使用语境的非"本事"材料。因此从性质上说,两种材料截然不同。不过从另一方面来讲,两种材料都强调了诗歌阐释的"语境"问题。前者从正面强调了诗歌创作语境对诗歌创作"本意"的决定作用,而后者则作为反面材料对不依据"本事"而将诗歌置于新语境下进行阐释的行为进行揭示,说明不同语境下对诗义可以有不同理解。因此,只有了解"本事",将诗歌置于创作语境中,才能真正了解诗歌本义。相反,如果一味强调主观意愿而对诗歌创作"本事"视而不见,则很可能牵强

---

① 《本事诗校补考释》,第94页。

附会。这就是孟启采录嘲戏门"本事"的理论意义。从"本事理论"来说,此门可视为强调"本事"中"语境"因素的一类,与其他各门一起,对"本事"的四大因素进行了强调。

第四节 《本事诗》的采编原则及其理论意义

在《〈本事诗〉序》中,孟启还交代了其编撰《本事诗》的基本原则,即:

> 亦有独掇其要,不全其篇者,咸为小序以引之,贻诸好事。其有出诸异传怪录,疑非是实者,则略之;拙俗鄙俚,亦所不取。①

在这段话中,孟启交代了《本事诗》在采集本事时所遵循的三条原则。通过这三条原则,也可以见出孟启对本事诗学的理解和把握。

首先,从"亦有独掇其要,不全其篇者,咸为小序以引之"来看,如果某条材料并没有全面细致地交代诗歌创作的方方面面,如时间、地点、涉及的人物、事件等,但却像诗小序那样简单扼要地介绍了诗歌创作的缘由动机、说明触发创作的决定性事件,那么这则材料也属于诗歌创作本事,应该采入《本事诗》中。由此可见,本事的核心内容是介绍诗歌创作的触发事件、强调事对诗的决定作用。只要材料中包含有此部分内容,则不论整个故事是否完整全面,均应视为本事。

其次,从"其有出诸异传怪录,疑非是实者,则略之"来看,事件的真实性是本事的必要条件。只有那些符合事实的诗歌创作故事才可以作为本事采入《本事诗》,而那些出自异传怪录、疑非事实者则不能采入,或者就算采入也要删略其中"疑非是实"的部分,以保证整则材料的真实可信。

最后,从"拙俗鄙俚,亦所不取"来看,孟启在采择本事时还有一条原则,就是要考虑材料自身的艺术性。作为本事的核心要素,诗歌本身要巧妙典雅,本事的叙述也要高雅。这是孟启选择本事材料的

---

① 《本事诗校补考释》,第29页。

第三条原则。

　　在《〈本事诗〉序》中,这三条原则是前后出现的;从逻辑上讲,它们的地位也各不相同。总的说来,本事成立的首要条件是要说明诗歌创作情况、强调事对诗的决定作用。其次是要符合客观事实。这是本事成立必须满足的两大条件。在此之后,如果还能兼顾材料自身的文学性,使其叙述尽可能全面周详、内容尽可能典雅,那么一方面可以更加有效地阐释诗歌、渲染其所传达的情感力量,另一方面又能增强本事材料的可读性、扩大本事材料的受众面,提高《本事诗》的影响力。显然,第三条原则并不是本事材料所必须满足的,而是孟启为强化本事的批评效果、提高《本事诗》的品味而提出的。

　　回到《本事诗》,分析每则材料的由来,我们可以进一步考察这三条原则的实践情况,理解其所包含的理论内涵。

一、“独掇其要”与“全其篇者”:本事材料的两种形态

　　对于“亦有独掇其要,不全其篇者,咸为小序以引之”①,前人有各种不同理解,但多有断章取义之嫌。如罗根泽将“咸为小序以引之”理解为孟启在各类之前原附有小序,即“他(指孟启)说各类‘咸为小序以引之’,今已亡佚,殊为遗憾”②;而杨明则认为此句意谓“不论录全诗抑或只是节录数句,均加以叙述说明。似自视其书为诗选,即选录有本事之诗”③,也就是将“独掇其要、不全其篇者”视为对诗歌的说明,将“小序”理解为诗歌之前的叙述性文字。然而事实上,罗、杨的理解都不正确。前者既没有版本依据,也没有考虑全句;后者虽考虑全句,却没有顾及前后语境。因此,要正确理解这句话,必须首先抛开先入之见,将其放到整个《〈本事诗〉序》中进行分析,如此一来即可发现:

　　首先,所谓“独掇其要、不全其篇者”并非针对诗歌而言,而是对

---

①　《本事诗校补考释》,第29页。
②　《中国文学批评史》,第540页。
③　《中国文学批评通史》(隋唐五代卷),第736页。

本事情况的说明。理由有四点：第一，从前后文看，这段话讨论的话题始终是"事"而不是"诗"。不论是此前的"其间触事兴咏，犹所钟情，不有发挥，孰明阙义"，还是此后的"闻见非博，事多缺漏"，都将讨论的对象集中在"事"上，因此这句话也不能例外。第二，尽管《本事诗》中的诗歌有残句也有全篇，但其所介绍的事件也有详尽、简略之分，因此不能说"不全其篇"者就一定是指诗歌。相反，从孟启之前所交代的编撰目的看，该书的重点在以事解诗，因此此句的说明对象更可能为"事"。第三，从"独掇其要"的"要"字推断，也可得出"其"为"本事"的判断。因为所谓"要"即"要点、概要"之义，其所针对的对象只能是叙事性作品，而诗歌则无"要点"可言。第四，通过"贻诸好事"也可看出此处的讨论对象为本事。因为从《本事诗》的编著情况看，其中的诗大多为常见之作，艺术价值并非很高，对于好事者来说并无多大意义；相反，其中的故事则很是有趣，可供好事者饭后闲谈。总之，由以上四点可知，"独掇其要，不全其篇者"指的是本事，不是诗歌。

其次，"亦"字的使用说明"独掇其要、不全其篇"的本事并不是《本事诗》材料的唯一、正常状态，而是退而求其次的、能够满足其要求的基础状态。换句话说，《本事诗》中的材料一般来说是尽量要求叙事完整详备的，不过有些材料虽概括、简略但却交代了关键情节，因此也可采入《本事诗》中。这样一来，《本事诗》中的材料就包含有"全其篇"与"独掇其要"这两种形态。

最后，"咸为小序以引之"一句承上而来，其主语即为上之"独掇其要、不全其篇者"，也就是记载简略的本事。这样一来根据词义搭配，"为"字就不能理解为"用"，而只能理解为"如同、好像"，至此整个句子才完整通顺，即：在《本事诗》中，有些本事不全篇引录，而是独掇其要，像小序一样予以采录。由此可见，所谓"独掇其要、不全其篇"的本事，在内容、形式上都与小序类似。因此根据小序的情况，可以反推此类本事的特点。

总之，根据以上分析，"亦有独掇其要，不全其篇者，咸为小序以引之"的意思是交代本事材料的采编原则，说明本事的采择不以叙事的完整详备为标准；相反，只要材料从本质上符合本事概念，包含了本事的核心部分,那么也可以像小序一样予以采录。由此可见,《本事诗》中的材料其实包含有两种形式,一种是"全其篇者",一种是"独掇其要者"。

然而事实上,《本事诗》的编撰有没有遵循这一原则? 所谓"全其篇者"一般包括哪些内容? 而"独掇其要者"的"要"又具体何指? 这些问题,从《本事诗》的具体材料中可以找到答案。

如上节所言,《本事诗》中的一条材料一般对应一则本事,其结构为"事+情+衔接词+诗(+结果)"。以此为基础,有的材料会十分详细地介绍此结构中的每部分内容,甚至对创作的时间、地点、起因、经过、结果和人物的神情、语言、心态等细节都进行详细描述,以再现诗歌创作的生动场面。例如:

> 陈,太子舍人徐德言之妻,后主叔宝之妹,封乐昌公主,才色冠绝。时、陈政方乱,德言知不相保,谓其妻曰:"以君之才容,国亡必入权豪之家,斯永绝矣。倘情缘未断,犹冀相见,宜有以信之。"乃破一镜,人执其半,约曰:"他日必以正月望日,卖于都市,我当在,即以是日访之。"及陈亡,其妻果入越公杨素之家,宠嬖殊厚。德言流离辛苦,仅能至京,遂以正月望日,访于都市。有苍头卖半镜者,大高其价,人皆笑之。德言直引至其居,设食,具言其故,出半镜以合之,仍题诗曰:"镜与人俱去,镜归人不归。无复嫦娥影,空留明月辉。"陈氏得诗,涕泣不食。素知之,怆然改容,即召德言,还其妻,仍厚遗之,闻者无不感叹。仍与德言陈氏偕饮,令陈氏为诗,曰:"今日何迁次,新官对旧官。笑啼俱不敢,方验作人难。"遂与德言归江南以终老。①

显然,这则材料不仅介绍了诗歌创作的触发事件,而且对整个事件的起因、经过和结果都进行了非常详细的叙述,并在叙述的过程中十分讲究语言描写和人物刻画,注重情节的转折和悬念的铺设,使整个事件的叙述形象生动。换句话说,这则材料尽管在内容上仍以介绍诗歌创作的背景事件为中心,但却不满足于对诗事的简单概括,而

---

① 《本事诗校补考释》,第31页。

是在故事叙述和语言运用上都借鉴了小说笔法，使整个故事的叙述完整详尽，生动再现了诗歌创作的原始画面。这是本事材料的一种情况。在《本事诗》中，这样的材料也有不少，如"崔护题诗"条、"韩翃"条、"乔知之窈娘"条等。

　　与此不同，《本事诗》中还存在另一类材料，它们在内容上十分简要，一般仅介绍诗歌创作的触发事件，说明事对诗的决定作用，而对诗歌创作后的事件发展则不予详述。又对于触发事件的叙述也往往十分简略，有时仅概括事情发生的时间、地点和基本情况，而不详述其具体过程和情节变化，更不对其中的人物、细节进行刻画。总之，这些材料的重点是要说明某事触发了某诗的创作，至于这一创作事实能否得到详细介绍或生动刻画，则并非其关注的重点所在。换句话说，如果前一种材料是完整再现诗歌创作的现实场面，那么，后一种材料就是简要说明诗歌创作的事实概况。这种做法与小序类似，在直采诗序的本事材料中表现得尤为明显。例如：

　　　　刘尚书自屯田员外，左迁朗州司马，凡十年，始征还。方春，作《赠看花诸君子诗》曰："紫陌红尘拂面来，无人不道看花回。玄都观里桃千树，尽是刘郎去后栽。"其诗一出，传于都下。有素嫉其名者，白于执政，又诬其有怨愤。他日见时宰，与坐，慰问甚厚，既辞，即曰："近者新诗未免为累，奈何！"不数日，出为连州刺史。其自叙云："贞元二十一年春，余为屯田员外时，此观未有花。是岁出牧连州。至荆南，又贬朗州司马。居十年，诏至京师，人人皆言有道士手植仙桃满观、盛如红霞，遂有前篇，以记一时之事，旋又出牧，于今十四年，始为主客郎中。重游玄，荡然无复一树，唯兔葵燕麦，动摇于春风耳。因再题二十八字，以俟后再游。时太和二年三月也。"诗曰："百亩庭中半是苔，桃花静尽菜花开。种桃道士今何在，前度刘郎今独来。"①

　　这段材料的后一部分已直引诗序，介绍刘禹锡《自朗州至京戏赠看花诸君子》和《再游玄都观》二诗之本事；而前一部分又补充说明，

---

　　① 《本事诗校补考释》，第 53 页。

介绍前首诗的创作背景,即从开头到"出为连州刺史"。显然,这部分内容与诗序所介绍的"贞元二十一年春,余为屯田员外时,此观未有花。是岁出牧连州。至荆南,又贬朗州司马。居十年,诏至京师,人人皆言有道士手植仙桃满观,盛如红霞,遂有前篇,以记一时之事,旋又出牧"本为一事,只是讲述的内容和方式略有不同。简单地说,诗序仅概述了诗歌创作的基本情况,即什么时间、地点、因何事触发而创作某诗;而材料却十分详细地再现了诗歌创作当时的情景,补充了"其诗一出,传于都下。有素嫉其名者,白于执政,又诬其有怨愤。他日见时宰,与坐,慰问甚厚,既辞,即曰:'近者新诗未免为累,奈何!'不数日,出为连州刺史"的生动情节,以代替诗序所谓"遂有全篇,以记一时之事,旋又出牧"的概括叙述,这样一来就不仅使整个创作事件更为具体生动,而且也交代了诗歌创作的深层背景,揭示了诗人刻意隐瞒的另一层信息。由此可见,同样是介绍诗歌创作情况,诗序与本事材料是略有不同的。诗序往往概括诗歌创作的基本情况,说明诗歌创作的时间、地点和触发事件,本事则常常以故事再现的方式介绍诗歌创作的具体情景;诗序作为诗人的叙述,一般来说更为可信,但另一方面也可能带有强烈的主观色彩,甚至因为有所顾忌而将诗歌创作的真实情况隐瞒起来。相反,本事作为旁观者的记录,有时反而会提供更多细节,更能反映诗歌创作的实际情况。当然另一方面,本事的记录者毕竟只是事件的旁观者,由于视域的限制,他们有时无法得知更详细的创作本事,这时就只能直采诗序,或尽量以其他途径确定诗歌创作的时间、地点和相关事件,然后像诗序一样概括说明诗歌创作的基本情况,即何时何地因何事触发而作某诗。这样一来,就出现所谓"亦有独掇其要,不全其篇者,咸以小序以引之"的本事。在《本事诗》中,此类材料也有很多,如以下两条:

刘尚书禹锡罢和州,为主客郎中,集贤学士。李司空罢镇在京,慕刘名,尝邀至第中,厚设饮馔。酒酣,命妙妓歌以送之。刘于席上赋诗曰:"鬓鬟梳头宫样妆,春风一曲杜韦娘。司空见惯浑闲事,断尽江南刺史肠。李因以妓赠之。鬓鬟字,亦作低堕,并上声。古今注言即堕马之遗传也。①

　　国初,长孙太尉见欧阳率更,姿形么陋,嘲之曰:"耸膊成山字,埋肩畏出头。谁言麟阁上,画此一猕猴。"询亦酬之曰:"索头连背暖,漫裆畏肚寒。只缘心混混,所以面团团。"太宗闻之而笑曰:"询此嘲,曾不畏皇后邪?"②

前一则材料仅介绍了诗歌创作的大致时间(刘禹锡罢和州,为主客郎中集贤学士时)、地点(京城李司空第中)和事件(妙妓以歌佐酒,禹锡席上赋诗),至于创作者当时的生存处境与情感状态、创作当时的氛围和情境、创作者与当事人李司空及妙妓之间的关系、创作过程中人物的表情和语言等,都没有详细叙述。后一则材料则直接进入主题,介绍两人作诗互嘲的行为,至于这一行为发生的时间、地点和情感动机等,则均未介绍。由此可见,这也是两则"独掇其要,不全其篇"的本事材料。在《本事诗》中,这样的材料还有很多,如"顾况"条、"元稹黄明府诗"条、"白居易杨柳枝"条、"吴武陵"条、"李适之"条等。

　　总之,《本事诗》中既有叙事详尽、完整再现诗歌创作过程的所谓"全其篇"的本事,也有简要概述诗歌创作情况、说明某诗受某事触发而作的简要本事,即所谓"独掇其要、不全其篇者"。对于诗歌阐释而言,这两种本事都有价值。只是前者提供的信息更多、叙述更生动,因此更有利于诗歌阐释;而后者虽然对事件的叙述不够具体全面,但却交代了诗歌本事的核心内容,说明了触发创作的现实事件及其对诗歌创作的决定作用,因此也属于本事。

二、"疑非是实者略之":本事材料的征实性

　　孟启在《〈本事诗〉序》中交代的第二条原则是"其有出诸异传怪录、疑非是实者,则略之",也就是强调本事的征实性。对此后人颇有

---

① 《本事诗校补考释》,第 46 页。
② 《本事诗校补考释》,第 91—92 页。

疑议,如明代胡震亨说"唐人作诗本事,诸稗说所载,资解颐者多矣。其间出自附会,借盾可攻者,盖亦有焉"①,就从总体上否认了本事材料的真实性,认为它们多出自附会。清代《四库全书总目》也认为《本事诗》多有失实,如"其李白饭颗山头一诗,论者颇以为失实"②。近代以来,除郭绍虞评价《本事诗》曰"其内容尽管考核有据,然而,仅备茶余酒后之消遣,其态度却又是游戏的"③外,其他关于《本事诗》材料真实性的质疑也很多。如岑仲勉认为刘禹锡"司空见惯"一诗,"总为存疑而已"④;陈友琴认为所谓白居易作"樱桃樊素口,杨柳小蛮腰"的记载有误⑤;詹锳认为唐玄宗召李白写《宫中行乐词》十首事"未可尽信也",而"宁王邀李白宴饮的记载,更为明显的错误"⑥;傅璇琮认为韩翊随侯希逸入觐而赢得柳氏归的故事为传奇作者的虚构之辞,不符合历史事实⑦;又内山知也与王梦鸥在作《本事诗》校勘时均发现三处本事与诗题不符⑧,即"卖饼者妻"条中的诗歌在《河岳英灵集》作《息夫人怨》、在《国秀集》作《息妫怨》,"朱滔"条中的代妻所答诗在《全唐诗》注曰"此诗一作女郎葛鸦儿作","戎昱"条中的诗歌在《全唐诗》中题为《移家别湖上亭》,由此也令人怀疑本事的真实性;除此以外,吴企明又集中讨论,认为孟启记事记诗,失于考订,纠谬差误,违于事实的地方还有很多,如杜牧于李司徒席间为紫云吟诗事系好事者伪托,骆宾王灵隐续诗事乃误解宋之文原诗,与骆宾王、宋之问两人行实均相悖谬,纯属附会⑨等;又余才林在《唐诗本事研究》一书中专设考证篇,也提出《本事诗》中某些材料与事实不符,如"白居

---

① 《唐音癸签》,第 299 页。
② 《四库全书总目》(整理本),第 2739 页。
③ 《宋诗话辑佚》,第 2—3 页。
④ 《唐史余沈》,第 174 页。
⑤ 陈友琴编《古典文学研究资料汇编白居易卷》,中华书局,1962 年,第 14—15 页。
⑥ 《李白诗文系年》,第 41 页。
⑦ 《唐代诗人丛考》,第 449—468 页。
⑧ 参见内山知也《本事诗校勘记》,见《隋唐小说研究》,复旦大学出版社,2010 年,第 440—441 页;王梦鸥《本事诗校补考释》,第 35、37 页。
⑨ 《唐音质疑录》,第 194 页。

易杨柳枝"条中的"东南角"应为"西南角"、宣敕移柳者应为武宗而非宣宗；"杜牧城南题诗"的原题为《赠终南兰若僧》，所谓城南文八寺赠禅师作诗的说法似有附会之嫌；"杜牧紫云诗"条中的杜牧被弃见邀的情节是对"谁唤"一句的误读与附会；而"吴武陵"条中的诗歌在《全唐诗》作于邺诗，题作《下第不胜其忿题路左佛庙》。又《于邺集》中的诗歌多窜自《于武陵集》，因此可能是将于武陵误作吴武陵，并附会其坐赃事。再则就坐赃事而言，其发生的地点也是在韶州，不是容州①……总之，将前人所作的考证研究稍加统计，则发现《本事诗》中的材料似乎绝大部分都与事实不符。又另一方面，《本事诗》中还有"幽州衙将妻死而作诗事"、"许浑梦接神女赋诗事"、"马植夜闻白衣人吟诗事"、"刘希夷诗谶事"等明显带有神异色彩、在今天看来属于"出诸异传怪录，疑非是实"的本事，而孟启却将之采入《本事诗》中。这究竟是怎么回事？是孟启无意违背了其在自序中申明的征实原则？还是孟启的理论与实践自相矛盾？又或者孟启所说的原则与我们的理解本有不同？要回答这个问题，还是要从《本事诗》材料入手。

首先，分析《本事诗》的材料来源，我们发现孟启十分注重材料出处的可靠性。在《本事诗》中，可知的材料来源主要有四种，即诗序（诗注）、野史笔记、传奇小说和耳闻目见。

具体来说，采自诗序的材料至少有五条，即"刘禹锡桃花诗"条、"元稹赠黄明府"条、"轩辕弥明"条、"白居易杨柳枝"条之移柳作诗事和"李白"条之呼为谪仙人事等。这些材料在《本事诗》中有时是直引诗序，有时则在诗序的基础上略加调整和修饰，一般不改变诗序提供的基本本事。而自序作为介绍诗歌创作事实的第一手材料，显然是真实可信的。因此从诗序中采择材料，可以保证本事材料的真实性。

又《本事诗》中还有些材料虽取自传奇小说，但传奇小说又是在诗序的基础上加工而成的，因此挤掉小说所添加的油盐酱醋，抛开情节的夸张和细节的想象，整个故事还是真实可信的，符合诗歌创作的

---

① 　《唐诗本事研究》，第389—390、400—401、410—412页。

实际情况。如"元白"条本事源自白行简的《三梦记》，而《三梦记》所记基本上可与《元稹集》中《梁州梦》一诗的自注相印证，即"是夜宿汉川驿，梦与杓直、乐天同游曲江，兼入慈恩寺诸院。倏然而悟，则递乘及阶，邮使已传呼报晓矣"①；"许浑"条材料取自《逸史》，而《逸史》从根本上说又来自许浑《记梦并序》，因此也是真实可信的。

此外，《本事诗》中还有些材料是来自亲见其事者的讲述，如"韩翃柳氏"条本事。孟启在这则本事的最后交代材料来源，曰："自韩复为汴职以下，开成中，余罢梧州，有大梁夙将赵唯，为岭外刺史；年将九十矣，耳目不衰，过梧州，言大梁往事，述之可听。云此皆目击之故，因录于此也。"②也就是说，这则材料的后半部分故事是孟启亲耳从目击者那里听到的，应该是确有其事。

不过在《本事诗》中，大部分材料还是采自野史笔记。如"乔知之"条采自《朝野佥载》和《隋唐嘉话》、"戎昱"条和"刘禹锡司空见惯"条取自《云溪友议》、"李峤"条见于《次柳氏见闻》、"李白"条之御前作诗事取自《松窗杂录》和《唐国史补》、"杜牧紫云"条取自《唐阙史》、"李适之"条见于《大唐新语》和《明皇杂录》、"张九龄"条取材于《明皇杂录》、"刘希夷"条取自《大唐新语》、"崔曙"条出自《明皇杂录》、"宋武帝吟谢庄月赋"条出自李延寿《南史》、"长孙欧阳互嘲"条出自《国朝杂记》（其书今佚，唯《隋唐嘉话》卷中和《大唐新语》卷十三仍备载之，《本事诗》所载当取于二书）、"张元一嘲武懿宗"条采自《朝野佥载》……作为野史笔记，它们要么是当时人记当时事，耳目所接，较后人为近，如《朝野佥载》；要么是本于实录，慎重取舍，如《隋唐嘉话》、《大唐新语》。还有的则具有十分自觉的采诗存史意识，如《云溪友议序》曰："每逢寒素之士，作清苦之吟，或樽酒和酬，稍蠲于远思矣。谚云：街谈巷议，倏有裨于王化。野老之言，圣人采择。孔子聚万国风谣，以成其《春秋》也。江海不却细流，故能为之大。摭昔藉众多，因

① （唐）元稹著，杨军笺注《元稹集编年笺注》（诗歌卷），三秦出版社，2002年，第145页。

② 《本事诗校补考释》，第42页

所闻记,虽未近于丘坟,岂可昭于雅量。或以篇翰嘲谑,率尔成文,亦非尽取华丽,因事录焉,是曰《云溪友议》。"①因此,这些笔记的记载总的来说是值得信任的。孟启将它们作为《本事诗》的材料来源,也是其征实原则的体现。

另外,在《本事诗》中,还有些材料的来源并不可知,但本事记载却与诗歌内容相吻合,可视为真实本事,如"崔护题诗"条、"顾况题诗"条、"张又新"条、"开元制衣女"条等。又从材料来源看,这些材料归根结底还是来自孟启的耳闻目见。因为正如孟启在自序中所说的,"闻见非博,事多缺漏。访于通识,期复续之"②,《本事诗》的编撰本来就是根据个人闻见而作的,即使是采自诗序、野史或传奇小说的本事,仍然是孟启从书籍中目见而来。

总之,从已知的材料来源看,孟启对本事的采集是遵循征实原则的,因为他既没有从志怪小说中采入材料,也没有把明显不可能发生的事情采入《本事诗》中,相反是将材料来源限定在诗序、诗注、野史笔记和根据诗序或现实事件而加工成的传奇小说中。这是孟启采择本事时以征实为原则的一种表现。

其次,孟启不仅从来源上保证材料的真实可信,而且还对采集来的本事进行考证,修正其中不合事实的内容。这一点,在采自野史笔记的材料中犹为多见。如乔知之条"本事":

《朝野佥载》:周补缺乔知之有婢碧玉,姝艳能歌舞,有文华。知之时幸,为之不婚。伪魏王武承嗣暂借教姬人妆梳,纳之,更不放还知之。知之乃作《绿珠怨》以寄之,其词曰:"石家金谷重新声,明珠十斛买娉婷。此日可怜偏自许,此时歌舞得人情。君家闺阁不曾观,好将歌舞借人看,意气雄豪非分理,骄矜势力横相干。辞君去君终不忍,徒劳掩袂伤铅粉。百年离恨在高楼,一代容颜为君尽。"碧玉读诗,饮泪不食,三日投井而死。承嗣撩出

---

① 《云溪友议》,第3页。
② 《本事诗校补考释》,第29页。

尸,于裙带上得诗,大怒。乃讽罗织人告之,遂斩知之于南市,破家籍没。①

　　《隋唐嘉话》:补缺乔知之有宠婢,为武承嗣所夺。知之为《绿珠篇》以寄之,末句云:"百年离别在高楼,一旦红颜为君尽。"宠者结于衣带上,投井而死。承嗣惊惋,不知其故。既见诗,大恨。知之竟坐此见构陷亡。②

　　《本事诗》:唐武后载初中,左司郎中乔知之,有婢名窈娘,艺色为当时第一。知之宠待,为之不婚。武延嗣闻之,求一见。势不可抑。既见,即留无复还理。知之痛愤成疾,因为诗,写以缣素,厚赂阍守以达窈娘得诗悲惋,结于裙带,赴井而死。延嗣见诗,遣酷吏诬陷知之,破其家。诗曰……时载初元年三月也。四月下狱,八月死。③

　　从材料对比中可以发现,该条故事中的婢女在《朝野佥载》中记为"碧玉",在《隋唐嘉话》中未提其名,而在《本事诗》中则确定为"窈娘"。那么,究竟哪一个名字更符合真相? 在同时代的其他文献资料中,我们可以找到答案。如李德裕《祥瑞论》中有"由是而言,则褒姒、郦姬皆为国妖,以祸周、晋;绿珠、窈娘皆为家妖,以灾乔、石"④。很明显,这句话暗含了"乔知之因窈娘而死"的悲剧故事。因为在这句话中,"乔石"二字本应为"石乔",这里为协韵而有意颠倒。因此,真正的搭配为"绿珠灾石崇"、"窈娘灾乔知之"。对于前一则故事,《晋书》有详细著录,在此不再复述。而后一则故事,正是《本事诗》中所记之事。又杜牧《偶呈郑先辈》中有"西京才子旁看取,何似乔家郍窈娘"⑤,也证实乔知之有一宠婢名为窈娘。由此可见,孟启在采集材料时应该有所考证,因此才将婢女的名字确定为窈娘。

---

　　①　《朝野佥载》,第 31 页。
　　②　《隋唐嘉话》,第 39 页。
　　③　《本事诗校补考释》,第 32—33 页。
　　④　(唐)李德裕著,傅璇琮、周建国校笺《李德裕文集校笺》,河北教育出版社,2000年,第 697 页。
　　⑤　(唐)杜牧著,冯集梧注《樊川诗集注》,上海古籍出版社,1978 年,第 339 页。

同样的情况还有"戎昱别妓"条、"刘禹锡司空见惯"条和"许浑"条,因篇幅所限,不再详述。总之,孟启在采集"本事"时往往会通过史实考证而对材料中的错误记载进行纠正。而当这种考证无法得出明确答案时,孟启则以严谨的态度将空白悬置起来,绝不妄加猜测。例如:

> 太和初,有为御史分务洛京者,子孙官显,隐其姓名,有妓善歌,时称尤物。时太尉李逢吉留守,闻之,请一见,特说延之,不敢辞,盛妆而往。李见之,命与众姬相面。李妓且四十余人,皆处其下。既入,不复出。顷之,李以疾辞,遂罢坐,信宿,绝不复知。怨叹不能已,为诗两篇投献。明日见李,但含笑曰:"大好诗。"遂绝。诗曰:"三山不见海沉沉,岂有仙踪尚可寻。青鸟去时云路断,嫦娥归处月宫深。纱窗遥想春相忆,书幌谁怜夜独吟。料得此时天上月,只应偏照两人心。"①

首先,在理解此则材料之前,我们必须对"隐其姓名"一词进行分析。这里的"隐其姓名"显然可有两种理解。一种是将其理解为孟启的行为,是孟启希望为尊者讳,因此尽管他知道故事的主人翁是谁,却仍然在材料记录中有意隐去其姓名;另一种理解则是把"隐"当作故事传播者的行为。也就是说,在此故事流传之初,人们就因为某种原因而故意隐藏主人的姓名,因此辗转相因,到了后来,故事的主人翁就只能作为一位无名氏而存在。显然,后一种理解更符合事情的真相。理由有两点:第一,在《本事诗》中,从来没有为尊者讳的意识,更无先例;第二,在该则材料中,如果说真有需要隐讳的对象,那也应该是夺人姬妾的李逢吉;作为受害者,实在没有刻意隐名埋姓的必要。由此可知,这里的"隐其姓名",并非孟启对自身行为的说明,而是他对所听到的事实真相的介绍。也就是说,在被孟启采为"本事"之前,该则故事的主人公就已经是一名无名氏。无名氏就是故事的真正主人,因此从忠于故事的角度出发,我们不需要对史实刨根问底;更不能按自己的理解,刻意将无名氏变为某一具体的历史人物,

---

① 《本事诗校补考释》,第 47 页。

这样才是真正的"实录"精神。很明显,孟启的做法是符合这种精神的,而孟启之后的很多编撰者却违背了孟启的原则,试图对人物的真实姓名进行还原。这样一来,就出现了所谓刘禹锡的故事记载。这样的记载很多,在注明取自《本事诗》的《广记》中,也将"子孙官显"的"为御史分务洛京者"坐实为刘禹锡。对于这种行为,我们的心情是无奈的。一方面,我们无法责备好事者的好意,毕竟他们的初衷也是希望恢复历史,使历史的真相更为详细;另一方面,我们又不得不承认这种行为的失败。因为任何一种坐实,其实都是对原本史实的伤害,更不用说一些原本就不符合事实的判断,其结果只能是离事实越来越远。以刘禹锡之说为例,内山知也就通过引述卞孝萱先生的《刘禹锡年谱》而推翻此说,并证明其荒谬性。这样看来,孟启的据实采录而不主观猜测的编撰态度,反而是对历史真相的最好保护。同样的情况还有"杜牧紫云诗"条。此条在《太平广记》所引《唐阙史》中已将"李司徒"坐实为李愿,而孟启《本事诗》则未采此说,仍以"李司徒"代之。这样一来,当现代学者以"李司徒"不可能为"李愿"的理由来质疑这则材料时,孟启恰恰以宁缺勿误的做法证明了其在引用材料时所具有的征实意识。

当原材料中存在明显与事实不符的内容时,孟启往往直接删略,不予采用,这也体现了"其有出诸异传怪录、疑非是实者,则略之"的征实意识,如"刘希夷"条。这条材料最早出现在《大唐新语》:

　　　　刘希夷一名挺之,汝州人。少有文华,好为宫体,词旨悲苦,不为时所重。善挝琵琶,尝为《白头翁咏》曰:"今年花落颜色改,明年花开复谁在?"既而悔曰:"我此诗似谶,与石崇'白首同所归'何异也?"乃更作一句云:"年年岁岁花相似,岁岁年年人不同。"既而叹曰:"此句复似向谶矣,然死生有命,岂复由此。"乃两存之。诗成未周,为奸所杀。或云宋之问害之。后孙翌撰《正声集》,以希夷为集中之最。由是稍为时人所称。①

而孟启《本事诗》的内容与之基本相同,但删去了"诗成未周,为

---

① 《大唐新语》,第128页。

奸所杀。或云宋之问害之"的不实猜测,仅以一句带过,曰"果以来春之初下世"。这样一来就比《大唐新语》的记载更符合事实。

另外,在上章关于《本事诗》成书年代的讨论中,我们还发现《本事诗》中存在作者自注,如"戎昱"条的"戎昱为部内刺史"后自注"失州名"、"韩翃"条的"李将"后自注"失名"、"元稹黄明府诗"条的"兼共摘船行"的"摘"后自注"一作刺"、"李逢吉夺妓"条所引诗歌最后自注"欠一首"、"骆宾王续诗"条的"年九十余乃卒"后自注"出赵鲁《游南岳记》"等。这些自注要么对本事中无法确定的人名、地名进行说明,要么对诗的异文或事的出处进行补充说明,归根到底都是为了更加清楚地说明材料所反映的事实情况。这也可以证明孟启采编本事材料时具有征实原则。

由此可见,孟启不仅在材料来源上保证故事的真实可信,不取志怪小说中的故事,而且对于采集来的材料也往往进行考证,将错误的记载修改过来、把无法确定的说法悬置起来、将奇谈怪论删略出去。这些都体现了孟启"其有出诸异传怪录、疑非是实者,则略之"的采编原则。

最后,再让我们回过头来看今人对《本事诗》征实性的质疑。正如我们在本文开头所列举的,到目前为止,关于《本事诗》材料的质疑已有很多,但这些质疑要么从考证事件发生的时间、地点与相关人物的身份入手,看彼此之间是否存在矛盾。如有矛盾,则说明事件本身不符合史实。例如骆宾王灵隐寺续诗事与宋骆二人的行实不符、白居易杨柳枝的时间地点有误、樊素小蛮并非二女而是一人、刘禹锡司空见惯中的"李司空"若为李绅则与二人行实不符、李逢吉夺妓中的受害者不可能为刘禹锡、杜牧紫云条中的"李司徒"不可能是李愿等;要么是从本事所提到的诗歌入手,看诗歌在其他诗集中的归属、题名与《本事诗》所记载的情况有无出入。如果有,则认为本事的记载与历史不符,如"卖饼者妻"条的诗歌在《河岳英灵集》作《息夫人怨》、"朱滔"条的代妻所答诗在《全唐诗》中归为女郎葛鸦儿作,"戎昱"条的诗歌在《全唐诗》中题为《移家别湖上亭》、"杜牧城南题诗"条原题为《赠终南兰若僧》、"吴武陵"条的诗歌在《全唐诗》中为于邺作《下第不胜其忿题路左佛庙》等。然而这些不符是否意味着《本事诗》不具有征实性呢？答案显然是否定的。

正如我们所看到的，前人考证的不实之处主要存在于与故事相关的时间、地点和人物身份等细节上，然而这些细节的失实并不影响整件事的真实性，更不影响对诗歌的阐释。例如"白居易杨柳枝"条中的移柳作诗事虽然记载有误，即将栽树的西南角误为东南角、将移柳的时间从武宗朝变成宣宗朝，但这并不影响白居易创作此诗的基本事实，即其所作《杨柳词》引发了君主的移柳之举，白居易感于此举而另作诗。在这一点上，《本事诗》所记完全与卢贞《和白尚书赋永丰柳》序相同，符合白诗创作的原本情况，可作为本事阐释诗歌本义；其次，前人怀疑本事真实性的另一根据是诗歌异文及其在诗集中的归宿与题名，而这实际上很多时候并不与诗歌本事相矛盾。例如"卖饼者妻"中的诗歌虽然在诗集中题为《息夫人怨》，但这并不意味着诗歌就是咏史之作，而可能是王维借息夫人的故事来比拟卖饼者妻的处境，以借古论今。"戎昱"条也是这样，其《移家别湖上亭》的标题与送妓离开的故事并不矛盾，因为这首诗的创作本来就是在爱妓离开故主家时、于湖上饯别所作的，两者之间并非不可兼容。又如我们所知，诗歌本事与诗题之间原本就不是一一对应的，并非每首诗题都是对诗歌本事的概括说明。相反，很多时候作者会从诗题的含蓄性和艺术性出发，有意保持与诗歌本义之间的距离。这样一来，就出现诗题与诗歌本事看似不符的情况。但实际上，这种不符很有可能并不存在。当然退一步讲，即使诗题所述为诗歌创作的真实情况，与本事确有出入，但只要这种出入是在具体细节而非整体事实上，就不能由此否定本事的真实性及其阐释价值。如"杜牧城南题诗"条原题为《赠终南兰若僧》，明确说明该僧乃出自终南山。而本事则认为杜牧遇僧人并作诗的地点是在城南的文公寺。那么，这两者究竟有没有矛盾呢？可不可能是遇僧在城南文公寺，而此僧出自终南山呢？我们觉得有这种可能。即使没有这种可能，即使本事所记的地点确实有误，我们也不能否认这首诗是在杜牧制策登科之年、声名大躁之际遭遇僧人不知其姓名的事实而作的，抒发了一种看透世事的智慧与感悟。由此可见,本事在细节上存在的问题并不足以否定整个事实,更不能由此否定事与诗的对应关系。

总之,在《本事诗》材料中,可能存在某些具体细节的失实,如时间、地点与相关人物的情况,但这种失实并不影响整个事件的真实性,不影响事与诗的真实、事诗关系的真实,更不影响其对诗歌本义的阐释。因此从根本上说,这些材料属于真实的本事。当然另一方面,如果从"以诗证史"的角度利用这些材料,将其作为考证相关人物行实和相关事件信息的依据,那么,这些材料就不能算作真实的事件。由此可见,本事的真实和历史的真实原本就是两回事。在孟启这里,本事既然是介绍诗歌创作的基本情况、说明事对诗的决定作用的,那么真实的本事就只要求事件本身和诗歌本身都是真实存在的、它们的关系也是真实存在的,至于具体的细节,则可以与事实略有出入,因为这些细节并不影响整个诗歌创作,对于诗歌阐释也没有决定性作用。后来的研究者之所以一再质疑本事的真实性,是因为他们并非将本事作为证诗的依据,而是证史的根据。他们希望用本事的记载补充正史中所未提及的一些事件,因此要求本事所记的具体时间、地点、相关人物及其官职等细节也与历史相符。以这样的要求来看《本事诗》的材料,显然会认为其不具有真实性。

的确,本事的真实性与历史的真实性不同,这是孟启强调本事征实性而后人却多认为其不符合历史事实的根本原因。另外,孟启在《本事诗》中还会采录一些看似荒诞不羁、有传异录怪之嫌的材料,如"崔护题诗中的女子死而复生"、"幽州衙将妻死而作诗"、"许浑梦接神女而赋诗"、"马植夜闻白衣人吟诗"、"刘希夷诗谶"等。这是否与孟启自序中所说的"出诸异传怪录,疑非是实者,则略之"相矛盾呢?事实也并非如此。一来,正如孟启所说,本事的真实性与否是由孟启自己判断的,即"疑非是实者,则略之"。而如我们所知,唐代鬼神道炽、谶纬流行,有很多神异之事是当时人所相信的。或许孟启也相信这些事实,所以采入《本事诗》中。这样一来,今日的我们固然可以从科学的角度否定这些事情真实性,甚至怀疑孟启的判断能力,但却不能据此否定孟启的征实原则。二来,本事对于创作事实的叙述有时会带上传奇色彩,有时还会以一种寓言式的夸张叙述来说明诗歌创作的本来情况,如"幽州衙将妻死而作诗事"。从诗歌创作事实的角度来说,此事很可能是真实的,是由于孔氏五子受虐而引起他人同情,于是以其母口吻作诗谴责,以拯救五子的生活。这里创作者虽然借重鬼神,但总的说来,诗歌创作是由于五子受后母虐待的事实而作的,这一点与诗歌所表达的感情也相吻合,可以借此阐释诗义。又"许浑梦接神女而赋诗事"和"卢献卿梦人赠诗事"所介绍的其实都是梦中作诗的情况,是一种潜意识的心理活动。因此尽管奇特,却可能与事实相符。又"马植夜闻白衣人吟诗事"也一样。尽管按表面叙述的情况看,这里有一个神秘的白衣人出现,但实际上它也可能是一种寓言化的表达。事实上,诗歌可能是马植潜意识下的自勉之词,也可能是听闻其事的某位朋友对他的鼓励和鞭策。且不论真实情况如何,可以确定的是,这首诗的创作是在马植"罢安南都护,与时宰不通,又除黔南,殊不得意"时所作,是鼓励其走出挫折、迎接胜利的,而这显然与诗歌的含义完全一致。总的说来,这些本事的叙述尽管多用传奇笔法而显得十分神秘,但一旦拨开神秘的面纱,却与客观事实完全相符,与诗歌的关系也客观存在,可用以阐释诗歌本义。因此从根本上说,这样的本事材料也属于真实的本事。

　　正如余才林所说,"唐诗本事在流传过程中多有改易增饰,难免穿凿附会,张冠李戴,个别人名的疏误会影响本事的真实性,自当重视,但也不必过于拘泥,重要的是诗与事的真实程度及其关系问题"①。也就是说,只要事、诗并非臆造、事诗关系确实存在,就不能因本事在时间、地点或人物记载上的失误而否认整个材料。事实上,本事之所以在细节上多有失实,也有其原因所在。第一,本事在流传中产生异闻。第二,本事在表达过程中有意追求寓言化表达。有些是代言、托拟之作,但为了达到效果而说成是托代之人所作;有些是创作中突然出现的灵感,这种灵感让人不可思议,故有梦中得诗、某

————————

① 《唐诗本事研究》,第411页。

人给予灵感作诗、神人作诗等本事记载。第三,唐代人十分浪漫,个性夸张,因此常常强调诗歌创作中的"下笔如有神"、突出诗歌所具有的强大的感染力并将之神化、强调诗歌创作中的偶然因素和巧合。这些表现在诗歌本事上,就必然出现一些夸张、传奇化表达。第四,唐代叙事艺术发达,本事材料也受此影响而具有强烈的小说色彩,因此显得很不真实。最后还有一条原因,就是孟启有意追求本事表达的艺术性,追求故事本身的吸引力。这一点,我们在《〈本事诗〉序》所提到的最后一条原则——"拙俗鄙俚,亦所不取"中也可以看得十分清楚。

三、"拙俗鄙俚者不取":本事材料的艺术性

在《〈本事诗〉序》的最后,孟启又交代了一条编撰原则,即"拙俗鄙俚,亦所不取"。这是什么意思呢? 其所针对的是诗歌还是本事? 笔者认为答案可能是两者兼有。也就是说,孟启在这句话中提出了另一条原则,就是其所采集的本事必须高雅而非鄙俗,其所对应的诗歌也须手法高妙而非拙劣。那么孟启为什么要强调此一原则呢? 我们认为理由有三点:第一,《本事诗》的主要内容是"事","事"不雅则整本书的格调不高。第二,《本事诗》的目的在"以事解诗",因此最终目的在"诗"。"诗"的格调不高,则没有解读的必要。而"诗"的格调在一般情况下又与其"本事"相一致。第三,事是为解诗服务的,事的叙述越形象生动,越能给人营造一种回归到诗歌创作情境的感觉,使人能亲历其境而感受创作时的情感状态、体会诗歌传达的情感。由此可见,这里的"拙俗鄙俚,亦所不取",既是从反面对"事"的品质提出要求,又对诗的水准作出规定,其根本目的仍是强调《本事诗》"以事解诗"的性质特征。

的确,从《本事诗》采录的材料看,事的讲述越形象生动,越有利于诗歌阐释,凸显出诗歌创作的情感力量。如"徐德言妻"条就因为详细介绍了两人离别之前的分镜之举,离别后徐德言妻犹冀相见而命苍头卖镜、徐德言流离辛苦而一至京城即访镜寻妻的坎坷经历,使

人一读到徐德言的题镜诗,即"照与人俱去,照归人不归。无复嫦娥影,空留明月辉"①,即感受到一股深沉的悲恸和想念。同样的,"乔知之"条也是这样。由于详细介绍了乔知之此诗的创作背景,即宠爱窈娘而为之不婚、因其被夺而痛愤成疾;又介绍了窈娘得诗后悲惋、以致赴井而死的结局,所以整个故事凄婉动人,令人动容。在此背景下再去阅读乔知之此诗,更能感受到那种痛彻心扉而无力挽回的绝望与怨恨。显然,这些故事的讲述不仅曲折生动、牵动人心,而且生动再现了诗人创作时的情境,对于我们揣度诗人本意、体会诗人的创作情感有很大帮助。

值得注意的是,这些曲折生动的情境与细节描写有时并非完全写实,而是借助合理的艺术想象,帮助我们建构诗歌创作的生动情境。如"崔护"条中女子因诗而死的部分就属于夸张、想象的描述,但这一描述并不阻碍对崔护此诗的解读,相反让我们更加深刻地体会出此诗令人死又令人生的情感力量。又"孔氏五子"中的诗歌其实是他人借死去的孔氏之口创作的,但本事的讲述却通过艺术想象营造了五子哭坟、孔氏破冢的场面,说明五子的可悲遭遇令人鬼共愤,于是才有人创作了这首诗,以表达对五子的关切和对其生父后母的谴责。其他如"杜牧紫云诗"条也是这样,尽管本事记载中所谓"以杜持宪,不敢邀至"的细节可能并不符合事实,但这并不妨碍我们对诗歌含义的正确理解,相反可以帮助我们更加直观地体会到杜牧的放荡不羁。总之,在《本事诗》中,孟启以不违背诗歌创作事实为基础,通过合理的艺术想象重构诗歌创作的生动情境,不仅可以使读者身临其境地体会诗义,解读诗歌创作的情感动机。而且增强了诗歌本事的趣味性和艺术感染力,加深了读者对诗歌及其本事的印象,引发读者对于《本事诗》的阅读兴趣,这样一来也就扩大了《本事诗》的受众面,提高了《本事诗》的影响力。事实上,在《本事诗》的批评性质一直受到遮蔽、批评价值长期未受重视的情况下,孟启这位名不见经传的小人物编撰的这部篇幅短小的书籍仍能引起人们的注意,不得不说

---

① 《本事诗校补考释》,第31页。

与其本事叙述的艺术性有密切联系。然而历史的悖论在于，孟启之所以在编撰《本事诗》时加入合理的艺术想象，其根本目的是为了更好地实现本事的阐释价值，然而结果却是本事的阐释价值未受重视，而艺术价值却大放光彩，甚至掩盖了其阐释价值，这对孟启而言究竟是幸还是不幸，恐怕已经很难说清了。

下　编

第一章 本事批评的发展历程

孟启《本事诗》是第一部专门的本事批评著作,在此之前,本事批评则以各种形式散见于历代典籍中。最早在战国,孟子开启了本事解《诗》的先河。到了汉代,本事解《诗》的《诗序》大量出现,形成了本事序《诗》的传统。这种传统进一步影响到《楚辞》等"古诗之流"的阐释,于是出现了"本事诗序"。到了魏晋南北朝,诗人自明本事的意识越来越强烈,因此常常在诗题和诗序中注明本事。唐代之后,则有了"本事诗注"和"本事解题"这两种不同的阐释方式。这是本事批评在孟启《本事诗》之前的发展情况。孟启《本事诗》之后,本事批评继续演变,在宋代出现了"论诗及事"和"以诗系事"这两大变体。到了明清,本事批评则进入到小说戏曲领域,出现了"本事考据"和"本事索隐"。总之,本事批评源远流长,又在发展的过程中经历了一系列变化。理清这些变化,才能对本事批评作出更加客观公允的评价。

第一节 先秦两汉:从孟子说《诗》到诗序解诗

说起"本事",大家首先想到的是《汉书·艺文志》中的一段论述,即:

> 周室既微,载籍残缺,仲尼思存前圣之业……以鲁周公之国,礼文备物,史官有法,故与左丘明观其史记,据行事,仍人道,因兴以立功,就败以成罚,假日月以定历数,借朝聘以正礼乐。有所褒讳贬损,不可书见,口授弟子,弟子退而异言。丘明恐弟子各安其意,以失其真,故论本事而作传,明夫子不以空言说经也。[1]

---

[1] 《汉书》,第 1715 页。

在这里,所谓"有所褒讳贬损,不可书见",是指孔子作《春秋》时并未将其本意显露于文字表面,因此,仅从文字入手解读《春秋》,很可能人人异言。在这种情况下,左丘明求真务实,通过"论本事而作传"的方式阐明孔子在《春秋》中所寄寓的大义,从而与"空言说经"者形成鲜明对比。由此可见,在阐释《春秋》的活动中,左丘明已经有了本事解经的经验。

至于本事说《诗》的风气,则还是要从孟子说起。

一、孟子本事说《诗》

《孟子·离娄下》曰:"王者之迹熄而《诗》亡,《诗》亡然后《春秋》作。晋之《乘》,楚之《梼杌》,鲁之《春秋》,一也;其事则齐桓、晋文,其文则史。孔子曰:'其义则丘窃取之矣。'"①可见在他看来,《诗》和《春秋》一脉相承,都是王者之迹的表现,其中有"事"、有"文"、有"义"。因此,说《诗》也和传《春秋》一样,要本"事"论之,以明其"义",绝不能"空言"说《诗》。所谓空言说《诗》,就是仅凭文辞阐释《诗》义,其结果往往是"以文害辞,以辞害义"。孟子反对这样的阐释,主张"说诗者,不以文害辞,不以辞害志:以意逆志,是为得之"②。至于"以意逆志",其前提则在于知人论世,明其本事。这一点,我们从下面这段对话中可以看得很清楚。

公孙丑问曰:"高子曰:'《小弁》,小人之诗也。'"孟子曰:"何以言之?"曰:"怨。"曰:"固哉,高叟之为诗也!有人于此,越人关弓而射之,则己谈笑而道之,无他,疏之也。其兄关弓而射之,则己垂涕泣而道之;无他,戚之也。《小弁》之怨,亲亲也。亲亲,仁也。固矣夫,高叟之为诗也!"曰:"《凯风》何以不怨?"曰:"《凯风》,亲之过小者也;《小弁》,亲之过大者也。亲之过大而不怨,是愈疏也;亲之过小而怨,是不可矶也。愈疏,不孝也;不可矶,亦不孝也。孔子曰:'舜其至孝矣,五十而慕。'"③

---

① 杨伯峻译注《孟子译注》,中华书局,1960年,第192页。
② 《孟子译注》,第215页。
③ 《孟子译注》,第278页。

　　在这段话中,孟子对高子论《诗》的方式进行了批评,认为:"固哉,高叟之为诗!""固矣夫,高叟之为诗也!"所谓"固",既有"固步自封,不知变通"的意思,也有"固陋,少见识"的意思。从高子对《小弁》的阐释看,他的"固"至少也表现为这两个方面。一方面,他固守着孔门诗教的传统,从礼乐教化的角度解《诗》,以道德解《诗》。因此,他从《小弁》的"怨"中得出结论,认为它不符合君子之道,违背了儒家"中正平和"的主张,因此是小人之诗。另一方面,他又孤陋寡闻,将思维和眼光始终局限于文本,因此,他不知道文本背后的相关事实,不知道这是诗人因亲人的伤害而伤心难过,是爱之深而责之切,也就是所谓的"亲亲之怨"。"亲亲者,仁也",因此,诗歌的"怨"其实源自诗人的仁。高子不知其事,自然不了解隐情,于是就有了小人之诗的误解。总之,在这段话中,孟子通过一个"固"字,批评了高子拘泥于文辞而不知本事的解《诗》方式,同时也对孔门论《诗》的传统进行了反思。

　　事实上,在孟子之前,关于《诗》的权威讨论出自孔子。孔子论《诗》,曰"思无邪"①,又曰"兴于诗,立于礼,成于乐"②,显然是将《诗》视为礼乐文化的经典,强调其教化功能。至于孔子与弟子论诗,也同样着重于探讨诗歌文本给人带来的思想启发和情感教化。例如:

　　　　子夏问曰:"'巧笑倩兮,美目盼兮,素以为绚兮。'何谓也?"子曰:"绘事后素。"曰:"礼后乎?"子曰:"起予者商也,始可与言诗已矣。"

　　　　子贡曰:"贫而无谄,富而无骄。何如?"子曰:"可也。未若贫而乐,富而好礼者也。"子贡曰:"诗云'如切如磋,如琢如磨',其斯之谓与?"子曰:"赐也,始可与言诗已矣:告诸往而知来者。"

　　从这两条材料中,我们可以更加直观地体会到孔门说诗的特点,那就是:他们只关心《诗》之文辞给人带来的道德启示,因此常常以文辞论《诗》,以道德论《诗》。至于《诗》的本事和本义,则不在他们关心

---

① 杨树达疏证《论语疏证》,江西人民出版社,2007 年,第 24 页。
② 《论语疏证》,第 124—125 页。

的范围。换句话说,他们的论《诗》并不是解《诗》,而是用《诗》。因此,他们不关心《诗》的原本事实,只关心自己读《诗》的感受。这样一来,他们对《诗》的讨论就很容易因为文字的多义性而走向随心所欲,或者因教条化的道德观念而走向僵硬。从高子论《诗》的情况看,他所犯的错误主要是后一种。不过在孟子看来,即使是从礼乐文化的角度论《诗》,也要做到"不以文害辞,不以辞害志。以意逆志,是为得之"①;否则就会像高子一样,只能根据《小弁》的文字和自己的感受得出判断,认为其中有"怨",至于"怨"的由来和具体内涵则完全不知。在这种情况下,根据僵化的道德观念而将所有的"怨"辞都视为"小人之诗",显然会违逆诗人本意,背离《诗》在礼乐教化上的意义。

　　总之,在孟子之前,说《诗》的主流人物是孔子及其弟子。他们将《诗》与《礼》《乐》并置,视《诗》为礼乐文化的经典,强调《诗》的教化作用。而从孟子开始,他将《诗》与《春秋》并置,认为《诗》中有"王者之迹",因此要论本事而作传,才能阐明诗人本意和《诗》之本义。这样一来,就开启了本事解《诗》的先河。应该说,孟子是本事说《诗》的第一人。在此以后,越来越多的人认识到本事解《诗》的价值和意义,于是出现了大量的《诗》本事,为汉代《诗序》解《诗》奠定了基础。

　　到了汉代,本事说《诗》被今、古文《诗》学普遍接受,四家诗中都有本事《诗序》。尤其是《毛诗序》,它通过对《诗》本事作出一些取舍和修正,使《诗》学诠释进一步精细化和系统化,因此是真正意义上的第一部系统采用本事解《诗》的诗学著作,是孟启《本事诗》的源头。章学诚说:"自孟启《本事诗》出(亦本《诗小序》),乃使人知国史叙诗之意。"②方孝岳也认为孟启的《本事诗》"本是取法于《毛诗·诗序》"③。王运熙则说:"一部《诗序》,可以说是有关《诗经》本事的记载。"④总之,他们都认为《诗序》是本事解《诗》的楷模。

---

①　《孟子译注》,第 215 页。

②　《文史通义校注》,第 559 页。

③　《中国文学批评》,第 17 页。

④　《中国文学批评通史》(隋唐五代卷),第 735 页。

二、《诗序》本事解《诗》

所谓《诗序》，广义上是指汉代四家《诗序》，狭义则专指《毛诗序》。关于《毛诗序》，学界讨论很多，其中序作者与作序时间问题长久以来存在争议。据夏传才总结，至少有"孔子、卜商、孟子、国史、诗人自作，毛亨、卫宏、以及汉儒在二百年传《诗》过程中捡拾旧说又陆续增续而成，非一时一人之作，等等"①不同意见。其中，"非成于一人一时"的说法最为折衷，也最符合《毛诗序》内容庞杂的特点，因此接受者颇多②。本文也以此为是，认为《毛诗序》的产生是层层累积的，其中既有先秦旧说，也有汉人的阐释。汉人的整理使《毛诗序》最终定型，因此从整体上说，《毛诗序》是属于汉代的理论之作。又关于"大序"、"小序"的划分，也曾有过争议，但目前已有定论，即：整个《毛诗序》应分为大序、小序两部分，"大序"是对《诗经》的总体探讨，包括对诗歌的性质、内容、分类、审美特征、表现方法、社会作用等方面的理论阐述，"小序"则讨论每一首具体作品、从不同角度阐释诗歌本义。从内容上说，大序和小序有根本不同。但就本质而言，大序是批评理论，小序是批评实践；大序是小序的理论基础，小序是大序的具体运用。因此，要想了解本事批评在《诗序》中的运用情况，必须以小序为讨论对象；而要从理论高度分析这种批评方法产生的原因，则需结合大序的相关论述。

在《诗序》中，阐释诗义的方法主要有四种。一种"以德化思想为本，极力申言诗篇中所可能表现出的各种美德，以教化下民"③，一种是概括诗歌主旨，一种是说明诗歌使用的场合，还有一种则是以本事解《诗》。据粗略统计，本事解《诗》的《诗序》至少有

---

① 夏传才著《思无邪斋诗经论稿》，学苑出版社，2000年，第133页。
② 参见夏传才著《思无邪斋诗经论稿》；马银琴著《两周诗史》，社会科学文献出版社，2006年。
③ 梅家玲著《汉魏六朝文学新论——拟代与赠答篇》，北京大学出版社，2004年，第215页。

以下数例①：

《邶风·绿衣》，卫庄姜伤己也。妾上僭，夫人失位而作是诗也。

《邶风·雄雉》，刺卫宣公也。淫乱不恤国事，军旅数起，大夫久役，男女怨旷，国人患之而作是诗。

《邶风·式微》，黎侯寓于卫，其臣劝以归也。

《邶风·新台》，刺卫宣公也。纳伋之妻，作新台于河上而要之。国人恶之，而作是诗也。

《邶风·二子乘舟》，思伋、寿也。卫宣公之二子争相为死，国人伤而思之，作是诗也。

《鄘风·柏舟》，共姜自誓也。卫世子共伯蚤死，其妻守义，父母欲夺而嫁之，誓而弗许，故作是诗以绝之。

《鄘风·定之方中》，美卫文公也。卫为狄所灭，东徙渡河，野处漕邑。齐桓公攘戎狄而封之。文公徙居楚丘，始建城市而营宫室，得其时制，百姓说之，国家殷富焉。

《鄘风·载驰》，许穆夫人作也。闵其宗国颠覆，自伤不能救也。卫懿公为狄人所灭，国人分散，露于漕邑。许穆夫人闵卫之亡，伤许之小，力不能救，思归唁其兄，又义不得，故赋是诗也。

《卫风·淇奥》，美武公之德也。有文章，又能听其规谏，以礼自防，故能入相于周，美而作是诗也。

《卫风·硕人》，闵庄姜也。庄公惑于嬖妾，使骄上僭。庄姜贤而不答，终以无子，国人闵而忧之。

《卫风·河广》，宋襄公母归于卫，思而不止，故作是诗也。

《卫风·木瓜》，美齐桓公也。卫国有狄人之败，出处于漕。齐桓公救而封之，遗之车马器服焉。卫人思之，欲厚报之，而作

---

① 以上所引诗序材料均见于(汉)毛亨传、郑玄笺、(唐)孔颖达疏《毛诗正义》(《十三经注疏》整理本)，北京大学出版社，2000年，第138、159、180、208、209、212、229、248、253、260、282、289、297、317、328、336、369、427、429、462、500、504、506、529、537、599、606、882、888、911、931、1019、1026、1057、1083、1099、1106、1356、1401、1627页。

是诗也。

《王风·黍离》，闵宗周也。周大夫行役至于宗周，过故宗庙宫室，尽为禾黍。闵周室之颠覆，彷徨不忍去，而作是诗也。

《王风·丘中有麻》，思贤也。庄王不明，贤人放逐，国人思之，而作是诗也。

《郑风·将仲子》，刺庄公也。不胜其母，以害其弟。弟叔失道而公弗制，祭仲谏而公弗听，小不忍以致大乱焉。

《郑风·清人》，刺文公也。高克好利而不顾其君，文公恶而欲远之不能。使高克将兵而御狄于境，陈其师旅，翱翔河上，久而不召，众散而归，高克奔陈。公子素恶高克进之不以礼，文公退之不以道，危国亡师之本，故作是诗也。

《郑风·扬之水》，闵无臣也。君子闵忽之无忠臣良士，终以死亡，而作是诗也。

《魏风·园有桃》，刺时也。大夫忧其君国小而迫，而俭以啬，不能用其民，而无德教，日以侵削，故作是诗也。

《魏风·陟岵》，孝子行役，思念父母也。国迫而数侵伐，役乎大国，父母兄弟离散，而作是诗也。

《唐风·鸨羽》，刺时也。昭公之后，大乱五世，君子下从征役，不得养其父母，而作是诗也。

《秦风·黄鸟》，哀三良也。国人刺穆公以人从死，而作是诗也。

《秦风·无衣》，刺用兵也。秦人刺其君好攻战，亟用兵，而不与民同欲焉。

《秦风·渭阳》，康公念母也。康公之母，晋献公之女。文公遭丽姬之难，未反，而秦姬卒。穆公纳文公，康公时为太子，赠送文公于渭之阳，念母之不见也。我见舅氏，如母存焉。及其即位，思而作是诗也。

《陈风·株林》，刺灵公也。淫乎夏姬，驱驰而往，朝夕不休息焉。

《桧风·羔裘》，大夫以道去其君也。国小而迫，君不用道，好洁其衣服,逍遥游燕,而不能自强于政治,故作是诗也。

《豳风·鸱鸮》,周公救乱也。成王未知周公之志,公乃为诗以遗王,名之曰《鸱鸮》焉。

《豳风·东山》,周公东征也。周公东征,三年而归,劳归士,大夫美之,故作是诗也。

《小雅·巧言》,刺幽王也。大夫伤于谗,故作是诗也。

《小雅·何人斯》,苏公刺暴公也。暴公为卿士,而谮苏公焉,故苏公作是诗以绝之。

《小雅·大东》,刺乱也。东国困于役而伤于财,谭大夫作是诗以告病焉。

《小雅·北山》,大夫刺幽王也。役使不均,己劳于从事,而不得养其父母焉。

《小雅·车辖》,大夫刺幽王也。褒姒嫉妒,无道并进,谗巧败国,德泽不加于民。周人思得贤女以配君子,故作是诗也。

《小雅·宾之初筵》,卫武公刺时也。幽王荒废,媟近小人,饮酒无度。天下化之,君臣上下沉湎淫液。武公既入,而作是诗也。

《小雅·角弓》,父兄刺幽王也。不亲九族,而好谗佞,骨肉相怨,故作是诗也。

《小雅·白华》,周人刺幽后也。幽王取申女以为后,又得褒姒而黜申后,故下国化之,以妾为妻,以孽代宗,而王弗能治。周人为之作是诗也。

《小雅·渐渐之石》,下国刺幽王也。戎狄叛之,荆舒不至,乃命将率东征。役久病于外,故作是诗也。

《小雅·苕之华》,大夫闵时也。幽王之时,西戎、东夷交侵中国,师旅并起,因之以饥馑。君子闵周室之将亡,伤己逢之,故作是诗也。

《大雅·荡》,召穆公伤周室大坏也。厉王无道,天下荡荡,无纲纪文章,故作是诗也。

《大雅·云汉》,仍叔美宣王也。宣王承厉王之烈,内有拨乱

之志,遇灾而惧,侧身修行,欲销去之。天下喜于王化复行,百姓
见忧,故作是诗也。

　　《鲁颂·䭫》,颂僖公也。僖公能遵伯禽之法,俭以足用,宽
以爱民,务农重谷,牧于坰野,鲁人尊之,于是季孙行父请命于
周,而史克作是颂。

　　在这些《诗序》中,不仅交代了诗歌创作的触发事件,即"某人因
某事触发产生某情感而作某诗",还以"事+情+'故作是诗'"的结构
模式强调了事对诗的决定作用,说明事的触发引发了情的产生,情的
激荡又导致了诗歌的创作,属于典型的本事解《诗》。

　　分析这些《诗序》,我们可以发现其本事解《诗》的特点:

(一)分布特点:叙事与抒情的分野

　　从本事《诗序》在《诗经》中的分布情况看,国风中最多,小雅次
之,大雅和颂则少有涉及。显然,这是由四类诗歌创作的不同情况决
定的。正如《诗大序》所言,"颂者,美盛德之形容,以其成功,告于神
明者也"①。颂是天子所制郊庙乐歌,其创作并非是由某一事件引发
的情感表达,而是为特定场合所作的配乐之词,故在《诗序》中往往以
介绍诗的使用场合为主要内容,以揭示诗歌本义,如"《闵予小子》,嗣
王朝于庙也"②、"《载芟》,春籍田而祈社稷也"③。风、雅则不一样。
"是以一国之事,系一人之本,谓之风。言天下之事,形四方之风,谓
之雅。"④风、雅的创作本身都与"事"相关,是外在事件触发的结果,
因此在阐释诗义时需要对事进行介绍,以揭示情感产生的特殊背景,
这就出现了本事解诗的阐释方式。

　　由此可见,本事批评并非适用于一切诗歌作品,对于不同作品而
言,其使用的价值和必要性都有不同。总的说来,本事批评对抒情诗
歌的价值大于叙事诗歌,对多用比兴而表达隐晦的作品的价值大于

---

① 《毛诗正义》,第 21 页。
② 《毛诗正义》,第 1578 页。
③ 《毛诗正义》,第 1591 页。
④ 《毛诗正义》,第 19 页。

多用赋法而表达直白的作品。这是我们根据本事《诗序》在《诗经》中的分布情况得出的结论。

（二）内容特点：人、事、情三要素

　　总的说来，本事《诗序》的内容可以简单概括为"某人因某事触发某情感而作某诗"，即包含有人、事、情等三方面内容。以《邶风·绿衣》为例，卫庄姜为创作者，即"人"，"妾上僭，夫人失位"为"事"，"伤己"为"情"。显然，人、事、情等三要素都完整存在于本事之中，这是本事《诗序》的一般情况。

　　当然也有例外。有时是创作者的身份未明，如《鄘风·定之方中》、《卫风·淇奥》、《郑风·将仲子》和《陈风·株林》等《诗》本事；有时则并不明言"故作是诗也"以说明事对诗的决定作用，如《鄘风·定之方中》、《卫风·硕人》、《郑风·将仲子》、《陈风·株林》、《邶风·式微》和《小雅·北山》等《诗》本事。但无一例外的是，每则《诗》本事都会介绍诗歌创作的触发事件及其引发的情感，可见"事"对"情"的决定作用实为诗歌本事的核心内容。当然，创作者的身份在大多数情况下都与诗歌情感有密切联系，因为触发创作的事件常为某人的特殊经历，其所引发的情感也为某人在特殊立场和视角中形成的主观情感。因此，要理解诗歌创作的情感内涵，必须对创作者的情况有所了解。不过也有另一种情况，即触发创作的事件为社会公共事件，其所表达的情感为社会人的普遍看法。这时，创作者的身份对于诗歌情感的表达就没有很大影响，可以仅据触发事件判断其所引发的情感内涵。又所谓"故作是诗也"的介绍，其实也非本事《诗序》的必要内容。在本事《诗序》中，一则本事对应一首诗，事对诗的决定作用已十分明显。即使不加强调，也可读出"故作是诗也"的含义来。当然另一方面，一则本事中的人、事、情等因素交代得越完整、越详细，事、诗关系交代得越明确，越利于我们对诗本义的把握，这一点也是必须肯定的。

　　从"情"的因素看，上引《诗序》中的一则本事往往包含有两种情感。这些情感有时前后一致，如《卫风·淇奥》中的"美"、《王风·黍离》和《郑风·扬之水》中的"闵"、《王风·丘中有麻》中的"思"等。有

时前后不一,如《邶风·雄雉》的序中既曰"刺卫宣公也",又曰"国人
患之而作是诗";《邶风·新台》则在说明"刺卫宣公也"后又曰"国人
恶之,而作是诗也"。其他如《魏风·园有桃》之"刺"后曰"忧"、《小
雅·巧言》之"刺"后曰"伤"、《秦风·黄鸟》既"哀"又"刺"、《小雅·角
弓》既"刺"又"怨"等。为什么会这样?《诗序》开头的"刺"与"故作是
诗也"之前的"患"、"恶"、"忧"、"伤"、"哀"、"怨"是何关系? 要回答这
个问题,可以从《小雅·何人斯》入手。这首诗的序如上文所引,即
"苏公刺暴公也。暴公为卿士,而谮苏公焉,故苏公作是诗以绝
之"①。显然,从其介绍的本事看,此诗创作的情感为"绝",而所谓
"刺"则为诗歌创作的目的。以此类推,上面所引诗序首句的"刺"在
很大程度上属于诗歌创作目的,而非引发创作的情感波动;真正引发
诗歌创作的还是"患"、"恶"、"忧"、"伤"、"哀"、"怨"、"喜"等一般情
感。这样一来,我们又可发现另一个问题,那就是:《诗序》在本事解
诗时,虽然常有美刺说诗的倾向,但美刺只是对创作目的的说明。从
触发创作的事件及其引发的情感波动看,《诗序》中的本事也是丰富
多彩的,涉及人类的各种情感,符合诗歌创作的实际情况。

　　的确,从《诗序》介绍的本事中可以看出此时诗歌创作的基本情
况。首先看创作者的身份。分析上引本事《诗序》,创作者的身份可
分为三类,一类是皇族成员,如康公、卫武公、召穆公、公子素、周公、
苏成公、幽王父兄、仍叔等皇族男性和庄姜、共姜、许穆夫人、宋襄公
母等皇族中的女性。一类是大夫君子、大臣和国人等贵族成员,包括
所谓"卫人"、"周人"、"谭大夫"等。还有一类则是具有特殊身份的
人,如"孝子"和"行役之士"。这些人的阶级身份未知,但根据当时的
教育情况,能够作诗言志者绝非下层平民,至少是国人。除此之外,
还有些本事则没有说明创作者身份,但根据分析则应包含于此三类
之内,最有可能者即为国人。其次,从触发创作的具体事件看,《诗》
本事也可分为三种,一种是宫廷生活和君主言行,一种是国家大事,
还有一种则是社会生活事件。总的说来,这些事件或多或少都与社

---

　　① 《毛诗正义》,第888页。

会政治有一定关系,因为宫廷生活和君主言行往往会给社会政治带来一定影响,而社会生活事件又是社会政治环境下的产物,受政治行为的影响。然而从创作者和触发事件间的关系看,这些诗歌有时并不是为政治事件服务的,而是因个人遭遇而引发的情感表达,如卫姜伤己作《绿衣》、共姜自誓作《柏舟》、康公念母作《渭阳》、大夫伤谗作《巧言》、许穆夫人自伤作《载驰》、宋襄公母思归作《河广》、孝子思亲作《陟岵》、成公恶友作《何人斯》等,都是因个人遭遇而引发的情感表达,抒发了由夫妻、父子(母子)、君臣、朋友等关系所带来的情感波动。从这个角度看,《诗序》中的本事又并非全为政治事件。当然另一方面,国人、大夫、君子等针砭时弊、表达政治观点的创作也大量存在,如上文引《雄雉》、《新台》等条,这也与诗歌创作的实际情况相符。如前所述,这些诗歌创作者的主要身份是大夫君子和国人。作为国家的贵族阶层,他们不仅"有议政的特权,既可面谏于王,又可谤王"①,还有议政的义务和责任,"统治者须召国人于朝,咨询以家国之大事"②,而以诗相感的方式可以使他们更加含蓄、有效地实现对君王的劝谏,因此在诗歌创作中,他们往往以表达政治讽谏为目的。如"维是褊心,是以为刺"③、"夫也不良,歌以讯之"④、"家父作诵,以究王讻"⑤、"王欲玉女,是用大谏"⑥、"上帝板板,下民卒瘅……犹之未远,是用大谏"⑦等。由此可见,《诗经》中的创作的确包含有两种情况,一种是因个人遭遇引发的情感表达,一种是由社会事件引发的政治讽谏,这和《诗序》所提供的本事情况也相一致。从这个角度讲,所谓《诗序》牵强附会、纯以美刺说诗的说法其实并不符合本事《诗序》的情况,至少是没有全面、公正地做出评价。

---

① 杨宽著《先秦史十讲》,复旦大学出版社,2006年,第189页。
② 《先秦史十讲》,第189页。
③ 《毛诗正义》,第425页。
④ 《毛诗正义》,第526页。
⑤ 《毛诗正义》,第826页。
⑥ 《毛诗正义》,第1343页。
⑦ 《毛诗正义》,第1344页。

（三）本事《诗序》的由来：旁采故实和牵合史事

从材料来源看，《诗序》中的本事大多采集而来，而采集途径主要有两条：一是"取春秋"，二是"采杂说"。所谓"取春秋，采杂说"的说法，最早见于《汉书·艺文志》，其评价三家《诗》曰："汉兴，鲁申公为诗训故，而齐辕固、燕韩生皆为之传。或取春秋、采杂说，咸非其本义。与不得已，鲁最为近之。三家皆列于学官。又有毛公之学，自谓子夏所传，而河间献王好之，未得立。"①这种说法也适用于《诗序》，只是需要略作修正。首先，本事《诗序》从春秋、杂说中采集的并非诗义，而是诗事，也就是与诗歌创作相关的事实材料。其次，这里的"春秋"并非指《春秋》这一部史书，而是代指所有史书；而"杂说"也不包括那些后人有意虚构和明显不实的材料，而特指那些由先秦《诗》说流传下来的、与诗歌创作事实相关的材料。再次，所谓"取春秋"是指从史书中采集诗歌创作的触发事件，但有时史书已明确将该事与某诗联系起来，有时则是《诗序》通过诗歌解读而将此事采为某诗之本事。换句话说，前一种做法属直采本事，后一种做法则是联系诗歌含义、从史籍中寻找本事。在《诗序》中，这两种情况并存。最后也是最重要的，本事《诗序》的目的在于阐释诗歌本义，一般来说也能实现此阐释目的，除非所采并非本事。因此，所谓"咸非本义"的说法也不符合本事《诗序》的情况。

以此为基础来分析《诗序》中的《诗》本事，我们发现其材料来源的确可分为"取春秋"和"采杂说"两端，也就是史书记载和口头流传。如在前文所引本事《诗序》中，《鄘风·载驰》、《卫风·硕人》、《郑风·清人》、《秦风·黄鸟》等几条诗序明显来自《左传》，与《左传》的记载基本吻合。《豳风·鸱鸮》的诗序材料则取自《尚书·金滕》，和以上四条材料一样，都属于"取春秋"而来的本事诗序。与此不同，《小雅·北山》的诗序则从《孟子·万章》所载咸丘蒙与孟子问答之语中提取本事，属于"采杂说"的本事诗序。除此之外，有些本事诗序虽然无法找到材料来源，但应该来自先秦诗说，因为其所阐释的诗歌含义

---

① 《汉书》，第 1708 页。

与先秦引诗、用诗之义相吻合,如《邶风·式微》。《左传》襄公二十九年记载:"公还,及方城。季武子取卞,使公冶问,玺书追而与之,曰:'闻守卞者将叛,臣帅徒以讨之,既得之矣。敢告。'公冶致使而退,及舍,而后闻取卞。公曰:'欲之而言叛,只见疏也。'公谓公冶曰:'吾可以入乎?'对曰:'君实有国,谁敢违君?'公与公冶冕服。固辞,强之而后受。公欲无入,荣成伯赋《式微》,乃归。"① 显然,这里的《邶风·式微》在含义上与《诗序》的阐释相符,在使用情境上也与《诗序》所记本事相对应,可见《诗序》中的本事应该采自先秦诗说。又《小雅·角弓》的本事诗序也与《礼记·坊记》及《左传》的引诗之义相吻合。《礼记·坊记》曰:"睦于父母之党,可谓孝矣。故君子因睦以合族。《诗》云:'此令兄弟,绰绰有裕,不令兄弟,交相为瘉。'"② 《左传》昭公二年载:"二年春,晋侯使韩宣子来聘,且告为政,而来见,礼也。观书于大史氏,见《易》《象》与《鲁春秋》,曰:'周礼尽在鲁矣,吾乃今知周公之德与周之所以王也。'公享之,季武子赋《绵》之卒章。韩子赋《角弓》。(杜注:取其'兄弟婚姻,无胥远矣',言兄弟之国宜相亲。)"③ 显然,此处的赋《诗》之义即为《诗》本义,与《诗序》的阐释相吻合,可见《诗序》所叙"本事"也应采自先秦《诗》说。除此之外,有的《诗》本事在四家诗中的记载基本相同,可见也是从先秦《诗》说中继承而来的,如《魏风·陟岵》、《小雅·何人斯》、《小雅·大东》和《大雅·云汉》等《诗》本事④。总之,毛诗中的本事《诗序》大都是从记载先秦史实的史书及其他材料中采集而来,或者从口耳相传的先秦诗说而来,这是其材料来源上的一般特点。

值得注意的是,《诗序》中的本事有时并非直取史书,而是根据诗

---

①　杨伯峻编著《春秋左传注》,中华书局,1990 年,第 1155—1156 页。

②　《礼记正义》,第 1646 页。

③　《春秋左传注》,第 1226—1227 页。

④　可参见(清)王先谦《诗三家义集疏》(中华书局,1987 年)和马银琴《两周诗史》(社会科学文献出版社,2006 年)。马银琴在《诗三家义集疏》的基础上详细分析四家诗说,发现"三家无异议"或三家诗说与《毛序》大体相合者有一百八十首左右,与《毛诗》首序相合者有二十三首。这些诗说的存在可证明四家诗同源于先秦诗说。

歌文字牵合史实而成，如《陈风·株林》序曰："刺灵公也。淫乎夏姬，驱驰而往，朝夕不休息焉。"此序所记之事源自《左传》，即"陈灵父与孔宁、仪行父通于夏姬，皆衷其衵服，以戏于朝。洩冶谏曰：'公卿宣淫，民无效焉，且闻不令。君其纳之！'公曰：'吾能改矣。'公告二子。二子请杀之，公弗禁，遂杀洩冶。"①但《左传》并未将此事与《株林》之诗相联系，更未明言其为《株林》之本事。《诗序》之所以将其采为《株林》本事，是因为诗中有"从夏南"之句，与《左传》成公二年的"戮夏南"相对应，似指夏姬之子征舒；又因为诗为陈风，与陈地统治者灵公相关，又与《左传》所谓"公卿宣淫，民无效焉"相对应，故认为《株林》一诗乃刺灵公之淫乎夏姬。这是《陈风·株林》的本事由来。同样的情况还有《郑风·将仲子》序，其言曰："刺庄公也。不胜其母，以害其弟。弟叔失道而公弗制，祭仲谏而公弗听，小不忍以致大乱焉。"②显然，此序所记之事源自《左传》，即所谓"郑伯克段于鄢"的故事。不过《左传》的记载仅限于事，并未与诗相联系。《诗序》之所以将其与《郑风·将仲子》联系起来，是由于诗中有一"仲"字，与故事中的"祭仲"相对应。又故事所述共叔段一再侵犯的行径，与诗中所谓"无逾我里，无折我树杞"的呼声相对应。更重要的是，郑庄公以母亲之言和兄弟之言为由拒绝祭仲的劝谏，从而欲擒故纵，待叔段"多行不义"后一网打尽的做法，与诗中所谓"仲可怀也，父母之言，亦可畏也"、"仲可怀也，诸兄之言，亦可畏也"③相对应。由此一来，《诗序》就根据诗歌内容与史实的对应关系，将史书所记之事录为诗歌创作本事。这种做法，显然也属牵合本事。当然，《诗序》的牵合史实并非毫无依据，而是以《诗》与史实的对应关系为基础，因此往往符合创作的原本情况，这也是必须肯定的。相反，后世完全根据《诗》文本重解《诗经》，认为《诗序》牵合史实的做法纯属牵强附会，其实并不符合《诗序》的实际情况。

---

①　《春秋左传注》，第 701—702 页。
②　《礼记正义》，第 328 页。
③　《毛诗正义》卷四，第 329 页、330 页。

（四）本事性质：真伪参半

关于本事《诗序》的真伪问题，也需从不同角度予以分析。一方面，我们认为《诗序》中的本事大多取自史籍或前人诗论，因此是值得信任的。另一方面，我们也不得不承认《诗序》本事真伪错杂、异说纷呈。这种情况的出现，显然有各方面原因。第一，《诗序》以美刺说诗和以政教说诗的主观倾向，可能导致本事记载的失实甚至有意歪曲。第二，作为材料来源的历史记载，有时也存在记载的失实和矛盾。如《常棣》一诗的本事在《左传·僖公二十四年》中记载为："富辰谏曰：不可。臣闻之：大上以德抚民，其次亲亲以相及也。昔周公吊二叔之不咸，故封建亲戚以蕃屏周……召穆公思周德之不类，故纠合宗族于成周而作诗，曰：常棣之华，鄂不韡韡。凡今之人，莫如兄弟。"[1]即认为诗的创作者为召穆公；然《国语》则记富辰之谏曰"不可。古人有言曰：'兄弟谗阋，侮人百里。'周文公之诗曰：'兄弟阋于墙，外御其侮'"[2]，明言此诗乃周公所作。由此可见，即使同一人所叙之本事，在不同史书的记载中也有不同。至于杂说中的本事记载，更是鱼龙混杂。有些本事与用诗故事纠缠不清，有些本事则纯属后人臆造、托名古人，因此实不可信。第三，在《诗序》中，还有些本事并非直接采自史籍，而是根据对诗歌的理解、从史籍中寻找相关事件作为本事，这样就难免带有主观性，可能出现偏差。总之，从以上三方面看，《诗序》中的本事材料之所以真伪混杂，是由其生成方式决定的。

然而，就整体而言，《诗序》中的本事还是真实可信的。即使是牵合诗、事的本事，也基本符合诗歌创作的原本情况，直到今天仍没有足够证据推翻其说、证明其伪。普遍的情况是，人们之所以质疑《诗序》所记本事，仅仅是因为诗歌表面所叙事件与《诗序》介绍的本事之间多有疏离，从文本表面看不出其与本事之间的对应关系。然而正如钱志熙所说，《诗经》的基本体制是歌谣体。歌谣体作为一种朴素、单纯的抒情诗，其再现事件的功能较弱，因此一旦脱开了其所依附的

---

① 《春秋左传注》，第 420—424 页。
② 徐元诰撰，王树民、沈长云点校《国语集解》，中华书局，2002 年，第 44—45 页。

历史事件与人物,脱离了其最初传播的固定范围,其主题就变得模糊起来,很难再根据文本逆探其本事、本义①。如《左传·隐公元年》载郑庄公与武姜母子隧中相见,"公入而赋:'大隧之中,其乐也融融。'姜出而赋:'大隧之外,其乐也泄泄。'遂为母子如初"②;《左传·成公十七年》载《声伯之歌》:"初,声伯梦涉洹,或与己琼瑰食之,泣而为琼瑰盈其怀,从而歌之曰:'济洹之水,赠我以琼瑰。归乎归乎,琼瑰盈吾怀乎!'"③显然,这两首诗若没有具体的背景介绍,则很可能被我们理解为男女幽会之词与男女相悦而赠以琼瑰之歌。由此可见,抒情性歌谣往往缘事而发、兴感无端,直接表现自己的情感而不反映本事和背景,因此一旦脱离其原始语境,则很难再根据文本逆探本事,更不能根据现代人的文本理解而推翻前人所提供的本事。再则,《诗序》的阐释毕竟离《诗经》创作的语境近,是最早的解诗系统,部分保存了诗歌创作背景、作者情况及写作动机等信息,因此,在没有更多材料的情况下,我们不能仅根据文本的解读就推翻诗序所提供的本事。这一点,前人也多有论述。如叶适曰:"作诗者必有所指,故集诗者必有所系;无所系,无以诗为也。其余随文发明,或记本事,或释诗意,皆在秦汉之前,虽浅深不能尽当,读诗者以其时考之,以其义断之,惟是之从可也。专溺旧文,因而推衍,固不能得诗意;欲尽去本序,自为之说,失诗意愈多矣。"④何琇说:"朱子排诋小序,如木瓜诸篇本事可考者,亦从废斥,诚不无过当。"⑤

其实退一步讲,不论《诗序》提供的本事是否可信,"这是属于解《诗》内容的问题,并不改变《诗序》引事解诗的性质"⑥。"从《毛诗》学者的阐释立场和方法来看,他们挖掘和开发《诗经》文本的原始意

---

① 参见钱志熙,《从歌谣的体制看〈风〉诗的艺术特点——兼论对〈毛诗〉序传解诗系统的正确认识》,《北京大学学报》(哲学社会科学版),2005年第2期。
② 《春秋左传注》,第15页。
③ 《春秋左传注》,第899页。
④ (宋)叶适著《习学记言》,中华书局,1977年,第61页。
⑤ (清)何琇著《樵香小记》,《丛书集成初编》本,第3页。
⑥ 《唐诗本事研究》,第16页。

义的努力无疑是真诚的。"①换句话说,不论《诗序》中的本事是否可信,其肯定本事的批评价值并将其以诗序的方式运用到诗歌阐释中的做法都是值得肯定的。在本事批评的发展史上,《诗序》的奠基地位毋庸置疑。

除毛诗外,今文三家诗中也有本事《诗序》。以韩诗序为例,其在《诗三家义集疏》中保存有以下几条:

> 《韩叙》曰:"《关雎》,刺时也。"②
>
> 《韩叙》曰:"《芣苢》,伤夫有恶疾也。"③
>
> 《韩叙》曰:"《汉广》,说人也。"④
>
> 《韩叙》曰:"《汝坟》,辞家也。"⑤
>
> 《韩诗序》曰:"《蝃蝀》,刺奔女也。蝃蝀在东,莫之敢指,诗人言蝃蝀在东者,邪气乘阳,人君淫佚之征。臣子为君父隐藏,故曰莫之敢指。"⑥
>
> 《韩序》曰:"《夫栘》(即《常棣》),燕兄弟也,闵管蔡之失道也。"⑦
>
> 《韩序》曰:"《伐木》废,朋友之道缺。劳者歌其事,诗人伐木,自苦其事,故以为文。"⑧
>
> 《韩》说曰:"昔尹吉甫信后妻之谗而杀孝子伯奇,其弟伯封求而不得,作《黍离》之诗。"⑨

从以上材料看,韩诗的解诗方式与毛诗基本相同,总的说来可分为概括诗旨和介绍本事两大类。其中,《芣苢》、《夫栘》、《汝坟》、《黍离》等《诗序》从内容上看属本事解诗之例,因为它们既介绍了诗歌创

---

① 周裕锴著《中国古代阐释学研究》,上海人民出版社,2003年,第84页。
② (清)王先谦撰,吴格点校《诗三家义集疏》,中华书局,1987年,第1页。
③ 《诗三家义集疏》,第47页。
④ 《诗三家义集疏》,第51页。
⑤ 《诗三家义集疏》,第56页。
⑥ 《诗三家义集疏》,第244页。
⑦ 《诗三家义集疏》,第562页。
⑧ 《诗三家义集疏》,第569页。
⑨ 《诗三家义集疏》,第315页。

作的具体背景,即某人因某事触发某情感而创作某诗,又强调了事对情、情对诗的决定作用。具体来说,《苤苢》是一位女子所作,其面对夫有恶疾的事实,感伤而作此诗。《夫杕》是(周公)与兄弟宴饮时,论及管蔡失道之事,引发怜悯之情而作。《黍离》是伯封所作,其面对父亲对哥哥的误杀而不得阻止,伤心自责而作此诗。这是韩诗《诗序》所介绍的诗歌本事。

　　分析这些本事及其在毛诗中的记载,我们发现有的本事与毛诗《诗序》相同,如《夫杕》。有的则与毛诗《诗序》略有差别,如《汝坟》。《汝坟》的本事在毛诗《诗序》中记为"汝坟,道化行也。文王之化行乎汝坟之国,妇人能闵其君子,犹勉之以正也"①,与韩诗《诗序》所记大体相同,但又有进一步提升。韩诗《诗序》所谓"辞家",是指"大夫以父母之故,不得已而出仕"②;而毛诗《诗序》则将君子出仕视为女子勉励的结果,而女子之德又系受文王教化所致。显然,毛诗《诗序》提供的本事比韩诗《诗序》更重道德教化,更多美刺倾向。当然,韩诗《诗序》中的本事有时也与美刺相关,如《蝃蝀》曰"刺奔女也。诗人言蝃蝀在东者,邪色乘阳,君淫佚之征。臣子为君父隐藏,故言莫之敢指也"。然而奇怪的是,此事在毛诗《诗序》中却为"蝃蝀,止奔也。卫文公能以道化其民,淫奔之耻,国人不齿也"③。可见两者讨论的事件尽管相同,以美刺说诗的倾向也相同,但对诗歌美刺的理解却很不一样,甚至正相颠倒。还有的时候,韩诗《诗序》和毛诗《诗序》提供的本事完全不同,如《苤苢》和《黍离》二诗。《苤苢》在毛诗《诗序》中阐释为"后妃之美也,和平则妇人乐有子矣"④,究其由来,则似乎发挥文本中的"苤苢"一词及"苤苢之子治妇人生难"的事实,根据美刺风教理论而将其与后妃之美相联系,从而构成本事。与此不同,韩诗《诗序》则记本事为"伤夫有恶疾也"。这一本事既难由文本逆推,又

---

　　① 《礼记正义》,第 67 页。

　　② 《诗三家义集疏》,第 56 页。

　　③ 《毛诗正义》,第 241 页。

　　④ 《毛诗正义》,第 63 页。

与鲁诗、齐诗的记载相吻合,可见应属于诗歌创作的本来情况,韩诗《诗序》所记乃直采本事而来。又《黍离》也是一例。毛诗《诗序》曰"黍离,闵宗周也。周大夫行役至于宗周,过故宗庙,宫室尽为禾黍。闵周室之颠覆,彷徨不忍去,而作是诗也"①,而韩诗《诗序》则认为是伯封所作。显然,韩诗《诗序》的介绍比毛诗《诗序》更详细确凿,相反,毛诗《诗序》则较为模糊,有逆推之嫌。从这个角度看,韩诗《诗序》的本事也可能比毛诗《诗序》的本事更符合诗歌创作的本来情况。当然,同样是本事解《诗》,毛诗《诗序》之所以与韩诗《诗序》不同,可能有多种原因。或许如马银琴所说,四家诗本身有共同的源头,即《毛诗》首序;而《毛诗续序》以及三家诗说对诗义的不同解释,则是以首序为依托所作的进一步的申述与发挥。发挥的角度不同,导致了解诗内容的不同。②或者,这种不同是由于材料传承中的错讹致误产生的,就其实质而言,其所交代的诗歌本事也都符合诗歌创作的本来情况。另外在四家《诗》中,鲁《诗》、齐《诗》也常常在诗序中本事解《诗》,只是大多亡佚,无从证实。

总之,在汉代《诗》学研究中,以《诗序》本事解《诗》,成为《诗》学阐释的主流。不论阐释的效果如何,它都在本事批评的方法上做出了有益的探索。

三、《楚辞章句》本事序诗

如果说《诗序》的本事解诗还只是本事批评在经学领域的使用,那么《楚辞章句》中的本事序诗则是本事批评在文学领域的最早实践。《楚辞章句》是中国文学批评史上第一部以阐释文学作品为主的文学批评著作,它深受经学阐释的影响,因此也以诗序的方式解诗。不过正如我们所知,《楚辞》作为中国诗歌的另一源头,其所收录的诗歌是在楚国民歌的基础上经过加工、提炼而发展起来的新诗体,具有浓郁的地域特色。同时,它的主要创作者屈原又有着特殊的经历和

---

① 《礼记正义》,第 297 页。
② 参见马银琴著《两周诗史》,社会科学文献出版社,2006 年。

伟大的人格,因此在《楚辞章句》中,王逸常常从诗人的经历中寻找诗歌创作的本事,以阐明诗人本意。这样一来就有了本事批评的另一种方式——本事序诗。

从现存文献看,《楚辞》小序有两大版本系统,一是《楚辞章句》本和《楚辞补注》本,一是《文选》李善注本。哪一种版本更接近小序原貌?王德华认为是后者,前者在此基础上多有增补;力之则予以批驳,认为前者才是原序,后者乃为节文。①对此,本文不拟深究,姑按惯例,以《楚辞补注》本为据:

序曰:"《离骚经》者,屈原之所作也。屈原与楚同姓,仕于怀王,为三闾大夫。三闾之职,掌王族三姓,曰昭、屈、景。屈原序其谱属,率其贤良,以厉国士。入则与王图议政事,决定嫌疑;出则监察群下,应对诸侯。谋行职修,王甚珍之。同列大夫上官、靳尚妒害其能,共谮毁之。王乃疏屈原。屈原执履忠贞而被谗褒,忧心烦乱,不知所诉,乃作《离骚经》。"②

序曰:"《九歌》者,屈原之所作也。昔楚国南郢之邑,沅、湘之间,其俗信鬼而好祠。其祠,必作歌乐鼓舞以乐诸神。屈原放逐,窜伏其域,怀忧苦毒,愁思沸郁。出见俗人祭祀之礼,歌舞之乐,其词鄙陋。因为作《九歌》之曲,上陈事神之敬,下见己之冤结,托之以讽谏也。故其文意不同,章句杂错,而广异义焉。"③

序曰:"《卜居》者,屈原之所作也。屈原体忠贞之性,而见嫉妒。念谗佞之臣,承君顺非,而蒙富贵。己执忠直而身放弃,心迷意惑,不知所为。乃往至太卜之家,稽问神明,决之蓍龟,卜己居世何所宜行,冀闻异策,以定嫌疑。故曰《卜居》也。"④

序曰:"《渔父》者,屈原之所作。屈原放逐,在江、湘之间,忧愁叹吟,仪容变异。而渔父避世隐身,钓鱼江滨,欣然自乐。时

---

① 参见力之《〈文选〉骚类李善注引〈楚辞章句〉小序均非原貌辨——兼与王德华先生商榷》,《河南师范大学学报》(哲学社会科学版),2000年第5期,第62—67页。

② (宋)洪兴祖撰《楚辞补注》,中华书局,1983年,第1—2页。

③ 《楚辞补注》,第55页。

④ 《楚辞补注》,第176页。

遇屈原川泽之域,怪而问之,遂相应答。楚人思念屈原,因叙其辞以相传焉。"①

　　序曰:"《招魂》者,宋玉之所作也。招者,召也。以手曰招,以言曰召。魂者,身之精也。宋玉怜哀屈原,忠而斥弃,愁懑山泽,魂魄放佚,厥命将落。故作《招魂》,欲以复其精神,延其年寿,外陈四方之恶,内崇楚国之美,以讽谏怀王,冀其觉悟而还之也。"②

　　序曰:"《招隐士》者,淮南小山之所作也。昔淮南王安,博雅好古,招怀天下俊伟之士。自八公之徒,咸慕其德,而归其仁,各竭才智,著作篇章,分造辞赋,以类相从,故或称小山,或称大山。其义犹《诗》有《小雅》、《大雅》也。小山之徒,闵伤屈原,又怪其文升天乘云,役使百神,似若仙者,虽身沉没,名德显闻,与隐处山泽无异,故作《招隐士》之赋,以章其志也。"③

　　这些诗序均为东汉王逸所作,其内容在于介绍诗歌创作本事,即何人因何事触发何情感而作何诗。具体来说,诗序往往先以"某某(题目)者,某某(作者)所作也"说明诗歌创作者。再介绍触发诗歌创作的具体事件,以"……故作……"、"……乃作……"的方式说明事件引发了诗歌创作,强调两者之间的决定作用。而在此之中,则详细描述创作者的心态,强调此心态在诗题、诗文中的反映。显然,这些诗序以一种固定模式介绍了诗歌创作的人、事、情等因素,并强调事对情、情对诗的决定作用,属本事解诗之例。

　　与《诗序》相比,这些以本事解诗的小序又有一些新的特点:

　　首先,从内容上看,这些小序特别重视诗歌作者的情况,将其作为本事介绍的首要内容,如"《离骚经》者,屈原之所作也"。这和《诗序》的做法显然不同。在《诗序》中,作者的身份有时并不介绍;即使介绍,也多只有"君子"、"国人"、"大臣"等社会身份,很少有具体的个

---

①　《楚辞补注》,第 179 页。
②　《楚辞补注》,第 197 页。
③　《楚辞补注》,第 232 页。

人身份。至于其姓名、生平,则大多不可知。《楚辞》小序则不一样,其作者是某个具体的人。尽管此人也是"贵族文人",但却不是代表群体的身份符号,而是有强烈的个人意识①。

其次,从触发事件看,这里的本事几乎都与屈原相关,要么是屈原自己对个体命运的感伤,要么是后人由屈原的人生故事所引发的感慨。总之,屈原的人生故事是所有本事的共同内容,这种情况也与《诗序》不同。在《诗序》中,本事大多为社会历史事件,与整个国家命运相联。《楚辞》的本事则是个人的生活命运,是一己的感伤遭遇。尽管这种遭遇也是社会环境的产物,是与社会政治事件相关的,但其重点已经转向关心个人命运和抒写个人感伤。这种强烈的个人意识,显然比《诗经》时代更为鲜明。

再次,从事件引发的情感来看,这些本事中的情感大多雷同。被认为屈原所作的几篇,几乎都为屈原被放逐后伤心绝望而不忍离国弃君、坚持信念而不忍从俗的复杂心情。《招魂》等后人创作,则大多是"怜哀"和"闵伤"屈原而作,表达由其悲剧命运所引发的感伤之情。可见,这两种情感虽有不同,但归根结底,还是强调屈原的怨刺精神和忧患意识。与此相对应,《楚辞》小序又十分强调诗歌创作的讽谏意图。即使是《九歌》这样的祭神乐歌,也说明有"托之以讽谏"之意。可见在这些本事中,美刺说诗的倾向也十分明显,这一点倒与《诗序》完全相同。

那么,这究竟是此期诗歌创作的普遍特点还是诗歌阐释者的一致倾向?要解释这个问题,必须对这些小序的生成方式有所了解。

从现有材料看,王逸所作《楚辞》小序可能源自前代诗说,但更可能是王逸自己根据相关材料、联系文本内容重构而成。具体来说,《离骚》序看似源自《史记·屈原贾生列传》,即:

> 屈原者,名平,楚之同姓也。为楚怀王左徒。博闻强志,明于治乱,娴于辞令。入则与王图议国事,以出号令;出则接遇宾

---

① 参见赵敏俐,《汉代骚体抒情诗主题与文人心态——兼论骚体赋的意义及其在文学史中的位置》,《中国文化研究》,2010 年夏之卷。

客,应对诸侯。王甚任之。上官大夫与之同列,争宠而心害其能。怀王使屈原造为宪令,屈平属草稿未定。上官大夫见而欲夺之,屈平不与,因谗之曰:"王使屈平为令,众莫不知,每一令出,平伐其功,曰以为'非我莫能为也'。"王怒而疏屈平。屈平疾王听之不聪也,谗谄之蔽明也,邪曲之害公也,方正之不容也,故忧愁幽思而作《离骚》。①

然比较可知,《离骚》序并非直接剪裁《史记》而来,而是概括其事而不用其文。因此,原本在《史记》中记载得十分详尽的《离骚》本事,在王逸这里却变得十分模糊。只概述其事,但对具体的时间、地点付之阙如。

《渔父》序本事表面上似采自《史记·屈原贾生列传》,即"屈原至于江滨,被发行吟泽畔。颜色憔悴,形容枯槁。渔父见而问之曰……"②。但实际上,《史记》的记载几乎全抄《渔父》本文而来,只是省略了最后"渔父莞尔而笑,鼓枻而去,歌曰……"③的介绍。由此可见,《渔父》小序其实也并非采集,而是由文本解读而来。

其他几条小序的情况也与之相同,即都没有现成的本事材料,而是王逸根据文本内容、联系《史记》中关于屈原生平的相关介绍整合成本事。换句话说,王逸《楚辞》小序所介绍的本事往往以作者身份为突破口,根据作者的人生经历、结合诗歌内容、揣摩诗意整合而来。如《九歌》序就是根据文本内容与《汉书·地理志》所载楚地"信巫鬼,重淫祀"④的事实,将之与屈原流放南楚的经历结合而成的诗歌本事。至于《卜居》序,则直接采自文本自身,即"屈原既放,三年不得复见,竭知尽忠,而蔽障于谗。心烦虑乱,不知所从,往见太卜郑詹尹曰:'余有所疑,愿因先生决之'"⑤,并将之概括为本事。由此可见,王逸所作的《楚辞》小序往往是以作者为突破口,联系其生平经历与

---

① （汉）司马迁撰《史记》,中华书局,1982 年,第 2481—2482 页。
② 《史记》,第 2486 页。
③ 《楚辞补注》,第 180 页。
④ 《汉书》,第 1666 页。
⑤ 《楚辞补注》,第 176 页。

文本内容,建构成诗歌创作本事。正因为此,小序在介绍完诗歌创作本事之后,还会进一步对诗题和诗歌内容进行归纳说明,以与本事相印证。在《九辩》、《招魂》、《招隐士》三篇中,这种痕迹尤为明显,都是从作者、描写对象及诗题的解读入手,构建关于诗歌创作之本事。这是王逸《楚辞》小序的情况。

综上所述,汉代本事批评主要运用于《诗序》和《楚辞》小序中。前者作为集体化创作,作者的身份往往并不明晰,因此一般从"知人论世"的"世"的角度入手,弄清诗歌创作的时代和地域,从该时、该地的社会政治状况和君主言行入手,寻找诗歌创作本事。而《楚辞》作为第一部文人诗集,抒发了个体的生活遭遇和生命感悟,因此对本事的挖掘主要从"人"入手,将诗歌创作与创作者的生活经历联系起来。这是汉代文学批评从社会批评转向作者批评的显著标志。总的说来,不论是社会批评还是作者批评,不论从"世"的角度还是"人"的角度挖掘本事,其所找到的诗歌本事都带有强烈的政治色彩,反映了社会政治状况和个人政治遭遇,这是汉代本事批评的显著特点。客观地说,这些从"人"、"世"信息中建构而来的本事,难免会受到主观意识的影响而牵强附会。而那些直接采自史籍的本事,也可能有不实之处。这一点,在前文对《诗序》的分析中也已得到体现。

第二节 魏晋南北朝:从自序本事到本事命题

魏晋南北朝时期,本事批评一方面以采集史籍为序的方式存在,如《文选》所录韦孟《讽谏诗序》、荆轲《歌序》、汉高祖《歌序》、张衡《四愁诗序》等,另一方面则出现作者自作诗序或以诗题说明诗歌创作本事的情况,这是魏晋南北朝时期文学自觉的必然产物。

一、自序本事的出现及其特点

吴承学认为,"在诗歌创作领域中,诗人写作自序风气更主要是受到儒家《诗经》阐释学的影响⋯⋯当这种批评家对于古人诗歌的阐

释,变为诗人的自我阐释时,诗自序便自然出现了"①、"诗序的出现
可能受到赋体的一定影响……真正的赋序大约出现在东汉时代……
他们用序文以交代作赋时间、缘起、宗旨。受到赋序的影响,诗歌也
出现了相近的自序。《诗小序》与赋序对于诗序的影响有所不同。受
《诗小序》影响的诗序一般比较短小,言简意赅,明确地阐述诗旨;受
赋序影响的诗序则较长,委曲详细,主要阐释创作缘起,有较明显的
叙事成分在内,内容比较灵活详实,更符合'知人论世'的批评原则,
故后人诗序多采用此方式"②。其实回到当时的历史语境,我们发现
影响诗序产生的根本性因素还是赋序。《诗序》只是作为反面教材,
引起了魏晋诗人保护诗歌本义、防止后人曲解的自觉意识。而赋在
产生之初就以"古诗之流"的面貌出现,是一种特殊类型的诗歌创作。
这一创作后来发展出"既履端于倡序,亦归余于总乱。序以建言,首
引情本;乱以理篇,写送文势"③的体例形式,而其中的"序"又脱离本
文而独立,成为赋序。这样就使一般的诗歌创作也受到影响,形成诗
人自序本事的风气。由此可见,赋序是诗歌自序的引导者和特殊类
型,要了解诗序本事的情况,必须首先对赋序本事有所了解。

　　作者自作的赋序最早出现于东汉时期,例如王延寿的《鲁灵光
殿赋序》:

　　　　鲁灵光殿者,盖景帝程姬之子恭王余之所立也。初,恭王始
　　都下国,好治宫室,遂因鲁僖基兆而营焉。遭汉中微,盗贼奔突,
　　自西京未央建章之殿,皆见隳坏,而灵光岿然独存。意者岂非神
　　明依凭支持以保汉室者也。然其规矩制度,上应星宿,亦所以永
　　安也。予客自南鄙,观艺于鲁,睹斯而眙曰:"嗟乎! 诗人之兴,
　　感物而作。故奚斯颂僖,歌其路寝,而功绩存乎辞,德音昭乎声。
　　物以赋显,事以颂宣。匪赋匪颂,将何述焉?"遂作赋曰。④

---

①　　吴承学著《中国古代文体形态研究》,中山大学出版社,2000 年,第 79 页。
②　　《中国古代文体形态研究》,第 79—80 页。
③　　《文心雕龙注》卷二《诠赋》,第 135 页。
④　　(梁)萧统编、(唐)李善注《文选》,上海古籍出版社,1986 年,第 508—509 页。

这是本事自序的较早用例。从时间上看,此赋出现于汉赋的转变期,对本事的介绍还带有强烈的政治美刺色彩。如王延寿所说,此赋是其在客自南鄙、观艺于鲁时创作的。当时他看到西汉建立的这座宫殿在经历汉室中衰后依旧岿然独存,想到这一定是神明庇佑汉室的结果,同时也暗示着汉室的国祚有上天庇佑而必将长存,因此感而作赋,歌颂此宫殿的存在及其暗示的美好含义。这是王延寿创作此赋的背景和动机,与早期汉赋着意讽颂的情况相一致。对此王延寿自己也有认识,所谓"功绩存乎辞,德音昭乎声。物以赋显,事以颂宣。匪赋匪颂,将何述焉",就是强调汉赋体物、叙事、宣德的功能。不过另一方面,王延寿又提出了"诗人之兴,感物而作"的说法。这一说法在《乐记》中已经出现,即"凡音之起,由人心生也。人心之动,物使之然也。感于物而动,故形于声"①,因此并非王延寿首创。事实上,这一观点的提出使汉赋的创作摆脱了古诗"宣德美刺"的创作限制,将触发创作的事件由社会政治领域转向了个人情感领域,同时也强调了客观事物作为触发媒介的重要地位。也就是说,王延寿不仅强调了汉赋体物、叙事、宣德的功能,而且认为赋的创作一般源自此三方面影响,即事的触发、物的起兴和情的激荡。这是王延寿对于诗赋创作机制的自觉意识。在魏晋时期,这种自觉意识十分普遍,并反映于自作赋序中,如:

潘岳《秋兴赋序》:晋十有四年,余春秋三十有二,始见二毛。以太尉掾兼虎贲中郎将,寓直于散骑之省。高阁连云,阳景罕曜,珥蝉冕而袭纨绮之士,此焉游处。仆野人也,偃息不过茅屋茂林之下,谈话不过农夫田父之客,摄官承乏,猥厕朝列,夙兴晏寝,匪遑底宁。譬犹池鱼笼鸟,有江湖山薮之思,于是染翰操纸,慨然而赋。于时秋也,故以《秋兴》命篇。其辞曰。②

向秀《思旧赋序》:余与嵇康吕安居止接近,其人并有不羁之才。然嵇志远而疏,吕心旷而放,其后各以事见法。嵇博综技

艺,于丝竹特妙。临当就命,顾视日影,索琴而弹之。余逝将西
迈,经其旧庐。于时日薄虞渊,寒冰凄然！邻人有吹笛者,发声
寥亮。追思曩昔游宴之好,感音而叹,故作赋云。①

这两条材料都十分详细地介绍了赋作产生的背景和触发事件,
但触发事件却包含两方面内容。一是引发创作冲动的触媒,一是决
定创作意旨的现实事件。在前一则材料中,触发创作的似乎是秋日
里高阁连云的城市环境,实际却是作者随着年岁增长而对仕途之旅
的倍感厌倦,是对"夙兴晏寝,匪遑底宁"的官场生活的抱怨。这才是
作者创作此赋的决定性事件,而秋日城市的压抑情绪则是诱发情感
爆发的媒介。第二条材料介绍了创作的决定性事件,即昔日好友嵇
康因事见法和临刑索琴的凄凉往事引发了作者的同情、怀念和感慨,
而引发这种情感的媒介却是眼见的旧庐和耳闻的邻人笛音,作者"逝
将西迈,经其旧庐"时听到邻人的笛音而"感音而叹",回忆曾一起游
玩的美好生活,感叹如今生死相隔的凄凉处境,同时也针对嵇康的人
生遭遇抒发自己的感悟。可见在这里,笛音是"感物兴咏"的"物",但
决定诗歌创作的事还是嵇康的人生遭遇与作者自己此时的人生境
遇。换言之,在这两条材料中,触发创作的媒介均为外在环境或自然
事物,而导致创作的根本性事件则是发生在作者或他人身上的政治
遭遇与仕途穷通。

由此可见,魏晋南北朝时期,赋序的内容基本都是介绍诗赋创作
的完整过程,说明事的触发、物的起兴、情的激荡以及文本创作等不
同阶段的不同情况。一般来说,"事的触发"和"物的起兴"是截然分
开的,触发事件往往是社会政治事件。不过有时,触发事件也可能是
日常生活的特殊事件,如潘岳《怀旧赋序》中所说的杨肇父子的"不幸
短命、父子凋殒"②;或者人生旅途的普遍遭遇,如陆机《叹逝赋序》中
所提到的"懿亲戚属,亡多存寡"③。而起兴之物一般来说都是客观

---

①　《文选》,第 720 页。
②　《文选》,第 731 页。
③　《文选》,第 724 页。

外物,如上文提到的宫殿、笛声、山岭、坟墓等;有时则是前人的相关创作,如潘岳《寡妇赋序》所说的魏文帝"命知旧作寡妇之赋"①、马融《长笛赋序》中提到的"王子渊、枚乘、刘伯康、傅武仲等箫琴笙颂"②、曹植《洛神赋序》所说的"宋玉对楚王神女之事"③。当然还有一种情况是赋的创作纯为体物,其中没有人事寄托,如孙绰《游天台山赋》、张华《鹪鹩赋》、嵇康《琴赋》等。这时不仅诱发情感表达的触媒是"物",决定创作情感的也是"物",因此作者在赋序中往往着力介绍物的特性,强调"物"对创作情感的决定作用。由于篇幅所限,不一一论述。

诗序的产生在赋序之后。在《文选》所录作品中,只有四篇作品带有作者自序,即陆机《答贾长渊》、傅咸《赠何劭王济》、石崇《王明君词》、谢灵运《拟魏太子邺中集诗》。这四条诗序在整个魏晋南北朝的诗歌中所占比重极小,然而却涵括了四种基本的诗歌类型,即赠答诗、拟诗、宴饮诗与乐府诗。在整个魏晋南北朝时期,具有代表性的诗歌创作即为此四类,因此从这个角度来看,这四条诗序不仅交代了四首具体作品的创作本事,还反映了整个魏晋南北朝时的诗歌创作情况。

首先看傅咸的《赠何劭王济序》。在这则诗序中,傅咸介绍了其创作此诗的事实背景和心理状态,即:

> 朗陵公何敬祖,咸之从内兄;国子祭酒王武子,咸从姑之外孙也。并以明德见重于世。咸亲之重之,情犹同生,义则师友。何公既登侍中,武子俄而亦作,二贤相得甚欢,咸亦庆之。然自恨暗劣,虽愿其缱绻,而从之末由;历试无效,且有家艰。赋诗申怀,以贻之云尔。④

在诗序的一开始,傅咸就介绍了赠诗对象的身份及其与自己的

---

① 《文选》,第 735 页。
② 《文选》,第 808 页。
③ 《文选》,第 896 页。
④ 《文选》,第 1161—1162 页。

关系。这种关系不仅是事实上的还是情感上的。事实上，作者与何劭、王济是亲戚。就情感而言，则与对方"情犹同生，义则师友"。接下来，傅咸又介绍了此诗创作的触发事件，即何劭、王济相继登上侍中之位，相得甚欢。作为朋友，傅咸亦为之高兴，故作此诗以示庆贺。这是该诗创作的外在动机。然后，傅咸又介绍了自己当时的处境与心理状况，即"历试无效、且有家艰"和"自恨暗劣，从之未由"。的确，面对朋友的晋升，傅咸除高兴外也难免反躬自省，想到自己的沉沦下僚和欲进无门，因此在为对方庆贺的同时也为自己的遭遇、处境所触动，"赋诗申怀，而作此诗"。这是其创作的内在动机。显然，从傅咸的自序中，我们不仅可以读出此三方面的信息（即赠诗对象及其与作者的关系、外在触发事件、内在心理机制），而且根据这些信息可以更好地理解作者在诗中所要传达的信息，从而读懂诗歌本义。具体来说，在这首诗中，不仅有对往日友谊的珍惜、对朋友前程的恭贺，还有对自己不得志的哀叹和希望对方汲引的请求，这些都是诗人意欲表达的本意，也就是诗歌本义。由此可见，傅咸的诗序以介绍诗歌创作本事为内容，对阐释诗歌本义具有重要意义。

事实上，从傅咸的诗序中不仅可以看到《赠何劭王济》一诗的创作本事，还可以推及其他同类诗歌的创作情况，甚至为其他诗歌的本事重构和本义阐释提供范式。正如上文分析，傅咸在自序中对创作本事的介绍包括三部分内容。首先是赠诗对象的情况及其与赠诗者之间的关系。其次是触发诗歌创作的外在事件，一般来说是发生于赠诗对象身上，与赠诗对象相关。再次介绍触发创作的内在原因，即作者当时的处境与心理状态。最后再作一总结，说明事件引发情感，并导致诗歌创作。显然，在绝大多数的赠诗创作中，决定作者创作本意的都是此三方面因素。因此要解读诗歌本义，也需从此三方面入手。

另外，从《赠何劭王济序》看，赠诗的创作虽然是由外在事件触发的，往往以实现人与人的交流为目的，具有一定的实用价值。但另一方面又常常包含有作者个人的身世之感，甚至有纯粹的抒情之作。也就是说，赠诗创作往往同时包含有多方面用意，因此其表达的情感也十分丰富。这一点也是我们解读赠诗本义时必须注意的。

以上是关于傅咸《赠何劭王济序》的分析。总的说来，这一诗序以介绍诗歌本事的方式阐释诗歌本义，是本事批评在自序中的具体运用。从阐释效果看，这一本事不仅介绍了傅咸《赠何劭王济》一诗的创作本事、保证了读者对此诗本义的正确解读，还揭示了赠诗这一特殊类型的诗歌创作机制，甚至为其他诗歌的本事重构和本义阐释提供了范式。

与赠诗相对的是答诗。"就赠诗者而言，总希望自己的情意能得到相应的反响；就受赠者而言，在接收赠诗者的情意投射之后，自然也会激起心灵中的涟漪，进而思有所回应，因而，也就有了答诗的出现"①。那么，答诗的创作本事又是怎样的呢？在《文选》中，也有一则诗序对此进行了介绍。以此为突破口，我们可以对答诗的创作机制和解读方法有所了解：

> 陆机《答贾长渊序》：余昔为太子洗马，贾长渊以散骑侍东宫积年。余出补吴王郎中令，元康六年入为尚书郎。鲁公赠诗一篇，作此诗答之云尔。②

如题目所言，这是一首答诗，其触发事件无他，即贾谧赠诗也。赠诗作为答诗的触发事件，不仅决定答诗的创作本义，还在一定程度上决定答诗的创作形式，包括词语、意象的运用。因此要想更好地读懂答诗，必须对赠诗的情况有所了解；而要了解赠诗的含义，又必须弄清其创作本事。在陆机自序中，即以介绍贾谧赠诗的创作本事为基本内容。首先说明赠诗者与受赠者陆机的关系，即曾为同僚，都为东宫太子服务过。然后再介绍贾谧赠诗的触发事件，即陆机在出补吴王郎中令后又于元康六年入为尚书郎。这时贾谧作诗以赠，表面上是强调两者的同事之谊、庆贺陆机的命运转折，实际上则是以当权者的身份向陆机发出邀请，希望其与之为伍。这是贾谧赠诗的创作本事。与之相对应，陆机此诗的创作则是"作此诗答之云尔"，即对贾

---

① 《汉魏六朝文学新论　拟代与赠答篇》，第101页。
② 《文选》，第1138—1139页。

谥赠诗中所提到的事件、情感作出回应,这是陆机为《答贾长渊》所作的本事诗序。显然,答诗本事的关键内容是介绍对应的赠诗及其本事,如此即知答诗创作本事,并借之阐释诗歌本义。

从整个文学史看,赠答诗是魏晋南北朝时期的主要诗歌类型,不仅在数量上位居榜首,在质量上也堪称上乘,因此对赠答诗的阐释是我们研究魏晋南北朝文学时所不可回避的问题。如何阐释此类诗歌?《赠何劭王济》和《答贾长渊》二诗诗序已经为我们提供了答案,那就是要了解诗歌创作的本事。就赠诗而言,就是要了解赠诗的对象、赠诗者与赠诗对象之间的关系、导致诗歌创作的外在事件(一般与所赠对象的经历相关)和触发创作的内在因素(即赠诗者当时的处境、心态);对答诗而言,则要了解对应的赠诗及其创作本事,因为导致答诗创作的根本事件就是赠诗。答诗的创作机制与一般的"感物而作"或"触事兴咏"不同,是在赠诗的氛围影响下,受赠诗的刺激而引发强烈的创作欲望,"根据已产生的赠诗的思想和诗歌意象,积极建构作品的意象群,继而组成了自己的答诗"①。也就是说,引发创作情感的不是与作者相关的现实事件,而是赠诗中所说的事和所表达的情感。触发创作冲动的媒介也不是现实的物象,而是赠诗中所建构的意象。因此要了解答诗的含义,必须了解与其相关的前文本,了解其产生的背景和触发事件。这是赠答诗的情况。赠答诗的创作总的说来是为"群"的交际功能服务的,不过随着魏晋时期人性的觉醒,这种"群"不再限制于政治范畴内的社交群体,而是包含日常生活中的夫妻、父子等伦理群体,这也是此期赠答诗的一个重要特点。

在《文选》提供的诗类自序中,还有一则材料值得注意。它不仅反映了宴饮诗的创作情况,还揭示了拟作、代言的创作方式:

> 谢灵运《拟魏太子邺中集诗序》:建安末,余时在邺宫,朝游夕宴,究欢愉之极。天下良辰美景,赏心乐事,四者难并。今昆弟友朋,二三诸彦,共尽之矣。古来此娱,书籍未见,何者?楚襄

---

① 李剑清,《西晋赠答诗的文学氛围与"情赠兴答"的创作心理》,《河南社会科学》,2009 年第 1 期,第 180 页。

王时有宋玉、唐、景，梁孝王时有邹、枚、严、马，游者美矣，而其主
不文；汉武帝徐乐诸才，备应对之能，而雄猜多忌，岂获晤言之
适？不诬方将，庶必贤于今日尔。岁月如流，零落将尽，撰文怀
人，感往增怆。其辞曰。①

关于这条材料，前人讨论很多，如梅家玲认为这组诗乃是"以'代
言'的方式，对曹魏时《邺中集》诸作所作的仿拟。它的重要性，一方
面固然缘于其文采典丽……另一方面，其'诗作'本身与'序文'二者
间回还呼应的关系，以及由此呈显出的'拟作'、'代言'特质，既足以
构成极其特殊的美学课题，耐人寻思，同时，也是汉晋以来文人屡以
拟作、代言方式从事创作的具体成果之一"②；朱晓海则认为这组诗
是谢灵运根据曹丕《与吴质书》和《与朝歌令吴质书》二文，拟托曹丕
撰文怀人之事，重拟了邺中集会时的诗歌创作。③换句话说，谢灵运
所谓《拟魏太子邺中集诗》中的"邺中集"并不是真正由曹丕编撰的
《邺中集》，而是谢灵运根据曹丕《与吴质》二书而建构出来的邺中集
会时的诗歌创作；而所谓曹丕编撰邺中集诗的背景、心态，也是谢灵
运从《与吴质》二书中揣摩而来的。的确，考察整个文学史，我们既无
法找到《邺中集》原文，又发现所谓《邺中集》的相关记载多不可信。
更重要的是，比较谢灵运《拟魏太子邺中集诗序》与曹丕《与吴质》二
书，明显可见两者之间的承袭关系。因此从很大程度上说，谢灵运的
这篇拟作绝不是一般的有明确对象的拟作，而是以代言的方式揣摩
曹丕在《与吴质》二书中表现出来的"岁月如流，零落将尽，撰文怀人，
感往增怆"的心态，根据曹丕对宴游生活的回忆和对七子诗风的评
价，模仿七子的宴游之作而创作的拟作。这是本文对《拟魏太子邺中
集诗》的基本判断。以此为基础来分析这段诗序，我们可以对它的逻
辑层次有更加清楚的认识。具体来说，这段诗序包含有两个层次的

---

　　①　《文选》，第 1432 页。
　　②　《汉魏六朝文学新论　拟代与赠答篇》，第 1—2 页。
　　③　参见朱晓海，《读〈文选〉之〈与朝歌令吴质书〉等三篇书后》，《广西师范大学学报》
（哲学社会科学版），2004 年第 1 期。

内容,反映了诗歌创作的两种本事。

　　首先是《邺中集》诗的创作本事。如诗序所说,这些作品都是魏文帝在做太子时,与昆弟友朋一起宴饮时所作。不过这些宴饮之作可能并非出自某次具体的宴饮活动,而是产生于整个邺下时期,是这一时期所作宴饮诗中保留下来的几首代表性作品。也就是说,这些作品的创作可能并非发生于同一时间,但却发生于一个共同的大背景下,即魏太子曹丕在邺宫时组织的宴饮,也就是"建安末余时在邺宫,朝游夕宴,究欢愉之极。天下良辰美景、赏心乐事,四者难并。今昆弟友朋二三诸彦共尽之矣,古来此娱,书籍未见"。这是一层本事。对于宴饮之作来说,决定其创作的外在事件就是宴饮;而从内在的心理机制来说,则有时会带上自己的身世之感。因为正如我们所知,"我国的宴饮诗从《诗经》到'三曹'经过一个由'缘事'到'缘情'的发展过程,即在内容上由体物叙事,到抒发情感;在表现手法上由'再现'为主,到'表现'为主的发展过程。这既是宴饮诗走过的历程,也昭示了它的发展方向。之后,宴饮诗沿着'三曹'开创的'缘情'之路,开拓、发展"①。显然,作为"三曹"宴会的主要参与者,建安七子的宴饮之作也必然带有"缘情"倾向,即不仅受宴饮这一外在事件的触发产生,还受身世、经历、性格等个人因素影响。换句话说,宴饮之事和个人的身世都属于诗歌创作的触发事件,两者相互碰撞而导致了诗歌创作的产生,因此在这种情况下,若想理解诗歌创作的本义,就不仅要了解诗歌创作的外在事件,即宴饮生活;还要了解诗歌创作的内在动力,即创作者当时的现实处境与心理状态。谢灵运的做法正是这样,其不仅在《拟魏太子邺中集诗》的开头以诗序的形式介绍这些诗歌创作的共同背景,而且还在每首作品下附一诗序,介绍作品创作的个人背景,即创作者的身世处境和心理状态。如王粲诗下有序曰"家本秦川,贵公子孙,遭乱流寓,自伤情多"②、陈琳诗下有序曰"袁

---

　　①　朱一清、周威兵,《从"缘事"到"缘情"——论"三曹"对〈诗经〉宴饮诗的发展》,《江淮论坛》,1993 年第 4 期,第 107 页。

　　②　《文选》,第 1433 页。

本初书记之士，故述丧乱事多"①等。这些介绍有的是交代作者的身世，说明此一身世给作者的性格、心理带来的影响；有的则直接说明人的性情，而这些都会在诗歌创作中有所表现。因此，将这些小序与《拟魏太子邺中集诗》开头的大序相结合，就可以了解每首诗歌的具体创作背景，从而读懂诗歌的原本含义：即宴饮的欢快与个人的忧伤并存，歌功颂德和自伤身世并列。以此为据，我们还可对宴饮诗的创作机制有所了解，即在宴饮的场合、受宴饮之事和个人身世的共同触发，然后才有宴饮诗的创作。与此相对应，解读宴饮诗的方法也无外乎弄清两大问题，一是宴饮的具体背景与环境，二是创作者的现实处境和心理状态。这样就能设身处地于诗歌创作的具体背景中，体会作者意欲表达的原本含义。

　　其次是曹丕编撰《邺中集》的本事。这一事件在诗序中介绍得十分清楚，即"岁月如流，零落将尽，撰文怀人，感往增怆"，也就是面对旧友的相继逝去，曹丕追忆起当年欢宴赋诗的美好生活，感往伤怀，故编此集。显然，从这一本事的介绍看，曹丕编撰《邺中集》的用意十分明显，即追忆美好和伤逝怀人。这是谢灵运在拟序的表面文字中为我们提供的创作本事。

　　然而，不论是邺中集诗的创作本事还是曹丕编撰《邺中集》的本事，都是谢灵运在阅读文献的基础上构设出来的，而其所读文献即为曹丕《与吴质书》。在《与吴质书》中，曹丕有感于"亲故多离其灾，徐、陈、应、刘，一时俱逝"②的悲惨现实，回顾起当年"行则连舆，止则接席，何曾须臾相失。每至觞酌流行，丝竹并奏，酒酣耳热，仰而赋诗"③的美好生活，一方面感叹欢乐易逝、人世无常，一方面则赞美诸子的文学才华，说明往者已逝、存者不逮、来者不及见的寂寞情怀。最后再回到自身，感叹年已老大，昔日宴游不可复得的悲凉心境。这是此信的主要内容。比较此信与《拟魏太子邺中集诗序》，我们发现

① 《文选》，第 1434 页。
② 《文选》，第 1896 页。
③ 《文选》，第 1896—1897 页。

其中绝大部分内容都是一致的,如对往日宴游赋诗的回忆和在"岁月如流,零落将尽,撰文怀人,感往增怆"的背景下"顷撰其遗文,都为一集"①的事实,都在曹丕此信与谢灵运拟诗序中同时存在。而曹丕对当时参与游宴的徐、陈、应、刘、阮、王等六人的文学评价,也被《拟魏太子邺中集诗》所吸收,成为该组诗下各家作品下的小序。由此可以确定的是:谢灵运《拟魏太子邺中集诗》的创作是建立在曹丕《与吴质书》的基础上的。正是在阅读此文后,谢灵运根据自己的理解而拟托曹丕,编撰邺中集诗。又拟托七子,创作邺中游宴诸诗。因此,所有这些本事都是谢灵运以代言的方式拟托而作的,并非实有其事。

另外,比较谢灵运拟诗与曹丕《与吴质书》的介绍,我们发现两者之间虽有明显的继承关系,但同时又多有不同。这些不同是由谢灵运在现时经验的影响下对所拟对象的理解、拣择造成的。正如我们所知,拟作的创作必须以原作为基础,"由于拟诗的作者,必然先曾为原诗的读者,因而他的拟作,无非就是其阅读过程中对原作者之'写'的'近似的再演'的文字化"②,而"在'从读者到作者'的拟作过程中,创作主体除了连串'即境即真'的当下体验外,其实还拥有充分的'选择'自由——也就是从被自己'具体化'的想象世界中,择取自认为最恰切的部分,作为'赋形'的内容"③。如在拟托曹丕编撰遗文的心态时,谢灵运明显淡化了《与吴质书》中强烈的生命之感,而强化了君臣同乐的难能可贵,甚至因此而生发出一段所谓"古来此娱,书籍未见。何者?楚襄王时有宋玉、唐、景,梁孝王时有邹枚严马,游者美矣,而其主不文。汉武帝徐乐诸才,备应对之能,而雄猜多忌,岂获晤言之适?不诬方将,庶必贤于今日尔"的感慨。而这一点,正是谢灵运拟作所意欲强调的关键性内容。又在对魏文帝和七子宴游诗的拟托中,谢灵运也带上了自己的理解。首先,曹丕《与吴质书》中只提及六人,而谢灵运则在此之外加入了一个曹植;其次,宴游之作的常见内

---

① 《文选》,第 1897 页。
② 《汉魏六朝文学新论　拟代与赠答篇》,第 27 页。
③ 《汉魏六朝文学新论　拟代与赠答篇》,第 42 页。

容是描述欢会场面和表达对主人的颂扬、感激,而谢灵运的拟诗则以相当的篇幅自叙身世,突出作者的人生遭际及其对诗歌创作的影响。这些都是谢灵运在阅读文本、建构自己的拟代对象时有所拣择、并融入视界的结果。从这些内容入手,我们可以看出谢灵运作此拟作的根本意图,即:拟作的目的并不是向原作学习或与原作一比高低(事实上根本就没有现成的模拟对象),而是因为其读到《与吴质书》所记载的这一历史事实,联想到自己的身世、处境而有所感发,故以拟诗的方式表达自己的读后怀想。具体来说,曹丕所追忆的欢宴生活可能引发了谢灵运同样的体验和记忆;七子襟抱互异、机遇分殊的过往沧桑可能引发了谢灵运相似的身世之感;而他们"一时俱逝"的残酷现实也让谢灵运感受到生命的脆弱与人世无常,甚至可能引发对某位友人的伤逝情怀。不过其中最主要的,应该还是对"雄猜多忌"的现实影射,即方回所说的:

予谓此序使其主宋武帝文帝见之,皆必切齿。其主不文,明讥刘裕;雄猜多忌,亦诛徐傅谢檀者之所讳也。[1]

另外,如前文所说,谢灵运不仅在曹丕《与吴质书》中所提到的六人之外加上曹植,而且还在拟序中强调游宴者的身份为"昆弟友朋",这似乎也另有深意。联系谢灵运的生平遭际,则发现这里的曹植似在暗示刘义真。刘义真与曹植一样少好文籍,也和曹植一样张扬、狂放。更重要的是,他和曹植一样曾经有望成为太子,但却因为不懂得掩饰而与太子之位失之交臂。更在哥哥刘义符成为太子、登上皇位之后,因受猜忌而被废除爵位,以致面对残杀都无还击之力。显然,不论是性格还是命运,刘义真都与曹植十分相似。另外,刘义真在谢灵运的生命中又是极其重要的一个人。一方面,他与谢灵运情投意合,互为挚友,并与之有过一段诗酒快意的美好岁月。另一方面,谢灵运不仅将刘义真视为知音、挚友,还希望通过刘义真实现自己的政治抱负,通过仕途求取功名。然而遗憾的是,刘义真失败了。谢灵运的政治抱负也从此破灭,再没有实现的机会。而这一切固然是由刘

---

① (元)方回撰《文选颜鲍谢诗评》,《文渊阁四库全书》本。

义真的狂放不羁造成的,但在谢灵运看来却是源自刘义符的猜忌。从这个角度看,谢灵运在曹丕所编撰的诸子遗文中加上曹植,是谢灵运有意为之,以影射刘义符对刘义真的猜忌和迫害。这应该也是谢灵运拟作此诗的用心所在。

总之,将拟作与仿拟对象进行对比,理解其中的不同之处,然后联系拟作者的生平经历及其创作时的具体处境,也可看出拟作者的用心所在。这是我们解读拟代之作的基本方法。换句话说,对于拟作而言,模拟对象是导致诗歌创作的直接触媒,而拟作者耳闻目见的现实事件才是触发拟作的根本因素,也就是真正的本事。

在拟诗的创作中,作为模拟对象的前文本会在一定程度上决定和限制着拟作的含义和表达方式,因为整个拟诗的创作就是建立在对前文本的解读之上的。这种情况,显然与前面提及的赠答诗中的"答诗"情况一致。与此类似的还有一种诗歌类型,就是依曲填词的乐府诗创作。乐府诗创作是在先此存在的乐曲创制本事的触发下产生的,受乐曲情感的影响较大。例如石崇《王明君词序》:

> 王明君者,本是王昭君,以触文帝讳改焉。匈奴盛,请婚于汉。元帝以后宫良家子昭君配焉。昔公主嫁乌孙,令琵琶马上作乐,以慰其道路之思。其送明君,亦必尔也,其造新之曲,多哀怨之声,故叙之于纸云尔。①

石崇之所以创作《王明君词》,是因为王昭君为和亲而远嫁匈奴,途中必有琵琶乐曲以慰道路之思。不过新造的曲调多哀怨之声,石崇有感于此,故为曲作辞。显然,石崇创作该诗的直接动因是新造之曲,而决定性因素则是王昭君远嫁匈奴、为汉和亲的凄美故事。这才是触发此诗创作的现实事件,即本事。总之,对于在某一文本的触发下产生的创作而言,其创作本事就是导致前文本创作的现实事件,其所表达的情感就是前文本中所抒发的情感,而触发创作灵感的物象则是前文本中所建构的意象。当然另一方面,后来的创作往往并非对前文本的重复和照搬,而是常常溢出前文本之外,有自己的创造和

---

① 《文选》,第 1291 页。

贡献。这种创造并非仅限于语言表达的层面,很多时候还有新的内涵添加进去,而这些新的内涵又有其产生的现实背景和根本原因,往往与创作者当时的处境和经历的事件相关。这样一来,新文本的创作本事就不仅与前文本相关,还与触发作者创作的现实事件相关。

以上是《文选》诗类作品中本事自序的情况。显然,这类自序的数量尽管很少,但其内涵却十分丰富,不仅通过对作品本事的介绍达到了阐释作品本义的目的,还反映了赠答、宴饮、代拟和乐府诗等四种类型的诗歌创作情况。从这一点来看,本事不仅具有阐释作品本义的作用,还能揭示诗歌创作的一般机制,反映某一类型的诗歌创作所具有的普遍性规律。这样一来,我们就能根据本事举一反三,找到阐释某一类型的诗歌创作的基本方法。

另外,分析这些本事,我们还可对六朝时期的诗歌创作有一些新的理解。首先,在六朝时期,绝大多数创作都是一种交际性的创作。用孔子所说的"兴、观、群、怨"来说,就是"群"的创作居多,如公宴之作、赠答之作、送别之作、和作、拟作等,都是强调人与人的交流。尽管交流的对象有时是帝王公卿,有时是同僚同好,有时是朋友家人,有时是古人、前辈。这一点,显然与先秦两汉时期意在"观"、"怨"的创作不同。其次,在交际性的诗歌创作中,其内容也不再局限于秦汉时期的美刺讽谏和赋诗言志。尽管诗歌创作是为他人他事而作的,但这"他人"不再局限于王侯贵族与公卿大臣,"他事"也不限于社会政治事件,而是人与人交流中的生活事件。例如纯粹的娱乐、竞技,或表达由外在事物所引发的内心感受,或抒发自己对他人的情感、态度等。与此相应,其所表达的情感也不再局限于美刺讽喻,还有个人的情志、感受。再次,六朝时期也存在纯粹私人化的创作,如阮籍《咏怀诗》。在这些创作中,触发创作情感的往往是个人所经历的人世波折,或者由人生遭际所引发的生命感悟,属于"兴、怨"的创作。一般来说,这种纯粹个人化的诗歌创作者往往对其创作思路有十分清楚的认识。从他们在自序中所介绍的本事来看,这种创作过程往往分为两个步骤,一是个人生活境遇导致了一种感受的积累,一是外在事物的触发引发了累积于心的感受,故喷涌而出,发而为诗。这一点,我们在很多诗序中都可以看到。显然,他们所强调的是情感的获得,至于情感的表达,则并不花费太多心思。交际性的诗歌创作则与此不同。一般来说,其所要表达的情感和主题都已经由前文本确定,作者所要做的只是借助外在事物、将其与自我情感结合起来,然后尽量灵活、巧妙地将这种情感和主题表达清楚。显然,在这种作品中,表达的技巧变得特别重要。魏晋南北朝时期之所以在诗歌创作理论上发展迅速,与此类诗歌的创作是密不可分的。

二、本事命题的出现及其特点

如上文所说,在魏晋南北朝时期,诗序的数量远远少于赋序。原因何在? 第一,赋作的数量本身多于诗作。第二,赋序出现的时间早于诗序。第三,"可以肯定为诗人自拟的叙事式小序,大概在晋代开始流行,这与诗题制作情况大致相同"①。也就是说,在诗序产生的同时,作者自制的诗题也开始出现了。在这些诗题中,作者往往有意识地介绍其创作宗旨、创作缘起、歌咏对象和标明作诗的场合、对象等,这就在一定程度上代替了诗序的功能。而晋代之后,诗序逐渐走向艺术化,演变成具有独立审美价值的美文,因此介绍本事的功能逐渐弱化。第四,南北朝时期,"骈文独霸局面的形成,诗歌渐渐局限于宫廷应制、酬唱娱情、游历宴饮等范围,诗题比较具体,且出现了长题诗作,因此诗序又渐渐脱去,失去了作用"②。的确,分析诗题的发展历程,我们发现魏晋南北朝时期,诗题不仅从阐释者拟定变为诗作者拟定,从先有诗后有题变为先有题后有诗,而且诗题拟定的方法也逐渐从概括诗歌内容转向介绍诗歌本事,形成了本事批评的另一种形式。

具体来说,早期的诗题一般只介绍触发创作的事件类型,如公宴、咏史、悼亡、咏怀、送别、应诏、赠答等,有时则进一步说明事件发生的具体情况。如在公宴诗中,往往进一步说明宴会的主持者,如

---

① 吴承学,《论古诗制题制序史》,《文学遗产》,1996 年第 5 期,第 17 页。

② 吴振华,《"序"体溯源及先唐诗序的流变历程》,《学术月刊》,2008 年 1 月,第 117 页。

《大将军宴会被命作诗》、《皇太子释奠会诗》；或宴会的地点，如《乐游苑应诏》、《应诏曲水宴诗》；或两者兼有，如《侍五官中郎将建章台集诗》、《皇太子宴玄圃宣猷堂有令赋诗》、《晋武帝华林园集诗》。有时还会进一步说明宴会的目的及导致诗歌创作的根本事件，如《九日从宋公戏马台送孔令》、《侍宴乐游苑送张徐州应诏》、《应诏乐游饯吕僧珍》。在行旅诗中，则往往说明事件发生的地点，如《芙蓉池作》、《登池上楼》、《游东田》、《宿东园》等。在赠答诗中，一般会说明赠诗的对象，如《赠蔡子笃》、《赠丁仪》、《答何劭》等；有时则进一步说明触发赠答行为的根本事件，如《赠秀才入军》、《赠冯文罴迁斥丘令》、《赠陆机出为吴王郎中令》；还有些时候，则进一步说明赠诗的地点、时间及作者当时的处境，如《于承明作与士龙》、《于安成答灵运》、《西陵遇风献康乐》、《还旧园作见颜谢二中书》、《登临海峤与从弟惠连》、《夏夜呈从兄散骑车长沙》、《直东宫答郑尚书》、《郡内高斋闲坐答吕法曹》、《暂使下都夜发新林至京邑赠西府同僚》等。这些介绍或详或略地透露了诗歌创作的背景信息，为我们进一步勾稽诗歌创作本事提供了线索。然而另一方面，因为篇幅所限或作者的有意掩饰，这些诗题在透露本事信息时又往往有所保留，因此算不得完整的本事介绍。

入晋之后诗题渐长，则逐渐出现详细的本事介绍，将创作的时间、地点、背景、心境描述得更明确，题意限定更清晰。例如①：

陆云:《太尉王公以九锡命大将军让公将还京邑祖饯赠此诗》

陆云:《大安二年夏四月大将军出祖王羊二公于城南堂皇被命作此诗》

陶渊明:《示周续之祖企谢景夷三郎时三人共在城北讲礼校书诗》

陶渊明:《庚子岁五月中从都还阻风于规林诗二首》

陶渊明:《辛丑岁七月赴假还江陵夜行途中诗》

颜延之:《始安郡还都与张湘州登巴陵城楼作诗》

---

① 　以下所引分别见于逯钦立辑校《先秦汉魏晋南北朝诗》，中华书局，1983 年，第 699、699、975、982、983、1234、1597、1635、1698、1837、1838 页。

　　任昉:《赠郭桐庐出溪口见候余既未至郭仍进村维舟久之郭
生方至诗》
　　沈约:《新安江至清浅深见底贻京邑游好诗》
　　何逊:《从主移西州寓直斋内霖雨不晴怀郡中游聚诗》
　　刘孝绰:《遥见邻舟主人投一物众姬争之有客请余为咏》
　　刘孝绰:《咏有人乞牛舌乳不付因饷槟榔诗》

　　在这些诗题中,不仅说明了诗歌创作的时间、地点、人物、事件,而且还详细描述了诗歌创作时的场面,生动叙述了事情发展的详细过程,如任昉的《赠郭桐庐出溪口见候,余既未至,郭仍进村,维舟久之,郭生方至》和刘孝绰的《遥见邻舟主人投一物,众姬争之,有客请余为咏》、《咏有人乞牛舌乳,不付,因饷槟榔诗》等。显然,这些诗题与其他概述事实的诗题相比,不仅变事实介绍为事件叙述,而且变静态说明为动态描述,使整个事件变得十分形象生动。

　　总之,魏晋时期的本事批评主要运用于作者自作的诗题、诗序中,表现出诗人介绍诗歌本事、维护诗歌本义的自觉意识。又从诗题、诗序所介绍的本事情况看,诗人对于诗歌创作机制,即从"事"的触发到"物的起兴"到"情的激荡"再到"诗的创作"的具体过程有十分清楚的认识,甚至对这一过程在不同类型诗歌创作中的不同表现也多有会心,并反映于本事介绍中,为后代解读者的阐释提供了范式。这是魏晋时期本事批评的基本情况。

　　进入南北朝之后,本事批评的发展基本处于低迷阶段,而这从根本上说是由此期诗歌创作的情况决定的。正如我们所知,南北朝以至隋代,诗歌创作多脱离现实、言之无物,又有所谓"重文轻义"的风气。齐梁以后,甚至大量出现"赋得"式的诗题,以古人诗句为题。"这种'赋得'式的诗歌创作,不是从社会生活中寻找诗题,而是以古人诗句为题,诗人费尽心机去刻意揣摩,以尽题中应有之义,这种创作多少已经偏离中国古代诗歌吟咏情性、注重真实感触的传统了。"①显然,在这种创作实际下,以本事阐释诗歌本义的做法就不仅不可能,

───────

　　① 吴承学,《论古诗制题制序史》,《文学遗产》,1996年第5期,第12页。

而且也无意义了。

第三节　唐代：从本事诗注到本事解题

在孟启《本事诗》出现之前，唐代的本事批评主要有两种形式，一是本事诗注，一是本事解题。本事诗注最早出现在《文选注》中，属于他注本事。到了唐代中期，则有了诗人自注本事的情况。至于本事解题，则以吴兢的《乐府古题要解》为代表，它将本事批评从诗集中独立出来，变成专门的批评著作，这也为孟启的《本事诗》提供了借鉴。

一、以《文选注》为代表的本事诗注

在唐代，《文选注》的出现标志着本事注诗的新形式。《文选注》又包括李善注和五臣注两大系统。这两大系统在后世的评价各不相同。前者既有"释事忘义"①之讥，又有"述作之由，何尝措翰"②的质疑；后者则长久以来背负"荒陋"③之评，甚至"抄袭"④的罪名。从注

①　此说见于《新唐书》卷二〇二："始善注《文选》，释事而忘义，书成以问邕，邕不敢对。善诘之，岂意欲有所更，善曰：'试为我补益之。'邕附事见义，善以其不可夺，故两书并行。"而在此之前也有同类表达，如唐玄宗"口敕"："比见注本（指李善注本），唯只引事，不说意义。"（见《六臣注文选》卷首《吕延祚进五臣集注〈文选〉表》末附唐玄宗口敕，中华书局，1987年）

②　参见《六臣注文选》卷首之《吕延祚进五臣集注〈文选〉表》，曰："往有李善，时谓宿儒……忽发章句，是征载籍，述作之由，何尝措翰？"

③　持此意见者颇多，如丘光庭曰"五臣者，不知何许人也，所注《文选》，颇谓乖疏"（参见丘光庭《兼明书》卷四《五臣注文选》，《丛书集成初编》本，中华书局，1985年，第35页）；苏轼曰"五臣注《文选》，盖荒陋愚儒也"（参见孔凡礼点校《苏轼文集》卷六十七《书文选后》，中华书局，1986年，第2095页）；又李保泰在《选学胶言序》中说"世所传五臣之注，猥陋不足道"（参见张云璈《选学胶言二十卷补遗一卷》，北京出版社，2000年，前言第1页）；孙志祖《文选李注补正自序》云"吕延济辈荒陋无识"（参见孙志祖《文选李注补正》，《丛书集成初编》本，中华书局，1985年，前言第1页）；胡绍煐《文选笺证自序》云"五臣荒陋"（参见胡绍煐《文选笺证》，黄山书社，2007年，前言第8页）。

④　李匡乂说五臣"所注尽从李氏注出"（参见李匡乂《资暇集》卷上，《丛书集成初编》本，中华书局，1985年，第5页）；屈守元则直接说"五臣剿袭李善注是无可争辩的事实"（见《文选导读》，巴蜀书社，1993年，第70页）。

释体例看,这两大系统也不相同。李善题注往往分置于题名和作者名下,一个介绍诗歌创作情况,一个介绍作者生平;五臣题注则往往合诗歌创作情况和作者生平为一条注释,通常置于作者名下,偶尔置于题名之下。从内容上看,李善注一般采录史料以介绍诗歌创作本事,或者勾稽史籍、考订或坐实诗题中所提供的本事因素;五臣注则往往根据已有的本事信息,结合诗歌本文来揣摩诗人的创作心理,阐明诗歌创作本意。从形式上看,李善注仅提供详尽的本事信息而不将之组织为"某人因某事触发某情感而创作某诗"的完整形式;五臣注则恰恰相反,一般情况下都不介绍本事材料的来源,而是直接以"某人因某事触发某情感而创作某诗"的句式将自己在本事材料基础上揣摩、建构的创作之由和诗人之志作为客观事实表达出来。换句话说,李善注是以寻找、勾稽本事材料为内容,让读者自己去揣度创作者的心态、动机;五臣注则向前一步,在理解本事与本文的基础上,代替读者去揣摩作者的创作意图,并将之作为确定无误的本事因素表达出来。从这个角度看,李善注和五臣注都属于本事批评的范畴,只是所处阶段和具体做法不同。

(一)李善题注:采集与考证诗歌本事

李善题注的第一种形式是直接引述本事材料,说明诗歌创作乃何时、何地因何事触发产生。例如:

> 束皙《补亡诗》题注曰:"《补亡诗序》曰:'皙与司业畴人肄修乡饮之礼,然所咏之诗,或有义无辞,音乐取节,阙而不备,于是遥想既往,存思在昔,补著其文,以缀旧制。'"①

> 谢瞻《于安城答灵运》题注曰:"谢灵运《赠宣远序》曰:'从兄宣远,义熙十一年正月作守安城。其年夏赠以此诗,到其年冬有答。'"②

> 郭泰机《答傅咸》题注曰:《傅咸集》曰:'河南郭泰机,寒素后门之士。不知余无能为益,以诗见激切,可施用之才,而况沉

---

① 《文选》,第 905 页。
② 《文选》,第 1190 页。

沦不能自拔于世，余虽心知之，而末如之何。此屈非复文辞所了，故直戏以答其诗云。'"①

　　谢朓《暂使下都夜发新林至京邑赠西府同僚》题注曰："萧子显《齐书》曰：'谢朓为随王子隆文学，子隆在荆州，好辞赋，数集僚友，朓以才文尤被赏爱。长史王秀之以朓年少相动，密以启闻。世祖敕朓可还都。朓道中为诗，以寄西府。'"②

　　王粲《赠士孙文始》题注曰："《三辅决录》赵岐注曰：'士孙孺子名萌，字文始，少有才学，年十五，能属文。初，董卓之诛也，父瑞，知王允必败，京师不可居，乃命萌将家属至荆州依刘表。去无几，果为李傕等所杀。及天子都许昌，追论诛董卓之功，封萌为澹津亭侯。与山阳王粲善，萌当就国，粲等各作诗以赠萌，于今诗犹存也。'"③

　　以上材料反映出两点事实：第一，诗序和史籍是本事材料的直接来源。其中诗序可以是本诗自序，也可以是其他相关诗序；史籍不仅包括正史，还有杂史。第二，李善直引本事的做法看似轻松，实则包含有寻找和选择的双重困难，需要掌握丰富的文献和拥有高明的眼光。如从谢灵运集中发现谢瞻诗本事，从傅咸集中找到郭泰机诗本事等，即为明证。当然，换个角度来说，现成的本事材料既已言明"事"与"诗"的对应关系，寻找起来相对容易。而若找不到现成的本事材料，则只能根据诗题寻找相关的事实背景。例如：

　　谢瞻《九日从宋公戏马台送孔令》题注曰："……沈约《宋书》曰：'孔靖，字季恭，宋台初建，以为尚书令，让不受，辞事东归，高祖饯之戏马台，百僚咸赋诗以述其美。'"④

　　颜延之《应诏宴曲水作诗》题注曰："裴子野《宋略》曰：'文帝元嘉十一年三月丙申，禊饮于乐游苑，且祖道江夏王义恭、衡阳

---

①　《文选》，第 1163 页。
②　《文选》，第 1212 页。
③　《文选》，第 1105 页。
④　《文选》，第 956 页。

王义季,有诏,会者赋诗。'"①

　　谢瞻《张子房诗》题注曰:"沈约《宋书》曰:'姚泓新立,关中乱。义熙十三年正月,公以舟师进讨,军顿留项城,经张良庙也。'"②

　　潘尼《迎大驾》题注曰:"王隐《晋书》曰:'东海王越从大驾讨邺,军败。永康二年,越率天下甲士三万人奉迎大驾还洛。'"③

　　上述材料中,诗题本身已提供了一定的背景信息,如《九日从宋公戏马台送孔令》说明诗歌创作的时间是九日,地点是戏马台,事件则是为孔令饯行。《应诏曲水宴诗》说明诗歌乃为曲水宴上的应诏之作,《张子房诗》说明诗歌赋咏的对象为张子房,而《迎大驾》则说明触发诗歌创作的现实事件即为迎接大驾。然而这些事件的具体情况是怎样的?为什么吟咏张子房?"迎大驾"是怎么一回事?这些从概括的诗题中都无法得知,因此,限制了我们对诗人创作意图的具体把握。为此,李善也往往在此类诗题下做注,从史籍中寻找诗题所言事件的详细介绍。如在《九日从宋公戏马台送孔令》题下,李善从"送孔令"一事入手,进一步寻找材料,说明所送"孔令"名为孔靖。孔靖在拜官不受的情况下离开京城,颇受宋高祖敬重,于是为之设宴送行,并命文人作诗颂美。可见在这首诗中,决定作者创作本意的并非送别一事,而是孔靖拜官不受的行为。又在《应诏曲水宴诗》中,李善以"曲水宴"为突破口,寻找相关材料。结果发现这次宴会的时间是在元嘉十一年三月丙申,宴饮的主持者为宋文帝刘义隆,宴饮的目的除禊饮外,还要为江夏王义恭、衡阳王义季饯行。这样一来,诗人创作的本意中就显然包含有送别之情。又在《张子房诗》中,李善从"张子房"入手寻找材料,发现该诗创作于义熙十三年正月,是刘裕征讨关中时路过张子房庙,命僚佐赋诗的产物。也就是说,该诗表面上是一首咏史诗,其实又是一首应制诗,因此,咏史之外还"兼叙今事",抒发

---

① 《文选》,第 962 页。

② 《文选》,第 998 页。

③ 《文选》,第 1227 页。

了对刘裕征讨之举的颂扬。显然，若没有李善的挖掘，我们很难知道咏史背后还另有深意。同样地，《迎大驾》的诗题虽然点明了诗歌创作的触发事件是"迎大驾"，但对于"迎大驾"本身我们所知甚少，仍然无法体会诗歌创作的具体背景与作者心态。经过李善的题注后，我们发现所谓"迎大驾"其实发生于八王之乱时期，是东海王越挟持惠帝攻打邺城而被成都王颖打败，成都王挟持惠帝又几经波折，最后东海王以"奉迎大驾"的名义迎回惠帝之事。简言之，就是诸王混战、挟天子以令诸侯。在这种情况下，潘尼参与迎驾，所表达的显然不是庄严肃穆，而是由战争所带来的悲天悯人之情。只有了解"迎大驾"一事的具体状况，我们才能读懂诗歌表达的真正含义。

由此可见，在以上材料中，李善从诗题入手，根据诗题提供的本事线索引述史料，补充诗题中没有提及的本事信息。这样一来，不仅使本事信息变得更加详尽，还在诗题提供的表面信息外挖掘出触发创作的真实事件，有利于我们对诗歌创作本意的准确把握。值得注意的是，李善从史料中寻找更详尽的本事，但却不轻易坐实此本事与诗题、诗歌创作间的对应关系。这恰恰体现了李善注客观、审慎和不强作解人的特点。

有时，李善还以诗题为线索，考证诗歌创作的时间、地点等信息，以揭示创作的时代背景和作者信息。例如：

谢灵运《邻里相送方山诗》题注曰："沈约《宋书》曰：'少帝出灵运为永嘉郡守。'《丹阳郡图经》曰：'方山在江宁县东五十里，下有湖水。旧扬州有四津，方山为东，石头为西。'"①

谢灵运《晚出西射堂》题注曰："永嘉郡射堂。"②

江淹《从冠军建平王登庐山香炉峰》题注曰："沈约《宋书》曰：'建平王景素为冠军将军，湘州刺史。'刘璠《梁典》曰：'江淹年二十，以五经授宋建平王景素，待以客礼。'"③

① 《文选》，第980页。
② 《文选》，第1038页。
③ 《文选》，第1057页。

任昉《出郡传舍哭范仆射》题注曰:"刘璠《梁典》曰:'天监二年,仆射范云卒。'任昉自义兴贻沈约书曰:'永念平生,忽为畴昔。'然此郡谓义兴也……"①

以上题注中,李善极力从诗题中挖掘信息,通过对信息的辨析、考证而确定诗歌创作的时间、地点和事件。如在《邻里相送方山》中,李善从地点入手,得知方山在当时帝京的东面,而帝京往东走是永嘉。从谢灵运的出行经历看,其与永嘉相关的经历是被少帝出为永嘉太守,因此,《邻里相送方山》应作于谢灵运出为永嘉太守的途中,其中所表达的不仅有离别之情,还有贬谪之痛。在《晚出西射堂》一诗的题注中,李善根据"西射堂"这一地名而推知谢灵运此诗作于永嘉任上,因为此射堂为永嘉郡所有。在《从冠军建平王登庐山香炉峰》题下,李善从江淹与建平王的交游入手,引述相关材料,证明江淹此诗约作于二十岁左右,其身份为建平王的五经教授。在《出郡传舍哭范仆射》题下,李善根据《梁典》所载范云卒年推出该诗的创作时间,即天监二年。又根据任昉的书信材料得出该诗的创作地点,即义兴郡。也就是说,该诗乃天监二年任昉在义兴郡传舍中突闻范云之卒时悲恸而作。这是李善在分析诗题的基础上,对诗歌创作本事的辨析与考订。这种考订有时与释词十分相近。表面上看,是解释题目中出现的时间、地点与人物。例如:

谢灵运《还旧园作见颜范二中书》题注曰:"沈约《宋书》曰:'元嘉三年,徐羡之等诛,征颜延之为中书侍郎。'范中书,盖谓范泰也。"②

谢灵运《永初三年七月十六日之郡初发都》题注曰:"沈约《宋书》曰:'高祖永初三年五月崩。少帝即位,出灵运为永嘉郡守。少帝犹未改元,故云永初。'"③

沈约《早发定山》题注曰:"《梁书》曰:'约为东阳太守。'然定山,东阳道之所经也"。④

<hr/>

① 《文选》,第1100页。
② 《文选》,第1195页。
③ 《文选》,第1236页。
④ 《文选》,第1267页。

实质上却是从诗题中挖掘诗歌创作的背景因素,如通过对"颜范二中书"的阐释说明《还旧园作见颜范二中书》的创作与颜延之范泰有关,创作时间为元嘉三年之后。通过对"永初"的阐释说明《永初三年七月十六日之郡初发都》创作于谢灵运出为永嘉太守时。通过对"定山"的阐释则说明《早发定山》创作于沈约赴东阳作太守的途中。显然,这些注释的内容是在确定诗题中所提到的时间、地点以及触发创作的现实事件,与纯粹的释词之注不同。在李善注中,也有所谓纯粹的释词之注,如谢灵运《入华子岗是麻源第三谷》注曰"谢灵运《山居图》曰:'华子岗,麻山第三谷。故老相传,华子期者,禄里弟子,翔集此顶,故华子为称也。'"①等,并未在诗题中挖掘本事信息。

李善以诗题为线索考订诗歌创作的详细本事,因此,诗题的正确与否是李善关注的首要问题。有时,李善并没有提供更多的本事信息,而是纠正诗题的讹误,恢复诗题原貌,为读者提供本事信息:

曹植《赠丁仪》题注曰:"集云'与都亭侯丁翼',今云仪,误也。"②

曹植《又赠丁仪王粲》题注曰:"集云:'答丁敬礼、王仲宣。'翼字敬礼,今云仪,误也。"③

陆机《为顾彦先赠妇》题注曰:"集云'为全彦先作',今云顾彦先,误也。且此上篇赠妇,下篇答,而俱云赠妇,又误也。"④

陆机《赴洛》题注曰:"集云:'此篇赴太子洗马时作。'下篇云'东宫作',而此同云赴洛,误也。"⑤

从以上材料看,李善辨明诗题讹误的方法主要有两条,一是根据更早的版本,一是根据诗歌内容的解读。正如我们所知,《文选》的编撰是以前人的总集或别集为据的。因此,要纠正传抄过程中产生的讹误,必须与较早的版本相对校。不过,早期的版本有时也可能存在

① 《文选》,第 1250 页。
② 《文选》,第 1119 页。
③ 《文选》,第 1121 页。
④ 《文选》,第 1149 页。
⑤ 《文选》,第 1229 页。

讹误。这时,必须根据诗题与诗歌内容的对应原则,以理校的方式对诗题的情况作出判断,如以上《为顾彦先赠妇》条。

总之,李善注的本事批评一般出现于题注之中,以征引旧籍的方式交代诗歌本事。具体来说,有时是直采诗序与史籍中的本事材料;有时则以诗题为基础,考订诗题正误;有时,李善会以诗题所提供的本事信息为线索,从史籍中寻找这些信息的详细情况,提供更具体详细的本事介绍;有时则会对诗题中提供的信息进行分析、考证,从它们的逻辑关系中挖掘更多的本事信息。尽管有些时候,这些信息并不全面,不能提供诗歌创作的完整本事,但这种努力挖掘本事信息的做法却属于本事批评的范畴。另外,从李善挖掘本事的严谨态度看,其所挖掘到的本事大多符合诗歌创作的原本情况,只是李善一般不轻易坐实,更不将其作为唯一事实而强加于读者。更重要的是,李善一般只给出诗歌创作的本事信息,并不据此以意逆志,揣摩诗歌创作的原本用意,因此给人以"述作之由,何尝措翰"的印象。然而事实上,李善这样做的目的仍然是为了保证阐释的客观性。因为本事的信息是客观的,而根据本事以揣摩本意的过程却是主观的。因此,若将自己揣摩的结果作为诗歌创作时的原本状态表达出来,显然不符合客观原则。由此可见,那些所谓"述作之由,何尝措翰"的批判者,其实并未理解李善注的真实用意。

(二) 五臣注:结合本事、本文揣度诗人本意

与李善注不同,五臣所作题注一般置于作者名下,既包括对诗歌本事的介绍,也包含作者的生平介绍。从本事介绍的情况看,五臣注与李善注也很不相同。具体情况如下:

首先,五臣注并不像李善注一样以征引的方式介绍本事材料,而是直接将材料整合为一则完整本事,最后以"故作此诗"、"遂作此诗"、"故咏之"、"故赠之"等作总结,说明事对诗的决定作用。从内容上看,属于本事批评。例如:

> 吕延济注陆机《皇太子宴玄圃宣猷堂有令赋诗》曰:"皇太子,晋惠帝愍怀太子也。玄圃,园名。宣猷,堂名,在园中。衡时

为太子洗马,应令作此诗。"①

吕延济注卢谌《览古》曰:"徐广《晋纪》云:'谌善属文。西晋之末天下丧乱,北投刘琨,琨以为从事中郎,后为段匹磾别驾。'尝览史籍至蔺相如传,睹其志、思其人,故咏之。"②

吕向注王粲《赠蔡子笃》曰:"蔡子笃为尚书,仲宣与之为友,同避难荆州。子笃还会稽,仲宣故赠之。"③

刘良注陆机《吴王郎中时从梁陈作》曰:"梁陈,二国名。机为吴王郎中令,行过也,故作此诗也。"④

诗歌创作是触事兴情、情动于中而形于言的结果,事对诗的决定作用是以"情"为中介的。"情"是触事的结果,又是诗歌创作的直接动力,对于诗歌阐释有重要意义。然而在李善注中,往往只介绍诗歌创作的触发事件,而不明言"故作此诗也",更不交代作为中间环节的"情"感状态;与之相反,五臣注则不仅以"故作此诗也"强调事对诗的决定作用,而且还直接说明诗歌创作的情感动机。例如:

吕向注虞羲《咏霍将军北伐》曰:"霍去病为汉骠骑将军以破匈奴,羲慕之,是以咏矣。"⑤

张铣注谢灵运《晚出西射堂》曰:"射堂在永嘉西。灵运独处常不得意,作是诗也。然此以下皆永嘉所作。"⑥

刘良注曹植《赠徐幹》曰:"子建与徐幹俱不见用,有怨刺之意,故为此诗。"⑦

李周翰注曹植《朔风诗》曰:"时为东阿王,在蕃感北风,思归,故有此诗。朔,北也。"⑧

---

① (梁)萧统编,(唐)李善、吕延济、刘良、张铣、吕向、李周翰注《六臣注文选》,中华书局,1987年,第371页。

② 《六臣注文选》,第391页。

③ 《六臣注文选》,第436页。

④ 《六臣注文选》,第493页。

⑤ 《六臣注文选》,第398页。

⑥ 《六臣注文选》,第407页。

⑦ 《六臣注文选》,第442页。

⑧ 《六臣注文选》,第547页。

　　李周翰注沈约《冬节后至丞相第诣世子车中作》曰："冬节，冬至日也。约往吊之，伤其闲寂，还于车中作是诗也。第，宅也。"①

除此之外，有些注释还会进一步从文本的角度验证"事"对"情"、"情"对"诗"的决定作用，强调本文与本事之间的对应关系，例如：

　　张铣注王粲《公宴诗》曰："此侍曹操宴。时操未为天子，故云公宴。"②

　　刘良注曹植《送应氏诗》曰："送应璩、场兄弟。时董卓迁献帝于西京，洛阳被烧，故多言荒芜之事。"③

　　刘良注颜延之《拜陵庙作》曰："延之从文帝拜高祖陵，作此诗。于陵置庙，故兼言矣。"④

　　吕延济注谢灵运《永初三年七月十六日之郡初发都》曰："谓高祖崩，少帝立出灵运为永嘉郡守，故有幽栖之志。"⑤

然而，这些注释中的本事大多没有直接的材料来源，其所说明的情感也多出自五臣的以意逆志。因此，尽管它们被表达为"某人因某事触发某情感而作某诗"的客观事实，实际却具有主观色彩，属于阐释者的一己之见。

　　由此可见，五臣"本事"注与李善注很不相同。李善注乃着力为读者提供客观真实的背景材料，因此在材料的选择中尽管有自己的判断，但这种判断并没有被当做客观事实表述出来。与此相反，五臣注则往往在融合各种本事材料的基础上揣测诗人创作本意，然后将其作为诗歌创作的原本事实表达出来，这是两者在内容上的根本差别。

　　然而，五臣注的本事材料是如何获得的？这是我们接下来要讨论的问题。

　　分析五臣注，我们发现其所建构的本事材料大多直采李善注而

---

①　《六臣注文选》，第573页。

②　《六臣注文选》，第370页。

③　《六臣注文选》，第382页。

④　《六臣注文选》，第433页。

⑤　《六臣注文选》，第495页。

来,是将李善注征引的本事材料组合为一条完整的诗歌本事,以"某人因某事触发某情感而创作某诗"的句式表达出来,例如:

李善注沈约《应诏乐游饯吕僧珍》曰:"《梁书》曰:'吕僧珍字元瑜,为左卫将军。天监四年冬,大举北伐。'"刘良注曰:"僧珍为左卫将军,北伐魏,故命作诗饯也。"①

李善注谢灵运《邻里相送方山》曰:"沈约《宋书》曰:'少帝出灵运为永嘉郡守。'《丹阳郡图经》曰:'方山在江宁县东五十里,下有湖水。旧扬州有四津,方山为东,石头为西。'"张铣注曰:"灵运为永嘉太守,故邻里相送,于此作诗。"②

李善注任昉《出郡传舍哭范仆射》曰:"刘璠《梁典》曰:'天监二年,仆射范云卒。'任昉自义兴贻沈约书曰:'永念平生,忽为畴昔。'然此郡谓义兴也。刘熙《释名》曰:'传,舍也。使人所止息而去,后人复来,转相传也。'《风俗通》曰:'诸有传信,乃得舍于传舍也。'"吕延济注曰:"昉出义兴传舍,哭范仆射云,遂作此诗。传舍,客舍也。"③

李善注王粲《赠文叔良》曰:"干宝《搜神记》曰:'文颖字叔良,南阳人。'《繁钦集》又云:'为荆州从事文叔良作移零陵文。'而粲集又有赠叔良诗。献帝初平中,王粲依荆州刘表,然叔良之为从事,盖事刘表也。详其诗意,似聘蜀结好刘璋也。"张铣注曰:"叔良为刘表从事者,使聘益州牧刘璋,赠以此诗戒之。"④

在以上诸例中,五臣注直接将李善提供的本事信息组合成一则完整的本事材料,语气上更为确定,甚至直接将李善的推测作为确定史实予以表述,如上面所列的最后两条。

除此之外,五臣注的本事材料还有很大部分来自对诗题的解读,甚至将诗题直接转换为"某人因某事触发某情感而作某诗"的句式,

---

① 《六臣注文选》,第381页。
② 《六臣注文选》,第385页。
③ 《六臣注文选》,第435页。
④ 《六臣注文选》,第438页。

例如：

　　吕向注徐勉《古意酬到长史溉登琅琊城》曰："少有才学，为晋安内史。古意，作古诗之意也。酬，报也。溉为司徒长史，登此城作诗赠俳，故俳报之。"①

　　李周翰注谢灵运《南楼中望所迟客》曰："灵运登楼望所待客，未至，故作是诗。迟，待也。"②

在赠答诗和唱和诗中，这种情况尤为突出。例如：

　　吕向注谢瞻《于安城答灵运》曰："瞻为安城守，灵运见赠，故有此答。"③

　　李周翰注谢朓《和伏武昌登孙权故城》曰："伏曼容为大司马咨议参军，出为武昌太守。孙权都在此郡。朓闻曼容作此诗，遂遥和之。"④

　　刘良注沈约《应王中丞思远咏月》曰："王思远有咏月之作，约和之。"⑤

　　显然，在这些注释中，五臣仅对诗题进行串解而并没有提供更多的本事信息，因此很难说有多大的阐释价值。

　　五臣注建构本事的第三种方式是从诗歌与诗歌之间的关系入手寻找信息，如：

　　李周翰注潘岳《在怀县作》曰："岳自河阳令迁怀令，有思京之意。"⑥

　　刘良注颜延之《还至梁城作》曰："自洛还也。梁，国名。"⑦

　　刘良注陆机《答张士然》曰："机从驾出游，士然赠诗，故有此答。"⑧

---

①　《六臣注文选》，第 418 页。
②　《六臣注文选》，第 562 页。
③　《六臣注文选》，第 475 页。
④　《六臣注文选》，第 569 页。
⑤　《六臣注文选》，第 573 页。
⑥　《六臣注文选》，第 490 页。
⑦　《六臣注文选》，第 502 页。
⑧　《六臣注文选》，第 456 页。

　　李周翰注陆机《赠冯文罴》曰："文罴为斥丘令,前已赠诗,今此重赠也。"①

　　刘良注陆云《答张士然》曰："张士然平吴后入洛,有赠云,云故答之。"②

　　吕向注谢瞻《答灵运》曰："灵运先寄愁霖诗于瞻,故有此答。"③

　　李周翰注颜延之《和谢监灵运》曰："监,秘书监也。和前灵运《赠颜范二中书》也。"④

　　李周翰注沈约《和谢宣城诗》曰："谢朓为宣城太守,作卧疾诗,沈约今和之。"⑤

　　在《文选》中,潘岳《在怀县作》的前一首作品为《河阳县作》,故五臣注曰"自河阳全迁怀令";颜延之《还至梁城作》的前一首作品《北使洛》,故注曰"自洛还也";陆机《赠冯文罴》之前有诗歌《赠冯文罴迁斥丘令》、颜延之《和谢监灵运》之前有谢灵运诗歌《还旧园作见颜范二中书》、沈约《和谢宣城诗》前有谢朓《在郡卧病呈沈尚书》,而五臣发现他们之间互有联系,并据此推断后者的创作背景。至于陆机、陆运和谢瞻的三首答诗,则着力寻找其赠诗,说明赠诗的创作本事。因为对答诗而言,赠诗就是触发创作的外在事件,决定答诗的含义与情感内涵。显然,这些注释为我们找出了答诗及和诗所对应的诗歌,也属于对创作本事的挖掘之一,对于我们理解诗歌含义具有十分重要的意义。

　　除此之外,五臣注有时也会在李善注、诗题和诗歌内容之外提供更多的本事信息,然后以"某人因某事触发某情感而创作某诗"的句式表达出来,从而使我们更加具体地了解诗歌创作的原本情况,例如:

---

　　① 《六臣注文选》,第 457 页。
　　② 《六臣注文选》,第 464 页。
　　③ 《六臣注文选》,第 475 页。
　　④ 《六臣注文选》,第 482 页。
　　⑤ 《六臣注文选》,第 572 页。

　　李周翰注曹植《上责躬诗》曰:"植尝与杨修、应场等饮酒,醉走马于司禁门。文帝即位,念其旧事,徙封鄄城。俟后求见帝,帝责之,置西馆,未许朝。故子建献此诗也。"①

　　吕延济注刘桢《赠五官中郎将》曰:"魏文帝初为五官中郎将、副丞相。文帝来视桢疾,去后,桢赋诗以赠之。谓未即帝位时也。"②

　　张铣注谢灵运《还旧园作见颜范二中书》曰:"颜延之、范泰俱为中书侍郎。旧园即会稽始宁之园也。宋太祖遣范泰与灵运书,敦奖令仕,故有此行也。"③

　　吕延济注范云《赠张徐州谡》曰:"范云字彦龙,武兴人也,事齐,为竟陵王子良文学,至梁为散骑侍郎。张谡为徐州刺史,临去,就云别,不见。云后作诗赠之。"④

　　这些诗歌本事不仅不见于李善注,而且从诗题或诗歌内容中也很难获悉,应该是五臣从其他途径搜集而来。从效果上说,它们为我们进一步解读诗歌本义提供了帮助。然而遗憾的是,由于未注明材料出处,我们今天很难确定这些信息的可靠性。事实上,在五臣注多出李善注的内容中,有很大一部分是没有材料依据的,是五臣结合诗题、诗文本和作者身份等加以理解、揣度的结果,例如:

　　刘良注曹植《三良诗》曰:"亦咏史也。义与前诗同。植被文帝责黜,意者是悔不随武帝死,而托是诗。"⑤

　　吕延济注卢谌《览古诗》曰:"徐广《晋纪》云:'谌善属文,西晋之末天下丧乱,北投刘琨,琨以为从事中郎,后为段匹䃅别驾。'尝览史籍至蔺相如传,睹其志、思其人,故咏之。"⑥

　　张铣注何劭《游仙诗》曰:"何劭字敬祖,同善注。以处乱朝,

① 《六臣注文选》,第363页。
② 《六臣注文选》,第439页。
③ 《六臣注文选》,第477页。
④ 《六臣注文选》,第487页。
⑤ 《六臣注文选》,第387页。
⑥ 《六臣注文选》,第391页。

思游仙去世,故为是诗。"①

诸如此类的注释还有很多,如王康琚《反招隐诗》、曹植《七哀诗》《赠丁翼》、刘桢《赠徐幹》、嵇康《赠秀才入军》和陆机《赠尚书郎顾彦先》等。它们都是五臣在理解诗题和诗文本的基础上,以意逆志而建构的本事。

那么,究竟应该如何看待五臣建构的这些本事材料呢? 这是本节所要讨论的第三个问题。

首先,必须承认五臣注在绝大多数情况下对于诗歌解读有积极意义。因为根据之前的分析可知,五臣注对"述作之由"的介绍大多建立在李善注或诗题所提供的本事材料基础上,对"作者之志"的挖掘也以本事材料为基础,是在文本解读的基础上以意逆志的结果,因此一般来说符合诗歌创作的原本情况。又在形式上,五臣注往往将零散的本事材料组合成"某人因某事触发某情感而创作某诗"的客观事实,既为诗歌解读提供了以意逆志的生动画面,又简洁明了地概括了诗歌含义,对诗歌阐释有重要作用。从内容上看,五臣注有时还会在李善注外提供更多的本事信息,而这些信息也符合诗歌创作的本来情况,因此有一定的阐释价值,如上文提到的为刘桢《赠五官中郎将》和谢灵运《还旧园作见颜范二中书》所作的题注就是这样。另一方面,也必须承认五臣注自身也存在一些问题。有时,其所介绍的本事与史实不符,且多有臆测:

> 谢朓《和王著作八公山》题下有李善注曰:"《淮南子》曰:'淮南王安养士数千人,中有高才八人:苏非、李上、左吴、陈由、伍被、雷被、毛被、晋昌,为八公。'《神仙传》曰:'雷被诬告安谋反,人告公曰:"安可以去矣。"乃与登山,即日升天。八公与安所践石上之马迹存焉。'"李周翰注曰:"王著作,融也。八公,山名也。王融登是山有作,朓和之,述王导谢玄破苻坚事也。"②

> 鲍照《芜城赋》题下有李善注曰:"集云:'登广陵故城。'《汉

---

① 《六臣注文选》,第399页。
② 《六臣注文选》,第570页。

书》曰:'广陵国,高帝十一年属吴,景帝更名江都,武帝更名广陵。江都易王非、广陵历王胥皆都焉。'作者名下有李善注曰:"沈约《宋书》:'鲍昭,字明远,文辞赡逸。世祖时,昭为中书舍人。上好为文章,自谓物莫能及。昭悟其旨,为文多鄙言累句,当时咸谓昭才尽,实不然也。临海王子顼为荆州,昭为前军掌书记之任。子顼败,为乱兵所杀。'"李周翰注曰:"沈约《宋书》云鲍昭东海人也。至宋孝武帝时,临海王子顼镇荆州,明远为其下参军,随至广陵。子顼叛逆,昭见广陵古城荒芜,乃汉吴王濞所都。濞亦叛逆,为汉所灭,昭以子顼事同于濞,遂感为此赋以讽之。"①

在《和王著作八公山诗》中,李善注并未提及王融。根据史书记载,王融也不可能到过八公山。因此,所谓"王著作,融也"的坐实就毫无根据。又根据和诗中提到的其祖谢安破苻坚事而推断原诗中也有其祖破苻坚事,进而断定王融之祖为王导,得出诗歌乃述王导谢玄破苻坚事的结论,显然也与史实不符。对此,洪迈早有论述,即"夫以宗衮为王导,固可笑,然犹以和王融之故,微为有说。至以导为与谢安同破苻坚,乃是全不知有史策,而狂妄注书,所谓小儿强解事也"②;又在《芜城赋》中,李善注将临海王子顼误作"子顼",尚属形近而误,而五臣将"子顼(实为子顼)败,为乱兵所杀"的记载坐实为"子顼叛逆,昭见广陵古城荒芜,乃汉吴王濞所都。濞亦叛逆,为汉所灭,昭以子顼事同于濞,遂感为此赋以讽之",则纯属张冠李戴,将孝武帝死后子顼响应晋安王子勋而讨伐明帝的行为视为叛逆,并前移至孝武帝生前。显然,这样的记载与历史事实完全不符,由此生发的所谓"有感于叛逆之事而讽之"的"述作之由"和"作者之志"也纯属主观臆测。

在五臣注中,这种主观臆测的情况并非罕见。由于过分追求"述作之由"和"作者之志",五臣在找不到可靠的本事材料时,仍然发挥

---

① 《六臣注文选》,第213页。

② (宋)洪迈撰、孔凡礼点校《容斋随笔》,中华书局,2005年,第7页。

主观能动性，从诗人的人生经历中寻找与文本相关的历史记载，然后将两者牵合起来，作为客观本事予以介绍。然而在此过程中，难免出现将诗歌创作后的历史事实作为诗歌创作前的触发事件予以介绍的情况，如《芜城赋》注。有时，五臣注所提供的本事通过对诗题的串解和对诗歌内容的理解而建构，这时一旦理解有误，则整个建构的本事都可能与史实不符，如《和王著作八公山诗》注。除此之外，当诗题、历史记载和作者经历中都找不到对应的具体事件时，五臣注还会从大的社会背景入手，将诗歌创作与政治领域的美刺讽谏联系在一起。例如：

> 吕向注王粲《咏史》曰："谓览史书，咏其行事得失，或自寄情焉。曹公好以己事诛杀贤良，粲故托言秦穆公杀三良自殉以讽之。"①

> 李周翰注张协《咏史》曰："协见朝廷贫，禄位者众，故咏此诗以刺之。"②

> 刘良注曹植《赠徐幹》曰："子建与徐幹俱不见用，有怨刺之意，故为此诗。"③

一般情况下，这些美刺讽谏的说法都符合诗歌内容与作者本意，然而有时也会牵强附会。为了证明其理解符合诗歌创作本义，五臣注在阐释具体语句时也着力挖掘其隐喻意义，这样一来就有求之过深的弊病。例如：

> 吕延济注阮籍《咏怀诗》（其一）《夜中不能寐》曰："夜中，喻昏乱也。不能寐，言忧也。弹琴，欲以自慰其心。"吕向注"孤鸿号外野，翔鸟鸣北林"曰："孤鸿，喻贤臣，孤独在外。号，痛苦声也。翔鸟，鸷鸟，好回飞，以比权臣。在近则谓晋文王也。"④

> 张铣注谢朓《和王主簿怨情》之"花丛乱数蝶，风帘入双燕"

---

① 《六臣注文选》，第 386 页。
② 《六臣注文选》，第 390 页。
③ 《六臣注文选》，第 442 页。
④ 《六臣注文选》，第 419 页。

曰："蝶、燕，皆比小人在位也。妇人之意则数蝶双燕皆有耦，而我独失俦匹。喻小人尚在其位，而我独见弃置也。"①

显然，这种强调以意逆志、并将作者之志指向"讽谏""美刺"的做法，与汉代《诗序》完全相同。又从阐释效果上看，它也和《诗序》一样，常常将自己之意强解为作者之意，因此不仅不符合诗歌本义，而且流于牵强附会。

最后，就算五臣注的挖掘都符合诗歌创作的原本情况，其直接说明"述作之由"和"作者之志"的做法是否就一定优于李善注的"提供本事材料让读者自己以意逆志"呢？答案是否定的，理由有两点：第一，五臣注所揭示的"诗人之志"大多是从李善注和诗题提供的本事材料中体会出来的，这种体会对一般读者来说都并非难事；第二，五臣注将其所体会的"述作之由"和"作者之志"作为客观本事的一部分予以介绍，将自己的主观理解变成诗歌创作的客观事实，这种做法本身不够严谨。而且，还会限制读者的思路，限制读者的能动性和文本阐释的多样性。当然另一方面，五臣注通过对诗文的深入理解而得出的"述作之由"和"作者之志"，特别是其简洁明了的表达方式，对于后代读者来说也有很大的参考价值。这一点，现代学者陈延嘉等也多有肯定②，兹不赘叙。

二、唐代诗人自注本事

其实，不论是李善注还是五臣注中的本事，都是后人在解读前代作品时建构出来的，尽管有作者自制的诗题和诗歌作品为基础，终究还是隔了一层。或许正因为如此，唐人开始在诗集中自注本事，通过为诗题作注的方式阐明本事。这种自注早在初唐王绩、陈子昂等人的集子中已经出现，但数量甚少，直到杜甫才大量运用，形成一种特

---

① 《六臣注文选》，第572页。
② 参见陈延嘉《〈文选〉五臣注的纲领和实践——兼与屈守元先生商榷》，《古籍整理研究学刊》，1998年，第2期；《〈文选〉五臣注的纲领和实践——再论五臣注的重大贡献》，《长春师院学报》（社会科学版），1995年，第1期。

定体例,直接影响到元稹和白居易。这样一来,自注又成为作者自明本事的另一载体。

关于杜甫自注的保存情况,前人已有研究,如萧涤非《杜甫自注辑览》就以《宋本杜工部集》为据,分类辑录杜甫自注,计八类148条,并加以考订,基本反映了杜诗自注的整体情况。谢思炜《〈宋本杜工部集〉注文考辨》也对《宋本杜工部集》留存的注文作了全面系统的考辨,认为除少数注释由他注掺入或与史实不相吻合外,绝大部分注文都可视作杜甫自注。复旦大学徐迈的硕士论文《杜甫诗歌自注研究》,不仅对自注的内涵及其与诗歌的关系进行了简要分析,还对杜甫自注在不同版本中的保存情况进行了系统梳理。因此,笔者的研究即以这些成果为基础,对杜甫题注中涉及诗歌本事的部分进行分析。值得注意的是,杜集在传抄、流变的过程中,有时某一个题注会在另一个版本中变成文末注,或者直接并入诗题。因此,为方便讨论,本文所指的题注均以《宋本杜工部集》为据。

杜甫集中共有自注约150条,而题注就有约100条,占三分之二强。分析这些题注,我们发现其按内容可分为以下几种:

第一,进一步阐明诗题中所提到的人名,例如:

> 《贻阮隐居》:"昉。"①
>
> 《赠比部萧郎中十兄》:"甫从姑子也。"②

这些注释是对诗题所提供的本事信息作进一步说明,以避免后代读者在解读时将人物张冠李戴,就像五臣注将《和王著作八公山诗》中的"王著作"错解为"王融"一样。

第二,进一步说明诗题所涉地点的具体方位,如:

> 《重题郑氏东亭》:"在新安界。"③
>
> 《宿白沙驿》:"初过湖南五里。"④

---

① (唐)杜甫著《宋本杜工部集》,《续古逸丛书》本,江苏古籍出版社,2001年,第145页。

② 《宋本杜工部集》,第218页。

③ 《宋本杜工部集》,第214页。

④ 《宋本杜工部集》,第316页。

在此类作品中,作者虽已在诗题中说明诗歌创作的地点,但有些地名可能十分偏僻不为人知,有些地名又几经更改而令后人陌生,因此,只有进一步注明所指地名的具体方位,才能使读者在解读时将诗中的风景描写与特定地域结合起来。不过,此类题注仍然没有在诗题之外提供更多的本事信息。

第三,补充诗题所未交代的时间、地点、人物身份、作者处境、创作状态等本事因素,例如:

《同诸公登慈恩寺塔》:"时高适、薛据先有此作。"①

《发同谷县》:"乾元二年十二月一日,自陇右赴剑南纪行。"②

《白水明府舅宅喜雨》:"得过字。"③

《愁》:"强戏为吴体。"④

《同诸公登慈恩寺塔》的题注与当时评价这首诗歌的水平高低不无关系,反映了古人诗歌创作时的竞争心理。《愁》的题注说明这是杜甫的一首实验之作,也表达了杜甫对不同诗歌体制的包容心态,以及对诗艺的执着追求。但这些自注与诗歌内容本身仍无太大关系,对于诗歌本义的解读帮助不大。

这是杜甫题注的前三种类型。总的说来,它们要么进一步解释诗题所提供的本事信息,要么在诗题之外补充提供一些新的本事信息,但这些信息对诗歌创作和解读来说都无很大影响。当然在杜甫题注中,此类补充诗题所提到的本事信息而与诗歌创作内容本身关系不大的自注较为少见。大多数情况下,题注都是在诗题之外提供更多的与诗歌阐释直接相关的本事信息,如以下四种情况。

第四,在杜甫诗歌中,尽管有部分诗题介绍诗歌本事,但还有很多时候,其诗题乃直用乐府古题或对之进行变革创新而成,有的则采

---

① 《宋本杜工部集》,第 126 页。

② 《宋本杜工部集》,第 152 页。

③ 《宋本杜工部集》,第 218 页。

④ 《宋本杜工部集》,第 272 页。

用"首章标其目"或"诗中嵌其题"的方式构成,与诗歌内容关系不大,更很少涉及诗歌创作本事的介绍。这时,杜甫则常以诗注的方式,说明诗歌创作的本事情况。例如:

《醉歌行》:"别从侄勤落第归。"①

《冬狩行》:"时梓州刺史章彝兼侍御史留后东川。"②

《短歌行》:"送祁录事归合州,因寄苏使君。"③

《客至》:"喜崔明府相过。"④

《所思》:"得台州郑司户虔消息。"⑤

诸如此类的还有《醉时歌》、《乐游园歌》、《北征》、《骢马行》、《偪仄行》、《山寺》、《扬旗》、《不见》等诗歌题注。显然,在这些诗歌中,诗题本身并未泄露诗歌创作的本事信息,因此仅据诗题,很难理解诗歌创作本意。以《冬狩行》为例,若无题注进一步交代,我们很难得知此诗原为劝诫章彝之作,希望其能应代宗之召擒贼勤王。《醉歌行》是侄儿落第后为之送行之作,其中既有劝勉亦有无奈,既有怜人亦有自怜。总之,在杜甫集中,有些诗题的创制本身与诗歌内容和创作本事关系不够紧密,这时杜甫往往在题注中介绍诗歌创作的具体本事,以帮助读者了解诗歌创作的真实背景和原本意图。这种情况在交游类诗歌中尤为多见。

第五,有些诗题本身已说明了诗歌创作的时间、地点和大致事件,但此事的产生却是由另外一些事件造成,也就是另有一层背景。这时,只有注出触发创作的真实事件,才能读懂诗歌表达的真正含义,如:

《送蔡希鲁都尉还陇右因寄高三十五书记》:"时哥舒人奏,勒蔡子先归。"⑥

---

① 《宋本杜工部集》,第126页。

② 《宋本杜工部集》,第158页。

③ 《宋本杜工部集》,第169页。

④ 《宋本杜工部集》,第241页。

⑤ 《宋本杜工部集》,第252页。

⑥ 《宋本杜工部集》,第216页。

《喜达行在所》："自京窜至凤翔。"①

《戏作寄上汉中王二首》："王新诞明珠。"②

《过故斛斯校书庄》："老儒艰难,时病于庸蜀,叹其殁后方授一官。"③

《别崔潩因寄薛据孟云卿》："内弟潩赴湖南幕职。"④

《奉赠卢五丈参谋琚》："时丈人使自江陵,在长沙待恩旨,先支率米钱。"⑤

在这些诗题中,作者对诗歌创作的时间、地点、触发事件等几乎都有介绍。也就是说,我们从诗题本身完全可以知道诗歌创作的基本情况,即何时何地因何事而作。如《送蔡希鲁都尉还陇右因寄高三十五书记》的诗题就明言此诗创作于蔡希鲁返回陇右时,乃杜甫为其饯行而作。然而蔡希鲁为什么要返回陇右呢? 这一问题对于理解此诗有重要意义。因为,从题目中我们已经知道这是一首送别诗,送别之情肯定是诗歌主调。可是为什么送行,却决定诗歌内容的不同表达。根据杜甫的自注,我们知道蔡希鲁这次是跟随哥舒翰归朝入奏的,而哥舒翰因为受到褒奖必须在京城耽搁一段时间,蔡希鲁被命令先回到陇右,关注军前战事。换言之,蔡希鲁这次随从来到京城入奏是光荣之举,提前回到陇右亦是委以重任。这一事实使杜甫在送别诗中表达了赞扬和推崇,而这种赞扬和推崇才是杜甫此诗的创作本意。又《喜达行在所》一诗从题目看是表达杜甫到达行在所时的喜悦之情。但看了杜甫的自注,我们才知道在到达的喜悦背后还有一层背景,即"自京窜自凤翔"。一路逃窜而到达行在所,这时的"喜悦",显然还包含有一路艰辛和感叹。《戏作寄上汉中王二首》也是这样,从诗题看就是杜甫戏赠给汉中王的两首诗。然而为什么要赠诗汉中王呢? 赠诗的背景又是什么? 看了杜甫的自注我们才恍然大悟:原

① 《宋本杜工部集》,第222页。
② 《宋本杜工部集》,第251页。
③ 《宋本杜工部集》,第263页。
④ 《宋本杜工部集》,第295页。
⑤ 《宋本杜工部集》,第318页。

来是汉中王刚诞一掌上明珠,杜甫听闻之后戏作诗二首,借此嗔怪汉中王因掌上明珠而遗忘了昔日友人。又《过故斛斯校书庄》的诗题已明确说明诗歌创作的背景是路过已经去世的斛斯融的村庄而作,但诗注还是进一步补充说明,路过村庄只是表面的触发事件,真正的触发事件是由此村庄所引起的对于斛斯融一生坎坷、死后才得以授官的凄凉命运的感慨。《别崔潩因寄薛据孟云卿》的诗题也很具体,介绍了诗歌创作的背景是送别崔潩,同时也顺便寄赠薛据、孟云卿。然而为何要送别崔潩呢?既然是送别崔潩,为何又想起薛、孟呢?这就需要了解另一层背景,找到触发诗歌创作的真正事件。在杜甫自作的题注中,我们可以看到答案,那就是:杜甫之所以送别崔潩,是因为崔潩要离开、赴湖南幕职。崔潩是一个十分淡泊功名的人,因为知音赏识而决定出仕入幕。杜甫鼓励他这种行为,同时也希望能将这种鼓励送给荆楚之地的薛、孟二人,希望他们能从不问世事的隐居生活中出来,趁政治清明做一番事业。最后,《奉赠卢五丈参谋琚》的诗题已经告诉我们诗歌创作的基本情况,即杜甫赠卢琚而作。但从杜甫的注释中,我们发现真正触发此诗创作的是"时丈人使自江陵,在长沙待恩旨,先支率米钱"的遭遇处境。从江陵到长沙待恩旨,结果却困顿到需先支率米钱,由此可见当时社会的普遍状况。显然,不论是赠答诗、送别诗还是行旅诗,赠答、送别或行旅本身是导致诗歌创作产生的直接动力,但根本动力还是其赠答、送别的原因,是引发这一行为的根本性事件。在杜甫诗注中,就在诗题交代的表面情况之外揭示出触发诗歌创作的真实事件。

第六,有的诗题已明确说明了诗歌创作的触发事件,但真正触发诗歌创作的却是此事件中的某一细节。这一细节拨动了诗人的心弦,因此透过这一细节,可以更深刻地体会到作者所表达的情感。例如:

《送率府程录事还乡》:"程携酒馔相就取别。"①
《雨过苏端》:"端置酒。"②

___

① ② 《宋本杜工部集》,第139页。

《凤凰台》:"山峻,不至高顶。"①

表面上看,《送率府程录事还乡》作为诗题已明确说明此诗乃为送别程录事还乡之作,因此送别时的伤感和依恋应该是诗歌所欲表达的主要情感。然而看了杜甫所作题注之后,才知道送别之作虽发生在饯行酒宴上,但并非杜甫为程录事设的酒宴,而是程录事提着酒馔上门取别。显然,程录事的这份体贴,不仅让生活潦倒的杜甫大受感动,正是这份感动造就了这首诗歌,成为其永不褪色的情感底蕴。又在《雨过苏端》的题目中,我们已经看到诗歌创作的背景情况,即杜甫在一个雨天拜访苏端时所作。根据题目,我们知道杜甫此诗所写的应该是拜访朋友时的愉悦心情。然而,联系杜甫题注来看这首诗,才发现杜甫在诗中表达的不仅是愉悦,还有感动,因为"诸家忆所历,一饱迹便扫。苏侯得数过,欢喜每倾倒。也复可怜人,呼儿具梨枣。浊醪必在眼,尽醉撼怀抱"。在大家普遍贫困的情况下,一般人都害怕朋友造访,最多热情接待一次。然而苏端却不一样,他虽然贫困,但每次朋友来了都会很热情,倾力为朋友准备酒食,毫不吝惜。这种热情和慷慨与整个社会的世态炎凉相比,的确令人十分感动。正是这份感动触发了杜甫的创作,并贯穿于诗歌始终。又在《凤凰台》一诗中,我们根据诗题可以大致猜到这是一首游历之作,写诗人游凤凰台时的所见所感。不过联系杜甫所作题注,我们才知道这里的"凤凰台"乃是山名。作者登此山而作诗,但因为山势险峻,并没有登上山顶。作者为什么要强调没有登上山顶的事实呢?联系诗中所写的"石峻路绝踪,石林气高浮。安得万丈梯,为君上上头"几句,才发现作者在诗中表达的正是一种想登上山顶,为君主求得凤凰祥瑞的崇高愿望。然而事实是"山峻,不至高顶"。也就是说,现实的困难重重,作者的愿望根本就无法实现,也没有实现。因此诗中所表达的情感除了为君为国献身的热情,还有献身无门、救国无路的凄凉之感。显然,在这首诗中,触发创作的不仅是登凤凰台一事,更是想登上山顶而未能登上的处境,这是触发事件中真正决定创作情感的情节,也

---

① 《宋本杜工部集》,第 151 页。

是我们理解诗歌情感内涵时所必须抓住的核心内容。

以上三种题注都在诗题之外补充介绍了触发诗歌创作的根本事件，强调触发事件中真正引发诗情的那部分内容。这样一来，就帮助我们将文本的解读追溯到其产生的本源，发现诗歌语言所暗含的意蕴。

第七，有些题注所介绍的只是某句诗的创作由来，也就是诗句所对应的现实事件（相当于"今典"）。这一事件属于诗歌创作本事的一部分，有时会部分地影响诗歌情感，有时则对整首诗的创作情感都有决定作用。例如：

《寄李十二白二十韵》："会稽贺知章，一见白号为天上谪仙人。"按：诗中有"昔年有狂客，号尔谪仙人"句。①

《送梓州李使君之任》："故陈拾遗射洪人也，篇末有云。"按：末四句："遇害陈公殒，于今蜀道怜。君行射洪县，为我一潸然。"②

《寄杜位》："位京中宅近西曲江，诗尾有述。"按：末两句："玉垒题书心绪乱，何时更得曲江游。"③

《骢马行》："太常梁卿敕赐马也，李邓公爱而有之，命甫制诗。"按：诗首句为"邓公马癖人共知"。④

《奉寄河南韦尹丈人》："甫敝庐在偃师，承韦公频有访问，故有下句。"按：下句当指"有客传河尹，逢人间孔融"，或指末句"谁话祝鸡翁"。⑤

《戏题寄上汉中王》："时王在梓州，初至断酒不饮，篇有戏述。"按：指"忍断杯中物，只看座右铭"等句。⑥

正如我们所知，诗歌创作往往是因某一特定事件的触发而成的。

---

① 《宋本杜工部集》，第 235 页。
② 《宋本杜工部集》，第 258 页。
③ 《宋本杜工部集》，第 265 页。
④ 《宋本杜工部集》，第 130 页。
⑤ 《宋本杜工部集》，第 214 页。
⑥ 《宋本杜工部集》，第 254 页。

触发事件不仅决定诗歌的创作情感,也决定诗歌创作的内容。换句话说,在诗人表达由某一事件所引发的情感时,有时会涉及对事件本身的描述。但一般情况下,诗人都不会以直白的、散文式的文字介绍事件,而是化之以诗的语言。这时,如果不知道其所针对的触发事件,则很难了解某句文字的具体所指。如我们之前所提到的,有时整首诗歌的创作情感是由触发事件的某部分情节直接导致的,因此要了解诗歌情感,必须弄清触发事件中的这一特殊情节。而这里所说的,则是诗歌中的某些语句是直接针对触发事件中的某一情节而言的,是其来有自的,这时要读懂这几句诗的具体所指,也必须了解其对应的本事情节。以上这些材料就是这样,是诗歌中某部分内容所对应的本事。其之所以出现在题注之下,是因为其所介绍的本事情节有时不仅决定诗中某句的表达,还决定整首诗的情感内涵。如《骢马行》的题注就是这样,所谓"太常梁卿敕赐马也,李邓公爱而有之,命甫制诗",不仅是整首诗的由来,也是诗首句"邓公马癖人共知"所针对的现实事件。又《戏题寄上汉中王》的题注也是这样。其所交代的不仅是"忍断杯中物,只看座右铭"一句所针对的现实事件,也是整首诗歌创作的触发事件。

这是杜甫诗歌题注的情况。根据这些题注,可以发现杜甫的确有意识地运用了本事批评的方法,在题注中补充说明影响诗歌创作本意的决定性事件,从而为读者解读作品本义提供依据。可以说,杜甫是第一位有意以题注为载体来介绍自己所作诗歌本事的诗人。其中缘由大略如下:

首先,从本事批评的发展情况看,唐代之前的本事批评主要是以诗题和诗序的方式存在的。然而唐代之后,诗题和诗序的情况都发生了一系列变化。"唐诗题虽承六朝诗而来,六朝诗人制题主要考虑的是说明作诗的背景,而唐人则还自觉追求诗题的艺术性,与六朝诗题相比,它们往往在简远的语言中有更丰富的艺术意味与审美情调。"①唐诗序也是这样,其自身的艺术性不断发展,而依附于诗歌、

---

① 吴承学,《论古诗制题制序史》,《文学遗产》,1996 年第 5 期,第 13 页。

提供诗歌阐释背景的功能则不断弱化,甚至脱离诗歌独立为一种特殊文体。这时从本事批评的发展来说,显然需要一种新的载体来代替诗题、诗序。凑巧的是,唐代初期围绕《文选》的阐释又出现了诗注的形式,这就为诗歌本事的介绍提供了一种新的载体——题注。然而这些题注中的本事大多是后代人解读前代作者时根据史料重新建构的。由于诗人和读者、创作与阅读之间的时空隔阂,有时题注中的本事并不符合诗歌创作的本来情况,因此也就无法得到对诗歌创作本义的正确理解。这一点,熟读《文选》的杜甫应该深有体会。或许正因如此,他才更加认识到自作题注以介绍诗歌创作本事的重要性。这应该是本事题注出现在杜甫诗歌中的一个主要原因。

当然,从杜甫诗歌中诗题、诗序的创作情况看,其诗集中既存在不少本事长题,也有不少本事自序,为什么又要使用这种本事题注的方式呢? 显然,这一方面是杜甫努力追求形式多样化的结果,另一方面则与诗题、诗序本身的局限性有关。正如我们所知,杜甫在诗题的制作上十分追求多样化,简言之有"精制"与"漫与"两种。前者是承六朝而来,往往详细介绍诗歌创作本事或概括本事信息;后者却颇有复古之风,随意取诗中一二字为题,或随意变用乐府古题。对于前一种诗题来说,如果需要补充本事信息,则大多十分简略,无须再特意做一诗序;而对后者来说,则诗题本身几乎没有提供本事信息。因此,在题注中标明本事,可与诗题完美配合,实现对诗意的阐释。另外,本事诗序在杜甫诗集中也有不少,但以诗序的形式介绍本事,往往需要在文字表达上下一番功夫,从而保证诗序本身的艺术性。与此相比,题注的方式则十分便利,在表达上也无需另费心思。将这三种本事载体进行比较,可知题注的方式更占优势,这是杜甫诗注中大量出现本事题注的另一个原因。

自作题注以介绍本事的方式在杜甫诗集中得到广泛运用。杜甫之后,又进一步推扩,在元、白诗集中大量出现。不过与杜甫相比,元白的本事题注往往更为详尽,有诗序化倾向。由于篇幅所限,不一一论述。总之,在杜甫之后,自作题注成为本事批评的又一载体,与诗题、诗序一起成为本事批评的三大主要形式。

值得注意的是,前面已经提到杜甫题注中的一种特殊类型,其所提供的本事信息不仅决定诗歌创作的整体情感,而且决定诗中某几句的由来。然而在杜甫诗集中,这些注释有时并不出现在题注中,而是直接标注于其所对应的诗句之后。例如:

《喜雨》之"安得鞭雷公,滂沱洗吴越"下注曰:"时闻浙右多盗贼。"①

《故著作郎贬台州司户荥阳郑公虔》之"荥阳冠众儒,早闻名公赏。地崇士大夫,况乃气精爽"下注曰:"往者公在疾,苏许公珽,位尊望重,素未相识。早爱才名,躬自哀问,后结忘年之契,远迩嘉之。"又注"萧条阮咸在,出处同世网。他日访江楼,含凄述飘荡"曰:"著作与今秘书监郑君审篇翰齐价,谪江陵,故有阮咸、江楼之句。"②

《王竟携酒高亦同过共用寒字》之"头白恐风寒"下注曰:"高每云汝年几且不必小于我,故此句戏之。"③

在以上这些材料中,杜甫都以文中注的形式交代了诗中某些语句的事实依据,也就是其所指涉的客观事实。为什么会出现这种为某一句所作的本事注释呢? 这些自注为何不再置于题注之中而移至对应诗句的注释之中? 可能的原因有两条。其一,因为这些诗句是针对某些现实事件而言的,是有的放矢的叙述或评价。这些叙述或评价隐藏在诗句之中,只有点明其所对应的事实来源,才能读懂文字背后的真正含义。其二,这些本事信息并不决定整首诗歌的创作本义,不是整首诗的创作由来,因此不能置于题注之下。简言之,题注下的本事介绍是整首诗的创作本事,是为解读整首诗歌服务的;文中注的本事信息则是针对某些诗句,是部分诗句的创作本事。当然,诗句的本事往往是整首诗歌创作本事的一部分,但有时则是发生于诗歌创作之前的、与诗歌创作相关的其他事实。

---

① 《宋本杜工部集》,第 157 页。
② 《宋本杜工部集》,第 193—194 页。
③ 《宋本杜工部集》,第 245 页。

事实上,这种以文中注的形式出现的本事注早在《文选》李善注和五臣注中已经出现,只是数量很少。例如:

> 潘岳《西征赋》之"彼负荷之殊重兮,虽伊周其犹殆"下有吕向注,曰:"谓杨峻以人臣位而负荷帝王之重任,虽伊尹、周公,尚犹危殆,况骏不任事者乎? 夫伊尹相太甲,致桐宫之师;周公辅成王,有流言之谤。此二人尚尔,于骏可知也。"①

> 嵇康《忧愤诗》之"昔惭柳惠,今愧孙登"下有李善注,引《魏氏春秋》曰:"初康采药于中山北,见隐者孙登,康欲与之言,登默然不对。逾年将去,康曰:'先生竟无言乎?'登乃曰:'子才多识寡,难乎免于今之世也。'"②

在前一首赋中,潘岳借伊尹、周公之典抒发对杨峻遭遇的感慨,因此,诗句虽未提及杨峻,但却是针对杨峻"自命不凡,但又不克重任,终难免自陷死地"的遭遇而言的。在后一首诗中,"今愧孙登"一句也是针对嵇康曾经的某一经历而言的,其文字的由来是诗歌创作之前所发生的客观事实。因此,尽管这里用了"古典"和"今典"两种不同方式,但李善和五臣还是挖掘出诗句的本事。显然,在《文选注》中,李善和五臣已经偶用文中注的方式介绍诗中某些诗句所对应的现实事件。因此从这个角度讲,杜甫自注中的这种情况之所以出现,可能是由于《文选注》的启发。

然而,为什么《文选注》中偶一出现的注释类型在杜甫自注中会得到广泛运用呢? 归根结底,这是由杜甫的诗歌创作特点决定的。杜甫的诗歌历来有"诗史"之称,其诗歌大部分都是有感于现实事件而创作的,常常反映和记录现实事件。因此,诗歌与触发事件的关系十分密切。然而,诗歌的语言毕竟不同于史书,也不同于散文,其对本事的叙述往往十分概括,这时只有交代清楚其所对应的现实事件,才能明白语句表达的真正内涵。这样一来,本事自注的出现变得十分常见,以揭示那些诗意语言所隐含的现实细节。

---

① 《六臣注文选》,第 188 页。
② 《文选》,第 1083 页。

　　杜甫之后,白居易又进一步提出要恢复诗歌"补察时政"、"泄导人情"的功能,提倡"文章合为时而著,歌诗合为事而作"①,也就是诗歌创作要反映现实、干预时政。这样一来,诗歌创作与外在事件的关系就更为密切。元白又倡导并引发了一场"即事名篇"、"讽刺时事"的新乐府运动,也使诗歌创作与时事的关系更为紧密。诗歌创作与外在事件的关系越紧密,诗歌创作的现实针对性越强烈,显然就更需要在阐释诗歌含义时指明其所针对的现实事件。这样一来,也使本事自注的出现更为普遍。另一方面,这种自觉意识又影响了其他类型的诗歌创作,出现"每诗来,或辱序,或辱书,冠于卷首。皆所以陈古今歌诗之义,且自叙为文因缘,与年月之远近也"②的自觉意识。这样一来,在元白诗集中就不仅出现介绍创作缘起的诗序,也有介绍某一句所对应的现实事件的诗注。如白居易自注:

　　　　《洛下卜居》之"且脱双骖易"句下注曰:"买履道宅,价不足,因以两马偿之。"③

　　　　《晚归有感》之"朝吊李家孤,暮问崔家疾"句下注曰"时李十一侍郎诸子尚居忧,崔二十二员外三年卧病";"刘曾梦中见,元向花前失"句下注曰:"刘三十二校书殁后,尝梦见之,元八少尹今春樱桃花时长逝。"④

元稹自注:

　　　　《感梦》之"问我何病痛,又叹何栖栖。答云痰滞久,与世复相暌。重云痰小疾,良药固宜挤。前时奉桔丸,攻疾有神功。何不善和疗,岂独头有风"句下注曰:"予顷患痰,头风,逾月不差,裴公教服桔皮朴硝元,数月而愈。今梦中复征前说,故尽记往复之词。"⑤

　　同样的情况在中唐李绅等人的诗集中也十分常见,如李绅的《过

---

① （唐）白居易著,朱金城笺校《白居易集笺校》,上海古籍出版社,1988年,第2789页。
② 《白居易集笺校》,第2792页。
③ 《白居易全集》,第105页。
④ 《白居易全集》,第148页。
⑤ 《元稹集编年笺注》(诗歌卷),第745页。

吴门二十四韵》中就有不少自注,说明某一句所对应的现实事件。由于篇幅所限,不再详述。

总之,"作为诗歌自注,特别是唐诗自注发展历程中的一个环节,中唐是诗歌自注勃兴与变革的重要时期,诗歌自注现象的普泛化、自注重点由背景说明向诗句解释的转移、自注与诗歌关系由意义层面向情韵层面的深化与推进、自注纪实性增强等一些深刻变化都始自或发展于中唐"①,而这些特点在本事自注方面体现得尤为明显,归根到底是由诗歌创作与本事关系的变化决定的。

三、《乐府古题要解》与本事题解

晚唐之后,本事批评又出现了一种新的形式,那就是专门的题解之作。这种著作从性质上说与诗集中的题注完全相同,只是从依附于诗歌作品而存在的状态中独立出来。晚唐吴兢的《乐府古题要解》是现今可考的最早的题解类著作。与一般的题注不同,这里的题解不仅是独立的题注,而且是专门为古题乐府而作的乐府题解,其所解读的对象和存在的形式都与一般的题注不同。不过,相同之处在于其中都有关于本事的介绍,都使用了以本事阐释诗歌本义的批评方法。这一点,吴兢在对古题《乌生八九子》的介绍中已有明确说明,即:

> 右古词:"乌生八九子,端坐秦氏桂树间。"言乌母生子,本在南山岩石间,而来为秦氏弹丸所杀;白鹿在苑中,人得以脯;黄鹄摩天,鲤鱼在深渊,人可得而烹煮之。则寿命各有定分,死生何叹前后也。若梁刘孝威"城上乌,一年生九雏",但咏乌而已,不言本事。②

正如吴兢在自序中所说,此书是针对乐府诗创作中"或不睹于本章,便断题取义"③的现象而作的,因此在这则材料中,吴兢首先介绍

---

① 魏娜,《论中唐诗歌自注的纪实性及文献价值》,《文献》,2010 年第 2 期,第 39 页。
② (唐)吴兢撰《乐府古题要解》,《历代诗话续编》本,中华书局,1983 年,第 26 页。
③ 《乐府古题要解》,第 24 页。

了古题乐府的始辞(即材料所说的"古词",序言所说的"本章"),然后对古词的内容、含义进行分析,确定其本意,最后再举出他人的同题之作,说明这一创作仅根据古题(也就是曲名)的题面含义确定乐府主旨并进行赋咏(即断题取义),不言本事。

显然,这里的"本事"与乐府古词和古题"本义"相对应,是触发乐府古词创作的事件,也是导致乐府古题(即曲名)产生的事件。因为汉乐府创作最初是"感于哀乐,缘事而发"①的,所缘之事就是乐府创作的触发事件,既决定乐府古词的表达,也决定古题的命名。然而汉魏之后,历代文士虽赋咏了不少同题之作,却未弄清古题之"本义",也就是其产生之初的具体所指,因此导致"断题取义"的创作大量出现。如何改变这种现象而使后来者有所取正? 吴兢的办法就是要透过题面含义,阐明古题本义。而要阐明古题本义,归根到底还是要将古题置于其产生的原始背景中,弄清其产生时所针对的具体事件,也就是"本事"。《乐府古题要解》的编撰就是为了找到"本事"以帮助后来者理解古题本义、根据"本事"创作,以保证其创作与古题本义相吻合。

另外,明代毛晋在为《乐府古题要解》所作题跋中也十分明确地提出《乐府古题要解》的主要特点在于捃择乐府故实,也就是古题乐府本事,即"惟唐史臣吴兢纂采汉魏以来古乐府词,分为十卷,惜乎不传。传者仅《古题要解》二卷,于传记及诸文集中,采其命名缘起,令后人知所祖习""吴兢,汴州人。少励志,贯知经史,方直寡谐。比魏元忠荐其才堪论撰,诏直史馆,修国史。私撰《唐书》《唐春秋》,叙事简核,人以董狐目之。其捃摭乐府故实,与正史互有异同,真堪与《国史补》并垂不朽云"②。也就是说,《乐府古题要解》的性质在于"捃摭乐府故实"以说明"命名缘起",使后人知其创作本义。这一著作的出现对于"旁采故实"以"阐明厥义"的《本事诗》可能有直接的引导作用。

---

① 《汉书》,第 1756 页。
② 《乐府古题要解》,第 67 页。

吴兢编撰《乐府古题要解》的目的是阐释古题本义,而介绍"本章"则是其所采取的阐释方式,即"乐府之兴,肇于汉魏。历代文士,篇咏实繁。或不睹于本章,便断题取义。赠夫利涉,则述《公无渡河》;庆彼载诞,乃引《乌生八九子》;赋雉班者,但美绣颈锦臆;歌天马者,唯叙骄驰乱蹑。类皆若兹,不可胜载。递相祖袭,积用为常,欲令后生,何以取正? 余顷因涉阅传记,用诸家文集,每有所得,辄疏记之。岁月积深,以成卷轴,而编次之,目为《古题要解》云尔"①。然而一来时代久远,很多乐府本章都难以得见;二来纯粹就"本章"的文字来解读其本义,又难免出现"断章取义"的理解,导致偏离诗歌创作本义。因此这时候,要真正理解乐府古题的本义,不仅需要理解古题乐府的"本章",还需要了解本章创作的特殊背景,即"本事"。这样才能结合"本事"与"本文"而得出古题本义,从而使后来者的创作不偏离本意而有所依据。在《乐府古题要解》中,完整的介绍一般包含有本章、本事和本义等三方面内容,如《薤露歌·蒿里传》《平陵东》《雁门太守行》《上之回》等题解均属此类。因篇幅所限,仅以《平陵东》为例示之:

> 《平陵东》__ 右古词:"平陵东,松柏桐,不知何人劫义公。"此汉翟义门人所作也。义,丞相方进之少子,字文中,为东郡太守。以王莽篡汉,起兵诛之,不克而见害。门人作歌以怨之。②

更多的时候则只介绍本章与本事而不明言本义,因为根据本事"知人论世"、"以意逆志",自然可以理解乐府古词的原本含义。例如:

> 《石城乐》__ 右宋臧质所作也。石城在竟陵。质为竟陵守,于城上眺瞩,见群少年歌谣通畅,因而为之词云:"生长石城下,关窗对城楼。城中美少年,出入相依投。"③
> 《乌夜啼》__ 右宋临川王义庆造也。宋元嘉中,徙彭城王义

---

① 《乐府古题要解》,第 24 页。
② 《乐府古题要解》,第 27 页。
③ 《乐府古题要解》,第 42 页。

康于豫章郡。义庆时为江州，相见而哭。文帝闻而怪之，征还宅。义庆大惧，妓妾闻乌夜啼，扣斋阁云："明日应有赦。"及旦，改南兖州刺史，因作此歌。故其和云："笼窗窗不开，夜夜望郎来。"亦有乌栖曲，不知与此同否。①

还有的时候则直接引述诗歌本事，说明乐府古题的命名缘起，以明言或暗示诗题本义，使后人知所祖习，例如：

《秋胡行》__右旧说："鲁有秋胡子，纳妻五日而宦于陈，五年乃归。未至家，于路旁见妇人采桑，美，悦之。下车谓曰：'力田不如逢丰年，力耕不如见公卿。吾今有金，愿以与夫人。'妇曰：'妇人当采桑力作，以养舅姑，不愿人以金。'秋胡归至家，奉金遗母。母使人呼妇，妇至，乃向采桑者妇也。妇恶其行，因东走投河而死。后人哀而赋焉。"②

同样的情况还有《淮南王篇》、《钓竿》、《子夜》、《前溪》、《日重光、月重轮》、《上留田》、《走马引》、《公无渡河》、《婕妤怨》、《爱妾换马》、《王昭君》、《长门怨》、《铜雀台》、《思归分》、《雉朝飞》、《陌上桑》、《董逃行》、《白头吟》等。

总之，在《乐府古题要解》中，吴兢一般采集乐府故实，说明创作缘起，以交代乐府古题的本义。至于"不知所起"③者，则"录其本词"以推测其义。例如：

《江南曲》__右《江南曲》古词云："江南可采莲，莲叶何田田。"又云："鱼戏莲叶东，鱼戏莲叶西，鱼戏莲叶南，鱼戏莲叶北。"盖美其芳晨丽景，嬉游得时……。④

《鸡鸣》__右古词："鸡鸣高树颠，狗吠深宫中。"初言天下方太平，荡子何所之。次言黄金为门，白玉为堂，置酒作倡乐为乐，兄弟三人近侍，荣耀道路，其文与《相逢狭路间行》同。

---

① 《乐府古题要解》，第42页。
② 《乐府古题要解》，第28页。
③ 《乐府古题要解》，第54页。
④ 《乐府古题要解》，第24页。

终言桃伤而李仆,谕兄弟当相为表里。若梁刘孝威《鸡鸣篇》,但咏鸡而已。①

仅就古词推测本义的做法显然只能帮助读者理解某一句的表面含义,而无法获知整首作品的创作本义,这样一来,就难免出现"以文害辞"、"以辞害义"的情况,甚至走向"断章取义"。不过,相对于那些"不睹于本章,便断题取义"者来说,以始辞推测本义的做法显然更接近乐府古题的创作本义。

然而,当古词亦难以获知时,吴兢则再退一步,"但据后人所拟,采其意而注之"②。例如:

《刘生》__右刘生不知何代人,观齐梁已来所为《刘生》词者,皆称其任侠豪放,周游五陵三秦之地。或云抱剑专征为符节官,所未详也。③

《门有车马客行》__右曹植等皆言问讯其客,或得故旧乡里,或驾自京师,备叙市朝迁谢,亲戚凋丧之意也。④

而对于那些"自为乐府、不见古词"者,则"并阙之,以俟知者"⑤,只对其内容、形式上的特点进行简要说明。例如:

《回文诗》__右回复读之,皆歌而成文也。⑥

《百年诗》__右起"总角"至"百年",历述其幼小丁壮耆耄之状。十岁为一首。陆士衡至百二十时也。⑦

显然,从以上分析可知,吴兢作《乐府古题要解》的根本目的在于阐明古题本义,而其首选方法则为介绍古题创作本事,其次为介绍古题乐府始辞,再其次是根据拟作注其本义,最后退而求其次,则是对此古题乐府的形式和内容特点进行总结说明。当然,这几种方法也并非截然分开,有时"本事"和"始辞"均为可知,这时吴兢则结合"本

---

① 《乐府古题要解》,第 26 页。
② 《乐府古题要解》,第 54 页。
③ 《乐府古题要解》,第 39 页。
④ 《乐府古题要解》,第 47 页。
⑤ 《乐府古题要解》,第 55 页。
⑥⑦ 《乐府古题要解》,第 62 页。

事"和"始辞",说明乐府古题的创作本义。显然,这种做法所提供的关于乐府古题创作的本来情况更为详尽,因此对古题本义的概括也更接近事实。

由此可见,吴兢在《乐府古题要解》中的确使用了"根据本事阐明古题本义"的批评方法。不过这种方法并非空穴来风,其直接引导者可能为《文选》李善注。在《文选》所录的乐府诗题下,李善的注释就常常以叙述古题本事为内容,以说明乐府古题之本义。例如:

> 陆机《吴趋行》题注曰:"崔豹《古今注》曰:'《吴趋曲》,吴人以歌其地也。'"①

> 陆机《日出东南隅行》题注曰:"崔豹《古今注》曰:'《陌上桑》者,出秦氏女也。秦氏,邯郸人,有女为罗敷,嫁为邑人千乘王仁为妻。王仁后为赵王家令。罗敷出采桑于陌上,赵王登台见而悦之,因饮酒欲夺焉。罗敷巧弹筝,乃作《陌上之歌》以自明焉。'"②

> 鲍照《白头吟》题注曰:"《西京杂记》曰:'司马相如将聘茂林一女为妾,文君作《白头吟》以自绝,相如乃止。'沈约《宋书》:古辞《白头吟》曰:'凄凄重凄凄,嫁娶不须啼。顾得一心人,白头不相离。'"③

若本事不知,则援引古辞,以透露古题本义。例如:

> 陆机《君子行》题注曰:"《古君子行》曰:'君子防未然,不处嫌隙间。'"④

> 鲍照《苦热行》题注曰:"曹植《苦热行》曰:'行游到日南,经历交阯乡。苦热但曝霜,越夷水中藏。'"⑤

从体例上说,李善注释古题乐府本义的主要方式是引述本事、始辞,《乐府古题要解》的做法显然是与之一脉相承的。由此可见,吴兢

---

① 《文选》,第 1308 页。
② 《文选》,第 1311 页。
③ 《文选》,第 1327 页。
④ 《文选》,第 1294 页。
⑤ 《文选》,第 1324 页。

《乐府古题要解》的编撰应在一定程度上受到了李善《文选注》的影响。又吴兢在自序中说："余顷因涉阅传记,用诸家文集,每有所得,辄疏记之。岁月积深,以成卷轴,向编次之,目为《古题要解》云尔。"①也就是说,其编撰《乐府古题要解》的材料基础主要是"传记"和"诸家文集"。而在吴兢之前,影响最大的六朝文集无过乎萧统的《文选》。因此从这个角度看,吴兢的《乐府古题要解》也可能受到李善《文选注》的影响。

　　除此之外,《乐府古题要解》的出现还与唐代新乐府运动及其影响下的自注本事的风气密切相关。正如前文所述,唐代从杜甫开始出现"即事名篇"的乐府诗创作,而这种创作到了元白那里又得到进一步强化,甚至发起"新乐府运动",强调乐府诗创作要针对时事、缘事而发。与此相对应,其题目的创制亦不再沿袭旧题,而须"因事命题"。这样一来,乐府诗创作本义与题名之间的对应关系又进一步得到强调,一方面使"言今事"的乐府诗创作者从"用古题而言今事、断题取义而不言本事"的尴尬处境中解脱出来,另一方面也使古题乐府创作中长期存在的"用古题而不言本事"的现象得到重视,要求明确古题本义,以使古题乐府的创作与其古题本义相吻合。正是在这一背景下,吴兢作《乐府古题要解》,通过本事和始辞的介绍说明乐府古题之本义,以使后来的古题乐府创作者有所取正。这是《乐府古题要解》产生的时代背景和直接原因。

　　值得注意的是,吴兢不仅在《乐府古题要解》中提出和使用了"本事批评"方法、以介绍本事的方式阐明乐府古题之本义,而且还认识到"本事"在传播过程中可能形成偏差,甚至与史实相抵牾。因此,对于采集到的"本事",吴兢有时会将之与歌词对比,说明其与创作事实之间的差误;有时,则直接将不同版本的本事一起采录下来,至于孰是孰非,则不予讨论。例如:

　　　　《公无渡河》__右旧说朝鲜津卒霍里子高妻丽玉所作也……名曰《箜篌引》。旧史称汉武帝灭南越,祠太乙后土,令乐人侯晖

_____

① 《乐府古题要解》,第 24 页。

依琴造坎言,坎坎节应也。侯,工人之姓。后语讹"坎"为
"空"也。①

　　《王昭君》__右旧史……一说……《琴操》载……②
　　《襄阳》__右宋随王诞始为襄阳郡,元嘉末仍为雍州刺史。
夜闻诸女歌谣,因为之词曰:"朝发襄阳城,暮至大堤宿。大堤诸
女儿,花艳惊郎目。"若裴子野《宋略》称:"晋安侯刘道彦为雍州,
有惠化,百姓歌之,谓之襄阳乐。"盖非此也。③

　　这些做法,在《乐府古题要解》中所占比例不重,但却体现了吴兢
对本事材料的真伪、误差所具有的清醒认识。这一点,吴兢自己也有
明确说明,即"以上乐府琴曲。案上诸语说多出《琴操》等书,《琴操》
纪事好与本传相违,今两存者,以广异闻也"④。尽管这句话是针对
乐府琴曲而言的,实际上却可适用于所有类型的古题乐府创作。
事实上,吴兢也的确将乐府琴曲中存在的这一情况推扩到所有古
题乐府本事的介绍中去,如相和歌《陌上桑》、清商曲《王昭君》《襄
阳》等。

　　总之,吴兢《乐府古题要解》"纂采汉魏以来古乐府词","于传记
及诸文集中,采其命名缘起"、"捃择乐府故实",并结合"始辞",阐明
乐府古题的本义,使后人在因袭古题时知所祖习,在解读乐府诗时避
免断章取义,因此是一部专门针对乐府诗的本事批评之作。不久之
后,孟启《本事诗》"旁采故实",则建立了本事批评的典型范式。

第四节　宋代:从论诗及事到以诗系事

　　《本事诗》作为本事批评的典型范式,在孟启之后出现了不少续
作,如五代处常子的《续本事诗》、宋代聂奉先的《续广本事诗》、杨绘

---

① 《乐府古题要解》,第57页。
② 《乐府古题要解》,第40—41页。
③ 《乐府古题要解》,第43页。
④ 《乐府古题要解》,第57页。

的《本事曲》，还有清代叶申芗的《本事词》、徐釚的《本事诗》等。然而可惜的是，不论是五代的处常子还是宋代的聂奉先和杨绘，他们的作品都未能流传后世。早在宋元之际，它们就已经亡佚了，现在所能看到的只有现代学者的辑佚和辨伪。因此，仅凭这些残存的文字，很难了解这些作品的实际情况。不过在宋代，除了《本事诗》类作品外，本事批评还以各种形式广泛存在。一方面，在宋人诗集中，仍然有大量的本事诗序和本事诗注，如黄庭坚和苏轼的集子中就有不少自作的本事小序，而任渊《后山诗注》和《山谷内集注》中也往往注其本事，以推求作者之本旨。另一方面，"诗话"和"诗纪事"等著作出现，又使本事批评从采事解诗走向了论诗及事和以诗系事。

一、《六一诗话》：论诗及事的本事变体

"诗话"是宋代出现的一种诗评体裁，它的得名缘自于欧阳修的《六一诗话》。欧阳修之后，大量诗话涌现出来，如司马光《温公续诗话》、刘邠《中山诗话》、陈师道《后山诗话》、严羽《沧浪诗话》等。据不完全统计，宋代诗话有一百三十多种。金元明时期，诗话继续发展，其中影响较大的有王若虚《滹南诗话》、李东阳《怀麓堂诗话》和谢榛《四溟诗话》等。到了清代，不少大家都参与到诗话写作中来，如王士祯有《带经堂诗话》、袁枚有《随园诗话》、赵翼有《瓯北诗话》、梁启超有《饮冰室诗话》等。此外还有《李笠翁曲话》、《人间词话》等著作，也都属于"诗话"的范畴。这样一来，"诗话"著作的庞大数量也使其在诗学史上引起了广泛关注，其影响力也超过了《本事诗》。

另外在学术史上，关于"诗话"的研究也比《本事诗》的相关研究要成熟得多。何文焕曰："诗话于何昉乎？赓歌纪于《虞书》，六义详于古序，孔孟论言，别申远旨，《春秋》赋答，都属断章。三代尚矣。汉魏而降，作者将多，遂成一家之言，洵是骚人之利器，艺苑之轮扁也。"[①]章学诚则进一步明确，认为"诗话之源，本于钟嵘《诗品》。然考之经传，如云：'为此诗者，其知道乎？'又云：'未之思也，何远之

---

①　（清）何文焕辑《历代诗话》，中华书局，2004 年第 2 版，第 3 页。

有?'此论诗而及事也。又如'吉甫作颂,穆如清风,其风孔硕,其风肆好',此论诗而及辞也。事有是非,辞有工拙,触类旁通,启发实多。江河始于滥觞。后世诗话家言,虽曰本于钟嵘,要其流别滋繁,不可一端尽矣"①。这两种说法,都将"诗话"的远祖一直追溯到先秦的古史记载和孔孟说《诗》,而其近源则归于汉魏之后的论诗之作,如钟嵘《诗品》。值得注意的是,章学诚先生还把"诗话"分为了"论诗及辞"和"论诗及事"两种,这样一来,又有学者按照两种诗话类型进行溯源,如郭绍虞提出:"诗话之体原同随笔一样,论事则泛述闻见,论辞则杂举隽语,不过没有说部之荒诞与笔记之冗杂而已。所以仅仅论诗及辞者,诗格诗法之属是也;仅仅论诗及事者,诗序本事诗之属是也。诗话中间,则论诗可以及辞,也可以及事;而且更可以辞中及事,事中及辞。这是宋代诗话与唐人论诗之著之分别。"②按这种说法,则宋代"诗话"是从唐代论诗之著发展而来的,是"论诗及辞"的诗格、诗法类著作和"论诗及事"的诗序、本事诗类著作的融合。这样一来,《本事诗》和"诗话"的关系就引起了学者的注意。罗根泽说"自宋以后的'诗话',每偏于诗人及诗本事的探讨,无疑的是受了《本事诗》的影响","《本事诗》是'诗话'的前身,其来源则与笔记小说有关。唐代有大批的记录遗事的笔记小说,对诗人的遗事,自然也在记录之列……由这种笔记的转入纯粹的记录诗人遗事,便是《本事诗》。我们知道了'诗话'出于《本事诗》,《本事诗》出于笔记小说,则'诗话'的偏于探求诗本事,毫不奇怪了"③。从这个角度看,则"诗话"以《本事诗》为中介,间接地来自笔记。与此不同的观点则认为"诗话"直接来源于笔记,即"诗话之体是从古代记事类笔记中衍生出来的……诗话在宋代最初定型时,虽多就诗人、诗作入手,但仍以'记事'为主,或可称之为'谈论诗的笔记'……实际上,诗话与笔记相比,也确实有很多相似之处,如:在形式上,它们都是以短章的方式随笔记录,具有形式

① 《文史通义校注》,第 559 页。
② 《宋诗话辑佚》,第 2 页。
③ 《中国文学批评史》,第 539—540 页。

短小、叙述自由灵活等特点；在创作态度上，均表现为比较随意，不太严谨；创作目的大多为'以资闲谈'，'以为谈助'；在内容方面，它们涉及面均非常广泛、庞杂，各条之间都缺乏内在的逻辑联系。而在它们共同具有的评论诗歌方面，又都涉及'论事及辞'和'论辞及事'的两种体制"①。又有学者说"诗话实为具有诗歌评论和笔记小说两者的特点，而介于诗论和笔记之间的一种特殊文体"，"诗话的这种独特性质，与它的渊源有直接的关系。溯其源头，一是先秦以来的各种诗文评论……二是前代的笔记小说"②，"从形式上讲，它是前代诗论与唐宋时期盛行的笔记样式相结合的产物"③。这些看法都一再强调"诗话"源自于笔记。除此之外，还有人从《六一诗话》入手，认为《六一诗话》是在《杂书》和《归田录》的基础上写成的，"从《归田录》到《六一诗话》的过程，就是宋代诗话从杂史中诞生的一个缩影……相对于《归田录》，《杂书》对《六一诗话》的影响更为直接，因为《杂书》中的好几个论诗例子被《六一诗话》继承下来了。从这个意义上说，郭先生称其为《六一诗话》的前身是非常正确的"④。这样一来，也以事实证明"诗话"来源于杂史笔记。

那么，"诗话"与《本事诗》之间究竟有没有关系？王运熙等认为"《本事诗》不脱随意生发的笔记性质，但掇拾故实，专载诗事，力主言情抒怀，有助于开启宋诗话中论诗及事一类著作的方便法门。不过孟棨《本事诗》终非诗话。诗话不仅论诗及事，而且论诗及辞，常是事中有辞、辞中见事，论事论辞只是一种方便研究的大致划分，实际是事辞两难分离的综合性著作。孟棨《本事诗》尚未发展到这一程度，所载缺乏理论光彩"⑤；廖栋梁也认为"《本事诗》的真正价值，正在于

①　邹志勇著《宋人笔记中的诗学讨论热点研究》，南京师范大学，2005 年博士论文，第 10—11 页。

②　刘泉，《关于宋代诗话》，《阴山学刊》（社会科学版），1988 年第 2 期，第 28 页。

③　林嵩，《〈六一诗话〉与宋初诗学》，《河南科技大学学报》（社会科学版），2005 年第 1 期，第 51 页。

④　张明华，《欧阳修〈六一诗话〉写作原因探讨》，《阜阳师范学院学报》（社会科学版），2004 年第 6 期，第 43 页。

⑤　《中国文学批评通史》（宋金元卷），第 460 页。

它孕育宋代诗话之体方面……如果以欧阳修《六一诗话》与孟启《本事诗》稍加比较,就不难发现诗话之体所留下的《本事诗》的印记:第一,就其写作动机,都在于掇拾诗人及其诗歌故实,以为寄托谈资。第二,论其采录对象,都是以当朝诗人诗作为主。第三,论其性质,都是有'诗'和'事'相互配合的随笔。第四,论其体制,都是由一条条内容互不相干的论诗条目连缀而成。当然,《本事诗》尽管具有孕育之功,但终非诗话本身"①;余才林则说"宋代早期诗话自唐诗本事演化而来。一方面,诗话明显继承本事的形式,二者体制格调相近,叙事类型趋同。另一方面,诗话逐渐偏离本事的体式,证事变异,议论提升,诠事扩展。宋代早期诗话与唐诗本事的复变关系体现了唐诗本事的学术化发展"②。总之,他们都认为《本事诗》孕育了诗话,诗话是《本事诗》的进化,比《本事诗》具有更强的理论色彩,是唐诗本事的学术化发展。以此为基础,也有不少研究者将《本事诗》视为唐代诗话,并从"诗话"的角度对其进行评价,认为它是"诗话的初级阶段"。

那么,这样的评价是否公允呢?笔者认为还有待商榷。首先从时间上说,《本事诗》的出现在"诗话"之前。其次从性质上说,《本事诗》是一部有着独特个性的诗评著作,它是本事批评的创体,而本事批评的历史源远流长,从这个角度来评价《本事诗》,显然比用后出的"诗话"的标准来评价更为合理。换句话说,与其视《本事诗》为"诗话"的雏形或不成熟阶段,不如说"诗话"是《本事诗》的进一步发展。如前所述,《本事诗》作为本事批评的创体之作,通过"旁采故实"的方式采集"本事诗"及其"诗本事",具有多方面的诗学价值。在孟启《本事诗》看来,诗歌创作是由事到情再到诗的表达过程,因此要读懂诗歌本义,就必须了解诗人创作时的情感意图(即本意),而这又必须以找到诗歌创作的触发事件(即本事)为前提。这是孟启《本事诗》的阐释思路。以此来看《六一诗话》,则发现其对诗歌的讨论也集中在"事"与"诗"的关系上,强调诗歌创作要源于现实、反映现实,只有这

---

① 廖栋梁,《试论孟启〈本事诗〉》,《中外文学》,1994 年第 4 期,第 23 卷。

② 余才林,《唐诗本事与宋代早期诗话》,《文史哲》,2006 年第 6 期,第 55 页。

样,诗歌创作才算达到了"意新语工"、"状难写之景如在目前;含不尽
之意,见于言外"的效果,可视为诗歌中的艺术精品;相反,诗歌创作
若违背事实、事理,或者对事实没有深切体会和艺术加工,而是"得之
容易",不加提炼的、以白描的手法描绘生活中的某些不具有代表性
和普遍性、没有特殊体验和独特感受的事件,那么语言再美也无意
义。这是《六一诗话》的核心理念。这一理念贯穿于所有材料中,并
非仅限于"论诗及事"的部分。因此,整个《六一诗话》的内容用一句
话概括,就是强调"诗""事"关系,主张从"诗""事"关系入手解读诗
歌、评价诗艺。这一点,在下文的分析中可以看得十分清楚。

《六一诗话》是宋代欧阳修的晚年之作,共录材料 28 条。表面上
看,这些材料内容各异,没有内在的逻辑关系,然而仔细分析,则发现
其实存在某种一以贯之的理念,那就是从"诗""事"关系入手解读诗
歌、评价诗艺,强调诗歌创作与现实事件的对应关系。具体来说,有
以下几方面:

首先,欧阳修强调诗歌创作的内容要与史实相符,这是诗歌创作
的第一要义。如第一条曰:

> 李文正公进《永昌陵挽歌辞》云:"奠玉五回朝上帝,御楼三
> 度纳降王。"当时群臣皆进,而公诗最为首出。所谓三降王者,广
> 南刘铱、西蜀孟昶及江南李后主是也。若五朝上帝则误矣。太
> 祖建隆尽四年,明年初郊,改元乾德。至六年再郊,改元开宝。
> 开宝五年又郊,而不改元。九年已平江南,四月大雩,告谢于西
> 京。盖执玉祀天者,实四也。李公当时人,必不缪,乃传者误云
> 五耳。①

显然,这则材料是从史实的角度解读李文正此诗,认为诗中所谓
"五回朝上帝"一句与史实不符,应为后人传抄致误。为什么欧阳修
如此确定? 因为在他看来,当代人不可能不知当代事,而诗歌所叙又
不可能与史实不符。换言之,在欧阳修看来,诗歌内容与史实相符,
这是诗歌创作的第一要义。以此为基础,即使诗歌本身语言浅近,也

---

① 　(宋)欧阳修著,郑文校点《六一诗话》,人民文学出版社,1962 年,第 5 页。

不失为一篇好的作品。如：

> 京师辇毂之下，风物繁富，而士大夫牵于事役，良辰美景，罕获宴游之乐。其诗至有"卖花担上看桃李，拍酒楼头听管弦"之句。西京应天禅院有祖宗神御殿，盖在水北，去河南府十余里。岁时朝拜官吏，常苦晨兴，而留守达官简贵，每朝罢，公酒三行，不交一言而退。故其诗曰："正梦寐中行十里，不言语处吃三杯。"其语虽浅近，皆两京之实事也。①

相反，若诗中虽有好句却与事理不符，则不视为佳作，如：

> 诗人贪求好句而理有不通，亦语病也。如"袖中谏草朝天去，头上宫花侍宴归"，诚为佳句矣；但进谏必以章疏，无直用稿草之理。唐人有云："姑苏台下寒山寺，半夜钟声到客船。"说者亦云句则佳矣，其如三更不是打钟时！如贾岛《哭僧》云："写留行道影，焚却坐禅身。"时谓烧杀活和尚，此尤可笑也。若"步随青山影，坐学白塔骨"，又"独行潭底影，数息树边身"，皆岛诗。何精粗顿异也？②

这是强调诗歌创作必须与事实相符。以此为基础，欧阳修还进一步提出诗歌存在的价值即在于记载与反映史实，使不见于史册的人物、事件借助诗词流传后世，垂于不朽。如：

> 王建《宫词》一百首，多言唐宫禁中事，皆史传小说所不载者，往往见于其诗，如"内中数日无呼唤，传得滕王《蛱蝶图》"。滕王元婴，高祖子，新、旧《唐书》皆不著其所能，惟《名画录》略言其善画，亦不云其工蛱蝶也。又《画断》云："工于蛱蝶。"乃见于建诗尔。或闻今人家亦有得其图者。唐世一艺之善如公孙大娘舞剑器、曹刚弹琵琶、米嘉荣歌，皆见于唐贤诗句，遂知名于后世。当时山林田亩，潜德隐行君子，不闻于世者多矣，而贱工末艺得所附托，乃垂于不朽，盖其各有幸不幸也。③

---

① 《六一诗话》，第5—6页。

② 《六一诗话》，第12页。

③ 《六一诗话》，第11页。

其次，诗歌创作尽管要源于现实，但又要高于现实，拉开与现实的距离。否则"得之容易"，不加选择、提炼地描写那些现实存在的、毫无新意的、趣味低下而粗俗鄙俚的事件，绝不可能创作出佳作。例如：

> 仁宗朝，有数达官以诗知名，常慕"白乐天体"，故其语多得于容易。尝有一联云："有禄肥妻子，无恩及吏民。"有戏之者云："昨日通衢遇一辎耕车，载极重，而羸牛甚苦，岂非足下'肥妻子'乎？"闻者传以为笑。①

> 吕文穆公未第时，薄游一县，胡大监旦方随其父宰是邑，遇吕甚薄。客有誉吕曰："吕君工于诗，宜少加礼。"胡问诗之警句，客举一篇，其卒章云"挑尽寒灯梦不成"。胡笑曰："乃是一渴睡汉耳。"吕闻之，甚恨而去。明年，首中甲科，使人寄声语胡曰："渴睡汉状元及第矣。"胡答曰："待我明年第二人及第，输君一筹。"既而次榜亦中首选。②

在这两则材料中，诗歌创作得之容易而不加以提炼，因此解读者直接将之与现实生活中某一常见而无深意的画面对应起来，消解其所包含的特殊意味，从而使诗歌本身也显得浅薄而无韵味。

的确，好的创作不仅要来自现实，还要经过精心构思、择取生活中存在的既有普遍意义又有特殊体验的事件，对之进行艺术提炼。例如：

> 孟郊、贾岛，皆以诗穷至死，而平生尤自喜为穷苦之句。孟有《移居诗》云："借车载家具，家具少于车。"乃是都无一物耳。又《谢人惠炭》云："暖得曲身成直身。"人谓非其身备尝之不能道此句也。贾云："鬓边虽有丝，不堪织寒衣。"就令织得，能得几何？又其《朝饥诗》云："坐闻西床琴，冻折两三弦。"人谓其不止忍饥而已，其寒亦何可忍也！③

---

① 《六一诗话》，第5页。
② 《六一诗话》，第10—11页。
③ 《六一诗话》，第8页。

　　　　龙图赵学士师民,以醇儒硕学名重当时。为人沈厚端默,群
　　居终日,似不能言,而于文章之外,诗思尤精。如"麦天晨气润,
　　槐夏午阴清"。前世名流,皆所未到也。又如"晓莺林外千声啭,
　　芳草阶前一尺长"。殆不类其为人矣。①

　　在前则材料中,孟郊和贾岛从自己的切身体验出发,择取生活中
具有典型性的画面进行重新组合,以生动形象的刻画表现出身无一
物、饥寒交迫的生活处境。在这里,诗歌所描述的画面既源于生活又
高于生活、既有普遍性又有特殊意味。后一则材料中,欧阳修则直接
指出赵师民诗思尤精、所作诗歌能道出前世名流所未到处,肯定这种
构思的精妙和新颖。在《六一诗话》中,这种因构思巧妙而得到佳句
的情况并不少见,如:

　　　　梅圣俞尝于范希文席上赋《河豚鱼诗》云:"春洲生荻芽,春
　　岸飞杨花。河豚当是时,贵不数鱼虾。"河豚常出于春暮,群游水
　　上,食絮而肥。南人多与荻芽为羹,云最美。故知诗者,谓只破
　　题两句,已道尽河豚好处。圣俞平生苦于吟咏,以闲远古淡为
　　意,故其构思极艰。此诗作于樽俎之间,笔力雄赡,顷刻而成,遂
　　为绝唱。②

　　　　自科场用赋取人,进士不复留意于诗,故绝无可称者。惟天
　　圣二年省试《采侯诗》,宋尚书祁最擅场,其句有"色映堋云烂,声
　　迎羽月迟",尤为京师传诵,当时举子目公为"宋采侯"。③

　　最后,欧阳修认为诗歌创作不仅要有新意,要能捕捉到新颖独
到、颇具情趣的生活画面,而且还需要有精妙贴切的语言,具体形象
地描绘出这一画面,这样才能实现"意新语工"、"状难写之景,如在目
前,含不尽之意,见于言外"的艺术效果,即:

　　　　圣俞尝谓余曰:"诗家虽率意而造语亦难。若意新语工,得
　　前人所未道者,斯为善也。必能状难写之景,如在目前;含不尽

────────────

① 《六一诗话》,第15页。
② 《六一诗话》,第6页。
③ 《六一诗话》,第16页。

之意,见于言外,然后为至矣。贾岛云'竹笼拾山果,瓦瓶担石泉',姚合云'马随山鹿放,鸡逐野禽栖'等是山邑荒僻,官况萧条;不如'县古槐根出,官清马骨高'为工也。"余曰:"语之工者固如是。状难写之景,含不尽之意,何诗为然?"圣俞曰:"作者得于心,览者会以意,殆难指陈以言也。虽然亦可略道其仿佛。若严维'柳塘春水漫,花坞夕阳迟',则天容时态,融和骀荡,岂不如在目前乎? 又若温庭筠'鸡声茅店月,人迹板桥霜',贾岛'怪禽啼旷野,落日恐行人',则道路辛苦,羁愁旅思,岂不见于言外乎?"①

也就是说,好的诗歌创作要通过对现实生活的描写,寄寓诗人的思想情感。一方面,诗歌对生活的描写要形象逼真,使读者产生身临其境之感,从而直接体会出其所蕴含的意义,即"如在目前";另一方面又要对现实生活进行艺术加工,建构典型、概括的艺术形象,并通过艺术形象的暗示、隐喻和象征,间接体现作者的情感,即"见于言外"。这样一来才会使"作者得于心,览者会以意"。甚至有时,读者还会透过艺术形象的表层含义领略到更多意蕴,而这些意蕴竟连作者本人都不知。例如:

> 晏元献公文章擅天下,尤善为诗,而多称引后进,一时名士往往出其门。圣俞平生所作诗多矣,然公独爱其两联,云:"寒鱼犹着底,白鹭已飞前。"又"絮暖鲙鱼繁,豉添莼菜紫"。余尝于圣俞家见公自书手简,再三称赏此二联,余疑而问之。圣俞曰:"此非我之极致,岂公偶自得意于其间乎?"乃知自古文士不独知己难得,而知人亦难也。②

那么具体来说,怎么做才能达到"意新语工"、"状难写之景,如在目前,含不尽之意,见于言外"的艺术效果呢? 欧阳修认为首先是要炼句,即:

> 松江新作长桥,制度宏丽,前世所未有。苏子美《新桥对月》

---

① 《六一诗话》,第9—10页。
② 《六一诗话》,第13页。

诗所谓"云头滟滟开金饼,水面沉沉卧彩虹"者是也。时谓此桥非此句雄伟不能称也。子美兄舜元,字才翁,诗亦遒劲,多佳句,而世独罕传。其与子美《紫阁寺联句》,无愧韩孟也,恨不得尽见之耳。①

西洛故都,荒台废沼,遗迹依然,见于诗者多矣。惟钱文僖公一联最为警绝,云:"日上故陵烟漠漠,春归空苑水潺潺。"裴晋公绿野堂在午桥南,往时尝属张仆射齐贤家,仆射罢相归洛,日与宾客吟宴于其间,惟郑工部文宝一联最为警绝,云:"水暖凫鹥行哺子,溪深桃李卧开花。"人谓不减王维、杜甫也。钱诗好句尤多,郑句不惟当时人莫及,虽其集中自及此者亦少。②

其次是要讲究"炼字",即一字之用亦需雕琢,使之更加精确地描绘出现实画面。例如:

陈舍人从易,当时文方盛之际,独以醇儒古学见称。其诗多类白乐天。盖自杨、刘唱和,《西昆集》行,后进学者争效之,风雅一变,谓之"昆体"。由是唐贤诸诗集几废而不行。陈公时偶得杜集旧本,文多脱误,至《送蔡都尉诗》云"身轻一鸟",其下脱一字。陈公因与数客各用一字补之,或云"疾",或云"落",或云"起",或云"下",莫能定。其后得一善本,乃是"身轻一鸟过"。陈公叹服,以为"虽一字,诸君亦不能到也"。③

唐之晚年,诗人无复李杜豪放之格,然亦务以精意相高。如周朴者,构思尤艰,每有所得,必极其雕琢。故时人称朴诗"月锻季炼,未及成篇,已播人口"。其名重当时如此。而今不复传矣。余少时犹见其集,其句有云:"风暖鸟声碎,日高花影重。"又云:"晓来山鸟闹,雨过杏花稀。"诚佳句也。④

除此之外,用语的准确并不排斥对典故的使用,相反,灵活巧妙

---

① 《六一诗话》,第 12 页。
② 《六一诗话》,第 14 页。
③ 《六一诗话》,第 7—8 页。
④ 《六一诗话》,第 9 页。

的用典也能收到"意新语工"的效果，如：

> 吴僧赞宁，国初为僧录。颇读儒书，博览强记，亦自能撰述，而辞辩纵横，人莫能屈。时有安鸿渐者，文词隽敏，尤好嘲咏。尝街行遇赞宁与数僧相随，鸿渐指而嘲曰："郑都官不爱之徒，时时作队。"赞宁应声答曰："秦始皇未坑之辈，往往成群。"时皆善其捷对。鸿渐所道，乃郑谷诗云"爱僧不爱紫衣僧"也。①

> 杨大年与钱、刘数公唱和。自《西昆集》出，时人争效之，诗体一变；而先生老辈患其多用故事，至于语僻难晓。殊不知自是学者之弊。如子仪《新蝉》云："风来玉宇乌先转，露下金茎鹤未知。"虽用故事，何害为佳句也！又如"峭帆横渡官桥柳，叠鼓惊飞海岸鸥"，其不用故事，又岂不佳乎？盖其雄文博学，笔力有余，故无施而不可，非如前世号诗人者，区区于风云草木之类，为许洞所困者也。②

事实上，真正的"语工"应该是笔力有余、无施而不可，甚至在"用韵"上亦十分"工巧"。如韩愈：

> 退之笔力无施不可，而尝以诗为文章末事，故其诗曰"多情怀酒伴，余事作诗人"也。然其资谈笑，助谐谑，叙人情，状物态，一寓于诗，而曲尽其妙，此在雄文大手，固不足论，而余独爱其工于用韵也。盖其得韵宽，则波澜横溢，泛入傍韵，乍还乍离，出入回合，殆不可拘以常格，如《此日足可惜》之类是也；得韵窄，则不复傍出，而因难见巧，愈险愈奇，如《病中赠张十八》之类是也。余尝与圣俞论此，以谓譬如善驭良马者，通衢广陌，纵横驰逐，惟意所之；至于水曲蚁封，疾徐中节，而不少蹉跌，乃天下之至工也。圣俞戏曰："前史言退之为人木强，若宽韵可自足，而辄傍出，窄韵难独用，而反不出，岂非其拗强而然与？"坐客皆为之笑也。③

---

① 《六一诗话》，第7页。
② 《六一诗话》，第13页。
③ 《六一诗话》，第16页。

相反，如九僧那样被许洞所困、不犯某字则不得下笔者，显然是可悲可叹的：

国朝浮图以诗名于世者九人，故时有集号《九僧诗》，今不复传矣。余少时，闻人多称之。其一曰惠崇。余八人者，忘其名字也。余亦略记其诗有云："马放降来地，雕盘战后云。"又云："春生桂岭外，人在海门西。"其佳句多类此。其集已亡，今人多不知有所谓九僧者矣。是可叹也！当时，有进士许洞者，善为词章，俊逸之士也。因会诸诗僧分题，出一纸，约曰："不得犯此一字。"其字乃"山"、"水"、"风"、"云"、"竹"、"石"、"花"、"草"、"雪"、"霜"、"星"、"月"、"禽"、"鸟"之类，于是诸僧皆阁笔。洞咸平三年进士及第，时无名子嘲曰"张康浑裹马，许洞闹装妻"是也。①

这是欧阳修对诗歌创作的看法，即诗歌创作要以准确的语言和灵活的笔法表现现实，寄寓作者的思想情感。与此相对应，诗歌解读的第一步也要从文字入手，了解其所指向的现实事件。例如：

李白《戏杜甫》云："借问别来太瘦生，总为从前作诗苦。""太瘦生"，唐人语也，至今犹以为语助，如作么生、何似生之类是也。陶尚书穀尝曰："尖檐帽子卑凡厮，短靿靴儿末厥兵。""末厥"，亦当时语。余天圣、景祐间，已闻此句，时去陶公尚未远，人皆莫晓其义。王原叔博学多闻，见称于世，最为多识前言者，亦云不知为何说也。第记之必有知者耳。②

王建《霓裳词》云："弟子部中留一色，听风听水作《霓裳》。"《霓裳》曲今教坊尚能作其声，其舞则废而不传矣。人间又有《望瀛洲》、《献仙音》二曲，云此其遗声也。《霓裳曲》前世传记论说颇详，不知"听风听水"为何事也。白乐天有《霓裳歌》甚详，亦无风水之说。第记之或有遗亡者尔。③

综上所述，欧阳修认为诗歌创作的第一步是要从现实生活中寻

---

① 《六一诗话》，第8页。

② 《六一诗话》，第11—12页。

③ 《六一诗话》，第15页。

找触发诗情的事件,这些事件既要有普遍意义,又要包含诗人的特殊体验;既要新颖而未为人道,又要常见而不违事理,这是诗歌创作的构思阶段。其次在诗歌创作的表达阶段,则一方面要求以精警贴切的语言准确地描摹现实,使读者产生身临其境之感,以准确体会诗人所欲表达的思想情感;另一方面则要用各种手法,借助典故和艺术形象的隐喻、象征等拉开诗歌创作与现实生活的距离,使之"含不尽之意,见于言外"。最后在诗歌文本的解读阶段,则需要拨开文字的迷雾,揭示诗歌与现实事件的对应关系,这样才能找到诗情的来源,理解其所表达的真实情感。由此可见,整个《六一诗话》的根本内容就是讨论诗歌创作与现实事件的密切联系,这种联系不仅贯穿于诗歌创作的生发、构思和表达阶段,而且还成为解读诗义和评价诗艺的重要依据。显然,这种强调"诗""事"关系的做法与孟启《本事诗》所阐发的由"事"到"情"再到"诗"的批评理论有十分密切的联系。

除此之外,《六一诗话》中的某些材料还与孟启《本事诗》有更直接的联系,其内容本身即在介绍诗歌创作的触发事件,说明诗歌创作的事实依据:

> 圣俞、子美,齐名于一时,而二家诗体特异。子美笔力豪隽,以超迈横绝为奇;圣俞覃思精微,以深远闲淡为意:各极其长,虽善论者不能优劣也。余尝于《水谷夜行》诗略道其一二云:"子美气尤雄,万窍号一噫……梅穷独我知,古货今难卖。"语虽非工,谓粗得其仿佛,然不能优劣之也。①

> 闽人有谢伯初者,字景山,当天圣景祐之间,以诗知名。余谪夷陵时,景山方为许州法曹,以长韵见寄,颇多佳句。有云:"长官衫色江波绿,学士文华蜀锦张。"余答云:"参军春思乱如云,白发题诗愁送春。"盖景山诗有"多情未老已白发,野思到春如乱云"之句,故余以此戏之也。景山诗颇多,如"自种黄花添野景,旋移高竹听秋声","园林换叶梅初熟,池馆无人燕学飞"之类,皆无愧于唐贤。而仕宦不偶,终以困穷而卒。其诗今已不见

---

① 《六一诗话》,第10页。

于世，其家亦流落不知所在。其寄余诗，逮今三十五年矣，余犹能诵之。盖其人不幸既可哀，其诗沦弃亦可惜，因录于此。诗曰："江流无险似瞿塘，满峡猿声断旅肠。万里可堪人谪宦，经年应合鬓成霜。长官衫色江波绿，学士文华蜀锦张……莫谓明时暂迁谪，便将缨足濯沧浪。"①

石曼卿自少以诗酒豪放自得，其气貌伟然，诗格奇峭，又工于书，笔力遒劲，体兼颜柳，为世所珍。余家尝得南唐后主澄心堂纸，曼卿为余以此纸书其《筹笔驿》诗。诗，曼卿平生所自爱者，至今藏之，号为三绝，真余家宝也。曼卿卒后，其故人有见之者，云恍惚如梦中，言：我今为鬼仙也，所主芙蓉城，欲呼故人往游，不得，怂然骑一素骡，去如飞。其后又云：降于亳州一举子家，又呼举子去，不得，因留诗一篇与之。余亦略记其一联云："莺声不逐春光老，花影长随日脚流。"神仙事怪不可知，其诗颇类曼卿平生语，举子不能道也。②

第一则材料介绍了《水谷夜行》诗的创作情况，说明此诗的创作真实反映了欧阳修对苏、梅诗艺的评价。第二则材料则介绍了谢伯初赠诗和欧阳修答诗的创作背景，说明前一首诗乃作于欧阳修贬谪夷陵时，通过预设欧阳修到达贬地的情形表达对欧阳修的开解与劝慰。而欧阳修的答诗则针对谢伯初赠诗所作，其中"参军春思乱如云，白发题诗愁送春"一句乃直接化用谢伯初"多情未老已白发，野思到春如乱云"一句，以戏说之。第三则材料则介绍了石曼卿卒后、于举子梦中作诗的故事，交代了"莺声不逐春光老，花影长随日脚流"一诗的创作背景。正是在这一背景下，我们可以更深刻地体会到此诗所表达的情感意蕴，了解石曼卿"以诗酒豪放自得"的人生态度。显然，在这三则材料中，欧阳修介绍了诗歌创作的触发事件，揭示了诗歌创作的原本用意，对于我们解读诗歌有十分重要的意义。这种情况，显然与孟启《本事诗》有直接联系。当然也必须承认，在《六一诗

① 《六一诗话》，第 14 页。
② 《六一诗话》，第 14—15 页。

话》中,有两条材料在理论思路上与本事批评毫无关系。一是介绍欧阳修从苏轼处得到织有梅尧臣《春雪诗》的蛮布弓衣、并将之作为琴囊的故事;二是介绍"梅都官诗"的由来以及其中所包含的谶语之事。这两则故事都没有涉及具体的诗歌创作,也没有强调诗歌创作与外在事件的对应关系,与欧阳修强调的"诗"、"事"理论毫无关系。不过在二十八条材料中,这样的例外只有两条,因此它们的存在并不能抹杀《六一诗话》与《本事诗》在阐释思路上的内在联系。

总之,由以上分析可知,《六一诗话》与《本事诗》之间的联系不仅存在于论诗及事的材料之中,也不仅表现在写作动机、采录对象、体制格调、叙事类型等各个方面。更准确地说,两者之间最本质的关联在于它们都强调诗歌创作与触发事件之间的对应关系,强调现实事件在诗歌创作的生发、构思、表达等过程中所发挥的具体影响,以及本事对于诗义解读和诗艺评判所具有的重要作用。一句话概括,就是强调"本事"的阐释价值。这和孟启《本事诗》所强调的"触事兴咏,尤所钟情,不有发挥,孰明厥义"的思路基本一致。不同的是,孟启《本事诗》更强调诗歌的抒情性,"事"与"诗"的关系是间接的、通过"情"来实现。而在《六一诗话》中,"诗""事"关系则更为直接。"事"既是诗歌产生的根源,又是诗歌创作的素材;"诗"则不仅咏事,而且述事。这样一来,作为中介的"情"就被淡化,以致"诗""事"直接对应起来。当然另一方面,《六一诗话》又没有完全否定"情"的存在,只是变成了更为宽泛的"意"。如在那段著名的关于"意新语工"的讨论中就曾提到这样一个实例,即"若温庭筠'鸡声茅店月,人迹板桥霜',贾岛'怪禽啼旷野,落日恐行人',则道路辛苦,羁愁旅思,岂不见于言外乎"? 所谓"羁旅愁思",就是作者所意欲传达的情,也就是所谓"意新语工"、"含不尽之意见于言外"的"意"。由此可见,在《六一诗话》中"情"的因素虽然被淡化,但并没有完全忽略,而是隐含在"意"中。因此,从根本上说,《六一诗话》的阐释思路仍然可以归纳为"事——意(情)——诗",只是"事""诗"的关系更为直接。何以如此? 原因可能有以下几点:

首先,这与叙事文学的迅猛发展密切相关。"中国文学发展到中唐时代,作家的叙事意识普遍增强。虽然他们代代相承而来的长技是言志抒情,但更具体生动地反映生活的时代需要和艺术思维、表达能力的巨大进步,使他们日益不满足于单纯抒情和'含事'的表述方式。抒情——表现和叙事——再现,本来是艺术表达方法的双轨,现在他们长期重踏在抒情——表现一轨上的脚跟,要向叙事——再现一轨转移,至少是想努力做到足踏双轨了。于是,中唐以后'咏事'之作大为兴盛起来。这是'述事'的表述方法即将崛起并成为艺术表现主流的征兆,同时也为此作了必要的准备和积累。而大诗人杜甫对诗歌发展的伟大贡献之一,就是他率先以引人注目的创作实绩昭示了文学(诗歌)必须突破'含事'而向'述事'进军的历史方向"①,"当文学表述方式发展到'述事'阶段,出现以叙事为基本要求的文体时,'文'与'事'之间的关系变得更为直接而紧密……作者的主要任务是将'本事'叙述出来,读者的注意力也集中地指向那个'本事'。至于作者的主观情感,主要是渗透融化在叙事的行为之中,在叙述的字里行间流露出来"②。这样一来,"情"的因素就在"事——情——诗"的链条中淡化,形成"诗"、"事"直接对应的"诗史"观念。

其次在《本事诗》中,这种由"事——情——诗"走向"事——诗"批评的倾向已经出现,并表现于"李白"条中。"李白"条从整体上说是一则材料,介绍杜甫《寄李十二白二十韵》一诗之本事。而诗歌与本事的关系则如材料所说,即"杜所赠二十韵备叙其事,读其文尽得其故迹",也就是诗歌以叙述本事为内容,这样一来诗歌与本事之间的关系就更加直接,甚至形成"诗史"之说。孟启在材料最后进一步总结,曰"杜逢禄山之难流离陇蜀,毕陈于诗,推见至隐,殆无遗事,故当时号为诗史"③,即明确提出"诗史"与本事批评之间的内在关系,并说明这种"诗史"观念在杜甫之后进一步深化,成为"诗""事"关系的普遍认识。如此一来,则宋初所编的《六一诗话》即强调这种"诗"

---

① 董乃斌著《中国古典小说的文体独立》,中国社会科学出版社,1991年,第34页。

② 《中国古典小说的文体独立》,第38页。

③ 《本事诗校补考释》,第65页。

"事"对应的批评思路,就显然在情理之中了。

再次,从宋初诗坛的实际情况看,欧阳修之所以强调"诗""事"关系,强调由此入手阐释诗义和诗艺,又与宋初诗歌创作的弊端有关。正如我们所知,宋初诗坛主要有白体、西昆体和晚唐体三派。其中白体诗的特点是平易晓畅而不假雕饰,因此常常能以浅近的语言描述现实事件。然而问题在于,这种创作有时会流于浅易,表现为叙事的寸步不遗和抒情的浅露无余,这样一来读者就很容易将之坐实为某一常见的现实画面,从而引发歧义甚至令人发笑。从诗、事关系看,这一类创作往往与事的关系过于浅近,所以意既不深、语亦不工。与之不同的则有晚唐体的创作。这种创作往往能从现实世界中搜寻到高雅之景,而对这些景物的刻画也往往十分准确,甚至能借景物的描写寄寓人生状态和内在心态,达到"意新语工"之妙。然而另一方面,此类诗歌创作的眼界十分狭窄,其所关注的生活无外乎隐居生涯和山林野趣,其所描写的景物不外乎山、水、风、云、竹、石、花、草、雪、霜、星、月、禽、鸟,而其所表达的情感也往往局限于凄凉苦闷的孤寂心境和由景物引发的人生理趣。这是它在"取材立意"上的局限性。另外,晚唐派在诗歌中忌用典故,对现实的表现往往拘泥于外景的描写,以致"区区物象磨穷年"①,这就使诗歌的表达过于僵硬,堵塞了通向"语工"的其他途径。与此不同,西昆体的创作则往往借助典故典丽精工地描写景物,甚至通过典故拉开诗歌与现实世界的距离,这样一来,既能避免对现实景物的过于依赖,又能避免他人将其与现实坐实而导致的误读和笑话;既能矫正白体的浅俗,又能增进诗歌语言的幽邃性和凝练美。然而遗憾的是,西昆派诗人的生活内容毕竟失于贫乏,因此在"意新"上做得不够。同时又过于舞文弄墨,以切对为工,以编织故实争胜,终于流入为文造情一路,在诗坛上不免产生消极的影响,而典故的过多使用本身也会导致诗意的晦涩不明,这样一来反而有碍于"语工"的实现。这是宋初诗坛的情况。显然,不论是

---

① (宋)梅尧臣著,朱东润编年校注《梅尧臣编年校注》,上海古籍出版社,1980年,第300页。

白体诗、晚唐体诗还是西昆体诗,其在意境的选择和语言的表达上都有一定的弊端,这种弊端归根结底还是因为"诗"对"事"的处理不当,既不能选择既有典型性又有普遍意义的事件作为书写对象,又不能语意精工、灵活巧妙地描摹出这一事件。正因为如此,梅尧臣提出"意新语工"、"状难写之景,如在目前,含不尽之意,见于言外"的写作标准,认为只有从构思和表达这两个层面处理好"诗""事"关系,才能创作出好的艺术作品。显然,梅尧臣针对宋初诗坛三派的创作弊端,强调诗歌创作中"事"与"诗"的内在关系,强调从"诗""事"的关系入手解读诗歌和评价诗艺,显然也有其客观背景。

最后,从欧阳修个人情况看,其强调"诗""事"关系的做法与其作为史家的特殊身份也有关系。欧阳修既是北宋前期的文坛盟主,又是著名的史学家,其在《新五代史》和《新唐书》的撰写中不仅表现出良史重实录的严谨态度,而且还强调从杂史笔记等材料中搜集史料。显然,这种独特的思维方式和研究视角也会影响到其对诗歌的解读,形成据"诗""事"关系解读诗歌文本的特殊方法。

由此可见,从《本事诗》到《六一诗话》、从"事——情——诗"的批评思路到"事——诗"的批评视角,这种变化本身有其历史的必然性。而就是在这种历史的必然性中,可以更加深刻地看到《六一诗话》与《本事诗》之间的内在联系:从根本上说,这两部著作的批评思路都是强调诗歌创作与外在事件之间的关系,强调根据诗歌创作的触发事件来解读诗意。不同的是,《本事诗》是针对抒情诗而言的,"事"对"诗"的作用往往通过"情"的中介而实现;而《六一诗话》则更多地强调"事"对"诗"的直接作用,强调诗歌内容要与现实事件相吻合,要准确精练、灵活生动地再现事件的典型画面,然后在描写叙述中流露自己的情意。这是两者的根本联系和区别。

《六一诗话》后,诗话创作蔚成风气。短短十五年内,就有《温公续诗话》、《中山诗话》相继出现。从内容上看,这两部著作与《六一诗话》一样,以记事为主,以论诗及事为风尚;而诗论之见和审美标准,均寄寓于记事之中。这一点,司马光在《续诗话》自序中也有说明,即

"然记事一也,故敢续书之"①。在诗学理论上,这两部著作也大抵承继欧阳修,以"诗意"的形成和表达为中心,讨论诗歌创作如何因事立意、触事起意,如何修辞达意、立象尽意。如欧阳修强调"意新语工"、"状难写之景,如在目前,含不尽之意,见于言外"②,司马光则强调"意在言外,使人思而得之,故言之者无罪,闻之者足以戒也"③;与此相对应刘攽也提出"诗以意为主,文词次之,或意深义高,虽文词平易,自是奇作。世效古人平易句,而不得其意义,翻成鄙野可笑"④的理论,并强调诗人应当"量力致功"、"精思"⑤。由此可见,不论是在材料内容还是批评思路上,这两部诗话都和《六一诗话》一样,强调从"诗""事"关系入手讨论诗歌创作中的"意"。这种批评思路,显然与本事批评一脉相承。

　　与此类似而略有不同的是叶梦得的《石林诗话》。此诗话在内容上仍以"记事"为主,但同时又涉及诗歌创作与艺术风格等问题。因此,论述的成分更多,理论的系统性也更强,表现出由"论诗及事"向"论诗及辞"的过渡。从理论上看,叶梦得与欧阳修等一样,强调诗歌创作应以立意为宗。而所立"意"不仅要真实自然,反映诗人的真实情感;还要与现实相联系,关注现实,反映生活。又认为意的表达必须自然天成,直接描写诗人即目所见的具体景物,表达出诗人对生活的切身体验,抒发出他们内心的真实感受。这样才能自然浑成,而非雕琢模拟、争奇猎异。当然另一方面,自然天成并不代表一览无余。在叶梦得看来,诗歌创作必须笔力劲健而含意深长,这样才能深婉不迫。由此可见,在《石林诗话》中,尽管理论的表达更为直接,更有逻辑;但从根本上说,理论的出发点仍然是"立意"和"达意"。在此之中,又自然牵扯到"诗""事"关系。从这个角度讲,《石林诗话》的阐释思路也和《六一诗话》一样,属于本事批评。

---

① 　(宋)司马光撰《温公续诗话》,《历代诗话》本,中华书局,1981年,第274页。
② 　《六一诗话》,第9—10页。
③ 　《温公续诗话》,第277页。
④ 　(宋)刘攽撰《中山诗话》,《历代诗话》本,中华书局,1981年,第285页。
⑤ 　《中山诗话》,第289页。

这是北宋诗话的情况。简单地说,北宋时期的诗话创作,基本沿袭了《六一诗话》,在内容上以记事为主,其中包含有诗歌本事的介绍;在阐释思路上则以"诗意"为中心,从"诗""事"关系入手讨论"立意"和"达意"问题。

南宋之后,诗话则呈现出一种新的发展态势。一方面,诗话的重心从诗本事和词句考释转向诗学理论,在总结诗歌创作经验、研究诗歌理论等方面颇为用心。这样一来,其内容就从"论诗及事"逐渐走向了"论诗及辞",从偏重"记事"走向诗证、诗辨、诗论和记录诗坛论争。另一方面,南宋后的诗话又逐渐趋向于系统化的理论建构,不仅材料之间的逻辑关系更为紧密,而且在编排体例上也具有一定的逻辑体系,如严羽的《沧浪诗话》就按"诗辨"、"诗体"、"诗法"、"诗评"、"诗证"等名目分门别类,序列清晰明朗,形成完整的逻辑体系。从这个角度看,诗话与本事批评的关系也似乎逐渐疏离。然而事实并非如此。"诗话不仅论诗及事,而且论诗及辞,常是事中有辞、辞中见事,论事论辞只是一种方便研究的大致划分,实际是事辞两难分离的综合性著作。"①同样的,从北宋诗话的"偏于记事"到南宋诗话的"偏于论辞",其结果也并非是将"论事"与"论辞"完全分离。在南宋诗话乃至明清诗话中,"记事"仍然是诗话的重要组成部分。而在所记事件中,也都包含有诗歌创作本事。因此,从内容上说,本事批评仍然是诗话中存在的一种重要的批评方法。另一方面,正如章学诚所说:"唐人诗话,初本论诗,自孟启《本事诗》出,乃使人知国史叙诗之意;而好事者踵而广之,则诗话而通于史部之传记矣。间或诠释名物,则诗话而通于经部之小学矣。或泛述闻见,则诗话而通于子部之杂家矣。虽书旨不一其端,而大略不出论辞论事,推作者之志,期于诗教有益而已矣。"②不论诗话如何演变,也不论其内容如何不同,归根结底,都不出于"论辞论事,推作者之志",也就是从"事"和"辞"的角度探讨诗人之意。这种一以贯之的思路,显然是诗话与本事批评的根

---

① 《中国文学批评通史》(宋金元卷),第460页。

② 《文史通义校注》,第559页。

本联系。

二、《唐诗纪事》:"以诗系事"

在宋代,还有一部深受《本事诗》影响而出现的诗学著作——《唐诗纪事》。《唐诗纪事》是南宋计有功所作。如四库馆臣所言,"是集乃留心风雅,采撷繁富,于唐一代诗人或录名篇,或纪本事,兼详其世系爵里,凡一千一百五十家。唐人诗集不传于世者,多赖是书以存"①。也就是说,在这本书中,计有功广泛采集唐代诗歌及其本事,这和《本事诗》"采集本事诗及其诗本事"的做法是相一致的。从这个角度来说,《唐诗纪事》或可称为"唐诗本事"。

然而《唐诗纪事》毕竟不是《本事诗》。与《本事诗》相比,它的内容和体制都更为庞大,而编撰的目的、材料的选择和结构的安排也多有不同。

首先,《本事诗》的编撰目的是采集"本事诗"及其"诗本事",强调"触事兴咏,尤所钟情"的本事诗创作,展现以事解诗的批评效果。因此,其所采集的诗歌数量不多,但却具有一定的采择标准,只有"触事兴咏,尤所钟情"的本事之作才可以收入《本事诗》中。至于《唐诗纪事》,则如作者所言,其"闲居寻访,三百年间文集、杂说、传记、遗史、碑志,石刻,下至一联一句,传诵口耳,悉搜采缮录;间捧宦牒,周游四方,名山胜地,残篇遗墨,未尝弃去。老矣无所用心,取自唐初首尾,编次姓氏可纪,近一千一百五十家,篇什之外,其人可考,即略纪大节,庶读其诗,知其人。所恨家贫缺简籍,地僻罕闻见,聊据所得,先成八十一卷,且曰《唐诗纪事》云"②,可见计有功在搜集诗歌时用力颇深,甚至可以说是不遗余力地采录了唐代三百年间的诗人诗歌。因此从实际情况看,《唐诗纪事》所收录的诗歌中既有"触事兴咏,尤所钟情"的本事之作,也有大量应制、奉和、陪侍、游宴、投献、赠答一类的作品,很少有源自现实的兴发感动。这样看来,计有功的采诗标

---

① 《四库全书总目》(整理本),第 2746 页。
② 《唐诗纪事》,第 1 页。

准显然比《本事诗》宽泛得多。或者说,计有功在采集诗歌时并没有一个非常严格的标准,凡是唐代的诗人诗作都在他的采录范围。尤其是那些不见于其他典籍记载的残篇遗墨,计有功更是不舍得让其淹没于历史长河。因此从这个角度来说,《唐诗纪事》在采集诗歌时有一种强烈的存诗、存人的意识,其保存文献的目的远远超越了诗学旨趣。

其次,《本事诗》中既有诗又有事,诗包含在事中,事是诗歌创作的原本事实,并描述了诗歌创作的具体过程。在《唐诗纪事》中,大多数材料也是诗与事的结合,但也有很多材料是有诗无事或有事无诗。据学者统计,《唐诗纪事》中所收录的无本事的诗歌作品比有本事的诗歌作品要多得多,例如大量的酬唱诗作。很多时候,计有功会把那些参与集会唱和的诗人编排在一起,把他们集会的诗都过录到《唐诗纪事》中。还有那些只留下断语残篇的诗人,他们的作品也会被小心地保存下来,不论其中是否有事。反之,对于像杜甫、白居易这样的大诗人,计有功却常常只纪其事而不录其诗。如杜甫名下共纪事 8 条,诗作一首不录;白居易名下纪事 34 条,诗作也一首不录。为什么会这样呢?因为计有功编撰《唐诗纪事》的主要目的是存诗、存人。因此,对于那些广为人知的诗人及其作品,计有功不愿意多费力气再去辑录,因此有意回避,只录其事;而对于那些难得一见的、没有得到很好保存的诗人诗作,计有功则有意拾遗。这样一来,《唐诗纪事》中就有了有事无诗或有诗无事的情况,这也和《本事诗》不太一样。

另外,在《唐诗纪事》中,不论存诗还是存事,其最终目的都是存人、存史。因此,计有功"取唐诗姓氏一千一百五十余家,胪列其人,悉传其事,使后之读诗者恍然如见三百年中之须眉美恶,此亦唐诗之轩镜禹图矣"①。与此相对应,计有功在《唐诗纪事》中编排材料,既不是以诗为单位,也不是以事为单位,而是以人为目,按照诗人的身份及其时代先后顺序进行排列,然后再在每个人物的名下汇集相关资料。这样一来,"《唐诗纪事》又将 1150 位唐代诗人按帝王后妃、文

① (宋)计有功撰,王仲镛校笺《唐诗纪事校笺》,中华书局,2007 年,第 2080 页。

士、僧道、妇女及其他(包括佚名、外夷、神仙传说等)五个大类编次，每一类别中大致按时代先后排列诗人的诗作诗事。这使后人对唐诗的发展脉络和创作主体有一个整体的了解，实际上以'纪事'的形式梳理了唐诗的发展及诗事诗评的变化，为后世观照唐人唐诗提供了一个纵向而立体的流程"①。由此可见，《唐诗纪事》和《本事诗》在编排诗、事材料的体例上也有不同。前者"凡七题，犹四始也"，是根据本事的不同类型，也就是诗歌创作的不同情况进行分类；后者"以人为目"，按照诗人的身份及其时代先后为序，以人系诗、以诗系事，因此有更强的史学意识。

　　总之，《唐诗纪事》以人为目，在每位诗人的名下汇集材料，介绍诗人的生平轶事、选录诗人的作品、介绍诗歌的创作本事以及针对其人、其诗和其事进行评论等。因此，《唐诗纪事》中的"事"主要有两种，一种是诗歌创作本事，一种是诗人轶事。这两种"事"并不是一回事。准确地说，诗本事是决定诗歌创作本义的，其主要价值在于解诗，但也有一定的史学价值，可以帮助我们知人论世。诗人轶事则不一定与某首诗的创作直接相关，但是反映了诗人的某些特质，对于解诗也有一定的参考价值。例如下面这三条材料：

　　　　上官仪，字游绍，陕州人。工诗，其词绮错婉媚，及贵人效之，曰上官体。……高宗承贞观之后，天下无事。仪独持国政，尝凌晨入朝，巡洛水堤，步月徐辔，咏诗曰：脉脉广川流，驱马入长洲。鹊飞山月曙，蝉噪野风秋。音韵清亮，群公望之，犹神仙焉。②

　　　　陈子昂，字伯玉，梓州人。资褊躁，然好施予，笃朋友，与陆余庆、王无竞、房融、崔泰之、卢藏用、赵元最厚。唐兴，文章承徐、庾余风，子昂始变雅正，为《感遇诗》三十八篇。王适曰：是必为海内文宗。③

---

① 陈伯海主编《唐诗学史稿》，上海古籍出版社，2016 年，第 247 页。
② 《唐诗纪事》，第 72 页。
③ 《唐诗纪事》，第 102 页。

　　（张）说，字道济，洛阳人。相明皇。为文属思精壮，长于碑志。谪岳州后，诗益凄婉，人谓得江山之助云。①

　　在第一则材料中，关于上官仪及其诗歌创作的总体性介绍不多，着重介绍的是其巡洛水堤时所作的一首诗及其本事，从内容和形式上看，都与《本事诗》中的材料非常类似。通过这则材料，可以了解到上官仪的主体诗风为绮错婉媚，属于宫廷诗的范畴，其内容不外乎吟风弄月，颂扬圣德，很少有真情实感灌注其中。但是这首《巡洛水堤》却实属例外，不仅本事而作，而且即事兴咏，完全就眼前所见自然成文，情感真挚动人。这样的创作，显然属于孟启所谓的本事之作，也就是本事诗的范畴。因此，在这则材料中，计有功通过采录本事诗及其诗本事，显示了本事解诗的价值。根据这则本事，可以读懂这首诗的本义，体会诗人在诗歌中所表达的情感和意蕴，同时也感受到这首诗的艺术魅力。另外，根据这则本事材料，还可以更加全面地认识上官仪及其诗歌创作，知道他的作品中不仅存在绮错婉媚的宫廷诗，也有触事兴咏的本事之作。只是在初唐的文化背景下，他的宫廷诗创作被更多地学习和接受。总之，通过这则材料，可以看到《唐诗纪事》与《本事诗》之间的联系。

　　再看第二则材料。这条材料虽然提到了陈子昂及其《感遇诗》三十八首，但并没有录出这三十八首诗的具体文字，也没有介绍它的创作本事。不过在"唐兴，文章承徐、庾余风，子昂始变雅正"一句中，可以看到这首诗创作的大致背景，那就是在唐初诗风延续徐、庾诗风的情况下，陈子昂的《感遇诗》"感于其所遇见"，用真诚的态度书写自己的所见所感，既不在文字上过多雕琢，也不作徒有其表而全无根柢的空洞文辞，这样一来，就为唐代诗风复归雅正做出了贡献。显然，从这则材料看，陈子昂的《感遇》三十八首也属于本事诗，虽然材料中并没有录出每一首诗及其本事，但它们创作的基本情况还是可以在材料中得到揭示。因此，这则材料不是典型的诗本事，但和《本事诗》的精神相一致。

------

　　①　《唐诗纪事》，第 197 页。

至于第三则材料,既没有选录诗人的作品,也没有介绍诗歌创作的本事,只是简单介绍了诗人的生平,并对其诗文创作的情况做出了整体性评价。不过在这里,"相明皇"是诗人的一段经历。在这一背景下,诗人为文属思精壮,长于碑志。"谪岳州"是诗人的另一段经历。在这种情况下,"诗益凄婉"。可见,诗歌创作的情况随着诗人的经历发生了变化,由此也可看出诗人所走过的路和经历的事给诗歌创作带来的影响。至于"人谓得江山之助云",则说明诗人后期的诗歌多借眼前所见之山水抒发自己遭遇贬谪的凄凉,这一类诗歌,显然也属于本事之作。由此可见,在这则材料中,虽然没有选录具体的诗歌及其本事,但总的说来,还是揭示了诗人经历的事与其创作的诗之间的关系,强调了本事对诗的作用,因此也有本事解诗的效果。

由此看来,《唐诗纪事》"以人为目"的编排方式虽与孟启《本事诗》不同,但在每位诗人名下,其所采编的材料却与诗本事非常类似。有时,它会介绍诗人的生平、选录诗人的作品并介绍其本事,然后围绕诗人及其创作做出点评。这样的材料,与孟启《本事诗》中的本事材料基本一致,其中既有本事诗又有诗本事,以事解诗,可以读懂诗歌,体会其创作效果。但是也有些时候,它不介绍具体的诗歌作品,只是笼统地介绍诗人的经历及其诗歌创作的特点,但是仔细分析,也可以看到诗人经历的事对其诗歌创作所产生的影响,因此从广义上说,也属于本事批评的范畴。至于那些有诗无事的材料,其实也介绍了诗歌创作的大致背景,如宴饮、赠答等,并不是完全没有本事。

由此可见,《唐诗纪事》是受孟启《本事诗》的影响而出现的一部诗学著作,其文章体例虽与《本事诗》不同,内容也更为丰富,但诗学理念仍与《本事诗》一脉相承,属于本事批评。

其实,从本事批评的角度审视《唐诗纪事》,还可以看到它和《本事诗》之间有很多共同点。首先,它和《本事诗》一样都以"采"的方式编撰而成。采集的对象除了诗歌和本事,还有诗人的生平和诗歌的评论,因此其采集的范围也从一般的诗集、笔记扩大到诗文集序跋、题解、墓志铭、诔、祭文和赠答诗等,还有诗格和诗话等文献。由此可见,《唐诗纪事》和《本事诗》一样都是"述而不作"的诗学著作,只是采

集的对象和范围略有不同。其次,在《本事诗》中,也能看到编撰者自
己的文字,如《本事诗序》,这是我们了解其诗学观点的重要依据。在
《唐诗纪事》中,也可以看到这样的文字,如《〈唐诗纪事〉序》。除此之
外,则还有下面这段文字:

> 唐诗自咸通而下,不足观矣。乱世之音怨以怒,亡国之音哀
> 以思,气丧而语偷,声烦而调急,甚者忝目褊吻,如戟手交骂。大
> 抵王化习俗,上下俱丧,而心声随之,不独士子之罪也,其来有源
> 矣。……余故尽取晚唐之作,庶知律诗末伎,初若虚文,可以知
> 治之盛衰。①

在这段话中,计有功至少提到了两个问题:第一,以艺术审美的
标准看,咸通以下的诗并不足观,不值得采集和编撰。第二,《唐诗纪
事》之所以采录咸通以下的晚唐诗,是因为从中可以观风俗盛衰和王
政得失。这样的采诗理念,显然跟孟启《本事诗》异曲而同工。在《本
事诗》中,孟启采诗及事、本事解诗,从根本上说是受到"采诗"传统的
影响,尤其是白居易"采诗"理念的直接启发。但是另一方面,孟启选
诗又有自己的严格标准,非"触事兴咏,尤所钟情"者不录,"拙俗鄙
俚,亦所不取"。或许正因为如此,孟启并没有采录咸通以下的诗歌。
《唐诗纪事》的做法跟《本事诗》不同,它采录了咸通以下的诗歌,因为
他采诗观风的目的超过了对诗歌旨趣的追求。因此,他在孟启《本事
诗》之后,进一步将晚唐以后的诗歌都采录进来,以呈现整个唐代社
会及其诗歌创作的完整风貌。宋代王禧作《唐诗纪事识语》曰"夫文
章与时高下,而诗发于情,帝王盛时,采之以观民风,在治忽。春秋之
时,赵孟请赋诗以观郑七子之志,季札请观乐以知列国之风。世之君
子,欲观唐三百年文章、人物、风俗之隆污邪正,则是书不为无助"②,
也对《唐诗纪事》"采诗观风"的性质进行了肯定。从这个角度来说,
《唐诗纪事》继《本事诗》而作的特点也十分明显。

另外,在《本事诗》中,孟启将李白的几首诗及其本事汇编在一

---

① 《唐诗纪事》,第 998 页。
② 《唐诗纪事》,第 1 页。

起,已经有了人物传记的意味。到了《唐诗纪事》,则直接以人为目,在每个人物的名下汇集诗歌及其本事材料,以此概括人物的一生行迹。这样的编撰思路,可能也是受《本事诗》"李白"条材料的启示。

总之,作为本事批评在宋代出现的另一种专门的文体形式,《唐诗纪事》通过广泛搜集,采录有唐一代的诗人、诗作以及其相关的本事和诗论,然后通过以人系诗、以诗系事的方式将它们汇编在一起,形成一部规模宏大的诗学著作。作为本事批评的变体,它与《本事诗》有着深厚的联系。但是,在《本事诗》的基础上,它又形成了自己的特点,因此具有更加丰富的诗学意义。所谓"收采之博,考据之详,有功于唐诗不细"①,自然是毫无疑议;而"因诗存人,因人存诗,甚有功于'诗'与'史'。论述唐代之诗史者,自当以此书为不祧之祖"②的评价,也绝非过誉。除此之外,其对《本事诗》的继承和发展,其在本事批评的发展史上的重要地位,以及其庞大体制中所包含的各种具体的诗学命题,其实都是它存在的价值和意义,有待进一步探讨。

《唐诗纪事》之后,又出现了一大批以"纪事"命名的著述,如明代毛晋的《明诗纪事》,清代钱大昕的《元诗纪事》、厉鹗的《宋诗纪事》、查为仁的《诗余纪事》、陆心源的《宋诗纪事补遗》、陈田的《明诗纪事》,还有近人陈衍的《辽诗纪事》、《金诗纪事》、《元诗纪事》。除此之外,还有词、文、曲纪事类著述,如清人张宗橚的《词林纪事》、陈鸿墀的《全唐文纪事》,今人王文才的《元曲纪事》等。一直到现在,此类著述仍层出不穷,如邓之诚《清诗纪事初编》,孔凡礼《宋诗纪事续补》,杨宝霖《词林纪事补正》,钱钟书《宋诗纪事补正》,唐圭璋《宋词纪事》,钱仲联主《清诗纪事》,丘良任《历代宫词纪事》,曾枣庄《宋文纪事》,田守真《明散曲纪事》,周建江《汉诗文纪事》、《三国两晋十六国诗文纪事》、《南北朝隋诗文纪事》,以及黄山书社出版的"历代词纪事会评丛书"。这些著作虽然都名"纪事",但编撰体例并不完全相同,如陈鸿墀编纂《全唐文纪事》而不录作品,邓之诚撰《清诗纪事初编》

---

① 《唐音癸签》,第 323 页。
② 郑振铎著《西谛书话》,生活·读书·新知三联书店,1983 年,第 288 页。

而不录本事,唐圭璋编《宋词纪事》而不录评语等。不过无论怎样,它们都是《唐诗纪事》影响下的结果,由此也可见《唐诗纪事》的创体之功。

第五节　明清:从反思本事到考索本事

宋代是本事批评发展的高峰期,不论在文学创作还是阐释上,宋人都注重"本事",强调对"本事"的记述与考察。因此在宋代,既有《续本事诗》《本事词》等续作出现,也有《唐诗纪事》和《六一诗话》等变体产生,它们都注重对"本事"的辑录,强调本事的阐释作用。在宋代诗歌创作中,也有强烈的"本事"意识,尤其强调诗与事的关系,形成浓郁的"诗史"观念。这样一来,宋人在诗词集中也常常通过序、注等方式阐明本事。到了明代,情况则发生了变化。

在明人看来,宋人过度重视诗歌创作中"事"的作用,忽略了"情"的内容,因此对"本事"诗学的理解出现了偏差。于是,明代学者进一步强调"本事"中"事"、"情"与"诗"之间的内在关系,如明代孔天胤《重刻唐诗纪事序》曰:

> 夫诗以道性情,畴弗恒言之哉;然而必有事焉,则情之所繇起也,辞之所谓综也。故观于其诗者,得事则可以识情,得情则可以达辞。譬诸水木,事其源委本末乎,辞其津涉林丛乎,情其为流为葩者乎,是故可以观矣。故君子曰:在事为诗。又曰:国史名乎得失之迹。夫谓诗为事,以史为诗,其义忾哉。然自性情之说拘,而狂简或遂简于事,则犹不穷水木,而徒迷骛乎津涉,蔽亏乎林丛,其于流葩盖已疏矣……唐俗尚诗,号专盛,至其摛藻命章,逐境纡翰,皆情感事而发抒,辞缘情而绮丽,即情事之合一,讵观览之可偏。宋兴理学,儒者偏鄙薄辞华,复又推杜甫等,而以格调声律为品裁,然但言理而不及事,岂与古人说诗之旨同哉?①

---

① 《唐诗纪事》,第2—3页。

在这段话中，孔天胤强调诗与情、事之间的关系。这三者的关系，孟启在《本事诗序》中也有强调，即"诗者，情动于中而形于言……其间触事兴咏，尤所钟情"①。也就是说，诗是情感的表达，而情是因事触发的，因此只有了解本事，才能体会诗的情感，读懂诗的内涵。这是孟启本事诗学的核心内涵。孔天胤理解孟启的意思，因此在这段话中，他以水、木为喻，阐明诗、事、情三者的关系，说明"事"是诗的源头，"辞"是诗的具体表现，而"情"则是诗的生命，灌注于诗文之中。因此，本事和诗并不是简单的对应关系，而是"在事为诗"，诗的本质是情。然而，宋人一味强调"国史名乎得失之迹"，强调诗和事的关系，"谓诗为事，以史为诗"，形成强烈的"诗史"意识。到了南宋，理学家强调"存天理，灭人欲"，主张"灭情复性"，于是进一步抹煞诗和情的关系，将本事诗学简化为诗与事的对应关系。于是，"元丰而后，理学、风雅截然为二，大约多祖《击壤》，言情之作，置之勿道"②。这是宋人在认识本事诗学的过程中所发生的偏差。这样一来，也造成了唐代和宋代的不同诗风。唐人"摛藻命章，逐境纡翰，皆情感事而发抒，辞缘情而绮丽"③，因此情事合一，观诗可感其情、知其事。而宋兴理学，既鄙薄辞华，又一味推崇杜甫所代表的"诗史"之说，强调诗歌外在的格调声律，甚至还出现了理学诗，以理代替对客观事物的观察和描写，大大降低了诗歌的艺术性。这样一来，显然违背了本事诗学的原始精神。在孔天胤看来，《唐诗纪事》和《本事诗》的精神是一脉相承的，要真正地理解它，就必须把本事诗学的内涵梳理清楚。结合前面对《本事诗》和《唐诗纪事》的分析，可以发现孔天胤的理解非常到位，甚至有振聋发聩的效果。

同样对本事诗学有着独到见解的还有明人谢榛。他集成前贤的思想而提出"事、情、景"的诗学理论，曰："凡作诗，须知道紧要下手

① 《本事诗校补考释》，第 29 页。
② （清）朱彝尊编《明诗综》，上海古籍出版社，1993 年，第 643 页。
③ 《唐诗纪事》，第 2 页。

处,便了当得快也。其法有三:曰事,曰情,曰景。若得紧要一句,则全篇立成。熟味唐诗,其枢机自见矣。"①这也是强调事、情合一的诗歌创作。所谓"景",从广义上说也属于"事"的范畴,是自然界的变动状态,和人事的变迁一样都属于外在世界的状态,触动着人的内在情感,并在诗歌中表现出来。

总之,在明代,以孔天胤和谢榛为代表的学者们围绕"本事诗学"和"诗史"观念而对文学创作中"事"与"情"之间的关系进行了反思,这种反思又进一步影响到明代的文学创作,明代文学形成了"重情"的特点。在明代,不仅诗歌创作主张"贵情思而轻事实",连戏剧、小说等叙事文学的创作也强调"重情",这也是基于"情""事"关系的反思而产生的结果。另外,对"情""事"关系的探讨还带来另一种风尚,那就是作为抒情文体的"诗"与叙事文体的戏曲小说的融合。明代谢肇淛曰:"凡为小说及杂剧戏文,须是虚实相半,方为游戏三昧之笔,亦要情景造极而止,不必问其有无也……必事事考之正史,年月不合,姓字不同,不敢作也。如此,则看史传足矣,何名为戏?"②正是这样一种强调事、情、景三位一体的创作主张,使小说戏剧与诗歌之间的界限不再那么明显,诗歌可以融入小说戏剧,小说戏剧也可以引用诗歌,甚至在其中表达自己的诗学思想。以戏剧为例,可以看到《本事诗》中的不少故事在明代剧作家手下被重新演绎,如"乐昌公主"条本事被演绎为明戏文《金镜记》和明传奇《破镜重圆》、《合镜记》、《新合镜记》、《红拂记》、《女丈夫》;"兵士袍中诗"条本事被演绎为明传奇《双珠记》;"顾况御沟诗"条本事被演绎为明传奇《题红记》和《红叶记》;"章台柳"条本事被演绎为同名明杂剧和明传奇,另有明传奇《金鱼记》、《练囊记》和《玉合记》;"崔护城南诗"条本事被演绎为明戏文《题门记》、明杂剧《桃花人面》和《颠倒姻缘》,还有明传奇《登楼记》、《桃花记》、《双合记》和《玉杵记》;"李白醉酒题诗"条本事被演绎为明传奇《彩毫记》、《青莲记》和《采石矶》;"杜牧赠禅师"条本事被演绎为

---

① （明）谢榛撰《四溟诗话》,中华书局,1985 年,第 67 页。
② （明）谢肇淛著《五杂俎》,上海书店出版社,2001 年,第 313 页。

明杂剧《城南寺》;"杜牧紫云诗"条本事被演绎为明传奇《乞麾记》等。这也是本事诗学影响明代文学创作的另一重表现。

不过,从文学阐释的角度看,明人对于本事解诗的做法并不认同。如诗论家王世懋所言:"《诗》四始之体,惟《颂》专为郊庙颂述功德而作。其他率因触物比类,宣其性情,恍惚游衍,往往无定,以故说《诗》者,人自为说。若孟轲、荀卿之徒,及汉韩婴、刘向等,或因事傅会,或旁解曲引,而春秋时王公大夫赋诗以昭俭汰,亦各以其意为之,盖诗之来固如此。"①这就不仅强调了"说《诗》者,人自为说"的阐释理念,而且认为孟子韩婴等因事解诗的做法多为傅会。又钟惺曰:"《诗》,活物也。游、夏以后,自汉至宋,无不说《诗》者。不必皆有当于《诗》,而皆可以说《诗》。其皆可以说《诗》者,即在不必皆有当于《诗》之中。非说《诗》者之能如是,而《诗》之为物不能不如是也。……且读孔子及其弟子之所引《诗》,列国盟会聘享之所赋《诗》,与韩氏之所传者,其事其文其义,不有与《诗》之本事本文本义绝不相蒙,而引之、赋之、传之者乎?既引之,既赋之,既传之,又觉与《诗》之事、之文、之义未尝不合也。其何故也?夫《诗》,取断章者也。断之于彼,而无损于此。此无所予,而彼取之。说《诗》者盈天下,达于后世,屡迁数变,而《诗》不知,而《诗》固已明矣,而《诗》固已行矣。今或是汉儒而非宋,是宋而非汉,非汉与宋而是己说,则是其意以为《诗》之指归,尽于汉与宋与己说也。岂不隘且固哉?"②总之,在钟惺看来,《诗》为活物,对它的解读可以灵活变通、随人所用,无所谓本事、本义。这样一来,采本事以明本义的本事批评自然也就失去其价值和意义了。

总之,在明代诗论中,论诗者一再强调阐释者的自由,主张多样化的阐释原则,这显然和本事批评的理念相抵牾。因此在明代,不论是注诗者还是论诗者,都不注重对本事的探求。在诗话中,"论诗及事"的内容很少,而"以诗系事"的"纪事"类著作也十分鲜见。

---

① (明)王世懋著《艺圃撷余》,见(清)何文焕辑《历代诗话》,中华书局,1981年,第774页。

② (明)钟惺著,李先耕、崔重庆标校《隐秀轩集》,上海古籍出版社,1992年,第391页。

　　这是本事批评在明代的情况。到了清代,情况则又有不同。

　　一方面,"经过明清之际大规模的理论探讨和写作实践,'以诗为史'无疑成为'诗史'说的主导内涵,并成为清代诗歌的一个重要阅读传统。易代之际的苦痛语境消失之后,作为一个曾经深刻影响当时观念、创作、阅读习惯的文学概念,'诗史'逐渐失去了主导的社会影响,却又细水长流,化为清代读书人在阅读诗歌时随手拈来的文学批评标准。这就导致清人关于'诗史'的论述随处可见。在各类杜诗学著作、唐人诗集的笺注、诗话、笔记等文献中,充斥着大量有关'诗史'的意见"[①]。与此相对应,探讨本事、以事解诗的意识也在清代重新活跃起来。作为本事批评的集大成者,徐釚《续本事诗》的出现是清代本事批评发展的一个重要标志,这一点后文将专章讨论。除此之外,叶申芗的《本事词》、徐釚的《词苑丛谈》、钱大昕的《元诗纪事》、厉鹗的《宋诗纪事》、查为仁的《诗余纪事》、陆心源的《宋诗纪事补遗》、陈田的《明诗纪事》等一系列本事类著作的出现,都证明本事批评在清代的复兴。朱彝尊《明诗综序》曰"或因诗而存其人,或因人而存其诗。间缀以《诗话》,述其本事,期不失作者之旨……窃取国史之意,俾晚者可以明夫得失之故也"[②],更是直接表明对本事批评的重视。

　　另一方面,人们对"本事"的态度更为审慎,于是在采录本事的同时强调对本事的内容进行考证。清代吴骞在《拜经楼诗话》中考证陆游《钗头凤》词本事,曰:"陆放翁前室改适赵某事,载《后村诗话》及《齐东野语》,殆好事者因其诗词傅会之。《野语》所叙岁月,先后尤多参错。且玩诗词中语意,陆或别有所属,未必为伉俪者。"[③]在清代,诸如此类的讨论不少,他们从唐宋时人所注重的"采"本事走向了考证本事,这从根本上说是受到经学考据学的影响。

　　在清代,本事考证不仅应用于诗词领域,而且盛行于戏曲小说领

---

① 张晖著《中国诗史传统》,生活·读书·新知三联书店,2012年,第228页。
② (清)朱彝尊著《曝书亭集》,商务印书馆,1935年,第606—607页。
③ (清)吴骞著《拜经楼诗话》,《续编四库全书》本,上海古籍出版社,2002年,第123页。

域。正如我们所知,"中国文人发展到清代,表现为集合型的文人,是文人型的学者和学者型的文人的综合体,是具有各种文艺修养的文人,因此,观剧、品曲也成为当时文人和学人的雅事,在这种情形下,清代大量的经学家参与戏曲活动,就成为一种必然"①。这是中国古代戏曲史上的一个特殊现象,由此也造成了清代戏曲的学术化色彩,使戏曲和经学联系起来。于是,传统的解经思想也影响到戏曲的研究,例如本事注经的方法就导致了戏曲研究中考证本事的做法出现。最早在戏曲论著中进行"本事"考证的是李调元的《剧话》。据统计,李调元在《剧话》中对将近 50 种戏曲的"本事"进行了不同程度的考证,其内容十分丰富。在李调元看来,戏剧和本事的关系非常微妙,其中虚虚实实,耐人寻味。于是他"恐观者徒以戏目之,而不知有其事,遂疑之也,故以《剧话》实之;又恐人不徒以戏目之,因有其事,遂信之也,故仍以《剧话》虚之"②。李调元对戏曲本事的认识比较灵活,强调戏曲创作既要有本事,又不能完全照搬史实。同样地,在戏曲阐释时也不能亦步亦趋,过分地拘泥本事。因此他在批评《芝龛记》时强调:"明季史实,一一根据,可为杰作;但意在一人不遗,未免失之琐碎,演者或病之焉。"③李调元之后,平步青作《小栖霞说稗》,也在"本事"的考索上用力颇深。可以说,不论是考证的严谨性还是搜集材料的丰富性,乃至结论的可信度等,平步青都在李调元之上。但是,作为史学家,平步青主张戏曲所演的"故事"要符合历史文献的记载,不应该在史籍中找不到出处。换句话说,戏曲"本事"必须是"真事",在这一点上面,平步青比李调元更固执。再往后,则越来越多的人无法把握对历史真实追求的分寸。例如李渔,明明知道"传奇无实,大半皆寓言耳"④,却又主张"其人所行之事,又必本于载籍,班

①　张晓兰著《清代经学与戏曲——以清代经学家的戏曲活动和思想为中心》,上海古籍出版社,2014 年,第 517 页。

②　(清)李调元著《剧话》,《中国古典戏曲论著集成》(八),中国戏剧出版社,1958 年,第 35 页。

③　(清)李调元著《雨村曲话》,《中国古典戏曲论著集成》(八),中国戏剧出版社,1958 年,第 27 页。

④　(清)李渔著,辛雅敏译注《闲情偶寄译注》,上海三联书店,2014 年,第 41 页。

班可考，创一事实不得"①、"必求可据，是谓实则实到底也"②，这样一来，不仅导致了戏曲创作拘泥本事而缺乏创新的问题，而且也导致戏曲阐释时对本事的过度考索。还是以李渔为例，不论他如何强调自己所作传奇"加生旦以美名，原非市恩于有托；抹净丑以花面，亦属调笑于无心"③，仍然免不了被人猜测，"好事之家，犹有不尽相谅者，每观一剧，必问所指何人"④。总之，在清代，戏曲考证的风气甚浓。这种风气一直影响到近代，以至于我国戏曲研究在很长一段时间内都以考据学的范式为主，忽视了对戏曲的乐律、演唱、表演、舞台、观众等众多因素的研究。直到受到西方戏剧研究范式的影响，这种情况才有所改变。

　　同样深受经学考据学影响的还有清代小说的研究。"中国古代小说创作深受史传传统的影响，在小说创作逐渐文人化的过程中，史传传统的影响也逐渐深刻。把历史本事作为表象进行艺术运思，这成了不少文人进行小说创作的独特方式。小说本为叙事之书，按照传统注经学的说法，作者的意向是明确的。但是，由于有些小说采用了独特的方式去伪装历史事实，于是，挑明'本事'就成为小说批评者的一个重要任务。"⑤可以说，在清代，不少人致力于对小说本事的探索。到了后期，则逐渐走向了"索隐"。

　　在索隐批评者看来，戏曲和小说的创作背后都隐藏着明确的现实意图。"它认为作者写作戏曲小说时都有明确的现实意图。在文本中虽有意隐晦其词，实际上则暗写与作者本人有关的某人某事，寄其讥刺之意。它把文本看作谜面，其人其事作为谜底，批评的主要内容是对戏曲小说中的人物故事进行考订，探索其在生活中的原型、出处，旨在破解其人其事，挖掘作者现实的、确切的意图。"⑥在清代后

---

①②　《闲情偶寄译注》，第 42 页。

③　《闲情偶寄译注》，第 16—17 页。

④　《闲情偶寄译注》，第 17 页。

⑤　陈维昭著《红学通史》，上海人民出版社，2005 年，第 63 页。

⑥　张金梅，《索隐批评的发展历程及其基本内涵》，《辽宁行政学院学报》，2012 年第 2
期，第 166 页。

期,这种索隐的趋势几乎成为对待戏曲小说的一种思维定势。到《红楼梦》出现,索隐之风则愈加强烈。《红楼梦》作者明言"曾历过一番梦幻之后,故将真事隐去……又何妨用假语村言,敷衍出来"①,又自称自己写的是"满纸荒唐言",期待读者能体会他的"其中味"。这样笔法隐晦、藏头露尾,自然吸引着人们不惜一切手段去追索《红楼梦》所隐去的"本事"和"微言大义"了。换句话说,《红楼梦》的作者已经将经、史的思维方式和创作原则运用于小说创作,那么自然可以用本事解经的方法去探寻作品本事,还原作者本旨了。只是在这条路上,人们越走越远。以蔡元培《石头记索隐》为例,他通过所谓索隐三法,即"一、品性相类者;二、轶事有征者;三、姓名相关者"②来探求《红楼梦》的微言大义,甚至得出"书中'红'字多影'朱'字。朱者,明也,汉也。宝玉有'爱红'之癖,言以满人而爱汉族文化也;好吃人口上胭脂,言拾汉人唾余也"③的判断,实在是有点猜字谜的意味。这种做法,与其说是从本事考索入手解读文字,不如说是从解读文字入手去猜测本事,显然不够严谨。对此,胡适提出了批评,并作《红楼梦考证》,将清代"考据学"传统和西方杜威实验主义的理论结合起来进行本事考证,将"事实——假设——求证"的方法运用到《红楼梦》的学术研究中。

由此可见,在小说戏曲领域,本事考索经历了"考——索——考"的变化,而隐藏在这种变化背后的,其实是人们对于本事与戏曲、小说关系的不同理解和把握。作为叙事文体,小说和戏曲的创作不仅依据本事,而且会在一定程度上再现本事,通过对本事的处理来表达自己的情感意志。这样一来,考索本事以明其义,显然是有价值的。但是过度地强调小说戏曲与本事之间的对应关系,在不明本事的情况下根据文本的理解索隐本事,就背离本事批评的本意而走向随心所欲的阐释了。

---

① (清)曹雪芹、高鹗著,(清)王希廉、姚燮、张新之评《红楼梦》(三家评本),上海古籍出版社,1988年,第3页。

② 蔡元培著《石头记索隐》,上海书店出版社,2008年,第1页。

③ 《石头记索隐》,第7页。

第二章　本事批评的理论分析

本事批评是中国古代特有的一种批评方法。它不仅历史悠久、影响广泛，而且有特定的表现形式和理论基础。对此详加讨论，有助于我们更好地认识其理论内涵和学术价值。

第一节　"本事批评"释名

"本事批评"的代表著作为唐代孟棨的《本事诗》，其批评史地位最早由清代四库馆臣提出。其曰：

> 文章莫盛于两汉，浑浑灏灏，文成法立，无格律之可拘。建安黄初，体裁渐备，故论文之说出焉。《典论》其首也，其勒为一书传于今者，则断自刘勰、钟嵘，（刘）勰究文体之源流而评其工拙，（钟）嵘第作者之甲乙而溯厥师承，为例各殊。至皎然《诗式》备陈法律，孟棨《本事诗》旁采故实，刘攽《中山诗话》、欧阳修《六一诗话》又体兼说部。后所论著，不出此五例中矣。

至于"本事批评"的名称，则直到二十世纪九十年代才出现，直到今天仍无准确定义。按四库馆臣所说，《本事诗》代表的批评方法，其根本特点是"旁采故实"。然而何谓"旁采故实"？哪些故实可以采入？采集的方法和途径又有哪些？这些四库馆臣都未交待，因此出现了各种不同理解。有人认为"旁采故实"是指"记载关于作品之故实者"[①]；有人认为"本事"是指"作品依据的客观事实，创作的原委由来，包括故事所本、人物原型。它是作者生活世界中的真人真事和真

---

① 《中国文学概说》，第 161 页。

实情境,约略相当于今之素材、原型和创作动因"①;有人认为"本事"是指"有关创作该作品的具体背景资料"②;有人认为"本事"是指"作品背后的事件和关于作者的故事"③;还有人认为"本事"是"有关诗歌创作、品评、欣赏及诗歌流布的故事"④。然而,"本事"的含义究竟是什么? 归根到底,还是要从两方面予以考察,一是"本事"一词的原本含义,二是其在孟启《本事诗》中的特定所指。

首先看"本事"一词的原本含义。"本"者,根也,始也,与"末"相对。引申义又指时间上的开端和逻辑上的起点。"事"者,职也。从史,之省声。因此,"本"与"事"结合在一起,其基本含义即为"事情的本来情况"或"本源性事件"。在先秦典籍中,"本事"出现在不同领域或与不同对象匹配时往往具有不同含义,如在政治领域内特指国家之根本事务,即"农业",如《管子》曰"上不好本事,则末产不禁"⑤,《荀子》曰"务本事,积财物"⑥等;在历史领域则指历史的原本史实,如《汉书·王莽传》曰"及前孝哀皇帝建平二年六月甲子下诏书,更为太初元将元年,案其本事,甘忠可、夏贺良谶书臧兰台"⑦;与人名匹配时常指某人之生平经历,如刘孝标在《世说新语》"庾公遇徐宁"条下注曰"徐江州本事曰:徐宁字安期,东海郯人。通朗有德素,少知名……"⑧;与官名匹配时则指此官职的本职工作,如《唐会要》曰"至于补置所由,计料费用,即是当司本事"⑨。东汉则出现了与文字匹配的"本事",即:

① 张皓,《评传、年谱、本事的文学理论价值》,《武汉教育学院学报》1989 年第 4 期,第 30 页。

② 《中国古代阐释学研究》,第 236 页。

③ (日)浅见洋二,《诗与"本事"、"本意"以及"诗谶"——论中国古代文学作品接受过程中的文本与语境的关系》,《唐代文学研究》第十辑,2002 年,第 590 页。

④ 《唐诗本事研究》,第 4 页。

⑤ (唐)房玄龄注,刘绩增注《管子》,上海古籍出版社,1989 年,第 15 页。

⑥ (清)王先谦注,沈啸寰、王星贤点校《荀子集解》,中华书局,1988 年,第 172 页。

⑦ 《汉书》,第 4094 页。

⑧ (南朝宋)刘义庆著,(南朝梁)刘孝标注,余嘉锡笺疏,周祖谟等整理《世说新语笺疏》,中华书局,2007 年,第 544 页。

⑨ 《唐会要》卷六五,第 1138 页。

　　　　仓颉作书,与事相连。姜嫄履大人迹,迹者基也,姓当为其
下土。乃为女旁巨,非基迹之字,不合本事,疑非实也。①

　　从这段话可以看出:汉字的创造往往与生活的实际或某一具体
事件相关,生活的实际是汉字产生的事实基础,决定汉字的形、义,故
称之为"本事"。如代表姜嫄姓氏的字由其"履大人迹"一事而来的,
"履大人迹"就是其"本事"。正常情况下,"本事"决定字形,姜嫄的姓
氏应写为"其下土"。然而在文献记载中,此字却写成了"女旁巨",与
"本事"不合,故"疑非实也"。显然,这段话中的所谓"本事"就是指
"在文字创作过程中、决定文字形义的根本性事件"。根据这一事件,
可以判定该字创作的原本形、义。因此,此处的"本事"已经具有了文
字阐释的功能。这种功能在左丘明作《春秋左氏传》时得到进一步发
挥,那就是《汉书·艺文志》所说的:

　　　　周室既微,载籍残缺,仲尼思存前圣之业……以鲁周公之国,
礼文备物,史官有法,故与左丘明观其史记,据行事,仍人道,因兴
以立功,就败以成罚,假日月以定历数,藉朝聘以定礼乐。有所褒
讳贬抑,不可书见,口授弟子,弟子退而异言。丘明恐弟子各安其
意,以失其真,故论本事而作传,明夫子不以空言说经也。②

　　这是"本事"与文本发生联系的最早文献,也是学界讨论"本事批
评"时一致提到的最早语源。然而奇怪的是,这里的"本事"究竟何
指,研究者却往往避而不谈。梳理整个研究学史,则发现众说纷纭、
莫衷一是。宋代李昉在《太平御览》中谈到这段话时说"……有所褒
讳贬损不可书见,口授弟子,退而异言。丘明恐失其真,故论本意而
作传,明夫子不以空言也"③,这里将"本事"换为"本意",表明了他对
"本事"的理解。又明代王祎云"左丘明恐弟子各安其意,以失其真,
故取史记备著其事,明夫子不以空言说经也"④,王圻《续文献通考》

————————
① (汉)王充著,刘盼遂集解《论衡集解》,中华书局,1957年,第76页。
② 《汉书》,第1715页。
③ (宋)李昉等撰《太平御览》,中华书局,1960年,第2745页。
④ (明)王祎著《王忠文集》,《文渊阁四库全书》第1226册,第282页。

曰"丘明恐人执所见以失其实，因据时事而作传，明夫子不以空言说经也"①，这都是将"本事"理解为"史记所著之事"。清代臧庸谈及这段话时说"故论本书而作传，明夫子不以空言说经也"，刘师培也说"孔史即本事也"，则似乎"本事"又为"本书"。然而实际上，这里的"本事"既不是"本文"，也不是"本意"，而是如王圻等所理解的，应指孔子作《春秋》所依据的基本事实。与此相应，"故论本事而作传"，则指左丘明以原始要终的方式，弄清《春秋》创作的原本情况，找到其所依据的历史事实，然后通过这些事实来阐释《春秋》的微言大义。这一点，杜预和刘勰都有揭示，后文将专门论述，兹不赘述。总之，《汉书·艺文志》中的"故论本事而作传"是"本事批评"的最早语源。其所谓"本事"，就是指孔子作《春秋》的原本情况，以及其所依据的历史事实。

此后提到"本事"一词的，还有吴兢《乐府古题要解》。其释《乌生八九子》题曰：

> 右古词："乌生八九子，端坐秦氏桂树间。"言乌母生子，本在南山岩石间，而来为秦氏丸所杀；白鹿在苑中，人得以脯；黄鹄摩天，鲤鱼在深渊，人可得而烹煮之。则寿命各有定分，死生何叹前后也。若梁刘孝威"城上乌，一年生九雏"，但咏乌而已，不言本事。②

显然，这里的"本事"对应于乐府始辞及其创作本意，指乐府古题创作本来所依据的事件。众所周知，汉乐府是"感于哀乐，缘事而发"③的，其所缘之事即为创作的触发事件，不仅决定乐府始辞的创作，也决定古题的命名。然而汉魏之后，历代文士尽管赋咏了不少同题之作，却未弄清古题本义，也就是其产生之初的具体所指。因此，出现了大量"断题取义"的创作。如何改变这种现象，使后来者有所取正？唯一的办法，就是要透过题面含义，了解古题本义。而要了解

---

①　(明)王圻撰《续文献通考》，《续修四库全书》第 766 册，第 7 页。

②　《乐府古题要解》，第 26 页。

③　《汉书》，第 1756 页。

古题本义,归根到底,还是要回到古题产生的原始语境中去,了解创作所本的具体事件,也就是"本事"。显然,这里的"本事"还是指文本创作的本来情况,即何时何地因何事创作;而"何事"作为文本创作的触发事件,又是"本事"的核心内容。

以上是"本事"一词在孟启之前的使用情况。总的说来,与文本相关的"本事"就是指文本创作的本来情况,也就是触发文本创作的根本性事件。那么在《本事诗》中,孟启将"本事"与"诗"联系在一起,其含义又具体何指呢? 从《本事诗序》及其所录材料看,这里的"本事"也是指诗歌创作的原本情况和过程,也就是从触事到兴情、再到"情动于中而形于言"的创作过程(即"事——情——诗")。其中,触发事件是整个创作的根源,决定着情的兴起和言的表达。从这个角度看,触发事件又是诗歌本事的核心内容。

以此类推,从广义上来说,诗歌领域的"本事"就是指诗歌创作的本来情况(即"何时何地因何事触发而作"),或者说诗歌创作的原始立意本末;而狭义的"本事"则指触发创作的现实事件,也就是作为创作之因和立意之本的所谓"何事"。与此相应,"本事批评"的基本含义则指:通过追溯诗歌创作的原始立意本末,了解触发创作的现实事件,以推断诗人创作本意、阐释诗歌本义的一种批评方法。

第二节　"本事批评"的理论基础

本事批评的产生有其特定的理论基础。总体而言,它是原始要终的思维方式的产物;具体来说,言志抒情理论和触事兴咏理论又是构成其批评原理的两大基石。

一、"原始要终"的阐释思路

本事批评是指通过追溯诗歌创作的原始立意本末,了解触发诗歌创作的现实事件,以推断诗人创作本意、确定诗歌本义的一种批评方法。这种批评方法,从根本上说来源于古人特有的一种思维方式,即"原始要终"。

　　所谓"原始要终"，就是指"通过历史源流、发展过程的考察来获取某一事物某一现象的本质或规律"①。在中国古代文化中，"原始要终"的思维方式产生甚早。早在商代，《尚书·盘庚上》即有"今不承于古，罔知天之断命"②的说法；而《老子》曰"天下有始，以为天下母。既得其母，以知其子；既知其子，复守其母。没身不殆"③，也强调要崇始贵源，原始要终；《韩非子》曰"道者，万物之始，是非之纪也。是以明君守始以知万物之源，治纪以知善败之端"④，《淮南子·人间训》曰"见本而知末，观指而睹归，执一以应万，握要而治详，谓之术"⑤等，都一再强调"原始要终"、"执本驭末"的意义。不过在这些典籍中，都还没有明确提出"原始要终"的概念，也没有将之上升到方法论的高度，更没有与文本的创作和阐释联系起来。最早提出"原始要终"的方法、并将之用于文字阐释的是成书于孟子、荀子之间的《易传》。其《系辞上》云：

　　　　《易》与天地准，故能弥纶天地之道。仰以观于天文，俯以察于地理，是故知幽明之故。原始反终，故知死生之说。精气为物，游魂为变，是故知鬼神之情状。⑥

　　这里的"原始反终"，即为"原始要终"。据《易传》的说法，《周易》的创作除了从空间上仰观天文、俯察地理，说明天地间本来就存在着幽隐与显明外；还从时间上考察事物的起源与终结，说明天地万物本来就是不断变化、周而复始、循环往复的。这样一来，从不断变化中发现不变，就阐发出了一以贯之的"道"。显然，《易传》认为"原始要终"是《周易》创作的方法之一。与此相对应，则对《周易》的解读也要采取原始要终的方法，从事物终始无极的变化过程中体会天地之道。

---

　　①　李清良著《中国文论思辨思维》，岳麓书社，2001年，第22—23页。

　　②　顾颉刚、刘起釪著《尚书校释译论》，中华书局，2005年，第930—931页。

　　③　朱谦之撰《老子校释》，中华书局，1984年，第205—206页。

　　④　(战国)韩非著，陈奇猷校注《韩非子新校注》，上海古籍出版社，2000年，第66页。

　　⑤　张双棣撰《淮南子校释》，北京大学出版社，1997年，第1831页。

　　⑥　(魏)王弼注，(唐)孔颖达疏《周易正义》，《十三经注疏》整理本，北京大学出版社，2000年，第312—313页。

《系辞下》又对这种原始要终的方法作了更加具体详尽的说明，即：

> 《易》之为书也，原始要终，以为质也。六爻相杂，唯其时物也。其初难知，其上易知，本末也。初辞拟之，卒成之终。若夫杂物撰德，辩是与非，则非其中爻不备。①

据此段所言，《周易》在设卦过程中采取了原始要终的方法，将卦分为上、中、下三爻。三爻的顺序对应事物的始终，下爻为事物之初，中爻为事物之变，上爻为事物之终。与此相对应，解卦的方法也应遵循原始要终的思维方式，按照三爻的发展始终，探究事物的发展走向。由此可见，不论是《周易》的创作，还是《易传》所强调的阐释《周易》的方法，归根结底都离不开原始要终。这是原始要终在阐释领域的最早使用。

不过，《易传》所阐释的对象只是八卦、爻辞和系辞，还算不得真正意义上的文本阐释。最早将原始要终的思维方法运用于文本阐释的，其实是《春秋左氏传》。关于《春秋左氏传》的阐释方法，班固《汉书·艺文志》中已有判断，即"故论本事而作传"。而晋代杜预则有另一种说法，即：

> 左丘明受经于仲尼，以为经者不刊之书也，故传或先经以始事，或后经以终义，或依经以辩理，或错经以合异，随义而发。其例之所重，旧史遗文，略不尽举，非圣人所修之要故也。身为国史，躬览载籍，必广记而备言之。其文缓，其旨远，将令学者原始要终，寻其枝叶，究其所穷。优而柔之，使自求之；餍而饫之，使自趋之。若江海之浸，膏泽之润，涣然冰释，怡然理顺，然后为得也。②

在杜预看来，左丘明为《春秋》作传的方法十分简单：除了对经文略作调整外，则"广记而备言之"，以令学者原始要终。然则"广记而

---

① 《周易正义》，第 372—373 页。

② （周）左丘明传，（晋）杜预注，（唐）孔颖达正义《春秋左传正义》，《十三经注疏》整理本，北京大学出版社，2000 年，第 14—16 页。

备言"者何？杜预在另一条材料中有具体说明，即其注"十一月甲寅，郑人大败戎师"一句曰："此皆春秋时事，虽经无正文，所谓必广记而备言之，将令学者原始要终，寻其枝叶，究其所穷。他皆放此。"①可见在这里，所谓"广记而备言"者，其实就是《春秋》时事。这些时事虽然不见于经文，但却为经文所本。因此，左丘明在阐释《春秋》时，往往会将这些事件全面详细地介绍出来，以使读者清楚看到孔子处理材料、创作《春秋》的过程，并从孔子对本事的处理中看出其所寄寓的深意。这样一来，阐释者虽然未下一词，但作者之意却自然显现；读者无需求之，而"原始要终，寻其枝叶，究其所穷，优而柔之，使自求之，餍而饫之，使自趋之。若江海之浸，膏泽之润，涣然冰释，怡然理顺，然后为得也"。这种阐释方法，简而言之，就是"原始要终"。对此，刘勰在《文心雕龙·史传》中也有概括，即：

丘明同时，实得微言，乃原始要终，创为传体。②

由此可见，"原始要终"作为《左传》阐释的根本方法，在当时已成为共识，只是后代学者多有忽略。与此同时，班固所说的"故论本事而作传"则引起学界的普遍重视，成为《左传》阐释方法的代名词。其实，"故论本事而作传"就是"原始要终，创为传体"，两者名异而实同。以此为基础，则以孟启《本事诗》为代表的"本事批评"，显然也以原始要终为理论根基。具体来说，《本事诗》就是通过旁采故实的方式，介绍每首诗歌创作的原本情况。这样不下一词，读者也能在本事介绍中原始要终，体会作者本意和作品本义。

二、"言志抒情"理论

《本事诗》代表的本事批评，就整体而言，属于原始要终的阐释范畴；但与此同时，又包含有孟启对诗歌创作理论的特定认识。具体而言，包括两方面：一是认为诗歌创作是抒情言志的结果，二是认为情志的产生往往有其特定的触发事件。这样一来，解读作品的关键就

① 《春秋左传正义》，第135页。
② （南朝梁）刘勰著，范文澜注《文心雕龙注》，人民文学出版社，1962年，第284页。

在于体会作者的情志,而了解情志的关键则在找到触发情志的特定事件。显然,诗歌领域的本事批评并非空穴来风,而是言志抒情理论和触物兴咏理论相结合的产物。在本节中,我们将首先讨论本事批评与言志抒情的关系。这种关系在《〈本事诗〉序》中表达为:

> 诗者,情动于中而形于言。故怨思悲愁,常多感慨。抒怀佳作,讽刺雅言,言著于群书,虽盈厨溢阁:其间触事兴咏,尤所钟情;不有发挥,孰明厥义?①

所谓"诗者,情动于中而形于言",最早见于《毛诗序》。表面上看,其所强调的是"情"字,其实却以"诗言志"为前提,即:

> 诗者,志之所之也,在心为志,发言为诗。情动于中而形于言,言之不足,故嗟叹之,嗟叹之不足,故永歌之,永歌之不足,不知手之舞之、足之蹈之也。②

在这段话中,"在心为志"和"情动于中"相对应,都是指"发言为诗"的根本动力。也就是说,诗既是内心志意的表达,也是内在情感的流露。"心"与"中"对举,"情"与"志"互文,可见"情"、"志"本身就是两个可以互换的概念。这样一来,《毛诗序》的这一理论就可统称为"言志抒情"理论。

其他文献中,这种"言志"与"抒情"合流的情况也很常见。如《楚辞·九章·惜诵》中就有"惜诵以致愍兮,发愤以抒情"③、"固烦言不可结而诒兮,愿陈志而无路"④。《思美人》中则曰"申旦以舒中情兮,志沉菀而莫达"⑤,都是将情、志并举,说明情、志相通,"舒情"、"陈志"相统一。又杜预注《左传·昭公二十五年》之"是故审则宜类,以制六志"⑥,曰"为礼以制好恶喜怒哀乐六志,使不过节"⑦。孔颖达疏

---

① 《本事诗校补考释》,第 29 页。
② 《毛诗正义》,2000 年,第 7 页。
③ 《楚辞补注》,第 121 页。
④ 《楚辞补注》,第 124 页。
⑤ 《楚辞补注》,第 146—147 页。
⑥ 《春秋左传正义》,第 1674—1675 页。
⑦ 《春秋左传正义》,第 1675 页。

"此六志,《礼记》谓之六情。在己为情,情动为志,情志一也,所从言之异耳"①,更明确说明"情"、"志"统一。陆机《文赋》,则虽然特别强调"诗缘情而绮靡"②,而未及"言志"。但在该文的其他地方,却常常将"情"、"志"并举,说明两者含义相通,如"伫中区以玄览,颐情志于《典》《坟》"③、"及其六情底滞,志往神留"④等。或许正因为此,李善注"诗缘情而绮靡"曰:"诗以言志,故曰缘情。"⑤由此可见,在唐代孟启之前,"情"和"志"都是统一的,属于两个并不冲突的概念。所谓"缘情",往往也包含了"言志"的成分。这一点,在孟启的叙述中也可得到证明,即"怨思悲愁,常多感慨。抒怀佳作,讽刺雅言"。所谓"怨思悲愁",当然是"情"的表现;而"讽刺雅言",则无疑为"志"的表达。可见在《〈本事诗〉序》中,所谓"诗者,情动于中而形于言",其实也包含有"诗言志"的内容。

不过另一方面,所谓"诗缘情"又在"诗言志"以外增添了一些新的内容。两者内涵既有不同,生成语境也有差异。正如蒋寅先生所说,"先秦诗学的核心问题是功能论,两汉诗学的核心问题是本源论,六朝诗学的核心问题渐移向本质论。而陆机的'缘情'说便是这过渡阶段的转变契机,因为它与批评史上的一个重要概念——'感物'相连,陆机在先秦以来作为艺术本源论的'感物'概念中注入了新的内涵,使之深入到具体的写作活动中,成为说明创作动机的概念,从而更清楚地揭示了诗歌创作的发生过程"⑥。简言之,"诗缘情"中不仅包含有"诗言志"的内涵,强调诗歌创作是抒发情志的表现,诗歌作品具有言志功能;而且另一方面,它还说明情感是诗歌创作的源头:诗歌创作是外在事件决定情感、外在事物诱发情感,然后再借助外物表达情感、最后发而为诗的创作过程。这一点,笔者在"触物兴咏"理论

① 《春秋左传正义》,第 1675 页。
② (晋)陆机著,张少康集释《文赋集解》,人民文学出版社,2002 年,第 99 页。
③ 《文赋集解》,第 20 页。
④ 《文赋集解》,第 241 页。
⑤ 《文选》,第 766 页。
⑥ 蒋寅著《古典诗学的现代诠释》(增订本),中华书局,2009 年,第 252 页。

中将具体论述。总之,在"诗缘情"理论中,情志一方面是诗歌创作的基础,也就是逻辑上的起点;另一方面又是诗歌创作的源头,也就是时间上的开端。因此,读懂诗歌作品的关键,就是要原始要终、执本驭末,找到触发创作的具体情感。

这是"言志抒情"理论在孟启之前的发展情况。以此为基础,孟启提出了本事批评理论,即"其间触事兴咏,尤所钟情。不有发挥,孰明厥义"。在前半句中,孟启强调的是触事兴咏理论,下文将详细论述,兹不赘。而在后半句中,孟启则提出阐释诗义的根本内容,即发挥其情,理解诗歌表达的根本感情。这种观点,显然属于"本义=本意"的意图论范畴。

另一方面,"诗言志"的理论还牵涉到另一个问题,那就是"言能否足志"。在古人看来,"言"与"志"之间一般都是对应的,即:

仲尼曰:"《志》有之:'言以足志,文以足言。'不言,谁知其志?"①

荀子曰:"《诗》言是,其志也。"②

然而同时,人们也认识到"言而无信"和"言不尽意"等问题的存在,发现诗歌语言具有一定的遮蔽性,仅以此为据,不能判定诗人之志。因此,要真正了解诗人之志,不仅要察其言、读其诗,还要"观其行",了解其发言的具体背景:

子曰:"始吾于人也,听其言而信其行;今吾于人也,听其言而观其行。"③

这样一来,也强调诗歌解读时要原始要终,了解诗歌创作的具体过程和触发事件。

总之,诗歌"言志抒情"的理论是孟启本事批评的基础。其不仅从根本上强调"诗歌"的"言志"功能,说明理解诗歌含义的关键在于理解其所表达的情感,也就是作者情志;而且,"诗言志"中存在的语

---

① 《春秋左传正义》,第 1176 页。
② (清)王先谦注,沈啸寰、王星贤点校《荀子集解》,中华书局,1988 年,第 133 页。
③ 程树德撰,程俊英、蒋见元点校《论语集释》,中华书局,1990 年,第 313 页。

言的遮蔽性也提醒我们要了解其言说的具体背景，也就是诗歌创作本事。这是孟启本事批评理论与"言志抒情"的内在联系。

三、"感物兴咏"理论

前文已讨论了"言志抒情"理论，认为它是本事批评的根基之一；此处将讨论另一条与本事批评相关的理论，那就是"触事兴咏，尤所钟情"。在《〈本事诗〉序》中，这两种理论是完整统一，不可截然分开的。具体来说，前者认为抒情言志是诗歌创作的目的和动机，后者则提出外在事件的触发是情感产生的根本原因和直接动力。触发事件决定创作情感，因此，要了解诗歌表达的情感，必须回到诗歌创作的过程中去，了解触发创作的特定事件。显然，这一理论强调了诗歌创作中情感与外在事件的对应关系。从根本上说，是传统"感物"理论与"言志抒情"相结合的产物。

"感物"理论最早出现在《礼记·乐记》中，曰："凡音之起，由人心生也。人心之动，物使之然也。感于物而动，故形于声。"[1] 又说"乐者，音之所由生也，其本在人心之感于物也"[2]。显然，这里讨论的对象虽然是音乐而非文学，但外在事物对人心的触发作用已经确立。"感物"是情志产生的根本原因，这是"感物"理论的最初含义。值得注意的是，此处的"物"并不是指自然之物，而是指社会政治之兴衰得失。所谓"治世之音安以乐，其政和；乱世之音怨以怒，其政乖；亡国之音哀以思，其民困"[3]，即指此意。由此可见，强调情感由社会政治事件所决定，这是先秦时期"感物"理论的重要特点。这一特点是儒家诗教的产物，一直影响到汉代对《诗经》的阐释。

《汉书·艺文志》描述汉乐府的创作，曰"皆感于哀乐，缘事而发"[4]，这是"感物"理论的又一表达。也就是说，汉乐府表面上偏向

---

① 《礼记正义》，第 1251 页。
② 《礼记正义》，第 1253 页。
③ 《礼记正义》，第 1254 页。
④ 《汉书》，第 1756 页。

叙事,其实创作的根本目的还在抒发哀乐之情。"情"因"事"而发,"事"是"情"的缘由,因此,"事"对"情"有决定作用。显然,这里的"事"与《礼记》中的"物"已有不同。后者特指政治兴衰,前者则包括日常生活中的各种具体事件。这一点,从汉乐府的创作中不难看出。

东汉时期,感物理论出现新的发展。如王延寿《鲁灵光殿赋》曰:"诗人之兴,感物而作。故奚斯颂僖,歌其路寝,而功绩存乎辞,德音昭乎声。物以赋显,事以颂宣。匪赋非颂,将何述焉。"①显然在这段话中,"物"与"事"分言,指人事之外的客观存在物;它不是情感产生的缘由,而是引发情感的媒介和表达情感的工具。这一点,从所举"奚斯颂僖"的例子中可以看出。"颂"是作者意欲表达的情感,这种情感由僖公的政治功绩决定、又在"路寝"的诱发下表达出来的。路寝不是情感产生的根源,而是触发情感的媒介。显然,这里的"感物"理论已经发生了变化。

魏晋时期,这种变化仍在继续。曹丕《柳赋》曰:"昔建安五年,上与袁绍战于官渡,是时余始植斯柳。自彼迄今,十有五载。左右仆御已多亡。感物伤怀,乃作赋……""柳"是所感之物,也是触发情感的媒介;而物是人非的生活现实,才是决定创作情感的根本事件。显然在这里,"感事"和"感物"已经分道扬镳。所谓"感物",强调的是自然事物对于情感表达的诱发作用;而真正决定创作情感的,却仍是人事的兴衰。

不过,当人事的兴衰作为生活状态而非特定事件存在时,其对情感的决定作用就变得隐晦;而作为触发媒介的"物",则因与人事的统一而被误认为情感产生的根源。这种情况在魏晋时期十分常见。那时,由于社会黑暗,人们通常不敢直论人事,而是将因事而生的复杂感情隐藏起来。隐藏通常不会使情感消失,而是愈演愈烈,成为一种无法排遣、似无来由的生命哀感,并借助自然景物抒发出来。这时景物就身兼数职,既是情感产生的根源,又是触发媒介和抒发手段。如

---

① 《文选》,第 509 页。

阮籍《咏怀诗》曰"感物怀殷忧,悄悄令人悲"①、张协《杂诗》云"感物多所怀,沉忧结心曲"②等。这样一来,自然变迁本身也逐渐成为诗歌情感的来源,因此使"感物"中又衍生出"感时"之说。陆机《董逃行》曰"感时悼逝伤心"③、《上留田行》曰"岁华冉冉方除,我思缠绵未纾,感时悼逝悽如"④等,均属此类。由此可见,魏晋时期的"感物"理论十分丰富。有时,其所强调的是外在事件对于创作情感的决定作用。其所谓"物"不仅指具体事件,还包括自然景物和时世变迁;有时,其所强调的"物"只是触发情感或表达情感的媒介,其内容主要是指客观外物。

　　不过到了陆机那里,感物理论的两大内涵就完成了分野,确定了其在创作理论中的不同位置。简单地说,前一种"感物"属于诗歌创作的构思阶段,即"事——情——诗",强调外在事件对于创作情感的决定作用;后一种"感物"则处于诗歌创作的表达阶段,即"情——物——诗",强调情感在外物的诱发下喷涌而出、发而为诗。这一点,在陆机《文赋》中可以看得十分清楚。除此之外,陆机在《怀土赋》中也有表达,即"余去家渐久,怀土弥笃。方思之殷,何物不感? 曲街委巷,罔不兴咏;水泉草木,咸足悲焉"⑤;又《思归赋》曰"嗟行迈之弥留,感时逝而怀悲。彼离思之在人,恒戚戚而无欢。悲缘情以自诱,忧触物而生端。昼辍食而发愤,宵假寐而兴言"⑥,都一再强调了情触物而兴咏的情况,属于"感物"领域的第二阶段。另外,陆机在《文赋》中说"应感之会,通塞之际,来不可遏,去不可止。藏若景灭,行犹响起"⑦,又描述了感物的具体状态,强调了感物的突发性。这就又牵涉到了诗歌创作中的灵感问题,因此也是对感物理论的一大贡献。

---

① 　(三国)阮籍著,陈伯君校注《阮籍集校注》,中华书局,1987年,第263—264页。
② 　(南朝陈)徐陵编,吴兆宜注《玉台新咏》,中国书店,1986年,第63页。
③ 　(晋)陆机著,金涛声点校《陆机集》,中华书局,1982年,第80页。
④ 　《陆机集》,第87页。
⑤ 　《陆机集》,第16页。
⑥ 　《陆机集》,第18—19页。
⑦ 　《文赋集解》,第241页。

《文心雕龙》的出现，又使"感物"理论有了新的发展。具体来说，刘勰沿着所谓"触发媒介"的观点前进，认为自然景物在引发创作冲动时有重要作用。如《明诗》篇曰"人秉七情，应物斯感。感物吟志，莫非自然"①，《物色》篇曰"岁有其物，物有其容；情以物迁，辞以情发"②，都强调了"物"、"情"、"诗"之间的关系；但同时又进一步认为，"感物"不仅存在于诗歌创作的开始阶段，而且贯穿于整个创作过程。它不是从"物"到"情"的简单反映，而是"情"与"物"不断融合、相互作用，即"是以诗人感物，联类不穷，流连万象之际，沉吟视听之区；写气图貌，既随物以宛转；属采附声，亦与心而徘徊"③。这时，"物"已不再是客观存在的外物，而是触发创作冲动、与作者情感相互作用而形成的丰富多彩的"物象"，是作者表达情感的重要手段。这样一来，"物"就不仅是触发创作的媒介，还是解读情感的依据。这是刘勰对"感物"理论的独特贡献。

大致与刘勰同时，钟嵘的《诗品序》也对"感物"理论进行了说明。其文曰："气之动物，物之感人；故摇荡性情，形诸舞咏……凡斯种种，感荡心灵，非陈诗何以展其义？非长歌何以骋其情？"④显然，此序一方面继承前人观点，认为"外物"的激荡是情感产生的根源；另一方面又举例说明各种感荡心灵之"物"，包括自然变化和社会生活的一切事物。这样就明确了"物"的范围。另外，"非陈诗何以展其义？非长歌何以骋其情"二句，又将诗义与诗情联系起来，说明两者的对应关系。这也是值得注意的。

总之，陆机之后的"感物"理论更加丰富，不仅肯定诗歌创作中存在两种性质的"感物"，而且对所感之物的类型进行了说明，除此之外还详细描述了诗歌创作的具体过程，提出"感物"与物象营造的关系、"感物"的突发性等问题。

---

① （南朝梁）刘勰著，（清）黄叔琳注，（清）纪昀评，李详补注，刘咸炘阐说，戚良德辑校《文心雕龙》，上海古籍出版社，2015年，第65页。

②③ 《文心雕龙》，第693页。

④ （梁）钟嵘著，陈延杰注《诗品注》，人民文学出版社，1961年，第1—3页。

唐代之后，这种情况又有所改变。一方面，白居易提出："大凡人之感于事，则心动于情。然后兴于嗟叹，发于吟咏，而后形于歌诗矣……故国风之盛衰，由斯而见也；王政之得失，由斯而闻也；人情之哀乐，由斯而知也。"[①] 又认为："文章合为时而著，歌诗合为事而作。"[②] 说明引发诗歌创作的事件应属于政治伦理范畴；另一方面，他又将感伤诗的创作概括为"事物牵于外，情理动于内，随感遇而形于叹咏者"[③]，承认其中有两次"感物"。总的说来，白居易更强调回到汉乐府"感于哀乐，缘事而发"的理念，故其所强调的"感物"属于诗歌创作的第一阶段，即外物对创作情感的决定作用。

这是"感物"理论在《本事诗》之前的发展情况。再看孟启《本事诗》，我们发现其一方面吸收了前期"感物"理论的成果，另一方面又有所发展：

首先，孟启提出一切诗歌创作都是抒情言志的结果，但"其间触事兴咏，尤所钟情"。"其间"二字，说明在孟启看来，并非所有诗歌都属于触事兴咏、尤所钟情之作。这一说法，显然更为严密。事实上，在"因情造文"的创作之外，还有不少创作是"为文造情"的。又如陆机所说，"伫中区以玄览，颐情志于坟典……游文章之林府，嘉丽藻之彬彬"。有些创作并不是来自触事兴咏，而是在阅读前代文本时引发的情感波动。这样的创作，显然不属于"触事兴咏，尤所钟情"的范畴。

其次，从"感物"理论到"触事兴咏，尤所钟情"，其间的变化显而易见，那就是"事"对"物"的置换。正如我们所知，"感物"理论的"物"是一个广义的概念，不仅包含自然界的各种生物和人文世界的各种景观，也包括发生于人与人、人与物之间的各种事件；而所谓"事"，其本质内涵就是人类的社会生活。它不是一个静态的物件，而是一个动态的过程，其中有两个以上的事物发生关系。显然，从这个角度

---

① 《白居易集笺校》，第 3551 页。
② 《白居易集笺校》，第 2792 页。
③ 《白居易集笺校》，第 2794 页。

讲,从"物"到"事",其指涉的范围明显缩小。然而实际上,"感物"本身就可分为两个部分。作为引发创作冲动的"物",其通常所指即为客观事物;作为决定创作动机的"物",则一般指相关的人事活动,也就是触发创作的现实事件。一直以来,此类事件在内容上很受限制。从《乐记》到《汉书·艺文志》再到白居易,其所强调的事件都与社会政治相关,很少有纯粹私人的情感生活。在《本事诗》中,则两类事件兼而有之,其中关涉私人情感的事件尤多,包括情人离散和歌妓交往等。从这个角度看,则孟启的"触事兴咏",其实是扩大了作为创作动机的"感物"理论所包含的内容。

再次,孟启在《本事诗》中不仅提出"触事兴咏,尤所钟情"的理论,还将其与"诗者,情动于中而形于言"结合起来,形成关于诗歌创作过程的完整认识,即"事——情——言"。以此为基础,又进一步提出"不有发挥,孰明厥义"的反问,说明诗歌的本义即为其所钟情;而要理解此情,又必须发挥其所触之事。这样一来,发挥诗歌创作的触发事件就成为解读诗歌本义的关键。以此为基础,孟启提出"因采为《本事诗》",说明《本事诗》的编撰就是为了实现触发事件对诗歌本义的阐释作用。由此可见,"感物"理论虽然是孟启本事批评的理论根基,但它只提出触发事件对诗歌情感的决定作用,属纯粹的理论描述;而《本事诗》则由此反推,发现本事对本义的阐释价值,并将之运用于阐释实际。这是从认识论到方法论的提升。

最后,孟启受刘勰"感物"理论的影响,认为整首诗的创作是感物的结果,而感物的做法又贯穿于诗歌创作的始终。因此,要想正确解读诗歌情感,不仅要从整体上把握触发创作的现实事件,还要了解整个创作过程,根据诗人"触物兴情"的具体表现把握诗歌的情感内涵。如"轩辕弥明"条就是这样。它不仅从整体上介绍了《石鼎诗联句》的创作情况,而且具体描述了"仍于蚯蚓窍,更作苍蝇声"一句的创作过程,即"有微吟者,其声凄苦。弥明咏中讥侮之曰……状器之声既已酷似,讥微吟者又复着题"①。以此为基础,则此诗表面上看是咏物

---

① 《本事诗校补考释》,第 84 页。

之作,其实包含了对参与作诗者的讥讽。这是从一句诗的创作情况反推整首诗的创作情感。同样的情况还有"崔曙"条。此条既介绍了崔曙《明堂火珠诗》的创作情况,说明此诗乃应试之作,基本要求是在咏物;又详述其中"夜来双月满,曙后一星孤"①一句的创作情况,说明该句的创作是崔曙触物兴情,在对明堂火珠的想象中兴发出的、对身后命运的凄凉之感,因此形诸于诗。表面上看,这属于此一句诗的触发事件;事实上,它却反映了整首诗的创作本事。由此可见,由诗歌创作过程中的"触物兴情"推及整首诗的创作本事,也属于本事批评的方法之一。

第三节　"本事批评"的运用

作为一种批评方法,本事批评在不同时期有不同载体。具体来说,最早的本事批评出现在左氏传《春秋》和孟子《诗》论中,之后则运用于汉代四家《诗序》和王逸所作的《楚辞》小序中。魏晋时期,伴随着文学自觉,诗人自序本事和本事命题的情况出现。唐代之后,则出现了本事诗注和本事题解,随后则有了本事批评的创体之作——《本事诗》。宋代之后,本事批评一方面继续以诗题、诗序、诗注的方式出现在诗词集中,另一方面则出现了《本事诗》的系列续作,同时,"论诗纪事"的《六一诗话》和"以诗纪事"的《唐诗纪事》出现,使本事批评在"本事诗"之外又有了"诗话"和"诗纪事"这两大变体。到了明清时期,则出现对本事诗学的反思,本事批评从诗词领域渗入到小说戏曲领域,出现了考证本事和索隐本事的不同趋势。这是本事批评在不同历史时期所出现的变化。从本事批评的具体运用来看,本事批评则可分为三类:一是在诗歌创作当时即有意记录诗歌本事,以明确诗歌本义、避免后世误读;二是在诗歌创作很长一段时间后再搜集整理,将口头传播的本事以文字形式记录下来,实现其批评价值;三是阐释者根据已有的本事线索,勾稽考证诗歌本事,以寻绎诗人本意。

---

① 《本事诗校补考释》,第89页。

在本事批评史上,这三种情况同时存在,而阐释效果却各不相同。在下文中,笔者将一一论之。

一、创作当时即有意记录的诗歌本事

本事批评的第一种做法,是在诗歌创作当时即有意记录诗歌本事,以明确诗歌本义、避免后世误读。这种记录有时来自作者本人,其形式包括自拟诗题、自序和自注三种:

第一,诗题本事。在诗题中介绍本事,这种做法始于西晋。如陆云《大安二年夏四月大将军出祖王羊二公于城南堂皇被命作此诗》[1],刘孝绰《遥见邻舟主人投一物众姬争之有客请余为咏》[2]等。唐代杜甫亦多用之,如《见王监兵马使说近山有白黑二鹰罗者久取竟未能得王以为毛骨有异他鹰恐腊后春生骞飞避暖劲翮思秋之甚眇不可见请余赋诗》[3]和《得舍弟观书自中都已达江陵今兹暮春月末行李合到夔州悲喜相兼团圆可待赋诗即事情见乎词》[4]。到了宋代的苏轼和黄庭坚等人,则不仅用长题记录本事,而且出现以序为题的情况,如苏轼《去年秋偶游宝山上方入一小院阒然无人有一僧隐几低头读书与之语漠然不甚对问其邻之僧曰此云阇黎也不出十五年矣今年六月自常润还复至其室则死葬数月矣作诗题其壁》[5]等。

第二,自序本事。自序本事在魏晋时期即已出现,如傅咸《赠何劭王济序》曰:"朗陵公何敬祖,咸之从内兄;国子祭酒王武子,咸从姑之外孙也。并以明德见重于世。咸亲之重之,情犹同生,义则师友。何公既登侍中,武子俄而亦作,二贤相得甚欢,咸亦庆之。然自恨暗劣,虽愿其缱绻,而从之末由;历试无效,且有家艰。赋诗申怀,以贻之云尔。"[6]唐代之后,本事自序的数量日益增多,叙述也更为生动详

① 《先秦汉魏晋南北朝诗》,第 699 页。
② 《先秦汉魏晋南北朝诗》,第 1837 页。
③ 《宋本杜工部集》,第 297 页。
④ 《宋本杜工部集》,第 274 页。
⑤ 《苏轼诗集合注》,第 549 页。
⑥ 《文选》,第 1161—1162 页。

尽,如韩愈的《石鼎诗联句序》、元稹的《赠黄明府诗序》和白居易的《琵琶行序》等。值得注意的是,这些诗序常常以并序的方式出现,与诗歌本文合为一体。这种特殊的文学现象,在形式上也引导了孟启《本事诗》的出现。

第三,自注本事。自注本事的代表人物为唐代大诗人杜甫。正如我们所知,杜甫在制题时一般偏于长题,以详细介绍诗歌本事。但另一方面,他又有不少短题。这些短题十分简净,有时直拟乐府古题,有时效仿《诗经》,直取诗中一、二字为题。在这种情况下,以自注的方式介绍本事,就显得尤为重要。如杜甫《骢马行》题注曰"太常梁卿敕赐马也,李邓公爱而有之,命甫制诗"①,就属于此类。除此之外,杜甫有时还会在文中作注。这种注释,表面上看是介绍诗中某句之本事,实际上却反映了整首诗的创作情况。如《奉赠萧二十使君》之"联翩偁匐礼,意气死生亲"下注曰:"严公殁后,老母在堂,使君温清之问,甘脆之礼,名数若己之庭闱焉。太夫人倾逝,丧事又首,诸孙主典,抚孤之情,不减骨肉,则胶漆之契可知矣。"②显然,自注所介绍的只是"联翩偁匐礼,意气死生亲"的本事,但此事又是整首诗歌本事的一部分。以此为据,不仅可读懂此二句的内涵,还能把握整首诗的情感状态。杜甫之后,自注本事的情况依然存在。如徐釚《续本事诗》所录《海上昼梦亡姬》一诗中,就包含有作者周亮工的自注,以介绍诗歌本事③。

以上是诗人自己记录诗歌本事的三种形式,其目的在说明诗歌本义。除此之外,还有同代人所记录的诗歌本事。其具体形式也有三种:

第一,史著与传记。一般来说,史籍的材料多来自历朝实录、国史、行状、墓志、传记和诗文等,因此其对本事的记录基本与诗歌创作不会距离太远。如《左传》所记《鄘风·载驰》、《卫风·硕人》、《郑

---

① 《宋本杜工部集》,第 130 页。
② 《宋本杜工部集》,第 320 页。
③ 《续本事诗》,第 287—288 页。

风·清人》、《秦风·黄鸟》等,即属此类。此外,像《景龙文馆记》那样类似于当代实录的著作,其中所录本事也往往与诗歌创作的时间相近,属于同时代的记录,因此多可采信。

第二,同时代人所作笔记、诗话。一般认为,笔记与小说同源,其所记庞杂,语涉不经,多取自道听途说,而录之以资闲谈,因此,多不可信。然而事实上,作为同时代人的记录,有些笔记所记为亲身经历;有些材料虽来自耳闻,也因为年代相近而较为可信,可视为原始材料。如张鷟《朝野金载》就是这样。其所录材料多真实可信,故常被孟启《本事诗》所采录。宋代之后,专门论诗的诗话出现,其所记本事多为当代人的耳闻目见,因此也可采信。如《王立之诗话》曰:"山谷云,金华俞清老名子中,三十年前,与予共学于淮南。元丰甲子相见于广陵,自云荆公欲使之脱缝掖,着僧伽棃,奉香火于半山宅寺,所谓报宁禅院者。予之僧名紫琳,字清老,无妻子之累,去作半山道人,似不为难事。然生龟脱筒,亦难堪忍。后数年,见之,儒冠自若,因尝戏和清老诗曰:'索索叶似雨,月寒遥夜阑。马嘶车鸣铎,群动不遑安。有人梦超俗,去发脱儒冠。平明视清镜,政尔良独难。'子瞻屡哦此诗,以为妙。"①这是当代人以诗话形式记录的诗歌本事。其记录目的虽不在解诗,却为诗歌阐释提供了依据,因此常常被诗注引用,以阐释诗歌本义。如上则材料就被任渊引用,为黄庭坚《戏答俞清老道人寒夜》诗作注。

第三,同时代人所作诗注。自注本事的情况在唐代之前已经出现;但作者以外的其他人为同时代诗作注、且以注本事为内容者,却直到宋代才出现。正如汪辟疆先生所说:"注古人诗文,征事第一,(指与作者及本文事实,非注不明者),数典第二,摘句第三,平文第四……宋人如施元之注苏,任渊注黄、陈,李壁注荆公,胡稺注简斋,以宋人而注宋人诗,故注中于数典外皆能广征当时故事。俾后人读之,益见其用事之严,此其所以可贵也。"②的确,宋人宋注中有很多

---

① 《宋诗话辑佚》,第 62—63 页。
② 汪辟疆著《汪辟疆文集》,上海古籍出版社,1988 年,第 869 页。

本事诗注,如任渊注黄庭坚《款塞来享》一诗曰"元祐三年,夏人遣使谢封册,故以命题"①,就完整交代了该诗的创作本事。不过大多数情况下,这些本事诗注并不出现在题目之后,而是出现在某句诗之下;并不是交代整首诗的创作本事,而是说明与某句中所用典故相关的那部分本事。如任渊注《送范德孺知庆州》之"乃翁知国如知兵,塞垣草木识威名"句,曰:"'乃翁'谓文正公仲淹。仁庙时赵元昊反,公自请守鄜延,徙知庆州,又为环庆路经略安抚使,决策取横山,复灵武,而元昊称臣请和。庆历中为参知政事。"②表面上看,这是交代"乃翁知国如知兵,塞垣草木识威名"一句所指之事;实际上它却以巧妙的方式交代了整首诗的创作本事。因为在这句诗中,黄庭坚用了范仲淹庆州立功的今典,以暗合此诗创作的本事,即"范德孺知庆州",然后借此表达对范德孺的鼓励和期待,希望他能像他的父亲一样,在庆州任上做一番事业。有了任渊的注释,就可以更顺畅地理解"乃翁知国如知兵,塞垣草木识威名"一句的内容,并体会此典故与诗歌创作本事之间的内在关联,由此推定诗歌创作本事和诗人创作本意。由此可见,在宋人宋注中,诗句下的本事注释和诗题下的本事注释一样,都属于本事批评的范畴。宋代之后,同时代人为同时代诗注本事的情况仍屡见不鲜。如清人徐釚在《续本事诗》中为钱谦益《徐娘歌》作注,曰"常熟徐于本贵公子,好游曲中……牧斋为作此诗"③,即属于此类。

一般来说,在诗歌创作当时就记录下来的诗歌本事,往往来自记录者的亲眼所见或亲耳所闻,故多真实可信。然而另一方面,当局者的身份和时空距离的过于接近,有时也会影响记录的客观公正,甚至导致对真实情况的有意回避与误记。

如曹植的《洛神赋序》就属于后者。其介绍该赋的创作本事,曰:

① (宋)黄庭坚著,任渊、史容、史季温注《山谷诗集注》,上海古籍出版社,2003年,第257页。

② 《山谷诗集注》,第60页。

③ 《续本事诗》,第227页。

"黄初三年,余朝京师,还济洛川。古人有言,斯水之神,名曰宓妃。感宋玉对楚王神女之事,遂作斯赋。"①表面上看,触发此赋创作的,只是洛水女神的传说和宋玉《神女赋》的引导;然而联系史实,则发现此处所谓"黄初三年"其实有误。按《三国志》所载,曹植"四年,徙封雍丘王。其年,朝京都"②;曹丕"三年春正月丙寅朔,日有蚀之。庚午,行幸许昌宫"③,直到四年,"三月丙申,行自宛还洛阳宫"④,因此曹植朝京师的时间不可能在黄初三年。又曹植作《赠白马王彪序》,明确说明"黄初四年五月,白马王任城王与余俱朝京师,会节气。到洛阳,任城王薨。至七月,与白马王还国"⑤,可见其还济洛川的时间也只能在黄初四年。此云三年,显然有误。然则致误原因何在?何焯说"按《魏志》,丕以延康元年十月廿九日禅代,十一月改元黄初。陈思实以四年朝洛阳,而赋云三年者,不欲亟夺汉年,犹之发丧悲哭之志也,注家未喻其微旨"⑥,也就是认为"三"字出于曹植的故意改窜,以藉寓悼伤。对此陆侃如表示反对,并提出"当从李善第一说,三为四之误"⑦;台湾学者邓永康则赞成何说,认为这是目前可以成立的唯一解释,不过由于证据薄弱,难以自圆其说,因此,"误为三年之因不明,故阙以待来者"⑧。其实,联系此赋与《赠白马王彪》,可以发现曹植之所以将"四年"写作"三年",其实另有原因。那就是在黄初四年,曹植创作《洛神赋》之前不久,发生了一场政治事变。诸王奉文帝曹丕之命朝京师,结果,曹植的二哥任城王曹彰暴毙。归途中,曹植想与白马王曹彪同行,却被监国使者阻止,以致兄弟之间生离死别。这样一件重大的变故,使曹植认识到兄弟阋于墙的残酷现实,从

①　《文选》,第 896 页。

②　(晋)陈寿撰,(宋)裴松之注,陈乃乾点校《三国志》,中华书局,1959 年,第 562 页。

③　《三国志》,第 79 页。

④　《三国志》,第 82 页。

⑤　曹植注,黄节注,叶菊生校订《曹子建诗注》,人民文学出版社,1957 年,第 37 页。

⑥　(清)何焯著,崔高维点校《义门读书记》,中华书局,1987 年,第 884 页。

⑦　陆侃如著《中古文学系年》,人民文学出版社,1985 年,第 455 页。

⑧　邓永康编《魏曹子建先生植年谱》,《新编中国名人年谱集成》本,台湾商务印书馆,1980 年,第 37 页。

君臣遇合的美梦中苏醒过来，认识到"虚无求列仙，松子久吾欺。变故在斯须，百年谁能持"①，故创作了《洛神赋》。表面上看，《洛神赋》是拟《神女赋》而赋洛神，实际却是借人神道殊、爱而无终的悲剧，表达自己理想破灭、悲观绝望的苦闷心境。触发曹植创作的"本事"，应是黄初四年曹丕残害手足、排斥异己的狠毒行为。对此，曹植显然不敢直言，而只能以记错时间的方式隐约暗示。这样一来，序言介绍的本事就不是诗歌创作的本来情况，而在时间上与史实不符。

　　这是对诗歌本事的有意误记。与此类似的，还有对本事中某些重要内容的有意回避。以刘禹锡《再游玄都观序》为例，其介绍诗歌本事曰："余贞元二十一年为屯田员外郎，时此观未有花木。是岁，出牧连州，寻贬朗州司马。居十年，召至京师，人人皆言有道士手植仙桃，满观如红霞，遂有前篇以志一时之事。旋又出牧，于今十有四年，复为主客郎中。重游玄都，荡然无复一树，唯兔葵燕麦动摇于春风耳。因再题二十八字，以俟后游。时大和二年三月。"②。显然。刘禹锡在这段话中一再提到自己的贬谪经历，但却不挑明其与诗歌创作的关系，而是一再强调诗歌创作只是"志一时之事"；又有意介绍前一首诗的创作本事，说明其与后一首诗之间有因果关系。但这种关系又不敢明示，而以"旋又出牧"四字一笔带过，显得十分突兀。那么，刘禹锡在这里一笔带过的内容究竟是什么？根据《本事诗》记载，那就是"其诗（即前一首诗）一出，传于都下。有素嫉其名者，白于执政，又诬其有怨愤。他日见时宰，与坐，慰问甚厚，既辞，即曰：'近者新诗未免为累，奈何！'不数日，出为连州刺史"③。显然，这一事件即是"旋又出牧"的原因，又是第二首诗的创作背景。刘禹锡之所以省略，显然并非无意，而是因为牵涉到贬谪背后的政治背景而不得不有所隐晦，以免再次受诗所累。

　　由此可见，作为第一手材料，记录于诗歌创作当时的本事大多真

①　《曹子建诗注》，第43页。

②　（唐）刘禹锡著，卞孝萱校订《刘禹锡集》，中华书局，1990年，第308页。

③　《本事诗校补考释》，第52页。

实可信,但另一方面,时空和身份的双重限制又使本事的记录多有隐晦。这是此类本事的基本情况。

二、经过口头传播的诗歌本事

这里的"口头传播",是指在事后经过了三人以上的口耳相传,然后才以文字形式保留下来的诗歌本事。所谓三人以上,就是说本事的记录者不仅不是第一手材料的拥有者,也不是第一手材料的记录者。从第一手材料的拥有到记录,其间一定经历了第三个人的传播,而绝非两人之间的直接传授。这样,才可以称作口耳传播的本事。举例言之,《本事诗》所载的"乔知之"条本事在孟启之前即已出现,甚至有《朝野佥载》和《隋唐嘉话》等不同版本,因此孟启所记就不是直接见闻,而是来自辗转相授;与此相反,孟启所记"韩翃得官"条材料则不属此类,因为其直接出自大梁夙将之口,然后直接由孟启记录下来,其间没有经过第三者的传播和加工。这种本事,其实仍属于当代人所记。以此为基础,我们发现在本事批评史上,真正属于口头传播的本事有以下两种:

第一,汉代四家诗序。正如我们所知,先秦时期已经出现了关于《诗经》某篇的本事介绍,而汉代之后,这些本事又由于传承的不同而形成了各种不同版本,即齐、鲁、韩、毛四家。从四家诗保存的情况看,它们所记的本事有时大体相同,只是细节略有差异。如《周南·汉广》的本事在《毛诗序》中记为"《汉广》,德广所及也。文王之道被于南国,美化行乎江、汉之域,无思犯礼,求而不可得也"①;《韩诗序》则曰"《汉广》,悦人也"②;陈启源认为二说同义,即"夫悦之必求之,然维可见而不可求,则慕悦愈至"③;王先谦兼考齐、鲁二家,认为"三家义同"④。由此可见,四家诗所记基本相同。不过有时,四家所记

---

① 《毛诗正义》,第 63 页。
② 《文选》,第 1584 页。
③ (清)陈启源著《毛诗稽古编》附录,《清经解》本,上海书店,1988 年,第 478 页。
④ 《诗三家义集疏》,第 51 页。

本事又相差甚远，如《文选注》引《韩诗》曰"《芣苢》，伤夫有恶疾也"①，而《毛诗序》则曰"芣苢，后妃之美也。和平则妇人乐有子矣"②；又《毛诗序》曰"黍离，闵宗周也。周大夫行役至于宗周，过故宗庙宫室，尽为禾黍。闵周室之颠覆，彷徨不忍去，而作是诗也"③，而《太平御览》引《韩诗序》曰"黍离，伯封作也"④，又引曹植《贪恶鸟论》曰"昔尹吉甫信后妻之谗，而杀孝子伯奇。其弟伯封求而不得，作《黍离》之诗"⑤。由此可见，四家诗所录本事虽都源自先秦《诗》说，但其间辗转相传，形成了各种不同版本。从这个角度看，四家诗所录都属于口头传播的本事。

　　第二，野史笔记中的本事。在上文中，我们已经介绍过笔记中的本事，认为有些笔记所录为个人见闻，因此其中本事真实可信，属第一手材料。与此不同，野史笔记中还存在另一种类型，其所录本事多辗转相因，既非亲眼所见，也非来自亲见者所授，而是采自街谈巷议，属于人云亦云、来源不明的传闻之词。此类笔记在唐代尤为多见，如《大唐新语》、《隋唐嘉话》、《云溪友议》等。正如刘肃所说"肃不揆庸浅，辄为纂述，备书微婉，恐贻床屋之尤；全采风谣，惧招流俗之说"⑥；刘𫗧亦云"余自髫𫘤之年，便多闻往说，不足备之大典，故系之小说之末"⑦；范摅也说"谚云：街谈巷议，倏有裨于王化。野老之言，圣人采择。孔子聚万国风谣，以成其《春秋》也。……摅昔藉众多，因所闻记，虽未近于丘坟，岂可昭于雅量。或以篇翰嘲谐，率尔成文，亦非尽取华丽，因事录焉，是曰《云溪友议》。傥论交会友，庶希于一述乎"⑧等，都明言其所记故事来自街谈巷议和道听途说。这样一来，

---

①　《文选》，第 2347 页。
②　《毛诗正义》，第 61 页。
③　《毛诗正义》，第 297 页。
④　(宋)李昉等撰《太平御览》，中华书局，1960 年，第 2155 页。
⑤　《太平御览》，第 4098 页。
⑥　《大唐新语》，第 1 页。
⑦　《隋唐嘉话》，第 1 页。
⑧　《云溪友议》，第 1 页。

其所采本事显然也属于口头传播的诗歌本事。

俗话说"三人成虎",这个词用在这里虽然不完全恰当,但至少有一点是相同的,那就是任何一件事只要经过了三人以上的口耳相传,就难免出现讹误,甚至任意取舍和添油加醋。作为口头传播的本事,其在用文字记录之前,经历了更加复杂的传播过程,因此所导致的变化也就更大。很多时候,这种变化已经不限于情节的增删改换,而是连时间、地点、人物、文本等核心因素都完全走样。这样一来,其所录本事的真实性就成为备受争议的问题所在。

三、阐释者勾稽考索的诗歌本事

对于本事批评来说,记录和保存本事固然是走向批评的第一步,但更重要的还是将本事运用于诗歌阐释的实践中去,以阐释诗歌本义。进一步说,在诗歌阐释的实践中,能以敏锐的眼光找到现成的本事来解诗,固然不失为一种高明之举;但在无本事可采的情况下,仍能通过各种途径勾稽考索、重构本事,则更加体现了阐释者的水平与能力。从本事批评的实际情况看,前一种做法主要有以下三种表现:

第一,从史籍、诗集中采集本事。这种做法比较常见,如李善注《暂使下都夜发新林至京邑赠西府同僚》曰"萧子显《齐书》曰:'谢朓为随王子隆文学,子隆在荆州,好辞赋,数集僚友,朓以才文尤被赏爱。长史王秀之以朓年少相动,密以启闻。世祖敕朓可还都。朓道中为诗,以寄西府'"①,又注潘岳《关中诗》曰"岳《上诗表》曰:'诏臣作《关中诗》,辄奉诏竭愚作诗一篇'"②等。总的说来,这类做法相对来说较为容易,因为材料本身较常见,与作品的关系又非常明显。阐释者只需确定范畴、按图索骥,即可找到相应本事。

第二,从作者的题跋、手记中寻找本事。这种做法相对来说更见功力。因为题跋、手记等材料本身既非常人所能见,见之者一般也很难想到其中竟有本事记载。因此,能注意到此部分材料、并将之纳入

---

① 《文选》,第 1212 页。
② 《文选》,第 936 页。

本事采集范畴者,显然具有非凡眼力。在诗歌阐释史上,有此眼力者不多,任渊可算是其中的杰出代表。其在注山谷《次韵王稚川客舍》时引黄庭坚手书,曰"彭山黄氏有山谷手书此诗云:'王彀稚川元丰初调官京师,寓家鼎州,亲年九十余矣,尝阅贵人家歌舞,醉归,书其旅邸壁间云:"雁外无书为客久,蛮边有梦到家多。画堂玉佩紫云响,不及桃源欸乃歌。"余访稚川于邸中而和之'"①;又注山谷《戏咏猩猩毛笔》时引作者题跋,曰"钱穆父奉使高丽,得猩猩毛笔,甚珍之。惠予,要作诗。苏子瞻爱其柔健可人意,每过予书案,下笔不能休。此时二公俱直紫微阁,故作二诗,前篇奉穆父,后篇奉子瞻"②。这种从手书、题跋中采集本事的做法,不得不使人赞叹任渊的闻见广博和眼界开阔。

第三,从其他作品中寻找本事。这种做法在《文选》李善注中已有出现。其注谢瞻《于安城答灵运》曰"谢灵运《赠宣远序》曰'从兄宣远,义熙十一年正月作守安城。其年夏赠以此诗,到其年冬有答'"③,就根据赠答诗的特殊关系,采录赠诗序以说明答诗本事。与此类似而更为巧妙的,是任渊为《和答元明黔南赠别》一诗所作注释。此注引山谷《书萍乡县厅》曰"初元明自陈留出尉氏、许昌,渡汉、沔,略江陵,上夔峡,过一百八盘,涉四十八渡,送余安置于摩围山之下。淹留数月,不忍别,士大夫共慰勉之,乃肯行,揽泪握手,为万里无相见期之别"④,详细描述了山谷与元明在黔南分别时的情形,说明《和答元明黔南赠别》一诗的创作本事。这种做法,再一次证明了任渊寻绎本事的高超能力。

除此之外,阐释者通过勾稽考索相关文献以重构本事的做法则有以下四种:

第一,根据诗题提供的线索,从史籍、文集中勾稽本事。这种做

---

① 《山谷诗集注》,第 10 页。
② 《山谷诗集注》,第 89 页。
③ 《文选》,第 1190 页。
④ 《山谷诗集注》,第 292 页。

法在李善注中尤为多见。如李善注应贞《晋武帝华林园集诗》曰"干宝《晋纪》曰：'泰始四年二月，上幸芳林园，与群臣宴，赋诗观志。'孙盛《晋阳秋》曰'散骑常侍应贞诗最美'"①，就是根据诗题、从史籍中找到晋武帝华林园集诗的相关记录，说明诗歌创作的时间、地点及具体情况；又李善注王粲《赠文叔良》曰"干宝《搜神记》曰：'文颖，字叔良，南阳人。'《繁钦集》又云'为荆州从事文叔良作移零陵文'。而《粲集》又有《赠叔良诗》。献帝初平中，王粲依荆州刘表，然叔良之为从事，盖事刘表也。详其诗意，似聘蜀结好刘璋也"②，则完全从考察文叔良的身份入手，寻找其与作者王粲的人生交集，然后确定此诗的创作时间、地点，最后再根据诗歌内容推测创作的触发事件。

　　第二，根据诗歌自身的叙事性内容逆推本事。如《乐府古题要解》为《雁门太守行》解题曰："右古词云：'汉孝和帝时，洛阳令王君。'当时广汉郪人王涣，字稚子，父顺，安定太守。涣少好侠，尚气力，数通清剽少年。晚改节博学，通于法律。举茂才，除温令，政化大行。人畜牧于野，辄云以付稚子，终无失盗。迁兖州刺史，一年，除拜侍御史。转洛阳令，狱讼止息，发摘奸伏如神。元兴初病卒。老少咨嗟，奠酬以千数。及丧西归，至弘农，人多设祭于路。吏问其故，言我平常持租诣洛阳，有司钞截，恒亡其半，自王君在事，不复见侵枉，故来报耳。人思其德，立祠在安阳亭。有食酒肉，辄往弦歌而祭之。后邓太后下诏褒美，拜其子石为郎。帝专黄老之道，吸毁诸祠庙，惟涣及卓茂庙存焉。按其歌词历述涣本末，与本传合，而题云《雁门太守行》，所未详也。"③这是以始辞叙述的事件为线索，联系相关史实以推知本事。又陈鸿作《长恨歌传》，也是以白居易《长恨歌》所叙事件为线索，联系相关史实重构本事，以阐释诗歌本义。同样的情况还有《本事诗》所载"崔护题诗"条，其所叙本事也是在诗歌解读的基础上、通过对诗歌内容的合理想象和细节演绎重构出来的。一般来说，这

① 《文选》，第 952 页。
② 《文选》，第 1107 页。
③ 《乐府古题要解》，第 32—33 页。

种重构的本事大体上符合诗歌创作的本来情况,但具体细节则多有想象,不能作为以诗证史的有效证据。

第三,根据诗歌所用"古典"勾稽"今典",以部分恢复诗歌本事。这种做法在五臣注中即已出现,如吕向注《西征赋》之"彼负荷之殊重兮,虽伊周其犹殆",曰:"杨骏以人臣位而负荷帝王之重任,虽伊尹、周公尚犹危殆,况骏不任事者乎?夫伊尹相太甲,致桐宫之师,周公辅成王,有流言之谤。此二人尚尔,于骏可知也。"①这是由伊周的"古典"勾稽"今典",认为其所暗示的是杨骏被杀之事。由此逆推,则《西征赋》的创作表面上是记述潘岳西任长安令途中的所见所感,其实却是潘岳经历杨骏被杀、自己幸免于难的遭遇后,一方面心有余悸地抒发自己的反省与悔悟,一方面又主动表达劫后余生的感恩之情。这是潘岳此赋创作的真实背景和原本意图。在宋诗宋注中,这种以"古典"考释"今典"的做法尤其普遍,兹举一例论之。如任渊注《有怀半山老人再次韵》中的"啜羹不如放麑,乐羊终愧巴西"一句,曰:"按吕惠卿叛荆公,发其私书,有'勿使上知'之语。山谷意谓:惠卿之忍政如乐羊,荆公之过当与西巴同科也。苏子由弹惠卿章盖云:放麑违命也,推其仁则可以托国;食子徇君也,推其忍则至于弑君"②,就是以"古典"为线索,点明其所对应的为吕惠卿背叛王安石而使之受过的故事。以此来看整首诗,则发现它是有感于王安石的人生遭际而作的,表达了对王安石的肯定和惋惜。

第四,通过编撰年谱和对诗歌进行编年,确定诗歌创作的时、世背景,然后进一步勾稽本事。这种做法最早出现于宋代诗集中,以任渊《山谷诗集注》为代表③。在此书中,任渊首先列出黄庭坚年谱,将黄庭坚的生平事迹按年代排列;然后,将年代可考的作品依次列入相应的年代之后,使诗歌编年与年谱融合起来,揭示诗歌创作的人事背

① 《六臣注文选》,第188页。
② 《山谷诗集注》,第87—88页。
③ 参见吴晓蔓《任渊〈山谷诗集注〉与宋代年谱学》,《社会科学论坛》,2010年第7期,第149—155页。

景；最后，根据已有的信息勾稽本事，并在诗注中说明。如任渊注《次韵子瞻送李豸》①一诗就是这样。首先，任渊作山谷年谱，确定该诗的创作在元祐三年。接着介绍此年作者的基本情况，即"是岁山谷在史局，其春东坡知贡举，山谷与李公麟等皆为其属"②；其次，进一步确定该诗创作的具体时间，曰"李豸字方叔，是岁下第而归。东坡此诗在《次韵黄鲁直画马》后"③；然后考稽东坡原诗，发现其诗题已说明本事，即"余与李廌方叔相知久矣领贡举事而李不得第愧其作诗送之"④；最后，再结合以上信息，在诗注中交代山谷次韵诗本事，即"李豸字方叔，阳翟人，素为东坡所知。元祐三年，东坡知贡举，得程文异之，谓必方叔，擢置第一。既开榜，非是，东坡怅然，作诗送方叔，有'与君相从非一日，笔势翩翩疑可识'之句"⑤。显然，任渊在此诗注中不仅详细交代了诗歌本事，而且此本事还是在年谱和诗歌编年的基础上勾稽考索的结果。由此可见，编年的做法虽然"只适用于恢复诗人整个生平创作过程的原生态，还无法运用于具体的单篇作品的诠释。因为即使知道诗人在某年某月写了哪些诗，也并不意味着晓得诗人为什么而写那些诗"⑥；但一旦与本事考稽结合起来，则不失为建构本事的一条有效途径。

　　以上是本事批评的第三种形式，即阐释者通过采集和勾稽本事来阐释诗歌本义。一般认为，采集本事的做法虽然简单，但也更为客观，因此所采本事多真实可信；勾稽本事的做法虽然巧妙，但主观性又太强，因此勾稽的本事不一定可靠。然而事实上，采集的本事有时来自诗歌创作时的文字记录，有时来自口头传播后的文字记载。前者因为时间相隔太近，有时会故意歪曲隐晦；后者则可能在传播中出

---

　　①　李豸为李廌原名。苏轼认为《五经》中无此字，而以李廌之才学，非《五经》字不可用为名，故为之改名。《四库全书》本《山谷内集诗注》作"李廌"，今通行本《山谷诗集注》作"李豸"，故以此为是。

　　②　《山谷诗集注》，第 15 页。

　　③　《山谷诗集注》，第 16 页。

　　④　《苏轼诗集合注》，第 1481 页。

　　⑤　《山谷诗集注》，第 227 页。

　　⑥　《中国古代阐释学研究》，第 236 页。

现异辞,甚至完全走形。因此,从根本上说,采集的本事不一定可靠。相反,勾稽本事的做法却大多态度严谨、有凭有据,因此反而更接近事情的本来面貌。另一方面,现成的本事材料毕竟有限,以此实现本事批评,很难打开局面。相反,勾稽本事的做法则是本事批评历久弥新的动力,也是本事批评之所以能长久而广泛存在的原因所在。

第四节　"本事批评"形成的背景

本事批评是在中国传统文化的背景中产生的,它的形成与中国古典文学的创作思维和阐释心理有着密切的联系。

一、婉曲隐晦:中国古代文学创作的特殊方式

"本事批评"的产生与中国古代文学创作的特殊方式密切相关。简单地说,中国古代文学的创作历来讲究婉曲隐晦、不直言其事,因此尽管创作本身因事而起,情因事发、文因事立,但最后见诸文辞者却唯有象、意,不见本事。这是中国古代文学创作的根本特点。这种特点在《周易》的创作中即已呈现,即:

> 古者包牺氏之王天下也,仰则观象于天,俯则观法于地,观鸟兽之文,与地之宜,近取诸身,远取诸物,于是始作八卦,以通神明之德,以类万物之情。[1]

这段话的内容是在介绍《周易》的由来,说明《周易》的创作源自"观物取象",而其目的则在"通神明之德,以类万物之情"。也就是说,《周易》的创作就根本而言是从自然现象和生活现象的观察中发现万物特性和宇宙奥秘,然后将之表现出来,也即是"物——意"的过程。如何实现这一过程?《易传》又进一步揭示,曰:

> 子曰:"书不尽言,言不尽意。"然则圣人之意,其不可见乎?
> 子曰:"圣人立象以尽意,设卦以尽情伪,系辞焉以尽其言,变而通之以尽利,鼓之舞之以尽神。"[2]

---

[1] 《周易正义》,第350—351页。

[2] 《周易正义》,第342—343页。

如此处所言,圣人为了弥补"言不尽意"的局限,因此在《周易》的创作中采用了各种手段,即"立象以尽意,设卦以尽情伪,系辞焉以尽其言,变而通之以尽利,鼓之舞之以尽神",简言之就是"立言以尽象,立象以尽意"。又如上文所言,"象"又是观物而来的,这样一来,整个《周易》的创作就可以描述为"物(事)——象——言——意"的过程。从"物"到"意",其中经历了立象、系辞的层层隐喻,这样一方面"事"不见于言而隐藏于"象",使整个创作变得隐晦;另一方面"象"的使用又能触类起兴,引发更多的联想和想象,从而使《周易》的创作呈现出"名小类大"、"旨远辞文"、"事肆而隐"和"言曲而中"的显著特点。这也就是《易传》所说的:

> 夫易彰往而察来,而微显阐幽。开而当名,辨物正言,断辞则备矣。其称名也小,其取类也大。其旨远,其辞文,其言曲而中。其事肆而隐。因贰以济民行,以明失得之报。[1]

由此可见,在《周易》中,已经采用了"立象"等表达方式,以含蓄婉转的方式描述"事象",将触发创作的本来事件隐藏起来。这样一来,本事既不可见,本事的表达也显得"婉曲隐晦"。

值得注意的是,《周易》的这种创作方法显然影响了以《诗经》为代表的抒情文学。这一点,从《毛诗序》对《诗经》的总结分析中可以看得十分清楚,即"诗有六义焉:一曰风,二曰赋,三曰比,四曰兴,五曰雅,六曰颂"[2]。然而何谓"比兴"?《毛诗序》并没有作进一步回答,而是集中笔墨对"风雅颂"做出界定,其中"风"为核心内容,即"上以风化下,下以风刺上,主文而谲谏,言之者无罪,闻之者足以戒,故曰风"[3]、"是以一国之事系一人之本谓之风"[4]。显然,从这两句话中不难看出,《诗经》中最重要的创作类型是"风",而"风"的特点就是"主文而谲谏"和"以一国之事系一人之本",也就是通过某个人的具

---

① 《周易正义》,第 367—368 页。

② 《毛诗正义》,第 13 页。

③ 《毛诗正义》,第 15 页。

④ 《毛诗正义》,第 19 页。

体事件反映某一社会现象,以含蓄委婉的方式表达对此现象的批判和对当政者的劝诫,以达到"言之者无罪,闻之者足以戒"的效果。从这点来看,《诗经》的创作方法显然也和《周易》一样,称名小而取类大,言曲而事隐。

另一方面,《周易》中的"立象以尽意"和《诗经》中的"比兴"也有异曲同工之妙。这一点,章学诚曾经一再强调,曰"《易》之象也,《诗》之比兴也"①、"《易》象虽包六义,与《诗》之比兴尤为表里"②、"《易》象通于《诗》之比兴"③。的确,《易》象和《诗经》中的比兴一样源于观念内容与物象统一的原始兴象,一样属于以类比、想象、联想形式以"尽意"的思维原则,而且从言近旨远、婉曲隐晦的创作效果而言,两者也几乎完全相同。因为"比者,比方于物也。兴者,托事于物"④。在比兴的运用下,触发诗歌创作的"事"借助"物象"隐藏起来,触发创作的事件本身并不直接出现在文本表达之中。这样一来,也会造成"婉曲"和"不直言"的特点。

又《诗经》之后,《离骚》的创作也往往采用比兴之法。这一点王逸有具体说明,即"《离骚》之文,依《诗》取兴,引类譬谕。故善鸟香草,以配忠贞;恶禽臭物,以比谗佞;灵修美人,以媲于君;宓妃佚女,以譬贤臣;虬龙鸾凤,以托君子;飘风云霓,以为小人。其词温而雅,其义皎而朗。凡百君子,莫不慕其清高,嘉其文采,哀其不遇,而愍其志焉"⑤。对于《离骚》的这一特点,司马迁有进一步评价,即:"其文约,其辞微,其志洁,其行廉,其称文小而其指极大,举类迩而见义远。"⑥显然,这一评价与《易传》对《周易》的评价一样,都认为其创作有言近旨远、辞约意丰的效果。从这个角度来说,不论是《诗经》还是

①　《文史通义校注》,第18页。
②　《文史通义校注》,第19页。
③　《文史通义校注》,第20页。
④　(汉)郑玄注,(唐)贾公彦疏《周礼注疏》,《十三经注疏》整理本,北京大学出版社,2000年,第718页。
⑤　《楚辞补注》,第2—3页。
⑥　《史记》,第2482页。

《楚辞》,其创作本身都受到《周易》"立象以尽意"的影响,强调用"比兴互陈"的言说方式表达诗歌创作本意,而并非直言其事以见义。这是《周易》的创作手法对抒情文学的影响。

　　另一方面,《周易》的创作手法对于中国古代叙事文学的发展也有影响,其主要表现即为"春秋笔法"。关于"春秋笔法",历来有各种不同理解。汉代司马迁曰"(孔子)论史记旧闻,兴于鲁而次春秋,上记隐,下至哀之获麟,约其辞文,去其烦重,以制义法";晋代杜预则曰"若夫制作之文,所以彰往考来,情见乎辞。言高则旨远,辞约则义微"[①];唐代刘知几则曰"既而丘明受《经》,师范尼父。夫《经》以数字包义,而《传》以一句成言,虽繁简有殊,而隐晦无异……斯皆言近而旨远,辞浅而义深,虽发语已殚,而含意未尽。使夫读者,望表而知里,扪毛而辨骨,睹一事于句中,反三隅于字外。晦之时义,不亦大哉"[②]。显然在他们看来,"春秋笔法"的主要内容应该就是"辞约义微"、"微言大义"。而这些看法,其实在左丘明那里早已出现了更加简洁明确的概括,即:

　　　《春秋》之称,微而显,志而晦,婉而成章,尽而不污,惩恶而劝善(《左传·成公十四年》)。[③]

　　　《春秋》之称微而显,婉而辨。上之人能使昭明,善人劝焉,淫人惧焉,是以君子贵之(《左传·昭公二十一年》)。[④]

　　也就是说,"春秋笔法"的特点不仅在于"微言大义"和"言近旨远",而且更重要的还是婉曲隐晦的表达方式,以及在婉转表达中所达到的"惩恶劝善"的功效。这种功效,显然与《诗经》中的"主文而谲谏,言之者无罪,闻之者足以戒"有几乎异曲同工之妙。另一方面,所谓的"微而显,婉而辨"又与《周易·系辞》对《易经》卦辞的阐释、《史记》对《离骚》的评价有着惊人的类似。由此可见,所谓"春秋笔法",

---

① 　《春秋左传正义》,第 34 页。
② 　(唐)刘知几撰,赵吕甫校注《史通新校注》,重庆出版社,1990 年,第 410 页。
③ 　《春秋左传正义》,第 879 页。
④ 　《春秋左传正义》,第 1751 页。

从根本上说也是受《周易》创作手法的影响，其核心内容为"言近旨远"和"婉曲隐晦"。值得注意的是，这种创作手法后来又影响到中国古代小说、戏剧等叙事文体的创作，因此也可以说是中国古代叙事性文学创作的基本手法。

由此可见，在《周易》"立象以尽意"的创作方式引导下，中国抒情文学的创作形成了"比兴"传统，而叙事文学的创作中也形成了所谓"春秋笔法"。换句话说，"立象以尽意"、"比兴"和"春秋笔法"其实都出于同一种思维方式，即在诗歌创作中不直言本事，而是通过比附或类比的思维方式，婉转曲折、含蓄隐晦地抒发出由本事触发的情感和理念，表达对本事的具体评价。这样一来，创作本事与诗歌表达之间的关系就变得十分隐晦。这是此类创作方式的共同特点。

总之，中国古代文学从一开始就有"不直言其事，婉曲隐晦"的创作特点，甚至形成了抒情文学中的"比兴"传统和叙事文学中的"春秋笔法"。在这种情况下，准确地解读文本就变得十分困难，其中既可能出现"仁者见仁、智者见智"的多样化阐释，也可能出现以文字隐喻义为基础的钩沉索隐和牵强附会。如何避免这种情况？最好的做法就是回归到文本创作的原始状态，弄清言说的主体客体、言说的依据、言说的动机、言说的语境以及言说的思维方式和表述方式。简言之，就是原始要终、论本事而作传。这一点，我们在讨论本事批评与"原始要终"的关系时已有说明，兹不赘述。总之，不论是《易传》解《周易》还是左丘明传《春秋》，不论毛诗序《诗经》还是王逸注《楚辞》，其中都使用了原始要终的本事批评，而这种批评方法的使用又是由《周易》、《春秋》、《诗经》、《楚辞》本身的创作特点决定的。由此可以说，中国古代文学所特有的"婉曲隐晦"的创作方式，是本事批评产生的重要背景。

二、知人论世：中国古代诗歌解读的特殊心理

"知人论世"的说法见于《孟子·万章下》，其曰：

孟子谓万章曰："一乡之善士斯友一乡之善士，一国之善士斯友一国之善士，天下之善士斯友天下之善士。以友天下之善士为未足，又尚论古之人，颂其诗，读其书，不知其人可乎？是以

论其世也。是尚友也。"①

从这段话中可以看出，"知人、尚友"是孟子所强调的颂诗读书的根本目的。而至于"论世"，则是"尚友、知人"的必要前提。这是孟子提出"知人论世"说的本义。对于这一含义，孟子在《告子下》中有具体演绎，即：

> 公孙丑问曰："高子曰：'《小弁》，小人之诗也。'"孟子曰："何以言之？"曰："怨。"曰："固哉，高叟之为诗也！有人于此，越人关弓而射之，则己谈笑而道之，无他，疏之也。其兄关弓而射之，则己垂涕泣而道之，无他，戚之也。《小弁》之怨，亲亲也。亲亲，仁也。固矣夫，高叟之为诗也！"曰："《凯风》何以不怨？"曰："《凯风》，亲之过小者也。《小弁》，亲之过大者也。亲之过大而不怨，是愈疏也。亲之过小而怨，是不可矶也。愈疏，不孝也。不可矶，亦不孝也。孔子曰：'舜其至孝矣！五十而慕。'"②

显然在这段话中，不论是高子、孟子还是公孙丑，不论是解读《凯风》还是阐释《小弁》，其根本的关注点都在"知人"，即判断作者是君子还是小人。不过同样是"知人"，高子只从诗歌所传达的情绪入手，而不考虑情绪所针对的具体人事，因此认为《小弁》为小人之诗；而孟子则根据诗歌内容及其针对的具体事件而得出结论，认为《小弁》的怨是"亲亲者"，"亲亲，仁也"。对于这一点，公孙丑似乎有所领会，但同时却又陷入另一个误区，那就是将触发事件的类型和作者的情感类型机械对应起来，认为只要是面对亲人的过错，君子所表达的情绪就必然是"怨"。对此孟子又进一步辨析，提出情感的表达不仅与触发事件的类型相关，而且决定于事件的详细内容和具体细节。要真正读懂作品，弄清其所反映的人品，必须首先弄清触发事件的具体情况，也就是"论世"。所谓"论世"，赵岐的解释是："读其书者，犹恐未知古人高下，故论其世以别之也。"③朱熹也说："论其世，论其当世行

---

① （战国）孟轲著，（清）焦循正义《孟子正义》，中华书局，1987年，第725—726页。

② 《孟子正义》，第817—820页。

③ （汉）赵岐注，（宋）孙奭疏《孟子注疏》卷十，《十三经注疏》整理本，北京大学出版社，2000年，第342页。

事之迹也。言既观其言,则不可以不知其为人之实,是以又考其行也。"①可见在他们看来,"世"就是创作者当时的具体行事,也就是诗歌创作的"本事"。显然在这种情况下,所谓的"知人论世"就相当于我们今天说的本事批评,其核心内容就是通过"论世"来了解诗歌文字所表达的真实含义,然后根据"言为心声"的原则判定诗人的真实品性。这是本事批评与知人论世的根本联系。

然而在孟子之后,"知人论世"又被引申出了各种不同含义。有人认为"知人"和"论世"并列,两者都是为了颂诗读书的目的;也有人认为"论世"是在"知人"基础上的进一步发挥,是"观志明世运",从个人的言志中看出时代风气和社会面貌;有人认为"论世"是"知人"的前提,而"知人"又是读书的前提,这样一来"知人论世"又一起变成了诗歌阐释的方法,强调在论世的基础上了解诗人创作的真实意图,以阐释诗歌本义;还有人认为"知人"和"论世"相互独立,前者和作品发生关系,强调诗歌文本与作者品性之间的对应关系,因此有"文如其人"与"心画心声总失真"的讨论,后者和作品相联系,则强调诗歌与历史事实之间的对应关系,形成所谓的"诗史"概念。总之,离开孟子言说的特定语境,"知人"、"论世"和"颂诗读书"之间形成了各种不同的逻辑关系,因此使"知人论世"的内涵变得十分丰富。

如上文所言,孟子"知人论世"的本义是指通过了解诗歌创作当时的具体情况弄清诗歌言说的真实含义与作者的创作本意,然后根据"言志一致"的原则判定诗人的道德品性。在这种理解下,"知人论世"与本事批评几乎完全一致,都是根据某首诗歌的具体创作情况,解读诗歌本义与作者本意。不过当"知人"、"论世"分别被理解为诗歌解读的不同目的时,其含义则与本事批评不尽相同,但又有一定的逻辑关系。具体而言有以下两方面:

第一,根据诗歌与知人的关系,孟子认为诗歌解读的根本目的在于"知人",也就是认识历史上真实存在的生命个体,体会其人格魅

---

① 　(宋)朱熹撰《四书章句集注》,中华书局,1983年,第324页。

力。这一点在《史记》中有进一步表现，即《孔子世家》所言"余读孔氏书，想见其为人"①和《屈原贾生列传》所说"余读《离骚》、《天问》、《招魂》、《哀郢》，悲其志。适长沙，观屈原所自沉渊，未尝不垂涕，想见其为人"②也。可见在司马迁看来，颂诗读书的根本目的即在想见古人，了解古人的真实形象和风神面貌。由此反推，司马迁认为文学创作的价值即在于抒发个体的生命体验，保存个人的生命轨迹，以使自己的形象能在史籍之外、通过诗文的形式保存下来，并在后代解读中得以保存和重现。这就是《平原君虞卿列传》所说的"然虞卿非穷愁，亦不能著书以自见于后世云"③也。这种观点，对后代的读者和作者都产生了很大影响。如汉武帝曾下令寻求相如遗书，魏文帝曾诏令天下上孔融文章，其目的都在于以文存人，令后人能因其文而知其人。而曹丕说"盖文章经国之大业，不朽之盛事。年寿有时而尽，荣乐止乎其身。二者必至之常期，未若文章之无穷。是以古之作者，寄身于翰墨，见意于篇籍，不假良史之辞，不托飞驰之势，而声名自传于后"④，更是加强了作者以诗存名的意识。在这种情况下，不论是作者还是阐释者，都希望诗歌文本能够准确反映诗人的意图和面貌。然而矛盾的是，中国古代文学创作历来讲究曲折隐晦，很少直言其情与其事，而是以比兴立象和春秋笔法造成诗意的含蓄和婉曲。如何既保证文本的艺术性，又保证后人的解读不偏离作者本意？很多人选择了自作本事。如龚自珍就特别喜欢为自己的作品作注以交代本事，目的是"为了弥补诗歌语境的含混，让后来的历史学家对自己的生活实况有更清楚的了解"⑤。而潘岳有意借诗歌建构自己的另一种形象，因此不仅作《闲居赋》以表达高蹈隐逸的情怀，而且借《闲居赋序》介绍"本事"，强调其所抒情怀与其人心志的一致。总之，由于

---

① 《史记》，第 1947 页。
② 《史记》，第 2503 页。
③ 《史记》，第 2376 页。
④ 《文选》，第 2271 页。
⑤ 孙康宜，《写作的焦虑：龚自珍艳情诗中的自注》，《北京大学学报》（哲学社会科学版），2006 年第 4 期，第 60—61 页。

古人在诗歌创作中有明确的"存人"意识,在诗歌解读中也以"知人"为目的,因此诗人本意就成为诗歌存在的核心意义。在这种情况下,为了防止诗歌文本的含蓄模糊所导致的多样化阐释,创作者往往有意识地交代本事;阐释者也往往致力于本事的挖掘与考索,以保证诗人本意的有效阐释。由此从某种程度上说,"知人"的目的是本事批评产生的根本动力;而本事批评则是保证"知人"准确性的必要手段。

第二,当"知人"作为诗歌阐释的手段提出时,其基本含义是指在诗歌解读前必须了解诗人的基本情况,包括诗人一生的行事、出处和思想状态等;而"论世"作为诗歌阐释的前提,则是指在诗歌解读之前必须了解诗人创作的时代背景及其所处的现实状况。从这个角度来说,本事批评和知人论世显然不同。前者所指向的是单篇作品的阐释,而后者则是对诗人诗作的整体把握;前者的信息更为具体,后者的内容则更为概括。从这个角度讲,"本事批评"不等于"知人论世",但又与知人论世有着密切联系。正如我们所知,宋代出现了几种"知人论世"的具体形式,一是诗人年谱,一是编年诗集,还有一种则是诗纪事著作。所谓年谱,是指将诗人的生涯记录按年月顺序排列整理的一种文献形式。其基本体例是:先表明纪年与谱主年岁,再述该年时事大事,次述谱主生平,末系作于该年的作品。如此随年代推移而依次记载,直至谱主卒年。显然,从内容上看,年谱的编撰是以诗歌为基础,将建构人的历史和社会的历史作为诗歌解读的根本目标,因此正体现了"知人论世"的本初含义。而年谱的编撰既然以诗歌为基础,那么已知的诗歌本事显然为年谱的编撰提供了依据。另一方面,尽管我们无法从年谱中直接看到每首诗的创作本事,但根据年谱确立的时、世背景及其当时的主要事件,也可以缩小本事考察的范围,以进一步勾稽和建构本事。与此类似的是编年诗集的编撰,它以时间顺序排列诗歌文本,不仅可以帮助我们了解诗人的生平事迹和风格演变,还可见出诗人所处的时代状况,了解诗人的人格、阅历和思想感情,因此也体现了"知人论世"的观念。从根本上说,编年诗集的编撰中采录了部分诗歌的创作本事。反过来,其所确定的大致背景又为诗歌本事的勾稽提供了线索。从这个角度来说,已有的诗歌本事为年谱和编年诗集的"知人论世"提供了材料依据,而年谱和编年诗集所建构的时、世坐标又为诗歌本事的勾稽确定了范围,有利于诗歌本事的进一步挖掘。又"诗纪事"体的出现也体现了"知人论世"的理论,这一点编撰者自己已明示,如宋代计有功所作《唐诗纪事》自序云:

> 唐人以诗名家,姓氏著于后世,殆不满百,其余仅有闻焉,一时名辈,灭没失传,盖不可胜数。敏夫闲居寻访,三百年间文集、杂说、传记、遗史、碑志、石刻,下至一联一句,传诵人口,悉搜采缮录。间捧宦牒,周游四方,名山胜地,残篇遗墨,未尝弃去。老矣无所用心,取自唐初首尾,编次姓氏可纪,近一千一百五十家;篇什之外,其人可考,即略纪大节,庶读其诗,知其人。所恨家贫缺简籍,地僻罕闻见,聊据所得,先成八十一卷,目曰《唐诗纪事》云。灌园居士临邛计有功敏夫叙。①

显然在计有功看来,《唐诗纪事》与"知人"的关系主要表现为两点,一是"以诗存人",通过残篇遗墨的保存改变诗人在历史长河中湮没无闻的命运;一是"其人可考,即略纪大节,庶读其书,知其人"(此是承孟子之说,而非为了读诗),也就是通过考察人物的生平经历来帮助对诗歌文本的正确解读。以此为基础,编刻者王禧又进一步提出《唐诗纪事》与"论世"的关系,即"……夫文章与时高下,而诗发于情。帝王盛时,采之以观民风,在治忽。春秋之时,赵孟请赋诗,以观郑七子之志。季札请观乐,以知列国之风。世之君子欲观唐三百年文章人物风俗之迁隆邪正,则是书不为无助……"②也就是说,诗歌创作本身就与时代治乱有密切关系,所谓"治世之音安以乐,其政和;乱世之音怨以怒,其政乖;亡国之音哀以失,其民困",所谓采诗观乐等做法,都一再说明诗歌反映时代风气的重要作用。以此为基础,计有功采集有唐一代之诗歌,显然也可反映唐三百年文章人物风俗之迁隆邪正。这是《唐诗纪事》与"论世"的关系。显然从这两方面来看,"诗纪事"体著作也是知人论世的产物。这一点,清代厉鹗在《宋

---

①② 《唐诗纪事》,第1页。

诗纪事》自序中也有说明，即"计所抄撮，凡三千八百一十二家，略具出处大概，缀以评论，本事咸著于编。其于有宋知人论世之学，不为无小补矣"①。这句话一方面说明《宋诗纪事》是"知人论世"的具体表现，另一方面又强调"本事咸著于篇"，可见在这一特殊类型的批评著作中，本事批评也与"知人论世"之间存在一定的关系。具体分析《唐诗纪事》和《宋诗纪事》，我们发现这种关系主要体现在两个方面，一是为了实现以诗歌存人知人、存事论世的目的，人们往往会在相关诗歌下采集已有的本事材料，以提供关于诗人、诗作的相关信息。简单地说，在计有功这里，"纪"诗人和诗歌"本事"都是出于"知人论世"的自觉目的，而"本事"则是"知人论世"的有用信息。二是"诗纪事"体通过"以事系诗，以诗系人，以人序时"的严谨体例，不仅反映了单个作家的生命轨迹和创作历程，而且反映了一个时代的社会背景和创作总貌。这样一来，不仅可以根据某一诗人的总体创作情况考察某首具体作品的创作本事，而且还可以从相关诗人、诗作的关系中勾稽信息，建构出新的本事。在这种情况下，"知人论世"又为本事批评提供了材料基础。这是本事批评与知人论世的另一层关系。

　　总之，"知人论世"作为古人解读诗歌的基本原则，是本事批评产生的特殊背景。一方面，当"知人论世"作为单篇作品的阐释原则出现时，其与本事批评的内涵基本相同，都是通过弄清诗歌创作的具体人、事信息来解读诗歌创作者的本意和作品本义；而当"知人论世"作为颂诗读书的根本目的而存在时，又使作品本义成为诗歌解读的根本目的，这样一来不仅作者有意识地介绍本事以防止后人在解读诗歌时不知其人或错知其人，破坏其在历史上的形象，而且读者也将勾稽本事作为自己的创作目的，以防止对诗人形象的误读。另一方面，"知人论世"作为诗歌解读的普遍原则，不仅要求人们通过阅读诗书，了解作者在一时、一地的情感状态，而且希望从整体上把握作者的人生轨迹，了解其人的总体面貌；不仅要求我们了解某一诗歌创作的具体背景，而且希望透过作品看到一个时代的历史面貌。这时，诗歌本

---

　　① 《宋诗纪事》，第1页。

事作为单篇作品的创作背景,显然可以为知人论世提供一定的线索,而知人论世所建构起来的大的背景也为某些不知本事的作品找到了其在时空坐标中的大致方位,这样一来就缩小了诗歌背景的考察范围,为本事批评提供了部分信息。以此为基础,联系文本内涵,有时也可以勾稽出诗歌创作的本事。从这个角度看,知人论世有时又为本事批评奠定了基础。由此可见,尽管知人论世的概念十分丰富,而且在历史的长河中几经演变,但不论就哪方面而言,它都与本事批评有密切联系。

第五节 "本事批评"的评价

关于《本事诗》及其代表的本事批评,前人的认识一直不够充分,因此评价也是众说纷纭。然而,仔细研究《本事诗》,探讨本事批评的内容和形式,了解其诗学内涵和理论背景,才能更加客观公允地评价其价值和局限性。

一、本事批评的价值

本事批评作为古代文学批评方法之一,其根本含义是指通过追溯诗歌创作的原始立意,了解触发诗歌创作的现实事件,以推断诗人创作本意、确定诗歌本义。简单地说,就是通过介绍诗歌本事来阐明作者本意和作品本义的一种批评方法。如上文所说,本事批评的产生是以先秦时期即已出现的各种诗学理论为根基的,在理论上有其存在的合理性;本事批评有其产生的特定背景,是针对中国古代文学特殊的表达方式——婉曲隐晦,和特殊的阅读目的——知人论世而提出的,有其存在的现实必要性。从本事批评的实际运用看,它不仅历史悠久,早在孟子说《诗》中就有使用,直到今天仍有强大的生命力;而且使用范围广泛,不论诗、词还是小说,都离不开此一批评方法;它形式多样,不论是诗题、诗序、诗注还是"本事诗"、诗话和"诗纪事",其中都有它的身影;它作用强大,不论是对诗义阐释还是诗艺评价,都有着不可忽视的价值。另外,作为本事批评的重要工具,"本事"自身也有其价值。一方面,它包含有丰富的诗学观念,反映了不同时期的文学习尚;另一方面,其自身的故事性和诗性色彩也强化了其吸引力,因此成为后代创作中常用的典故和素材……这些都是本事批评的价值。

从现有的研究成果看,本事批评在一定程度上获得了认可。如张皓提出"作品本事缘由的进一步探寻使社会历史批评在融汇心理批评、原型批评方面初露端倪。所谓象外之象,故事下面的故事,个人与集体的无意识心理,都须从本事说起。对艺术作品审美因素的探讨,归根结蒂,必然追寻到一定的历史本原事实"①。张伯伟先生论及"以意逆志"时也说:"文学作为一定时期的历史活动在艺术家头脑中反映的产物,它与反映的对象及反映的主体之间是有着密切关系的。特别是十九世纪浪漫派文学,强调'感情'在创作活动中的重要性,而在中国古代诗歌中,又有着'言志'、'抒情'的悠久传统,所以,作者的主观意图对于作品的理解是非常重要的……文学的独立价值应该是、而且事实上也只能是意味着它在反映生活、认识生活方面有着与哲学、历史以及其他人文学科所不同、因而也是所不能替代的特性。如果我们对作品的产生背景以及作者的心理状态缺乏深切的认识和体会,甚至拒绝加以认识和体会的话,那么,在对作品进行阐释的时候,就往往会导致随心所欲、自说自话,其对作品所评定的价值也就会因为缺乏坚实的历史基础而失去意义。"②而葛兆光先生虽然从整体上质疑背景的阐释价值,但同时也认为,精细的背景批评所提供的较为准确的背景,"给批评家猜测诗歌意义提供了相对可靠的线索,也给诗歌意义的外延限定了一个阐释的框架……人们通过这些背景材料似乎了解了诗人也似乎更有把握解释他们的诗歌"③。所谓"精确的背景",显然包含本事在内。又陈维昭评价经学领域的

---

① 张皓,《评传、年谱、本事的文学理论价值——中国古代文论之社会历史批评试探》,《武汉教育学院学报》(哲学社会科学版),第 31 页。

② 张伯伟著《中国古代文学批评方法研究》,中华书局,2002 年,第 87—88 页。

③ 葛兆光著《汉字的魔方》,复旦大学出版社,2008 年,第 9 页。

本事批评,认为"本事注经模式的原初出发点是为了避免在经典诠释上的解释性,通过注明本事,使读者沿着经典与本事的联系这一方向去理解经典,从而把不同读者的诠释意向统一到一个唯一的正确的维度上去。本事解经模式的一大动机就是防止释义的发散性、解释性,确保释义的封闭性,确保不同阅读主体对经典形成一致的理解"①。而李剑亮则针对词领域内的本事批评发表议论,认为"以本事释词所体现的是一种反对空言、崇尚史实的治学态度……考证清楚作品的本事,在一定程度上能帮助我们了解作者的创造意图,把握作品的文本内容"②,又肯定了本事批评在不同领域的价值。除此之外,周裕锴则从西方阐释学的角度评价本事批评,认为其阐释观念"和美国学者赫施提出的'历史性'概念十分类似:它肯定一个历史事件(本事),即一个本来的传达意图(本意),可以永远地决定意思(本义)的恒久不变的性质"③。在此基础上,张金梅又进一步分析,认为"赫施的意图主义批评明确提出'保卫作者'的口号,认为文学阐释的任务不是去研究作品,而是研究作者,尤其是研究作者的意向和企图;中国古代的本事批评以'本事'→'本意'→'本义'为阐释思路,认为作品的本义由本事决定,相信作者本意与作品本义的同一性幻觉,因此两者都认为作者的意图决定作品的本义。但是对于如何得知作者的本意,两者却表现出明显的差异:中国古代的本事批评从本事入手对作者的本意进行客观探求;而赫施的意图主义批评则对作者的意向或意图进行理论探讨"④。

　　总的说来,在这些评价中,有的是从中国文学的实际出发,肯定本事批评的有效性;有的是从纯粹理论的角度,分析本事批评的合理性;还有的则在中西对比中,说明本事批评的普遍性。从根本上说,这些结论都比较客观公允,符合本事批评的实际情况。唯一需要补

　　① 陈维昭,《红楼梦学刊》,2003 年第 4 辑,第 28 页。
　　② 李剑亮著《宋词诠释学论稿》,人民文学出版社,2006 年,第 50 页。
　　③ 《中国古代阐释学研究》,第 241 页。
　　④ 张金梅,《本事批评:赫施意图主义批评的一个范本》,《宁夏大学学报》(人文社会科学版),2006 年第 6 期,第 61 页。

充的是,本事批评不仅与赫施的意图主义批评相似,而且对赫施所反对的、以施莱尔马赫和狄尔泰为代表的传统解释学也有吸收。正如我们所知,施莱尔马赫也认为"作品意义"等同于"作者原意",认为"一部艺术作品本来就是扎根于其根基中的,即,扎根于其周围环境的,如果艺术作品从这种周围环境中脱离出来并转入到欣赏中,那么,它就是失去了意义"①。因此,诠释学的工作就是"努力去复制作者的本来创作之时"②。又霍伊指出:"对狄尔泰来说,文本是其作者之思想与意图的'表现',解释者必须置身于作者的视域之内,这样就能复制作者的创造活动。无论时间差距有多大,共同的人性,共同的心理结构或普遍意识,便是联系作者和读者的基本纽带,这是直觉能力的基础,从而能与他人心心相通。"③显然,不论是"努力复制作者的本来创作之时",还是"置身于作者的视域之内"、"复制作者的创造活动",其实都和本事批评一样,强调恢复诗歌创作的原本事实,使读者自行体会诗歌创作时的作者之意。用杜预的话说,就是"令学者原始要终,寻其枝叶,究其所穷。优而柔之,使自求之;餍而饫之,使自趋之。若江海之浸,膏泽之润,涣然冰释,怡然理顺,然后为得也"④。由此可见,本事批评既与十九世纪的传统诠释学派相关,也与二十世纪的意图主义批评有密切联系;然而它绝不是在这些理论的基础上发展起来的,而是在一千多年前,就已经在中国古代文化中孕育产生,并在中国古代文学批评史上运用了千年。从这个角度来讲,我们也不得不肯定本事批评存在的特殊意义。

二、本事批评的局限性

本事批评的运用又有一定的局限性,这也是毋需回避的问题。

---

① 转引自(德)H.G.伽达默尔著,王才勇译《真理与方法》,辽宁人民出版社,1987年,第244—245页。
② 转引自《真理与方法》,第245页。
③ 转引自《中国古代文学批评方法研究》,第96页。(按:此文另有译本。(美)戴维·霍伊著,张弘译《阐释学与文学》,春风文艺出版社,1988年,第14页。)
④ 《春秋左传正义》,第16页。

对此,现代研究者也多有讨论,总而言之有以下三点:

（一）本事是否真实可信?

本事批评是通过追溯诗歌本事来阐释诗歌本义的一种批评方法,本事的可靠性决定了批评的有效性。然而事实上,本事材料的真实性却一直以来备受质疑。如宋代学者否定《诗序》,就认为其所记本事多不可信,属于汉人的牵强附会;明代胡震亨说"唐人作诗本事,诸种说所载,资解颐者多矣。其间出自附会,借盾可攻者,盖亦有焉"①,则又否定了唐诗本事的真实性;清代王闿运评论《本事词》所载《瑞鹤仙词》本事,曰"小说造为咏歌姬睡起之词,不顾文理,本事之附会,大要如此"②,又对宋词本事的真实性提出了质疑。其他诸如此类、质疑本事真实性者不绝如缕;直到现在,仍有不少人认为本事材料多出自后人的牵强附会。

此外,也有人从本事考索的方式入手,对本事的真实性提出质疑。如葛兆光分析背景批评的困境,曰:"首先,一个难题是诗歌写作背景并不都能考证清楚。且不说史料'代远多伪',就是不伪,正统的纪传、编年、本末体史书又有多少篇幅来记载诗人? 诗集的编年与年谱的编撰常常不得不依靠诗歌的提示,诗题的线索,语词的象征来猜测,可那些提示、线索、象征又有几分可靠? 对古代诗人生平和诗歌精细的编年虽然是很多学者的理想,但相当多的'考订'却仿佛在猜一个没有谜底的谜,各抒己见却莫衷一是,史料匮乏使背景考证捉襟见肘,只好付诸阙如,猜测自由又使编年系诗往往大胆妄为,凭着感觉强作解人。"③显然,这种困境也属于本事批评。如《本事诗》所载"吴武陵"材料就是这样。其所引诗歌在《全唐诗》中为于邺所有,题作《下第不胜其忿题路左佛堂》。而《于邺诗集》是南宋以后人据《于武陵诗集》所改,故此诗本应为于武陵所作。本事建

① 《唐音癸签》,第 299 页。
② 唐圭璋编《词话丛编》,中华书局,1986 年,第 4295 页。
③ 《汉字的魔方》,第 10—11 页。

构者既把作者误为吴武陵，又根据诗题搜寻与此相关的作者信息，建构了此一本事。由此一来，则诗歌归属的错误就直接导致了本事的错误①。

在此基础上，还有人根据本事记录的情况，否认本事的真实可信。如周裕锴说："'本事'这个概念至少有两个内涵，一是指客观发生过的真实事件，一是指经人用文字记录下来的事件……由于故事是经人记录或讲述的，会因记录者、讲述人的历史局限而产生差异，所以同一个文本可以拥有不同的本事。换言之，决定本意的'本事'自身也可能是不确定的，不仅后人的记载会出现几种不同的版本，而且作者自己有时也会记错弄混本文的背景。"②葛兆光则认为："背景是批评家视野里重构的历史，是按照批评家的理解与分析对一系列事件材料的排列组合与解释，但它并不是真实的历史本身，属于历史的那些事件早已逝去，属于历史的诗人也早已死亡，时间带走了他们复杂的精神与微妙的心灵，留给批评家的只是诗歌文本和相关的一系列'历史叙述'，但正如 H.怀特在《叙述的热门话题》里所说的，历史叙述早已将历史事实剪裁过了，所以它并非事实，'而是告诉我们对这些事实应当向哪个方向去思考并在我们思想里充入不同的感情价值'。"③这样一来，就又否定了一切历史叙述的真实性；而本事作为历史叙述的一种，显然难逃其外。

然而这些观点究竟能否成立？本事的真实性是否必须等同于历史的真实性？笔者的态度是怀疑的：

首先，必须承认本事材料是一种历史叙述，既然是叙述，就难免会带上叙述者的印记，由于叙述者的局限而出现偏差和误识；其次，也要承认本事的勾稽往往建立在诗题、编年和作者身世等材料上，材料的可靠性也会影响本事的真实性；再则，不少本事材料会在口耳相传中形成异文，甚至与历史事实相抵牾；还有的时候，本事的叙述会

---

① 此结论参考余才林《唐诗本事研究》，第 400—401 页。
② 《中国古代阐释学研究》，第 241—241 页。
③ 《汉字的魔方》，第 12—13 页。

带有明显的神异色彩和想象之辞，这也是不容否定的事实。然而问题在于，本事的价值究竟是在提供一份准确无误的历史事实，还是告诉我们导致诗歌创作的基本事实？如果答案是后者，那么只要决定诗歌创作的那部分事实符合诗歌创作的本来情况，本事就能实现其阐释价值；至于某些无关紧要的细节失实，并不影响本事的批评价值。以孟启《本事诗》所录"乔知之"条为例。此条本事在《朝野佥载》、《隋唐嘉话》和《本事诗》中都有记载，而三条记载的事件基本相同，只是在女主角的名字上所记不同，一者为碧玉，一者未记名，而另一条则记为窈娘。那么，我们能否因为这一细节的无法确定而否认整则材料的真实性呢？答案显然是否定的。因为对于此诗的解读来说，女主角的姓名并不重要，其是否可知，完全不影响对诗义的阐释。又"白居易杨柳枝"条也是这样。尽管在《本事诗》中，其所记本事与史实略有出入，如将植柳的西南角误为东南角、将移柳的时间从武宗朝变成宣宗朝；但从事件的整体情况看，本事材料的介绍，又与卢贞《和白尚书赋永丰柳》序完全相同，符合白诗创作的原本情况，因此可实现对诗歌本义的阐释作用。

其次，本事作为诗歌创作的触发事件，其实不一定要符合历史真实，而只需符合艺术真实。换句话说，触发诗歌创作的事件既可以是客观存在的事实，也可以是作者脑海中建构出来的一个画面，或者是作者听到的某个神奇古怪的故事。例如《本事诗》中的"孔氏死而赋诗"条材料就是这样。归根结底，诗歌的创作者是在听闻了五子受虐的悲剧后，想象孔氏出墓赋诗的画面，拟托孔氏的口吻作诗。从现实的角度看，孔氏的破墓而出显然不可能是事实；但作为诗人创作中的艺术想象，这种情况却又完全可以出现。这时候，材料通过直接叙述孔氏破墓的画面，直指诗人创作时脑海中所营造的氛围，更能令读者身临其境，直接体会诗人的创作本意。这样的做法表面上看与本事的真实性相违背，实际上不仅不会破坏本事的批评价值，还会强化本事的批评效果。从这个角度来讲，本事的真实性不等于历史的真实性，本事的价值也不在证史而在解诗，因此其叙述中所存在的某些失实，并不影响本事批评的效果。

（二）本事能否决定本意？

本事批评认为本事决定本意，本意等于本义，因此要阐明作品本义，关键在于找到对应的诗歌创作本事。然而事实上，本事是否决定本意？能否决定本意？这是一个令人质疑的问题。

首先，诗歌创作本身是一个十分复杂的过程。尽管从根本上说，诗歌创作是诗人"触事兴情"、"情动于中而形于言"的结果；但具体来说，触事兴情的过程却十分复杂，贯穿于整个诗歌创作的始终。其次，在创作动机产生的阶段，外在事件触发了作者的情感，是情感产生的根源。不过，这种情感通常不会立刻喷涌而出，发而为诗，而是在诗人心中经过一段时间的反复酝酿。直到某一刻，这种情感突然被某种外物触动，引发了创作冲动。这是第二次的触事兴咏。此时，"事"是情感触发的媒介，虽不决定情感的根本内涵，但却决定情感的表现形式。此后，诗歌创作进入文字表达阶段。表面上，触事兴咏的过程已经完成；实际上，整个创作过程都处于不断的"触事兴情"之中。正如刘勰所说："是以诗人感物，联类不穷，流连万象之际，沉吟视听之区；写气图貌，既随物以宛转；属采附声，亦与心而徘徊。"[1]诗歌创作本身并不是从"事"到"情"的简单反映，而是"事"与"情"不断融合、相互作用。这时的"事"已不再是客观存在的外物，而是伴随情感的流动而形成的各种"物象"，以帮助诗人实现情感的表达。这是另一个层面的触事兴咏。由此可见，在整个诗歌创作的不同阶段，触事兴咏有着不同的性质和内容。从性质上说，有的"事"是情感产生的根源，决定诗人的创作意图；有的"事"是触发情感的媒介，影响情感的表现形态；有的"事"则是诗人表达情感时触类联想的各种物象，可视为情感表达的工具，但事实上又会在一定程度上影响情感的具体内容。从内容上说，所谓"触事兴咏"的事也十分复杂。有时它是客观存在的"物"，包括自然景物和人文景象；有时则是客观存在的事，包括社会的政治性事件和个人的私密性生活；还有的时候，它可能是一种普遍的伤时之感，或者诗人所看到的一首诗、一个故事。从

---

[1] 《文心雕龙注》，第693页。

时间上说,这些事件的关系也十分复杂。它们既可能同时存在、同时作用,也可能发生于两个完全不同的空间。因为情感的表达既然有一个酝酿的过程,那么决定诗歌情感的事件就可能并非发生于诗歌创作的当时。这样一来,要想恢复诗歌创作的原本状态,弄清作者情感的根源,显然十分困难。本事批评的做法,往往是通过确定诗歌创作的时间、地点等背景因素,来考稽相关的本事,但这种做法显然不一定准确。正如清人吴雷发在《说诗菅蒯》中所说:

> 诗贵寓意之说,人多不得其解。其为庸钝人无论已;即名士论古人诗,往往考其为何年之作,居何地而作,遂搜索其年、其地之事,穿凿附会,谓某句指某人,某句指某事。是束缚古人,苟非为其人、其事而作,便不得成一句矣。且在是年只许说是年话,居此地只许说此地话;亦幸而为古人,世远事湮,但能以意度之耳。若今人所处之时与地,昭然在目,必欲执其诗而一一皆合,其尚可逃耶? 难乎免矣。①

另一方面,在史籍中记载下来的、可供后人考稽的事件,往往都局限于社会政治性事件。这样一来,就又出现了另一个问题,那就是葛兆光所说的:"把诗人复杂的写作心理简化为背景到意义的机械过程,把诗歌广泛的表现领域缩小为政治或时事的专门栏目,这对诗人与诗歌是'充分的理解与尊重'还是画地为牢对他们的贬抑?"②这一质疑,显然指出了本事批评所存在的一个严重问题。更何况在诗歌创作过程中,影响作者情感的事件本来就包含有几个层面。有时,决定创作情感的事件就是触发情感表达的媒介;有时,触发情感的媒介只是诗人表达情感时所托拟的一个物象。在这种情况下,我们也很难区分诗人的创作究竟是"指事陈情,意含风喻",还是"托物假象,兴会适然"。因此,即使了解了诗歌创作本事,也很难判定诗歌主旨。

其次,从诗歌创作的心理来说,诗人的本意也十分复杂。正如袁枚《再答李少鹤》所说:"诗人有终身之志,有一日之志,有诗外之志,

---

① (清)丁福保编《清诗话》,上海古籍出版社,1978 年,第 903 页。

② 《汉字的魔方》,第 15 页。

有事外之志，有偶然兴到、流连光景、即事成诗之志。'志'字不可看杀也。"①因此，即使了解诗歌创作的本事，我们也无法判断作者的"志"究竟属于哪个层面。

再则，诗歌创作是一个十分复杂的情感表达过程，其中包含有极其复杂的心理活动。这些心理活动，有时是作者自己都无法把握的。正如陆机在《文赋》中所说，诗歌创作中既有"来不可遏，去不可止，藏若景灭，行犹响起"②的灵感，又有"精骛八极，心游万仞"③的构思。而这些，显然不是作者在创作之前可以决定、安排的。又如刘勰《文心雕龙·神思》曰："神居胸臆，而志气统其关键；物沿耳目，而辞令管其枢机。"④在具体的创作过程中，作者的理性可能完全被创作的冲动所裹挟。这时作者已完全处于迷狂状态，显然无法顾及作品的内容是否完全与最初的情志相一致。由此可见，在诗歌创作过程中，作者自己也无法控制自己的表达。有时是意不称物，文不逮意，有时是言过其实，情溢于外。在这种情况下，我们很难判断作者想要表达的情志是否与其所表达出来的情志相吻合。这样一来，根据本事来解读的只是作者在创作之前所意欲表达的本意，并非作者在作品中表达出来的本意。从这一点来看，本事对本意的决定作用也令人质疑。

最后，不论是在诗歌创作当时就记录下来的本事，还是后人在诗歌解读时所勾稽出来的本事，从根本上说，都经过了记录者的重构。正如葛兆光所说，"重构于批评家之手的背景正如 M.福柯《知识考古学》所说的包含着荒谬的'精神产品'，尽管靠近了诗人，但依然无法重现历史的血色和心灵的生命，更何况诗人正属于最复杂多变的那一类心灵，诗歌正拥有最微妙难测的那一类情感，把'背景'之因与'意义'之果硬叠合在一起难免犯刻舟求剑的错误"⑤。这一点，是本

---

① （清）袁枚著《小仓山房尺牍》，《袁枚全集》第五册，江苏古籍出版社，1993 年，第208 页。

② 《文赋集释》，第 241 页。

③ 《文赋集释》，第 36 页。

④ 《文心雕龙注》，第 493 页。

⑤ 《汉字的魔方》，第 13 页。

事无法决定本意的根本原因。

（三）本意是否等于本义？

本事批评将作者本意视为作品本义，这种做法也遭到了批评者的普遍质疑。具体来说，质疑包括以下几点：

首先，人们认为这种做法在一定程度上蔑视了读者的主体性。如陈维昭就认为："本事解经模式的一大动机就是防止释义的发散性、解释性，确保释义的封闭性，确保不同阅读主体对经典形成一致的理解……这种释义封闭性和还原性的规定，显然无视阐释主体的个体性。因而，从'作者—作品'的维度看，本事批评凸现了作者创作经验与作品的关系；从'作品—读者'的维度看，本事批评显然蔑视了读者的主体性。"①显然在陈维昭这里，所谓"读者的主体性"，其实是站在接受美学的角度，认为读者的理解在一定程度上决定了作品的意义。也就是说，读者对作品的解读可以直接越过作者，充分调动自己的生命体验，发挥自己的艺术想象力，用自己的审美经验创造作品、发掘作品中的种种意蕴。然而本事批评却强调作者的本意为作品本义，这样一来就否定了读者对于作品含义的决定作用。这种说法，显然有一定道理。

其次，也有人认为这种做法取消了作品的自足性，破坏了作品的含蓄韵味。如葛兆光就提出："诗歌是一个自给自足的文本……特别是那些历久弥新、传诵不绝的抒情诗歌，它并不是传达某一历史事件、某一时代风尚，而只是传递一种人类共有的情感，像自由、像生存、像自然、像爱情等等，它的语言文本只须涉及种种情感与故事便可为人所领会，一旦背景羼入，它的共通情感被个人情感所替代，反而破坏了意义理解的可能。"②周裕锴也认为："当诗和词都变得本事很清晰、本意很确定的时候，文字的隐喻性、象征性、多义性则渐次消

---

① 陈维昭，《"自传说"与本事注经模式》，《红楼梦学刊》，2003 年第 4 辑，第 28—29 页。

② 《汉字的魔方》，第 23 页。

失，'意在言外'的寄托因本事的指正而'意尽句中'，'见仁见智'的文义因本意的确认而'必有所指'，诗歌含蓄蕴藉的艺术魅力也因此大大降低。"①这些评价显然很有道理，但又有些矫枉过正。事实上，大多数诗歌创作都表达了个体生命的独特体验，具有鲜明的个性色彩。若不知本事，则抹杀了诗歌的特殊意味；又有些诗歌表面上看并无深意，然一旦回归本事，则体现出表达的巧妙与趣味；还有些诗歌本身并无大多价值，而本事的趣味却增加了诗歌的感染力。从这个角度看，本事的羼入显然保护了作品的个性。再则，本事批评一般只提供诗歌本事、不说明本意；本意的获得需要读者自己去体会。从此角度来看，本事批评并未否定读者的主体性。又本事批评认为作者本意为诗歌本义，但并不否定诗歌本身包含有多种含义。这一点，从古人一方面强调"知人论世"以解诗，一方面提倡"断章取义"以用诗的行为中就可以看得十分清楚。总之，由以上分析可知，本事批评既没有破坏作品的独立性，也没有取消读者的自主性。

　　事实上，本事批评不仅没有取消读者的自主性，还以读者的主观理解为前提。读者的理解既决定本事考稽的范围，又决定本事讲述的具体方式。因此，尽管本事批评的目的是恢复客观存在的作者本意，实际上却带有强烈的主观色彩。正如周裕锴所说，本事批评"并未消除他们在阅读与理解时的'见仁见智'，多元化诠释仍以一种'本事多元化'的形式顽强地表现出来"②；张金梅则进一步提出："对作者本意或意图的把握，说到底还是解释者的揣测。所以美国瓦萨学院教授迈克尔·默里说：'其实，极端的读者中心理论只不过是作者中心理论的颠倒。然而它的思维和形式与这种颠倒的中心理论没有什么两样。'反之亦然。这意味着解释的客观性，自一开始就具有很浓厚的主观性色彩。"③以此为基础，张金梅还对本事批评的潜在危

---

　　①　《中国古代阐释学研究》，第 243 页。

　　②　《中国古代阐释学研究》，第 242 页。

　　③　张金梅，《本事批评：赫施意图主义批评的一个范本》，《宁夏大学学报》（人文社会科学版），2006 年第 6 期，第 62 页。

险进行了预见,认为本事批评表面的客观性会导致解释者坚信自己采集的本事和揣度的本意是"唯一"正确的,因而排斥其他看法。这样一来,所谓阐释的客观有效性,就在解释者这种顽固的、坚持己见的看法中,离正确的客观意义越来越远了。这种预见,显然为我们更好地使用本事批评提供了借鉴。

第三章　本事批评的集大成者
——徐釚《续本事诗》

　　本事批评发展到清代，出现了另一部名为《续本事诗》的专门之作，其作者为徐釚。徐釚(1636—1708)字电发，号虹亭、菊庄、枫江渔父、江南吴江(今属江苏)人。他的一生，经历了明末的混乱，目睹了南明的昏聩。四十三岁前"潦倒场屋"，四十三岁后仕清修史，旋即南归、混迹山水。作为诗人、词人，徐釚著有《南村草堂稿》、《菊庄词》；作为诗词理论家，他的《续本事诗》和《词苑丛谈》"相为表里"，为时人所盛赞①；作为曾经参与编修明史的史臣，他对诗、史关系尤为究心，不仅在理论上强调诗史相通，而且在实际创作和批评中都力求以诗存史。可以说，徐釚既有深厚的史学修养和诗学才能，又有本事批评的自觉意识，因此才有了《续本事诗》的编撰与完成。从本事批评的角度来说，这部书是继孟启《本事诗》之后出现的本事批评的集大成者，其诗学价值不容低估。不过可惜，学界对此研究甚少②。在这种

---

　　①　参见(清)徐釚撰，唐圭璋校注《词苑丛谈》，中华书局，2008 年，第 1 页。尤侗《词苑丛谈序》曰："年友徐子虹亭，词人之翘楚也，向曾续孟启《本事诗》，予为作序。今复辑《词苑丛谈》一书，盖撮前人之标而搜新剔异，更有闻所未闻者，洵倚声之董狐矣。殆与《本事诗》相为表里，予故重为之序。夫古人有诗史之说，诗之有话，尤史之有传也。诗既有史，词独无史乎哉。愿以传之海内，且为他日艺文志中增一则佳题也。"

　　②　到目前为止，徐釚《续本事诗》仍无校注本，整理本仅有 1991 年李学颖标点、上海古籍出版社出版的标点本，发行量仅四千册，受众面极窄。关于《续本事诗》的研究文章也很少。1990 年，钟来因《论〈续本事诗〉——兼论明清爱情诗的主要范围》发表于《东南文化》第 4 期，但未讨论《续本事诗》的批评价值。2010 年，苏州大学周雪根的博士论文《清代吴江诗歌研究》的第八章《徐釚与潘耒》中论及《续本事诗》的内容和特色。2012 年，苏州大学陈慧丽的硕士论文《清初诗人徐釚研究》也提到《续本事诗》，但都着墨不多。2015 年辽宁大学曲笛的硕士论文《徐釚〈本事诗〉研究》虽将《续本事诗》视为诗纪事类著作而论其批评价值，但失之过浅，有待深入。

情况下,我们有必要对徐釚《续本事诗》的性质和地位作进一步的探讨。

第一节　徐釚与《续本事诗》

徐釚是明末清初吴江人。"生平好古博学。弱冠,天才骏发,摇笔数千言,龚芝麓尚书奇赏之。尚书临殁,谓梁真定祖国曰:'负才如徐君,可使之不成名耶?'后卒与荐举。"①康熙十八年(1679 年),徐釚以博学鸿词入翰林,参与编修明史。康熙二十六年(1687 年),徐釚买棹南归,从此屏迹荒村,校雠书史、吟弄小诗。如徐釚自己所言,其"在史馆为时无几,而分纂录呈者几二百篇",但"仅存数稿,然舛误缺略供人指摘者多矣"②。也就是说,由于各种原因,徐釚的史学才能并没有在史书编撰中得到充分发挥。

然而幸运的是,他的史学修养在诗文创作和理论批评中都留下了深刻的印迹。在徐釚的诗文集中,我们可以看到颇具史识的创作。有时,他直接用诗歌形式表达自己对历史事件的看法,如《题王夫人殉节传后二首》《读史有感赋二绝句》;有时,他则在登临咏怀之作中融合对历史的感慨,如《岳鄂王墓》《聊城》。他对历史的议论极为精辟,而对典故的使用也十分精当,这都是史学修养对其文学创作的影响。除此之外,徐釚对诗、史关系的见解也十分独到。在他的诗文集中,可以看到很多类似的探讨。

例如在《十七代诗选序》中,徐釚开门见山地说:

> 舜典曰诗言志也,此诗之本也。王制命太师陈诗以观民风,此诗之用也。荀子论小雅曰疾今之政以思往者,其言有文焉,其声有哀焉,此诗之情也。故诗者,王者之迹也。自王者之迹熄而诗亡,诗亡然后春秋作,说者谓王室既东,文武道衰,板荡之世,

---

① （清）李元度著《国朝先正事略 2》,岳麓书社,2008 年,第 1145 页。
② （清）徐釚著《南州草堂集》,《续修四库全书》第 1415 册,上海古籍出版社,2013 年,第 410 页。

山崩川竭，诗人告哀，多悲愁激烈之言，君子谓可以史不可以诗，于是董狐倚相左丘明之徒出，而诗遂亡。诗之亡也，国家之不幸也。余以为不然。夫所谓诗亡，非诗之亡也，作诗之教亡也。盖作诗之教，未有不本于温柔敦厚者也。太史公曰"国风好色而不淫，小雅怨诽而不乱"，非温柔敦厚之则欤，故诗有正变，代有升降，而其所以为诗者，则故未尝亡也。①

在这段话中，徐釚首先用简洁明了的语言归纳了诗之本、诗之用和诗之情，然后引用了"诗亡然后春秋作"的著名论断，并引入一般人的理解，即：诗本来是言志以观民风和陈王迹的，可惜东周之后文武道衰，诗人表达情感过于激烈，于是诗的地位被史取代，进而走向消亡。对于这种理解，徐釚并不赞同。他认为所谓"诗亡"并非诗真的消亡了，而是诗歌本应遵循的"哀而不伤、色而不淫、诽而不乱"的传统被抛弃了。这是徐釚对"诗亡"的理解。那么，什么是"诗亡然后春秋作"呢？徐釚在《与陈伯玑书》中继续说到：

　　诗之与史相通也。春秋始作出于三代，故有殷夏春秋，其所记太丁时事也。孔子曰"属辞比事，春秋教也"。孟子曰"晋之梼杌、鲁之春秋，其义一也"。墨子所见，盖有百国春秋。至孔子尊鲁史以作春秋，是为一王之法，故千载不刊，比于六经。今先生所选，亦昭代之诗非若夏殷明矣。愚意于属辞比事之间尤当以孔子为法，不宜随俗俯仰，邻于前人所选，仅同晋乘楚梼杌之例，是则愚所效一得之见于先生者也。②

在徐釚看来，所谓"诗亡然后春秋作"的"春秋"并非指殷夏春秋或百国春秋，而是孔子尊鲁史而作的《春秋》。这部《春秋》遵循了"属辞比事"的春秋教义，是真正意义上的史书。它强调"微言大义"、"以一字寓褒贬"，以冷静、内敛的方式观民风、陈王迹，而这和传统的温柔敦厚的诗歌在内容和手法上都是一致的。因此，所谓"诗亡而后春秋作"，不仅强调诗和史在内容上的相通，更强调温柔敦厚的诗歌传

---

① 《南州草堂集》，第 379 页。
② 《南州草堂集》，第 395 页。

统和属辞比事的史书传统的相通。这是徐釚的诗史观念,也是其对"诗亡而后春秋作"的独到见解。

其实,徐釚不仅在理论上强调诗、史相通,而且在实际创作中也具有鲜明的以诗存史的意图。其在《南州草堂自序》中所说:

> 余遂漂泊四方近二十年,中间羁枯菀结、潦倒颓唐、连困南北锁闱,涉水登山,呻吟俯仰,不无穷途之感。幸而遭逢圣主,拔置禁林,载笔史官。自请假以至还署,前后又十余年。复以不才左谪,放归田里。今忽忽老矣,回忆囊时累唏呜咽,顾影自怜之情,亦有不自觉其沉郁顿挫者,故从含哺击壤咏歌尧舜之余类,集诗若文诸稿,删之,存如干卷,以志毕生遭遇如此。①

徐釚一生创作诗词,最后以时间顺序编排成集,其目的不过是"以志平生遭遇"。换句话说,其创作诗文不仅仅是为了获得艺术快感,更希望借此保存和展示自己的生命轨迹。因此,我们在阅读徐釚的诗文集时,得到的也不仅仅是艺术享受,而是仿佛在阅读徐釚的人生。然而,为什么徐釚会在诗文创作中着意于保存一己之行迹呢?原因可能很多,但归根结底则与其在史馆的经历有关。正如潘耒所说:"往余与徐子虹亭同在史局,得尽观馆中所贮天下书籍,尝叹有明词臣不下千人,而其集有传世者数十人而已。明初以征辟取士,王宋汪赵之徒出焉。其卓然有集者十数人,声名长在天壤,其余无所表见,则遂索然泯灭。甚至欲详其爵里氏系不可得。立言之不可以已也如是夫。今吾同举而同官者五十人,屈指六七年来,迁除者几人、罢免者几人、物故者几人,若星之流,若蓬之漂,千百年后考论其人,不将如今之视昔耶。"②朱彝尊亦曰:"明之初召修元史者先后三十人,其仕而达者或不能举其乡里官阀,盖有断简零墨无存者。而汪克宽赵汸诸儒,其诗文经义流传至今,果其孰失而孰得。"③史馆的经历,使徐釚他们产生了一种强烈的身份焦虑,正是这种焦虑使他们致

---

① 《南州草堂集》,第218页。
② 《南州草堂集》,第229页。
③ 《南州草堂集》,第216页。

力于诗文,企图以此留下雪泥鸿爪,并见知于后世;也正是这种焦虑,使徐釚以编年的方式整理自己的诗文,并常常自注本事,以使相关事实更为明晰。

不仅如此,徐釚在诗词批评著作中也具有鲜明的存人存史的意图。如其编纂《续本事诗》,采集自明初以迄清初之"其事有足征述"的牵情之作,以诗序、诗注的方式记录本事,其目的亦在存人存史。正如其在该书《略例》中所说"宫掖之作,如《长恨歌》、《连昌宫词》之类,虽或寄慨兴亡,然皆述内庭之事,余故间为采入"①、"歌童人宠,一曲动人,灯残月落,犹令人按拍寻味不已……故如龟年、贺老之流,余亦采入"②。《续本事诗》正是通过编选诗歌和记录本事,描绘出白头宫女、歌儿舞女乃至才色兼备的风情女子与文人纵情诗酒、惺惺相惜的人生故事,以一个个鲜活的生命和感人的故事,描绘了一幅独特的历史画卷。作为历史,真实性十分重要,因此"小说家所记事多失实,且诗杂鄙俚,仅可充委巷流谈者,总无明证,并不混载"③。同样地,徐釚编撰《词苑丛谈》,"或词以人传,或人因事显"④,因此被视为"倚声之董狐"⑤。他自己在该书凡例中亦强调"传疑传信,良史固然。词虽小道,偶有寄托,然说分彼此,亦足贻误后人。予细加详考,归于画一。诞妄贻讥,差谓能免"⑥,可见其在编纂时亦以良史为准则。至于《南州草堂词话》,更是徐釚以当时人记当时事,因此在保存词人、词作及其本事方面做出了卓越贡献。总之,不论是徐釚的诗文创作,还是其自注诗文并为之编年,抑或其记录诗词本事,都具有鲜明的存人和存史意图,而这恰恰是作为史官的徐釚力求在史书编撰中实现而不得的。

值得注意的是,徐釚的以诗存人和存史与其他人不同,其所存之人既非帝王将相,也非村夫农妇;所存之事既无关乎兴国治乱,也与民间疾苦毫无干涉。相反,其所关注和记录的是包括自己在内的普

---

① (清)徐釚撰,李学颖标点《续本事诗》,上海古籍出版社,1991年,第43页。
②③ 《续本事诗》,第44页。
④⑤⑥ 《词苑丛谈》,第2页。

通文人的生活,这些文人大多任情纵诞,流连诗酒,以浇心中块垒。徐釚记录这些诗事,则不仅为浇一己之块垒,更为了以诗存史,反映当时的文人处境和士林风气。这种诗史观念,与其挚友尤侗十分相近。尤侗曾说:"梅村有《圆圆曲》……当平西盛时,士大夫称功献颂,趋之如鹜,而梅村独能讥切如此,可谓先几之哲矣。身遭鼎革,触目兴亡,其所作《永和宫词》、《琵琶行》、《松山哀》、《鸳湖曲》、《雁门尚书》、《临淮老妓》,皆可备一代诗史。"①检视徐釚《续本事诗》,我们发现其所选诗歌亦多此类,由此也可证明其以诗存史的性质和地位。

《续本事诗》又名《本事诗》。徐釚自序曰"因传《本事诗》,愿续断肠句"、《略例》曰"集名《本事诗》者……其事有足征述者,萃为一篇,名之曰《本事诗》"②,均以《本事诗》为是。而此书卷八,徐釚论及"徐郎本事从珍重"一诗曰"谓余所辑《续本事诗》也"③,则又有《续本事诗》之名。本文为讨论方便,亦称《续本事诗》,以与孟启《本事诗》相区别。

《续本事诗》的编撰始于康熙十年(1671年),即:

> 集名《本事诗》者,己酉、庚戌间,余客燕、齐,尘土满面,跅弛纵酒,颓然自放。辛亥归憩菊庄,夏六月暑甚,坐卧竹林,回思曩日与伯紫、方虎诸君旗亭倡和,恍惚如梦。偶有编辑,昉自明初暨国朝诸家诗歌,其事有足征述者,萃为一编,名之曰《本事诗》,稍资一时谈柄,以为是可诵之尊前酒边云尔。④

如上所言,《续本事诗》的编撰始于辛亥,而在此之前,徐釚经历了一段客游燕、齐的生活。从"尘土满面,跅弛纵酒,颓然自放"的描述看,这段生活并不快乐;相反,在纵酒自放的背后隐藏着尘土满面的艰辛和不得出路的颓废。正是在这种情况下,徐釚归憩菊庄,对当年诗酒唱和的生活进行了回顾,同时编撰《续本事诗》,将"其事有足征述"的明初(实际上包括元末)至清初诗歌萃为一编。其目的,表面

---

① (清)尤侗著《艮斋杂说》,上海古籍出版社,1996年,第99页。
② 《续本事诗》,第42—43页。
③ 《续本事诗》,第281页。
④ 《续本事诗》,第43页。

上是"资一时谈柄",实际却是"借他人之笔墨,浇一己之块垒"。这一点,徐釚在《略例》中已有明言,即:"诗人逸事,间采诸家诗话及《列朝诗集小传》中,为之节略其一二。大抵纵情任诞者居多,录之借以消磨魄垒。"①在《续本事诗》中,诗人大多与徐釚一样,有才气抱负而不得施展,因此纵情于诗酒声色以自放。如王廷陈"削秩免归。屏居二十余年,嗜酒,纵倡乐,益自放废"②、李以笃"才高沦落,好游狭邪"③。他们的诗歌,则往往以闲情艳语表达着无可奈何,有自伤怀抱、寄寓哀怨之意。如徐贲"自伤离乱,又遭逢迁谪,故闲情之作,亦复酸楚"④、孙蕡"悼香粉之零乱,写溟漠之幽姿。窃高唐、洛神之意,为诗纪事,非独慰云,亦以自悼云尔"⑤。因此,选编这些诗人诗作,再现明清时期尤其是易代之际(包括元明易代和明清易代)的士人心态和诗坛风貌,借以消磨块垒,这是徐釚编撰《续本事诗》的直接目的。

　　然而,似乎有意掩盖其目的,徐釚仅以一句"稍资一时谈柄,以为是可诵之樽前酒边云尔"淡化此书的性质,同时又强调"是编采兴偶辑,非关宦渺,两月之内,便拟杀青"⑥,说明此书的编撰仓促。按此说法,则《续本事诗》开始编撰于康熙十年(1671 年)六月,同年八月即已完稿。然而,从徐釚所作《略例》的落款日期看,该书的体例直到康熙十一年(1672 年)腊月才得以确定。在此前后,徐釚还多次与王士禛磋商,对《续本事诗》的材料进行选择诠次。如吴中立在康熙四十三年(1704 年)的跋文中提到王士禛的自述:"此余老门人徐检讨电发钞撮。三十年前,余曾与之抉择诠次,自元讫明迨本朝,分前后两集,合为十二卷。"⑦由此逆推,则很可能迟至 1674 年,《续本事诗》仍未定稿。又王士禛在书劄中提到:"此书本出虹亭数十年苦心撰著,不佞安敢掠美,得附名参订足矣。"⑧一句"数十年苦心撰著",已

---

①⑥　《续本事诗》,第 44 页。

②　《续本事诗》,第 125 页。

③　《续本事诗》,第 246 页。

④　《续本事诗》,第 84 页。

⑤　《续本事诗》,第 94 页。

⑦　《续本事诗》,第 40 页。

⑧　《续本事诗》,第 38 页。

说明徐釚此书绝非一时之作,而是经过了长期的搜集和整理。这一点,在《续本事诗》中亦有内证:

> 赣叟自称钟山遗老,与方文、林古度齐名。白发当歌,红牙听曲,说青溪旧事,娓娓不倦。一日与大梁周在浚、苕溪徐倬暨仆辈痛饮燕市城西,有绝句云:"风雅松陵胜昔时,力裁伪体出偏师。徐郎本事从珍重,始信无情未是诗。"谓余所辑《续本事诗》也。①

在《续本事诗》的材料中居然有关于《续本事诗》的讨论,可见此书尚未定稿就已在朋友圈中广为流传了。这就再一次证明:徐釚此书绝非乘兴偶辑的速成之作,而是有明确的编撰目的和计划、历经数十年的搜集整理才得以完成的苦心撰著。他的编撰苦心,集中表现在内容的选择和体例的安排上。

第二节　《续本事诗》的内容与体例

《续本事诗》的内容十分丰富,其中有诗,有事,有话,有评,还有诗人小传。然而就整体而言,还是以诗、事为主。

(一)诗歌的诠选

《续本事诗》共十二卷,收录元末至清初的诗人诗作一千三百余首(包括附诗和诗注中提到的诗作),从形式上看就是一部诗选。作为诗选,《续本事诗》的选诗标准是什么? 钟来因说是爱情,他说:"《续本事诗》虽有诗话、诗人小传、诗歌品评,但却以诗为主,属于诗选本。《续本事诗》选元末、明、清初 311 位诗人的爱情诗,可以说是关于元、明、清三朝的一部爱情诗总集。"②然而在《续本事诗》中,有太多诗歌与爱情无关。如杜濬《秦淮灯船鼓吹歌》与汪懋麟《秦淮灯船歌》,就是借灯船写南京昔日的繁华豪奢对比当前的荒凉寥落,深

---

① 　《续本事诗》,第 280—281 页。
② 　钟来因,《论〈续本事诗〉——兼论明清爱情诗的主要范围》,《东南文化》1990 年第 4 期,第 272 页。

寓易代之悲,与爱情何干? 又如高启《听教坊旧妓郭芳卿弟子陈氏歌》、杨基《听老京妓宜时秀歌慢曲》、张羽《听老者理琵琶》等,都是抒发年华已老、盛世不再的悲凉,又何谈爱情? 因此,把"爱情"视为徐釚选诗的标准,实在是说不通的。

那么,《续本事诗》的选诗标准究竟是什么? 这个问题,徐釚在自序中早已明言,那就是:"其事有足征述者,萃为一编。"换言之,徐釚所选的诗歌都是本事之诗。有无本事,是决定诗歌能否入选的关键。如汤显祖《遥和诸郎夜过桃叶渡》自注"有本事",因此被收入《续本事诗》中。不过,有无本事对诗歌来说究竟意味着什么呢? 孟启《〈本事诗〉序》曰:"其间触事兴咏,尤所钟情,不有发挥,孰明厥义?"[1]也就是说,有本事的诗歌往往是钟情之作,因此不知本事,就不能准确理解其情感内涵。基于此,孟启强调诗歌本事的阐释价值,以本事解诗,开创了"旁采故实"的本事批评模式。而徐釚作为一个诗人,不仅看到了本事解诗的价值,而且看到了本事之诗的情感特点。他说:

> 盖闻文通叠恨,斑管催题;孝穆牵情,玉台留咏。是以豪家破镜,传来公主短诗;别殿分钗,歌就乐天长句。楼头燕子,红粉都非;江上琵琶,青衫欲湿。斯皆谱新词于乐府,谈往事于尊前者也。夫洛妃乘雾,佩深交甫之遗;宋玉窥墙,目送东邻之子。是耶非耶,如听哀蝉;珊乎迟来,恍闻落叶。避风欲筑,难留赵后之裙;泪雨空垂,谁拥樊家之髻。若乃烟迷龙塞,远嫁明妃;露冷雀台,长怀魏武。绮阁之金莲已邈,后庭之玉树依然。他如蟋蟀机边,愿寄流黄之锦;蘼芜山上,难成翡翠之巢。颜随芳草俱埋,人传碧玉;魂与落花同陨,代有绿珠。欲识凤凰,天下空闻萧史;漫求鸾鹤,人间讵闻兰香。此奉倩所以伤神,而潘岳因之作赋。下此则笙歌北里,攀回油壁之车;鼓吹西楼,看罢柘枝之舞。恨不留诗于崔护,妒杀桃花;谁能系马于章台,生憎杨柳。而况西陵松柏,惯结同心;禾水鸳鸯,真成比翼。醉忆扬州之梦,敢记烟花;醒惭巫峡之魂,终迷云雨。春风一曲,最怜刺史情多;香雾两

① 《本事诗校补考释》第29页。

行,谁说司空见惯。尔乃桃根桃叶,空余怨粉啼香;兰桨兰桡,只胜晓风残月。未免有情,谁能遣此!于是歌翻白苎,檀槽与象管同催;酒渍红裙,锦瑟并霓裳迭奏。何戡犹在,忆旧曲于花前;贺老云亡,叹新声于月下。绛纱缥缈,不嫌长笛之赋马融;翠帐低徊,恰似短箫之吹嬴女。甚至歌怜何满,时时误识樱桃;情比鄂君,夜夜偷熏绣被。卧秦宫于花底,错赐缠头;羡霍氏之家奴,无劳半臂。既云钟情自在吾辈,何妨识曲便记当年。用缀乌丝,爱披白雪。朱研花露,点薛涛濯锦之笺;墨传松梅,写张泌妆楼之记。惟广搜乎佳什,更遥集乎名篇。远传玉山堂上之人,闲吹铁笛;近接红豆庄前之叟,坐爱银筝。休弹出塞从军,身非荡子;漫说开元天宝,情类宫人。谱以新题,且向鬓丝禅榻畔;编成佳话,聊资歌扇酒旗傍。如云逸致堪标,会借小窗班史;倘曰风情可画,敢劳深院王维。因传《本事诗》,愿续断肠句。①

　　在这段话中,徐釚首先回顾诗史,列举了一系列"触事兴咏,尤所钟情"的诗歌及其本事,再现其情感力量。然后,就有了"钟情自在吾辈,识曲便记当年"的想法和"广搜佳什,遥集名篇"的念头,决定编撰《续本事诗》,汇集元末以迄清初的钟情之诗及其本事,"谱以新题,且向鬓丝禅榻畔;编成佳话,聊资歌扇酒旗傍"。显然,《续本事诗》的编撰表面上以诗为主,实际却强调读其诗而忆其事,诗和事同样重要。诗因事作,事因诗传,而情则是诗与事的媒介,是诗、事动人的根本原因。因此,在《续本事诗》中,"情"是选诗、录事的关键。所谓"徐郎本事从珍重,始信无情未是诗",就是强调本事诗钟情、重情的特点。

　　那么,在《续本事诗》中,徐釚强调的究竟是怎样一种"情"呢?结合《续本事诗》的内容,我们发现徐釚所强调的既有"白头宫女在,闲坐说玄宗"的悲情,也有"脂粉山人,宛是裙钗名士"的艳情,有你侬我侬的爱情、瘗香埋玉的哀情,也有遇仙通幽的深情、挟妓冶游的闲情,还有一曲动人双泪垂的同情。总之,都是红粉青衫之情,是落拓士人面对红粉佳人(主要是宫女、歌妓、姬妾、才人、乐师、伶人等)而引发

---

① 《续本事诗》,第41—42页。

的身世之感,是掩盖在闲情艳语背后的哀愁。在徐釚看来,这就是本事之诗的情感特点。他编撰《续本事诗》,就是选录元末以迄清初的这类诗歌。他不敢保证自己的选择没有遗漏,因此在《略例》中申明:"近时名贤,如牧斋、梅村诸先生之外,岂遂无红粉青衫之感? 余既未事征求,遂不能遍读藏稿,遗珠之叹,深用歉然"①。

　　显然,在徐釚看来,所谓本事之诗,就是抒发红粉青衫之感的钟情之作。这类诗作,往往有其产生的特殊背景,那就是士人的不得志和情感表达的不自由。换言之,越是在读书人的理想和热情被压制的时代,越是在言路和仕进之路被堵塞的时代,越多这样的诗歌产生。例如晚唐,例如元明易代和明清易代等特殊时期。在这些时期,社会动荡不安,士人仕进无望、报国无门,但又不能自由表达自己的苦闷和忧愁。因此,他们要么借男女恋情的描述表达对君臣遇合的追求以及求而不得的痛苦,要么借现实世界中普通男女的悲欢离合反映时代的沧桑,要么在与失意女子的惺惺相惜中获得心灵的安慰,要么在放浪形骸的诗酒生活中寻找生命的救赎。这一类诗歌,可以称得上是读书人的生命之歌,缠绵悱恻而又感人至深。而读这一类诗歌,尤其需要知其本事。不知本事,就不能读懂掩盖在红粉背后的青衫之泪;不知本事,就无法弄清诗歌的情感所指,感受它的动人力量。因此,徐釚编撰《续本事诗》,不仅突出本事之诗的情感特点,而且暗示了本事批评的适用范畴,说明本事之诗和诗之本事的对应关系,有明确的本事批评意识。

　　当然,从选本的角度看,《续本事诗》的诗学价值又不限于本事批评。正如蒋寅先生所言:"选本收录的作品出自选家的自觉选择,当然集中体现了他的趣味和价值观,而个体的审美情趣和价值观从来就不是绝对主观、属于个人的,它必然反映着一个时代一部分人的好尚。事实上任何以主观形式表现出来的评价与选择都带有不同程度的普遍性,显示一定的接受状况。因而,研究一些有代表性的选本表现出的倾向,不仅可以直面一个时代的文学创作,同时还能洞悉当时

---

　　① 《续本事诗》,第44页。

的文学批评,了解时人的审美趣味与价值标准。"①作为诗选,《续本事诗》以人为目,按时间顺序选录元末以迄清初的本事之诗并汇编成集,显然也反映了徐釚的诗学观念与审美趣味,与元末以至清初的诗歌创作与文学批评着有密不可分的联系。这种联系,简而言之,就是强调诗本性情,推崇唐诗尤其是晚唐诗的诗学倾向。

（二）本事的辑录

本事之诗的编选固然是《续本事诗》的重点,而诗之本事的辑录也是徐釚的用心所在。

在《续本事诗》中,绝大多数诗歌都有相应的本事记载,只是有的比较详细,有的较为简略而已。其中详细者,如王世贞《和王百穀怀出姜》题下录本事曰"百穀有姜名青琴,以妇妒出之。一日姜遗素帨,绣句曰:'侯门一入深似海,从此萧郎是路人。'王为之感悼,赋《无题》八章,托老妪寄之,而姜已自缢矣"②,似可入孟启《本事诗》之"情感"门。毛甡《即事》序曰"宿窦家潴,卖浆妇连连目予。问之,曰:'非毛氏小郎乎?'曰:'何以知之?'曰:'妾故保定伯家婢也。向屯西陵渡时,主尝餍郎。郎不解生食炙凫,索脼淘之,妾以笑被杖,宁能忘乎?'予闻之怃然,因就饮,解囊中金饷之去。伯籍北平,毛氏同姓,故尝食其营。大兵下江东,全军归降,为提督京营标官,守京城西门,家遂散失。妇善擘阮,汾州人"③,绝类七题之"事感"门。张献翼名下录《刘会卿病中典衣买歌者因持絮酒就其丧所唁之》《再过会卿卜吴姬为尸仍设双甬为侍令伶人奏琵琶而乐之》二诗之本事曰"刘会卿典衣买歌者,俄而病卒,幼于持絮酒就其丧所,哭之以诗,复令会卿所狎吴姬为尸,仍设双俑夹侍,使伶人奏琵琶,再作长歌酹焉。其放浪如此"④,与孟启《本事诗》之"高逸"类相近。沈韶《琵琶亭答郑婉娥》题下录本事曰"洪武初,松陵沈韶游九江,登琵琶亭,月夜闻歌声。明日复往亭

---

① 蒋寅著《大历诗风》,上海古籍出版社,1992年,第1—2页。
② 《续本事诗》,第137页。
③ 《续本事诗》,第353—354页。
④ 《续本事诗》,第147页。

中,有丽人冉冉而至,呼韶共坐,曰:'妾伪汉陈主婕好郑婉娥也。年二十而死,殡于亭侧。'随命侍儿钿蝉、金雁取酒,歌《念奴娇》词,曰:'昨夕郎所闻也。'口占一诗赠韶,韶答之,相与话元末群雄兴废及伪汉宫事甚悉。临别,以金条脱为赠。同游梁生传其事"①,显然有"征异"色彩。而张宁《士女图》题下录本事曰"张汀州卒,无子,有二妾曰寒香、晚翠,剪发自誓,不下楼者四十年,人以方之关盼盼,其题《士女图》落句,传为诗谶云。诗曰'吴城士女越样妆,笼冠盘髻销金裳。东风澹荡桃李月,看花不语情何长。女伴相将牵稚子,庭院无人花正芳。阳春宛宛白日暮,空抱花枝归洞房'"②,明显有"征咎"意味。至于程奎《即事》,则有本事曰"崇祯癸未,湖广巡抚宋一鹤败,家属没官。妾金陵陈氏以色艺闻,门客王屋聘焉,谢参政上选先期娶之。奎因作诗嘲笑,一时争传诵云云。诗曰'歌舞丛中度岁华,一朝忽去抱琵琶。前身定是乌衣燕,不入王家入谢家'"③,与"七题"之嘲戏门相类。总之,在《续本事诗》中,徐釚搜集和记录了大量本事。这些本事内容丰富,完全可按孟启"凡七题,犹四始"的标准分而类之,具有独立的诗学价值和艺术魅力。

当然,《续本事诗》中的本事有时也并不完整,如沈愚《过桃叶渡》下注曰"秦淮诸姬处也"、曹学佺《荔枝红》下注曰"闽俗女子将嫁,男家先一年送荔枝红,犹粤中以槟榔行聘也"等,都是一些零散的、片段化的本事信息,故事性不强,但却是了解诗歌本义的重要依据。徐釚辑录它们以阐释诗歌本义,具有明确的本事批评意识。

另外在体例上,徐釚一改孟启"以事系诗""七题分类"的做法,以诗歌为主体,本事附于题序注中,为阐释诗歌本义服务。有时,本事在诗题中,如黄周星《闲庭枯坐,秋风飒然,忽忆昔年公车时过兖州新嘉驿觅壁间女子诗不得,乃见李小有诗云"有才无命老秋风,锦字消亡泪墨空。我亦十年尘土面,总来无份碧纱笼"。盖小有下第南归

① 《续本事诗》,第107页。
② 《续本事诗》,第116页。
③ 《续本事诗》,第185页。

时,亦觅女子诗不得,而题壁者也。长吟数四,不觉潸然,感而和之》。有时在诗人自序中,如瞿佑《安乐坊歌》序:"安乐坊倪氏女,少日曾识之,一别十年矣。岁晚与其母子邂逅吴山下,则已委身为小吏妻。因邀至所居,置酒叙话,凄然感旧,为作此歌。"①还有的时候,本事出现在诗人自注中,如周亮工《海上昼梦亡姬》之"城上诗同风雨葬,难从劫后释烦冤"句后注曰:"北海城上诸诗,姬皆有和,痛定之后,每向余诵昔诗,未尝不唏嘘泪下也。瞑去时犹命予作小楷,纳之怀中。"②大多数情况下,当诗歌自身的题序未能说明本事时,徐釚则以诗注的方式补充本事。如在王九思名下,徐釚引《列朝诗集小传》注曰"敬夫与德涵放逐鄠、杜间,日夕过从,征歌度曲以相娱乐。敬夫将填词,以厚赀募国工,杜门学按琵琶三弦,习诸曲尽其技。德涵尤妙于歌弹,酒酣以往,挡弹按歌,更起为寿。今所传《浒西行乐词》,风流余韵,犹令人想见也"③,即以作者注的方式介绍《浒西行乐词》本事。在吴伟业《萧史青门曲》题下,徐釚注曰"为刘驸马作。刘尚宁德长公主,国变后,刘与公主犹流落人间"④,以题注的方式补充本事。还有的时候,他以序注的方式介绍诗歌本事,如陈荐夫《破镜行》下引《榕阴新检》曰:"莆田陈子卿随父宦京邸,有邻女见而悦焉。既而归闽,女剖妆镜半规为赠,且与子卿曰,如乐昌故事。未几子卿乡荐,再入都门,则女已移家他徙,踪迹永绝,不复合焉。常持破镜呜咽不已。幼儒闻其事,为作破镜行云。"⑤总之,《续本事诗》以诗为主体,本事以题序注的形式呈现。这种体例特点,用毛奇龄的话说,就是"备辑题序,媲诸记事"。

毛奇龄是清代诗学大家,他对《续本事诗》的诗学价值和理论内涵有过一段经典论述,即:

自祈招止王,左丘志始;墓门负子,屈氏更端。于是韩婴有

---

① 《续本事诗》,第 105 页。
② 《续本事诗》,第 289 页。
③ 《续本事诗》,第 124 页。
④ 《续本事诗》,第 256 页。
⑤ 《续本事诗》,第 165—166 页。

记实之文,刘向得征情之序,此即后人本事之所自昉矣。顾汉魏以来,代有踪迹,而旁引曲述,迄无成本。都尉录别,附见史文;郡掾赠言,彰于诗品。晋乐载桃叶之词,吴调列明君之曲,从未有汇所见闻,裒为一集,如唐孟启所传者。盖唐人为诗,犹近风讽。有其言在此而意在彼者,有题鲜缘情而文实多寄旨者,自非晰所从来用为标识,则绿珠之篇无与左司息妫之吟,但咏楚事,几何不伦于白华之疑,采唐之讼也。夫切类指事,所以附理;起物拟议,所以植情。故诗为乐体,事为诗志。无疾而呻吟,听者谓其不能吟;无指而怨刺,识者谓其非所刺。盖物触者理通,而事形者志起也。特录事之文藏于篇什,本始遗轶徒具讽叹。而近且大雅不作,载述未闻。吴江徐子电发因有《续本事诗》之选,所以备辑题序,媲诸记事。予惟是近代以来,时移物更,景与会迁,其间阅历,遭逢感慨,都有南皮酣饮,不废盘桓;西塞流离,自伤羁绁。王粲起登楼之制,陈琳成记室之言。塞姑昨日都护难归,驿骑明朝逐臣将去。然且世际因革,遇有兴丧。就其上声,言闻变调。岂无帆开牛渚,歌用莎持。人在彭城,道逢播揢。绝弦声苦,犹怀五日。当年破鉴光分,虚过上元子夜。又况才人沦落、意气慷慨,高逸未就,怨愤斯作。汾阴无西顾之悲,明河增北门之诮。帘前烛影,岁月依然。北阙书成,故人休上。天下有事,故流易坐丁忧。叹如今日者,即微斯编,亦必以为序传之,当兴向、婴,可与嗣矣。①

在这段话中,毛奇龄追溯本事的历史,认为它最早产生于《左传》和《韩诗外传》等典籍中。汉魏之后,则出现不少诗歌本事,散见于史传、诗歌评论和乐府诗集中。到了唐代,孟启收集诗歌本事、编成本事批评之专著。至于徐釚的《续本事诗》,则是本事批评在清代的延续,是孟启《本事诗》的直接继承者。

在毛奇龄看来,徐釚《续本事诗》与孟启《本事诗》一样,都是基于诗歌阐释的需要而产生的批评之作。"唐人作诗,犹近风讽。有其言

① 　(清)毛奇龄著《西河集》,《影印文渊阁四库全书》第1320册,第523—524页。

在此而意在彼者,有题鲜缘情而文实多寄旨者",因此不知其事,难懂其义。同样,风讽之作在明清时期也十分常见,它们"切类指事,所以附理;起物拟议,所以植情。故诗为乐体,事为诗志。无疾而呻吟,听者谓其不能吟;无指而怨刺,识者谓其非所刺。盖物触者理通,而事形者志起也。特录事之文藏于篇什,本始遗轶徒具讽叹"①。在这种情况下,要想感其情而悉其理,理解诗人本志和诗歌本义,必须探明本事。徐釚编撰《续本事诗》,以题序注的形式说明本事,就是为解读这一类诗歌创作服务的,有其特定的时代背景。所谓"近代以来,时移物更,景与会迁",是说元明以来社会动荡,诗人的生存处境发生了很大变化。这时,"才人沦落、意气慷慨,高逸未就,怨愤斯作",诗人的情感被触发,但又不能直言其事地进行表达,于是大量"言在此而意在彼、题鲜缘情而文实多寄旨"的风讽之作出现了。解读这些诗作,必须知其本事。因此,致力于采撷诗歌本事以探究诗歌本义的《续本事诗》就应运而生了。

由此可见,徐釚的《续本事诗》和孟启《本事诗》一样,都是在社会动荡不安、诗人命蹇时乖的社会背景下,针对"触事兴咏,尤所钟情"、"言在此而意在彼、题鲜缘情而实有寄托"的诗歌创作而采取的通过辑录诗歌本事以阐释诗歌本义的批评之作。其批评性质,在内容的选择和体例的安排中已经得到验证。

第三节 《续本事诗》的批评价值与局限性

唐代孟启的《本事诗》和清代徐釚的《续本事诗》,都是本事批评的代表著作。前者奠定了本事批评的基础,后者弥补了前者的不足,可以说是本事批评的集大成者。具体表现如下:

(一)体例更为完备。在体例上,孟启《本事诗》以事为主体,"以事系诗"、"七题分类",批评性质不够明显。而徐釚《续本事诗》以诗为主体,"备辑题序,媲诸记事",一方面体兼诗选,强调本事之诗的情

---

① 《西河集》,第524页。

感特点；另一方面又以本事注诗，具有鲜明的本事批评意识。

可以说，徐釚《续本事诗》的体例后出转精，在孟启《本事诗》的基础上有了很大改进，吸收了宋元时期本事批评发展的经验和教训。正如我们所知，孟启《本事诗》之后，本事批评的发展主要呈三种态势：一是系列续作的产生；二是诗话的蓬勃兴起；三是诗纪事体的形成。首先看续作。孟启《本事诗》之后，五代处常子有《续本事诗》。此书"览孟初中《本事诗》，辄搜箧中所有，依前题七章，类而编之"①，基本延续了孟启《本事诗》的体例。到了宋代聂奉先的《续广本事诗》，则"虽曰广孟启之旧，其实集诗话耳"②。诗话是本事批评在宋代的另一种体式。"自宋以后的'诗话'，每偏于诗人及诗本事的探讨，无疑的是受了《本事诗》的影响"③，但"另一方面，诗话逐渐偏离本事的体式，证事变异，议论提升，诠事扩展"④，诗和事的关系变得更加复杂，超越了本事解诗的范畴。南宋之后，诗话的内容更从"论诗及事"逐渐走向了"论诗及辞"，从偏重"记事"走向诗证、诗辨、诗论和记录诗坛论争，甚至在编排体例上呈现出一定的理论体系，形成完整的逻辑体系。这样一来，诗话和本事批评的关系也逐渐疏离。至于诗纪事体，其实也是在孟启《本事诗》的基础上发展出来的。宋代计有功《唐诗纪事》和《本事诗》一样强调"诗与事互相参证"，但所说的"事"不限于"本事"，因此所搜集的诗歌也不囿于本事之诗，而是"闲居寻访三百年间文集杂说、传记遗史、碑志石刻，下至一联一句，传诵口耳，悉搜采缮录。间捧宦牒，周游四方名山胜地，残篇遗墨，未尝弃去"⑤，成为统编唐代歌诗的总集。从体例上看，《唐诗纪事》"原书次序，诗事情列前，友朋赠和及论诗继之，结以本人历官科第"⑥，

---

　　①　《郡斋读书志校》，第 1061 页。

　　②　（宋）陈振孙撰，徐小蛮、顾华美点校《直斋书录解题》，上海古籍出版社，1987 年，第 649 页。

　　③　《中国文学批评史》，第 539—540 页。

　　④　余才林，《唐诗本事与宋代早期诗话》，《文史哲》，2006 年第 6 期，第 55 页。

　　⑤　《唐诗纪事》，第 1 页。

　　⑥　《唐诗纪事校笺》，第 2086 页。

"诗与事迹评论并载,似乎诗话之流,然所重在录诗"①,这种体兼诗选和诗话的体例,为徐釚《续本事诗》的编撰提供了思路。总之,孟启《本事诗》的出现,开启了本事批评的先河,导致了诗话、诗纪事等批评体式的出现。然而"唐孟启作《本事诗》所录篇章,咸有故实。后刘攽、吕居仁等诸诗话,或仅载轶事,而不必皆诗。计敏夫《唐诗纪事》,或附录供诗,而不必有事。揆以体例,均嫌名实相乖"②。在这种情况下,徐釚《续本事诗》吸收了它们的经验教训,在体例上做出调整,选编元末以迄清初的本事之诗、钟情之作,并在题序注中交代本事,形成"备辑题序,媲诸记事"的编撰体例,强调本事批评以事解诗的属性,因此在体例上更为完备,可称本事批评的集大成者。

（二）诗歌的选择更具匠心。所谓本事批评,其核心内容就是采集诗歌本事以解诗。诗是主体,本事是为诗歌服务的。然而孟启《本事诗》涵诗词于事中,中心在本事,诗的主体地位并没有得到重视。正如王梦鸥所言,孟启《本事诗》"所取录诸诗,既非佳构;甚至于断章取义,有类于其时之人'摘句',使原诗首尾不全,亦非所以保存佳叶之道"③。另一方面,《本事诗》的材料多来自笔记小说,其中诗歌文本多有异文,作者、诗题也常存在争议,因此诗歌文本的真实性和权威性得不到保证,如白居易咏柳诗之"定知此后天文里"在《全唐诗》中作"定知玄象今春后",《下第不胜其忿题路左佛堂》的作者在《全唐诗》中作于邺而非吴武陵等。这些诗歌信息的失实,影响了《本事诗》的价值,为后人所诟病。或许正是有鉴于此,徐釚编撰《续本事诗》时强调了诗的主体地位,体例上"以诗系事",形式上类同诗选。不仅在保存诗歌的数量上远甚于孟启《本事诗》数十倍,而且诗歌的辑录非常完整、题序兼备,保持了诗歌的原本面貌,保证了以事解诗的有效性。除此之外,孟启《本事诗》尽管强调"触事兴咏,尤所钟情",但诗歌"钟情"的特性并不明显。徐釚《续本事诗》则将"情"理解为"红粉

---

① 　《唐诗纪事校笺》,第 2088 页。
② 　《四库全书总目》(整理本),第 1785 页。
③ 　《本事诗校补考释》,第 23 页。

青衫"之感,并以此选择诗歌作品,强调了本事之诗与钟情之作的内在统一,强化了本事诗的情感力量,说明了本事批评的适用范畴。这一点,显然也使其批评价值超于孟启《本事诗》之上。

另外,从诗选的角度看,徐釚选诗也有其独特的视角。首先,从时间上说,徐釚所选非一代之诗,而是从元末以迄清初,跨越三代,而重心则在两次易代,明代近三百年的诗歌作品在《续本事诗》中只占三分之一左右的篇幅。这样的时代断限,在诗歌选本中是十分罕见的。其次,从地域上看,徐釚所选虽有不少吴中诗歌,但同时也不乏闽中、公安等各个地方和流派的诗人诗作,甚至前后七子的相关诗作。可见其诗选并不带有门户之见,相反是在明确的选诗标准下,理性、公正地选诗。第三,从思想内容看,徐釚所选往往既非歌功颂德的庙堂诗,也非针砭时弊的政治诗,或者征战沙场的爱国诗,而是那些以小见大、在红粉青衫的私人情感中折射出时代哀伤的抒情之作。它们缘自现实生活的真实体验,既非无病呻吟,也不着意论道说理,因此具有动人的情感力量。这一类诗歌,其实就是"触事兴咏,尤所钟情"之作。编选这一类诗歌,不仅有利于突出本事之诗的情感力量,显示诗之本事的真实动人,展现本事解诗的批评价值,而且有利于纠正和弥补明代诗歌"不注意从现实生活中寻找诗情"的弱点,强调诗歌应以华美流丽之笔缠绵悱恻地寄寓感伤时世之情的主张。这一诗歌创作主张,既是对明代诗歌创作流弊的反拨,又强调了清代诗歌向抒情传统的回归,显示了徐釚独特的诗学眼光。

(三)本事的辑录更为审慎。对于本事批评来说,本事的真实性与否直接决定了诗歌阐释的效果。因此,不论是孟启还是徐釚,都十分重视本事的搜集和整理,强调本事的真实性和艺术性。孟启《〈本事诗〉序》曰"其有出诸异传怪录、疑非事实者,则略之;拙俗鄙俚,亦所不取"①,徐釚《略例》曰"小说家所记事多失实,且诗杂鄙俚,仅可充尾巷流谈者,总无明证,并不混载"②,都强调诗歌本事的诠选以征

---

①　《本事诗校补考释》,第 29 页。
②　《续本事诗》,第 44 页。

实为准。然而实际的情况是,孟启常常从笔记小说中采集本事,注重故事的艺术性而忽略了其真实性。于是,《本事诗》中的故事往往情节曲折、动人心魄,但却在细节上多有失实,如乔知之条本事中的女主角应是碧玉而非窈娘,白居易移柳的时间应是武宗朝而非宣宗朝。这些史实的出入,在《本事诗》中十分常见。相比之下,徐釚甄选本事的态度更为审慎。一方面,他的本事大多来自自己的见闻,或者抄自当时的各家诗话、文人别集和野史著作等,相对而言更为可信。另一方面,当本事材料出现抵牾时,徐釚又会加以考证并作出判断。例如王蒙《宫词》题下,徐釚录本事曰:"仁和俞友仁见此诗,叹赏曰:'此唐人得意句也。'遂以其妹妻之。"但同时,他又在诗注中引朱彝尊诗话,曰:"考凌彦翀《柘枝集》有《悼王叔明室张氏》诗云……则叔明娶于张,非俞也。然世所传皆以为叔明因此诗得妻,未知孰是。"①这种冷静、征实的态度,显然更能令人信服。最后也是最重要的一点,徐釚强调本事的真实,但又认为这是一种艺术的真实,而不是历史的真实。在他看来,"游仙诸女,仿佛飞琼、兰香者,皆可作秦女吹箫之伴,谁谓麻姑鸟爪,仅降之蔡经家耶"?"幽期冥感之事,往往见之传奇小说,凡咏歌所及,反不足资诵说耶"?②在诗歌创作中,游仙和冥感的情况十分常见,这是一种艺术的想象。艺术的想象可以超越历史的真实,又是我们寻绎诗人内心隐秘情感的重要依据,因此把这种本事记录下来,并不违背本事的"征实"原则,相反符合诗歌创作的实际情况。作为诗人,徐釚对此深有体会。于是,他才在《略例》中强调这两种本事的存在,同时说明"小说家所记事多失实,且诗杂鄙俚,仅可充尾巷流谈者,总无明证,并不混载"。由此可见,徐釚对本事的认识较诸孟启更为全面,搜集本事的态度也更审慎,这也是《续本事诗》的批评价值胜于《本事诗》的原因所在。

综上所述,清代徐釚的《续本事诗》在孟启《本事诗》之后,继承了本事批评的传统,以记录诗歌本事以阐释诗歌本义为职志,同时兼收

---

① 《续本事诗》,第73页。
② 《续本事诗》,第43—44页。

并蓄，广泛吸收诗话、诗纪事体的经验教训，对诗、事的甄选与编排体例进行了改善，于是后出转精，成为中国古典文学本事批评的总结之作。

可惜的是，徐釚的《续本事诗》和《唐诗纪事》《词苑丛谈》等著作一样，存在一个令人遗憾的问题，那就是广征博引而少注出处。这样一来，引用的材料和编者的言说相混杂，难以区分和辨识，不仅给书籍的使用带来了困难，也不利于我们对编者的诗学思想进行探讨。然而，《唐诗纪事》有王仲镛先生校勘，他尽可能地将《唐诗纪事》文字与现存唐宋典籍一一比勘，查明出处，为研究者提供了极大的便利；《词苑丛谈》有唐圭璋先生校注，"览观唐、宋以来古籍之时，见有与是书各条大体相同之处，辄旁注于下方，以薪更有益于读者"①；至于《续本事诗》，则至今未得勘注，成为学界一大憾事。后来诸君，若能细加校勘，沿波讨源而辨明出处，必定可使此书在诗学领域大放异彩。

---

① 《词苑丛谈》，第 326 页。

附　录

二美合一：破译李群玉神遇湘妃的诗学秘密

李群玉，字文山，晚唐诗人。其人"居住沅湘，宗师屈宋"①，因此对湘楚文化中经屈、宋加工的意象——湘妃和巫山神女颇为青睐，创作了很多与此相关的诗歌。其中涉及湘妃的尤多，以至于产生了李群玉神遇湘妃、并约为云雨之游的"荒诞"故事。这则故事看起来荒诞不经，其实却反映了李群玉诗歌创作的独特个性，揭示了李群玉神女诗创作背后的心理机制。从这个角度来说，这是一则颇有价值的诗歌本事，仔细分析它，可以帮助我们揭示李群玉神遇湘妃的诗学秘密。

（一）

关于李群玉神遇湘妃的故事，最早载于《云溪友议》：

> 李校书群玉，既解天禄之任而归涔阳，经湘中，乘舟题《二妃庙》诗二首曰："小孤洲北浦云边，二女明妆共俨然。野庙向江春寂寂，古碑无字草芊芊。东风近墓吹芳芷，落日深山哭杜鹃。犹似含颦望巡狩，九疑如黛隔湘川。"又："黄陵庙前莎草春，黄陵女儿茜裙新。轻舟小楫唱歌曲，水远山长愁杀人。"后又题曰："黄陵庙前春已空，子规啼血滴松风。不知精爽归何处，疑是行云秋色中。"李君自以第三篇"春空"便到"秋色"，踟蹰欲改之。乃有二女郎见曰："儿是娥皇、女英也，二年后，当与君为云雨之游。"李君乃悉具所陈，俄而影灭，遂掌其神塑而去。重涉湖岭，至于浔阳。浔阳太守段成式郎中，素为诗酒之交，具述此事。段公因

① （唐）李群玉著、阳春秋辑注《李群玉诗集》附录《进诗表》，岳麓书社，1987年，第144页。

戏之曰:"不知足下是虞舜之辟阳侯也。"群玉题诗后二年,乃逝于洪井。①

　　在这则故事中,李群玉不仅神遇湘妃,还与其约为云雨之游,这在后世引起了不少非议。宋代的刘克庄说"李群玉《黄陵庙》诗,皆搅归其身,名检扫地矣"②;清代的王士禛也认为"唐诗人李群玉题《黄陵庙》诗,自言遇二女,或戏之曰'君乃虞帝之辟阳侯耶'。此真无忌惮之小人,泥犁果有狱,当为此辈设耳"③;清代的周召说"唐人喜撰小说,如《云溪友议》之类,诞妄不经,其所载李群玉一事罪过尤甚"④;而《四库全书总目》则认为"群玉虽放诞风流,亦岂敢造作言语,渎慢神明,污蔑古圣! 殆因其诗为时传诵,小说家因造此事附会之耳"⑤。显然,这些讨论都集中在所谓"辱圣"的道德评价上,对故事与诗歌的关系视而不见。

　　不过也有少数讨论者注意到两者的关系。如明代的瞿佑提到第三首诗和该故事关系密切"李群玉者,果何人欤? 敢以淫邪之词,渎于黄陵之庙曰:'不知精爽归何处,疑是行云秋色中。'自述奇遇,引归其身。诞妄矫诬,名检扫地"⑥;《四库全书总目》则进一步辩证出前二诗与该故事毫无关联,它说"《太平广记》载群玉遇湘君事甚异。其诗今载后集第三卷。然前一首为吊古之词,无媒亵之意。后一首写当时棹女,与二妃尤不相关"⑦;到了现代,则有人认为与故事相关的恰为前二诗,说"这两首诗表面是描写二妃对葬于九疑山的帝舜的怀念,实际上是含蓄地抒发自己因受挫折而产生的悲痛感情"⑧;有人认为是全部三首诗,"第一首塑造了二妃凄婉动人的爱情悲剧形象;第二首写当时棹女,与二妃无涉,但她们都有着二妃

　　① 《云溪友议》,第 41 页。
　　② (宋)刘克庄撰、王秀梅点校《后村诗话》,中华书局,1983 年,第 12 页。
　　③ (清)王士禛撰、赵伯陶点校《古夫于亭杂录》,中华书局,1988 年,第 138—139 页。
　　④ (清)周召《双桥随笔》,《文渊阁四库全书》本,第 70 页。
　　⑤ 《四库全书总目》(整理本),第 2023—2024 页。
　　⑥ (明)瞿佑等著、周楞伽校注《剪灯新话》,上海古籍出版社,1981 年,第 100 页。
　　⑦ 《四库全书总目》(整理本),第 2023 页。
　　⑧ 邝振华,《李群玉生平试探》,《武汉师范学院学报》,1984 年第 2 期。

的流风余韵,叫人愁煞;第三首致意于二妃尤深,无怪乎人们要虚构出诗人与二妃神游,二妃约以二年之期的神话"①;有人认为是其中的第一首诗,说"这首诗曾使娥皇、女英为之感动,竟梦中向他表示'将游于汗漫,愿相从也'"②;还有人说故事的产生与李群玉所有的湘妃诗都有关,因为"从李群玉一而再、再而三的题咏二妃,可以看出他对二妃的绵邈深情,日有所思,夜有所梦,也就不是什么不可理喻的事情了"③。

这些说法都从不同角度对诗歌与故事的关系进行了挖掘,有一定道理,但也有不足。一方面,他们无法确定李群玉的诗歌中究竟哪一首与该故事相关;另一方面,他们又只能说明李群玉何以神遇湘妃,却无法解释湘妃为什么约其"为云雨之游"。因此,要真正弄清李群玉诗歌与此故事的内在关联,必须抓住湘妃"约为云雨游"的细节,并以此为基础对故事作重新审视。

回头再看《云溪友议》的这则故事,我们发现其所提到的三首诗都与湘妃密切相关。其中第二首看似写当时榷女,其实也是通过今昔对比、庙内凄凉和庙外欢快对比,使榷女和湘妃的形象相互对照,反衬出湘妃的凄凉境遇,与其他两首异曲同工。不过,从文中"李君自以第三篇'春空'便到'秋色',踟蹰欲改之。乃有二女郎见曰……为云雨之游"一段可知,和湘妃关系最密切的还是第三首。

这首诗前两句写黄陵庙前春意已去的萧条景象,然后由景到人,想到庙中的神灵不知身在何方,因而作出"不知精爽归何处"的发问。之后自我作答,提出"疑是行云秋色中",将游走的行云视为寂寞湘妃的化身。在这里,"行云"一词特别值得注意。

"行云"本义为"流动的云",在《高唐赋》以后又成为巫山神女"朝云暮雨"的概括,在描写巫山神女的作品中时常出现。如李贺"行云

----

① 陈松青,《论李群玉诗歌的艺术风格》,《娄底师专学报》,1996 年 5 月。

② 张越,《清越之中曲尽羁旅之情——晚唐诗人李群玉诗歌研究》,《岳阳职工高等专科学校学报》,2002 年第 2 期。

③ 王定璋,《柔情缱绻与恋物情结——李群玉〈黄陵庙〉诗品鉴及其他》,《古典文学知识》,1994 年第 3 期。

沾翠辇，今日似襄王"①，孟郊"夜卧高丘梦神女……行云飞去明星稀"②等，李群玉也有"行云永绝襄王梦"（《九日》）之句。然而在这里，李群玉却将其用于湘妃身上，说湘妃"疑是行云秋色中"，即化身为"行云"。这样一来，湘妃形象就和巫山神女发生交织。而由巫山神女的"朝云暮雨"，又自然使人联想到她的"自荐枕席"和"云雨之游"。因此，不论是李群玉还是小说家，在这首诗后联想到湘妃"云雨游"，都是可以想见的了。

然而，"云雨游"的湘妃为什么要约上李群玉？这一问题也要从第三诗中寻找答案。在这首诗中，李群玉仍然是以湘妃庙的凄凉景象反映湘妃的悲惨命运；然而对此命运的态度却与前二诗截然不同。在第一首诗中，李群玉渲染了湘妃的凄凉境遇，而结尾仍说"犹似含颦望巡狩，九疑如黛隔湘川"，希望湘妃能坚持对帝舜的执着守候；在第二首中，李群玉一边写湘妃庙内的凄凉，一边又强调庙外棹女的欢快，仿佛告诉湘妃"只要放弃执着，就可以拥有新的生活"，这时，守候的决心已开始动摇；而到了第三首，李群玉就彻底让湘妃放弃守候，走向"行云秋色"的新生活了。这种想法与另一首《湘妃庙》十分相似：

> 少将风月怨平湖，见尽扶桑水到枯。相约杏花坛上去，画栏红紫斗摴蒲。

在这首诗中，李群玉劝慰湘妃：既然千年的追寻已证明是个没有结果的游戏，又何必让近乎顽固的执着束缚自己，将青春少女变为千年怨妇？不如退一步海阔天空，相约杏花坛上，在姹紫嫣红中游戏青春！

这是李群玉对湘妃的劝告，也是对自己的劝告。这里的"相约"是"娥皇、女英"相约，湘妃与其他神女（如巫山神女）相约，也是"湘

---

① （唐）李贺著、（清）王琦等集注《李贺诗歌集注》，上海人民出版社，1977年，第177页。

② （唐）孟郊著、华忱之、喻学才校注《孟郊诗集校注》，人民文学出版社，1995年，第37页。

妃"与李群玉相约。因为和湘妃一样,李群玉的一生也执着于君臣遇合的梦想而难以自拔。一方面,他渴望接近君主,希望在君臣遇合中实现自己的人生价值,因此不止一次地参加科举、向亲友寻求帮助和干谒献诗。另一方面,他那君臣遇合的理想就像一个遥远的梦,苦苦追寻半生却无法如愿;当实现的机会终于来临,又发现从头到尾都是自己的一厢情愿。这时他才醒悟,知道自己对君臣遇合的追求就像湘妃对帝舜的追寻一样,即使千年不变,也注定只是一个无望的结局①。因此,当他"解天禄之任而归涔阳",看到湘妃庙的凄凉景象,就不由得鼓励湘妃走出守候,也希望自己和湘妃相约,从对理想的执着中解脱。

由此可见,李群玉之所以神遇湘妃,是因为其在《题二妃庙》中将自己的遭遇与湘妃结合,希望和湘妃一起走出对君主的无望守候;又由于在诗中运用了巫山神女的"行云"意象,使湘妃和巫山神女相交织而具有了"朝云暮雨"的特点,因此这种"相约出走"又变成了"约为云雨之游"。

(二)

在李群玉的作品中,借湘妃故事表达个人理想的有不少。除上节提到的四首外,还有《湖中古愁》。同样,在湘妃题材的诗歌中融合巫山神女意象的也并非《题二妃庙》一诗,还有《闻湘南从叔朝觐》:

长沙地窄却回时,舟楫骎骎向凤池。为报湘川神女道,莫教云雨湿旌旗。

这首诗直接从繁知一的《书巫山神女祠》改造而来,只是将描写的对象从巫山神女换成了湘妃。繁诗为:

忠州刺史今才子,行到巫山必有诗。为报高唐神女道,速排

①　这一点从李群玉的诗集及朋友对他的说明中都可以看出。现代学者也有不少研究成果,如羊春秋《论晚唐诗人李群玉》,《湘潭大学学报》,1985 年校庆特刊;于俊利《论晚唐时局中诗人李群玉的心态》,《西北工业大学学报》,2002 年第 1 期;覃新菊《论李群玉山水诗的入世思想》,《求索》,2004 年第 1 期。

云雨候清词。①

显然,李群玉有意将繁诗中的巫山神女典故移到湘妃身上,使湘妃具有"掌控云雨"的功能,从而与巫山神女的形象相交织。

在李群玉的诗歌中,这种有意湘淡化湘妃和巫山神女的区别,强调两者的关联性和相似性,使两大形象发生交织的做法还有不少。例如将湘妃和巫山神女的典故用于同一首诗中,形容同一对象,如美女:

> 裙拖六幅湘江水,鬟耸巫山一段云。风格只应天上有,歌声岂合世间闻。胸前瑞雪灯斜照,眼底桃花酒半醺。不是相如怜赋客,争教容易见文君。(《同郑相并歌姬小饮戏赠》)

或者在描述湘妃处境时强化"云"的意象,如:

> 南云哭重华,水死悲二女。天边九点黛,白骨迷处所。朦胧波上瑟,清夜降北渚。万古一双魂,飘飘在烟雨。(《湖中古愁》其三)

> 面南一片黑,俄起北风颠。浪泼巴陵树,雷烧鹿角田。鱼龙方簸荡,云雨正喧阗。想赭君山日,秦皇怒赫然。(《洞庭风雨》其一)

代表巫山神女的"云"出现在湘妃题材的诗作中,也容易使人联想到巫山神女。

另外,在以庙宇为主题、借周围的景物写神女故事的诗歌中,湘妃和巫山神女的形象更是变得十分相似。描写湘妃庙的诗歌主要有神遇故事中的一、三两首和《湖中古愁》,而描写巫山神女庙的则以《宿巫山庙二首》为代表:

> 寂寞高堂别楚君,玉人天上逐行云。停舟十二峰峦下,幽佩仙香半夜闻。

> 庙闭春山晓月光,波声回合树苍苍。自从一别襄王梦,云雨空飞巫峡长。

显然,这里的巫山神女和湘妃的形象也几乎完全相同,都是经历

---

① (清)彭定求等编《全唐诗》,中华书局,1999 年,第 5297 页。

了与帝王的遇合然后又永远分离的寂寞形象。尽管相比较而言,湘妃的痛苦似乎比巫山神女更深一层,但凄凉寂寞的处境却并无两样。对于湘妃来说,夫妻深情使她们陷入与帝舜的离别之痛中难以解脱,她们的生活除了寂寞地飘荡,就是永不停止地追寻;而巫山神女尽管与襄王只有一夜情缘,但露水夫妻的恩爱也让她无法忘怀,离别之后只剩下孤独的身影在随风飘荡。同样的处境,在李群玉笔下得到了进一步强化。前者是"野庙向江春寂寂"、"黄陵庙前春已空",后者就是"庙闭春山晓月光";前者是"飘飘在烟雨",后者就是"云雨空飞";前者是"疑是行云秋色中",后者就是"玉人天上逐行云"。

可见在李群玉笔下,湘妃和巫山神女意象不仅得到广泛使用,而且具体形象还十分相近。这是湘妃变成"朝云暮雨"的巫山神女的根本原因,也是李群玉神女诗创作的一个重要特点。

这一特点的形成与两大神女本身的相似性密切相关。《山海经》说:"洞庭之中,帝二女居之,是常游于江渊,出入必以飘风暴雨。"[1]而据《高唐赋》记载,巫山神女在阳台之上"旦为朝云,暮为行雨"[2]。因此不论是湘妃还是巫山神女,其出现都与雨相关。前者是伴随风雨,后者是化身云雨。这样一来就很容易造成混淆。另外,湘妃和巫山神女都是美女、都与楚文化密切相关、都曾与君王有过遇合、又都经历了离别的痛苦。如此之多的相似,使它们作为意象使用时常常指向相同的主题,如描写美女、恋情、赠别等,甚至还出现在同一首作品中,这也容易造成两大形象的相互交织。除此之外,湘妃和巫山神女都活动于长江流域。尽管前者处于长江中游的洞庭湖区,后者处于长江上游的巫山地区,但长江就像一条纽带,将两地的景物联系在一起,因此描写湘妃时可能联想到长江上游的景色,描写巫山神女时则又将视野扩大到整个长江流域。再则,同样处于长江流域的巫山地区和洞庭湖区,原本就有很多相似之处,因此对两大神女所处环境的描写自然也十分相似,这也使两大神女形象变得很难区分。

---

① 　袁珂校译《山海经》,上海古籍出版社,1986 年,第 145 页。
② 　《文选》,第 876 页。

　　而从主观上说,李群玉在两大神女意象上所寄予的情感基本相同,这也使两大神女变得十分相似。正如我们所知,李群玉的一生都沉浸在君臣遇合的梦想中难以自拔。他羡慕湘妃和帝舜的遇合,常常借湘妃的执着等待寄托对君臣遇合的苦苦追求;又强调湘妃的凄凉境遇,暗示自己不得恩遇的寂寞、苦闷。而在巫山神女的意象上,他所强调的也是云雨之梦的美好,以表达对帝王恩遇的渴望,如"我思何所在,乃在阳台侧"(《我思何所在》);或借美梦的不可再得表达君臣恩遇的不可实现,表达自己怀才不遇的苦闷和理想无法实现的绝望,如"行云永绝襄王梦,野水偏伤宋玉材"(《九日》);更多的时候,则强调巫山神女离开襄王后的凄凉寂寞,以暗示自己不得恩遇的凄凉心境,如"玉人天上逐行云,寂寞高唐别楚君"和"自从一别襄王梦,云雨空飞巫峡长"等。尽管在《高唐赋》中,巫山神女已不是贞女烈妇。在遇见襄王之前,她还与怀王有过"云雨之欢"。然而李群玉却似乎完全忘记了这一点,将她描写得执着而忠贞,仿佛又一个湘妃。这样一来,也使两大神女的形象更加接近。

　　总之,由于以上原因,李群玉笔下的湘妃和巫山神女变得十分相近,甚至发生交织。如将巫山神女的"朝云暮雨"移到湘妃身上,将湘妃的执着忠贞移给巫山神女等。这样一来既扩大了湘妃和巫山神女作为意象本身的内容含量,使诗人的情感表达更加多样,也使旧的意象有了新的形象,因此是值得肯定的。而另一方面,它又在一定程度上忽视了湘妃和巫山神女的内在差别,将神圣的帝妃和世俗的巫山神女相互融合,甚至使人产生湘妃约为云雨游的想象。这又在某种程度上降低了湘妃的身份,有亵渎神灵之嫌。

(三)

　　在诗歌创作中强化湘妃和巫山神女的相似性,使两者相互融合,这是李群玉神女诗创作的一大特点。然而这一特点并非李群玉首创,而是在盛唐时期就已萌芽,在李群玉手中得到强化。

　　回顾湘妃题材的诗歌创作史,我们发现描写湘妃的诗歌在不同时期有不同特点。准确地说,在南朝以前,湘妃题材的诗歌创作往往以叙事为主,直接讲述湘妃故事;从南朝开始,出现了以景物描写暗示神女存在的做法,但所谓的景物往往以屈原的《湘夫人》为据,集中在"桂栋"、"薜萝"等意象之上。例如王僧儒的《湘夫人》:

> 桂栋承薜帷,眇眇川之湄。白萍徒可望,绿芷竟空滋。日暮思君子,衔意嘿无辞。①

唐代初期,景物描写继续集中于典型意象,主要是"筼竹""环佩"和"苍梧""九疑"等。到了盛唐之后,则开始在这些典型意象之外又引入一些新的意象,如"猿啼"和"云"。例如:

> 无人见精魄,万古寒猿悲。②(李频《二妃庙送裴侍御使桂阳》)
>
> 九疑日已暮,三湘云复愁。③(李频《湘夫人》)
>
> 日惨惨兮云冥冥,猩猩啼烟兮鬼啸雨。④(李白《远离别》)
>
> 洞庭叶下荆云飞……肠断晓猿声渐稀。⑤(顾况《竹枝词》)

而正如我们所知,"云"和"猿啼"本为巫山神女的典型意象,在描写巫山神女的诗歌中常常出现,如:

> 襄王云雨今安在,江水东流猿夜声。⑥(李白《襄阳歌》)
>
> 巫峡苍苍烟云时,清猿啼在最高枝。⑦(刘禹锡《竹枝词九首》之八)
>
> 行云飞去明月稀……猿啼三声泪沾衣。⑧(孟郊《巫山曲》)
>
> 见尽数万里,不闻三声猿。⑨(孟郊《巫山高》)

与此相对应,同一时期描写巫山神女的诗歌中又有湘妃的典型

---

① 《先秦汉魏晋南北朝诗》,第 1761 页。

② (唐)李频著、刘宝和评注《李频诗评注》,山西教育出版社,1990 年,第 291 页。

③ 《李频诗评注》,第 3 页。

④ (唐)李白著、王琦注《李太白全集》,中华书局,1977 年,第 157 页。

⑤ (唐)顾况著、赵昌平校编《顾况诗集》,江西人民出版社,1983 年,第 115 页。

⑥ 《李太白全集》,第 371 页。

⑦ (唐)刘禹锡著、陶敏、陶红雨校注《刘禹锡全集编年校注》,岳麓书社 2003 年,第 321 页。

⑧ 《孟郊诗集校注》,第 37 页。

⑨ 《孟郊诗集校注》,第 39 页。

意象,如"筼竹"和"环佩"。例如:

> 星河好夜闻清佩,云雨归时带异香。①（刘禹锡《巫山神女庙》）

> 瑶姬一去一千年,丁香筼竹啼老猿。②（李贺《巫山高》）

可见在盛唐之后,描写湘妃或巫山神女时常常会出现对方的典型意象,因此使两大神女形象变得十分相近。正是在这种情况下,出现了刘长卿的《湘中纪行十首·湘妃庙》:

> 荒祠古木暗,寂寂此江濆。未作湘南雨,知为何处云。苔痕断珠履,草色带罗裙。莫唱迎仙曲,空山不可闻。③

这首诗写湘妃而用到"未作湘南雨,知为何处云",显然是用了巫山神女的典故,将湘妃变成了"朝云暮雨"的巫山神女。而李群玉的"不知精爽归何处,疑是行云秋色中"也明显是从此诗发展而来,是对盛唐之后出现的湘妃和巫山神女相融合的创作倾向的继承和强化。

不过从中唐诗歌开始,湘妃题材中的"云"开始确定身份,变为"苍梧云"、"九疑云",与巫山"云"区分开来。如刘言史"九疑云入苍梧愁"④、陆龟蒙"舜没苍梧万里云"⑤、齐己"苍梧云叠九疑深"⑥等。而"猿啼"的意象也几乎从湘妃题材的诗歌中完全消失。可见这种融合湘妃和巫山神女的做法,在中唐之后已经开始扭转。而李群玉在晚唐时期的有意继承,也很快有人提出异议。例如诗人胡曾在《湘川怀古》一诗中写道:

> 虞舜南捐万乘君,灵妃挥涕竹成纹。不知精魄游何处,落日潇湘空白云。⑦

所谓"不知精魄游何处,落日潇湘空白云",显然是从李群玉的"不

---

① 《刘禹锡全集编年校注》,第 315 页。
② 《李贺诗歌集注》,第 261 页。
③ （唐）刘长卿著,储仲君笺注《刘长卿诗编年笺注》,中华书局,1996 年,第 362 页。
④ 《全唐诗》,第 5353 页。
⑤ 《全唐诗》,第 7265 页。
⑥ 《全唐诗》,第 9651 页。
⑦ （唐）胡曾《咏史诗》,《四部丛刊三编》本,第 6 页。

知精爽归何处,疑是行云秋色中"而来,但又有意识地进行改写,使"白云"从湘妃的化身回归于伴随之物。这样一来就打破了李群玉融合湘妃和巫山神女的创作倾向,将湘妃与巫山神女截然分开。这种做法似乎得到了大家的一致赞同,在胡曾之后,几乎所有的湘妃诗创作都回归到这样一种传统做法中去;而由刘长卿开始、在李群玉手上有意强化的写湘妃而融合巫山神女意象的做法,则完全被主流创作所淹没。

这是创作上的情况。在批评领域,也有人对此提出异议。明代谢榛在《四溟诗话》中指出:

陆厥《孺子妾歌》曰:"安陵泣前鱼。"刘长卿《湘妃庙》曰:"未作湘南雨,知为何处云。"……此皆用事之谬。①

所谓"用事之谬",就是指刘长卿写湘妃而用了巫山神女的典故;而沿袭这种做法并有意强化、愈演愈烈的李群玉,显然也难逃此罪。这一点,尽管谢榛并未提及,但以此类推,结论不言而喻。

另外,从后世对李群玉神遇湘妃故事的接受看,其在湘妃诗中融合巫山神女形象的做法也遭到了大家的反对。因为正如前文所述,李群玉神遇湘妃的故事之所以产生,是因为其将巫山云雨移入湘妃诗中,使湘妃变为"朝云暮雨"的巫山神女,由此引发了湘妃约为雨云游的特殊想象。然而这一点在后人的理解中几乎完全忽略,所有人都将注意力集中到故事的"有乖事实"和"亵渎圣灵"上。而为了维护湘妃的神圣形象,淡化故事的亵渎意味,还有人对其中的"云雨之游"进行改造。如宋代尤袤在《全唐诗话》卷四中提到这则故事时说:

群玉解天禄之任……群玉疑春空遂至秋色,欲易之。恍若有物,告以二年之兆。②

又元代辛文房在《唐才子传》中谈及这则故事,则认为:

群玉,字文山……题诗二妃庙,是暮,宿山舍,梦二女子来曰:"儿娥皇、女英也,承君佳句,徽佩将游于汗漫,愿相从也。"……③

---

①　(明)谢榛《四溟诗话》,人民文学出版社,1961年,第26页。
②　(宋)尤袤《全唐诗话》,《历代诗话》本,中华书局,1981年,第177页。
③　(元)辛文房著、傅璇琮主编《唐才子传校笺》第3册,中华书局,1990年,第395页。

不论是将"二年后，当与君为云雨之游"概括为"告以二年之兆"，还是将其改写为"将游于汗漫，愿相从也"，都有意回避了"云雨之游"，以冲淡对湘妃的亵渎。然而这样做的结果，却掩盖了故事产生的诗学背景，使李群玉在湘妃诗中融合巫山神女意象的特殊创作被历史淹没。

由此可见，在李群玉之后，不论是诗歌创作还是诗歌评论，或者是对神遇湘妃故事的解读，都掩盖了李群玉在湘妃诗中融合巫山神女形象的特殊做法。而这显然与湘妃的特殊身份密切相关。

湘妃作为帝舜的妻子，长久以来都是高高在上、不容侵犯的。在文学史上，除了《云溪友议》的这则故事，我们几乎看不到任何有关湘妃约为云雨之游的记载。如在《萧复弟》中，湘妃虽然与人接近，但目的是听帝舜所传授的南风之歌，且行为仅限于听曲[1]；在五代传奇《灯下闲谈·湘妃神会》中，崔渥虽被二妃邀请，但与其有云雨之情的也不是湘妃，而是所其安排的青衣女伴[2]。总之，风流士子即使对湘妃垂涎三尺，却不敢对湘妃轻动"云雨之思"。在这种情况下，将湘妃和巫山神女相提并论已经降低了湘妃的身份，而将两者相互融合、使湘妃和巫山神女一样能"云雨之游"，更是令人难以接受。因此不论是李群玉在湘妃诗中融合巫山神女的做法，还是由此产生的"湘妃约为云雨之游"的想象，都只能在亵渎神灵的嫌疑中被彻底淹没。

（四）

然而一旦摆脱道德的束缚而以纯粹诗学的角度来评价李群玉在诗歌创作中融合湘妃和巫山神女的做法，我们发现其在诗学史上实有其特殊价值。具体而言，包括以下三个方面：

第一，丰富了神女形象的原有内涵。正如胡晓明先生在《变脸的神女》一文中所说，"神女形象在后世的接受中，实有着灵与欲、情与理的双重二元表情。即一方面是灵心相同的象征，另一方面又是情

---

① 《太平广记》，第2417页。
② （宋）徐铉《灯下闲谈》，《宋人小说》本，上海书店，1990年。

色文学的要件；一方面是浪漫风流的诗歌传统，另一方面又是实用理性的文学诉求……恰可表明中国文学传统并非单一、僵化，而是颇富生机与张力的"①。同样的情况也出现在湘妃形象的发展演变中。在屈原笔下，湘妃代表的是一种美好的理想追求，是热恋却失之交臂的追求对象，具体言之就是作者苦苦追求却不得亲近的君王；唐代之后，"二《湘》的身份更为明确即舜之二妃，她们为舜悲伤至死，成为女性的节妇典范，成为忠君的楷模，二《湘》在这样的解释中无疑有了'君臣际遇，离合之痛'了"②。也就是说，这时的湘妃不是君王而是君王的追求者，即追求君臣遇合的士人，这是湘妃在后世接受中生发出的一种新的内涵，是从原有形象中挖掘出来的、对某一方面进行强化的结果。与之不同，李群玉将两个相似的意象，即湘妃和巫山神女进行融合，结果也使两大神女形象产生了新的内涵。如将巫山神女云雨游的特点移植于湘妃身上，就使湘妃在忠贞之余也有些微的游移，在心如死灰的死节中还有对曾经欢愉的记忆与渴望；而将湘妃的孤寂、追寻移植到巫山神女身上，则改变了其"朝云暮雨"、"若即若离"的形象，使其由来去自如的洒脱神女变成了追寻旧梦的执着神女。这种变化，显然也使巫山神女的形象有了新的一面。

　　第二，提供了君臣遇合的多种表达。正如我们所知，湘妃和巫山神女都受"香草美人"的传统影响而具政治意蕴。不过在唐代之前，诗人往往将它们作为追求的对象（君王），以表达自己热烈追求却不得遇合的落寞情怀。而唐代之后，诗人却常常以之自喻，表达自己对君王（帝舜和襄王）的追寻与忠贞不贰。由此一来，君臣遇合的表达就可在湘妃和巫山神女、自喻和他喻中自由转换，呈现出各种不同的表现手法。而李群玉融合湘妃和巫山神女的做法则使诗人对于君臣遇合的表达更加细腻具体，甚至全面展现出诗人在追求君臣遇合的过程中所经历的希望、失望、再希望、再失望，直至最终绝望的心路历

---

　　①　胡晓明《变脸的神女：〈文选·神女赋〉之后世转义》，《华学》第九、十辑（五），上海古籍出版社，2008 年，第 1917 页。

　　②　高曼霞《接受过程中的〈湘君〉、〈湘夫人〉》，《求是学刊》，1994 年第 5 期，第 77 页。

程,表现出诗人在希望与失望、犹疑与坚定、坚持与放弃之间挣扎的心灵状态。具体言之,当诗人用巫山神女的形象表达美梦不再的悲哀心境时,可以融合湘妃执着等待的精神来鼓励自己,保持对理想的追寻,如"自从一别襄王梦,云雨空飞巫峡长";当诗人用湘妃形象表达执着追寻却毫无希望的悲观结局时,可以用巫山神女的曾经遇合来安慰自己,如"不知精爽归何处,疑是行云秋色中";或者用巫山神女的来去自如开导自己,鼓励自己走出执着,学会放弃,如"相约杏花坛上去,画栏红紫斗撝蒲";而当其以巫山神女形象表达自己的绝望时,则可将湘妃的悲惨结局移植其上,如"行云永绝襄王梦,野水偏伤宋玉材"。总之,湘妃和巫山神女的融合使诗人可以更加全面多样地表现出其追求君臣遇合时的情感变化,丰富了此一诗歌主题的表达方式。

第三,体现了"二美合一"的创作构想。所谓"二美合一",是上个世纪红学研究中出现的一种说法,指在《石头记》的创作本意中钗、黛应该"合一",体现了作者"写了'情'又在否认'情';写了'攀攀宝玉两情痴'的男女爱情及宝钗第三者介入造成了不可两存的悲剧冲突,但又极力淡化、缓解、调和它,将它制约在'怨而不怒'的境界"①的矛盾思想。简单地说,就是作者为了调和其意欲强调的两个方面而设置了两个不同形象,并使之合而为一。显然,这种说法也许并不符合《红楼梦》作者的创作本意,但却在文学史上早有先例。如唐代陈玄祐的《离魂记》中就有倩娘离魂而淫奔的故事,以离魂的方式实现情与礼的调和;在《牡丹亭》中则以梦为中介,将放纵情欲和遵从礼法的两个形象集合于一人身上。除此之外,本文所讨论的李群玉融合湘妃和巫山神女的做法也属于这种"二美合一"的创作模式。具体来说,李群玉之所以在诗歌中融合湘妃和巫山神女形象,是因为湘妃尽管是忠君的楷模,但其对帝舜的执着追寻注定只能以悲剧结局;而巫山神女虽曾拥有并可能再次拥有与君王的遇合,但其"来去自如"、

---

① 白盾《重评"二美合一"说——兼论〈红楼梦〉脂本、程本之差异》,《中南民族学院学报哲学社会科学报》,1996年第4期,第105页。

"若即若离"、"变幻不定"的特点则使其对君王的忠贞备受质疑。因此客观上说,这两大形象在表达君臣遇合的主题时都有一定的局限性。诗人若既想表达对君主的忠贞和执着追寻,又希望获得帝王的回应而实现君臣遇合的美好理想,则最好将"湘妃"形象和"巫山神女"相融合,也就是"二美合一",这是李群玉融合湘妃和巫山神女形象的根本原因。从效果上说,李群玉的这种做法不仅为自己表达"二美合一"的政治理想找到了最佳手段,也为后人的同类表达提供了范式,具有一定的诗学价值。然而遗憾的是,由于湘妃的道德身份和巫山神女的色情色彩在宋代得到进一步强化,这种"二美合一"的做法并没有得到充分重视,而是很快就被二美对立(即贞女与荡妇的对立)的趋势所淹没,直到今天才在神遇湘妃的故事中得到揭示。然而有意思的是,就是这同一故事使李群玉长期背负"辱圣"罪名,又因"辱圣"罪名而使此事被诗史留存,最后又因此事的留存而使千百年后得以被重新挖掘,最终确立了李群玉的在诗史上的价值。

参考文献

《周易正义》，[魏]王弼注，[唐]孔颖达疏，《十三经注疏》整理本，北京：北京大学出版社，2000年。

《毛诗正义》，[汉]毛亨传，[汉]郑玄笺，[唐]孔颖达疏，《十三经注疏》整理本，北京：北京大学出版社，2000年。

《诗三家义集疏》，[清]王先谦撰，吴格点校，北京：中华书局，1987年。

《尚书正义》，[汉]孔安国传，[唐]孔颖达疏，廖名春、陈明整理，《十三经注疏》整理本，北京：北京大学出版社，1999年。

《尚书校释译论》，顾颉刚、刘起釪著，北京：中华书局，2005年。

《礼记正义》，[汉]郑玄注，[唐]孔颖达疏，《十三经注疏》整理本，北京：北京大学出版社，2000年。

《春秋左传正义》，[周]左丘明传，[晋]杜预注，[唐]孔颖达正义，《十三经注疏》整理本，北京：北京大学出版社，2000年。

《春秋左传注》，杨伯峻编著，北京：中华书局，1990年。

《春秋公羊传注疏》，[汉]公羊寿传，[汉]何休解诂，[唐]徐彦疏，《十三经注疏》整理本，北京：北京大学出版社，1999年。

《孟子注疏》，[汉]赵岐注，[宋]孙奭疏，《十三经注疏》整理本，北京：北京大学出版社，2000年。

《孟子正义》，[战国]孟轲著，[清]焦循正义，北京：中华书局，1987年。

《四书章句集注》，[宋]朱熹撰，北京：中华书局，1983年。

《清经解》，[清]阮元编，上海：上海书店，1988年。

《史记》，[汉]司马迁撰，北京：中华书局，1959年。

《汉书》,〔汉〕班固撰,〔唐〕颜师古注,北京:中华书局,1962 年。

《三国志》,〔晋〕陈寿撰,〔南朝宋〕裴松之注,陈乃乾点校,北京:中华书局,1959 年。

《魏书》,〔北齐〕魏收撰,北京:中华书局,1974 年。

《南史》,〔唐〕李延寿撰,北京:中华书局,1975 年。

《宋书》,〔梁〕沈约撰,北京:中华书局,1974 年。

《隋书》,〔唐〕魏征,令狐德棻撰,北京:中华书局,1973 年。

《旧唐书》,〔后晋〕刘昫等撰,北京:中华书局,1975 年。

《新唐书》,〔宋〕欧阳修、宋祁撰,北京:中华书局,1975 年。

《唐会要》,〔宋〕王溥撰,北京:中华书局,1955 年。

《史通通释》,〔唐〕刘知几撰,〔清〕浦起龙释,上海:上海古籍出版社,1978 年。

《史通新校注》,〔唐〕刘知几撰,赵吕甫校注,重庆:重庆出版社,1990 年。

《续文献通考》,〔明〕王圻撰,《续修四库全书》第 766 册。

《唐才子传校笺》,〔元〕辛文房著,傅璇琮主编,北京:中华书局,1990 年。

《国语集解》,徐元诰撰,王树民、沈长云点校,北京:中华书局,2002 年。

《世说新语笺疏》,〔南朝宋〕刘义庆著,〔南朝梁〕刘孝标注,余嘉锡笺疏,周祖谟等整理,北京:中华书局,2007 年。

《朝野金载》,〔唐〕张鷟撰,赵守俨点校,北京:中华书局,1979 年。

《隋唐嘉话》,〔唐〕刘悚撰,程毅中点校,北京:中华书局,1979 年。

《大唐新语》,〔唐〕刘肃撰,许德楠、李鼎霞点校,北京:中华书局,1984 年。

《唐国史补》,〔唐〕李肇著,上海:上海古籍出版社,1979 年。

《明皇杂录》,〔唐〕郑处诲著,北京:中华书局,1994 年。

《云溪友议》,〔唐〕范摅撰,北京:中华书局,1959 年。

《唐摭言》,[五代]王定保撰,上海:上海古籍出版社,1978 年。

《唐摭言校注》,[五代]王定保撰,姜汉椿校注,上海:上海社会科学出版社,2003 年。

《能改斋漫录》,[宋]吴曾撰,上海:上海古籍出版社,1979 年。

《墨庄漫录》,[宋]张邦基撰,孔凡礼点校,北京:中华书局,2002 年。

《容斋随笔》,[宋]洪迈撰,孔凡礼点校,北京:中华书局,2005 年。

《习学记言》,[宋]叶适著,北京:中华书局,1977 年。

《少室山房笔丛》,[明]胡应麟撰,上海:上海书店出版社,2001 年。

《古夫于亭杂录》,[清]王士禛撰,赵伯陶点校,北京:中华书局,1988 年。

《国朝先正事略 2》,[清]李元度著,长沙:岳麓书社,2008 年。

《双桥随笔》,[清]周召著,《文渊阁四库全书》本。

《义门读书记》,[清]何焯著,崔高维点校,北京:中华书局,1987 年。

《樵香小记》,[清]何琇著,《丛书集成初编》本。

《郡斋读书志校证》,[宋]晁公武撰,孙猛校证,上海:上海古籍出版社,1990 年。

《直斋书录解题》,[宋]陈振孙撰,上海:上海古籍出版社,1984 年。

《文史通义校注》,[清]章学诚著,叶瑛校注,北京:中华书局,1985 年。

《四库全书总目》,[清]纪昀等总纂,北京:中华书局,1997 年。

《四库提要辨证》,余嘉锡著,北京:中华书局,1980 年。

《校雠通义通解》,章学诚著,王重民通解,上海:上海古籍出版社,2009 年。

《论语集释》,程树德撰,程俊英、蒋见元点校,北京:中华书局,

1990 年。

《荀子集解》，[清]王先谦注，沈啸寰、王星贤点校，北京：中华书局，1988 年。

《老子校释》，朱谦之撰，北京：中华书局，1984 年。

《列子集释》，杨伯峻集释，《新编诸子集成本》，北京：中华书局，1979 年。

《淮南子校释》，张双棣撰，北京：北京大学出版社，1997 年。

《韩非子新校注》，[战国]韩非著，陈奇猷校注，上海：上海古籍出版社，2000 年。

《管子》，[唐]房玄龄注，刘续增注，上海：上海古籍出版社，1989 年。

《论衡集解》，[汉]王充著，刘盼遂集解，北京：中华书局，1957 年。

《类说校注》，[宋]曾慥编纂，王汝涛等校注，福州：福建人民出版社，1996 年。

《独异志》，[唐]李冗撰，张永钦点校，北京：中华书局，1983 年。

《剪灯新话》，[明]瞿佑等著，周楞伽校注，上海：上海古籍出版社，1981 年。

《太平广记》，[宋]李昉等编，北京：中华书局，1981 年。

《太平御览》，[宋]李昉等撰，北京：中华书局，1960 年。

《新校正梦溪笔谈》，[宋]沈括撰，胡道静校注，北京：中华书局，1957 年。

《梦溪笔谈》，[宋]沈括撰，《四部丛刊续编》本。

《古今合璧事类备要》，[宋]谢维新编，《文渊阁四库全书》本。

《灯下闲谈》，[宋]徐铉撰，《宋人小说》本，上海：上海书店，1990 年。

《退宾录》，[宋]赵与时著，北京：中华书局，1985 年。

《南部新书》，[宋]钱易撰，黄寿成点校，北京：中华书局，2002 年。

《韵语阳秋》，[宋]葛立方撰，北京：中华书局，1981 年。

《中吴纪闻》，〔宋〕龚明之撰，孙菊园校点，上海：上海古籍出版社，1986年。

《事物纪原集类》，〔宋〕高承撰，《文渊阁四库全书》本。

《能改斋漫录》，〔宋〕吴曾撰，郑州：大象出版社，2012年。

《绀珠集》，〔宋〕朱胜非撰，《影印文渊阁四库全书》第872册，台北：台湾商务印书馆，1986年。

《全芳备祖》，〔宋〕陈景沂编、祝穆订正，明代毛氏汲古阁钞本。

《绿窗新话》，〔宋〕皇都风月主人撰，周夷校补，北京：古典文学出版社，1991年。

《云谷杂记》，〔宋〕张淏著，北京：中华书局，1958年。

《琅嬛记》，〔元〕尹世珍辑，《津逮秘书》本。

《玉芝堂谈荟》，〔明〕徐应秋辑，南京：江苏广陵古籍刻印社，1984年。

《尧山堂外纪》，〔明〕蒋一葵撰，北京：中华书局，2019年。

《说略》，〔明〕顾起元著，《影印文渊阁四库全书》第964册，台北：台湾商务印书馆，1986年。

《古夫于亭杂录》，〔清〕王士禛撰，赵伯陶点校，北京：中华书局，1988年。

《双桥随笔》，〔清〕周召著，《文渊阁四库全书》本。

《艮斋杂说》，〔清〕尤侗著，上海：上海古籍出版社，1996年。

《日知录集释》，〔清〕顾炎武著，黄汝成集释，秦克诚点校，长沙：岳麓书社，1994年。

《文心雕龙注》，〔梁〕刘勰著，范文澜注，北京：人民文学出版社，1958年。

《文心雕龙》，〔梁〕刘勰著，〔清〕黄叔琳注，〔清〕纪昀评，李详补注，刘咸炘阐说，戚良德辑校，上海：上海古籍出版社，2015年。

《文赋集解》，〔晋〕陆机著，张少康集释，北京：人民文学出版社，2002年。

《诗品注》，〔梁〕钟嵘著，陈延杰注，北京：人民文学出版社，

1961 年。

《诗品译注》,〔梁〕钟嵘著,周振甫译注,北京:中华书局,
1998 年。

《本事诗校补考释》,〔唐〕孟启著,王梦鸥校补考释,收入《唐人小
说研究三集》,(台)艺文印书馆,1975 年。

《续本事诗》,〔清〕徐釚撰,李学颖点校,北京:中华书局,
2008 年。

《续广本事诗》,〔伪〕聂奉先撰,李学颖标点,上海:上海古籍出版
社,1991 年。

《六一诗话》,〔宋〕欧阳修撰,郑文校点,北京:人民文学出版社,
1962 年。

《温公续诗话》,〔宋〕司马光撰,《历代诗话》本,中华书局,
1981 年。

《中山诗话》,〔宋〕刘攽撰,《历代诗话》本,中华书局,1981 年。

《诗话总龟》,〔宋〕阮阅编,周本淳校点,北京:人民文学出版社,
1987 年。

《苕溪渔隐丛话》,〔宋〕胡仔纂辑,廖德明校点,北京:人民文学出
版社,1962 年。

《唐诗纪事》,〔宋〕计有功撰,上海:上海古籍出版社,1985 年。

《唐诗纪事校笺》,〔宋〕计有功撰,王仲镛校笺,北京:中华书局,
1987 年。

《石林诗话》,〔宋〕叶梦得撰,《历代诗话》本,中华书局,1981 年。

《后村诗话》,〔宋〕刘克庄撰,王秀梅点校,北京:中华书局,
1983 年。

《诗林广记》,〔宋〕蔡正孙撰,北京:中华书局,1982 年。

《全唐诗话》,〔宋〕尤袤撰,北京:中华书局,1981 年。

《诗人玉屑》,〔宋〕魏庆之编,上海:上海古籍出版社,1978 年。

《唐音癸签》,〔明〕胡震亨著,上海:上海古籍出版社,1981 年。

《诗薮》,〔明〕胡应麟撰,上海:上海古籍出版社,1979 年新 1 版。

《四溟诗话》,〔明〕谢榛著,北京:人民文学出版社,1961 年。

《艺圃撷余》,〔明〕王世懋著,北京:中华书局,1981年。

《宋诗纪事》,〔清〕厉鹗辑撰,上海:上海古籍出版社,1983年。

《词苑丛谈校笺》,〔清〕徐釚编著,王百里校笺,北京:人民文学出版社,1988年。

《拜经楼诗话》,〔清〕吴骞著,《续编四库全书》本,上海:上海古籍出版社,2002年。

《剑溪说诗》,〔清〕乔亿著,《清诗话续编》本,上海:上海古籍出版社,1983年。

《剧话》,〔清〕李调元著,《中国古典戏曲论著集成》(八),北京:中国戏剧出版社,1958年。

《雨村曲话》,〔清〕李调元著,《中国古典戏曲论著集成》(八),北京:中国戏剧出版社,1958年。

《闲情偶寄译注》,〔清〕李渔著,辛雅敏译注,上海:上海三联书店,2014年。

《历代诗话》,〔清〕何文焕辑,北京:中华书局,1981年。

《历代诗话续编》,丁福保辑,北京:中华书局,1983年。

《清诗话》,丁福保编,上海:上海古籍出版社,1978年新1版。

《宋诗话辑佚》,郭绍虞辑,北京:中华书局,1980年。

《宋诗话全编》,吴文治主编,江苏古籍出版社,1998年。

《词话丛编》,唐圭璋编,北京:中华书局,1986年。

《曹子建诗注》,〔魏〕曹植著,黄节注,叶菊生校订,北京:人民文学出版社,1957年。

《三曹集》,〔明〕张溥辑评,长沙:岳麓书社,1992年。

《阮籍集校注》,〔三国〕阮籍著,陈伯君校注,北京:中华书局,1987年。

《陆机集》,〔晋〕陆机著,金涛声点校,北京:中华书局,1982年。

《卢照邻集 杨炯集》,〔唐〕卢照邻、杨炯著,徐明霞点校,北京:中华书局,1980年。

《沈佺期宋之问集校注》,〔唐〕沈佺期、〔唐〕宋之问撰,陶敏、易琢琼校注,北京:中华书局,2001 年。

《李颀诗评注》,〔唐〕李颀著、刘宝和评注,太原:山西教育出版社,1990 年。

《李太白全集》,〔唐〕李白著、王琦注,中华书局,1977 年。

《李白诗文系年》,詹锳著,北京:人民文学出版社,1984 年新 1 版。

《宋本杜工部集》,〔唐〕杜甫著,《续古逸丛书》(上海图书馆藏宋刻本影印)本,南京:江苏古籍出版社,2001 年。

《杜诗详注》,〔唐〕杜甫著,〔清〕仇兆鳌注,北京:中华书局,1979 年。

《钱注杜诗》,〔唐〕杜甫著,〔清〕钱谦益笺注,上海:上海古籍出版社,2009 年。

《刘长卿诗编年笺注》,〔唐〕刘长卿著,储仲君笺注,北京:中华书局,1996 年,第 362 页。

《韩昌黎文集校注》,〔唐〕韩愈著,马其昶校注,马茂元整理,上海:上海古籍出版社,1987 年。

《韩愈全集校注》,〔唐〕韩愈著,屈守元、常思春主编,成都:四川大学出版社,1996 年。

《孟郊诗集校注》,〔唐〕孟郊著,华忱之、喻学才校注,北京:人民文学出版社,1995 年。

《孟郊诗集笺注》,〔唐〕孟郊著,郝世峰笺注,石家庄:河北教育出版社,2002 年。

《陆龟蒙·皮日休诗全集》,〔唐〕陆龟蒙、皮日休、聂夷中、杜荀鹤著,海口:海南出版社,1992 年。

《顾况诗集》,〔唐〕顾况著,赵昌平校编,南昌:江西人民出版社,1983 年。

《刘禹锡集》,〔唐〕刘禹锡著,卞孝萱校订,北京:中华书局,1990 年。

《刘禹锡集笺证》,〔唐〕刘禹锡著,瞿蜕园笺证,上海:上海古籍出版社,1989 年。

《刘禹锡全集编年校注》,〔唐〕刘禹锡著,陶敏、陶红雨校注,长沙:岳麓书社,2003年。

《白居易集》,〔唐〕白居易著,顾学颉校点,北京:中华书局,1979年。

《白居易集笺校》,〔唐〕白居易著,朱金城笺校,上海:上海古籍出版社,1988年。

《白居易诗集校注》,谢思炜撰,北京:中华书局,2006年。

《白居易全集》,〔唐〕白居易著,丁如明、聂世美校点,上海:上海古籍出版社,1999年。

《元稹集》,〔唐〕元稹著,冀勤点校,北京:中华书局,1982年。

《元稹集编年笺注》(诗歌卷),〔唐〕元稹著,杨军笺注,西安:三秦出版社,2002年。

《李德裕文集校笺》,〔唐〕李德裕著,傅璇琮、周建国校笺,石家庄:河北教育出版社,2000年。

《李贺诗歌集注》,〔唐〕李贺著,〔清〕王琦等集注,上海:上海人民出版社,1977年。

《樊川诗集注》,〔唐〕杜牧著,冯集梧注,上海:上海古籍出版社,1978年。

《樊川文集》,〔唐〕杜牧著,上海:上海古籍出版社,1978年。

《杜牧集系年校注》,〔唐〕杜牧著,吴在庆撰,北京:中华书局,2008年。

《聂夷中诗》,〔唐〕聂夷中著,北京:中华书局,1959年。

《李群玉诗集》,〔唐〕李群玉著,阳春秋辑注,长沙:岳麓书社,1987年。

《郑谷诗集笺注》,〔唐〕郑谷著,严寿澂等笺注,上海:上海古籍出版社,1991年。

《司空表圣诗文集笺校》,〔唐〕司空图著,祖保泉、陶礼天笺校,合肥:安徽大学出版社,2002年。

《梅尧臣编年校注》,〔宋〕梅尧臣著,朱东润编年校注,上海:上海古籍出版社,1980年。

《集注分类东坡先生诗》,〔宋〕苏轼撰,王十朋纂集,《四部丛刊》本,北京:商务印书馆,1919 年。

《施顾注东坡先生诗》,〔宋〕苏轼撰,施元之、顾禧注,《中华再造善本》,北京:北京图书馆出版社,2004 年。

《苏轼诗集合注》,〔宋〕苏轼撰,〔清〕冯应榴辑注,黄任轲、朱怀春校点,上海:上海古籍出版社,2001 年。

《苏诗补注》,〔宋〕苏轼撰,〔清〕查慎行补注,《影印文渊阁四库全书》本。

《苏轼文集》,〔宋〕苏轼撰,孔凡礼点校,中华书局,1986 年。

《栾城集》,〔宋〕苏辙著,曾枣庄、马德富校点,上海:上海古籍出版社,1987 年。

《曾巩集》,〔宋〕曾巩撰,陈杏珍、晁继周点校,北京:中华书局,1984 年。

《山谷诗集注》,〔宋〕黄庭坚著,任渊、史容、史季温注,上海:上海古籍出版社,2003 年。

《山谷内集诗注》,〔宋〕任渊注,日本翻刻宋绍兴本。

《后山诗注》,〔宋〕陈师道撰,任渊注,冒广生补笺,冒怀辛整理,北京:中华书局,1995 年。

《白氏文公年谱》,〔宋〕陈振孙编,明钞本。

《杜工部草堂诗笺》,〔宋〕蔡梦弼撰,《古逸丛书》覆宋麻沙本。

《滹南遗老集校注》,〔金〕王若虚著,胡传志、李定乾校注,沈阳:辽海出版社,2005 年。

《李东阳集》,〔明〕李东阳撰,周寅宾、钱振民校点,长沙:岳麓书社,2008 年。

《王忠文集》,〔明〕王祎著,《文渊阁四库全书》第 1226 册。

《少室山房集》,〔明〕胡应麟著,《四库明人文集丛刊》本,上海:上海古籍出版社,1993 年。

《峄桐文集》,〔明〕刘城著,《四库禁毁书丛刊》集部第 121 册。

《隐秀轩集》,〔明〕钟惺著,李先耕、崔重庆标校,上海:上海古籍出版社,1992 年。

《进贤堂稿》，[清]黎元宽著，《四库禁毁书丛刊》集部第 145 册。

《袁枚全集》，[清]袁枚著，南京：江苏古籍出版社，1993 年。

《西河集》，[清]毛奇龄著，《影印文渊阁四库全书》第 1320 册。

《南州草堂集》，[清]徐釚著，《续修四库全书》第 1415 册，上海古籍出版社，2013 年。

《勉行堂诗集》，[清]程晋芳撰，《续修四库全书》第 1433 册。

《灵岩山人诗集》，[清]毕沅著，《续修四库全书》1450 册。

《梁启超全集》，[清]梁启超著，北京：北京出版社，1999 年。

《楚辞补注》，[宋]洪兴祖撰，白化文等点校，北京：中华书局，1983 年。

《文选》，[南朝梁]萧统编，[唐]李善注，上海：上海古籍出版社，1986 年。

《六臣注文选》，[梁]萧统编，[唐]李善、吕延济、刘良、张铣、吕向、李周翰注，北京：中华书局，1987 年。

《玉台新咏》，[南朝陈]徐陵编，吴兆宜注，北京：北京市中国书店，1986 年。

《河岳英灵集》，[唐]殷璠编，王克让注释，成都：巴蜀书社，2006 年。

《唐音癸签》，[明]胡震亨著，上海：上海古籍出版社，1981 年。

《全唐诗》，[清]彭定求等编，北京：中华书局，1999 年。

《增订注释全唐诗》，陈贻焮主编、羊春秋册主编，北京：文化艺术出版社，2001 年。

《全唐文》，[清]董诰等编，北京：中华书局，1983 年。

《先秦汉魏晋南北朝诗》，逯钦立辑校，北京：中华书局，1983 年。

《全宋词》，唐圭璋编，北京：中华书局，1965 年。

《明诗综》，[清]朱彝尊编，上海：上海古籍出版社，1993 年。

《唐宋传奇集》，鲁迅校录，文学古籍刊行社，1956 年。

《新文学教程》，[苏]维诺格拉多夫著，以群译，上海：上海文艺出版社,1959 年。

《中国文学概说》,[日]青木正儿著,隋树森译,重庆:重庆出版社,1982 年。

《中国文学批评》,方孝岳著,北京:三联书店,1986 年。

《真理与方法》,[德]H.G.伽达默尔著,王才勇译,沈阳:辽宁人民出版社,1987 年。

《中国文学理论》,刘若愚著,杜国清译,台北:台湾联经出版事业公司,1987 年。

《中国古代文学批评学》,赖力行著,华中师范大学出版社,1991 年。

《中国文学批评方法探源》,陆海明著,中国社会科学出版社,1994 年。

《中国文学批评通史》(隋唐五代卷),王运熙、顾易生著,上海:上海古籍出版社,1996 年。

《中国古代文体形态研究》,吴承学著,广州:中山大学出版社,2000 年。

《中国古代文学理论体系:方法论》,刘明今著,上海:复旦大学出版社,2000 年。

《中国文论思辨思维》,李清良著,长沙:岳麓书社,2001 年。

《中国古代文学批评方法研究》,张伯伟著,北京:中华书局,2002 年。

《中国文学批评史》,罗根泽著,上海:上海书店出版社,2003 年。

《中国古代阐释学研究》,周裕锴著,上海:上海人民出版社,2003 年。

《距离与想象——中国诗学的唐宋转型》,(日)浅见洋二著,上海:上海古籍出版社,2005 年。

《宋词诠释学论稿》,李剑亮著,北京:人民文学出版社,2006 年。

《中国诗学》,[美]叶维廉著,北京:人民文学出版社,2006 年。

《宋词阐释学论稿》,李剑亮著,北京:人民文学出版社,2006 年。

《诗史》,张晖著,台北:台湾学生书局,2007 年。

《中国文学批评史》,郭绍虞著,天津:百花文艺出版社,2008年。

《汉字的魔方》,葛兆光著,上海:复旦大学出版社,2008年。

《唐诗本事中的诗学观念》,余才林著,香港:香港大学饶宗颐学术馆,2009年。

《古典诗学的现代诠释》(增订本),蒋寅著,北京:中华书局,2009年。

《唐诗本事研究》,余才林著,上海:上海古籍出版社,2010年。

《隋唐小说研究》,[日]内山知也著,东京:木耳社,1977年。

《唐人小说》,汪辟疆校录,上海:上海古籍出版社,1978年。

《西谛书话》,郑振铎著,北京:生活·读书·新知三联书店,1983年。

《唐音质疑录》,吴企明著,上海:上海古籍出版社,1985年。

《汪辟疆文集》,汪辟疆著,上海:上海古籍出版社,1988年。

《中国古典小说的文体独立》,董乃斌著,北京:中国社会科学出版社,1991年。

《大历诗风》,蒋寅著,上海古籍出版社,1992年。

《唐代笔记小说叙录》,周勋初撰,《周勋初文集》,南京:江苏古籍出版社,2000年。

《隋唐小说研究》,[日]内山知也著,上海:复旦大学出版社,2010年。

《唐史余沈》,岑仲勉著,上海:上海古籍出版社,1960年。

《古典文学研究资料汇编白居易卷》,陈友琴编,北京:中华书局,1962年。

《刘禹锡年谱》,卞孝萱著,北京:中华书局,1963年。

《元白诗笺证稿》,陈寅恪著,上海:上海古籍出版社,1978年。

《唐宋词人年谱》,夏承焘著,上海:上海古籍出版社,1979年。

《唐代诗人丛考》,傅璇琮著,北京:中华书局,1980年。

《魏曹子建先生植年谱》,《新编中国名人年谱集成》本,邓永康编,台北:台湾商务印书馆,1980年。

《中古文学系年》,陆侃如著,北京:人民文学出版社,1985年。

《宋代词学资料汇编》，张惠民编，汕头：汕头大学出版社，1993年。

《思无邪斋诗经论稿》，夏传才著，北京：学苑出版社，2000年。

《汉魏乐府的音乐与诗》，钱志熙著，郑州：大象出版社，2000年。

《唐代铨选与文学》，王勋成著，北京：中华书局，2001年。

《唐宋词通论》，吴熊和著，北京：商务印书馆，2003年。

《汉魏六朝文学新论——拟代与赠答篇》，梅家玲著，北京：北京大学出版社，2004年。

《红学通史》，陈维昭著，上海：上海人民出版社，2005年。

《两周诗史》，马银琴著，北京：社会科学文献出版社，2006年。

《先秦史十讲》，杨宽著，上海：复旦大学出版社，2006年。

《古书疑义举例续补》，杨树达著，上海：上海古籍出版社，2007年。

《洛阳新获墓志续编》，乔栋等编，北京：科学出版社，2008年。

《北宋词风嬗变与文学思潮》，孙虹著，上海：上海古籍出版社，2009年。

《洛阳新获七朝墓志》，齐运通编纂，北京：中华书局，2012年。

《中国诗史传统》，张晖著，北京：生活·读书·新知三联书店，2012年。

《清代经学与戏曲——以清代经学家的戏曲活动和思想为中心》，张晓兰著，上海：上海古籍出版社，2014年。

《唐诗汇评》（增订本），陈伯海主编，上海：上海古籍出版社，2015年。

《唐诗学史稿》，陈伯海主编，上海：上海古籍出版社，2016年。

《唐诗求是》，陈尚君，上海：上海古籍出版社，2018年。

《初唐一首灵隐寺诗作者的再探索——兼考骆宾王、宋之问生年》，龚延明，《杭州大学学报》，1980年第1期。

《宋之问与〈灵隐寺〉诗》，王津达，《河北师范大学学报》，1981年第4期。

《李群玉生平试探》,邝振华,《武汉师范学院学报》,1984 年第 2 期。

《论我国古代文学批评的几种主要模式》,谭帆,《华东师大学报》,1985 年第 4 期。

《中国古代文学批评的基本方法及其认识途径》,李家骧,《湘潭大学学报》(社会科学版),1987 年第 4 期。

《中国古代文学批评方法论》,李开,《江海学刊》,1988 年第 3 期。

《骆宾王生平事迹新考》,刘怀荣,《山西师大学报》(社会科学版),1989 年第 3 期。

《评传、年谱、本事的文学理论价值》,张皓,《武汉教育学院学报》,1989 年第 4 期。

《历史化·本事化·因袭性——古代戏曲题材综论之一》,周维培,《艺术百家》,1990 年第 2 期。

《从"缘事"到"缘情"——论"三曹"对〈诗经〉宴饮诗的发展》,朱一清、周威兵,《江淮论坛》,1993 年第 4 期。

《柔情缱绻与恋物情结——李群玉〈黄陵庙〉诗品鉴及其他》,王定璋,《古典文学知识》,1994 年第 3 期。

《试论孟启〈本事诗〉》,廖栋梁,《中外文学》,1994 年第 4 期。

《接受过程中的〈湘君〉、〈湘夫人〉》,高曼霞,《求是学刊》,1994 年第 5 期。

《〈本事诗〉考论》,孙永如,载《古代文献研究集林》第三集,1995 年。

《〈大唐新语〉佚文考》,武秀成,《古籍整理研究学刊》,1995 年第 5 期。

《重评"二美合一"说——兼论〈红楼梦〉脂本、程本之差异》,白盾,《中南民族学院学报哲学社会科学报》,1996 年第 4 期。

《范摅二考》,汤华泉,《文献》,1996 年第 2 期。

《论李群玉诗歌的艺术风格》,陈松青,《娄底师专学报》,1996 年第 5 期。

《论古诗制题制序史》,吴承学,《文学遗产》,1996 年第 5 期。

Sanders Graham Martin. *Poetry in Narrative：Meng Ch'i（fl. 841—886）and True Stories of Poems（Pen-shih shih* 本事诗）［D］. Boston：Harvard University，1996.

《摘句批评·本事批评·形象批评及其他——〈诗品〉批评方法论之二》，曹旭，《上海师范大学学报》，1997 年第 2 期。

《论"诗史"说——"诗史"说与宋代诗人年谱、编年诗文集编撰之关系》，浅见洋二，《唐代文学研究》，第九辑，2000 年。

《〈文选〉骚类李善注引〈楚辞章句〉小序均非原貌辨——兼与王德华先生商榷》，力之，《河南师范大学学报》（哲学社会科学版），2000 年第 5 期。

《试论中国古代社会历史批评法的文化精神及其特征》，李朝龙，《黔南民族师范学院学报》，2001 年第 5 期。

《诗与"本事"、"本意"以及"诗谶"——论中国古代文学作品接受过程中的文本与语境的关系》，浅见洋二，《唐代文学研究》，第十辑，2002 年。

《本事、故事和叙事——对中国叙事学基本概念的一种探讨》，戴明朝，江西师范大学 2002 年硕士论文。

《清越之中曲尽羁旅之情——晚唐诗人李群玉诗歌研究》，张越，《岳阳职工高等专科学校学报》，2002 年第 2 期。

《〈太平广记〉传入韩国时间考》，赵维国，《中国典籍与文化》，2002 年第 2 期。

《新获孟氏墓志浅释》，乔栋，《耕耘论丛》，第二辑，2003 年。

《"自传说"与本事注经模式》，陈维昭，《红楼梦学刊》，2003 年第四辑。

《唐代进士入仕的主要途径及特点》，俞钢，《上海师范大学学报》（哲学社会科学版），2003 年第 6 期。

《本事诗新考》，胡可先、童小刚，《中国典籍与文化》，2004 年第 1 期。

《清代诗歌中的若干本事问题》，朱则杰、李迎芳，《浙江社会科学》，2004 年第 2 期。

《欧阳修〈六一诗话〉写作原因探讨》,张明华,《阜阳师范学院学报》(社会科学版),2004 年第 6 期。

《诠释学视野:中国古代文学批评的三种取向》,柳倩月,《求索》,2005 年第 2 期。

《宋人笔记中的诗学讨论热点研究》,邹志勇,南京师范大学博士论文,2005 年。

《〈六一诗话〉与宋初诗学》,林嵩,《河南科技大学学报》(社会科学版),2005 年第 1 期。

《本事迁移理论视界中的经典再生产》,杨春忠,《中国比较文学》,2006 年第 1 期。

《〈本事诗〉作者孟启家世生平考》,陈尚君,《新国学》第六卷,巴蜀书社,2006 年。

《杜甫"诗史"说当时意向探究》,王世海,《中国韵文学刊》,2006 年第 2 期。

《宋代诗谶的类型划分及心态分析》,邹志勇,《晋阳学刊》,2006 年第 4 期。

《写作的焦虑:龚自珍艳情诗中的自注》,孙康宜,《北京大学学报》(哲学社会科学版),2006 年第 4 期。

《唐诗本事及宋代早期诗话》,余才林,《文史哲》,2006 年第 6 期。

《本事迁移理论的基本构成及其意义》,杨春忠,《聊城大学学报》,2006 年第 6 期。

《本事批评:赫施意图主义批评的一个范本》,张金梅,《宁夏大学学报》(人文社会科学版),2006 年第 6 期。

《孟启〈本事诗〉题材在后代戏曲之运用》,高祯临,《兴大人文学报》,2006 年第 36 期。

《诗谶与宋代诗歌阐释、创作心态的关系》,邹志勇,《江西师范大学学报》(哲学社会科学版),2007 年第 1 期。

《重读本事诗:"诗史"概念产生的背景与理论内涵》,张晖,《杜甫研究学刊》,2007 年第 2 期。

《处常子〈续本事诗〉辑考》,罗宁,《西南交通大学学报》(社会科学版),2007 年第 5 期。

《孟启〈本事诗〉与唐传奇关系探讨》,梁静惠,《醒吾学报》,2008 年第 39 期。

《本事对文人古题乐府创作的影响》,向回,《乐府学》,2008 年第三辑。

《唐代载录诗事小说的叙事探究——以〈本事诗〉、〈云溪友议〉为考察中心》,康韵梅,《汉学研究》,2008 年第 4 期。

《本事批评:中国古文论历史哲学批评范式探究》,殷学明,《中南大学学报》(社会科学版),2008 年第 6 期。

《变脸的神女:〈文选·神女赋〉之后世转义》,胡晓明,《华学》第九、十辑(五),上海古籍出版社,2008 年。

《"立家之道,闺室为重"——论唐代家庭生活中的夫妻关系》,张国刚,《清华大学学报》(哲学社会科学版),2008 年第 1 期。

《"序"体溯源及先唐诗序的流变历程》,吴振华,《学术月刊》,2008 年第 1 期。

《明代伪典小说五种初探》,罗宁,《明清小说研究》,2009 年第 1 期。

《从本事的掌握和运用看李白"古乐府之学"》,向回,《中国诗歌研究》,第六辑,2009 年。

《存在·时间·本事——鲁迅本事批评观念探究》,殷学明,《贵州师范大学学报社会科学版》,2009 年第 2 期。

《本事迁移理论视界中的"本事"流变考》,殷学明,《聊城大学学报社会科学版》,2009 年第 4 期。

《〈古今合璧事类备要〉初探》,朱晓蕾,上海师范大学硕士论文,2009 年。

《历史背景与诗歌阐释——以年谱、编年诗及本事为例》,霍省瑞,《江汉大学学报》(人文科学版),2010 年第 1 期。

黄旭建,《孟启〈本事诗〉的诗歌本事批评探究》,《传奇.传记文学选刊(教学研究)》,2010 年第 1 期。

《〈世说新语〉记事下限及其不录时事原因探析》,李建华,《广西民族师范学院学报》,2010 年第 2 期。

《汉代骚体抒情诗主题与文人心态——兼论骚体赋的意义及其在文学史中的位置》,赵敏俐,《中国文化研究》,2010 年夏之卷。

《唐诗〈赠马植〉、〈题旅櫬〉与安南士人关系略说》,于向东,《东南亚纵横》,2010 年第 5 期。

《任渊〈山谷诗集注〉与宋代年谱学》,吴晓蔓,《社会科学论坛》,2010 年第 7 期。

《〈本事诗〉本事观念与本事批评》,刘思齐,《中国文学研究》第十五辑,2010 年。

《论"甘露之变"对晚唐士人心态的影响》,孙铭蔚,《青年文学家》,2011 年第 2 期。

《韩愈联句诗研究》,周文慧,中国社会科学院硕士学位论文,2011 年。

《论中国诗学中的缘事说》,殷学明,《甘肃理论学刊》,2011 年第 4 期。

《索隐批评的发展历程及其基本内涵》,张金梅,《辽宁行政学院学报》,2012 年第 2 期。

《〈本事诗〉本事观念与本事批评》,刘思齐,《中国学研究》(第十五辑),2012 年。

《缘事诗学纂论》,殷学明,《安徽师范大学学报》(人文社会科学版),2012 年第 6 期。

《论唐五代诗本事的言说方式》,邹福清,《湖北大学学报》(哲学社会科学版),2013 年第 5 期。

《诗缘事变》,殷学明,《北方论丛》,2013 年第 5 期。

《〈洛阳新获七朝墓志〉所见科举史料》,许友根、许显华,《盐城师范学院学报》(人文社会科学版),2014 年第 2 期。

《〈太平广记〉与〈唐摭言〉异文比较研究》,宋冠华、王虎,《九江学院学报》(哲学社会科学版),2014 年第 2 期。

《中国缘事诗学发凡》,殷学明,《云南师范大学学报》(哲学社会科学版),2015 年第 1 期。

《孟珏墓志考释——兼论唐末科举家族的仕宦与婚姻》,王怡然,《山东师范大学学报》(人文社会科学版),2015 年第 3 期。

《陈后主、隋炀帝与陈隋诗史的转变》,孙明君,《安徽大学学报》(哲学社会科学版),2015 年第 5 期。

《声音之道与政通——"诗史"文学的政治向度》,《人文杂志》,2015 年第 12 期。

《基于中外范式差异视野下的〈本事诗〉研究新探》,舒坦,西南大学硕士学位论文,2015 年。

《〈本事诗〉文体考论》,殷学明,《中国韵文学刊》,2016 年第 1 期。

《"元白"并称与多面元白》,尚永亮,《文学遗产》,2016 年第 2 期。

《从文化诗学的视角认知"诗史"》,林继中,《杜甫研究学刊》,2016 年第 2 期。

《钞宋本〈类说〉引〈本事诗〉佚文考辨》,赵庶洋,《古籍整理研究学刊》,2016 年第 5 期。

《诗论·诗材·诗史:唐诗学体系的多维建构》,胡可先,《学术界》,2016 年第 7 期。

《改一个字好难》,陈尚君,《文汇读书周报》,2016 年 8 月 29 日 DS4 版。

《〈汉书〉"采诗"叙述的生成与双重语境下的意义暗示》,王志清,《西南大学学报》(社会科学版),2017 年第 1 期。

《唐〈本事诗〉考补四则》,芦笛,《华夏文化论坛》,2017 年第 1 期。

《孟启〈本事诗〉文体辨析》,崔晶,《汉江师范学院学报》,2017 年第 2 期。

《"以志统情"与"以情慰志"——试论〈文心雕龙〉与〈诗品〉与的"情""志"关系及其意义》,方舒雅,《辽东学院学报》(社会科学版),2017 年第 4 期。

《非虚构性及历史性:"论诗及事"诗话的叙事考察》,魏宏远,《南京师大学报》(社会科学版),2017 年第 5 期。

《南宋理学家选杜诗与杜诗"诗史"名作的传播》,李昇,《中国韵文学刊》,2018 年第 1 期。

《〈本事诗〉"诗史"说与中晚唐学术脉动》，吴怀东，《文史哲》，2018 年第 4 期。

《论中国诗学中的事感说》，殷学明，《云南师范大学学报》（哲学社会科学版），2018 年第 4 期。

《缘事理论与当下中国诗歌创作》，殷学明，《中南民族大学学报》（人文社会科学版），2018 年第 5 期。

《是丰碑，不是分水岭——论韩愈墓志在唐代碑志发展中的地位》，高玮，《三峡大学学报》（人文社会科学版），2018 年第 6 期。

《从诗史名实说到叙事传统》，董乃斌，《文艺理论研究》，2019 年第 1 期。

《"诗史"传统与晚明清初的乐府变运动》，叶晔，《文史哲》，2019 年第 1 期。

《叙事与诗史——以清初三家杜诗注为中心》，杨长正，《文艺理论研究》，2019 年第 1 期。

《明清"诗史"说与诗纪事著述的价值建构》，邹福清，《中南民族大学学报》（人文社会科学版），2019 年第 2 期。

《论胡适〈尝试集〉自序的诗史价值》，金宏宇、向阿红，《华中师范大学学报》（人文社会科学版），2019 年第 2 期。

《"诗史"与"诗乐"：宋明诗学的理论转向与清代诗学的进路》，《武汉大学学报》（社会科学版），2019 年第 3 期。

《杨慎诗学中的诗史意识与知识观念》，郑利华，《复旦学报》（社会科学版），2019 年第 3 期。

《论宋词本事的特殊性及其意义》，刘杰，《云南社会科学》，2019 年第 6 期。

后 记

本书是国家社科基金青年项目"《本事诗》与本事诗学研究"(15CZW020)的结项成果，也是我人生中第一本正式出版的个人著作。对于它的面世，我既高兴又忐忑，但更多的还是感激。

首先，感谢恩师巩本栋先生十几年来的悉心教导。不论是在学术上还是生活中，恩师都始终像一盏明灯，为我指引着方向。还记得读书时，每当我因基础不好而陷入自卑，先生就鼓励我，"慢慢来，书读多了，基础自然就好了"；每当我在研究中遇到困难而着急焦虑，先生就提醒我，"别急躁，做学问要沉得住气"。工作后，我一度因没有成绩而不敢跟恩师联系，而他则告诉我："认真做事，总能做出成绩。"虽然，如今的我已年近四十，仍然没有什么拿得出手的成绩，但我将始终铭记老师的教诲，在未来的道路上继续努力！

其次，感谢南京大学文学院的所有老师。硕博连读的五年时间，我有幸接受他们的教育，让我获得了很多成长。我敬佩他们的学问和人品，也感动于他们的勤奋、乐群、敬业和友善。在人生的道路上，有幸遇到这样一批优秀的学者，实在是人生的宝贵财富！当然，我还要感谢一路同行的所有同学和朋友，尤其是巩门的所有兄弟姐妹。谢谢大家对我的关心和帮助，让我不至于因独学无友而孤陋寡闻。

另外，我也要感谢湖北中医药大学尤其是人文学院对我的大力支持和肯定。感谢上海古籍出版社，尤其是本书责编王鹤女士，因为她的认真负责，使本书避免了一些错误。当然，由于本人愚钝，学术积累和研究经验不足，书中疏漏舛误在所难免，还请学界前辈和各位同仁批评指正！

最后,感谢我的亲人们!感谢他们对我的理解和包容!未来的道路上,我将带着一颗感恩的心,继续前行!

龚方琴

2022 年 12 月 19 日改定

图书在版编目(CIP)数据

《本事诗》与本事诗学研究/龚方琴著.--上海：
上海古籍出版社,2022.12
  ISBN 978-7-5732-0566-7

  Ⅰ.①本… Ⅱ.①龚… Ⅲ.①唐诗-诗话-中国②《
本事诗》-文学研究 Ⅳ.①I207.22

  中国版本图书馆 CIP 数据核字(2022)第 233808 号

《本事诗》与本事诗学研究
龚方琴 著

上海古籍出版社　出版发行
(上海市闵行区号景路 159 弄 1-5 号 A 座 5F　邮政编码 201101)
(1) 网址：www.guji.com.cn
(2) E-mail：guji1@guji.com.cn
(3) 易文网网址：www.ewen.co
上海惠敦科技印务有限公司印刷
开本 890×1240　1/32　印张 14.125　插页 2　字数 390,000
2022 年 12 月第 1 版　2022 年 12 月第 1 次印刷
ISBN 978-7-5732-0566-7
I·3697　定价：68.00 元
如有质量问题,请与承印公司联系